第1部·盛世浮华 下

良 婿

意千重 著

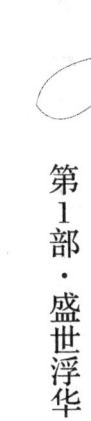

目录

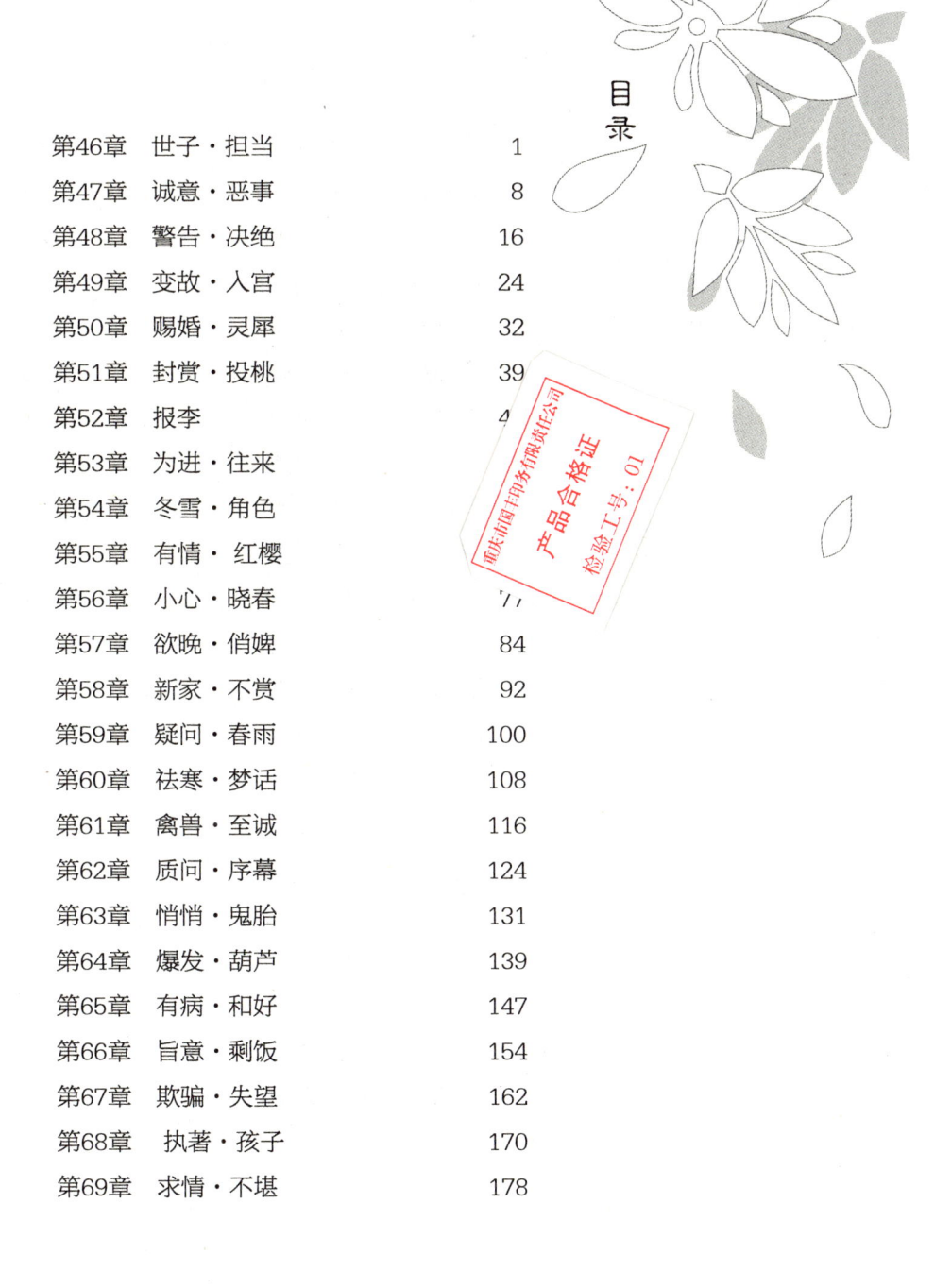

第46章	世子·担当	1
第47章	诚意·恶事	8
第48章	警告·决绝	16
第49章	变故·入宫	24
第50章	赐婚·灵犀	32
第51章	封赏·投桃	39
第52章	报李	
第53章	为进·往来	
第54章	冬雪·角色	
第55章	有情·红樱	
第56章	小心·晓春	
第57章	欲晚·俏婢	84
第58章	新家·不赏	92
第59章	疑问·春雨	100
第60章	祛寒·梦话	108
第61章	禽兽·至诚	116
第62章	质问·序幕	124
第63章	悄悄·鬼胎	131
第64章	爆发·葫芦	139
第65章	有病·和好	147
第66章	旨意·剩饭	154
第67章	欺骗·失望	162
第68章	执著·孩子	170
第69章	求情·不堪	178

第70章	挑唆·妥协	186
第71章	爱护·改变	194
第72章	扫盲·石破	202
第73章	微惊·相会	209
第74章	成拙·昏厥	217
第75章	求援·求乞	225
第76章	不知·混蛋	232
第77章	君臣·月色	241
第78章	喜欢·习惯	248
第79章	连心·盘算	256
第80章	发作·追究	264
第81章	信他·偏心	272
第82章	莲花·相投	280
第83章	虚幻·因由	288
第84章	真巧·远思	295
第85章	孽缘·真话	303
第86章	随园·建言	311
第87章	酴醿·别过	319
第88章	正事·整风	326
第89章	出头·受辱	334
第90章	若是·想通	342
第91章	撞见·知错	349

第46章 世子·担当

已近黄昏，屋内渐渐昏暗，许樱哥探手把紫霭脚边的被子紧了紧。紫霭背上挨了一刀，万幸不是致命伤，将来也不会留下残疾，但这样的伤口对于这个娇养在许府内院的女孩儿来说也是遭大罪了。

青玉端了碗药汤进来，担忧地看了许樱哥青紫肿胀的下巴，低声道："太医不是说她没大碍么？二娘子快饮了这碗安神汤，也去歇歇罢。"见许樱哥接了药碗，便俯身给紫霭擦了擦眼角干涸的泪痕，满面愁云地轻轻叹了口气："这丫头最是怕疼，偏遭了这样的罪。"

许樱哥把药汤端在手里并不饮用，抬眼看看天边越发厚重的云层，低声道："怕是还要下雨……那边的情形如何？"

康王府反应不可谓不迅速，但许衡更迅速，一大把年纪的文人，硬生生抢在康王府那群武夫的前头，提前小半个时辰快马赶到了庄子里。之后，串联说辞，应付康王府的人，招待太医，救治张仪正，清查刺客留下的死尸来历，清洗周围方圆二十里地的残余刺客，安抚死去的庄丁等一切事务便都与她无关。她需要做的就是照顾受伤昏迷的紫霭，清点昨夜损失的财产，顺便安抚一下自己的小心脏。但她知道，康王府不会善罢甘休，目前她所有的清净安宁都是假象，等到张仪正的情形稍微稳定些，便会有人叫她出去问询。所以这安神汤，还是暂时不要吃的好。

青玉答道："太医施了第二次针，汤药也灌了第二遭。说是伤口太多，血流得也多，加上这些天没有吃好睡好，高热不退，所以怕是有些危急。"言罢愁眉不展地双手合十虚空拜了拜，祷告道："老天爷保佑，千万别让他死在这里。"

许樱哥正色道："你应该说，老天爷保佑，千万保佑他平安渡过危难才是。不然若是有人挑刺儿，你又该如何是好？"太医到来之前许扶曾简单地给张仪正清洗包扎过伤口，据她所知，张仪正身上大大小小的新伤旧伤多达三十多处，昨夜她咬的那个地方果然是腐烂了的，根据许扶估算，最少也该是十来天的伤口，昨夜里又添了几处新伤，腿上、胸腹上、手臂上到处都是。让人惊异的是，看着触目惊心却都不是致命伤，此人的生命力堪比小强。

青玉闻言，立即严肃认真地应了："二娘子说得是，老天爷保佑他平安渡过此劫。"至于以后又再说以后的话。

这狡猾的丫头，许樱哥被她逗得心情轻松了些许。想到张仪正昨夜的一系列举动，心里却又凭空添了几分烦躁慌乱之意。那个男人是个很矛盾的所在，尤其是对着她时更是古怪不堪，似是莫名恨透了她，恨不得她立即去死，临了却又放过了她。她思来想去，总也猜不着他的真实意图，更是想不通他那句"你惯会骗人"的话究竟从何而来。许樱哥揉了揉额头，疲累地叹了口气。

趴在床上的紫霭低低呻吟了一声，许樱哥忙收拾心情，带了几分微笑探身去看："你醒了？感觉如何？"

紫霭的眼神有些茫然，片刻后才看清了许樱哥和青玉二人，不由眼圈一红，低声哭泣起来："二娘子，看到您好好的婢子就放心了……"这一哭，扯动背上的伤口便又龇牙咧嘴起来，于是哭得越发厉害，"我会不会死啊……"

许樱哥忙道："莫哭了，莫哭了，都好好儿的，死不掉的，太医给你看过，除了会留疤外手脚都不会短半分。但若是哭多了，只怕手上的筋会缩，喏，你这一哭血又浸出来了……"

紫霭立时忍住了，微带惊恐地抽泣着道："真的？"

"总之哭多了不好，再疼也忍着，吃碗安神汤继续睡就是了。"青玉不忍吓唬她，忙推许樱哥出去："二娘子的伤也不轻，该去歇着了，不然二夫人怪罪下来，倒是叫婢子们怎么办？"

三人的感情虽然不错，但主仆有别，她二人有些话也不好当着自己说，许樱哥笑笑，转身出去叫了个媳妇子去厨下给紫霭弄碗除了盐外没放任何调料的鲜浓鸡汤来，想了想，又吩咐给张仪正那边也送一份过去。不拘他是死是活，能不能醒来，总要叫康王府看到许家的诚意。

才安排妥当，就见孙氏紧张兮兮地走过来："樱哥，康王世子有话要问你，你父亲让你去一下。紫霭这边也会有人来询问。"不等许樱哥开口，又安慰她道："你不要怕，有你父亲在，什么事都不会有。"

终于还是来了，许樱哥握握孙氏的手，微笑道："我不怕。烦请二婶娘告诉紫霭，让她照实说就好。"她确实也不用怕，她只需从半夜张仪正突然闯进她房里开始说就好,其他她什么都不知道,无须多言。

张仪正身份高贵,所以在尘埃落定之后,孙氏立即把主屋腾出来收拾干净给他养伤。前来收拾烂摊子的康王世子等人也理所当然地驻扎在主屋里,许樱哥才到主屋附近,就发现这里的气氛已经同早上不同,到处都是带了兵器、铠甲上身的兵士,人人神色冷肃,目光犀利,戒备森严。便是她应召而来也不能直接进去,而是先使人进去通传,得到康王世子的允许才又放行。

许扶与许择立在廊下,二人的神色都很凝重,见许樱哥过来,便都安抚地朝她使了个眼色,却不曾多言提醒。许樱哥沉默地朝他二人福了福,随着来人走入康王世子所驻的左厢房中。才踏进门槛,就觉着一道冷厉的目光朝她扫了过来,威压感十足,不用问,会用这样的眼神看她的自是那位康王世子了,许樱哥目不斜视地走到房屋正中深福见礼。

房里静了片刻后才响起一道温和悦耳的男中音:"许二娘子请起,不必多礼。"

许樱哥依言起身站定,眼观鼻,鼻观心,只小心翼翼地从睫毛缝里往旁边瞟了瞟,在右前方瞟到一双再熟悉不过的青布祥云纹布鞋,晓得许衡就在一旁坐着的,心神便安定了许多。

"你受惊了。"康王世子似是个脾气很好的人,在这种时候也不忘先说几句客套话才又问起许樱哥昨夜的具体经过。

许樱哥矜持却不缺激情地描述着,说到惊恐害怕之处,声音颤抖脸色苍白,说到被救之时,喜极险泣……听得众人如临其境,当然,她自动隐去了但凡她认为与案情无关,却可能引起麻烦的那许多口水话。

康王世子很冷静地听着,只偶尔打断她的话问上几个关键点,譬如张仪正出现约是什么时辰,同她说过些什么,那些人追来时又有什么异象,她可听见那些人说过什么话,许扶又是何时出现的。许樱哥一一答来,提心吊胆地等着他追问许扶为何会出现得如此恰当,但出乎她的意料,康王世子似是早就与许衡沟通协调妥当,所以并不在许扶的问题上多作纠缠,只在问询结束的时候意味深长地道:"许二娘子临危不乱,实在难得。"

许樱哥觉得自己应该谦虚一下,何况她当时其实真的乱了分寸,但转念一想,自己这副模样的确不是被吓傻了的模样,最起码此时神志清楚,说起话来有条有理,说她临危不乱也不算过分,便大大方方地道:"世子爷谬赞。"

就听许衡长长叹了口气："这孩子自来便是这样的性子，我虽觉着不错，但到底失了女孩子家的柔软。"一句话成功地把话歪了过去，康王世子自然不可能和许衡讨论人家姑娘的性情问题，便和颜悦色地宽慰了许樱哥几句，又亲自吩咐太医给许樱哥治疗脸上的伤，打发她下去。

许樱哥才退到门外，就见一个小厮快步走过来，立在门前欣喜欲狂地道："世子爷，三爷醒过来了！"

屋里顿时响起一阵衣袖带翻茶盏碗碟之类的异动，接着康王世子满脸欣喜地大踏步从里面冲了出来，快步冲进隔壁张仪正的治疗之所。许衡从后头快步跟出，满意地看了看许樱哥，跟着进了张仪正的房间。

许樱哥竖起耳朵，只听得里头一个苍老的声音颤抖不成调地道："恭喜世子爷，三爷已然醒来，便再无大碍了！只要用心调养着，康复指日可待！"接着又是几个高低不同的声音此起彼伏地恭喜贺喜。

当是众太医的声音，大家都怕那人死在这里，自己难逃干系。许樱哥看向立在廊下的许扶和许择二人，但见他二人也是骤然放松了一直抬着的肩膀，便也跟着轻轻出了口气，暗念了一声佛。接着又有些忧愁，面前这一关总算是熬过去了，但日后呢？对方咄咄逼人，许衡是要做纯臣两不靠，还是要选择康王府？自己与张仪正之前的官司尚未理清，便又添了半夜独处这一条，正是乱七八糟。

天色越发昏暗起来，几个婆子鱼贯而入，屏声静气，小心翼翼地点上火烛，许樱哥低声吩咐了几句，严令不得失礼。却听得里头康王世子一声暴喝："混账！你怎敢如此胡来？！"又听一道有些苍老的妇人声气劝道："世子爷，有话好好说，三爷伤重糊涂了，想来许大学士不会和他计较。"

许樱哥的脸色变了变，快步离去。

七八支儿臂粗细的牛油大蜡烛把许家庄子的主屋里照得通亮，几个高矮不等，年纪不一的太医眼观鼻，鼻观心地垂手立在正中那张大床旁，仿似是眼瞎耳聋的木头人一般。甫一得到康王世子的暗示便潮水般地退了出去，一个比一个走得快。

许衡面沉如水，冷冷地看着躺在床上半死不活，神态却异常可恶的张仪正。张仪正半垂着眼皮，声音低哑却异常清晰地重复着自己刚才的话："我想喝许樱哥熬的鸡汤,其他我都吃不下去。"

立在床头处、捧着半碗鸡汤的一个老妪忙道:"三爷,您可是烧糊涂了,什么鸡汤不是汤?这汤也极不错的……"这老妪正是康王妃身旁最得信任倚重的曲嬷嬷,只因康王妃体弱经不起颠簸,一时半会儿赶不来,便由她先随康王世子前来照料张仪正。她自来在康王府众人面前有几分脸面,所以这会儿便自然而然地担当起规劝转圜的角色来。

张仪正却丝毫不给她面子,撒泼道:"我都快死了,这样一个小小的要求你们也要拦着我?莫非她也伤重起不来了么?"

曲嬷嬷为难道:"许二娘子倒是没什么大碍,但,这……"

康王世子眼看着许衡的神色越来越冷,声色俱厉地打断他的话:"小三儿!你但凡出门总要弄出些事儿来,使得家中父母双亲为你操碎了心。你扪心自问,可有半点为人子的孝顺?昨夜若非是大学士府上倾力相助,你可还有命在?你此刻见了大学士,不但不谢恩,开口便如此蛮横无礼,是想丢尽父王母妃的脸面么?许二娘子闺阁千金,岂容你随意驱使劳作?还不快快赔礼?"

张仪正这才看着许衡道:"多谢大学士救命之恩,本该叩首以谢,但我伤重……"

许衡板着脸举起左手挥断他的话,淡淡地道:"三爷龙子凤孙,臣下能为圣上尽绵薄之力实在是几世修来的福分,哪里当得起三爷之谢?"言罢转身同康王世子拱了拱手,道:"三爷伤重初醒,还该将养,老夫便不相扰了。"

本是因祸得福,好不容易得来的机会,却要被这混小子的一碗汤给搅浑了,康王世子十分尴尬懊恼,狠狠瞪着张仪正斥责道:"你且等着,我回来再与你算账!"快速转身追着许衡出去,说尽了好话:"家门不幸……他是烧糊涂了,还请大学士莫要与这混账东西一般见识……"

曲嬷嬷叹息了一声,端着那半碗鸡汤坐到张仪正身边哄道:"你这傻孩子啊……以许家的名望,他家女儿怎会因你一句话便下厨劳役?你这不是打人脸么?"

张仪正怒道:"谁叫他们拿这样喂猪的东西给我吃?莫非他们就估摸着我活不过来了,所以这般敷衍我?"

曲嬷嬷赶紧去捂他的嘴,低声央求道:"我的三爷!求您快快消声!不过一碗汤,叫王爷知道,您又要挨骂!您便不为王妃想,也当为自己想想,您年纪不小，怎能如此胡闹下去？"

张仪正挣扎欲起："对啊，就是一碗汤而已，他们也要藏着掖着。我也不是非得许樱哥做不可，只要他们弄出当初我在香积寺时喝过的那种汤味也可以！"

曲嬷嬷顿时焦头烂额，按住他哀声苦劝，只差没给他跪下。张仪正好容易消停了，偏又带了几分委屈道："嬷嬷，我娘怎么没来看我？我想她了。莫非是父王生了我的气，不许她来？"

到底是自己看着长大的孩子，再怎么不懂事也还是心疼得紧，曲嬷嬷见张仪正脸色惨白，面颊瘦削，一双眼睛熬得凹了下去，整个人半死不活的，丝毫不见半分之前的神采。想起他三灾八难的，每每总是死里逃生，脾气怪也不能完全怨他，不由心中一软，无奈地道："三爷多想了，您自小便调皮得紧，王爷王妃虽然严厉，但何曾少疼您半分？不过是王爷事务繁忙，王妃一时半会儿动不了身，所以才命世子爷偕同老奴前来，但算着时辰也该到了。您实不该对许大学士如此无礼，无论如何总是他家救了您的命，咦……"曲嬷嬷的眼睛越来越亮："王妃来了……"

张仪正的目光闪了闪，眼角沁出两滴泪来。

"我苦命的儿啊……"康王妃由次媳王氏扶着踉跄进来，颤抖着直奔向床榻边，张仪正挣扎起身，王妃按住，母子俩抱头痛哭。张仪正忽然剧烈咳嗽起来，呕出了一大口血。康王妃勃然变色，既惊且怒，冲着才走进屋来的康王父子红着眼圈发狠道："你们父子日日筹谋辛劳，却连自家骨肉的性命都不能顾全，又有什么意思？这般一而再，再而三地逼迫，真当康王府都是死人么！"

康王两条浓眉紧紧夹在一起，带了几分愠怒沉声道："他若不偷偷离开邢州去林州，哪里又会给人可乘之机？如此大逆不道的小畜生，死了我也不心疼！"说是这样说，一双眼睛里却全是血丝，脖子上鼓起的青筋更是跳个不停。

康王世子忙上前宽慰，康王妃收到长子递过去的眼色，便将帕子举起盖了脸哀哀痛哭起来。王氏精明，立即请了太医进来医治，太医道："血色暗沉，此乃淤血，吐了好。"

待得太医退去，张仪正挣扎欲起，虚弱地低声道："父王息怒，儿子非是有意违逆圣意，而是有人递信过来，说二哥伤重……"

康王更怒:"你不长脑子的?人家说什么你都信?"伸手欲打,却怎么也打不下去。世子连忙扶住张仪正:"好好躺着,别添乱了。"

张仪正又是一阵剧烈的咳嗽,咳得康王妃肝肠寸断才勉强止住了,眼望着康王断断续续地轻声道:"父王,儿子晓得错了。许家极好,此番多亏他家救了儿子的命,那许家樱哥更是与儿子孤男寡女相处半夜,儿子此番若死不了便当上门求娶,好好待她……"

一阵静默后,康王世子顾不得父母俱在面前,怒骂道:"那你刚才对着许大学士还那副讨嫌样子?"

张仪正委屈道:"我不过想喝碗汤而已……"

康王妃忙护着他:"小三儿就是这样的脾气,懂不得机巧,直来直往惯了的,莫怪他了。"

康王眼里闪起一道亮光,严厉地盯着张仪正道:"你是当真?"

张仪正道:"当真。我既碰了她,总要有所担当。"顿了顿,咬牙切齿地道,"只要我不死,这几次的事情便不能这样算了!"

康王冷声道:"亲事是亲事,报仇是报仇,你还要分清楚了我才敢应你。万事都等你养好伤再说!"言罢一挥袖子,带了长子自往外去寻许衡说话善后。

王氏叫了曲嬷嬷一旁询问:"什么鸡汤?"

曲嬷嬷贴着她的耳朵轻声说了几句。

王氏默然想了片刻,低声道:"不就是一碗汤么?想我天家贵胄,一碗鸡汤也难得死人?"言罢吩咐身旁的嬷嬷道:"恭恭敬敬地把许二夫人请过来。"

"嘶……"许樱哥坐在镜前,小心翼翼地把指尖上的药膏在青紫肿胀的下巴上缓缓推开,药膏是太医所配的上等消瘀良药,才搽上便觉一股清凉之意浸透肌肤,疼痛随之减少了几分。

梨哥在一旁替她搽着后背上的擦伤瘀伤,恨恨地道:"果然是祸害遗千年。"

许樱哥摇头道:"比起那些死了的,还有紫霄他们重伤的,我已经好太多。当着其他人的面千万莫要露出半分不欢喜来,知道么?"

梨哥想问她昨夜具体是个什么情形，却始终开不得口，便强颜欢笑道："我今夜过来陪二姐姐睡吧。"

她只想着姐妹俩有福同享有难同当，许樱哥才受过惊吓，她过来陪着是千该万该的。但许樱哥想起孙氏担忧不喜的模样，便微笑着谢绝了她的好意："我身上疼得紧，还是一个人睡妥当些。婶娘昨夜受了惊吓，你正该往她跟前尽孝才是。"

梨哥一听有理，不好意思地吐了吐舌头："我行事总是不周全。"忽听得外头人马喧嚣，许樱哥推开窗子，但见火把照亮了半边天空，隔壁院子里热闹非凡，便猜不是康王便是康王妃赶来了，连忙吩咐青玉："赶紧去把隔壁屋子收拾出来。"这回便是孙氏目前所居之处也要全部让出来了。

"二娘子，有桩麻烦事。"过不多时，果见孙氏身旁的耿嬷嬷快步赶来，说的却不是收拾屋子的事情，而是带了几分为难贴着许樱哥的耳朵低声道："二夫人也是没法子，那边一口咬定除了那个汤味儿外什么都吃不下去。话倒是极客气，说只需您在一旁指点着康王府的二奶奶就好，但这……"

丑人多作怪，才把命捡起来他便又变着法子折腾自己。许樱哥心头蹿起一股无名怒火，新仇旧恨一齐涌上心头，又死死压了下去，垂眸看着脚底下的菱形青砖道："烦劳嬷嬷同二婶娘说一声，我这便去厨房安排。"

耿嬷嬷见她神色难看，小心道："二夫人也是没法子……"

已经走了九十九步，不差这一步，许樱哥淡淡地道："贵客临门，总是要吃饭的，顺带着熬锅汤不是什么大事。"不等耿嬷嬷多言，便已安排人宰鸡生火。

第47章 诚意·恶事

夜已深，几丝秋雨伴随着斜风飘摇而落，把半干的窗棂再次打湿。许衡轻轻推开厨房的门，厨房里正在低声说笑的媳妇子们漫不经心地回头，待看清了居然是从不到厨房的男主人，不由俱都吓得呆住了，甚至忘了行礼问安。许衡也不在意，眼神在人群中溜了一圈，淡淡地道："二娘子呢？"

有个机灵的年轻媳妇忙指指隔壁，低声笑道："二娘子在隔壁小厨房里。"

许衡点点头，走到隔壁轻轻推门，门才一开，一股香浓鲜美至极的鸡汤味儿便扑鼻而来，穿透肌肤渗透到每一个细胞中，乃至于全身都暖和放松下来。许衡满足地深深吸了一口，抬眼看去，但见昏暗的灯光下，依着墙边两眼小灶，上头几个小巧玲珑的瓦罐"古突突"地冒着热气，许樱哥独自一人坐在旁边的小竹椅子上，垂着眼正在发呆。

瓦罐里的鸡汤散发出的雾气氤氲一片，把她精致如画的眉眼衬托出几分哀愁无助来，原本一直青春挺拔充满了活力的身子也显得有些单薄。许衡由不得心中酸软，沉沉叹了口气："怎地独自一人坐着？可是下人不听话？"

许樱哥听见声响抬头，眼里一片茫然。

许衡不由有些怒了："你的丫头呢？一群人坐着闲扯嗑瓜子，就不知道来伺候主子的？要她们何用？"

"不怪她们，是女儿想独自一人待着。"许樱哥醒过神来，连忙起身让座，嗔怪道，"爹爹也真是的，君子远庖厨，您怎地不声不响就跑来这里了？叫人看见，可不笑话您？"

许衡在她才坐过的小竹椅上坐下来，和声道："说哪里话，烹鱼烦则碎，治民烦则散，知烹鱼则知治民，我来厨房看看又怎么了？"见许樱哥脸上有了几分笑意，才指指灶上的瓦罐："熬鸡汤？"

您老真是明知故问，这鸡汤的味道怕是没人会认错吧？许樱哥一边腹诽一边笑着去取勺子碗筷："是，正好得了，爹爹喝碗暖暖身子。"

"我女儿辛苦熬的汤，我当然应该先尝才是，凭什么要便宜了外人。"许衡理所当然地接了碗去享受。享受完毕，盛赞良久，捋着胡子沉声道，"白日事多，总没机会来看你，我特意过来瞧瞧你可还好。"

许樱哥垂下手肃立片刻，轻轻摇头："我不好。很不好。我很害怕，很担忧，总担心一觉睡醒就突然变了样，什么好日子都没了，再看不到你们。"

许衡沉默地看了她许久方低声道："你这样很好，我本以为你又会笑着与我说你没事儿，让我不要担心。是人就会害怕，就会恐惧，害怕担忧不是什么丢脸不可言说的。"

许樱哥抬起头来看着他，睫毛湿湿的："我有些撑不住了。爹爹说今日不知明日事，但我现在真的很害怕明日。"她害怕未知的命运，害怕这世上突然

9

又只剩她一人。

　　许衡不知该如何宽慰她才是，便干笑着道："今日的确不知明日事，例如昨夜，阴差阳错，只差一步。"见许樱哥配合地假笑了一下，便压低了声音道，"其实我年轻时也害怕过，当初，也害怕过……"他俏皮地挤了挤眼，指指房顶："和那位对着干的时候，我心里也是七上八下的，怕他不按我的道理来，那可就悔不当初了。有好几次都后悔得要跳脚，幸亏稳住了！"

　　许樱哥忍不住"扑哧"一声笑出来，笑完后轻声道："我明白爹爹的意思，我会好好活着，努力不让自己后悔。"

　　响鼓不用重锤，许衡满意地点点头："适才康王爷召见了你五哥，对他很是赞赏。"提高声音道，"你别说，好些日子不曾见着他，他蓄了胡子，我一时竟没认出他来！"

　　许樱哥专心听完，脸上露出一丝发自内心的微笑："在部里办差，留了胡子要显得老成些。"虽然许衡的话有些夸张，但也说明许扶留的胡子和日渐清瘦的确显著地改变了二人外貌上的相似之处。

　　隔壁传来一阵响动，许樱哥侧着耳朵听了听，撵许衡走："约是那边又传饭食，我这里鸡汤也得了，正该送过去。没得做了这许多反倒叫人心里不舒服。"

　　许衡叮嘱道："不必太委屈自己。"

　　"不委屈，谁家没几个客人上门？女儿只当是招待客人。"许樱哥扬声叫人进来装鸡汤，不忘给自己和许扶等人留下最香浓的一罐。

　　"又下雨了，这雨怕是要缠绵起来，也不知王爷和世子雨夜行路可否顺畅？"康王妃礼完佛，将手里的一百零八粒砗磲佛珠交给一旁伺候的曲嬷嬷收好，抬眼看向王氏："鸡汤还没送来？"

　　王氏忙上前扶她起身坐下，赔笑道："好汤都熬火候哩，若是送来太快反倒有问题了。"

　　"也是。"康王妃点点头，愁道，"这前世的冤家可真是磨死我了，我现在一听到人说他的名字就哆嗦。"

　　王氏忙道："都道是大难不死必有后福，三弟一直都是遇难呈祥，好日子还在后头呢。"眼睛转了转，捂嘴轻笑道，"说起来也巧，这后头两番都是因着这许家二娘子解的困。"

康王妃淡淡地看了她一眼，道："那依你说来，这许家二娘子倒是个有福之人咯？"

王氏有些紧张，讨巧道："先还是父王、母妃有福，咱们才有福！"

"你这张巧嘴！"康王妃作势白了她一眼，正色道，"等回去，我便择日入宫亲去恳求圣上并皇后娘娘，你给我约束着下头的人，不得失礼！"

要赐婚么？王氏微微吃惊："那许家这边……"

康王妃淡淡地道："许家这边，总会看到我们的诚意。"

王氏遂识趣地不再问。

丫头秋实自外间提了个食盒进来："王妃，许家二夫人亲自送过来的汤。说是许二娘子用文火慢熬了近两个时辰的，其中只放了盐，香料调料一概不曾放得，不会与汤药相冲。"

康王妃忙道："快请许二夫人进来。"

秋实有些为难，低声道："许二夫人说了，她乃孀居之人，不好多扰贵人。留了位嬷嬷在耳房里候着，若是有事只管吩咐那嬷嬷就行。"

"许家女眷倒是知道进退。"康王妃亲将那食盒揭开了看，但见里头一只玉白牡丹花纹带盖子的汤碗，配着两只同款色的精致小碗并两个汤匙，两双牙筷。虽是隔着盖子，却也闻得鸡汤鲜香温纯无比，不由也有些馋了，道："待我尝尝这许家二娘子的手艺。"

秋实先按规矩尝过无恙，方盛汤递将过去，康王妃喝了两口，欢喜赞道："果然好手艺，一点盐就可以把味道提到这个地步，便是宫中御厨也不过如此了。快拿进去，三爷若是醒了便给他喝！"

天色微明，许樱哥稳稳地把一支银镶白玉花簪插入到发髻之中，又将脸凑到铜镜前认真打量下巴上的青紫褪去了多少。忽听隔壁孙氏的门"吱呀"一声轻响，接着就听见耿嬷嬷立在窗外低声道："二娘子可起身了？"

"进来吧。"许樱哥回身坐好。

耿嬷嬷喜气洋洋地走进来，声音极高："二娘子，昨夜送过去的鸡汤得了王妃的盛赞，听说三爷喝得涓滴不剩，怕是还会再传……"

许樱哥的目光淡淡地扫过来，耿嬷嬷只觉着头皮发凉，声音低了下去：

"二夫人说，委屈二娘子了，但听说他们只待天晴便要回京的……"

许樱哥和和气气地道："没什么委屈不委屈的，这几日我会随时备着，需要就过来取。"

"二夫人让老奴在那边听王妃差遣呢，这是趁隙过来的。该走了，怕那边有事找不到人。"耿嬷嬷的脸上再度露出灿烂的笑容，匆匆离去。

青玉恶狠狠地把一盆洗脸水用力泼了出去，又骂洒扫的婆子："别看着下雨就偷懒，这院子里泥泞难行，又有客在，是想叫人摔跟头看笑话？快去拿干净的细沙来铺上！"

许樱哥皱起眉头："嚷嚷什么？！"

青玉的眼圈瞬间红了，嘴唇哆嗦了又哆嗦，含着泪轻声道："婢子不过是觉得心寒。"耿嬷嬷为何这般欢喜？无非就是如了意。许樱哥越得康王府的喜欢，越有嫁入康王府的希望，梨哥将来的前程就更好，而不是似现在这般随着许樱哥的倒霉而跟着发霉。她倒不是希望梨哥跟着倒霉，就只是觉着难过。

许樱哥轻声道："各有各的难处，若只往坏处看便没一个好人，多往好处想，多往好处看，便是予自己松活。二婶娘寡居之人，自来律己甚严，若非是我的缘故也不会从京里跑到这里来担惊受怕，不过是耿嬷嬷笑多了一点而已，值得你这样发作？罚你今日都去守着紫霭，不得我允许不许过这边来。"

孙氏在窗外默然立了片刻，捏紧帕子转身回房，想了片刻，指派身旁另一个大丫头珊瑚："你去把耿嬷嬷换下来，以后那边的事情都由你负责。你记着，规矩要足，恭敬要有，但却不可谄媚，可记住了？"

一弯新月含羞带怯地半掩在薄云之中，上京城西一家名不见经传的青楼里桂花芬芳，安静幽雅如同读书人家的后院。院东有小楼，楼上四面开阔，垂以轻纱，坐在上面赏月观花，再伴以佳人吹箫弄玉，最是惬意不过。

赵璀挟带着风雷之怒一路冲进来，连连推翻了好几个上前拦阻他的青衣汉子，血红了眼睛冲着坐在小楼上浅酌的白衣披发男子怒吼道："你答应我的事情就是这样的？！"

白衣男子不悦地微微蹙眉，立刻便有身强力壮的仆从悄然朝着赵璀扑去。

"慢着……让他上来。"白衣男子捏了捏身旁美人丰满的胸脯，示意她带着周围人等尽数退下。

小楼共有三层，以最快的速度一口气从一楼冲到三楼，便是青壮年也会喘上几口，更何况是自来斯文的赵副端。赵璀立在楼梯口，恨恨地瞪着面前的白衣披发男子安六爷，先前的勇气和怨愤尽数化成了粗气，还有一股说不出来的悲凉和绝望。

安六爷玉白纤长的手端过一只满载了美酒的金杯："喝一口，消消气。"

赵璀愤怒地举手把金杯打翻落地。美酒迅速渗入到华贵绵软的宣城加丝毯里，金杯咕噜噜滚到安六爷的脚下。安六爷探身捡起金杯，放在掌中端详了又端详，轻声道："前年，有个新晋六品秘书郎对我不敬，我挥刀将他斩首于宫门前，圣上抚掌赞好，赏了我这对金杯。"

赵璀的背心里立时沁出一层冷汗来，先前的愤怒也被恐惧迅速压了下去。他参与了贺王府最不可告人的恶事，如果对方要灭他的口，他可不是自投罗网而来？

"若朴，"安六爷亲热地喊着赵璀的字，轻轻叹息道，"公主殿下视你若亲子一般的，莫非你真把自己当成了我的亲表弟？"

黄豆大小的一滴冷汗从赵璀的额头滑落下来，滴入到厚软华丽的加丝地毯里，转瞬间便与先前渗入的美酒混在了一处，了无踪迹。

"在你眼里，肖令是个傻子，张仪正是条疯狗，都不如你聪明识趣知识渊博，但十个你加起来也抵不过他们的一根手指头金贵。当然，除非你能再投一次胎。"安六爷慵懒地往绣金靠枕上靠了靠："看看你那没出息的样子！大丈夫何患无妻？你若真那么喜欢她，又何必在乎她是否嫁过人？你大概不知，晋王妃便是再醮之妇，还不是一样生了黄克敌，得尽晋王宠爱？"

赵璀的呼吸声越发沉重起来，额头上青筋暴起，正待开口说话，安六爷伸出一根手指放在唇边："嘘……你听，那边有一户人家通敌被屠了满门男丁，孩子和女人哭得多凄惨……我那四叔，不动则已，一动惊人啊。我们可得好好活着才是，不然可不便宜了人？"

东边一角火光冲天，越发映得天上的新月黯淡起来。

赵璀昏头转向地垂着两只手走下楼，沿着铺了鹅卵石的小径两眼无神地往前走，候在一旁的福安忙上前去扶住他，疾声道："四爷，不能回去了，外面禁夜啦！到处抓人杀人……"

赵璀失魂落魄地看着他，两眼往上一翻，直直往后倒去。

日光穿透厚厚的云层，把许府庄子的正房里照得一片氤氲。房里一片安静，只偶尔能听见太医的问询声和衣服的细碎摩擦声，张仪正半靠在床头上，目光沉沉地看着立在帐幔旁已等候多时的许扶。许扶微垂着眼，清秀的眉眼间一片平和，丝毫不见焦躁郁愤之气，似在静思一般的恬然。

　　曲嬷嬷责怪地扯了扯张仪正的袖子，张仪正捂着嘴剧烈地咳嗽了几声，上气不接下气地道："许五哥，对不住你了，恰好伤发，让你久等，快快请坐。"又责骂一旁伺候的人："作死的狗才，小爷的救命恩人来了也不晓得通传！自己下去领板子。"

　　曲嬷嬷歉意地亲手端了个锦杌放在许扶面前。

　　许扶谢过，微笑着坦然坐了，开口道："三爷看似是大好了，想必痊愈指日可待。"不然如何能这般折腾？

　　"咳、咳……"张仪正虚弱地咳嗽了几声，声音越发低哑，"承你吉言，我也巴不得早点好起来。奈何伤筋动骨一百天，何况我内外皆伤……眼看着好些了，却又总是突然反复，不是这里疼就是那里痛，真是折腾人也。"

　　许扶微笑："三爷年轻，只要能吃得下去，什么伤病都不在话下。下官瞧着三爷气色越见好转，不用太担心了。"一天一锅鸡汤，居然也没把他给喝死了。

　　张仪正瞥了他一眼，意态狂妄地道："许五哥，听说你如今在刑部司门任主事，公务上都还好办罢？你是我的救命恩人，但凡是用得着的地方请尽管开口，加官晋爵也不是什么难事。不管是谁，看在我父王的面子上也要多敬你几分。"

　　许扶的笑容寡淡下来："多谢三爷记挂，下官才疏智浅，恐怕难当大任。什么救命之恩也请三爷莫再提了，不过是机缘巧合顺手而已。下官不好意思居功。"

　　张仪正笑得阳光灿烂："救命恩人就是救命恩人，许五哥快别推辞！我可是怎么也忘不掉你那活命之恩的！"话锋一转，认真道，"许五哥还领着部里的差事，我怎好意思让你日日留在这里陪伴？要是累着许五哥，更是我的不是。许五哥还是快回上京罢！"

　　想赶自己走？莫非是又有什么阴谋诡计？许扶沉默地看着张仪正。张仪正微笑着对上他的目光:"许五哥不想走?莫非是放不下这边么?"

许扶半垂下眼帘,轻轻一笑:"下官本是为了家务而来,遇到事情便留下来帮了几日忙。现下既有族兄在这边照料,自是要回了。时辰不早,下官告辞。"他不过是学士府的一个远房族人而已,学士府没男丁在这里操持之前他理应留下帮忙,既然学士府来了人,他再多留下去就是徒惹非议。

张仪正抬了抬身子:"嬷嬷替我送客。"

曲嬷嬷送客回来,嗔怪道:"三爷,您这又是何必?无论如何这许家五爷也救了您,且此人又得许大学士重视,王爷和世子瞧着也喜欢,您……"

张仪正惬意地翻了个身:"鸡汤虽养人,吃太多未免油腻了些,听武家大表哥说,学士府的素包子很是清爽怡口。"

许扶才进了许樱哥所居之处脸色便阴沉下来,待看到许樱哥脸上的青紫已褪去了许多,心情方好了些许:"这天已晴了几日,我本待让他不要再厚脸问你要鸡汤,差不多就赶紧回去,却不但被他给恶心着,还不得不赶紧收拾回上京。"

许樱哥吃了一惊:"怎么回事?"想了想,苦笑道,"到底名不正言不顺,你也该走了。"

许扶叹道:"从前我只当他是个草包恶棍,如今看来,恶棍还是恶棍,里面装的却未必都是草。"这样的张狂蛮横随性,虽然总是三灾八难,但在康王府却是过得最轻松的一个人。康王嘴里在骂,心里在疼;世子人前人后都在骂,却是全不设防;二奶奶王氏更是想方设法讨好安抚着;康王妃自不必说了,毫不掩饰一片深切的母爱,开口便是:"他是真性情,不会作伪,心里想的更都是家里人。"世道艰难,在自小苦大仇深、走一步看十步、谋划成了家常便饭的许扶看来,这种几乎是猪一样的人生实是不能理解。权贵之家,不是不成器和拖后腿的子弟都该被唾弃的么?

康王府主事的都走了,独留下一个王氏、曲嬷嬷并几个太医陪着张仪正在此"疗伤",中间透露出的意味实在耐人寻味。许樱哥眉间闪过一丝阴霾,低头摆弄着纨扇上的流苏小声道:"那夜他让我躲起来,自己冲了出去……我倒不是就因此觉得他有多好,但觉着约莫不曾坏到底。"她笑了笑,自嘲道,"但他坏到底与否,和我又有什么关系呢?"一个声音在她心里说,有关系的，万一果然逃不过，会心软的总比心硬如铁的好。

许扶本想宽慰她两句，但话到口边怎么都说不出来。之前他想，张仪正虽当众调戏许樱哥，但只要张仪正死了，过些日子在偏远之地为许樱哥谋一门亲事未尝不可。可过了那说不清楚的一夜，该知道这二人纠缠不清的都知道了，他又能如何？再杀张仪正一次？蛇已被惊动，哪里又能轻易得手！光看上京城中这几日的血雨腥风，便该知道康王府此番不会善罢甘休，而上头的那位闲得太久，正想弄点事儿出来敲打敲打人，两下里一拍即合，闹得满城风雨，人人自危。

正是深不得，浅不得，许扶将拳头松了又紧，紧了又松，莫非，又要再次逃亡？忽听许樱哥道："他在这里养伤，我和梨哥两个到底不曾出阁，多有不便。既然上京城中形势已稳，弗如此番我们便与你一同回京，再换了家中哪位嫂嫂过来陪着二婶娘。"

孙氏二话不说，立即安排人手替樱哥姐妹二人收拾行李，半个时辰不到便迅速将人送出了门。眼看着马车远去，耿嬷嬷忍不住小声道："要不要同那边说一声，那边又在说素包子，这闹将起来……"

孙氏板起脸厉声打断她的话："你可是老糊涂了？这是我许家！我许家的女儿来去还要同人报备？"

第48章　警告·决绝

半斜的日光将官道两旁的柳树照得金黄一片，本该是最热闹的时候，路上行人却异常稀少，偶尔有马匹疾驰而过，也是刀兵与铠甲相击，冷硬铁血。许樱哥姐妹二人坐在马车上也能感受到这种冷肃凄清，不约而同地闭紧了嘴巴，把身子绷得笔直。马车驶入上京城后这种令人不安的感觉更为深刻，且不说那往来盘查巡游的兵士，便是关得七七八八的铺子和几乎没有行人的街道也叫人无端生出几分冷凝来。

天色渐渐暗下来，眼看快到学士府所居街口附近，许扶松了口气，打马到车窗前告诉许樱哥姐妹二人："快要到了。"

梨哥抚了抚胸口，笑道："终于快到了，坐了这大半日的车，累也累死了。"

许樱哥悄声问许扶:"不是说局势已经平稳了么?怎地还这样?"

许扶摇了摇头,忽然间,但听铠甲兵器相击,马蹄声并脚步声潮水一般地从街道另一头席卷过来。许扶勃然变色,眼看街道被封,立刻指挥众人将马车赶到街角隐蔽处,又叫了得力之人迅速前往学士府报信。才刚安置妥当,就见一群着禁军服饰的士兵如狼似虎地扑过来,眨眼的工夫便将街中一家府邸给团团围住,二话不说便开始撞门。

"那是谁家府邸?"木柱撞击大门的声音听得人胆战心惊,许樱哥的心紧缩成一团,与梨哥十指交握,紧紧依偎在一起。

且不论小时候遭逢的家乱,便是去年秋天郴王之乱,许扶也亲眼目睹了很多事情,所以并不慌乱:"这是军器监罗毅清府上。"军器监罗毅清,自来与贺王府亲近,也不知他此番是真的卷入到张仪正被刺之事中,还是康王府借机除人。

学士府与军器监府自无往来,许樱哥只记得曾在前年的某次宴席上远远见过罗家的几位姑娘,都是青春年少的年纪,活泼爱笑的性子,如今却要落得家破人亡。一瞬天堂,一瞬地狱,许樱哥正在神思恍惚间,就听"轰隆隆"一声巨响,有人高喊道:"奉旨捉拿通敌卖国的罗毅清!但有反抗,格杀勿论!"接着兵器交集声,惨呼声,呐喊声响成一片。

梨哥捂住耳朵,脸色惨白地直往许樱哥怀里缩,许樱哥偷偷将被冷汗浸湿的手掌往裙子上擦了又擦,干哑着嗓子低声道:"五哥,去年崔家也是这样?"

不知是谁放了一把火,火光冲天而起,把许扶脸上的汗水照得一片冷亮,光影斑驳下,本就瘦削的脸越发瘦削。他把目光自前方收回来,静静地看着许樱哥轻声道:"不是……崔家洞门大开,男丁束手就擒,以求保住妇孺老弱。"许衡早有交代,所以崔家十六岁以上男丁被当街问斩,崔家妇孺老弱却幸运地逃过一劫,至今还好好地活在林州。萧家却只剩了他和许樱哥两个人。崔家幸运,遇到了许衡,萧家不幸,遇到了崔家。

许樱哥掌心里的冷汗戛然而止,变得又冷又干。她抬起眼,看着盘旋而上的浓厚黑烟轻轻叹了口气。

"前方何人?!"马蹄击打在青石板路上的声音又冷又硬,马背上的人白衣金甲，身形略显单薄，慵懒中带了几分狠厉杀气，横在鞍前的弯月大刀上挑着个死不瞑目的人头，热腾腾的鲜血顷刻间便在青石板上汪起很大一摊。

　　人头是罗毅清的人头，白衣金甲的却是贺王府那位出了名的狠人安六爷。怎么也想不到会是他来亲自结果了罗毅清，并且割了人头要领首功。许扶挺秀的眉毛一下子蹙了起来，不动声色地将手扶在了腰间暗藏的匕首上，惊恐忧虑却迅速而清晰地大声报出了自家的身份："我们是许衡许大学士府的！从此经过归家，断无他意！"

　　"许大学士府的？不知道要封街捉拿要犯么？"安六爷把许扶来回打量了一番，缓缓将目光投落在马车上："车里是谁？"

　　许扶赔笑："是下官的两位族妹，许大学士的亲女。"

　　安六爷的眼睛转了转，笑了起来："罗家正好跑了两个女犯，你们也来得太巧了些……"不等许扶开口辩白，便厉声喝道："给我搜！"

　　许扶又惊又怒，大喊一声，正要招呼人手上前拦阻，却见车帘被人拉开，许樱哥镇定地扶着瑟瑟发抖的梨哥走了下来，仰头看着那安六爷朗声道："我是许府的二娘子许樱哥，这是我妹妹，另有婢女两名。这上京城中见过我的人不少，谁敢说我是女犯？马车在这里，将军即刻使人烧了劈了，看看里头是否藏有逃犯？"声音又清又脆，带了一股子隐然的狠劲和傲气，哪里又有逃犯的半点仓惶？

　　领命要搜马车的人不由迟疑地看向安六爷，安六爷翘起唇角，肆无忌惮地上下打量着许樱哥姐妹二人，刀头处挂着的人头鲜血淋漓，被风一吹，血腥味呛鼻而来。梨哥只觉得他就是那地狱里来的恶鬼，惊呼一声，软软倒在许樱哥怀里，便是站也站不稳了。

　　远处许执带了十余个家丁疾驰而来，人还未到，声音便已送到，安六爷把目光自许樱哥身上收回，转身看着许执懒洋洋地笑道："许司业，这是你妹子？"

　　许执顾不得形象，狠狠擦了一把汗水，大声道："是！是我二妹妹和三妹妹，才从乡下庄子里回来！"

　　"多有得罪。罗家恰有几个女犯逃脱，底下人刚好看到这里多出这么几个人，不得不过问一声。"安六爷没有任何诚意地解释着，没有放人走的意思，反而望着许樱哥笑道："听闻我那三弟遇险，正在贵府庄子上休养，许二娘子才从庄子上回来,不知他可大好了?"

许樱哥牢牢扶定梨哥,淡淡道:"小女子妇道人家,只知在后院习女红孝敬长辈,不知前院之事何如。但想来天家贵胄本是多福之人,那位三爷已经好转了。"

安六爷意味深长地笑了笑,抬眸看向许执:"既是误会,那便可以走啦。但这马车……"他抬起血淋淋的弯月大刀往马车壁上捅了捅,那人头随着他的动作来回摆荡,残血洒了一地。梨哥才缓过神来,又险些没晕死过去,便是许樱哥也是脸色惨白,面无人色。

许执忍了心中恶气道:"六爷办的是皇差,只管搜就是。"

这安六爷果然不给许府半点面子,当众命人将许樱哥等人乘坐的马车翻了个底朝天,便是马车壁也给刀枪戳了几十个透明窟窿。许执焉能不知这是贺王府的警告?却只管垂了眼木着脸任由他去。

结果自然是一无所获的,马车也再坐不得人。许樱哥搂着梨哥翻身骑上许扶的马,打马走了一截后回头去看,但见那安六爷还横刀立在街口处,见她回头,将刀朝她比了比,邪气地露出一口白牙。

梨哥惊吓过度,半夜发起了高热,许樱哥一夜无眠,天亮时分才被二嫂黄氏换下去睡觉,一觉睡到傍晚后对着姚氏少不得有些后悔:"我只当是京中的局势已经太平,我们总留在那里不是回事。谁知会这样倒霉……"

"是太平了,谁会想到竟又突然发作起来?"姚氏叹道,"梨哥被你二婶娘养得娇弱了些。撞到这般恶事虽然倒霉,但她见识了总比不曾见识的好。大华才建朝那几年,你也晓得,当真是血流成河,好不容易太平了几年,从去年秋天开始又不太平了,还不知要死多少人。"

世事艰难,想到昨日那安六爷肆无忌惮的挑衅刁难,母女俩都有些沉默心酸。苏嬷嬷疾步进来,双手奉上珠花一支,道:"夫人,赵家四郎来了,道是昨日二娘子在罗府前头掉的,他无意间捡着,特为送过来。又说并没有沾上血气,二娘子要也可,不要也可,总比落在外头的好。"

许樱哥定睛看去,却是一支串成梨花状的珠花,但并不是她的,而是梨哥的。便道:"这不是我的,想来是三妹妹昨日慌了神,掉了也不知道。"

姚氏便命绿翡接了收好,问苏嬷嬷:"他走了么?"

苏嬷嬷摇头:"不曾,还在花厅上坐着的,说是想见老爷,要等老爷归家。"又道,"还说想进来给师母磕头问安。"

姚氏想也不想便道:"好茶招待着,其他就不必了。"

贺王府的安六爷杀人欺人,赵璀偏就这般巧地捡着了这珠花,许扶一直探询忧虑的那个答案呼之欲出,许樱哥捏紧手里的帕子,轻声道:"女儿想见见他。"

姚氏微微有些吃惊:"你可是……"

"不是。"许樱哥摇头道,"是有些话,我必须要和他说清楚。"

姚氏沉思片刻,道:"也罢,说清楚的好。"

许家的宅邸自来是以小巧精致见长,这处花厅也是如此,不过几件梨花木椅并案几,墙上古画一两幅,窗下芭蕉杏树,门旁随意散放着几块珍奇玲珑的英石。还是记忆中的那般美好……赵璀看着这熟悉的一切,只觉得嘴巴里发苦发涩,一直痛到心里去。忽听得环佩叮咚,接着一股熟悉的馨香味儿影影绰绰地随风吹了过来,不由得狂喜之极,一颗心险些从嗓子里跳将出来,顾不得其他,立即起身立正往门外看去。

赵璀心情复杂地望着许樱哥下巴上还未尽数散去的瘀青,忍不住地胡思乱想:"樱哥,你可还好?"

"赵四哥请坐。"许樱哥在离花厅大门最近的地方坐下来,笑容很是温婉得体,"喝茶,这茶不错。"

赵璀机械地笑了笑,敷衍地喝了一口凉茶,目光在许樱哥的脸上来回打了几个转,终是忍耐不住:"你的下巴……"

许樱哥伸手摸摸下巴,轻声笑道:"这是那一夜撞的,当时只觉得疼,过后才晓得青肿了。今日已经好太多了,前两天我都不好意思见人。"

赵璀顿时没了声息,不用多问他也知道许樱哥说的那一夜是哪一夜。他有些伤心气愤许樱哥用这样轻描淡写的态度在他面前大喇喇地提起那一夜,同时又有些警觉她是否知道这件事和他有关系?又是怎么想的?于是小心地打量着许樱哥的神情,想从她脸上看出点什么来。

许樱哥却只是垂眸转动手里的茶杯,安静地等着他开口。

僵持了约有半盏茶的工夫,赵璀方哑着嗓子道:"他……你……你还好?"

许樱哥摇头:"我当然不好。赵四哥你是明知故问,现在想必整个上京城都知道学士府千金勇救张三的故事了,又有之前的官司,我能好到哪里去?"明明和她半毛钱的关系都没有,进京之后她才知道自己原来成了张仪正的救命恩人。

赵璀窘迫至极,又有些心虚,忍了又忍,低声道:"不管怎样,只要人好就行。我……"

许樱哥直视着他,缓声道:"赵四哥,很久不见你,你却是全没有之前的爽利了。你今日来,只是为了还那珠花?"

赵璀猛地抬头看着她,眼圈已然红了,自己又觉得太过失态,猛地起身走到窗边,背手而立,好半天才轻声道:"我是想和你说,不管发生了什么,我都不,不会嫌弃你。"

嫌弃?许樱哥仿佛是被一根尖利的锥子刺了一下,火辣辣地疼。赵璀之所以说他不会嫌弃她,自是因为他认为她具备了被嫌弃的条件。她微笑起来,轻声道:"多谢你这么怜悯我体贴我,但其实我不需要。"

赵璀大吃一惊,不明白事情怎会突然成了这样,又担心许樱哥是不是已经知道了什么,他忙忙地解释:"我不是那个意思,我真不是那个意思……"

许樱哥已经笑着起身:"上一次在公主府,我曾请窈娘替我带过话给你,不知赵四哥可曾听窈娘说起?"

赵璀想起了很多事情,情绪便渐渐稳定下来:"我知道你是为了我好,我一直都记着。最近事情有些复杂,我晓得你不容易,可我一直都在努力,所以你要耐心等待。"

许樱哥道:"四哥从前做的事情我一直都记着,你对我的好我也记着。但这和我们的亲事是完全不同的两回事。"想想这话有些词不达意,太过委婉不能完全表明她的意愿,便又重重地加了一句,"我不想等你。我此生也不会嫁你!"

赵璀如遭雷击,不敢相信地看着她:"你说什么?我听不明白。"

许樱哥有些不忍,但想到此时对他仁慈便是对所有人残忍,遂看着赵璀的眼睛,真诚地道:"我昨日见到了那位安六爷,果然够狠。你斗不过他们,也远远没有资格和他们互利互惠,没得白白送了性命,拖累了父母亲人。"见赵璀张口欲辩,一鼓作气地道:"我不是仙女,到底是要食人间烟火的,不想明知不可为而为之，抛弃父母亲人所有成为孤家寡人，所以不值得你抛弃所有。你也不是神仙，能光凭着一腔热血就可以快乐无忧地度过后半生，所以到此为止吧。"

赵璀生气地瞪着许樱哥，当看出她不是在开玩笑，也不是因为怜悯他热爱他替他着想而隐忍地拒绝他之后，不由猛然爆发了："我知道你看不起我！这么说，你是想嫁给那个完全不把你当回事的混账东西了！是，他是天潢贵胄，父母位高权重，还很重视你这个学士府的千金，我却只是一个小小的七品殿中侍御史，除了一颗心外什么都没有！"得不到父母家族的帮助提点，得不到别人的同情和援手，便是安六爷也认为他只配捡张仪正吃剩下的残羹剩饭，凭什么？凭什么？他辛苦了这么多年，难道就是为了听她这样一句话？证明他原来所做的一切都么荒唐可笑？

赵璀越想越愤怒，当看到许樱哥只是安静地看着他之后，无尽的怨愤和委屈尽数涌上心头，他很想看看撕下许樱哥那张从来都是笑嘻嘻的脸之后会怎样，便近前一步，逼视着她轻声道，"别装了，你到底是没有忘记他，所以一直都在怨恨我，终于等到机会又要背信弃义了么？"

"当初不是我求着你帮我们的，我也从没打算过用我的亲事来换你出手。说到背信弃义，抛开其他不谈，有资格和我说这个话的人的确不该是你。"许樱哥看了赵璀片刻，轻声道："我其实一点都不喜欢你，说到怨恨，也真说不上。明年春天之约就此作废。就这样吧。"言罢转身就走，决绝而无情。

"啪"地一声脆响，一向斯文有礼，温柔风雅，很注重分寸形象的赵璀终于忍不住砸了老师家中的漂亮茶碗，并且还想砸更多，但即便就是放火烧了这漂亮的房子，也不能让他心中的愤怒和沮丧减轻半分。他想喊，却喊不出来，只能低声嘶吼道："你这个无情无义没有心肝的恶毒女人……"她就算定了他不敢把他们兄妹的事情说出来么？

许樱哥却只是微微停顿了一下，便头也不回地快步离去。苏嬷嬷从花厅的另一侧走出来，苦口婆心地劝赵璀离去："二娘子这也是为您好……老爷自昨夜始便不曾归家，今夜亦不知是否会回家，赵四公子您不如先回去吧。这样闹下去，丢的可是两家人的脸。"

赵璀却只是站在那里不动，就像一个被抢走了糖却没能讨回公道的孩子，委屈地站在人家门口等着人家的家长出来给他公道。苏嬷嬷也不急，耐心地等待他自己想通。

许樱哥快步走回安雅居，接过铃铛递过来的清茶一口饮尽，走到窗边看着窗外渐渐泛了黄色的树叶沉默不语。她的情绪低落，丫头婆子们不可能没察觉，铃铛和古婆子都不停地朝青玉挤眼睛，询问这到底是怎么一回事。

青玉不便直言，便摇了摇头，把她们都赶了出去，自己则拿了块帕子在一旁装模作样地擦拭桌椅。忽听许樱哥道："你是不是也觉得我和他说的一样？"

"啊？"青玉静思片刻后低声道，"奴婢只是觉得二娘子可以更温和委婉一点。要知道，经您这么一说，这么多年的情分便什么都没有了。您本来是为了赵四公子好，却让他恨上了您，这可不好。"

许樱哥毫不犹豫地道："我不想。想占太多便宜的人往往是损失得最多的。"温婉多情的话，她当然会说，既能让赵璀心甘情愿地记得她的好，知道她的不得已的同时更加爱她，更恨张仪正，同时还能让赵璀在做有些事情的时候尽量择清许府和她，这样圆滑的手段她是懂的。但她不想，太无耻，也太危险。

才吃过晚饭，红玉就在帘下探了头："二娘子在么？老爷回来了，请二娘子过去说话。"

许衡昨夜就不曾归家，也不知现下整个上京的局势如何，许樱哥正有很多话想同许衡说，忙跟着红玉出了门。此时天色渐暗，彩霞满天，鸟儿已经回巢，成群结队地停在树梢上叽叽喳喳叫个不休，园内的安宁祥和与外间的风雨血腥完全就是两个世界。许樱哥的心绪渐渐平静下来。

眼看着就快要到正院，迎面走来冒氏和傅氏等人。许樱哥敛衽为礼："见过三婶娘、见过大嫂。"

冒氏带了几分诡异的笑意，笑眯眯地看着她道："自家人，何必这般客气？"言罢上下打量着许樱哥，回头对着傅氏道："都说大难不死，必有后福，你瞧咱们樱哥，可不生来一副福相？说不得，日后咱们都还要沾她的光。"

傅氏淡淡地笑了笑，对着许樱哥温言道："父亲等着你，快去吧。"一边说，一边将试图朝许樱哥靠过去的几个萝卜头挡住："不许去歪缠你们二姑姑，她有正事儿要办。"

许樱哥含笑同几个萝卜头挥了挥手，继续往前走。

冒氏靠近傅氏低声道："你可真贤惠。她这么大的人却还如此任性，明知不太平，偏要跑回来，独扔了二嫂和二侄子两个在那里伺候那阎罗王。孩子们还小离不得娘，外头又乱，你还得赶这么远的路，冒着风险去看人脸色低头伏小。都说她贤良，怎地这时候就不为家里人想想？只顾她自己？"

傅氏皱了皱眉头，不咸不淡地道："多谢三婶娘操心，做人媳妇，当人长嫂的，自然是要贤惠才好。两个妹妹尚未出嫁，是不能在那里久留的。我若不去，倒是叫二婶娘和二叔怎么办？旁的不说，也该给孩子们做个榜样才是。"言罢自领了孩子离去。

冒氏回头看着暮色里的主院，恨恨地咬着牙想："头重脚轻根底浅的东西，我倒要看你能得意猖狂到几时。"凭什么许樱哥可以自由出行，还可以公开去见旧情人，偏她就出门都要受限制？这一家子难道都当她是瞎子、聋子么？

第49章　变故·入宫

"昨日午后，康王妃入宫觐见皇后娘娘，随后圣上入中宫，在中宫停留了约有大半个时辰。傍晚时分，贺王府主动请旨捉拿通敌卖国的罗毅清，随即圣上宣召我等入御书房商讨朝政。"许衡还是那副不急不缓的样子，慢悠悠地把这几日京中的变故一一道来，看似是在同许执交流沟通，实际上却是等许樱哥进去之后才说起来的。

这几件事彼此之间有关联，康王妃入宫觐见皇后，自不会只是去喝茶问安的，多半是为了张仪正被刺之事去鸣冤示弱，而皇帝在中宫停留了近大半个时辰之后贺王府便请旨捉拿罗毅清，更是双方互相角力之后得来的结局。罗毅清是贺王府的左膀右臂，却被贺王府亲自出手舍去，那就应是贺王府占了下方。许樱哥正思忖间，就听许执极小声地道："父亲，最近有传言，道是圣上有意伐晋。不知真假？"

许衡沉默地点了点头。

许樱哥的一颗心顿时凉透。她抬头看着坐在上方的许衡，手脚冰凉。

许衡悲悯地看着她："如果不是宫中透露出某种意愿，昨日也没有人会如此刁难你们。"从前许家不偏不倚之时，贺王府不曾针对过许家，唯一一次冲突便是在公主府中张仪正欺辱许樱哥后敬顺县主的挑衅。再之后便是昨日傍晚的突发事件，这次的挑衅警告更为血腥直接。为什么贺王府会采用这样的方式？自是因为他们认为局势在朝着对他们十分不利的方向发展，而他们无力改变来自宫中的某种强横有力的决定，便只能用这种方式向许家表达他们的意愿。

姚氏手里的帕子顿时被冷汗浸透，她担忧而张皇地看向许衡："难道是？"

许衡沉声道："做父亲的，只要不是真的想要儿子死光光，打成一团给仇人看笑话，那自然是这个儿子吃了亏，那便要做出些补偿安抚安抚才是。何况，现下即将伐晋。"皇族张氏这一家子在某些方面兴许很荒唐，但他们都很骁勇善战，十个皇子皇孙里至少有过半是猛将。贺王府和康王府正是此类佼佼者，大战在即，内乱无疑于给晋机会，晋与大华本是死敌，皇帝绝不会容许，所以不能再坐在一旁吹着凉风听着小曲看儿子们的笑话，他需要更多的平衡牵制。

此一时，彼一时，许家终究成了帝王权术的一枚棋子，前些日子还在为许家拒婚而赐金筷子，如今却要把许家的女儿当成是补偿平衡的筹码。帝王只要看到自己想要的，哪里又管得了你是否愿意？何况能够嫁给受宠的皇孙，那可是荣幸，谁敢不从？识趣的自当是笑着嫁入康王府才是。

终于还是到了这一刻，许樱哥的嘴唇轻轻颤抖起来。姚氏老大不忍，忙过去搂她入怀，轻声道："先听你父亲怎么说。"

"伯父，伯母……"许扶擦着额头上的汗大步走来，刚进门就感受到屋里的气氛不对劲，脚步一顿，狐疑地看看许衡，又看看许樱哥。

许衡道："济困来了啊？坐，都坐。"

许扶却不敢坐，只管紧张地看着许衡，多事之秋，大家心里的那根弦都是紧绷着的，很容易就往最坏处去想。

许执忙过去将他按在椅子上："坐下再说。"

许衡的目光在许扶、许樱哥的脸上缓缓扫过，在他们清秀的眉眼、挺拔的身形上依稀看到了故人的影子，他轻轻叹了口气，郑重无比地道："趁宫中旨意未下，你们走吧。逃到晋地绛州老家去，我来安排。"

许执的手抖了一下，脸色有些苍白，姚氏眉尖微蹙，咬紧了唇，却无一人说反对。若是杏哥，嫁便嫁了，因为她是许家的女儿，可樱哥不是许家人，不该为许家的荣辱承担太多。

许扶缓缓抬起头来看着许衡，又看看姚氏和许执，沉声道："我们走了，你们怎么办？"

许衡微微一笑，轻轻拂了拂袖子："不用替我担心，我有的是办法。"

许樱哥涩然道："敢问爹爹的办法是什么？"

许衡缓缓道来："人若死了，他们能把死人如何？"

许樱哥苦笑："万一有心人要验尸呢？且不论这世上是否有与我长得一模一样的人，便是有，仓促之间哪里又能找出来？醉翁之意不在酒，康王府哪里是真的看上了女儿，非我不娶？他们要的是许家女儿，我走了，梨哥正好顶上。以梨哥的性情，嫁给那个人，迟早都只怕是个死，爹和娘能替二婶娘做主么？"越说到后面，许樱哥越涩然，每个字都苦涩不堪。她不是天真少女，不会认为许衡智谋天下无敌，可以为所欲为。正所谓，匹夫一怒，血溅五步，天子之怒，伏尸百万。许衡凭什么可以活到今天？凭什么可以得到皇帝的信任，身居要职？那是因为他自始至终犯的都只是文人的小毛病，而不是大毛病，他从没有超越过皇帝能容忍的那条线。先不说兵荒马乱，她能逃到哪里去，何况谁说她吃喝享受尽了便可以甩手一走了之的？

"梨哥还小，落不到她的头上。"许衡看着许樱哥轻轻笑了起来，已是知道她所思所想，"你能想到这些，我便已很欣慰。若是要你死，我便自当安排妥当，找个最合适的理由，找到最妥当的背家。"

许扶眼睛微亮，开口道："樱哥先回房去。"

许樱哥正要拒绝，许衡已然道："夫人也去，明早不是要让老大媳妇儿去庄子里么？还有许多家事要断，不要先就乱了阵脚。"

姚氏在这种时候通常是绝对不会拂逆许衡的，当下露出一个温和的笑容来，牵了许樱哥的手道："走，我们先下去。留他们说话，你要对你父兄有信心。"

许樱哥没有再坚持，沉默地跟着姚氏走出了房门。才在隔壁坐了不久，就有大管家许山进来禀告："二夫人和二爷回来了！康王府没有打招呼就直接去了庄子里接人，去的是康王府的四爷，传了王妃的话。道是近日四处多不太平，庄子远离上京，人烟稀少，不便久居，建议二夫人和二爷也跟着康王府的人马一起回来。二夫人记挂三娘子，便同二爷一起随了康王府回来，此时人已到了街口。"

"回来就好，绿翡去同大奶奶说，不必收拾东西了。"姚氏心里七上八下的，总觉得康王府动作如此神速，总是与自家人所担忧的事情有关。

须臾，许拙快步进来，忙忙地喝了大半壶温茶，顾不得许樱哥在一旁，急急道："怎么回事？怎地外头在传言我家要与贺王府联姻？怎么想也想不到是他家啊。"

开什么玩笑！姚氏差点没从椅子上纵起来，白着脸迅速瞄了许樱哥一眼，怒斥道："胡说八道什么？当爹的人了还这样毛糙！"

许拙将袖子用力擦了一把额头上的汗水，道："母亲还不知道儿子么？儿子笨是笨了些，哪里又是毛糙的人？这是半道遇着太常寺卿家的锦大哥哥说的。说得有鼻子有眼的，说那安六放话说，若是二妹妹敢跳墙，他便在墙下接着，若是拿了金簪刺人，他便扎了稻草人给她刺……"

唐媛的大哥……许唐两家是通家之好，总不会莫名其妙就乱说一气，必是特意来报信的。许樱哥面前猛然浮现出安六爷那凶残邪气的模样，手里握着的素纨扇一下子掉在了地上，眼里的泪不期然间汹涌而出，她忙借着俯身去捡扇子掩去了泪。

"还在胡说八道！"姚氏吼得更大声，猛地推了许拙一把，"你父兄就在隔壁，还不赶紧过去？"

许拙羞愧地看向许樱哥，但见许樱哥一把扇子捡了许久还未捡起来，便讷讷地道："我是胡说八道的，二妹妹你莫信。"

姚氏一眼横过去，许拙摸了摸头，咻溜一下奔向了隔壁。

姚氏的太阳穴突突直跳，绞尽脑汁地找着安慰许樱哥的话："樱哥，肯定是误传，不要多想，必是……"

"必是他们的阴谋诡计。一切反动派都是纸老虎，一戳就倒。咱们不能被吓倒。"许樱哥抬起头来俏皮地接上姚氏的话，唇角微翘，脸上犹有泪痕。

什么反动派姚氏是不懂的，但她能明白许樱哥的意思，姚氏心痛如绞，拥了许樱哥入怀，低声哽咽道："对，你父亲得到的消息和外头传的断不相同，所以这必是阴谋诡计，咱们不能被吓倒，自乱阵脚如他们的意。且让他们狗咬狗去，你父亲总会有法子的。"但实际上母女二人都明白，便是两条恶狗抢骨头，抢来抢去，那骨头最终也会牙痕森森，受损极重，何况贺王府是名副其实的恶狼。

忽听苏嬷嬷在外道："夫人，二夫人、三爷和三夫人来了。"接着就听冒氏道："大嫂，这么大的事情怎么瞒着我们？我们便是帮不上什么大忙也能出出主意不是？"

姚氏也懒得同冒氏计较，只恐许樱哥在一旁听着反复纠葛这些事未免多增烦恼，便叮嘱苏嬷嬷："扶二娘子下去歇着。"

苏嬷嬷深以为然，正待要应，又听人道："大娘子回来了。"

姚氏的眼睛亮了亮，她们正缺一个能与康王府近距离接触的人传递消息，许杏哥就已赶来，不能不说是心有灵犀。

许杏哥快步进来，眼看着一家老小能说得上话的基本都在里头了，便先朝许樱哥安抚地笑了笑，与家人一一见礼。

冒氏难得有机会可以显摆一下自己的热心，便道："还行什么礼问什么安？大家伙儿的心都在半空中悬着呢，这到底是要嫁康王府，还是要嫁贺王府？总不能一个女儿许了两家人？"又捂了自己的嘴，面带惊恐地瞟了孙氏一眼，轻声道，"难道，梨哥也……"

许徕低声斥道："闭嘴！胡说八道什么？"

孙氏虽然垂眸不语，脸上的血色却潮水一般褪去，手里拿着的念珠也飞速运转起来。

忽听门廊下传来少年人清脆的怒吼声："真要这样，我便撞死在王府门前！长兄死了，妹妹总要守孝的吧？"却是向来温和寡言的许抒。他身后立着无可奈何的许揭。

孙氏一顿，回头怒斥道："孽畜！长辈面前岂容你多言？给我速速滚下去，跪到你父亲灵前反省，不得我的允许不许起来！"

许抒还想说什么，却被年少老成的许揭捂着嘴强行拖了下去。

哎呀呀，二房果然出手不凡，一个要死，一个推出亡夫。冒氏眼看着自己的计策得逞，不由暗自快意起来，险些鼓掌道好。事到临头，事关骨肉，她倒是要看看长房到底是要顾妹子的骨肉，还是要顾亡弟留下的孤儿寡母。

姚氏暗叹了一声，回眸看着许杏哥，许杏哥却只是苦涩地轻轻摇了摇头。这样的大事情，事关她的娘家，康王府和武家又怎会让她知晓呢？她回来不过就是纯属私人行为，因为担心娘家，担心许樱哥，所以回来陪着。

姚氏苦涩无比，当初之所以能给樱哥兄妹一碗饭吃，一个栖身之所，是因为在场的大多数人都不知道因由，并且那时候看来危险也没有当前这么急迫，所以知道的都能忍。到了这个火烧眉毛的时候，事关自己骨肉乃至自身的切身利益，能容忍的又有几人？

却听冒氏又来了一句："杏哥，原来你竟然是什么都不知道？你要知道咱家现在就指望着你了，你得赶紧去求亲家夫人，求姑爷，求武大将军啊，咱们这样干坐着算什么事？早点知道也好应对，是不是大嫂？"说到这里，她才想起很久不曾开口的许樱哥，便带了几分阴险看向许樱哥："樱哥，你是怎么想的？"

这是明知故问了，谁都知道那两府都不是良配，所以许抒宁死也不肯让梨哥嫁过去。冒氏不安好心，但许樱哥还真不知道她到底是为了害怕自己不肯嫁而为一家子招祸，还是为了其他什么原因。许樱哥抬起头来看着冒氏，轻轻蹙起眉头："皇命难为，三婶娘认为我该怎么想？"

养兵千日用兵一时，许家无偿照料了他兄妹那么久，她再不愿意也应该理所当然地站出来。不然就是白眼狼，不然就是忘恩负义，至于最后能嫁不能嫁，那又是另外一回事了。冒氏很满意现在的情形，正要开口时，许徕已然拂袖而起，怒目相对地低声怒斥道："你回去！这里没有你说话的份！"

许徕这是第二次当着全家人的面如此训斥她，冒氏心头火起，尖声道："我为什么要回去？我是许家明媒正娶进来的媳妇儿，是五郎的亲生母亲！这般大事怎会没有我说话的份？"眼睛一轮，落到垂着头扮老实可怜的许樱哥身上，险之又险地把那"不知从哪里来的阿猫阿狗倒可以登堂入室地说瞎话了"的话生生咽了下去。

忽听门帘轻响，许衡慢吞吞地走了进来，淡淡地道："吵什么吵？圣旨尚未下达，你们便争论不休，若是传到外头，岂不是要让人笑话我许家人太过轻狂可笑？如若真有旨意下来，圣意难违，不拘是康王府还是贺王府，不管是樱哥还是梨哥，做臣子的都要高高兴兴接着。都回去！"

除了姚氏并许樱哥之外，所有人都吃了一惊，却没有人敢驳斥质疑。许徕冷冰冰地瞪了冒氏一眼，率先走了出去。孙氏在丫头的搀扶下好不容易才起了身，木着脸，颤抖着手脚慢慢走了出去。冒氏还想说句什么话，就见许衡劈头盖脸地朝着许杏哥骂了起来："你是武家的媳妇，武家长孙的亲生母亲！没事儿总往娘家跑什么？不要因为夫家宽容体贴你就为所欲为，立刻给我回去！下次家里没人去接就不许回来！"

许杏哥的嘴唇剧烈地颤抖了两下，眼泪狂飙而出，埋头冲了出去。许衡淡定地咳嗽了一声，回头默默地看着冒氏，冒氏所有的气焰顿时平息下来，蔫巴巴地行了一礼转身走了。

许衡目送众人走远，皱眉低声吩咐姚氏："让大儿媳妇儿去陪着她二婶娘吧，这节骨眼上千万不能出事。"

孙氏绝对不会开口求长房，也不会容许她的儿子为此去死，但如果此事一旦牵扯到梨哥，她绝对可以去死。长兄死，又怎么比得过母亲死更有力量呢？这天家再不讲道理，许家到底也是这大华文人的标杆，断不能逼迫至此。姚氏明白过来，白着脸忙忙地安排人去通知傅氏。

许衡把目光投向许樱哥。许樱哥手里握着一把素纨扇，一直安静地站在窗边角落里，此时暮光已深，房里又还尚未掌灯，暗色已经把她的半边身影尽数笼罩了进去，她的腰背却是比之前挺拔得多。

"让我去吧。"许樱哥对上许衡的眼睛，声音虽轻，却极坚定，"我知道父亲经营多年，手下忠心能干的人自然不少，哥哥这些年多在市井间厮混，过命的奇人异士也交往了不少，若是真想做一件事，总是能成十之八九的。但凡事总要看利弊，看付出与回报是否能成正比。女儿认为，父亲和哥哥们所谋之事太过冒险，若是不成，便会陪上一家子人，若是成了，这一路上也不知会死多少人，他们也有父母亲人要照料，也有至亲之人会心疼。况且，不管出于何种原因，只要最后是三妹妹嫁过去，那便是父母亲藏私，长房二房再难相亲。不如我嫁过去，大家都能有一条活路。我也舍不得父母亲为难冒险，更舍不得哥哥为了我的缘故死去。萧家，只剩他一个了。"

许衡轻声道："你很懂事，很能为人着想，为父很欢喜……但事情还没到那个地步，先等一等。"

许樱哥道："当然只有等。"她走过去搬了把椅子放在许衡身后，扶许衡坐下，轻声道，"在等待的这段时间里，爹爹不如和女儿一起分析一下利弊吧。"不等许衡开口，她便自顾自地说起来，"在女儿看来，还是康王府的可能性更大一些，首先宫中有朱后，不说外头的事情如何，帝后一向恩爱并无不和之传言；其次此番是康王府吃了亏，该得补偿的应是他们；最后，贺王府的儿子远比康王府的多，厉害的也更多，我这个大学士的女儿，怎么都轮不到他们。兴许，有人正等着爹爹做什么的。要是咱们真的做了什么，便是给对方下手的机会。所以不如什么都不做。"

见许衡赞许地点了点头，许樱哥大着胆子继续道："当然，贺王府之所以敢这样大肆张扬，自然也是因为他们有底气。他们已经自断一臂，也许在咱们看不见的地方他们还做了其他事，并且成功地挽回了圣意，不说是完全，至少也是部分。所以这件事可能会有反复，所以康王府才会这么急地把张仪正从庄子里弄回来，弄回来的目的，当然是想让帝后看看他到底有多惨，好为康王府添加些筹码。因此，两王相争，最后的结局还未必可知，对不对？"

"接着说。"许衡看向许樱哥的眼神越发温柔。一个十七岁的女孩子，能这么快从打击中清醒过来，平静地分析局势利弊，勇敢地接受现实，实在是很不错。

"当然，这些事情父亲和哥哥们总是早就猜到并有对策的。"许樱哥有些不好意思地笑了笑，轻声道，"所以万一真的逃不过，请爹爹设法让女儿嫁给张仪正吧。我以为，一个会心软的人总比一个心硬如铁的人要好些。然后，康王和康王妃目前看来也还是要脸的，要脸的比不要脸的好。"

许衡沉默许久，轻声道："如果真的到了那个时候，我自然是要为你争取到相对最好的。但日后的路该怎么走，你现在就要想清楚。你要知道，开弓就没有回头箭。"

门外，许扶握着拳头飞快转身，迅速走入茫茫夜色之中，很快就消失不见。许拙想喊他，许执却阻止了许拙："由他去罢。"

天亮，风起，秋雨微落，许樱哥没有起去打拳，而是半合了衣裳靠在床上静听窗外檐头上滴落的雨滴击打在花木上的声音。

"快给二娘子梳洗！快，快！"傅氏带着一身湿气快步冲了进来，急急地道，"宫中来旨，宣召你和母亲即刻入宫。"

第50章　赐婚·灵犀

　　重重宫殿被烟雨笼罩其中，廊下名贵的秋菊被淋得有些蔫，廊上穿行的青衣宫女则肃穆而无生气。许樱哥半垂着眼，紧紧跟在姚氏的身后，行走在含章殿那幽长似无尽头的长廊上。前面带路的女官半点声息都没有，四周除了雨声便是长阔的丝绸裙摆和地砖摩擦发出的沙沙声。姚氏每年总要进几次宫，对于这样的情景和气氛早就熟悉，但今次也免不了几分担忧忐忑，便趁着周围无人注意，悄悄握了握许樱哥的手，以示宽慰。

　　许樱哥迅速回握了她的手一下，轻轻笑了笑。

　　母女二人正相视而笑，前头领路的女官却突然停住了，并且快步避让到长廊一侧，低头行礼道："婢子见过七王妃。"姚氏反应很快，立即带着许樱哥让到一旁并行礼下去。

　　随着与这肃穆庄严的环境格格不入的"叮咚"几声环佩相击声，一股浓郁的香味扑鼻而来，石榴红绣金线的裙摆肆无忌惮地闯入到许樱哥的视线里，她半垂着眼，沿着那浓艳精致的裙摆看到一双露在裙外，精美华贵至极的珠履和一双小巧玲珑、浑然天成的小脚。那双脚，以她现代人的方式目测，应该在32码左右，属于童鞋的范畴，但的的确确是天生的精致玲珑。

　　"许夫人，很久不见，这次见着你可比上次在公主府气色好得多。"珠履小脚的主人语气慵懒，声音是那种微微沙哑的性感女声，仿佛女主人是熬了夜，有些累，又仿佛是天生如此，语调勾人。

　　简直睁眼说瞎话，这是故意的吧？也不知怎会这么早就遇到这破落户。姚氏暗恼，淡淡地道："借王妃吉言，臣妾一家深沐圣恩，气色自然是越来越好的。"

　　"知道是圣恩就好。"那沙哑的性感女声并无不悦之意，反而饶有兴致地道，"这就是令媛？那位有名的许二娘子樱哥？"

　　"正是。"姚氏拉过许樱哥的手，提醒道，"樱哥，快见过七王妃。"

　　许樱哥上前半步，盈盈一福的同时迅速在有关记忆中搜寻这位七王妃的信息，却也只记得她是今上最小的儿子福王的正妃，听说是位国色天香，难得一见的大美人，生性很是狂妄肆意，还颇得宠。但许樱哥也不怕，这是皇后所居的含章殿，没人敢将皇后的虎须。

却听那七王妃道:"抬起头来我瞅瞅。"

许樱哥微微抬头,一脸的视死如归。两根微凉纤长的手指放在了她的下巴上,将她的脸抬得更高些,七王妃吐气如兰,巧笑嫣然:"不错,瞧这小下巴长得真是爱煞了人。我瞧着都想捏一捏了。"随即轻轻拍了拍许樱哥的脸,道:"别怕,我不吃人。"

许樱哥微微皱眉,看到一张美得惊心动魄,无有一丝缺憾的俏脸。姚氏笑道:"王妃真会开玩笑,这孩子是第一次进宫,所以有些紧张。"

七王妃收回手,漫不经心地道:"进去吧,皇后娘娘等了好一歇啦。"

那女官又朝七王妃行了一礼,领着姚氏并许樱哥继续往前。雨越下越大,廊下侍立的女官、宫女越来越多,前面领路的女官和姚氏的神色举止越来越慎重,许樱哥便知,应该是快到正殿了。果不其然,转过一道弯,便听到一阵颇有几分熟悉的欢畅笑声从前方大殿里传来。接着那女官请姚氏稍等,自往殿内通传。

姚氏迅速回身给许樱哥整了整发簪,轻声道:"有我在,不用怕。"

"不怕。"许樱哥也细心地替姚氏整理了一下裙带和头上的花钗。

"许夫人,请吧。"一个慈眉善目的老太监走出来,眉开眼笑地望着姚氏躬了躬身。

"洪公公,许久不见,看你越发精神了。"姚氏丝毫不带烟火气地悄悄递过去一个绣囊,笑容温和真诚。

那老太监接过绣囊的同时不露痕迹地掂了掂,然后越发慈眉善目:"许夫人客气。"目光落在许樱哥身上,微笑道,"夫人好福气,令媛都是有福的。少一时,便有赏赐送到府上。"

这话里话外都在传递着若干信息,姚氏干笑了两声,静默地跟着洪太监进了正殿。

随着她们进入正殿,殿内的说笑声便止住了。许樱哥跟在姚氏的身后,跪拜行礼问安,把整套礼仪一丝不苟地做将下来,在得到可以起身的允许后,立即上前半步稳稳托住姚氏的胳膊,帮她站起身来。

"赐坐。"皇后的声音和所有传说中的贤后一样温和。

能坐的当然只有姚氏一个,许樱哥照例只能陪站一旁。她很想看看这位能让暴君一见钟情并且一直心爱,贤名远扬的贤后是个什么样子,但她也知道此刻不知多少双眼睛盯着自己,所以很耐心地等待着,不然进宫一趟,连皇后是个什么样子都没看清楚就实在是太亏了。

"许夫人,明知本宫很喜欢和你说话,平时却也不见你入宫……"皇后很温柔地和姚氏道着家常,姚氏很认真,很谨慎,甚至是带了几分敬意地回答皇后的话:"娘娘为一国之母,后宫之主,每日事务繁多,臣妾不敢肆意……"

许樱哥想起来,姚氏其实是朱皇后的粉丝,一直都认为朱皇后很好很不错,堪为一位称职的国母。客套过后,两个女人的话题从今年的人口繁衍扯到了今秋的庄稼收成,接着就扯到了首饰衣服上。皇后顺理成章地提起了许家今年夏天送给长乐公主的那套首饰:"长乐曾戴过一套极不错的首饰头面,叫什么?步步莲花?是不是长乐?"

这时候许樱哥听见长乐公主恭敬温顺的声音从一旁响起来:"是这样的,母后。"

皇后的语气里带着笑意:"东西好,名字也好,不独是长乐喜欢,本宫也很喜欢。本宫这些年来跟着圣上也算是享尽了福,开拓了眼界,见过前朝留下来的国宝,享用过各地献来的奇珍,却不曾见过这样精巧新奇的头面簪钗,不知夫人是从哪里寻来这样的好物事?"

姚氏道:"不敢有瞒娘娘,那是特意在和合楼里定制的。"

却又听旁边有道清脆的女声带了些讶异道:"和合楼,我也去过好几回,买了好些东西的,可不见这样的。"

说话的是长乐公主的女儿惠安郡主,姚氏咬了咬牙,目光扫过一直站在一旁沉默不语的康王妃,沉声道:"因为这是小女樱哥亲手所绘再交由工匠制作的,郡主当然不容易见到。" 今日这殿内都是嫡脉一系,既然这事儿迫在眉睫,逃不掉,弗如此刻在皇后面前为许樱哥加点分量。需知,皇后此人最是爱才,更何况对方莫名在这个时候提起这件事来,说不定也是知道些内情的。

果然皇后很愉快地笑了起来:"早就听说你家二娘子善画,善马球,精厨艺,原来还擅长这些精巧的玩意儿。"

许樱哥带着恰到好处的羞意和怯意盈盈一福,姚氏微笑道:"娘娘谬赞,不过是些雕虫小技,上不得台面。"

惠安郡主爽朗笑道:"许夫人太过谦虚啦,还说是雕虫小技呢,我要是能画画儿便也能叫才女了，若是能精通厨艺也不会被人日日逼迫了。可惜我字都认不全，只会吃不会做。"

长乐公主嗔道："你还好意思说！脸都给你丢尽了。"

惠安郡主厚着脸皮低声嚷嚷道："娘亲勿怪，天生如此，实不能怪我。"

有了惠安郡主这一打岔，殿内的气氛突然间松活起来，皇后接着笑道："不知本宫可有这个福分，能得小姑娘替本宫绘制一套簪钗？"

许樱哥愣了愣，上前行礼下去，朗声道："能为娘娘出力，自是小女子天大的福分。"

"好！好！好孩子。"皇后笑了一回，缓缓转入正题，"许夫人，令媛不但容貌端庄有才能，难得还品行端良，堪称才貌双全，本宫看着实在是喜欢。有心想为她配一门极好的亲事，夫人觉得如何？"

姚氏的脸色瞬间雪白，忍不住抬头看向皇后。但见皇后照旧笑得温柔可亲，四平八稳，眼神却似是笼罩在一片浓雾之中。这不但是皇后的意思，更是龙椅上那位的意思，绝对不容拒绝。姚氏的心头一片冰凉，多少有些埋怨自己的偶像不讲道理，慢吞吞地拉了许樱哥拜倒下去："皇恩浩荡。"

皇后满意一笑："我有孙子，赤诚天真，与令媛年貌相当，堪为良配。"见姚氏满脸疑问，便又笑道，"夫人从前也是见过的，前些日子你们府上才救了那孩子的命。我一向很疼小三儿这孩子，知道他出事几天都没睡好，还来不及和你们说声谢。"

姚氏垂死挣扎："臣妾惶恐，这是做臣下的应该的，哪里敢当得娘娘的谢？樱哥这孩子才疏学浅，性子又急躁，怕是难当大任……"

皇后轻描淡写地道："本宫说当得就当得。"

这中间没有贺王府什么事儿。许樱哥在松了一口气的同时，却又有些茫然失措。旁边已经响起一片恭喜的声音，有恭喜姚氏的，也有恭喜康王妃的，当真有了几分喜气洋洋的意思，许樱哥把头深深地低下去，不让人看到自己脸上的神情。

忽又听长乐公主笑道："瞧，这孩子害羞了呢。"

皇后便看向许樱哥，柔声问道："可是担心不熟宫中规矩？无妨，本宫自会派了嬷嬷去你府中教导你，你这样聪明，不怕学不会。"

于是传说中的万恶的容嬷嬷要出现了吗？这是为了教育她以后不要再拿出

金簪对着龙子凤孙们罢,其实不用容嬷嬷指点,她也不会再做这种自绝于人民的蠢事。许樱哥终于忍不住抬起头来看向坐在凤椅上的皇后。

皇后不是美人们必备的鹅蛋或是瓜子脸或者小脸,皇后的脸圆润洁白如银盘,眼睛是单眼皮,眼尾微微上翘,想来年轻时必然十分妩媚,鼻子和嘴唇自也是长得极好的,完美的组合,挑不出毛病,看上去既亲切又端庄,美丽又尊贵。眼角的细纹不曾有损她的美貌,反倒添了几分睿智慈悲之意。也没有像所有的贤后那样青衣素妆,她严肃认真地穿戴享用着皇后该享有的一切。

这样的人,有大慈悲,有大智慧,却没有小慈悲,否则怎会在这样复杂的家庭里,以后来者的身份,在家族几乎死绝没有外援,庶子众多且年长的情况下历经多年屹立不倒,长宠不衰?便是今早的突然宣召入宫并赐婚,大概也是先下手为强。这一下手,便杜绝了其他不必要的各种枝节,例如,贺王府的窥伺捣乱,许府因此可能会采取的一些行动。许樱哥平静地垂下眼帘,结束了对这位一国之母的印象考评。

她的小动作当然没能瞒过皇后去,皇后慈祥地微笑着,吩咐惠安郡主:"你们本是旧相识,樱哥第一次入宫,这后头的灵犀阁里观雨最是不错,此时外间风雨不大不小,你正好领她去看看。"

这回从许二娘子变成樱哥了,许樱哥看向姚氏,姚氏温言送了四个字:"谨言慎行。"

许樱哥敛衽为礼,随着惠安郡主走出了正殿。惠安郡主到底是小孩子,才出了正殿便笑嘻嘻地主动牵起了许樱哥的手,叽叽呱呱说个不休:"这回好了,我眼馋我母亲那套头面许久了。你会帮我绘制一套的吧?"

许樱哥牢牢记着姚氏送的那四个字,矜持地微笑着:"郡主有命,莫敢不从。"

惠安郡主眼神怪异地看了看她,轻声道:"你和从前不一样了。我还是喜欢你原来的样子。"

许樱哥失笑:"郡主还是一样的喜欢开玩笑。我还是原来的我。只是这些日子经历的事情有些多,未免变得更稳重了些。"

这虽也是实话,但她未免显得太生疏了些。惠安郡主笑笑,领着许樱哥沿着长长的长廊一直往前走,许樱哥数到第十八个弯,四周再看不见青衣宫女的时候,终于到了地头。

一座琉璃为瓦、檀香为木的高阁拔地而起，檐角做工精美的青铜铃铛在秋风中发出清脆悦耳的声音。许樱哥微眯了眼仰头往上看，暗自赞叹了一声实在是够奢华。

　　"这是立国之初，圣上特意为皇后娘娘建造的，楼高九层，整整建了三年有余。待到建成之后，圣上总要抽空带了娘娘在此西眺娘娘的家乡，想着哪一年能夺回娘娘的家乡。"惠安郡主似是知道许樱哥的想法。在一旁温和地当起了解说员。

　　"帝后情深，本是一段千古佳话。假以时日，必能大败西晋。"许樱哥适时送上一顶高帽。

　　"那是肯定的。"惠安郡主很是骄傲，"我记得。你们许家的宗祠也是在绛州？"

　　许樱哥笑道："正是。"

　　"很快就能夺回来了！"惠安郡主牵了许樱哥的手示意她跟着自己沿着灵犀阁的楼梯往上爬，一口气爬到第六层，两个女孩子都有些累了。惠安郡主擦了擦汗，笑道："第九层轻易是不许上去的，不如在这里歇歇看看罢？看过这里再往八层，是完全不同的感觉。"

　　许樱哥与她一同走到栏杆旁往下眺望。此时风雨渐歇，整个皇宫都笼罩在一片朦胧的雨雾之中，看上去颇为梦幻。许樱哥想起前世那些轻轻松松就高达几十层的高楼和那些漂亮的观光电梯，一时间有些恍然。

　　"啊……！"惠安郡主紧紧抓住栏杆，微闭着眼睛发出一声凄惨无比的尖叫。不知道的还以为有人坠楼了。

　　许樱哥吓了一跳，吃惊地看着惠安郡主，惠安郡主已然哈哈大笑起来："吓着了吧？每次都能吓着人。"轻轻戳了戳许樱哥的脸，好奇地把脸凑过去，"你不好玩，别人都是脸白了，赶紧离这栏杆边要多远有多远。你倒好像是觉得我怎么这般调皮似的。"

　　许樱哥低声道："这是宫中，郡主不怕失仪么？"

　　惠安郡主哈哈大笑，傲然道："谁敢说我？我当着圣上和皇后娘娘也是如此，除了我娘，可没人管我的闲事。"

　　这就是官三代富三代和草根的区别啊，官三代富三代永远底气都很足，草根在关键时刻则总是露怯。许樱哥笑笑，丢下那对着秋风秋雨自我陶醉的惠安郡主，走到灵犀阁的另一边，换了个角度俯瞰皇宫。从这个角度看过去，皇宫还是皇宫，远处的上京城却初露尊容，就仿佛是一片终年积雾的沼泽，偶尔凸起的那些楼阁倒似是沼泽地里腐败的木头。许樱哥伸出手，默默计算指点着方位，寻找学士府的位置。

忽然有一双手猛地掐住她的胳膊，将她猛力往前一推。许樱哥惊出一身冷汗，拧腰，扭身，反手牢牢抓住那人衣襟的同时恶狠狠地朝着那人一头撞将过去，电光石火间，她想到的是果然宫中阴谋诡计多，但老娘就是死也要拉个垫背的。

那人似是猝不及防，竟然就这样被她撞得仰面倒地，许樱哥利索地爬起来，骑在那人身上对着他的鼻子一拳砸了过去，却被那人一手紧紧握住她的拳头，一手搂紧她的腰将她带到胸前，眼睛亮亮地低声笑道："好彪悍的娘儿们。"

安六爷！许樱哥愣愣地瞪着这邪气森森的货，顾不得去想他怎会在此，只知道自己现在这个姿势很恐怖，必须及时作出应对，于是深吸一口气，大声尖叫起来："救命！救命！"同时眼泪也跟着下来了。

"怎么了？怎么了？"惠安郡主从另一侧匆匆奔将过来，看到这情形，脸都绿了，直接朝着安六爷扑过去，扯住他的头发往后拖，怒骂道："不要脸的。你好大的胆子，你以为这是在哪里？找死么？"

安六爷不以为耻，先看着许樱哥温柔一笑才松开她施施然爬起身，将自己的头发从惠安郡主手中解救出来，一边绾发一边道："表妹何需如此激动？为兄不过是看这许二娘子似是有些想不通，便好心拉她一把罢了。"说完揉了揉胸口，叹道："好心总是不得好报。"

惠安郡主带了几分狐疑看向许樱哥。许樱哥将块帕子轻轻擦拭着眼角，看着惠安郡主的眼睛大声道："难道郡主认为我是罔顾父母亲人的蠢人？我青春年华，大好时候，凭什么要死？凭什么要死在这里？"

惠安郡主立即回头对着安六爷怒目而视："六哥怎会跑到这里来？所欲何为？"

"别瞪，眼睛太大其实不好看。"安六爷笑着将手在惠安郡主眼前晃了晃，"你能进得宫，我当然也能进得宫，圣上和娘娘原也没说这灵犀阁不许人上来不是？我就是听说圣上即将伐晋，所以趁着进宫给昭仪娘娘请安的当口，过来远眺西晋之地。"回头瞟了一眼犹自怒气冲冲，满脸鄙夷委屈的许樱哥，轻笑道："我一直在八层。本不知你们在此，听见你这丫头鬼喊鬼叫，这才下来看看。谁想，竟恰好遇到许二娘子想不开想跳楼……"

许樱哥大怒："你才想跳楼呢！"

"放心……"安六爷将手掩在唇边轻轻打了个呵欠，笑道，"我不会把这事儿说出去的。咱们就当没发生过好咯。"

这事儿说大不大，说小不小，非要捅出去虽是损敌一千，却也要自伤八百。惠安郡主微抬下巴，倨傲地道："既是误会，那便算了。六哥记得了。许二娘子刚被皇后娘娘指了三哥，日后便是你的弟妹，我的嫂子，还需多加尊重才是。三哥的脾气你是晓得的，这些容易引起误会的玩笑还是少开为妙。"

"恭喜，贺喜！"安六爷朝着许樱哥拱了拱手。却又叹了口气，"自那日见过二娘子之后我便魂牵梦系，正想求皇祖父赐婚呢，谁晓得竟被三弟捷足先登。我好伤心……"安六爷捂着胸口快步离去。

这不怀好意的狗东西。许樱哥忿忿地瞪着他的背影，却见他走到楼梯处忽然回过头来望着她一笑："记着，你欠我个人情。"说着"蹬蹬蹬"下了楼梯，很快天地间便又只剩下风雨之声。

"我一直以为有皇后娘娘在，有郡主在，便不会有危险。"许樱哥越想越后怕，越想越生气，怎地偌大一座灵犀阁，竟然没有看守伺候的宫婢太监？怎么看都像是一个计算好的圈套。

"你遇到真的危险了么？皇后娘娘是后宫之主，但圣上才是这皇宫唯一的主人。"惠安郡主却也不避，一边替许樱哥整理衣服簪钗，一边沉声道，"现在，你是否看清所居的处境了？不要觉得委屈，就算没有康王府也会是其他王府其他人。昨夜三哥带伤进宫，跪在殿外苦求了圣上与皇后娘娘半宿，下雨了才被抬下去歇息。他虽多有不是，但对你也算一片真心了……"

第51章　封赏·投桃

许樱哥笼在袖子里的双手紧握成拳，望着惠安郡主笑得无比灿烂："要是这栏杆刚好出问题，要是他诚心想要我死，郡主觉得我能弄得过他？许家的女儿在赐婚当日跳下灵犀阁，接下来会发生什么呢？"安排这么一出，真只是为了让学士府和她擦亮眼睛，两相比较然后死心塌地？张仪正那样儿，怎么看也不像是个为了娶她可以带伤跪半夜的人，还不是由着她们去瞎说。

"你别生气，这是根本不可能发生的事情，一切都在掌握之中。"惠安郡主低声解释道，"和皇后娘娘没关系，和康王府也没关系，这是我娘的安排。她觉得你既然即将嫁给三哥，便应该多学一些东西，才更不容易被人蒙蔽。"诚然，许樱哥刚才的反应很令她满意。

许樱哥的心一沉，对方摆明车马而来，自是信心满满，便道："既然势均力敌，他如何会自动入彀？"

惠安郡主笑了起来："大家都知道一件事，我那三哥最是小心眼，最爱寻衅。他如果知道这件事一定会再次闯祸。很多时候，小事往往在不经意间就改变了整个大局的走势，譬如昨日的谣言，譬如从前天开始就一直散布在贵府附近的闲杂人等，譬如昨日早上贵府一共送出了五十三只马桶。"见许樱哥的神色越来越凝重，她轻轻一拍栏杆，"不过这些人应当在你们回去以后就再也看不到了，来，我们一起去八楼。"

二人携手而上，惠安郡主亲热地同许樱哥喁喁私语："康王舅舅送了府上一个大礼，希望日后你能替我们把三哥看好，不要再让他捅娄子了。"

吃一堑长一智，许樱哥不再站在栏杆旁边，而是选了个相对安全的地方立着，微讽道："王爷、王妃、公主殿下都没有办法的事情，我哪里能成？你们太高看我了。"

惠安郡主回身靠在栏杆旁，望着许樱哥微笑着道："你能。他很喜欢你，只是性子有些别扭罢了。我母亲说的，不会错。"

"郡主真够爽快。但光凭喜欢是不够的。"许樱哥眨了眨眼，不管是真是假，她就姑且当真吧，要替他们管教张仪正么？那行。

"我们走的从来不是阴诡一途，走的是阳关大道。所以没必要不爽快。"惠安郡主笑道，"你放心，只要你是对的，我们一定会站在你这边。"

许樱哥终于开心了些。她当然要做正义的使者。

最后一滴雨水从房檐角上滴落，青石板地面上渐渐透出了干色。冒氏看看窗外渐渐透出蓝色的天空，微笑着问自己的大嫂蒋氏："前些日子我同大嫂说过，让大哥带了阿连去康王府寻那位三爷，可去了？"

蒋氏居家生活过得十分不易，越见苍老，闻言有些窘迫地道："妹妹好意，但那康王府门禁森严，且那位三爷一直不在京中，他们便是去了也是无门可入……"

冒氏也不见怪，笑着悄悄递过一封信并一只沉甸甸的钱袋，低声道："罢了，都是我想得不够周全，如今他回来了。嫂嫂把这封信收好了，让大哥明后日便去康王府寻人，直接说自己是学士府的人即可，他一定会见大哥并阿连，钱袋里的钱拿去打点，不会有人为难你们的。"

蒋氏接了那封得严严实实的信和钱袋，皱眉道："这样不太好吧？让亲家知道了……"

冒氏扫了一眼外头，确认此时的确很安全，于是笑得越发甜蜜："嫂嫂在担心什么？这康王府和学士府马上就要联姻，那边哪里会驳这里的面子？再说这事儿也是那三爷见过阿连后觉得不错才主动问起我来的，便是传到这家里来谁又能说什么？又不是咱们上赶着去的。"她贴近蒋氏轻声道，"嫂嫂一定要收好这封信，休要给家中的老虔婆和小泼妇知晓，让大哥一定要亲手把这信送到那三爷手里，记得么？"

想起家中婆婆和弟媳、小姑的厉害之处，蒋氏赶紧将信收入袖中，想想又站起身来贴身藏在亵衣里头，摸了又摸才放心下来，有些不好意思地道："总是烦劳妹妹替我们操心。"

冒氏笑道："嫂嫂见外了不是。我还盼着哥哥和阿连出息了，我在这家里腰杆子也硬些，将来更好给择儿多些助力。"

蒋氏小心翼翼地道："难道……妹妹过得不如意？"

冒氏赶紧摆手："不是，我就那么一说，嫂嫂又当真了。"

蒋氏这才放心地笑了笑："我就说呢，亲家是知书达理的好人家，姑爷也是体贴良善的好人，妹妹人长得好，诗画皆通，又生了择儿，他们怎会待你不好？是了，怎不见我那大外甥？"

"跟着他父亲描红呢，这孩子已经会认会写好些字儿了。"冒氏有些得意地端起茶，"嫂嫂喝茶。这茶还是上次康王妃送过来的贡品，外头寻常难见。"

蒋氏喝了口茶,想了又想,轻声道:"再生一个罢,不拘儿女,越多越好。只择儿一个未免太孤独了些。"

冒氏脸色微变,顾左右而言他,蒋氏见她不喜这个话题,只得随着她说些闲话。姑嫂二人又说了些闲话,蒋氏看看天色,有些不安:"你家大嫂还不回家么?家里事多,怕是等不到她了。"

冒氏半酸半羡地道:"进宫面圣呢,哪里这么快就能回来?嫂嫂先回去罢,你带来这些家常酱菜我会亲自送过去。"正说着,就听外头一阵嘈杂,喊的都是:"圣旨到了,圣旨到了!"

冒氏的手一抖,迅速站了起来,探着头往外张望:"什么事儿呢?人还在宫里,怎么就颁旨了?择儿他大伯大哥他们都在办差,谁来接这旨?"一边说,一边往前头去。

却见许徕急匆匆地走出来,先朝蒋氏行礼问了安,然后不容置疑地板着脸吩咐冒氏:"你在这里陪着大嫂,就别出去了!"

这瘸子!冒氏气得七窍生烟,但想到蒋氏在此,到底是要脸面的,便又硬生生地拗出一个笑来:"这会子前头忙,过一会大嫂再回去罢。来,看看这两匹布,该给我那侄儿侄女做冬衣了。"一边说,一边给一直立在院子里当木头人的鸣鹤使了眼色,鸣鹤赶紧往前头去了。

二人心不在焉地摆弄了一回布匹,就见鸣鹤喜气洋洋地回来道:"大喜,大喜,大老爷封了忠信侯!大夫人做了侯夫人!"

大华初建时论功行赏,新贵们封了爵位的不少,但以许衡这班旧臣中封爵的却没几个,反而被褫夺不少。如今许衡这一封就封了侯,再有这大学士的实职,果然是无上的殊荣。冒氏扶着桌子追问道:"还有呢?"

鸣鹤怔了怔,笑道:"食邑千户,赏赐无数。"声音稍微低了低,"二娘子的亲事也定了,宫中赐婚,是与康王府的三爷,明年春天成亲。"

"真是大喜啊。"蒋氏也欢喜得不得了,与有荣焉。

都是大房的风光,又和自己有什么关系?冒氏勉强笑道:"是大喜。"又问鸣鹤:"谁接的旨?"

鸣鹤忙道:"恰恰的,大老爷、大夫人、二娘子刚好赶回来,想必是早得了消息。是了,与大夫人她们一同回来的还有两位嬷嬷,据说是皇后娘娘身边得用的老人,此后便要住在咱们府里头,专门负责教导二娘子了!婢子瞅了一眼，那两位嬷嬷好生气派，真不愧是皇后娘娘身边出来的。"

冒氏恍恍惚惚地呆坐了片刻才想起蒋氏还在一旁："既是大嫂回来了，我这便陪着嫂嫂一同过去？"

蒋氏连忙摆手："本来理当过去恭贺，但这……拿着这几罐子咸菜我也不好意思去，且想必这时正是忙时，我便不过去打扰了，改日等备齐了礼再来不迟。"

"是这个理，人家风光封侯，风光嫁女，我们拿咸菜去是不应景了。"冒氏自言自语般地说了一句，吩咐鸣鹤："替我送舅夫人出去。"她自己则坐到镜台前去，对着镜子里的那个美人发怔。忽见小许择摸进来立在她身边，扶着妆台仰着头小声道："娘，前面好热闹，我们不过去恭贺大伯父和大伯母，还有二姐姐么？"

"当然要去的。别人都去，咱不去可不行。"冒氏摸摸他的头，看着他低低地笑了起来，"他们吃香的喝辣的，子孙后代享不尽的福，我们将来却只能用咸菜来下饭，来送礼，又有谁记得给你父亲谋个出路……"

她的笑容有些古怪，许择有些害怕地往后退了一步，道："娘说什么？择儿听不懂。"

冒氏挺直了身子，微笑道："没什么。我是说，你要好好读书，撑起门户来。总不能一辈子都指望着靠你大伯父、大伯母他们，且也靠不上。你爹爹只是个举人，又不擅经济，养不活我们的。你要想过好日子，娶个好女子，就要头悬梁锥刺股，好生念书，给娘争光，给娘挣个一品诰命夫人来当当！"

许择懂得这是好话，认真地点了点头。

窗下的桂花树吸饱了水分，肥厚的叶片在日光下闪着油绿的光彩，便是被秋雨打落在树下的散碎花瓣也带了几分清新惬意。整个许府笼罩在一片半忧半喜中，喜的是这厚厚的封赏和许樱哥终于不用嫁给安六那杀神，忧的自然是许樱哥还得要嫁个没谱的太岁，以及从此许家便成了骑虎之势。

大事自然有人去忧愁，许樱哥只需管好自己的一亩二分地。送走宫使后，趁着那两位嬷嬷被姚氏请到一旁谈心，她抓紧时间端了杯香喷喷的茶，坐在廊下的竹躺椅上欣赏着院子里的秋光，拿了根猪鬃描着象牙笼子里的蛐蛐儿，低声交代青玉："你马上去找双子，让他去寻五爷，就说多事之秋，请他务必小心谨慎。府中三日后待客，也请他不要忘了。"这几日既然有人窥伺学士府，也不知有没有把许扶看进去？许衡封侯，许多人家上门来贺，为了表示感激皇家恩德，这宴席是一定要摆的，到时候正好与许扶见面说说心里话。

青玉应下，匆匆忙忙地去了外头寻双子。

许樱哥放下茶盏，收了猪鬃，闭着眼往躺椅上放松地一躺，吩咐铃铛："过来给我捏捏。"

"嗳！"铃铛脆生生地应了，上前立在许樱哥的身后轻柔地替她捏起来，许樱哥舒服得哼哼了两声，侧了侧身，示意她捏捏腰："这里，大概是闪着了。"

铃铛蹲下去，一边用力一边轻声回禀："昨日太忙没能禀告您，虽然庄子里现在没了主子，但紫霭姐姐安置得很好，您走前留着照顾她的两个婆子昨日也没跟着二夫人他们回来。又有带回来的新鲜大栗子和青核桃，栗子已经摊开晾着了，古嬷嬷问，您是要做栗子糕还是要烤了吃？青核桃呢还是趁着新鲜好吃，婢子这就唤个小丫头进来剥给您吃？"

许樱哥道："栗子先放着，先吃点青核桃。吃过青核桃，再喝一口茶，真是说不出的香呢。"

"真的么？"铃铛瞪大眼睛，不敢相信。

想起前世某些快乐有趣的记忆，许樱哥唇边露出一丝甜蜜的微笑："当然是真的，不信你立即便可一试。"

"那什么……鲤鱼，你进来剥核桃。"铃铛有意凑趣，露出十二分的欢喜，随即看到门边的人影，声音便低了下来，"二娘子，三娘子在门边立着呢。"

许樱哥睁开眼，果然看到梨哥独自一人在院门前来回徘徊，微微一忖，便知道这小姑娘在干吗了。这小姑娘大概是把这家里的风言风语听了些去，觉着又是同情自己，又是害怕，还觉得自己最后答应嫁，是因为许抒以死相逼的缘故，所以还加上了几分羞愧。便道："快进来吃核桃喝茶，在那儿躲躲藏藏的干什么呢？"

梨哥畏畏缩缩地慢步进来，像个做错事的孩子捏着块帕子立在许樱哥面前，还没开口，眼圈便已经红了："二姐姐，我……"

许樱哥轻轻一挥手，铃铛很有眼力见儿地端了个椅子放在了梨哥身后，甜甜地微笑道："三娘子，快请坐。您有口福哇，咱们二娘子刚想出一种核桃的新鲜吃法。还有，您瞧，这蛐蛐儿可是才从宫里得来的。"不由分说便将梨哥按在了椅子上，倒了杯香茶递过去。梨哥被这一打岔就忘了哭，又要忙着应付手里的热茶，又被那漂亮的象牙蛐蛐笼子和里面的蛐蛐儿引得晃了神。

　　小黄毛丫头终于也可以独当一面了，许樱哥很满意，笑道："铃铛，可以考虑给你涨月钱了。"

　　铃铛欢呼一声，笑眯眯地对着梨哥行了一礼："多谢三娘子啊。"

　　梨哥傻傻地道："谢我干什么？明明是二姐姐待你好。"

　　铃铛笑道："二娘子肯定是要谢的，但也要谢三娘子。倘若不是您过来，二娘子又怎会知道婢子的好呢？"

　　梨哥便是再傻也知道这主仆二人不想看到自己哭泣并提起那些破事儿了，遂强笑道："你这张嘴，要是你家二娘子不知你好，又怎会叫你在跟前伺候？"

　　须臾，丫头奉上新鲜剥出来的核桃，许樱哥招呼梨哥："尝尝，先吃一口核桃，再喝一口茶，仔细回味，是不是很香？"

　　梨哥垂着眼仔细感受一回，摇头道："香得闷人。不过的确很香。"二人乱七八糟地胡扯一气后，梨哥到底没能忍住："二姐姐，对不住。"

　　许樱哥挥手示意丫头们下去，温言道："你没有对不起我。没必要自己给自己找不痛快。"见梨哥张口欲辩，又微笑着轻轻拍拍她的手："行了，我知道你心疼我。要是真舍不得我，便给我好生做两双鞋，再帮我赶赶嫁妆。"

　　"好。"梨哥蔫头耷脑地捧起那制作精美的象牙蛐蛐笼子低声道："宫里怎么样？你见着皇后娘娘啦？听说宫里来的嬷嬷很凶的。我舅舅家的表姐去年同族里远房外祖家说了亲，和那家的姐姐们跟着个前朝宫里流出来的嬷嬷学规矩，动不动就体罚，手都给打肿了。"

　　那是因为人家欺软怕硬，拿着"蹭"的穷亲戚给正经教的人做靶子看呢。许樱哥叹了口气，道："我保证没人敢随便打你，机会难得，你来跟着学学罢。你年纪不小，胆子总这样小，动不动就哭，将来怎办？旁的不说，别人欺负你，你总得知道还手才是啊。"

　　梨哥有些踌躇，想了很久方低声道："好。我不会丢二姐姐脸的，当然，也不要她们欺负你。"

青玉从外面走进来,对着许樱哥远远地点了点头,许樱哥轻出一口气,彻底瘫在椅子上:"我累透了,三妹妹先回去罢。"

夜里,孙氏身边的大丫头珊瑚送过来半斤血燕、一张配制香膏的秘方和几张居家常用的药方。据说那香膏是孙氏年轻时最喜欢用的,香而不腻,又极细致滋润,用得久了肌肤自会更加洁白细腻。许樱哥对那血燕不感兴趣,对那香膏方子倒是真感兴趣,拥着被子坐在灯下研究一回,确认果然健康天然,便欢欢喜喜地收了这份本来该独属于梨哥的嫁妆。

夜风寂寥,天边那几点闪烁的寒星越发显得夜空深远。许扶坐在和合楼后的工坊里,沉默地看着一个年老的工匠将一锭赤金拉了一遍又一遍,直到拉成了比头发丝还细的金丝。老工匠将金丝凑近亮堂的牛油大蜡烛,满意地对着许扶一笑,露出已经缺了一颗门牙的牙齿。

许扶双眼微红,低声道:"辛苦你了迟伯。"

老工匠微微一笑,哑着嗓子道:"手艺人说什么辛苦不辛苦的?东家要的这些活计非得是要赶在二月前出来?"

"宜早不宜迟,却又不能失了水准,越精致越好。"许扶眼里一片黯然。许樱哥的婚期大致是说定在春天,其实钦天监还没挑定日子,许衡大概也会想办法多拖一拖,可这嫁妆却总是要早点备齐了才是。

他从前怎么也没想到妹妹会嫁入亲王府,这样一来,之前备下的那些嫁妆便太单薄了些。书画古籍之类的那是要打小儿便寻访备下的,他实没办法补齐了,便只有在这金银之物上尽力给许樱哥最好的,最多的。可就是这样也不够,他让父母亲失望了,他没照顾好樱哥,如果当年他没有要求樱哥加入到对崔家的报复行动中,早早便给她择定一门好亲,这会儿她应该已经嫁过去了,哪里又会落到这个地步?可这世上,哪里又会有什么如果?到如今,他是回天无力,他便是愿意为了妹妹去死,难道又能拖着许家人跟着去死?

"又要快,又要好,还要特别好,东家这是要送谁?"老工匠摆弄着锦盒里那些闪闪发光的宝石翡翠,深深地看向突然间便似是又老了几岁、平添了许多白发的许扶。

也许是打击太大,也许是夜太深,不知怎地,许扶在这个手艺奇高、又是在建楼之初便一直跟在他身边，十分得他信任的老人面前颇有些倾诉的欲望。他看着有些跳动的牛油蜡烛低声道："是要给我族伯家中的二妹妹做嫁妆。她今日才被赐婚给康王府的……三爷。"

老工匠花白的眉毛耸了耸："就是那经常绘制了图纸样式过来的学士府的二娘子？好姑娘哦，正该有此体面和荣耀才是。"

你们都知道些什么！许扶突然间鼻子一酸，眼泪差点夺眶而出。

虚掩的门突然被人在外头轻轻敲了两下，小厮腊月有些胆怯地低声道："五爷，赵家四爷来了。"

许扶垂着眼默然许久，终于是把眼泪逼了回去，缓缓抬起头来看着腊月道："领他到二楼书房去等我。"

"是。"腊月见他眼里闪着冷光，吓得胆子一缩，根本不敢多停留，忙忙地往外头去了。

"迟伯，夜深了，你歇了罢。明日我再给你指派几个得力的帮手。"许扶慢吞吞地站起来，微微佝偻着背走出工坊，慢慢上了二楼，缓缓推开书房的门。

赵璀带了几分仓惶，迅速从凳子上站起身来，有些害怕地看着他："五哥，我……"

许扶一言不发，血红着眼对着他的脸就是狠狠一拳。

第52章 报李

赵璀被这一拳打翻在地，本来清秀的脸也以看得见的速度肿胀变色起来。他挣扎着起身，带了几分心虚："五哥……"

许扶不语，对着他的另一边脸又是一拳，再度重重把他击倒在地。论打架，赵璀从来不是许扶的对手，他干脆放弃了挣扎回击，就势坐在地上大声道："好吧，你打死我吧。"

许扶却住了手，沉默地看了他片刻，低声道："滚。从此两不相欠。"

赵璀怔了片刻，破罐子破摔地冷笑起来："两不相欠？我是不曾听五哥的话，但我终究也是为了大家好，也是为了樱哥好。难不成，你们兄妹都以为没了我,贺王府就不会动手,康王府就不会动手?如果五哥不是想看好戏,又怎会落到这个地步?现如今,你们又是封侯又是赐婚的,与嫡子嫡孙们搭上了线,便怕我拖累你们是不是?"

许扶侧着头,一言不发地看着赵璀。灯光本就不甚明亮,他又居高临下地站在阴影里,从赵璀的角度看过去,仿似一把即将出鞘的尖刀,真如阎罗王一样的恐怖。赵璀的喉结滚了两滚,终于挣扎着站了起来,立在许扶面前把脖子亮出来:"想杀我灭口么?请。我自己选的路,我自己承受。"

"你说得没错,我是真怕你拖累了我们。以往我总觉着你还算是个聪明人,真的想把樱哥托付给你。但幸亏老天有眼,没有成事,不然,将来我的外甥岂不是要和你一样的蠢死了?"许扶的唇边露出一丝嘲讽之极的冷笑,"你说得对,没有你,那两位大抵迟早也是要动手的。但如果没有你,许家绝不会这么容易扯进这桩事里来,公主府如此,京郊庄子里如此。不要和我说事情如果成功会如何,我只知道,第一次在香积寺中如果不是你轻浮玩弄小心眼,那太岁不会缠上樱哥;第二次公主府不是你与安六勾结,那太岁不会找上樱哥,这也就罢了,两件事都已经成功应对过去;但第三次,如果张仪正死在樱哥的房里,樱哥便已万劫不复,许家现在更是风雨飘摇,不知何种死法。所以你才是个彻彻底底的扫把星!樱哥挨着你就倒霉。"

扫把星这个话,是钟氏反复送给樱哥的名称,虽然这会儿能还给赵璀并没有多大意义,但看到赵璀如遭电击,萎靡不振,想辩而不敢辩的模样,许扶还是觉得稍许舒服了些,所以他又加重了语气:"我是不会杀你的。虽然你总装聪明把别人当傻子委实有些狂妄无知,但你在某些时候还算是个聪明人,知道什么可以做,什么不可以做。你记好了,我也不和你说谁对谁错,也不管你日后要恨谁害谁,但不许牵扯到樱哥,不许牵扯到许家。"

赵璀失魂落魄地看着他,半天才挤出一句话来:"你是什么时候知道公主府那件事的?"

"就在前些天。"许扶阴森森地望着他一笑,眼神却有些凄楚,"我萧家是前朝叛逆之后,见不得光,但这整个上京城,见不得光的人家不知凡几,我若真想知道一件事,多花些心思,多花些时候总是能知道一点点的。"

赵璀垂下眼,拢在袖子里的手却控制不住地颤抖起来,一直以来,他最害怕的那件事终于发生了。如果他面前是个普通人,他一定会毫不犹豫地灭口,但他面前是许扶,阴森难测的许扶,他不敢。

许扶沉默地等待着,等赵璀开口谈条件。

灯花炸了一声,房间里沉默对峙的两个男人都有些惊吓,赵璀终于动了,却只是抬头看着许扶凄楚一笑:"明年春天转瞬即至,我只是太急,我想早些娶樱哥进门,我怕她飞了,我不知道事情会落到这个地步,我没想过会这样……"

许扶鄙夷地看着他:"我如今之所以不对樱哥的亲事指手画脚,是因为我不能不顾养恩,而你,长乐公主是你的义母,虽不是亲生,但对你总有几分情义,有了她的照顾你们赵家才能在上京如此风光好过;肖令是你的义兄,他当你是骨肉,经常带你出入贵胄子弟的豪宴,为你积攒人脉;王家六娘何其无辜,只是因为刚好被指给了肖令。你轻轻一挥手,便要害了这所有的人。如此多情,樱哥承受不起,我怕你的所作所为会折她的寿。"

赵璀拖着脚沉重地往窗边走了几步,背对着许扶带了几分癫狂之意大笑起来:"是,你们兄妹做什么都是义正词严的,就我是个卑鄙无耻的小人。你怎么不说这些年来你一直用樱哥引诱逼迫着我这个卑鄙无耻的小人为你们做了多少事?你怎么不说你当初利用樱哥诱骗崔成,让崔家丧失了警惕性,那样重要的大事都因此给你们探了出来?你怎不说……"

腊月将门轻轻推开一条缝,抿着唇瞪着赵璀的背影,看着许扶比了个手势。许扶摇了摇头,示意他退出去,皱着眉轻声道:"所以我很后悔。有些事情我做错了。"

赵璀不期他会这样坦然,便停住了讽刺,微侧着耳朵听着。

许扶继续道:"崔家老贼和前头两个恶贼背信弃义,贪恋荣华,双手沾满了萧氏一门的鲜血,他们不死谁人死!不死我没脸面去见父母后人,不如自戕!崔成小贼自己找死,怪不得人。我只后悔不该让樱哥卷入到这件事中,不该错看了你。我不杀伯仁,伯仁却因我而死,你间接害她至此,难道就没半点愧疚?还认为她对不起你?"

赵璀的身体不可察觉地轻轻颤抖了一下。

许扶轻声道:"从前我便担心着有朝一日我们会反目成仇,这一天终于还是来了,但我还是不想杀你。"天下这许多人,你怎杀得尽?他记起当初许衡劝导他的话,感觉很是复杂。

赵璀沉默很久，终于用极低极低的声音道："公主府那件事，除了你，还有人知道么？"

许扶眼里的鄙夷更甚，淡淡地道："我不是疯狗。多少还记得你的一点人情，多少也真心把你当兄弟很多年，也还知道你不是故意。"

赵璀几不可觉地长长松了一口气，低声道："多谢。"

许扶不语，却也没有放他走的意思。

赵璀晓得他在等什么，便轻声道："从前的事情，之前我是怎样打算的，日后也还是那样的打算。"关于萧家与崔家的前情，他什么都不再知道，也不会再在任何场合下提起。

许扶侧身让路："夜深露重，外面不太平，请慢行。"

赵璀转身欲走，听到许扶的声音幽然如鬼语："不要让我失望。不然……我不会让你随便死掉的。"我会让你生不如死。

听到如此理所当然的狠毒威胁，赵璀终被激起骨子里的狠劲，快步走到许扶面前，怒视着许扶咬着牙沉声道："我……"

"你如何？"许扶抬起眼来死死看着赵璀，鼻尖险些撞到了他的鼻尖，酷似许樱哥的清秀眉眼里寒光闪闪，"不要小看我，如果你一次弄不死我，就千万别动手。如果……"许扶薄薄的嘴唇微抿，唇角翘起一个好看的弧度，声音也有些飘忽："如果……以后有机会，我们还是朋友。这乱世，人命如草芥，能多一个朋友总是比多一个仇人的好，关键时刻说不定就救了命。你说，是不是，若朴？"

这个朋友当然不会再是原来的那个朋友，但赵璀相信许扶的话，许扶说过会放过他就会放过他，说过会在关键时刻帮他就会真的做。尽管二人已经到了这个地步，但多年的相交还是让他相信许扶远远胜过了安六爷。

赵璀逆流的热血迅速回归原位，他很苦涩地道："你有没有什么建议给我？"

许扶满意于他的识趣，微笑道："先外放吧。去得远一点，最好。"

能走么？赵璀苦涩一笑，决定接受这个建议并尝试一回，于是这些天来一直紧绷着的神经突然间松弛下来，让他觉得分外疲惫。他大着胆子道："外面不太平，不好赶夜路。让我在这里歇一夜，如何？"

许扶斩钉截铁地道："走。以后不要再来。"

赵璀苦笑着抚了抚袍子，自嘲地摸了肿胀青紫的脸一把，低声道："我知道那天樱哥是真的为我好，我只是不肯相信自己就这样败了所以才失态，我若真怨她今夜就不会来。她真的，真的心里眼里不曾有过我？"

"该说的她都和你说清楚了。我再多语，你又要觉着我是利用你了。"许扶极平淡地一笑，"时辰不早，你该走了。"

赵璀走到外面，仰头看着天边闪烁的寒星，用力地吸了一口冷气，快步走入清冷的秋夜里。

终于算是解决掉一桩麻烦事，许扶疲惫之极地靠倒在椅子上，将腊月递上的热毛巾盖住脸，几不可闻地低低叹了口气。腊月忍不住轻声问道："五爷，公主府真有咱们的人？"

许扶答非所问："我只是怀疑，结果竟然是真的。"

腊月听得出他的声音比之平日闷了许多，遂不敢再问。

天边刚亮起一丝鱼肚白，许衡便已经穿戴妥当准备出门。他温和地看着坐在一旁的许徕，以及立在下面的许执、许拙、许抒、许揭兄弟四人轻声道："今日早朝，我准备向圣上辞去大学士一职。"又看向另一旁的姚氏等女眷："这厚厚的封赏为什么而来，你们也该明白。樱哥即将嫁入康王府，嫁妆一定要齐整丰厚，不然丢的是许家的脸面。"

除了姚氏、许徕、许执还能保持镇静外，其他人全都勃然变色。第二件事倒也罢了，任谁都能想到许樱哥既然要嫁入王府，这嫁妆便不能太单薄。但第一件事，一家老小都靠着许衡一人，如今却要去职，这对日后家族和子弟的仕途影响不可谓不大。

孙氏转动着手里的念珠，担忧地道："大哥，真的就到了这个地步？"

原来许樱哥嫁入王府还要拿许衡的官职去换，原来许樱哥要拿公中的钱财去添补她的嫁妆。冒氏跃跃欲试，她很想问长房，很快便要成年的许抒、许揭等人前途怎么办？许执将来是要继承爵位的，许拙是出仕了的，想必这两个男孩子会很喜欢她问的这个问题。但许衡近来很不待见她，她不敢，且她心里还挂着那件大事，紧张得很，所以不敢做得太显眼。

许衡把所有人的神情看在眼里，也很理解他们的心情，沉声道："这几天家里的风光你们是看到的，无数的礼品潮水一样地送进来，收，收不得，不收，得罪人。既然陛下已有封赐，一家老小衣食无忧，做臣子的便不能太贪心。若是等着被人赶下来，那才是什么都没了。"皇帝不见得会准他的辞呈，但他总要先做出该有的姿态才是。最起码也要告诉那多疑的老皇帝，许家无心帮他那两个儿子反对他老人家，赐婚，改变不了什么。

听他这样一说，女眷们全都白了脸，已经懂事了的男孩子们也全都忧愁起来。没了命，还想什么呢？还是保命要紧。

许徕是昨夜里就知道此事的，并且很赞成长兄的决定，当即站出来第一个表态："这些年来大哥所做之事无一不对，大哥既已下了决断，做弟弟的当然没有话可说。"

趋势一边倒，许衡的辞职计划全票通过，许衡很欣慰，很满意，觉得自家真是团结友爱并且知进退。

旭日东升，照得康王府大门上的七九六十三颗大黄铜钉熠熠生辉，冒连欢喜地谢过了康王府那位鼻孔朝天的丑门房，快步走到身后一脸为难愁苦相的父亲冒澹川身边，擦了一把额头上的汗水，压制不住的欢喜："爹爹，那位三爷答应见我们了。"

冒澹川挤成"川"字的眉间纹终于是松开了些，他自得到冒氏的信之后便厚着脸皮觍了空来寻张仪正，头两日都是说张仪正病着的，概不见外客。昨日好容易在许家的宴席上远远看了一眼，但张仪正也只是蜻蜓点水般地很快就告辞，休要说借着许徕的面子搭上话，便是多看两眼也不得。今日总算是肯见了，真是好。他自己是早就被磨光了雄心壮志，但儿子，他温柔地看着冒连清秀的眉眼和唇边初生的茸毛，想到这个儿子的所有乖巧懂事勤奋，心里软成一汪春水。可也偏要作势去骂冒连："冒冒失失的，像什么样子？不要丢了你姑父和姑姑的脸。"

"知道了。儿子谨听爹爹吩咐。"冒连笑眯眯地扶着他的胳膊，随着王府的小厮走进了金碧辉煌的康王府。已近仲秋，道旁新开的各色菊花带露傲霜，开得好不灿烂。父子二人且行且看，老的感叹忧伤，小的新奇赞叹，待到了一处精致的小院，领路的小厮便换了个穿锦着玉的俏婢，再一路进去，入眼都是满满的富贵，锦绣珠翠，叫人迷花了眼。

珍珠帘子后，只着家常轻袍的张仪正半歪在锦榻上，微笑着看向对面紧张不安的冒家父子，亲切地道："请恕我伤病在身，多有失礼。小冒，你我不是第一次见面，你也不是第一次来这里，便替我好好招待你父亲罢，千万不能拘束了。"

若从冒氏这边来算，他勉强也可以算作是冒澹川的侄子辈，但谁敢与他攀这个亲？他能有这样亲切的态度已经足够令人欢喜了，冒连大着胆子笑道："三爷还是一样的随和。"一边说，一边给父亲使了个"看吧，我就说这三爷是个好人"的眼神。

冒澹川想当年也是个翩翩贵公子，虽然如今际遇不堪，却还有几分见识，晓得人家随和是给面子，自己却不能太当真。当下严肃地瞪了冒连一眼，恭敬地对着张仪正抱拳道："三爷病中，本不敢叨扰，只是……"

张仪正摆摆手，干脆利落地止住了他后面要说的场面话，亲切地道："是我自己觉得小冒不错才同许三夫人开的口。冒先生本也是有名的才子，被这样耽搁了实在是很可惜，正好我父王那边急需人才，所以才贸然开口相邀。你们能来我很欢喜。"话锋一转，道，"听说你们有信给我？"

冒澹川听他一席好话，实在是有些舒服，利索地从怀中掏出那封被蒋氏包裹得干净整齐的信并双手递了过去。

一个身穿淡粉色罗裙的俏婢上前接过信，细心地用金剪裁开，恭敬地递到张仪正手上。张仪正才将信纸从信封中抽出便闻到一股清冽幽香的腊梅香，不由微讽地翘起了唇角，淡然地看了下去。

冒连偷觑着张仪正的神色，先是见他的眉毛跳了两跳，脸色有些阴沉，便有些担忧害怕，接着又见他盯着那信纸迟迟不动，于是越发紧张担心，暗自揣测姑母不知是和他说了些什么，难道是很为难人么？冒澹川也觉得有些不对劲了，忙站起身来，道："三爷若是忙，我们改日再来。"

张仪正的脸上浮起一层甜腻的微笑："我不忙，再闲也不过了。只是之前我不在京中，这事儿没来得及同我父王说，还请冒先生再等两日，总不能随便就寻个差事委屈了你。至于小冒么，我觉着他还年轻了些，前途无量，当寻名师再上一层楼才是……"

将近中午，冒澹川父子心满意足地出了康王府，直奔许府而去。

许家自从早上送走许衡之后便一直愁云惨雾，就连以往最为调皮的昀郎、娴雅几个都感受到这种沉重的压力而不敢闹腾。冒氏一边盯着许择描红,一边同兄长和侄儿低声抱怨:"这亲结得可不划算,这大老爷一辞去大学士,光凭着这爵位能做什么?这上京城里带着爵位的破落户难道还少了么?罢了,罢了,总之是沾不上边。"

冒澹川是惊弓之鸟,虽然觉得遗憾,但还是忙着道:"妹妹慎言!俗话说得好,留得青山在不愁没柴烧……"

冒氏不过是随便说说而已,见状反倒笑了起来:"哥哥也太谨慎了。"将手一挥,示意鸣鹤几个把许择带下去,压低了声音无限期待地道:"他见了我的信是怎么个说法?"

"好消息!"冒澹川压制住心头的欢喜,轻声把经过叙述了一遍,接着道:"让我后日听消息,听那意思,怎么也亏待不了我!又给阿连拿了张名帖,让去拜那吴平之做老师!"

"阿连可要好好珍惜!"这吴平之对科举一途极在行的,只是门槛甚高,难得入他的门,冒氏也有些欢喜,却还不够,遂低声道:"其他的呢?他另外没有说什么?有没有不耐烦,有没有生气?"张仪正在信中看到她把许樱哥兄妹的出身来历说得如此清楚,总该有所触动吧?出身不明的女人,怎能做了这皇孙正妻!许衡等人拼命瞒着,将来也是欺君之罪!

冒澹川摸了摸胡子,笑道:"没了。也没见他生气,一直都笑眯眯的,极和气。"

冒氏一脑袋的问号,就这样?难道张仪正真的就喜欢许樱哥到了这个地步么?却见冒连突地一个激灵,有些不好意思地低声道:"我想起来了!三爷曾和侄儿说,有劳姑母挂心。自从得知圣上赐婚以来,他的伤病便好了大半,想起从前的危险之处,虽然惊险,却觉着实在是值得。等他好了,他总要把那些试图害他不顺心的恶徒除之而后快……"

冒澹川皱眉道:"这话说得有些莫名。"

这个话只有冒氏才听得出里头的威胁之意,这是威胁她不许把这事儿说出去呢,不然他和她没完。冒氏一念至此,突然间了无意趣,便是张仪正对长兄和侄儿的安排都觉着多了一层灰暗之色,更像是别有用心要牢牢攥在手心里一般的。便是这样,也还是这么喜欢么?千回百转间,冒氏突然一阵酸楚,羡慕起许樱哥来。

许樱哥坐在桌前，将帕子包了半个石榴剥着，红宝石一般的石榴子欢快地跳入到白玉瓷盘里，红白相映成趣，看着真是爱煞了人。梨哥撑着下巴坐在一旁，愁眉不展地道："二姐姐，你说圣上会不会准了大伯父？他们也真是的，这样大的事情只瞒着我们俩，还把我们当成小孩子呢。"

许樱哥的手顿了顿，又稳定地继续剥石榴："雷霆雨露皆是君恩，不管准不准，一家人能平安过日子就是极好的。"

忽听外头铃铛脆生生地喊了声："两位嬷嬷好。"姐妹二人忙站起身来，含笑看着冷着脸进来的两位嬷嬷："嬷嬷午睡可好？"

第53章　为进·注来

宫中来的两位嬷嬷，一姓高，五十多岁，清瘦，长脸，一姓袁，年纪轻些，四十多岁，果然就生得圆润富态，虽然胖瘦高矮不同，但二人脸上的表情出奇一致，都是板着脸，冷漠而威严。

许樱哥曾暗里分析过这二人何故总端着这样一张脸，要知道，虽然是皇后身边来的，但她二人日后很可能是要出宫跟在她身边的，与人为善不是更好？何苦弄得大家都不舒坦？想来想去，她只能这样认为——这二人把教导她当成了一件十分艰难的任务，觉着保持距离和威严更方便施展手段，从中也可以看出皇后对她的某些看法。名声非常重要，特别是在即将到来的与某个劣迹斑斑之人的斗法中，她需要更多有力的支援，需要舆论倾向。更何况，熟读唐诗三百首，不会作诗也会吟，熟记宫规一百条，才能损人又利己。想到此，许樱哥脸上的笑容更加甜腻，看向两位嬷嬷的眼神更加真诚友好。

袁嬷嬷虽然富态，性子却不太好，对着许樱哥的殷勤问候只淡淡地道："有劳二位娘子挂心，极好。"高嬷嬷与袁嬷嬷一同从宫中来完成这个艰巨的任务，乃是天然同盟，虽然觉得总拿着一张冷脸对付始终殷勤热情的许樱哥有些不太好，但还是同样淡淡地点了点头。

梨哥有些担忧地看了许樱哥一眼，这几天的培训中，两位嬷嬷分外严厉挑剔，便姚氏频频请她们喝茶谈心示好也无法改变她们的态度，她不知道许樱哥能忍耐到何时。许樱哥回了她一个让她放心的眼神。虚心而热情地向这二人请教学习。

袁嬷嬷给高嬷嬷使了个眼色，在师座上坐了下来，淡淡地道："不知二娘子可把老身早上教授的宫规都记牢了？"

早上才教下午便要叫背出来……高嬷嬷以目相询袁嬷嬷，表示这样不太好吧？袁嬷嬷很肯定地回了她一个眼神。表示就要刺激兼打击一下许樱哥，要知道，这几天她们无论怎么来，许樱哥都是微笑着照章执行，十足十的好学生，刻苦努力，虚心好学，半点错处都拿不到。但她们都知道，这个女孩子远远不是表面上的温柔甜美，内心其实十分狂野暴戾。但不怕，且熬着罢，总有她暴露真面目的时候，一旦暴露出真面目，正好按照皇后娘娘的盼咐严打纠正。

比智商比韧性？气死你们。许樱哥微笑着一一道来。竟然是行云流水，半点不打结，更兼坐姿优美，声音甜美，眼神清亮，并无半分不悦之色。

高嬷嬷眼里闪过一丝愉悦，袁嬷嬷吃惊地微微张开了嘴，旋即又觉得这样有损皇后娘娘的形象，立即把嘴紧紧抿住了。十分严肃认真地校正了许樱哥两个无关大雅的口误。

梨哥恨得牙痒，这样也得不到夸赞，反而是严苛的挑剔，这不是找碴么。许樱哥照旧笑着一一应了，再把宫规背诵了一遍，错漏全无。

袁嬷嬷面无表情地又考校了一遍许樱哥这几日学过的功课。许樱哥无一不精准达标。要挑错？挑不到。想故意口误教错再挑错？借她十二个胆子她也不敢。为难梨哥？舍本求末的事儿那是自己找死。今日的功课已经上完，这便放了许樱哥去玩耍，仿是自己二人偷懒不尽心一般的。袁嬷嬷想想，决定提前把明日的功课给上了，她倒要看看许樱哥到底能做到哪个地步。所谓忙中出错，她就不信抓不到许樱哥的错。

青玉不再多问，利索地把房间收拾干净又铺好了床，许樱哥躺在床上十分舒服地叹了口气，为了学习不睡午觉，虽然有点困，但是很值得，她这学习态度啊，再端正也没有了。一觉醒来已近申时，许樱哥收拾妥当。径直去了正房静待许扶归家。

不独是她一人有这个想法，孙氏、傅氏、冒氏等人全都陆陆续续到了。许樱哥注意到今日冒氏看她的眼神有些不对劲，但还是照旧的选择忽略，冒氏却自己贴上来了："樱哥，听说宫里来人都挺难伺候的，她们没有刁难你吧？"

许樱哥笑笑。道:"有劳三婶娘挂心,两位嬷嬷尽职尽责,又怎会刁难我呢?"

冒氏用"你就别否认了,我们都知道了"的眼神看着她,可不知何故却是没有说什么酸话,只温和地道:"不拘如何,你能这样想便是最好的。"

红玉掀起帘子走进来道:"大老爷回来了!先往外书房去了,三老爷同几位先生都在那儿候着的。"

这么早?虽是到了该回家的时间,但许衡从未这么早回过家,难道是真的准了?于是众人都有些笑不出来。姚氏沉着地道:"去打听一下。"

红玉快步而去,众人如坐针毡。须臾,许拙快步进来,微笑着道:"诸事皆好。圣上驳了爹爹的奏折,骂得很凶,说爹爹想偷懒。"

众人便都松了一口气,姚氏却知道事情没这么简单,通常君臣间总会有个戏码,你请辞,我不许;你再请辞,我还是不许……如此再三之后,龙椅上的那位才会无限伤感且无奈地同意,于是四大皆空。也有可能此刻是真的离不得许衡,毕竟伐晋在即,等到伐晋事了,再辞便准了。但看着一家老小喜气洋洋的,姚氏便忍着没把这话点明,招手把许樱哥叫到跟前柔声道:"这几天你做得极好,虽然辛苦,但对你将来总是有好处的。"

晚风吹过康王府廊下的各色名贵菊花,空气中蔓延着一股淡淡的苦菊清香味儿,张仪正双手端了一杯茶奉给面前的崔湜,心情十分愉快地微笑着道:"依先生所言,这冒澹川便给他做个从八品下的亲王府典签咯?"

崔湜身体微微前倾,双手接过张仪正递过来的香茗,十分尊敬地道:"回三爷的话,就这个最合适。"

"多谢先生。我有句闲话。"张仪正微笑着,撑着下巴突然无限天真地道,"听说崔先生同去年秋天卷入郴王案的崔家有亲……"

崔湜一愣,有些不高兴地道:"是有这么回事。不知三爷是从何而知的?虽是族亲,但早就出了五服,在下很早就不曾同他家来往了。"虽然他面前坐着的是王府贵人,但他一向深得康王并世子的尊重,便是康王妃对他也是十分敬重,所以对张仪正这个只会闯祸、混吃等死的二世祖并不是那么忌惮和发自内心的尊重。

张仪正仿佛不曾发现崔湜的不乐意,无知无觉地继续笑道:"先生就不要否认了！虽是早就出了五服，但听说早年你们两家来往很密切的，那崔家出事后，按律家中老幼女眷都该抄没入官操贱役，若非是先生出手，他们家哪里能在林州如此快活自由！"他轻轻拍了拍崔湜的肩膀，自以为是地道，"人非草木孰能无情，先生做的本是情理之中的事情，又何必不认？"

崔湜静默片刻，突地笑了笑，模棱两可地轻声道："是啊。早年先母还在世上时，曾多得他家老夫人襄助，不管怎么说，做人总是该记情的。不知三爷是从何得知这个故事的呢？"

张仪正安静地看了崔湜许久，直到崔湜有些招架不住了，方一声笑了起来："是啊，做人总是该记情的。我新近结交了一个人，王中丞六子王怀虚，他很景仰先生，更想请托我替他照料一下崔家人以全他的朋友之义，但我前些日子去信央求二哥竟然是被二哥狠狠骂了一顿。我就想请教先生，有没有什么好的办法，既不拖累家中又能解决问题？"

崔湜笑道："三爷还是一贯的讲义气。"

张仪正算是默认了他的说法："王怀虚那书呆子很有几分意思。居然偷了他老父的心爱之物来求我，这样的人，越来越少了。"

崔湜便起身告辞："请容在下好生想想。"

张仪正似笑非笑地道："先生只管放开手脚去做，凡事总有我。伐晋将行，若是能给他们换个好点的地儿，远离西晋不是更好？"

崔湜回头看了他一眼，神色多见复杂，嘴里说的却是另外一桩事："好叫三爷得知，听闻今日早朝许大学士请辞大学士一职。"

张仪正一惊又一喜，很快又将那点喜意压制下去，惆怅而担忧地道："那可怎么办才好？"

崔湜淡淡一笑："雷霆雨露皆是君恩。"

崔湜的身影越走越远，张仪正沉下脸，收回目光看着面前开得自在灿烂的菊花，轻声道："选两盆菊花送过去给许大学士府，就说我请许二娘子赏菊。另外使人去前头打听，许大学士请辞，圣上准了没有。"

穿着粉色罗裙的俏婢雪耳温顺而安静地走上前来，利索地指挥几个粗使婆子把最名贵，开得最好的两盆菊花端到张仪正面前轻声询问道："三爷，您瞧这盆春山见日与墨荷如何？"

"不错。"张仪正非常满意地看了雪耳一眼。自从那夜始，这丫头安静本分了许多，若不论那些事情，实际上她是十分得用的。雪耳见他满意，忍不住轻轻翘了翘唇角，安排人用锦缎把这两盆名菊包裹严实，送去学士府。同时，自己小心翼翼地去找人替张仪正打听消息。

　　一弯新月静悄悄地爬上了树梢头，夜风吹过，桂花的甜香便在不经意间浸入到人的发间和衣褶里，叫人不知不觉便带上了些甜美的睡意。许樱哥摇着扇子坐在许府最大的那棵桂花树下，微笑着同面前围成一圈的小萝卜头们讲着猫和老鼠做朋友的故事："从前，有一只猫认识了一只老鼠，便对它大谈特谈自己是多么喜欢老鼠，愿意和它交朋友，弄得老鼠终于同意和猫住在一起，共同生活……"

　　孩子们睁大眼睛，听得津津有味，当听到无耻的猫不停以相同的借口偷吃猪油的时候，纷纷表示对猫的唾弃，认为这只猫必须受惩罚。许樱哥微笑着，继续往下讲："吃得精光……猫把老鼠吞进了肚子里，所以猫和老鼠是永远也做不了朋友的。"

　　孩子们一片惊慌感叹，叽叽喳喳地发表自己的看法，忽有丫鬟轻声道："大奶奶来了。"

　　许樱哥忙站起身来迎接傅氏："大嫂怎么来了？"

　　"康王府送了两盆花过来，是那位指明要给你的。母亲让你过去一趟。"傅氏无奈地看向揪着许樱哥的袖子不松手的许择低声叹道："你呀……总和他们讲这种故事，三婶娘知道又要怪你。"

　　猫和老鼠当然不能做朋友，这个世界就是如此，孩子们虽小，却也该明白这个道理。许樱哥温和地笑着，并不反驳，只吩咐云霞："带五爷回房去。"又温柔地摸了摸许择的头，轻声道："五弟要乖哦，你看侄儿侄女都在看着你呢。"

　　小孩子最是敏感，许择老早就发现自己的母亲和自己最喜爱的二姑姑之间不和睦，他虽还小，不知道该怎么做，却在下意识里总寻着机会歪缠许樱哥，仿佛这样事情便会慢慢变好起来。但此时傅氏和许樱哥都明显不喜欢他跟在一旁，许择半是不好意思半是黯然地收回了手，蔫巴巴地跟着云霞回去，走了老远回头去看，看见许樱哥还立在桂花树下歪着头听傅氏说话。一阵夜风吹过，吹落桂花无数，许樱哥垂首侧立花雨之中，娟秀美好。

明亮的灯光下，两盆菊花傲然怒放，特有的苦香味儿冲淡了许樱哥身上的桂花甜香，令人无端多了几分清醒。姚氏小心看着许樱哥的脸色轻声道："虽然赐婚的旨意已下，诸礼一样未过，但他送这两盆花过来总归也是为了表示好意。"

许樱哥围着那两盆菊花看了又看，赞叹道："要说这花真是开得好，但好事成双，他怎不一个品种各选两盆？事事如意，这样彩头才好么，可见还是不怎么懂事。"

黄氏含着一口茶差点喷出来，但想到这是当着婆婆的面不好太失礼，大家对这亲事也不是那么满意，赶紧又生生咽了下去，却是呛得眼泪都出来了："咳……咳……你这丫头怎不知羞？"

"事关终身大事，光害羞怎么能行？"许樱哥笑笑，正色道，"他不懂事，我却不能像他一样不懂事。这样，我送他两盆秋兰，加起来刚好是四四之数，也算讨个好彩头。"

姚氏很赞同她的做法："既然要成婚，当然要讨个好彩头，老苏，你去开了老爷的花房，让二娘子好生挑两盆花出来做回礼。"无数的担忧在此刻都成了虚妄的影子，谁也帮不了许樱哥过日子，既然许樱哥想要讨个好兆头，乐意同张仪正有来有往，那便要全力支持。

许樱哥望着姚氏等人灿然微笑："母亲、嫂嫂放心，日子是我自己要过，我便是不能如同大姐姐一般聪慧，却也不会让自己陷入进退两难之地。他要好好过，我便好好过，他不想好好过，我也要好好过！"日子总是要过的，她就当是高中毕业，从家里去了一个叫大学的地方，虽然那边的尖子生很多，课业更繁重艰难，但总要拿到毕业证，做个优秀毕业生，拿下奖学金才是。先就要让自己好过了，哪里又管得了舍友是否会因此眼红，教授其实不太喜欢她？

"好！说得好！走，好女儿，爹爹带你去挑花。"许衡从外头快步进来，也不隐瞒许樱哥，"有消息称，钦天监已经拟定了好日子，就等明日圣上定夺了。"

姚氏轻声道："现下已是中秋，若是春天成亲，那便只剩下短短几个月，怕是有些忙不过来，老爷看是不是……拖一拖？"

许衡轻轻摇头。伐晋在即，朝中需要稳定，最起码是表面上的稳定，无论是帝后还是康王府，都不会答应这亲事拖下去的。

姚氏叹了口气，继续同两个儿媳商量许樱哥嫁妆事宜。

晨风吹过庭院，在门口打了个旋儿，穿过莹润的珍珠帘子把一缕秋兰的幽香送到了六曲连地花鸟银交关屏风后，张仪正惬意地伸了个懒腰，道："许家还没回音么？"

俏婢雪耳微笑着递上一杯不冷不热的漱口水，道："许家二娘子送了两盆秋兰做回礼，开得真正是好。"

张仪正似是有些不敢相信，半晌才道："拿进来我看。"

雪耳回头看了帘旁伺立的两个丫鬟一眼，那二人立即将那两盆幽香扑鼻的秋兰送到了张仪正面前。他送她菊花，她便送他秋兰，有来有往，正是交好之意，终于还是屈服了么？烈马一样的许樱哥到底还是敌不过这喧天的权势。又或者，她此时正微笑着提了一壶滚开的水从那两盆菊花上头淋下去，无情地耻笑着他所表现出来的所有深情。一想到那双明若秋水的眼睛静静地看着他，张仪正原本有些得意的心情突然不好起来："拿下去。"

雪耳小心翼翼地打量着他的神色，笑着试探道："那婢子就把这花送一盆到书房里，另一盆留在外间如何？"

张仪正大发雷霆，恶狠狠地骂道："你是猪耳朵？听不懂人话？我叫你拿下去！"

雪耳仓惶请罪，打发其他丫鬟拿走那两盆兰花后温柔地递过一块温度适中的毛巾，继续轻声道："恭喜三爷，王妃那边才传来的消息，钦天监挑定了日子，婚期定在明年二月十二。此时王妃已同世子妃、二奶奶一起商定诸般事宜了。"

第54章 冬雪·角色

瑞雪兆丰年，鹅毛大雪在不停地下，天地间一片银装素裹，亮得冷得让人不想出门。康王妃所居的宣乐堂中却是感受不到半点寒意，上等的银丝炭在装饰着华丽纹饰的黄铜火盆里熊熊燃烧，墙角可爱的香狮子轻柔地吐着清新的香味儿，窗边的美人瓶里供着初开的红梅，漂亮可爱的婢女们立在廊下一边赏雪一边低声说笑，其乐融融，暖香温馨。

"上次回了两盆兰花，这次送的是个亲手做的荷包，手艺挺不错。"康王妃仔细打量着手里的竹报平安荷包，对荷包上所表现出来的针线功夫和配色品味非常满意，"许家这姑娘很有几分意思，听说她这些天来一直都很懂事？"

曲嬷嬷习惯性地微倾着身子，微笑着道："是这样，非常安静懂事。"顿了顿，带了几分玩笑之意道，"老高、老袁二人攒足了劲儿竟是全没地方使。老高说，她教导过那么多的闺阁千金，竟然是再没遇着过这样好教的学生了，聪慧努力勤奋知分寸，温顺讨喜还爱笑。"

懂了事，知道分寸就好。康王妃道："她聪明懂事，我也能放些心。"

曲嬷嬷心道，聪明可不代表听话，日子还长着呢，谁也说不清日后是个什么情景，但这话却不是她这个身份所能随便说的，她便换了另外一种说辞："是，若许二娘子是真的懂事并想通了，想来大家以后都会和和美美的。"

想起许樱哥之前表现出来的那些特质，康王妃的两道秀眉不悦地轻轻皱了皱，看着曲嬷嬷不说话。

曲嬷嬷弯腰俯首，多余的话没有，面上却是一点悔色和害怕都没有。

二人多年主仆，康王妃当然是绝对信任她的，自不会怀疑她是别有用心或是挑唆。康王妃轻轻叹了口气，低声道："做婆婆的当然是宁愿儿媳温顺听话，但自己的儿子是个什么德行我也是知道的，她若一味只知温顺听话，什么都由着那混账胡来，将来这日子可过不下去。"

曲嬷嬷低声道："两强相遇，总有一方要退让。三爷的性子也强。"这夫妻二人过日子，若是都好强不肯相让，那怎么办？必然是凉拌了。

康王妃有些发愁："儿子太强横，怕儿媳没本事管不住，儿媳太厉害，又怕儿子吃亏，这做娘的左右都是为难。我只希望她是真的懂事知分寸，我自不会亏待于她，不然……"她的话没说完，眉间却是一片厉色。

丫头秋实在帘外低声道："王妃，雪耳来了。"

康王妃收了脸上的厉色，淡淡地摆了摆手，曲嬷嬷便道："让她进来。"

青色的绣花棉帘被掀起，两朵莹润的雪片趁机飞入房中，又飞快地被迎面而来的暖气融化，然后消失不见。雪耳垂着头，碎步走到康王妃跟前恭恭敬敬地跪了下去："婢子给王妃请安。"

康王妃凝眸打量着脚下的俏丫鬟，雪耳发上插的珠花并银簪子都是自己赏的，穿着湖蓝色的棉袄配淡红色的棉裙，衣裙虽然厚实，却丝毫掩盖不去她玲珑的曲线。这个丫头是自己精挑细选了放在小三儿身边的，做事一向周到细致会看眼色，很得小三儿喜爱。去年秋天小三儿病重，许多人都想法子托关系希望能换个好地儿，唯独她一直守着甚至存了死志，故而在小三儿缓过来后脾气暴戾古怪，坚持要责罚并赶走身边所有亲近服侍之人的情况下，自己也一力坚持让她留下来，只因为自己相信这丫头对小三儿是真心的。

　　人对于与自己共同患难过的人总是存了那么一分怜惜之意，哪怕这丫头身份卑贱，但始终也和自己共同度过了那么艰难的一段日子。康王妃轻轻出了一口气，语气也不知不觉地温和起来："起来吧。"

　　雪耳恭恭敬敬地谢了才敢站起身来，乖巧地立在一旁听问。

　　康王妃把手上的荷包轻轻放在凭几上，轻声道："三爷这些日子如何？"

　　雪耳如数家珍："三爷昨日早上吃了四个银丝卷和两碗粳米粥……昨晚亥时末歇下的……今日早上遵从王爷的吩咐去了外府武场上跑马练枪，一共练了大半个时辰……"她的汇报十分详细，小到张仪正吃了多少碗饭，多吃了什么菜几口，大到张仪正和些什么人见过面都一一道来。

　　康王妃却是半点不嫌烦，听完之后微微点头道："很好，虽然他长大了，我这个做娘的不好总这样细致地管着他，但我问你的时候，你便要能说得出来。不能一问三不知。"

　　雪耳赶紧道："是，婢子一直谨遵王妃教诲，断不敢有半分懈怠和私心。"

　　康王妃道："我自是知道你不错的。三爷这会儿已经出门了罢？"今日是许家那位叫作许扶的旁支子弟，也就是上次救下张仪正的从九品小官儿的成亲，人家倒是没想着要请张仪正，偏张仪正不知从哪里得知此事，让王府备了一份重礼，老早就和她说过今日必须要去。可这天气这样糟糕，雪下得仿佛没个劲头似的，张仪正的伤又才好，她实在是有些舍不得并担心。

　　雪耳忙道："是，吃过早饭就出去了的。"又似是康王妃肚子里的蛔虫一般，微笑着道，"三爷穿得厚实，穿了那件圣上才赏的貂皮大氅，又有朱贵几个跟着的，前面安排的也是马车。铜手炉，狐皮手笼，炭盆，热水，样样都备齐了的。"

康王妃对雪耳又是一番满意，但这却不妨碍她做另一件事，她看了曲嬷嬷一眼，曲嬷嬷会意，道："秋蓉，你进来。"

眉眼温顺，白净丰满的秋蓉带了几分不易察觉的羞意快步进来，对着康王妃沉默地行了一礼。

康王妃淡淡地道："三爷很快便要成婚，你们那边的人手太少，只怕是不够用的。我思来想去，只能是割舍了秋蓉，让她过去和你做个伴。"六礼只剩亲迎一礼，许樱哥马上就要进门，张仪正那边的人手却太少了点，将来肯定是必须要添人的，但这人却不能在许樱哥进门后给，那会损害婆媳关系，所以这人此刻便要安排下去。

雪耳的眼皮轻轻跳了跳，十分高兴地笑道："王妃体贴。秋蓉姐姐自来能干，婢子日后会好好听她话，一起伺候好三爷并新奶奶的。"

这一句不但显得礼让尊敬，还显得雪耳十分懂事识时务。秋蓉微笑着看向雪耳，礼让道："我哪有妹妹清楚那边的事情？诸事都要请妹妹多多指教才是。"

康王妃很满意："只要把差事办好，自有你们的好处。"面色一寒，冷笑道，"但谁要敢有私心，为着见不得光的私利丢了康王府的脸，丢了我的脸，也一准会后悔的。"

两个丫头同时收了脸上的笑意，露出几分恐惧来，垂着眼一同行礼下去："婢子万万不敢。"

康王妃有些疲倦地闭了闭眼，曲嬷嬷道："都下去吧。"

世子妃与王氏卷着一股冷风携手进来，看到两个携手退下去的丫头，飞速对视了一眼，又将眼神各自收回。王氏带了几分赖皮微笑着上前道："娘，三弟那新房拾掇得差不多了，今日雪大，里头的红梅开得煞是娇艳，咱们整治一桌酒宴先去尝个鲜散散心如何？"

康王妃看着两个各有千秋，但都极其聪明得体的儿媳，由不得地从心里笑出来。忽听宣侧妃在帘下娇声笑道："你三弟媳妇还没看过一眼，你便要去尝鲜，当心她日后知晓了不饶你。"

王氏非常笃定地道："三弟妹心胸宽广，想来不会在这种小事情上和我计较，还要谢我替她剩了的酒水钱哩。"又揪了康王妃的手道："去吧，去吧。我给娘打伞。"

康王妃淡淡瞥了打扮得娇艳靓丽,仿佛永远也不会老的宣侧妃一眼,微笑道:"也行,咱们就去看看还差点什么,再给他们添上。你们做嫂子的可不许嫉妒,樱哥那姑娘家世品貌配咱家这个混世魔王可是绰绰有余的,不能一进门就委屈了她。"

宣侧妃掩袖而笑:"王妃说得是,许大学士那是什么样的声望人品?教导出来的女儿自是极好的。武家大奶奶便是贤名在外,许二娘子更是品貌无双,想方设法才求了来,做嫂子的谁舍得嫉妒她?只要他们小两口好好过日子啊,可不比什么都强?想来日后小三儿会越来越懂事的。"

家世最弱,又非赐婚的王氏微笑着,睫毛都没颤一下。

许樱哥当然不知道她即将要去的那个地方已经为她的到来做了各种各样的准备。此刻的她正裹紧了身上的狐皮长氅,立在狮子楼三层雅间的窗前,眼睛微涩地看着窗下街上绵延而过的迎亲队伍。

雪太大,纷纷扬扬地洒在众人的身上,白色衬着街边的黑色,车、马、人身上的红色映着白色、灰色和黑色,令她无端生出几分怅惘之感来。许樱哥对着骑马走在前方的许扶轻轻挥了挥手,许下无数祝愿。她不能亲去参加许扶的婚礼,只能是偷偷摸摸地躲在这里,遥送祝福。

仿佛是有感应一般,许扶突然抬起头来望着狮子楼窗前那半遮半掩的身影露齿一笑。

"新郎官儿笑什么呐?"一直赖在他身边的张仪正带了几分痞气,也跟着抬头往上看去。

许樱哥并不曾料到张仪正会紧紧跟在许扶身边,并且冒着大雪骑马随行,她急速退入到阴影中,将手抚着胸口,颇有几分心惊。原本许扶成亲她去观礼乃是正理,但偏是这样尴尬的一个境地,若让那厮看到她偷偷摸摸地在这里窥看,又该如何解释?她突然觉得自己为了贪图享受有点犯蠢,本该坐在马车里等在路边观礼便可,实在不该为了贪吃这狮子楼有名的水八碗便多此一举。

雪照旧下得肆意张扬,楼下传来的热闹嬉笑声和鼓乐声越行越远,渐渐地再也听不见,雪中少客的狮子楼一片沉寂,安静到连雪花飘落的声音都似乎能听得见。桌上的水八碗还在冒着热气,扮作小厮的青玉坐在桌旁,一边小心谨慎地快速进食,一边用眼角的余光观察着许樱哥的动静。

许樱哥沉着地走回火盆边替自己倒了一杯清茶，就着暖洋洋的热气，微眯着眼，舒服地品着这狮子楼里最贵的茶，半壶茶喝完，青玉的饭也吃完了。

　　"该走了。"许樱哥抓起搭在椅背上的青灰色狐裘披在身上，青玉替她整了整男儿髻，拉开门出去打探了一回方道："走罢。"许樱哥小心地将兜帽拉上盖去半边脸，跟在青玉身后沿着寂静的走廊一直走到了楼梯边。

　　双子刚好在楼梯口探了个头，看到迎面走来的主仆二人便转身不紧不慢地走在前头开路，一路上除了伙计以外几乎不见旁人，而伙计见惯了这样的人，半点多余的兴趣都没有。一行人顺利地走到了狮子楼后，坐上了一辆不起眼的马车。风照旧吹着，雪照旧下着，双子将斗笠压得更低了一些，轻声道："二娘子这就回家么？"

　　不管怎么说，许扶总算是有了一个真正的家，但愿他能从此安宁下来好好过日子。她也即将有属于自己的小家，她也会努力过好自己的小日子的。许樱哥抱牢了手里的镂花黄铜手炉，感受着手炉传来的融融暖意，微笑着道："被生生关了几个月，好不容易才出了门，咱们也趁机看看雪景，先沿着长春大街一路走到长宁大街，再穿过寿富巷、安康坊回家。"

　　听到这样熟悉的路线，正在替许樱哥改装的青玉闻言便有些怅然，由不得想起许樱哥去年上元节最后一次畅游上京城时的情景。那时崔家那位三爷还在，天还未黑便早早在府门外等着，才看到许樱哥出去便什么都顾不得地上前去讨好许扶等人，总算是得了一个与许樱哥夜游观灯的机会。青玉至今还记得崔成的笑容和闪亮的眼睛，贼眉贼眼地悄悄去牵许樱哥的手，牵到之后怎么也掩盖不了的窃喜之情。

　　那情形仿佛还在昨日，路是相同的，人却是永远也不会再有了。将来在康王府中的生活又会是什么样的？青玉看着许樱哥清俊安静的眉眼忍不住轻轻叹了口气，心情和雪雾弥漫的京城上空一样的迷茫。

　　许樱哥将车帘子轻轻掀开一角，贪恋地看着寒风飞雪环绕里的上京城。她不爱这不知安宁太平为何物，充满太多鲜血与阴谋的世界，但毫无疑问，不管是在哪个时空，这个世界总是有它别样的魅力，不知不觉间便走进了你的心里来，然后再也忘不掉。

　　马车转进安康坊一条不知名的小巷，巷里不见人踪，地上一片雪白，车在前面走着，在雪地上留下两道清晰的车辙印子。车后有一人一马，遥遥跟着马车前行，马车快，他便也跟着快，马车慢，他便也跟着慢。赶车的双子虽然自恃不怕这区区一人，但想起上次许樱哥从庄子里回来遇上安六爷那件破事儿还是有些紧张，便压低声音道："二娘子，后头似是有人跟着。咱们人太少，不如先回去？"

这世界虽不甚美好，生命却是美好的。许樱哥立即被打回到现实中来，回身掀起车后窗帘子，看到远处那看不清身形的一人一马，激灵灵地打了个寒战，忙着道："那还等什么？赶紧地回家，走最近最宽人最多的大路。"

双子得令，立即暴喝一声，猛地抽了马儿一下，马儿喷出一股热气，努力加速，朝着前方的巷口处冲去。已经能看到巷口外大街上的行人，却听马蹄声响，身后那人竟然是毫无顾忌地追了上来。

双子大怒，沉声道："二娘子，若是不妥您便骑马先回吧。"

却听追上来的那人大声道："胆儿被吓破了么？连小爷都认不得了？"分明是张仪正的声音。许樱哥才伸出来的手便又飞速缩了回去。

双子想起这是自家名正言顺的姑爷可不是那危险的歹徒，顿时便有些欢喜："是张家三爷。"许樱哥沉默不语，双子便只装作没听见，只管打马继续往前跑。但很明显，张仪正的马比他们的好，而且负担没他们的重，跑是跑不过的。这狗皮膏药又来了，难不成先前还是被他看着了？许樱哥暗自咒骂着，沉声道："既然跑不掉就不跑了。"

在马车停下来的同时，张仪正也赶到了车前。双子脸上挤出一个讨好的笑，下车给张仪正行礼问安："小的给三爷请安，这大下雪的三爷怎会在街上？也不带个人跟着？"

张仪正眼看着马车讽刺笑道："这大下雪的你们怎会在街上？也不知道多带几个人跟着？"

马车里一片沉默，双子束手立在一旁，悄悄觑向张仪正，小心翼翼地打量分析着他的神色和心情。不管怎么说，这马上就要成亲，二娘子还顶着风雪出来闲逛，被撞见了总是不太好的。

张仪正板着脸将马鞭柄轻轻敲了敲车厢壁板，冷声道："你还想躲到什么时候？不出声就以为我不知道你在里面？"那语气像极了丈夫管教不听话的妻子。

他还提前进入角色了。许樱哥撇了撇嘴，示意青玉将车帘子掀起来，微笑

67

着给张仪正行了一礼，轻声道："早前不知是三爷，所以有些害怕。后来知道是三爷，所以还是有些害怕。故而，便想蒙混过去算了。"

张仪正对上她的微笑和从容莫名便有些恼怒："不知道是我害怕也就算了，知道是我何故还是要害怕？"

许樱哥微笑着垂眸不语，张仪正慢慢想了过来，知道是他还是害怕那便是怕给他留下不好的印象了，当下冷哼一声，翻身下马，一把扯开车帘子，推开青玉，大喇喇地坐在了许樱哥身边冷笑道："我从来不知你胆子有这么小。既然是不是我都害怕，那你无缘无故跑上街来瞎逛做什么？难道高嬷嬷和袁嬷嬷都不管你？难道忠信候和侯夫人也不管你？亏得是我看见了，不然给旁人瞧见，叫我们两家人的面子往哪里搁？"

他两肩上的雪积得有些厚，随着他坐下便洒落在垫子上化成冰水，许樱哥被他带进来的寒气一激，忍不住捂着口鼻侧身打了个喷嚏，不好意思地道："对不住，让您见笑了。"一边说，一边拿了帕子去拭垫子上的雪水，带了几分关切道，"听说您的伤病才好不久，这样冒雪疾驰总是不太好。"

张仪正怒目而视："休想这样瞒混过去，我问你的话还没回！你干吗跑出来？跑出来干吗？"

他肯定是先看到她立在狮子楼上，然后又看到她上了这辆马车，不然这马车上没有忠信侯府的标志，双子的斗笠也戴得够低，他凭什么知道她就在这车上？看这身上的积雪只怕是跟得够久。许樱哥抬起头来望着张仪正甜甜一笑，带了几分讨饶和小意轻声道："您知道我的性子，我出来看热闹。今日我那族兄不是成亲么？家里不许我出来，我却觉着对不起他，不管怎么说上次他也救了你我的命。还有听说狮子楼的水八碗极其美味独特，我很想在出嫁前尝一尝。"

这番说辞可算是天衣无缝，张仪正沉默冷硬地看着她，一双眼睛仿佛是要穿透她的眼睛看到她的心里去。许樱哥坦然看着他："你不高兴？"不高兴就去退婚呗，反正两人交锋多次，彼此也算知根知底，用不着做得太戏剧。

许樱哥的眼睛清澈美丽，就像宁静的湖水，里头蕴藏的却是说不尽的奸诈狡猾，张仪正说不出的愤怒："我当然不高兴！你就不怕遇到歹人？"

许樱哥立即认真认错："知道错了，下次再不会了。"

僵持片刻，张仪正垂下眼皮，微微侧开脸躲过许樱哥的目光，淡淡地道：

"既然吃过了水八碗，又看过了迎亲，怎地还不回去，偏要在这街上七拐八弯地乱转？"

许樱哥有一瞬的沉默，接着甜甜地笑了起来："我被关了这么久，好不容易才有机会溜出来，总是要趁机多逛逛，赏赏雪景的。"言罢起身做了个请的姿势："三爷孤身一人前来，想必又要惊吓了无数人，您请回吧，我这便回去了。"

张仪正坐着不动，冷笑道："你就这样巴不得见不到我？那你何必答应这亲事？"

这时候说这种屁话？许樱哥拧起眉毛，抬起下巴看着张仪正，在他眼里看到了一丝挑衅和愤怒不平。她大概知道他为什么愤怒，却不知道他在不平什么，于是许樱哥放平眉毛，柔声道："我以为三爷应该都知道。"

第55章　有情·红樱

应该都知道？这话仿佛什么都说了，又仿佛什么都没说。张仪正下意识地想抓许樱哥的把柄，却一个字都抓不到，便怒气冲冲地道："你不愿意？"

许樱哥垂眸低声笑了起来，笑到张仪正将近恼羞成怒方温和地看着他道："怎么会不愿意呢？你看我可曾露出过半点不愿意的样子？大家都知道我这些日子以来很乖巧懂事听话，而且很勤奋，不信你去问高嬷嬷和袁嬷嬷。"眼看着张仪正两条略显凌厉的眉毛轻轻放平，紧绷的下颌也渐渐放松，她轻松自如地换了个话题："你前些日子送过来的那块玉佩我很喜欢，我给你做了个荷包，也不知你喜欢不喜欢？"

张仪正却不曾似她所想象和期望的那般越来越放松，反而是看着街边民居房顶上的积雪沉默下来，许久方道："我出来得早，你的荷包我还没看见，想是还在我母妃那里。你本来是还想往哪里去的？"

许樱哥笑道："本来也就想回去了。"

张仪正突然回眸看着她用一种不容商量的口吻道："既然已经偷溜出来了又何必那么早回去装乖巧？"

许樱哥有些许吃惊，青玉却从这二人难得一见的和平中看到了某种希望，便小心翼翼插话道:"二娘子本是还想沿着这安康坊的小巷再游一游的,不知三爷是否有空?"她觉得许樱哥大概是想同过去做个了结,这样的机会以后不会再有,不如趁今日一举两得。

总是要在一起过日子的,这时候如果能得到有效的沟通,对双方都是件好事,总不能一直拧巴着。许樱哥便不拒绝,微笑着看向张仪正:"三爷有空么?"

张仪正有些不耐烦地看了她一眼:"何必明知故问。"

马车沿着安康坊的小巷漫无目的地往前行驶着,张仪正眼睛看着前方淡淡地道:"我想警告你,以后没事儿离安六远些。"

许樱哥微笑:"我本来就离他很远。"

张仪正竖眉不耐烦:"我说什么你只管听着就是了,怎么这么多话?"

许樱哥再笑:"遵命。不过他要离我近,我总不能说,你滚远点儿吧?上京城又不是我家的。"

张仪正发怒:"他不走,你总能走吧?"

许樱哥还是笑:"哦。那我走。"

张仪正生气地把头扭开,好半天才低低出了一口气,闷闷地道:"他是头顶生疮脚底流脓的坏东西,你不是他的对手,知道么?"

许樱哥继续笑:"哦。知道了。"

"……"张仪正瞪着许樱哥,许樱哥微笑而无辜地看着他,"……"

"咳……"张仪正有些不自在地咳嗽了一声,看着窗外不在意地道,"这条街挺眼熟的,是了,我记得去年上元节我出来观灯,曾在这条街上看到过你。"

许樱哥眉毛好看地皱了起来,她当然记得这条街,就是在这条街上,崔成借着人多好遮掩,偷偷地去牵她的手,而她没有松开,至今她还记得崔成微湿的手心和灿烂讨好的傻笑,那样的小意温柔真是再也找不到了。回忆着过往,许樱哥忍不住微笑起来:"原来三爷是在那时候就认得我的。"

"是,很早就认得你了,所以晓得你无情。"张仪正回过头,看着许樱哥缓缓道:"我记得,当时你身边还有一个少年郎。他是谁?"

沉默,一片沉默,青玉紧张地掐住了掌心,担忧地看着这二人,这是要算旧账?可是又算是哪门子的旧账呢?那时候许樱哥还不曾认识张仪正,两个人本是八竿子都打不着的,张仪正这会儿追究这个未免也太无聊了些。可惜无聊归无聊，这个问题却不能避让。

一阵狂风袭来，把坠着铅坠儿的棉帘子吹起一只角，一团雪片趁机打着旋儿飞入到车厢中，许樱哥放下怀里的手炉，伸出一只莹白纤巧的手准确无误地接住了那团雪片，眼望着那团雪片低声却十分清晰地道："那是崔成，我从前和他定过亲。"

雪片接触到她掌心的温暖，很快便化成了一滴水，许樱哥长而密的睫毛半垂而下盖住了她的眼睛，她的声音很低很稳定："崔家卷入郴王案中，所以退了亲，他死在去年的秋天，埋在城外的乱坟岗子上，没有墓碑。康王府既然和学士府议亲，想必这些情况三爷都是早就知晓了的。"

张仪正往车厢后头挪了挪，将自己的身影和表情掩入到阴影中："我看到你和他牵手。"

许樱哥照旧不看他，语气很平静，却带了一种不易察觉的冷淡："是在牵手，那时候他是我的未婚夫，我不认识三爷是谁，也没想过要嫁给你，更不知道你在一旁看着我们。"这就是他在香积寺里辱骂她和赵璀是奸夫淫妇的原因？她可不信他原来会因为这样便替人打抱不平。

张仪正不说话，许樱哥也不说话，而是把手上的那滴雪水轻轻倒掉，取了一旁的铜箸认真地拨弄着手炉里的灰。

青玉的心仿佛是被一根细利的铜线提着，越提越高，勒得越来越紧，她觉得自己仿佛有些喘不过气来，她紧紧捏着帕子，开始无声地喘气。

张仪正突然笑了一声，道："听说你们青梅竹马，许大学士持家甚严，我在香积寺中看到你连赵璀想单独和你多说两句话都说他是想害你，那么……是不是可以认为，你其实对那姓崔的……"

铜箸轻轻敲击在凿花的铜手炉上，发出"当"的一声轻响，许樱哥抬起头来看向张仪正："三爷很在意？"

张仪正对上她的眼睛，她的眼睛黑白分明，澄澈宁静，还未婚便有了肌肤之亲，明明是一件应该令人羞愧的事情，偏偏她的脸上就只有正大光明和理所当然。张仪正抿了抿唇，抬起下巴不屑地道："谁在意这种小事情？难道你以后还敢和别人纠缠不清么？"

许樱哥微侧着头，下颌的线条被窗外透进来的雪光照得十分柔和美好，她微微笑了笑，轻声道："虽然不知三爷何故要问起这件事来，但过去的事情就是过去的事情，他已经死了，不必再提。"

"张仪正带了几分讽刺道："那赵璀呢？他可还活着的。"

"赵璀么？"许樱哥沉沉叹了口气，把弄好的手炉放到他怀里，用一种疲惫无奈的声音道："虽然家里曾经想过这门亲事，但始终是不曾到那个地步，并且他也没牵过我的手。这中间的事情三爷比我更清楚。我虽今年春天才认识三爷，却觉着三爷仿佛认识了我很多年。"

手炉很温暖并且绝对不烫，张仪正却仿佛是被滚热的炭烫了一下似的，惊得一让一推，"吧嗒"一声响，手炉从他怀里滚落下去，砸在车厢地板上，炉罩并着里面的炭火尽数滚落出来，车厢里顿时弥漫起一股东西烧焦的味儿。青玉低呼一声，忙忙地蹲下身去收拾。

许樱哥沉默地看了张仪正一眼，将车帘子掀开些许透气。

"不过是看你好看所以就记住了。"张仪正万分鄙夷地道，"俗话说得好，朋友妻不可欺，赵璀更不是个好东西，那种人你也敢嫁？若是人不知，说不定还以为你二人狼狈为奸害了崔成呢。"言罢将一双长腿高高翘起，摆出一副荒诞不经的模样道："说来，崔成才死不过半年，你便和赵璀谈婚论嫁，你算是有情还是无情？"

蹲在地上收拾手炉的青玉瑟缩了一下，却是被烫着了。

"三爷究竟是希望我对崔成有情还是希望我对崔成无情？崔家叛乱是铁案，斩他的是大华律，更是他父兄的贪婪。"许樱哥探手在双子的座位旁抓了一把积雪递给青玉，淡淡地道："我好歹也是三爷未过门的妻子，我与赵璀狼狈为奸，三爷却还要娶我，那你是什么？三爷若实在很在意，其实可以请旨退亲。"

张仪正的眉头挤在了一起，愤怒地道："这个时候了说什么退亲？你总想着退亲干吗？"

许樱哥看着他十分认真地道："因为你对我不好！若不能退亲，那三爷便是想同我做怨偶？相看两相厌？三爷问我从前的事情，我也有从前的事要问三爷，听说那次我险些坠马同您很有些关系？"

"谁说的？谁挑拨离间啊？"张仪正像斗鸡似的瞪着许樱哥，"你听谁胡说八道的？谁？！"

"大概是胡说八道，我却觉得是真的。"最好的防御便是进攻，许樱哥看到张仪正从脸到脖子都涨得一片红，不由得满意地微笑起来，"我今日有问有答，为的是日后能好好过日子。三爷不肯退亲，便说明你是想清楚了的，要是等到我进了门，你再用这些事情这些人来找碴，我总是要寻王爷、王妃主持公道的。想来不会有人说我没道理。"

冰凉的雪覆在青玉被烫伤的手上，缓解了火辣辣的疼痛感的同时也令她狠狠地打了个寒战，她可怜地看着张仪正和许樱哥，低声央求道："三爷，二娘子，总说这些有的没的做什么？"

"停车！"张仪正不等车停稳便跳下了车，翻身上马，狠狠瞪了许樱哥一眼，冒雪打马飞驰而去。

许樱哥靠在车厢壁上轻轻出了口气，拉过青玉的手查看伤势，低声道："还有两个月。青玉你做好准备了么？"她已经做好准备了。

二月十二，宜嫁娶、祭祀、祈福、定盟、交易。

天未破晓，许樱哥便被唤醒，沐浴、更衣、绞脸、梳妆，再被一群热情而亲近的妇人用灼热的目光和说不完的吉祥话湮没。虽是两世为人，她却是第一次嫁人，故而昨夜和今早都有些睡不着觉，这会儿更是紧紧绷着脸皮，不敢笑也不敢多言，就连吃饭都比平时斯文了十分。

傅氏注意到她紧张，背着众人轻轻捏了捏她的手，低声宽慰道："不要怕，凡是女子都要走这么一遭的。"

傅氏乃是长嫂长媳，追求的是稳重，黄氏说的话则更风趣放肆一些："自亲事定下，新姑爷便不曾犯过浑，想来是极欢喜这门亲事的，前些日子又奉恩旨升了郡公，这家用想来也是极宽松的，二妹妹还有什么可担忧的？"

许樱哥看着黄氏闪着亮光的圆眼睛，终于忍不住笑了。傅氏微笑摇头，轻轻推了黄氏一把："看你，做嫂子的也没个正经，让人听去可不笑话我们。"

黄氏捏捏许樱哥的下巴，偷偷摸摸瞟着其他人，低声笑道："我是在说大实话。这结婚本来就是那么一回事儿，男人喜欢，在外面撑得起，女人在家不缺钱用能管家，有了这几样，但凡是个有心的也该把日子过得不错了，二妹妹惯常伶俐，又有什么可怕的？那不过是个王府罢了，里头也是凡人，一样吃喝拉撒，怕什么？"

才赶进门来的许杏哥深以为然，爽朗笑道："二嫂说得是，就那么一回事。"说着坐到了许樱哥的身边拉起她的手，很好地掩去了眼里的忧色柔声道:"王爷、王妃、世子妃都是极好的人,二奶奶也是个聪慧人,你不用怕,有事只管去找王妃,只要你占着理,她不会为难你。那一位么,她不敢惹王妃。"

清官尚且难断家务事,这婆媳关系又哪是谁对谁错那么简单的?一个总是追着婆婆告儿子的儿媳妇,谁会喜欢?但说到底,也不过是家里人心疼她爱惜她罢了,许樱哥微笑着点头:"我都记住了。"

忽听不远处的冒氏夸张地笑了起来:"哎呦,这不是侄儿媳妇么,这还是第一次来我们家呐。"

许樱哥循着声音看过去,看到冒氏拉着一个才进门的少妇的手,颇有些无礼地上下打量着那少妇。那少妇穿着件湘色绫袄,配着条浅红色的罗裙,金钗上坠下的一粒指尖大小的明珠,随着那张半羞半喜的粉脸一晃一晃,正是许扶那才进门不过二月的新婚妻子卢清娘。

"她是越来越讨嫌了,到底想干什么?"许杏哥皱起眉头,打算起身去救卢清娘。

许樱哥轻轻拉住许杏哥,低声道:"先不忙么,要是三婶娘过分,姐姐再去也不迟。"她在许扶结婚后携妻上门答谢许衡夫妇并认亲时见过卢清娘,只是那时卢清娘初嫁,害羞得很,从上门到告辞统共也没说过几句话,并看不出其人性情如何。今日有这个机会,她想看看卢清娘怎么样,能不能在许扶不在身边的时候撑起来。

却见卢清娘虽害羞,可也不是真的羞到底,微笑着朗声说道:"三婶娘记不得了么?侄儿媳妇这可是第二次来了。"

冒氏狠狠盯了卢清娘发髻上垂下的那粒宝光艳艳的明珠一眼,皮笑肉不笑地道:"是我记错了,我光想着要恭喜侄儿媳妇啦。五侄儿最近可真是春风得意呢。"许扶在前一个月刚去了兵部任库部主事,同样是主事,兵部主事却比他原来所任的刑部主事品级高,是为从八品。许扶才入仕途没多久,却升得如此快,不用问,自是因了康王府的关系。

卢清娘又表示了适当的害羞和谨慎:"三婶娘快饶了侄儿媳妇罢,这里多少长辈和夫人,家中任谁不比我家五爷能干?哪里又敢说是春风得意?不敢说,不敢说。"

许樱哥和许杏哥看到冒氏的脸不受控制地抽搐了一下,不由相视一笑,却见卢清娘已经十分自然圆润地推开了冒氏的手,微笑着朝她们走过来。

许樱哥连忙站起身来望着自己真正的嫂子微笑,她的妆上得浓,原本也不怕卢清娘看出什么来,便是看出来了,总是一家人,防是防不住的。卢清娘才开口说了一句吉祥话,冒氏便挤了过来,酸溜溜地道:"你们姑嫂二人可要多亲近亲近,日后我们樱哥入了王府可就没这么容易见面了。"

卢清娘一怔,心想人家正牌的姑嫂在这里,自己哪敢和许樱哥称姑嫂?便有些尴尬地看看傅氏等人,笑道:"三婶娘真的很爱说笑,侄儿媳妇又被您挤对了。"

冒氏打量着许樱哥的神色并那身灿烂精致的嫁装,有些忿忿地道:"我哪里有这许多话来说笑?侄儿媳妇是才进门不清楚,我们樱哥一直都是把五侄儿当亲哥哥看的。"

此言一出,许杏哥并傅氏都微微变色,卢清娘则越发尴尬,许樱哥微笑着,一言不发冷冷地看着冒氏,一直看到冒氏不自在了方笑道:"三婶娘说得不错,一笔写不出两个许字,我许氏一族自来讲究骨肉亲情,五嫂嫂日后便知道了。"

冒氏还想再多话,就见鸣鹤走过来附在她耳边低声说了几句话,冒氏神色微变,再顾不得这里,急匆匆走了。傅氏几个早就巴不得她走,见她走了都是眉开眼笑。

"许氏的名声是早就听说的……"卢清娘微笑着很客气地和许樱哥说了几句吉祥话便转身走开,带了几分羞涩和热情加入到许氏族人的亲友团中开心地同众人说笑起来,圆融自如。

许杏哥附在许樱哥的耳边轻声道:"放心吧,她不错,听说这些天来孝敬公婆,体贴五哥,勤俭理家,待下宽容。"

许樱哥重重点了点头,微笑着道:"放心了。"一转头,唐媛并安谧几个说笑着快步拥了进来,里头竟有阮珠娘并杨七娘,人人都是一副笑脸,许樱哥发自内心地笑了起来。

不知过了多少时候,外面一阵鞭炮声响,嘈杂声、喜乐声一阵高似一阵,房内众人静默了一刻,俱都笑了起来:"新郎官迎亲来了!"呼啦一下便走得干干净净。

许樱哥此时方觉得耳根清净了些,古婆子忙道:"二娘子赶紧地歇一歇。"一边说,一边塞了腰枕在许樱哥身后:"靠一靠,松一松,先吃两块糕点垫垫底,这回还不知何时才能吃着呢。"

许樱哥招手叫铃铛过来低声吩咐了几句,铃铛脸蛋微红,眉梢眼角全都是喜意,脆生生地应了一声,快步往外头去了。

伤愈归来不久的紫霭把一杯茶递到许樱哥手里,悄悄看了眼旁边站着的喜婆,低声道:"二娘子可是有什么事没安排好?"

许樱哥微笑着朝她摆摆手:"没事,我让铃铛出去看看热闹回来和我说。"

"您呀。"紫霭无奈地叹了口气,哪有这样的新娘子?其他人羞也羞死了,二娘子倒好,叫丫头去替她看热闹。但摊上了这样的主子,紫霭也没什么办法,只得寻了些好吃的糕点,提了香茶去招呼那几个喜婆,又各自悄悄塞了个荷包。那几个喜婆都是在大户人家里做惯了事的,见机立即去了房间一角扮起了眼瞎耳聋,哪里又去管许樱哥要做什么。

许樱哥厚着脸皮笑,竖起耳朵听外面的动静,只听得喧闹声一阵响似一阵,并且越来越近,铃铛喜滋滋地快步进来,悄悄瞟了喜婆一眼,溜到许樱哥身边贴着她的耳朵轻声道:"外面可热闹啦,大爷他们几个把新姑爷一行人全数堵在了大门口,在对诗呢,那边听说是请了新科状元做傧相,又有好些进士作陪,两边对得热闹,后来是大姑爷悄悄开的门,一群人哄的一下就冲进来了,好生野蛮,大爷他们不是对手哇。"铃铛摇着头,叹道,"那边到底是当兵的多,力气大,不讲理……"颇有些怪武进临阵倒戈的意思。

"俗话不是说,秀才遇到兵,有理说不清。"紫霭听得好笑,轻声道,"这迎亲迎亲就要能迎了去才能亲,不然怎么办?难道能留一辈子的?"

许樱哥低声问铃铛:"你看到他了么?他有没有……比如说,不高兴?"

铃铛怔了片刻,笑道:"很高兴啊,一直都在笑,族里的夫人们捉弄他他也没生气。"

许樱哥轻轻松了口气,转眼看向窗外。窗外阳光灿烂,万里无云,院子里那株樱桃花开得正好,满树樱花灿烂如霞,微风吹过,吹落花瓣无数,有鸟儿在枝头高声欢唱。许樱哥的眼睛一片湿润,一滴泪顺着睫毛滚落下来,将红色的罗裙洇染开去,仿佛开了一朵红色的樱花。

紫霭和铃铛对视一眼,都不敢再笑,忙忙取了粉和胭脂给她补妆。傅氏进来，见状低低叹了一声："傻丫头。"

许樱哥想笑，眼泪却越流越凶，又引得众人一片慌乱。

喧哗嬉闹声越来越近，喜婆笑道："吉时到啦，该上花轿啦！"一块绣金缀珠的红盖头当头罩下，许樱哥的眼里便只剩下一片红色。

第56章 小心·晓春

走过满树灿烂的樱桃花，走过雪白如云的梨花，走过旖旎的桃花，一路行来，一路春光。张仪正牵着红绸的一头，沉默地看着红绸另一头的许樱哥。

新房的阶下种了一棵海棠，海棠红瓣黄蕊，开得娇艳而热烈，却始终敌不过许樱哥那身鲜艳灿烂到了极致的喜服。她低垂着头，曼妙而美好，红到极致的喜服上金色的绣线刺伤了张仪正的眼睛，他突然顿住脚停在了台阶下。

虽只是片刻停留，却让一直说笑的众人诧异无比，有人奇怪，也有人兴奋地期待着。周遭喧嚣如故，许樱哥却觉得那一刻格外寂静，她跟着停了下来，垂眸看着红绸另一端的那双迟滞不前的脚，安静等待。

不知是谁轻轻咳嗽了一声，张仪正的声音仿佛是从很遥远的地方随风飘了过来："小心脚下，要上台阶了。"

有人失望无比，有人松了口气，有人哈哈大笑了起来："这样疼媳妇儿，看来很快就要添丁进口了！"

张仪正发出两声干瘪的笑声，许樱哥垂着眸子跟着他拾级而上，走入新房之中。新房里散发着一股美妙的味道，许樱哥耸耸鼻子，嗅出这是自己最爱的金银香，想起前些日子康王妃曾使人过去询问她的爱好，心里不由微暖，更多了几分自若。在新床上坐定后，透过盖头下的缝隙，她看到许多双穿着华贵鞋子的脚，有男有女，但就没有一双鞋是她所熟悉的，包括她脚下所穿的珍珠鞋履对她来说也别样陌生。

喜婆嘴里的吉祥话蹦豆子似的一直往外蹦，张仪正垂眸看着坐在喜床上的许樱哥，手里的汗浸湿了那根缠金裹锦的秤杆。众人起哄："揭盖头啊，揭盖头啊……舍不得给我们看新娘子是什么样子么？"

喜婆微笑着又说了一串吉祥话委婉地催促张仪正，张仪正却只是微笑着站立不动。许樱哥稳坐如山，盖头上的璎珞都没晃一下，都到了这一步，盖头总是要揭开的，她不急，更不慌，她是庄家，随时等着张仪正反悔。

张仪正终于动了，盖头掀起处，露出一张娇羞得宜的脸，纵是浓妆艳抹也盖不住那一低头的楚楚风姿。张仪正看着娇羞安静美丽的许樱哥，一时不知该如何动作，有人从他身后重重捶了他一拳，不无嫉妒地道："你小子真有福啊，难怪得看傻了！"

房里"轰"的一声笑了起来，张仪正咧了咧唇角，回头猛地推了那人一把，笑骂道："你才看傻了！"话说出口又觉得不对，自己好像吃了个大亏，便板了脸怒道："都给我出去，不许看！"

众人哄堂大笑，把张仪正推来搡去，笑闹不休，趁着他不注意，猛地用力将他往许樱哥身上推过去。新婚三日无大小，何况这来闹新房的都不是什么好鸟，这一下推得猛，张仪正没想到，许樱哥也没想到，她当时只顾微笑着垂眸看着自己的脚尖，尽职尽责地扮演着新嫁娘的角色。等到张仪正扑倒在她身上的时候，她不可避免地心跳如鼓，闹了个大红脸，却没有把张仪正推开。

"这又不是乡下人闹洞房，有你们这样无礼的么？"张仪正咒骂着，手忙脚乱地爬起来，脸红耳赤地准备去收拾暗算他的人，不期腰间的玉佩勾着了许樱哥所配的丝绦，扯得又是一个踉跄，连脖子根都红透了。

有人拍手笑道："哟，新娘子舍不得呢，这天还没黑呀，急什么……"

这玩笑开得实在粗鄙，这些人怎么半点没规矩？哪里有什么堂堂皇室的气派？书香门第的大丫鬟青玉和紫霭的脸一下子红得滴血，愤怒地瞪着那人却没有任何办法。

许樱哥抬起头来淡淡地看了那人一眼，发现是个青白脸皮精神不佳，被酒色给掏空了身子的膏粱子弟，看那长相和装饰不是宗室子弟便是公主家的狗崽子，便又垂下眸子平静地把玉佩和丝绦解开。虽然在众人看来这玩笑粗鄙到不得了，但实际上她在前世参加婚礼时见过的场面远比这个大多了，这又算得什么？土鳖们！难不成以为她会翻脸哭泣？羞得不敢抬头？做梦呢吧。

看着许樱哥从容不迫的举动，房里的嬉笑声渐渐小了下去，虽还有人说玩笑话却是斯文了许多。

张仪正解开玉佩后的第一件事就是恼羞成怒地脱下一只靴子朝那人砸了过去，再跳着追过去一脚踹在那人身上，大声骂道："韩彦钊，你的皮子又痒了？狗嘴里可能吐得出象牙来？吐不出？小爷帮你的忙。"

许樱哥便记住了这人叫韩彦钊，也想起来这是真宁公主的小儿子。却见张仪正已经一脚将那人给踹倒在地，凶性大发地骑上去对着那张青白的脸左右开弓就是两拳，一边打还一边嚣张地骂："吐得出？吐不出？看你这狗贼样儿，象牙是打死也吐不出的，便是把你满口的牙齿打落也只能吐出狗牙来！"

谁也没想到张仪正会在这种时候发狂，众人先是惊了一头，又安静了片刻才猛然想起来，这混账东西又在不分场合地发狂发蛮了，于是一拥而上，拉的拉，劝的劝，韩彦钊却已经是被打得面目全非，痛哭流涕。张仪正被张仪端抱住腰往后拖，还挣扎着跳起去飞腿踹在刚被人扶起来的韩彦钊腰上。韩彦钊还没站稳便又被这飞来一腿踹倒在地，又疼又没面子，于是趴在地上哭骂起来："狗日的，你他妈的欺负人，今天老子和你没完……"

"你要和我没完？你要不要死在这里，等我成完亲再给你发丧啊！"听着这声骂，张仪正似打了鸡血一般越发精神，猛地一推张仪端，挽着袖子要上前，环顾四周大声道："你们听见他骂什么了么？他是不是犯贱讨打啊！"又回头看着张仪端道："老四，他骂我们欸，你不打他？"

这就是和混账东西做兄弟的坏处，总是会被人一起问候爹娘，跟着打是胡闹，不跟着打就是孬种，张仪端苦笑道："三哥，今日可是你的好日子，多少也得顾着三嫂吧？快不要胡闹了！"一边说，一边回头看向许樱哥，露出一脸的歉意和同情。

许樱哥稳稳当当地坐在床上，安安静静地看戏，心想不怪前朝留下来的旧臣们总是瞧不起这张氏皇族，闹洞房的也好，当新郎的也好，都一样的粗野疯狂没分寸，不过挺热闹的，还有张仪正为了她这样凶悍地教训韩彦钊，她实在是喜欢，想必日后这些膏粱子弟见着了她便不敢轻易和她乱开玩笑了，不然她只要关门放狗，还不咬得这些人哭爹叫娘？就像是当初的崔成……许樱哥猛地一摇头，甜美地微笑着继续看戏。

张仪端看到许樱哥脸上的笑意，突然想起这也是个会发狠下阴手的主，由不得有些发怔，竟然忘了去拉张仪正，于是韩彦钊又被踹了两脚。正自乱间，忽听门口响起炸雷似的一声吼："畜牲！还不住手！"原来是康王得了消息，匆匆忙忙扔了一地的宾客赶了过来镇场子。

见惊动了康王，众人顿时作鸟兽散，不一会儿工夫场子便清得干干净净，房内只剩下世子妃、许樱哥并康王父子三人。

张仪端可怜兮兮地道："父王，孩儿劝不住三哥，都是孩儿的错。"

康王冷漠威严地瞪了他一眼，再歉疚地看了看许樱哥，抬手欲打张仪正，张仪正却只是倔犟地抬起头大声道："父王何故要打我？韩家小狗居心叵测，他先不敬我妻子，再不敬我父母，难道不该打？他还敢对着我自称老子呢……"

康王气得半死："好好的一桩喜事，被你自己胡闹成这个样子你还好意思说？叫你妻子的脸面又放在哪里？"

许樱哥稳稳地站起身来对着康王行了一礼，朗声道："樱哥斗胆，请王爷饶了三爷这遭，这事儿不怪他，樱哥也没觉着丢脸，还要多谢他回护。"

康王一怔，探究地看向许樱哥，见她从容镇定，并无半分委屈勉强之态，便轻轻翘了翘唇角，回头对着张仪正又是一片怒容，声音吼得老远都听得见："今日就看在你媳妇儿的面子上且饶了你这遭！再有胡闹，决不轻饶！你记住，不是我舍不得，而是因为日子特殊，我不顾你还要顾别人。"

张仪正垂着头几不可闻地应了一声。

康王威严地看向早就被吓得不知所措的喜婆："还有什么没做完的继续做！"说完看了世子妃等人一眼，大步走了出去。

世子妃笑眯眯地起身，温言道："好了，他们日常胡闹惯了的，人年轻没分寸，来来，三弟坐这儿。"王氏早就领了一群女眷等在外面，才等康王一走便笑着走了进来，不过片刻工夫，新房里照旧的一片热闹喜庆。

特意铸造的金银钱和花生红枣桂圆等物雨点一样地洒落下来，张仪正别扭地躲避着，许樱哥垂着头，一任钱果洒落在她身上，心中渐渐安宁下来。

张仪正揉了揉发酸的拳头，偷偷看了许樱哥一眼，精疲力竭间却又觉得心中某个狂躁不安的地方渐渐平静踏实起来。不管怎么说，她终究落到了他的手里，不管怎么说，日子还长着呢。

天黑欲晚，红烛高照，青玉和紫霭服侍着许樱哥去了沉重繁琐的嫁衣，又洗去了厚重的脂粉。才刚收拾完毕就听外间传来几声轻响，几个穿着体面的仆妇丫鬟提着食盒鱼贯而入开始布置宴席，接着高、袁两位嬷嬷庄严地走了进来。

这二人在月前回宫交了差后便回了宫，许樱哥没听说她二人被指派到了康王府，早前宫中赐物时不曾见着，此刻乍一见到便颇有些惊异，暗忖莫非洞房花烛夜，两位嬷嬷还要现场观摩指导么？尚不及弄清楚这二人要如何，张仪正便被人扶了进来，竟然是喝得酩酊大醉的模样。

青玉和紫霭当然是不高兴的，虽说新郎被灌醉是常有的事情，但以张仪正的身份和脾气谁又敢去灌他？分明就是他自己没有节制，故意想给许樱哥难堪。但青玉与紫霭自忖家教不一样，务必讲究端庄得体，便默默上前扶了张仪正在许樱哥身边坐下来，才刚松手，张仪正便往后一倒，直挺挺地躺在了床上，不过片刻工夫，鼾声大作。

高、袁二位嬷嬷都皱起了眉头，这合卺酒不曾喝，结发不曾结，还要洞房，怎地就喝成了这模样？再想到白日的事情，只恐许樱哥忍耐不住闹腾起来，便都有些紧张。

许樱哥垂眸看着张仪正，只见他眼珠子在眼皮下转了又转，那鼾声也有些假，便微笑着起身对着高、袁二人福了福，带了些微不安和羞涩轻声道："敢问两位嬷嬷，接下来还有什么礼要行？若不是非行不可，可否改日？三爷只怕醉得不轻。"

什么礼？合卺礼，结发礼，周公礼。这许二娘子可真是个妙人，就这样斯文体贴地问了出来，倒为难了人。高、袁二人想笑又不方便笑，高嬷嬷低咳了一声，斟酌着道："合卺礼，结发礼都是要行的，既是良辰吉时，自是今夜行了的好。"可看着张仪正的模样，颇有些不知该如何下手的感觉。

许樱哥的白牙在红烛下闪闪发光："既是这样，那便只有帮三爷醒醒酒了，二位嬷嬷意下如何？"

高、袁二人此行的目的便是要保证这二人顺利完成婚礼，安静规矩地度过今夜，见许樱哥不但不生气还十分配合温婉，哪里又会说不？当下袁嬷嬷便道："是这个理。"

许樱哥微笑着："醒酒汤想来是早就备下的，紫霭你去问问外面伺候的人，先端了过来。"

紫霭领命而去。

许樱哥又看向青玉："我记得有次家中兄长喝醉了酒，大嫂曾用凉水给他醒酒，效果极其不错。"

青玉的唇角翘了起来，俯身道："婢子这就去取凉水来。"这凉水当然要最最凉的水才好，可惜没有冰啊。

许樱哥一一安排完毕，方又看向高、袁二人："不知二位嬷嬷觉得如何？"

"醒酒汤是极好的……"袁嬷嬷正想说那凉水激着不太好，就被高嬷嬷扯了袖子，遂改口转达了皇后娘娘的期盼，并委婉表示不管怎么闹，总之不能出事。

说话间凉水来了，许樱哥挽了袖子亲手去拧帕子。正是乍暖还寒时候，青玉弄来的这盆凉水真够凉，许樱哥刚把手伸进去便打了个寒战，由不得暗赞一声青玉这丫头够狠，真是深得朕心。

许樱哥持了帕子上床，微笑着温柔体贴地将那冰凉的帕子覆上了张仪正的脸，张仪正"得"的一下打了个寒战。许樱哥满意得很，再回头去瞧，但见那两位嬷嬷都没太过关注，便又微笑着侧身挡住了众人的目光，将帕子把张仪正的脸盖得严严实实，顺便在他腰间使劲掐了一下。她倒要瞧瞧，呼吸不顺，腰上又疼，他能装多久？

张仪正又抖了一下，许樱哥再掐。奇迹出现，张仪正一声大吼，抓了帕子一下砸了出去，猛地挣起身来凶神恶煞地瞪着许樱哥，手指指到了她的鼻尖上："你！"

许樱哥先是惊得往后一倒，惊恐地睁大眼睛看着他，接着不等张仪正反应过来便匆忙下了床，紧紧揪住高嬷嬷的袖子委屈地道："嬷嬷，可是我哪里做错了？"

高嬷嬷和袁嬷嬷没看清楚发生了什么事，只知道这混世魔王又发狂了，便是水凉了一点，这新嫁娘如此体贴不顾羞涩地亲手服侍你，你也该记情才是，怎么能这样一闹再闹呢？于是二人都有些不满，但她们代表的是张家人，不能太抬许樱哥的头，当下一人负责安慰许樱哥，一人则板了脸口述皇后的话，从家族大义到为人处世都洋洋洒洒地说了一遍。

这狡猾无耻恶毒的女人！明明是她暗算他，现在却变成了他虐待她。张仪正恨恨地瞪着许樱哥，许樱哥无辜地回望着他。这时紫霭端了醒酒汤进来，许樱哥眨了眨眼，接了醒酒汤递到张仪正面前，眼望着张仪正不说话。张仪正看了看四周，发现周遭的女人都用一种说不清道不明的眼神看着自己，便咬牙接过醒酒汤一饮而尽，许樱哥适时递过一块丝帕，张仪正冷哼一声装作没看见，许樱哥也不气，随手就把丝帕丢给了青玉。

高嬷嬷忙取金杯倒了两杯酒递到二人手里，张仪正板着脸，动作僵硬地与许樱哥饮过了合卺酒，又满脸不耐烦地由着袁嬷嬷将二人的头发结在了一起，许樱哥则是一贯的温婉安静。这合卺礼和结发礼都成了，剩下的周公礼可没人能强迫，但一时不成，皇后娘娘的交代和康王妃的请托便不能完成，咋办？高嬷嬷和袁嬷嬷都有些紧张，互相交换着眼色不知该怎么开口才好。

既入了席，许樱哥便要吃饱，先喝过半碗鸡汤，又斯文优雅地拣着喜欢的菜下了小半碗米饭。她吃得越香，张仪正的脸便越黑，怒目吼道："你们还在这里杵着做什么？要我请么？"

高嬷嬷和袁嬷嬷也被他吓了一跳，把心一横，说了两句夫妻要互敬互爱之类的话便在许樱哥幽怨委屈的目光中不安地走了出去。才出了门就遇到奉康王妃之命等在外头听信，满脸期待的曲嬷嬷，对着曲嬷嬷探询的目光，二人沉重地轻轻摇了摇头："三爷的性子实在是……"

祖宗啊祖宗，看来今夜该是个不眠夜，曲嬷嬷干笑了一声，小声道："新娘子……"

高嬷嬷郑重地道："很识大体。"

曲嬷嬷也跟着点了点头，肯定地道："应当不会出现皇后娘娘和王妃所担心的事情。"

大红的喜烛照着喜帐上垂下的珍珠璎珞，满室生光，屏风旁的小金兽吐露着金银香的芬芳，满室芬芳。许樱哥把一碗鸡汤放到张仪正面前柔声道："三爷最爱喝的鸡汤。"

张仪正瞪着眼不说话，许樱哥也不管他，微笑着准备起身离桌，却听张仪正气哼哼地道："我要吃饭。"

许樱哥一笑，递了碗饭过去。张仪正扒了两口，愤愤不平地道："收起你那些手段和心思，当心夜路走多了遇到鬼。"

许樱哥漱完口洗过手，无比真挚地看着他道："水太凉是我不对，掐你却真不是故意的，我是怕那玉带硌着你了。真的。"

张仪正便有些食不下咽，瞪着她道："你是根本不怕得罪我吧？"

许樱哥坚决不认："谁说的？出嫁从夫，丈夫是天……"天上飞过的那只麻雀。

张仪正自是不信的，狠狠咽下口中的饭菜，冷冷地道："你别以为我白天是为了你。韩彦钊那混账东西上次在公主府阴了我一把，我正寻思着怎么把场子找回来，他便自己送上门来了，正好……"话音未落，便见许樱哥微笑着把头靠在他肩上，轻声道："我知道你是为我出气。"

张仪正一僵，手里的筷子差点没落下去，恶声恶气地道："你少自作多情。"

许樱哥睁大眼睛仰望着他，娇俏笑道："我记得你曾当着大家的面说过对我是真心的，非我不娶。莫非都是假的？"

张仪正全身僵硬地对着许樱哥那张粉白娇俏的笑脸，好一歇才咬着牙道："当然是真的。"她故意这样激他，是不想行周公之礼吧？想得美呢，他偏要！他猛地把碗往桌上一放，转身虎视眈眈地去看许樱哥，却见许樱哥已经松开手起身往净房去了，边走边道："三爷若是不想吃，便让人撤下歇了罢。"

张仪正道："谁和你说……"话未说完，就见许樱哥抬手掩着口轻轻打了个呵欠，大红软缎的袖子蜿蜒垂下，露出一段雪白晶莹的手肘，眼神惺忪，嘴唇红润饱满，慵懒迷人到了极致。于是张仪正的后半句话便无声消失，只管呆坐在桌边不动。他不动，其他人也不敢动，房里只能听见净房里的水哗哗地响。

不知过了多久，许樱哥松松绾着个发髻，微湿了红罗轻衣漫步走出来轻轻瞟了张仪正一眼便自去了里屋。青玉和紫霭咬着嘴唇，无奈地看着桌边那只呆头鹅。张仪正凶狠地瞪了她二人一眼，满脸狠色地起身大步进了净房。二人松了口气，开了门低声招呼人进来收拾残席，迅速关门大吉。

烛光，芬芳，红罗喜帐，床上侧躺着的佳人乌发如云，后颈雪白如脂，柔长美好，肩头圆润，腰肢纤细，曲线起伏如山峦。张仪正无声地咽了口唾沫，用力掀开了红罗喜帐。

第57章 欲晚·俏婢

许樱哥侧身而卧，紧紧闭着眼，心里紧张得要死，乍然听见玉钩相击的声音，不由惊得一跳，迅速回身平卧紧张地看着张仪正。

张仪正披散着袍子立在床前，背对着烛光沉默地看着许樱哥，面上半明半暗，额前散落的黑发还滴着水珠，半敞的胸膛紧实宽阔，陌生，却又熟悉。

许樱哥深呼吸，抬起头来对上张仪正的眼睛，想从里面找到她想要的东西，她知道她这样子很不错，她知道他很喜欢她的模样，却不知道他反复抽风是为了什么，也不知道他今夜究竟打算怎么对待她。

要么生，要么死，就是没有屈辱。她是女人，她希望所嫁的丈夫温柔体贴，希望新婚之夜能够温暖旖旎，但如果得不到，可以痛，可以伤，但不能屈辱。褥子下的玉簪照旧冰凉，甚至很是硌人，她不舒服地挪了挪身子，将手撑着下颌望着张仪正微笑："忙了一天，你不累么？"

张仪正眨了眨眼睛，长而翘的睫毛在脸上投下一个浅浅的阴影，把本就幽暗不明的眼睛掩藏得更深。许樱哥尽量温和地看着他，她要尽力争取自己该有的，尽力做到所能做的。张仪正轻轻出了口气，放下帐子在她身边躺下来，看着帐顶低声道："你恨我么？"

许樱哥笑了起来："不恨。"恨也不告诉你，何况这会儿恨也没用了。话音未落，一只滚烫的手便微微颤抖着握住了她的肩头，张仪正的头脸和身体离她越来越近，呼在她脸上的气息也越来越急促。

许樱哥的心"咯噔"响了一下，觉得全身僵硬，胸上仿佛是压了一大块石头，喘也喘不过气来，便只是努力睁大了眼睛，惊惶可怜地看着张仪正。也不知是张仪正酒劲上头的缘故，还是喜帐太红的缘故，她看到一张红得很彻底的脸和一双微亮的眼睛，那双眼，本是最纯粹华美的灰色琉璃，此刻琉璃的心里却绽放了一朵莲花，花心里有个小小的人影。许樱哥有些发怔，突然间又有些心酸，不由抬起手来轻轻抚上张仪正的脸颊，低声道："我们不要闹了可好？有缘结为夫妇是件很不容易的事情，一辈子太短，眨眼便过去了，不如意的事太多，何必总是给自己找罪受？"

张仪正不语，只顾怔怔地看着她，不觉间抬手握住她的手紧紧按在他的脸上。许樱哥微微蹙眉，等了许久才听到张仪正低声道："如果我对你好，你会真心待我么？"

许樱哥望着他的眼睛绽放出一个十分诚恳的微笑："会。你若真心待我，我便真心待你。"

"我不信！你惯会骗人！"张仪正的眼睛睁得大大的，带了几分莫名的委屈和恨意。许樱哥皱了皱眉，透过红色的罗帐，看着那对燃烧的红烛轻声道："是人都会犯错，你这一生就没有骗过人？哪怕就是才学会说话的婴儿也会骗人，无非就是能骗不能骗。"

"狡辩。"张仪正把她的手从他脸上拉下来，握住她肩头的手却越见用力。许樱哥收回目光，仰脸认真地看着他："我不会问你有没有骗我，但我其实是不想骗人的。"

她轻轻仰着头，白净微肉的小下巴翘得可爱之极，脸上的肌肤白净如象牙，睫毛又长又密，眼神微微带着些忧伤和害怕，却又如同夕阳下的湖水，温柔地轻轻拍打着湖岸，诱惑着湖岸上的人义无反顾地跳下去。跳下去，可能是想见的温暖柔美，却也可能暗藏着湍流险滩，张仪正痛苦地闭了闭眼睛，再睁眼，便不肯再看许樱哥的眼睛，而是将她重重拥入怀中，他瑟瑟发抖，却不想让她发现他在发抖，他慌乱地加重了手上的力气，笨拙地亲在了许樱哥的嘴唇上。

许樱哥紧紧闭上眼睛，在他怀里微微发抖，毫不掩饰自己的害怕和恐惧。她听见张仪正的呼吸急促而紊乱地在她耳边响个不停，感觉到他潮湿微带酒气的气息呼在她的颈边，激得她慌乱不堪，酥痒难耐，他那么用力地搂住她，紧到她几乎筋骨寸断，他的嘴唇有些凉，不，应该说是冰凉，他笨拙而放肆地吮吸她的嘴唇，全无温柔可言，倒像是想吃人一般的凶残。

许樱哥突然间觉得很痛，发自心底的痛，痛到无法忍耐，她低声哭了出来，眼泪顷刻间便流了满脸，张仪正怔了一怔，松开她有些不耐烦又有些慌张地哑着嗓子道："又怎么了？"

许樱哥将手搂住他的颈子，把脸埋入他怀里大哭起来："疼。我怕。"

张仪正不语亦不动，却也没有推开她，许樱哥哭得声嘶力竭："你对我不好，你既然不想娶我为什么要娶我？你一直在为难我，又这么粗鲁，我……我不如一个人过一辈子还要好些呢……"她哭得一塌糊涂，凭什么她的人生就是这样的？凭什么她就要忍受这种无休止的折腾？

许久，张仪正不情不愿地摸了她的背几下，嗓音格外嘶哑难听："不要哭了，不要哭了，不要哭了！"最后一声仿佛是从胸膛深处吼出来的，带着许多的不平和不甘，还有不耐烦，仿佛下一秒他便再也忍受不住要发作起来，可是他终究也没有发作,也没有把她从怀里推出去。

哭够了,便不哭,不需要哭,便不哭,那支簪子用不上了,她的眼泪却可能会再用。许樱哥拉起张仪正的衣襟擦去眼泪,疲累地伏在他怀里,一动也不想动,睡意竟然慢慢爬了上来。

红烛上的火焰突然"突"的蹿了一下,室内骤然明亮又黯了下去。一只带着细茧的大手试探地爬进了许樱哥的衣襟里,许樱哥打了个寒战,把眼睛睁开一条缝,从睫毛缝里偷看张仪正,张仪正半垂着眼,睫毛盖住了他的眼睛,她看不到他的眼神,却清晰地看到他脸上带着一种她所不明白的决然和慎重。她有些迷惑地看着他笨拙却很坚决地轻轻褪去她早就已经不整齐的红罗轻衣,然后低头吻在了她圆润的肩头上。细密绵长,滚烫刺灼,许樱哥忍不住轻轻战栗起来,抱着肩膀拼命往被窝里缩。

张仪正唇边突然露出一丝微笑,飞快将自己的衣服脱去扔在一旁,再伸手将许樱哥从被窝里挖了出来,不由分说便一口咬住了她的耳垂,啃噬揉捏到许樱哥微微喘息只会颤抖不会挣扎,方轻轻握住了许樱哥胸前的柔软。一入手,便是销魂蚀骨,一入手,便是天地苍茫,有一滴汗珠从他的额头滚落,滴到许樱哥散落的发间,仿佛是一滴晶莹的泪。张仪正低叹了一声,把许樱哥整个儿捞起压入身下,恨不能将她碾碎吞入腹中。

许樱哥沙哑着嗓子道:"你可要轻点,不然我会恨你。"

"我可真怕!你不是早就恨我了?"张仪正看也不看她,理所当然地扔了一句,眼睛盯着她晶莹雪白的胸,将手顺着她起伏的曲线探了下去,许樱哥蜷缩成一团,睁大眼睛瞪着张仪正,全身热到熟透。

张仪正抬头看了她一眼,低头吻住她的眼睛,手抓住她的双腿缓慢而用力地打开。伸头一刀,缩头一刀,许樱哥吸了口气,尽力放松自己,试着搂住张仪正的腰,两个人沉默着,厮磨纠缠,战栗酥麻,恐惧忧伤,瞻前顾后,从未有过的感受把她的心思搅成了乱麻。

一阵剧烈的疼痛疼得她猛吸了一口凉气,她凶狠地一口咬在张仪正的肩上,用尽全身力气去掐他,要疼大家一起疼!张仪正"嘶"了一声,竖起眉毛凶悍地瞪着许樱哥,可看到许樱哥满是泪水的眼睛和委屈的神色,便又将眉毛慢慢放平下去轻轻叹了口气,停下来低头啄了许樱哥的嘴唇一下,想说什么终究也不曾说出来。

风从窗外吹过，沙沙之声不绝，又有雨点落下，淅淅沥沥。许樱哥轻轻拉了拉被子，张仪正却似是被突然惊醒一般，紧紧握住她的腰咬牙继续挺进，许樱哥轻喊哽咽求饶，他却越发兴奋，只顾一口含住了她的耳垂，仿佛这样便能够减轻了她的痛苦。

风雨之声渐疾，吹落阶下无数春花，一缕轻风透过窗棂卷入室内，吹得烛影乱摇，张仪正疲累地把头靠在许樱哥的肩上，再不想动弹。许樱哥小心翼翼地翻了个身，眯缝着眼看着张仪正英挺的眉眼和有力的下颌，轻轻吐出一口气，暗道还不算太坏。

不知过了多久，许樱哥从梦中惊醒过来，身边的男人仿佛是永远也吃不饱的野兽，一双手肆无忌惮地再次探入她怀里揉揉捏捏，搂住她使劲往后拉。原来有过第一次，第二次便很自然很理所当然了。许樱哥探手拉住床栏，坚持不懈地抵抗着，恨声道："你想要我死就干脆点弄死我吧！"

张仪正不理她，只管抱住她的腰往后拉，许樱哥不耐，闪电般地挠了他一把，怒道："你休想！"接着又软了声气央求，"下次好么，我疼得很。"

张仪正便不再有声息。许樱哥裹紧被子往床里滚，滚成一个大茧后才略微放心了些。

红烛将要燃尽，张仪正沉默地看着帐顶，堕入到黑暗之中。

天边已经渐白，张仪正仍然躺在床上不想动弹，透过低垂的红罗帐隙，他可以把对镜理妆的许樱哥看得清清楚楚。

镜前的许樱哥，乌云堆雪一样的发髻上簪着一套宝光霞艳的六支花钗，身上的正红满绣缎子袄裙上绣了无数粉白的樱桃花，浓重喜庆却又错落有致，随着她的一举一动，衣裙上的花瓣花朵仿佛随时都能从中飞将出来。

"樱桃花，一枝两枝千万朵。花砖曾立摘花人，窣破罗裙红似火。"张仪正突如其来地想起这么一句，渐渐便觉得苦涩起来。

许樱哥将银簪挑起玉瓶中的香膏细细抹在手上，耐心地来回搓揉着手掌手背，透过昏黄的镜面大摇大摆地窥看着床上的面色寂寞愁苦的张仪正。才度过了新婚之夜，在这样风花飘落的清晨，身边尚未有婢女嬷嬷相扰，本该是耳鬓厮磨，巧手描眉的美妙时光，他却安静沉默到异常。

若是不爱，若是不想，他可以用更无情的手段对付她，若是不喜，若是不在意，他便不会在乎她的死活。可若是爱，若是喜欢，他便不该在千方百计成了亲后还又蹦又跳又闹，更不该在这样的清晨如此寂寥如此愁苦。他在想什么？他到底想要什么？许樱哥突然很想知道属于张仪正的那个秘密，她起身走到床边轻轻掀开罗帐，坐在床沿上微笑着拉起张仪正的手轻声道："在想什么？"

张仪正抬起眼来看着许樱哥，珠光宝气与满身樱桃花都不曾湮没了她，她还是许樱哥，那个眉目如画，风姿绰约，永远笑意盈盈，万人之中一眼便可看到的许樱哥。他有些惊诧于她怎会在突然间便长成了这个样子，却又明白她一直都该是这样子。张仪正低垂了眼，微涩一笑："没什么，我只是觉着你身上的这套衣裙花色很别致，仿佛从不曾见过谁这样穿。"他顿了顿，轻声道，"便是那有名的霞样纱比起来也不过如此，不怪从不见你穿霞样纱，原来只是因其不堪。"

许樱哥的手有些发凉，片刻后才微笑着道："可不是么？霞样纱是西晋传过来的，又怎敌我这亲手绘制的千重樱？"

张仪正把手自她掌中抽出，微讽道："如今人人都知道你是才女，这身衣裙再一出，你便又要出名了。"

许樱哥有些莫名，新嫁娘的衣裙自然是要精致讲究很多的，这代表的不只是她的脸面，也是学士府的脸面，也值得他嘲讽？当下收回了手，微笑道："要说出名，可真要感谢三爷给我这个机会，日后我夫妇二人夫唱妇随，一起出名，您看如何？"

"谁要和你一起出名？我大好男儿和个女人一起出名，岂不是让人把我笑死？"张仪正瞥了她一眼，翻身下床，大喇喇地伸开两臂。

许樱哥有些发怔，他这样赤果果地伸开手臂站在地上是要干什么？这什么造型？忽听张仪正重重地"哼"了一声，脸色不善地大声道："你不是说丈夫是天么？还不来伺候我？"

天你个头！许樱哥微怒，却听门外传来一阵窸窣之声，心想自己因为不想被某人的咸猪手骚扰所以才早早起来梳洗装扮，论起时辰，这会儿青玉等人同王府中伺候的下人都应该起了，就不知此刻在外的究竟是何人。乃笑道："初嫁，业务不熟，还请三爷多多包涵则个。"自衣架上取了干净的亵衣给张仪正穿上，故意道："眼看着天便要亮了，不知三爷的衣物是放在何处？这日常负责穿戴梳洗的婢子又是何人？"

张仪正古怪地看了许樱哥一眼，挑了挑眉，突然骂道："雪耳！你死哪里去了？"

"回三爷的话，婢子在这里。"门开处，一个穿着淡粉色襦裙，身材玲珑有致的俏丫鬟半低着头规矩谨慎地碎步走了进来，不等许樱哥发话便跪在地上给她磕了个头，脆声道："婢子雪耳给三爷和三奶奶道喜。"

许樱哥微笑着看向跪在地上的丫头，随口吩咐道："是你日常管着三爷的起居么？去给三爷寻件外衣来。"

"是。"雪耳起身，沉默地走向新房的另一端，在个大立柜面前站住脚低头翻弄起来。

许樱哥似笑非笑地看了抬着下巴满脸卖弄之色的张仪正，清清嗓子对着门外道："都进来吧。"

又见一个穿着果绿色绫袄，身材稍显丰腴，眉眼温婉的美貌丫头并青玉、紫霭二人端庄地走了进来，身后跟着的是几个分别捧着铜盆、铜壶、帕子等物的小丫头。

众丫头跪了一地："三爷、三奶奶大喜！"

张仪正神色淡漠地趿拉着鞋子走入了净房。

"都起来吧。你叫什么？"许樱哥含着笑，慈祥地看着那穿果绿色绫袄的美貌丫头，要说这丫头和那雪耳实在是生得不错，尤其是和许家那些只是端庄整齐的丫头们比起来简直就是鲜花和狗尾巴花的区别，特别是那个雪耳简直就是风姿楚楚啊，官二代的享受就是不一样。

穿果绿色绫袄的丫头半垂着眼，露出一个温婉静好的笑容："回三奶奶的话，婢子叫秋蓉。"眼角瞟到许樱哥身上齐整的穿戴，眉间轻轻蹙了蹙，很快便又放平。

张仪正在净房里重重咳嗽了一声，秋蓉的唇角便控制不住地颤抖了一下，犹豫地看向许樱哥，眼睛里满是恐惧。许樱哥看得分明，微笑着道："去伺候三爷盥洗罢。"

秋蓉如蒙大赦，默默施了一礼，领着几个小丫头依次走入净房中。正在大立柜前挑衣服搭配服饰的雪耳停了一停，状似不经意地回头看了一眼，又沉默地回身继续摆弄张仪正将要穿的那些衣服鞋袜配饰。

"您怎么自己就穿戴上了？婢子一直在外头候着的。您叫一声便可进来的，您偏要自己动手。"青玉和紫霭满脸的担心和不安，许樱哥俏皮地朝她二人挤挤眼，表示自己并没有被饿狼吃掉。青玉和紫霭有些想笑，但想到这不是在学士府，还当保持严肃，便责怪地看了看许樱哥，暗示她应该保持端严，省得被这些康王府的丫头轻视欺负了去。

许樱哥好笑之极，多年的经验告诉她，丫头便是丫头，她便是再不得宠，康王府的丫头也还是丫头，谁敢轻视欺负她？能欺负得起她的只有康王府那几位当主子的，能欺负得起她的只有那位正在净房里被美丫鬟洗刷的张仪正。

"青玉过来给我捏捏，紫霭去收拾收拾咱们的荷包，等会儿要用呢。"许樱哥微闭了眼坐在锦杌上，靠着又暖又软又香的青玉，舒服得眉飞色舞："你们昨夜可好睡？没有饿着吧？"

青玉垂着眼，死死盯着许樱哥衣领深处的一块青痕，板着脸道："好睡。婢子们便住在后面的罩房里，听紫霭和铃铛她们说布置得不错，和家中没什么差别。"

"那就好。昨夜值夜的是谁？"许樱哥回头正好看到青玉的棺材脸，再看到青玉的眼神，不由有些讪讪地拉了拉衣领，干笑道，"大清早的便给我脸色看。让人看见我才真正没面子呢。"

青玉抿了抿唇，瞟瞟康王府诸人，指指雪耳："我和她。王府里的嬷嬷安排的。"

这雪耳大抵便是通房了，只是那秋蓉却明显有些害怕张仪正，也不知是否通了房。许樱哥正待要开口说话，便听净房里传来一声模糊不清的响动，仿佛是女子惊呼又拼命压抑下去，又仿佛是什么东西掉落在地上。

青玉猛地回头看向净房，许樱哥却只顾着看雪耳。但见雪耳在大立柜前呆立了片刻便捧着衣物走过来看着她甜甜一笑，俯身低声询问道："三奶奶，您瞧这身衣物可合适？"

所谓各司其职，这种闲事她才懒得管，许樱哥只随便瞟了一眼便微笑着说道："你伺候三爷那么多年了，想必他的喜好你是早就知晓的，给三爷送进去罢。时辰不早了，不能让王爷和王妃等急了。"

雪耳微怔，默默行了一礼走入净房中。没有多少时候，张仪正便神清气爽，打扮周全地走了出来，出来的第一件事便是迫不及待地亮出大公鸡的花尾巴，得意扬扬地瞟了许樱哥一眼，道："等急了么？"

许樱哥板着脸把头侧开，冷淡地道："不是我急了，是王爷和王妃该急了。"眼角瞟到雪耳板着脸最先从净房里出来，接着便是那几个小丫头，唯独第一个进去的秋蓉不见出来。

张仪正见她脸色不好看，越发得意，正想再说点什么给她听，便见许樱哥欣喜地站了起来："两位嬷嬷来了？"

来的正是那高、袁两位嬷嬷，那二人见了许樱哥这喜气洋洋的模样，一直紧绷着的脸皮便松了下来，互相交换了个只有彼此才懂得的眼神，笑眯眯地给许樱哥和张仪正行礼道喜："给三爷和三奶奶道喜。"行礼毕，眼睛便瞟向喜床。

青玉红着脸捧过一只螺钿匣子，那二人看过，越发笑得灿烂，语气里也带了几分不常见的亲热："王爷和王妃还等着三爷和三奶奶一起去吃早饭呢。"

看着两个老女人暧昧的神情和许樱哥这副羞怯甜美乖巧的假模样，张仪正颇有些羞恼，全然忘了自己刚才想做什么，要做什么，抬起脚来便要走，许樱哥忙低头碎步跟了上去。

第58章　新家·不赏

半夜风雨，阶下的海棠花被打落了大半，很可怜地成了青衣小婢扫帚下的亡魂。许樱哥慢条斯理地走着，一路且行且看，从小径上铺垫的石材到墙角的一棵芭蕉，再到这院子的整体布局都很是满意。

她走得不快，高、袁二位嬷嬷及青玉等人当然也就不能走快，张仪正却是已往前头去了老远。青玉愤恨不已却又不得不强撑着，只是暗自替许樱哥担忧，也不知康王和康王妃见她第一日便姗姗来迟可会怪罪？

高、袁两位体谅许樱哥初经人事，倒也没催她，反而很可亲地和她说着闲话转移注意力："明日早晨要进宫谢恩，今日便只是见见家里的人，不着急……"

许樱哥笑道："昨夜多亏了两位嬷嬷，不然我总有些应付不下来。若是二位嬷嬷日后能似从前那般留在身边提点我，想来我也不会犯大错。"依她猜着，这二人大抵会在明日进宫时就会被皇后直接指派到她身边，弗如提前邀请。

袁、高二人对视一眼，唇边露出些许笑容，却也没多言，只道："三奶奶聪慧，哪里又会犯什么错？"

许樱哥适时送上高帽一顶："二位嬷嬷倾囊相授，我怎敢不好好地学？"眼看着前头张仪正已经没了影踪，便微皱着眉提快了速度。

不知是否因为康王妃不放心小儿子的缘故，新房离康王妃的居所并不算远，一行人走了盏茶的工夫便到了地头。一入宣乐堂，许樱哥便放慢脚步，努力平复气息，然则走进门时到底还是让人看出了些许端倪，全然是一副强忍着痛楚赶路赶急了，还强颜欢笑的模样。

康王妃倒也罢了，世子妃同王氏的眼里都露出些许了然和同情，康王瞥了眼正蹭在康王妃身边低声说话的张仪正，两道浓眉皱了起来，满脸的不悦。

一个盛装华服的中年美人儿慢步上前握住了许樱哥的手，仔细打量了一番。笑道："哎呀，真正是个我见犹怜的美人儿，怎不走慢些？看这气喘得，小脸都白了。"又看向张仪正，嗔怪道："三爷也是的，虽然新婚害羞，但也不该抛了新娘子一个人跑前头来。"

许樱哥立时便猜着这应当是冯宝儿的姨母、张仪端的生母宣侧妃。于是微笑着俏然而立，不言不语，任由她拉着自己的手叽叽呱呱。

康王妃微微皱眉，警告地瞪了张仪正一眼，再温和地望向许樱哥笑道："好孩子，到我身边来。"

许樱哥抱歉地对着宣侧妃笑了笑，抽出手稳步走到康王和康王妃面前福了下去。康王妃微笑着把她的手和张仪正的放在一起，低声道："日后便是一家人了。要好好过日子，不要让长辈操心，知道么？"

这话三分温柔，七分严厉，许樱哥明白不只是特意针对某一个人，而是针对她和张仪正二人，便微笑着大大方方地应道："是！儿媳记住了。"该知道的康王府诸人也已经知道了，没人怪她迟来，那些痛楚委屈之态便不用再多做，再表现得多便是讨人嫌，大家都知道张仪正不对，但康王妃却不想让人看笑话，也不想在拜见翁姑的第一日就表现得对她太过内疚宽容。更不想在另外两个儿媳的面前表现得太过关注小儿子和小儿媳，是为平衡之道。

张仪正不过是晚回答了片刻，便听康王冷哼了一声，于是赶紧地纠正态度，响亮地应道："是！孩儿记得父母亲的教诲了！"许樱哥的唇角再次勾了起来，张小三的命门其实是康王。他非常害怕康王，而目前看来，不管出于什么原因，康王都不讨厌她，对她是很满意的。

要给大老板留下好印象，但大老板这种人平日接触太少，也不可能多接触，是要留在关键时刻才能用的。日常打交道最多的是顶头上司，重点还是要讨好顶头上司，不能让顶头上司觉得你越过她去谄媚了大老板，不然她要想收拾你，办法多的是。许樱哥看着康王妃那双半掩在绣裙下的脚，心想自己做的那双鞋也不知能不能合了这双脚。

世子妃实在是很体贴人意，眼看着这场子稳了便立即使人放了锦垫送上茶水，笑道："该拜见翁姑了。"

王氏则俏皮笑道："是呀，是呀，再不拜茶就凉了。"

许樱哥感激地朝这新鲜出炉的妯娌二人一笑，低眉垂眼跪下，恭恭敬敬地将茶盘高高举过头顶，甜甜地喊了声："请父王，母妃喝茶。"

没谁为难她，康王的赏赐是一柄莹润无瑕的玉如意，康王妃的则是一支前朝传下来的五凤朝阳大珠钗。接下来是与府中各人见礼，许樱哥将精心准备的各种精致绣品送上，换回许多金玉之物。再见过了世子张仪承的三个嫡出儿女并两个庶出儿女，已封了国公的康王次子张仪先的一个嫡女与两个庶子。最后，见着了一个被称为五爷的漂亮半大小子牵着个畏畏缩缩的黄毛丫头站在角落里。

经过这些日子，许樱哥早就已经把康王府中的人员结构大致梳理清楚，晓得这漂亮的半大小子是宣侧妃的幼子张仪明，也知道其实康王妃和宣侧妃还各有一个已经出嫁并且是远嫁的女儿，但就是不曾听说过这黄毛丫头是谁。幸亏早前准备的礼物有多的，许樱哥便挑了一对装了金花生的荷包微笑着向那黄毛丫头递过去。那黄毛丫头怯怯地看了看她，又怯怯地看了看座首的康王与康王妃，见那二人面上并无不悦之色，方羞涩地双手接过荷包给许樱哥福了一福。

许樱哥正奇怪何故没人给她介绍这是谁，就听张仪明道："三嫂，这是三妹幼然。"

"有空过来玩。"许樱哥心里暗自诧异，这丫头少说也有五六岁了，怎地外头一点风声都没有？便是从许杏哥那里，她也不曾听说过有这么一号人存在，由不得便多看了张幼然两眼。突然听得宣侧妃笑道："幼然很喜欢你三嫂吧？你三嫂画得一手好画，做得一手好羹汤，又会骑马打球。你正好跟着学呢。"

张幼然的小脸上浮起一抹酡红，期待而小心地看着许樱哥。不过是个孩子罢了，许樱哥正想开口说话，就听世子妃笑着请示康王与康王妃："早饭布置好了……"

康王妃淡淡地瞥了许樱哥与张幼然一眼。道："王爷还要外出办差，先吃饭。"

王氏匆忙上前安排伺候众人吃早饭。许樱哥只好望着张幼然微微一笑，张幼然眼里的亮光却已经迅速黯淡了下去，盯着自己的鞋尖再不抬头。

虽然知道这桌整治得格外精美的早饭大抵算是对她的欢迎宴，可许樱哥也看得出，其实这家子人真没有太多聚在一起吃饭的习惯，尊卑分明。真正不闻任何声响，人人都沉着脸，男人们似是在上阵杀敌，女人们似是在低头绣花，全没有半点许家人围桌吃饭的欢快和谐。虽然没人刁难她，虽然世子妃和王氏对她都很照顾，许樱哥还是吃得不消化。

康王第一个吃完，潇洒利落地把碗一推。起身就往外走，只冷冷扔下一句："小三儿跟我来。"

张仪正皱着眉头放了碗筷，悄悄瞪了许樱哥一眼。许樱哥幸灾乐祸地望着他甜甜一笑。上前去伺候康王妃漱口洗手。

少顷饭桌撤去，世子张仪承第一个向康王妃请辞，接着张仪端也请辞，康王妃扫了宣侧妃等人一眼，威严地道："时辰不早，该做什么就去做什么罢。"

宣侧妃亲热地握了许樱哥的手，低声笑道："我就住在离你不远的萱瑞院里，闷了便可过来玩耍。"她神态亲密，声音却低不可闻，偏还有意无意地借着身子挡住了康王妃等人的视线。许樱哥朗声笑道："谢您的好意。有空了一定要过来拜访您的。"声音大得一屋子人都听见了。这是顶头上司的眼中钉啊，哪能玩暧昧的？

"那我就等着你了。"宣侧妃似笑非笑地看了她一眼，执着手里的锦帕妩媚地领了张仪明和张幼然两个飘然离去。许樱哥恭敬地站在一旁恭送世子妃、王氏等人，待到屋里走得干干净净方准备离去，却听曲嬷嬷道："三奶奶。请您留步。"

早在意料之中，许樱哥便将已经踏出去的那只脚收了回来，微笑着看向曲嬷嬷。曲嬷嬷示意她往后看："王妃有话要交代您。"

许樱哥便顺从快活地走回去，立在康王妃面前低头听训，康王妃迟迟不开口，看了她好一歇才沉声道："小三儿任性粗心暴躁，却未必真有坏心，夫妻本是一体，生死相依，还当互相护持，互相体谅才是。自即日起，我把他交给你了，务必替我看好他。"用的是祈使句，表达的是要求。

前半句话许樱哥并不惊异，反倒是后头这要求让她有些吃惊，她下意识地就要推托："儿媳何德何能……"

康王妃摇摇头："回去吧，晚饭不必过来吃了，明日一早我陪你们进宫。"

抗议无效，许樱哥便不再浪费口水，安静地行礼退出。待她的身影消失在院门口，康王妃便沉下脸看向曲嬷嬷，曲嬷嬷板着脸望着门外冷声道："还不进来？"

许樱哥立在新居的院子门前仰头看着空空的门楣，很有些奇怪为何此处还空着，突听得身旁一人笑道："三奶奶，王妃早前曾说了，这匾额等您自己定，喜欢什么就是什么。"

许樱哥回头，只见左前方立着个穿豆青色褙子、深青色裙子，年约四十许的仆妇，这仆妇身上也不见多少金玉之物，唯耳边挂着一对精致的镶珠金耳环，神态谦恭却不见谄媚，眉眼开阔，笑容爽朗。便猜大概是深得康王妃信任的管事仆妇，于是微笑道："母妃总是极体贴的，我虽来了不过一日一夜，却觉着如沐春风……不知这位大嫂是？"

那仆妇忙笑道："三奶奶折杀奴婢了，奴婢哪里当得起？奴婢夫家早年承蒙王爷恩典赐了国姓，人称奴婢张平家的。早前一直在世子妃那边做事，前些日子因要打理此处，王妃便调派了奴婢过来。三奶奶有什么，只管吩咐奴婢去做。"

原来是康王妃配给她的管事婆子，既然得了康王赏姓，想必是立下大功之人，万不可小觑。许樱哥抬步往里走，微笑道："烦劳平嫂子陪我认认这地儿。"

张平家的闻言，眉开眼笑地陪着她往里走，把这院子里的别致之处一一指点给她瞧："您瞧，这屋后是一片梅花，雪天的时候开得可精神，那还有个亭子，去年冬天这院子刚布置好的时候，王妃曾领了几位奶奶在此踏雪赏梅，温酒论诗……"

前院已经很不错，但谁也想不到这后院更为别致，弯弯小径通入梅林之中，隐隐还有些幽深的感觉，实在是比学士府里的那些小套院奢华宽阔了许多。

许樱哥依稀记得一个典故，大华建立之初，今上分封兄弟诸子为王，各府都拼了命地去抢前朝王公留下来的宅邸，特别是那位叛乱身死的郴王更是得了最大最豪华的一座府邸，唯有康王一直保持沉默，等到最后人们才想起来，这一家子还安安静静地住在原来的旧宅子里。于是今上便有些过意不去，亲口问他想要哪里，是否想另建府邸，康王笑答："什么都是父皇给的，父皇给哪里就是哪里。"今上很满意，御指随意一点，便将这三座前朝大臣留下、以清雅出名的府邸划给了他，一声令下，宗正寺那边便大兴土木，收拾出了一座气派非凡的康王府，今上犹嫌不够，说是太空太寒酸，又赏赐了无数珠玉锦绣，康王名利双收，红了很多人的眼。

康王行事如此稳健，想必康王府的将来大抵会不错吧？许樱哥立在亭子上眺望着被春花湮没了的康王府，心里忍不住生出几分期待来——如今她已经上了贼船，只能上不能下，如果康王府不胜，她和许家，还有武家便都只有死路一条，她自然是想活下去的，并且是好好地活下去。

少一时，熟悉了环境，她也觉着累了，这才被众人前呼后拥地进了屋。屋子里还是早前的模样，珠帘低垂，锦绣帷幄，地上的加丝毯软厚美丽，金银香的香味弥漫其间，让人由不得生出几分慵懒来。

雪耳正同铃铛坐在杌子上微笑说话，见许樱哥进来，立即端茶寻热水拧帕子，伺候许樱哥歇下。许樱哥舒服地在临窗的软榻上坐下来，环顾四周，不见那早上进了净房便不见出来的秋蓉，便问铃铛："紫霭和绿翡呢？"

绿翡本是姚氏身边得用的大丫头，为着许樱哥嫁进康王府，姚氏便将绿翡给了过来，打算是将来配个王府得力的管事，也好帮一帮许樱哥。紫霭则从来管的都是许樱哥的脂粉首饰衣裳，许樱哥初嫁，嫁妆都在后罩房里放着，需要收拾的东西太多，这二人不在此处，便一定是在后头领着小丫头们收拾箱笼。

以二娘子的聪慧,不会猜不着,铃铛眼睛一眨便体会了许樱哥的意思,忙道:"她们在后罩房里收拾箱笼呢。奶奶可是有什么吩咐?"

许樱哥低头饮了一口热茶,道:"箱笼可以慢慢收拾,你们几个以后要日常在一处当差,先认识认识。"

铃铛应了一声,忙往外头去了。雪耳立在一旁踌躇片刻,微笑道:"奶奶,婢子去把院子里当差的姐妹们叫过来一起给您行礼问安。"

许樱哥轻轻抬了抬下巴,多余的话一句也没有,全无早上时的亲切模样。雪耳有些黯然地退了出去,张平家的见机道:"奴婢也去!"

"给平嫂子看个座!"许樱哥微笑着从果盘里抓起一个梨向着张平家的递过去:"嫂子陪我说说话儿。母妃既然把你指派到这里,那你便要尽力帮我才是。"

张平家的诚惶诚恐地双手接了,笑道:"奶奶放心,奴婢只要有十分力,便不会使九分。"见青玉果真端过杌子来,赶紧推托不坐。

青玉捂着嘴轻笑:"平嫂子莫怕,我们奶奶是个和气人儿,她让你坐,便是真心让你坐,不然多一句话也是嫌啰嗦的。"

张平家的干笑一声,斜欠着身子坐了。只听外头一阵轻响,雪耳进来俯身道:"奶奶,人到齐了,这就让她们进来么?"

许樱哥看了眼青玉,青玉朗声道:"管事的、屋子里做细活儿的都进来,干粗活儿的便立在廊下。"又叫刚进来的铃铛:"把帘子卷起来!"不过片刻工夫,屋里便变了个样儿,青玉、铃铛、紫霭、绿翡四个大丫头分成两排侍立在许樱哥的左右两边,张仪正房里原来就有的五六个大丫头一字排开站在了许樱哥面前,隔着卷起来的珠帘,廊下又站了十多个青衣丫头和仆妇,人人都是一脸好奇地看着新嫁进来的三奶奶。

许樱哥仰了仰脸,将一张光洁莹润的脸对着珠帘外透进来的春光,半眯着眼角上挑的眼睛,轻抿了胭脂红的唇,小巧微翘的下巴扬起一个好看的弧度,任由这屋里的几十双眼睛去打量,她还唯恐她们看得不够仔细,不知道今后谁是这屋子里的女主人。

青玉重重地咳嗽了一声,于是众人被惊醒,心思各异地垂下了各自的眼眸。这个开场装得不错,许樱哥很满意,眼睛在下首众人身上扫过一遍,还是不见那身果绿色,于是看向雪耳慢吞吞地道:"人都到齐了?"

雪耳姣好的面上此刻才露出些许犹豫来，低眉顺眼却十分为难地道："回奶奶的话，还有秋蓉没到。"顿了顿，添上一句，"她大抵是出去办事儿了，想必片刻后便会回来的。"

许樱哥笑了笑，道："那咱们就再等等吧。"

雪耳便不再言语。

转眼间便是两盏茶的工夫过去，许樱哥慢吞吞喝着她的茶，不时打量一下人群中的某人。众人一直僵立着，渐渐的呼吸声沉滞了起来，又是雪耳道："奶奶，要不婢子去寻寻秋蓉？"

许樱哥淡淡地看了她一眼："去。"

雪耳行了一礼，低头俯身退出。许樱哥纤长白皙的手指在凭几上轻轻叩了十下，看着面色凝重的众人，微笑道："时间有限，三爷很快便要回来，总不能这样一直等下去。我的本意是，此后我便要长居此地，却连你们谁是谁都不知道……"

张平家的手握着冰凉的梨，眼看着恬然微笑的许樱哥，想着她这一番做派，决然不敢因为许樱哥待她亲切便轻视了许樱哥，听得这一声便立即起身请罪："三奶奶，都是奴婢没尽到职责。"

许樱哥微笑着摆手："平嫂子给我讲讲谁是谁？"

张平家的晓得她是给自己脸面，当下微笑着一一给许樱哥讲来，重点讲的当然是立在屋内的那五六个年轻美丽的大丫头，管笔墨书房的逢夏和染夏，负责茶水的清夏，负责收拾屋子的芷夏和闻夏，还有一个是负责给张仪正擦枪的仲夏。

人人都知道，张仪正有张家人的通病，不爱读书写字，所以这管笔墨的逢夏和染夏基本闲得没事儿做，正好可以收用过来伺候自己的笔墨；这负责茶水的清夏么，想必也只是蹲在外头管管烧热水；芷夏和闻夏负责收拾屋子，暂时猜不着底细；仲夏只负责管理张仪正日日都要用的枪，这差事清闲得要不得，却还比管笔墨的体面，要不是有点后台，就是张仪正看她比较顺眼。而盥洗值夜，衣着金银等要害之处，看早上的光景则是被雪耳和秋蓉二人牢牢把持着的。许樱哥微笑着把几个夏的眼神和表情一一看过，也不多话，只道："打赏。"

得了命令，紫霭几个立即有条不紊地动起来，许樱哥微笑着指指托盘上最后剩下的两个精致荷包,道:"这本是雪耳和秋蓉的,但她们既然眼里没我,我便不给了。"

此言一出,人人皆惊,张平家的眼里闪过一丝诧异,心想这正室发作通房都是常态,但许樱哥刚进门就如此迫不及待,不觉太难看了些么?何况雪耳还是许樱哥自己答应了放其去寻秋蓉的。

却听许樱哥笑道:"我何故说她二人眼里无我?第一,我等了这许久,秋蓉到现在还不见影子;第二,明知我有话要讲,雪耳是你们中的第一人,她却只记得姐妹情深。所以不赏。"

不赏,可也没说要罚,张平家的觉得手里那只梨越来越重。许樱哥看得分明,挥手命众人退下,笑看向张平家的:"平嫂子可知道秋蓉去了哪里?若她果然是差事在身,我便不怪她,雪耳却是不饶的。"

第59章 疑问·春雨

张平家的神色变幻莫测,终究是道:"回奶奶的话,奴婢不知。"

许樱哥笑笑,将手抚上额头,懒洋洋地斜躺下去。张平家的知趣退出,走到廊下,回头看了看珠帘后的懒美人,握紧手里的梨低着头慢慢去了。

紫霄把一碟子梨块放到许樱哥面前,低声道:"您走了后约有半盏茶的工夫,秋蓉才从里头出来,婢子瞧着似是哭过了,衣衫头发倒是还整齐,就是裙角湿了大半。婢子特意和她打了招呼,她没应,出去便回了后罩房,雪耳跟着进去关了门。婢子和绿翡便去后罩房里收拾箱笼,才刚理好两个就有人来寻秋蓉,她便跟着来人去了。依婢子看,雪耳不可能不知她去了哪里。"

铃铛则道:"那雪耳心眼可真多,见我年纪最小,拿了好些糕点和糖与我吃,哄着我打听二娘子的事情呢。我反过来问她,她说她是打小儿就跟着三爷的,秋蓉从前是王妃跟前的得力人,新院子刚建好的时候王妃才把人赏给了三爷,不过就是两个月的光景。"

许樱哥将银签子插起一块梨,"咯嘣"咬下,低声叹道:"果然是个坏东西啊。"她要是个小心眼的,想不开的,这第一天就被这雪耳在心里埋了根刺,天长日久,这婆媳关系多少也会出点问题。

绿翡在姚氏身边久，陪同姚氏处理过许多族务，其中就有许家族人间的妻妾相争等事，知道的阴私较多，少不得要根据自己的经验建言："二娘子，虽然她们不好，但您今日急了点。过些日子再慢慢处理也不迟，不然说您容不得人，日后要办事也不好下手。"

许樱哥道："第一日见面，该有的态度还是要有的，不然日后怎么立足？"一个是打小儿的情分，一个是空降军，而看世子妃同王氏的情景，康王府，或者说是皇家讲究的都是多子多福，这两个人便是摆在台面上的预备役，也许有一天，还会再有身份地位高出这许多的侧室挤了进来。几乎是在决意嫁入康王府那一天开始，她便已经预知到了今后将会遇到的事情，所以新婚第一天，涉及领土纷争，绝不能相让。康王府可以有康王府的态度，她也可以有自己的态度，已经够委屈，不能再憋屈，反正即便是装得再懂事，这些人也不会忘记她曾经的决绝刚烈。

听到她如此说，想到不着调的张仪正，想到飘渺的前景，房内众人便都有些沉默。既然要确定女主人的地位，青玉便率先打破了这种沉默："什么时候调整人手？"

许樱哥道："这个不急，咱们同这府里的人不熟，站出去名字都叫不出来，怎么办事儿打交道？所以还和从前在家时一样，先管好咱们自己的事。等到熟了再说。"

铃铛轻声道："雪耳回来了。"

"奶奶。"雪耳跟跄着走进来，对着许樱哥直直跪下去，用力磕了两个响头，含着泪道，"求您救救秋蓉，王妃要打死她。"

只为了张仪正或许在早间摸了一把早就赏给他的丫头，康王妃便要在儿子新婚第二日打死从前最看重，并且日后抱有一定希望的丫头？谎言总会被戳穿的，雪耳的脑子里装的要不是豆渣，便是脑黄金。许樱哥真的有些惊讶："她做了什么？"

雪耳悄悄打量着许樱哥的神色，小声道："婢子不知，只听说是她不规矩。奶奶明鉴，秋蓉是个规矩明事理的人，平日里再老实不过。"

许樱哥满脸难色："我才进门，人都还认不全，哪里会有王妃知道这府里的人和事？贸然开口，便是不敬王妃了。"

雪耳闻言，猛地连磕了几个头，连连道："奶奶，求求您大发慈悲，三爷一向随意任性，我们做下人的日夜惶恐，只怕伺候不周，引得雷霆大怒，早就盼着奶奶进门，垂怜我等……"说到此，娇美的脸上露出几分小意讨好来，"如今可好了，奶奶进了门，婢子们心里便妥当了许多……"

许樱哥看着她那雪白光滑的额头上磕起来的青紫肿块，心中有气，忍不住冷冷打断她道："你把你自己弄成这个样子，是想要人说我虐待你，不容你，不贤么？"

雪耳怔了片刻，再度猛力磕头："婢子不敢，婢子不敢，婢子是什么人，奶奶是什么人，婢子哪里敢有这种心思……"

张仪正身边最亲近信任的大丫鬟，在康王妃如此高压的情况下，仍然敢上蹿下跳，是太过高估自己，还是有恃无恐，所以才敢在她这个女主人的面前如此肆无忌惮？许樱哥越想越觉得不对劲，淡淡地道："我看你没什么不敢的。我想让你知道，我不会害你，但我眼里容不得沙子。"

雪耳眼里闪过一丝复杂的情绪，伏在地上不敢抬头。

忽然听得珠帘轻响，张仪正大步走了进来，一时见着这情形，便停下来疑虑地看向许樱哥："怎么回事？"

这也太巧了！青玉几个的心尽数下沉，全都噤声屏气，只恐这对冤家又会吵将起来。

雪耳的表情很奇异，似是解脱，又似是更加害怕，颤抖着低声道："三爷，求您去替秋蓉说说情吧。"

许樱哥看了看这对男女，沉默地起身走进了东梢间。才在窗前的长案旁坐下，就听张仪正在外间道："秋蓉怎么了？"

雪耳小声回答："今早三爷同奶奶才走不久，王妃便使人过来把她叫了过去，现在还没回来。婢子使人去打听，听说王妃已经把她关起来了，只怕是……凶多吉少。"

张仪正又道："那你这又是怎么了？"

雪耳颤着声音回答："婢子没什么。"

外面一阵静默，再没有什么响动。许樱哥垂眸打开左手边那个长方形的匣子，从里面抱出一卷画纸，低头安静浏览，过了约有一炷香的时间，她听见有人走了进来，她知道是张仪正，却没有回头，只是安静地等待张仪正发难。

张仪正低咳了一声，许樱哥放下画纸，听到他在她身后道："你不去替秋蓉求求情？"

许樱哥小心地把画纸卷起收到匣子里，淡淡地道："王妃要收拾一个不懂规矩的丫头，和我有什么关系？我甚至没和这丫头说过两句话，根本不知她品性如何，为了什么犯的错，哪里有资格乱发言？"

张仪正拔高声音道："秋蓉没有不懂规矩！你所嫉妒的不过就是她今早伺候我盥洗！你就不怕人家说你嫉妒不容人？你看雪耳那样子多难看，也不怕人笑话，看看大嫂和二嫂都是怎么做的？你不是一直号称贤良的么？你之前在旁人面前不是装得极好？怎地这会儿装不下去了？"

"你们的破事我不知道，也不想知道。我只知道我问心无愧，如果秋蓉真的为此出了什么事，应该感到羞愧不安的人是你！雪耳自己乐意把额头碰青，难道我能拦着她？"许樱哥抬起头来看着张仪正，愤怒地道，"名声，不过是给人看的，究竟冷不冷、痛不痛只有自己才知道。我不知大嫂和二嫂有没有在新婚第二日便要由着公婆来替自己撑腰出气，我只是觉得从昨日到现在我都很屈辱愤怒！刚巧我运气好，公婆明理乐意护着我，我便只有感激并接受，因为我虽想过好日子，却不想把自己委屈成变态，我能做的事情很多，其中不包括和小丫鬟争风吃醋！我要问三爷一句，这般折腾你究竟有什么不满？"

张仪正舔了舔嘴唇，冷笑道："别得了便宜还卖乖！我怎么秋蓉了？我怎么秋蓉了？不过是打翻一盆水就值得你们大惊小怪的？我为什么要感到羞愧不安？就算是我做了什么……"他七斜了许樱哥一眼，慢条斯理地道，"她是母妃赏给我的，我想怎么着就怎么着！不满？谁告诉你我不满了？我好不容易才把你娶进门，好日子长着呢，有什么不满的？"

许樱哥忍不住冷笑起来："既然如此，咱们便等着看规矩的秋蓉有什么下场，搬弄是非的雪耳又有什么下场。"

张仪正得意道："晓得你阴险狠辣，但母妃最恨的就是戕害下头的人……"

许樱哥摊了摊手："既然我阴险狠辣，自然不会让人抓到我的把柄。王爷王妃如此明事理，我什么都不需要做，我只需要坐着看你怎么弄死她们。"

张仪正怔了怔，大声道："你想得美！你去不去？"

许樱哥稳稳坐着："不去。她是三爷的人，三爷自己操心。"

张仪正跳了起来："你这个恶毒的妇人！我错看了你。"

许樱哥轻笑道："嘘……我虽是三爷死皮赖脸求来的，但实际上还是皇后

103

娘娘和王爷、王妃满意了才娶进来的，三爷错看不要紧，三位老人家可不能看错。"

张仪正呼呼喘着气，跺脚道："我自己去说！"

许樱哥拍手道："去吧，去吧，王妃只怕更容不得她了，本来只是关关禁闭，这回只怕是要判流放。"

张仪正冷哼一声，一摔帘子走了出去："我等着看人家怎么笑话你的恶毒善妒。"

许樱哥扶着桌子坐下来，眼看着窗外的春光，心里一片迷茫。说一千，道一万，他只是想要她不舒坦罢了，这是怎样的一段婚姻？

风从远处吹来，吹落一地残花，几点春雨随着风声淅淅沥沥地落下，激起一阵微微带涩的土腥味儿。康王妃午睡起来，坐在堂前轻轻啜了一口香茶，香茶极好，闽粤送来的贡品，食之齿颊生香，一股幽香自心腹间油然而生。"好茶。"她舒适地眯了眼，看向台阶旁那株嫩芽被雨水冲刷得油亮油亮的石榴树，低声问道，"现下如何了？"

曲嬷嬷坐在地下首的杌子上低着头做针线活儿，闻言抬头笑道："之前听说的是一个在睡觉，一个在场子里跑马。有王爷和王妃的严命，这雨下起来，三爷大抵也是回去了。"

想起之前听到的禀告，康王妃轻轻放下手里的茶碗，道："性子还是一样的倔。"

她没点明是谁，曲嬷嬷却知道是谁，乃温言道："所谓江山易改禀性难移，至少是比从前好了很多，皇后娘娘和王妃担心的事情一直没出现，慢慢儿的就好了。"

康王妃没说话，许久才道："也怪不得她委屈，小三儿委实是不像话。她要是一点不在乎，任由小三儿去胡闹，我才不知道该怎么办，她在乎了，那便说明她还是想过好日子，有所期盼的。女人么，嫁了人还能怎样？"

曲嬷嬷微怔，试探道："那秋蓉……？"

康王妃叹了口气："我之所以出手，是不想给她添堵，也是警告那些小妮子们，顺带让小三儿懂点事儿的意思。但既然秋蓉并未做什么，只是小三儿混账，那便不能怪秋蓉。若她乐意来为秋蓉说两句话，我也是极高兴的，她不肯来，我也不能不为她着想。秋蓉总是留在我这边，只怕府里有人会说闲话，她听了也闷气，反倒怨我生事，这样，你让秋蓉先回去。"这话虽说得头头是道，到底带了几分无奈。

曲嬷嬷笑起来："王妃总是最慈爱周到体恤人的，不是老奴夸口，这整个大华可没见过几个您这样慈爱的婆婆。就是才闹过一场，恐怕新人不想再看到秋蓉呢。毕竟……忠信侯府是没有这些事的。"

许家家风，非是正室无出不得纳妾，没有通房姨娘，这是整个上京都很有名的事情，家风如此，女儿们肯定眼里也不能揉沙子。想那许杏哥，嫁入武府这么多年，样样得体样样如意，就是在这件事上和小熊氏暗里别劲，小熊氏和自己也曾抱怨过很多次，但因为儿子乐意，做婆婆的也没什么好说的。可康王府怎能与寻常人家相比？子嗣不丰，怎么传承天下？康王妃皱了皱眉："新婚期间倒也罢了，日后可由不得她！她是什么身份，这两个又是什么身份？天和地的差别！她要是连这个都容不得，日后这一辈子她怎么熬？谁不是这样过来的！"

曲嬷嬷频频点头："王妃说得是，老奴这便去交代秋蓉。"

康王妃转过头看着阶下那株生机勃勃的石榴树，心里生出几分期盼来，只愿这对冤家早日生出儿女来，那她便可以放下一多半的心了。

许樱哥歪靠在美人榻上，听着窗外的风雨之声，隐隐然又有发困的感觉，正想丢了手里的书，放开手脚睡他个昏天黑地，就听帘子轻轻响了一声，青玉立在帘下探出一张脸来，神情颇是犹豫。

许樱哥微微皱眉："怎么了？"

青玉低声道："秋蓉回来了，这会儿正在廊下请罪，奶奶见不见？若是不相见，婢子就去打发了，让她这些日子都不要往前头来。"

康王妃把人带去又不声不响地送了回来，到底是个什么意思？许樱哥沉默片刻，道："让她进来。"

青玉叹了一声，出去将立在廊下低眉垂眼、一脸平静的秋蓉带了进来，秋蓉也没多的话说，干脆利落地跪下请安。

左右自己的脸面在晨间已被张仪正削得干净，许樱哥也懒得起来维持当家主母的端严模样，懒洋洋地半歪在榻上朝秋蓉抬了抬手："起来吧，日后时时都要见面，动不动就跪，挺麻烦的。"

秋蓉微微有些诧异于她的和气，但还是顺从地站了起来，也不敢去偷觑她的神情，只垂着眸子低声道："听说奶奶有话要说，婢子早前有差事在身，恰好错过了。现下来奶奶跟前听训。"声音温柔和软，并不提康王妃那边发生过的事情，面上也没有委屈之色。

她倒安静。许樱哥忖了一回，道："我早上是想知道你们谁是谁，再赏一赏你们。既是王妃寻你办差，自是王妃那里最紧要，怪不得你。只是我初来乍到，许多事儿都还不熟悉，你同雪耳二人管着三爷的日常起居事务，若是要出去，还当先交代一声，让人顶上，以免误事。家有家规，这点你没做好，让许多人等了你很久，众目睽睽，我便不赏你了，和你说在明处。"

秋蓉抬头看着许樱哥，面上微有急色。许樱哥只是微笑着看向她，轻声道："还有事么？"

秋蓉抿抿唇，轻轻摇头："没有了。婢子谨遵奶奶教诲，下一次再不会犯糊涂了。"

许樱哥道："那就好，下去吧。"

秋蓉屈膝福了福，屏声静气地退了出去，一举一动，皆有章法。

紫霭抱着个琉璃小鱼缸进来，见状忍不住凑到许樱哥耳边低声道："奶奶，何不把雪耳干的好事告诉她？让她们狗咬狗去。"

许樱哥不屑："不值得我提。早上的事情瞒得过几个人去？不说这个，谁给你的鱼缸？"

紫霭笑着把那鱼缸抱到许樱哥面前："是世子妃那边使人送过来的，瞧里头这对金鱼多好瞧！世子妃说了，您爱画画儿，多瞧瞧这个眼睛好！"

许樱哥凑过去瞧，原来是一黑一红两只水泡眼，未必有多名贵，但鱼缸价值却不菲，鱼儿活泼新鲜，心中忍不住就有几分欢喜，当下来了精神，张罗着让把鱼缸摆在窗前逗着玩。青玉几个见她欢喜，少不得跟着逗趣，欢声笑语传了老远。

秋蓉束着手，平稳安静地走在长长的廊上，一路对众人投过来的各色目光毫无所动，待走到后罩房自己的房前方轻轻叹了口气，才将手推门，就见雪耳从一旁闪了过来低声道："秋蓉，你可回来了！吓死我了。"

"有劳姐姐挂心。"秋蓉的目光从她额头上的青紫处扫过，自推门入内。

雪耳见她冷淡，赶紧跟着挤将进去，急急地道："你怕是怪我了！"

秋蓉垂着眼只顾收拾着房间，清清淡淡地道："我何故要怪姐姐呀。"

雪耳将窗子推开一条缝，眼望着窗外低声道："你果然是误会我了，我只说一句话，咱们给人做奴婢的，还不是看人眼色行事，他要这样捉弄你，你没有办法，他要我做什么，我也没有办法。可我真没想过要害你。"

秋蓉细长的眉毛挑了一挑，眼里微微露出几分讶异来，却也没说什么，自往床上躺了，道："我倦了。"

雪耳叹了口气，悄无声息地退了出去。秋蓉侧卧在床上，听到雨点打在窗纸上的声音一阵大似一阵，暗自下了决定。

雨越下越大，风也来凑热闹，把冰寒的雨水尽数往张仪正的脸上、身上灌，张仪正奋力从泥土地里爬起来，僵硬着手指翻身上马，接过小厮递来的长枪，猛擦一把脸上的雨水，咬着牙朝远处拥马横枪而立、面色冷峻的康王冲了过去。康王冷静地一挡一挑一拍，再次将他打落马下。张仪正死狗一样地趴在地上，再不肯起来，康王催动马儿走到他身旁，将长枪戳了戳他身上的甲胄，喝道："起来！没死就给老子爬起来！"

张仪正趴在泥浆里一动不动。

康王擦了一把脸上的雨水，冷笑着看向周围的家将，讽刺道："看看，这便是我养了二十年的好儿子，从未冲过锋陷过阵，只知道吃喝玩乐折腾女人，老子五十几了还能冲锋陷阵杀敌，他却下点雨便像死狗般地躺在烂泥里不动了！"

众家将不敢吭声，有人劝道："王爷，雨越下越大，三爷重伤初愈，这着实不是比练的好时机。"

"废物！将来上了战场也是被人刺死的多，能指望你什么！"康王失望地啐了张仪正一口，大声道，"走！"

张仪正却猛地抬起头来，狠戾地瞪着康王，从地上捡起长枪，嗷叫着朝康王扑了过去。康王拨转马头，眯缝了眼睛看着他，估算好距离将长枪倒过来，把那不锋利处对着他的胸前狠狠一戳，张仪正嗷叫一声，不退不让，拼了命也要将自己的枪戳上康王的马屁股。可那枪将要戳到马屁股之时，他却又缩回了手，扔了枪垂着手呆呆地站在雨里。

"妇人之仁！"康王晓得他是怕惊了马伤着自己，面上虽不屑，心里却由不得软了几分，眉头一皱，招手叫他过去低声道："撒不完的气就来这里练一练枪术，也省得被人弄死。和女人闹什么？那是最没出息的男人！"

张仪正不是滋味地应了一声，两条被雨水浇湿的浓眉在略显苍白的脸上显得触目惊心。

康王想想，他这些日子受的打击颇多，还得给他点自信心才是，便又低声道："你姑母那边传来的消息，你说得不错，那事儿果然和赵璀有关系。"

第60章 祛寒·梦话

风吹珍珠帘，雨打海棠花，天空云层低厚，天色便也暗得早，屋子里已经点上了灯烛，丫头们进进出出准备安置晚饭。张仪正仍然不见影踪，人人的心里都有些不踏实，雪耳满脸急色地立在廊下举头张望，秋蓉仍然是关在屋里悄无声息。

紫霭立在帘下冷冷地看着雪耳，讽刺道："瞧，真把自己当根葱了，恨不得立即就拿了油衣雨伞满府的去寻。"

青玉嗔怪地看了她一眼，轻声道："没气度。她是伺候三爷的人，外头下着雨，马上就要吃饭，三爷却还不归，心里不急才是假的。这是本分。"一边说，一边去瞅正在洗手的许樱哥。

紫霭冷笑道："要急也是咱们奶奶急，她算什么东西？守的什么本分？分明就是个狐媚。"

许樱哥自绿翡手里接过雪白喷香的手巾，吩咐道："青玉和紫霭一起拿了油衣和雨伞去接三爷吧。"

紫霭却不干了："去哪里接？谁知道他去了哪里啊。"

这丫头自挨了那一刀之后，看到张仪正便打心眼里不舒服，许樱哥心知肚明，也不为难她："那就让铃铛和青玉去接。"

接得到接不到都是次要的，要的只是姿态，青玉也不问去哪里接，笑眯眯地叫铃铛："去取油衣雨伞灯笼来，咱们去接三爷。"二人嬉笑着刚走下台阶，就见张仪正拖着一杆长枪，淋着雨快步走了回来，头发衣裳尽湿，说不尽的狼狈，然则走起路来却虎虎生风，精神得很，与早间负气而去时的神态完全不同。

青玉和铃铛不由呆住，先狐疑地对视了一眼再满脸堆笑地迎上去，接枪的接枪，撑伞的撑伞。铃铛回头脆声喊道："三爷回来了！"青玉则忙着替许樱哥宣传："奶奶正让婢子们取了伞和油衣去接三爷来吃饭呢，三爷就回来了！"

张仪正应了一声，大步走上台阶，径直进了屋子。屋子里一片暖香，明亮的灯光下，许樱哥穿着件家常的胭脂红衫子，神情慵懒地抚着松松的鬓角朝他走过来，看到他的狼狈样儿虽有些诧异，表情还是非常自然亲切："三爷回来了？"

张仪正满是泥浆的袍子上滴着脏水，很快便将漂亮贵重的加丝毯弄脏了一大块，神情似是疲惫到了极点，一双眼睛却在闪着不明所以的亮光。他就站在门口沉默地看着许樱哥，面上带了几分莫名其妙的幸灾乐祸和感叹之意。

他又怎么了？许樱哥皱了皱眉，接过绿翡拧来的热帕子递到张仪正面前："三爷先擦把脸，热水马上就好。"言罢边往外走边吩咐众丫头："伺候三爷盥洗。"

张仪正不接她手里的帕子，反手抓住她的手腕道："你不伺候我，这是要去哪里？"

许樱哥微笑着任由他握着："我去让人给你熬姜汤。三爷伤愈不久便淋成了这样子，总得祛祛寒才是。"

张仪正扬了扬唇角："其实你挺贤良的。不怒不怨，还很替我着想。"

许樱哥眨了眨眼，半真半假地道："三爷说哪里话，我们是夫妻，我不替你着想谁替你着想？要是三爷哪天真觉着我贤良了，我才欢喜。"

张仪正晓得她是指自己早间才骂她不贤良，这会儿又说她贤良，遂低哼道："你倒是挺能干的，翻脸无情，转眼有意。"言罢放开她大步走入净房中。

男主人归家，丫头们有条不紊地忙碌起来，许樱哥垂眸看着跪在地上大力擦拭污水的芷夏和闻夏，忍不住去猜，张仪正到底遇到啥好事儿了，虽然狗嘴里仍然没吐出象牙来，但现在的心情和早上的心情明显就不同。可惜她初来乍到，有心无力，不能知道他的动向。

铃铛拎着个盒子揉着手臂从外头进来，叽歪道："三爷这杆铁枪可真重，仲夏那丫头力气好哇，我两手抬都抬不动，她轻轻松松就接过去了，真不愧是吃这碗饭的……"又凑到许樱哥跟前低声道，"三爷之前一直在前府场子里骑马练枪，后半晌王爷亲自陪练，把他从马上挑落了好几回！"忍不住"啧"的一声，一副大快人心的表情。

紫霭鄙视她："你又知道了！"

铃铛笑道："是平嫂子适才使人送膏药过来，特意说给我听的。"

许樱哥默然，张平家的挺周到细心的，或者说是康王妃用心良苦。不多一时，张仪正发梢滴着水，散披着件袍子一摇三摆地晃了出来，一脸无所谓地往许樱哥身边挤过来，无所谓地道："父王要我好好待你。"

许樱哥静静地看了他一眼，接过绿翡递来的帕子默默给他擦头发。张仪正难得安静，微闭着眼任由她收拾。

康王府的生活开得不错，冷盘热菜荤素搭配，七七八八摆了一大桌子，张仪正一把推开青玉呈上来的姜汤，道："你什么时候熬锅鸡汤来吃吃。"

许樱哥平静地道："新婚三日洗手作羹汤，理应我亲自下厨做了饭菜孝敬父母，只是明日要进宫，回来后少不得还要回娘家，怕是得改个时候。"

张仪正便不再说什么，下箸如飞，埋头苦吃，如同风卷残云一般地瞬间便倒了三大碗饭下去。许樱哥看得目瞪口呆，张仪正抬起头来不满地看了她一眼，道："没见过男人吃饭？"

许樱哥认真道："见过的。"

张仪正皱了皱眉，道："那还不快吃！"边说边戳了一根鸡腿放到许樱哥面前的碟子里。

许樱哥突然觉得胃里堵得厉害，凭什么他不高兴了她就只能跟着不高兴，他高兴了她就应该跟着高兴？遂放了筷子道："秋蓉回来了。"

张仪正一口饭含在嘴里咽不下去，皱着眉抬起眼来一言不发地看着她。

你也有吃不下去的时候。许樱哥一本正经地道："但她好像有点不舒服，回来后便一直躺着，你要不要去看看她？"

张仪正用力咽下口里的饭，烦躁地道："不要你管，管好你自己就得了。"

许樱哥微笑着，甜甜地道："三爷教训得是，我这便该去给母妃请安了。

虽然母妃宽容体贴，但该尽的孝道还是要尽的，你去么？"

张仪正放下碗筷："食不言寝不语，你的话太多。"

许樱哥便不再言语，安静地把碗里的饭吃完，漠视了碟子里那根闪着油光的鸡腿。张仪正的目光闪了闪，凶狠地将筷子戳走鸡腿，只两嘴便啃得只剩骨头，犹不肯放手，仿佛那便是许樱哥的胳膊。

许樱哥轻声问道："鸡骨头的味道很好？"

张仪正瞪了她一眼，不知不觉放慢了速度。

少顷饭毕，青玉等人寻来油衣雨伞木屐，许樱哥一一穿戴完毕，命铃铛捧上那只装着图纸的木盒，认真问张仪正："三爷当真不去给母妃请安？"

张仪正累得半死，这会儿就想高床软枕地窝在被窝里不动弹，闻言挑着眉带了几分恼火看过来："你想折腾我就明说。"

"三爷歇着便可，我会同母妃说你累了的。"许樱哥笑笑，转身自走了出去。才出院子门，张仪正便拖着步子追了出来，恶声恶气地道："是又想去告我黑状吧！我才不给你这个机会！"

许樱哥反问道："三爷有什么可给我告的？"

张仪正道："那便是又想用我来衬你，显得你多么孝顺懂事似的，我再不吃你的暗亏。"

二人一前一后地走到宣乐堂，早有丫头发现了他二人，欢喜地奔去报给里头的人听。张仪正下意识地放慢了速度，和许樱哥并肩而入，但见康王与康王妃都在，老两口正坐着说闲话，见他二人进来，都微微有些吃惊，但眉梢眼角都透出十分欢喜和欣慰来。

康王温和地朝许樱哥点了点头，又赞许地看了看张仪正，起身自去了。康王妃微笑着道："明日一早还要进宫，说了早些歇下，怎地又来了？"

许樱哥笑着把匣子递过去："有事儿要同母妃商量。上次觐见皇后娘娘，说起首饰头面的事情来，儿媳一直准备着，今日作了最后一次修改，请母妃过过目，若是妥了，明日便可带去给娘娘看一看。"

康王妃拿起图纸一一看来，忍不住赞叹："你有心了。不错，不错。"再看到最底下那张图纸，由不得眼睛发光："这顶凤冠很不错！娘娘一定会喜欢。"

许樱哥甜甜地微笑着，虚心询问康王妃的意见，眼角瞟到张仪正一脸的鄙夷，也懒得理睬，直到夫妻二人告辞，相谈甚欢的婆媳俩也没提过半句关于秋蓉的事情。

雨水顺着屋檐滴落下来，砸在栏杆和石阶上，发出单调的"哒哒"声，张仪正抱着后脑勺仰卧在床上，斜睨着身边许樱哥雪白纤长的脖子酸溜溜地道："你倒是挺会拍人马屁的。这才刚成亲，就想着要讨好宫里了，有你不会利用的么？"

"孝敬长辈怎么能说是利用呢？难道要我苦大仇深地对着皇后娘娘么？"许樱哥翻了个身，娇媚地斜着眼看着他道："会拍马屁，拍得人舒服受用，自己又不丢丑可是一门高深的学问。三爷若是想学，我可以教你，看在是夫妻的分上我便不收你束脩了。保证日后父王见了你再不拿枪杆子戳你的心窝子。"

张仪正撑起身去瞪着她："你要真那么能，怎么就没见把我给拍得舒服了呢？"

"三爷英明神武，哪里需要我来谄媚？"许樱哥拨了拨鬓边的碎发，朱红宽松的薄绡衫子随着她的动作滑下去，露出一大截雪白的手臂和半边圆润的肩头，整个人便像是被剥了一半的荔枝，鲜嫩明妍得让人忍不住想啃一口。

张仪正的咽喉动了动，非常坚决地迅速转开眼睛。与此同时，许樱哥轻轻翻了个身，缩回被子里裹紧了不再出声。张仪正垂着眼想了又想，想了又想，探头一口吹灭灯烛，理直气壮地去扳许樱哥的肩头，许樱哥闪电般地翻了个身，抬起脚来一脚踹在他胸前，恶声恶气地道："你把我当成什么了？去找你的秋蓉！心疼你的雪耳去！"

她踹得很准确，正是白日康王戳到的地方，张仪正疼得倒吸了一口凉气，吼道："你要翻天！"许樱哥轻蔑地笑了一声，张仪正便气哼哼地坐起身来，又重重地睡下去，跷起一条腿压在许樱哥身上。他身材高大强健，腿自然细不到哪里去，压在身上很是沉重。

很早以前就证明过了，许樱哥在马背上再怎么风光灵敏，握着球杖的手再敏捷沉稳，她也不会是他的对手，他只需要拎着她的衣领往前一提，她就得双脚离地，小鸡仔似的任由他宰割，所以她是拿他没有办法的。许樱哥只能在口头上讨点便宜："你这条腿大抵有八十斤那么重。若是用盐和作料熏制了，只怕够三四人吃一冬。"

张仪正不语，反将两条腿一起压了上去，许樱哥不堪重荷，终于忍无可忍："你到底想要怎么样？"

"我想怎样你不明白么？"张仪正的鼻息离她越来越近，手也跟着从被窝里探了过来："是你勾引我的。对，没错儿，就是你勾引我的，你一直都在勾引我，实在怪不得我。"他的声音里带着很沉重的鼻音，仿佛是在陈述指控又似是带了些说服的语气。

许樱哥不明白是为什么。夫妻敦伦乃是人伦，何况这是新婚夫妻，虽然他们才经过一场不大不小而且很膈应人的风波，但对他这种不讲理的人来说，还是理所当然，用不着寻找借口，可他偏还寻了这么个蹩脚的借口。许樱哥迷惑着，轻声讽刺道："你是不是男人？连这个都要往我身上推？"她就勾引他怎么了？她就要他看得到吃不到。她打不过他，还不能戳戳他的眼睛，让他难过难过？

张仪正不说话，直接用行动表示。才只是靠近，他的气息便已经乱了节奏，整个人又回复了昨夜的慌乱急躁，许樱哥听见他的心在她的身后一直有力地跳动着。她能感觉到他唇间的热度和指尖的湿意，房间里残留的金银香味道和着他身上淡淡的龙涎香味，凑成一种很复杂、令人印象很深刻的味道，许樱哥的眼睛莫名酸胀，突然间觉得很委屈。

大抵是因为她的眼泪太过滚烫，张仪正讪讪地缩回了手，沉默片刻后坐起披衣下了床。许樱哥擦了一把泪水，听见门轻轻响了一声，猜着张仪正大抵是出去了。她将被子拉齐下颌默默地告诉自己，战争有很多种方式，她要坚持不懈地继续战斗，便是不胜也要打个平手！可不过是片刻工夫，便又听得门哐当一声响，张仪正趿拉着鞋子噼里啪啦地冲了进来，什么都不及说便又在她身边躺了下去。

大抵是值夜的绿翡听到声响掌了灯出来探望，灯光透过虚掩的门缝照了进来，把许樱哥脸上的讶然照得分明，更把张仪正的脸照得越黑。许樱哥看到他的眼睛嗖嗖往外射刀子，大抵明白他在气愤什么，这哥们没觉得甩手而去是件潇洒的事情，而是觉得他被她轻易就弄走是件很丢脸很吃亏的事情。果然张仪正用力拍了床一下，凶神恶煞地道："这是我的家，这是我的床！你是我的女人！想赶我走？做梦呢吧！死了你那条心！小爷就要在这里。"

许樱哥不说话，就只安静地看着他，眼里渐渐露出几分笑意来，便是这样也弄不走，再凶也不过就是纸老虎罢了，他别扭，总是有原因的，什么时候才能弄清楚这倒霉孩子在想些什么了？张仪正见她不接招，大抵也是被折腾得惨了，干瞪了一会儿眼，眼皮便打起了架，没多少时候便起了微微的鼾声。

许樱哥朝束手束脚地立在门外的绿翡摆了摆手，绿翡便轻手轻脚地将门掩上退了出去。灯光熄灭，天地间便是一阵黑暗静默。许樱哥试探着将手放进已经熟睡的张仪正手里，张仪正的手掌似婴儿一般的张了张，紧紧将她攥在掌心里，她再试探着想退出来，他却越抓越紧，嘴里跟着发出两声含混不清，仿佛是在撒娇，又仿佛是在埋怨的嘟囔。许樱哥小心翼翼地凑过去，想听清他在说些什么，耳朵才凑近他的嘴唇，张仪正便剧烈地颤抖了一下，猛地将她一推，下意识地就往后一缩并迅速坐了起来。

黑暗中，他的呼吸声显得十分凝滞急促，仿佛是被什么大大地惊吓了一般。"怎么了？"许樱哥犹豫了一下，探手去摸他的额头，只觉满手都是冷汗。张仪正猛地往后一侧脸，语气十分警惕生冷："你干什么？"

许樱哥皱着眉头道："听见你说梦话，看你睡得不安稳，以为你做噩梦，想关心关心你。"

空气仿佛凝滞了一般，便是张仪正的呼吸声也听不见了。许樱哥等了片刻不见他再有动静，便起身下了床，准备点灯，才刚摸着了火石就听张仪正疾声道："不许点灯。"

许樱哥在桌旁默立片刻，摸着黑拧了块帕子递过去。

张仪正默然片刻才接过去将帕子盖在脸上，好一歇才冷冷地道："下次不许偷听我说梦话。"

许樱哥被他吓得一惊一乍的，心里委实不高兴，忍不住低声嘲讽道："也不知是做了什么亏心事。"

张仪正拔高声音："你说什么？"

空气中隐然有火药的味道，此时的气氛与之前的小打小闹完全不同，许樱哥察觉到了危险，立刻举手投降："我说不感兴趣。"她以为张仪正会继续发作，谁知张仪正却没了任何声响，闷闷地将帕子扔了过来便倒头睡下。这一夜，他再没发出过任何声响，整个人蜷在床里一动不动。

五更鼓未响，许樱哥便起了身，绿翡等人鱼贯而入，将灯烛一一点上，备热水，服侍许樱哥盥洗梳妆。许樱哥看了看整个人藏在喜床深处的张仪正，见他愁眉苦脸的睡得死沉，两条眉毛紧紧皱着仿佛能夹得死苍蝇。便低声吩咐众人："轻一点，别吵醒三爷，等差不多了再叫他起身。"

这话一传下去，所有人的动作便都又轻了三分，绿翡凑到许樱哥耳边轻声道："秋蓉那边告病了，昨夜里交了一串钥匙给铃铛，还说了三爷的许多日常喜好，她说了，她来这边的日子不长久，知道的只有这么多。"

许樱哥微怔，随即便放开了去："那便收着。不要为难她，给她请个大夫来瞧罢。"

绿翡为难道："她在这当口告病，只怕会有闲话出来。"

许樱哥道："又想如意，又想不吃亏，哪有这么便宜的事？要传什么难听话昨日就传出去了，我不怕。她既然开了口，想必是早就想好了的，我便是不许，谁知道她又会弄出什么花样来？"要是再来一个当众晕倒，那时候更难收拾，她的凶名就真要在外了，只怕康王妃也会有点看法，不如暂且供着，处得长了也就知道怎么一回事了。

绿翡一想也是，遂不再言语。

床上一直沉睡的张仪正轻轻睁开了眼，看着对镜理妆的许樱哥，只觉得身心疲惫到了极点。一步步逼了算了那么久，终于等到赵璀自作孽，很快便可以看到卑鄙小人的下场，可高兴过那一阵，他便也没觉得有多快活。他慢悠悠地坐起身来，摆手挥退想要上前伺候他盥洗的丫鬟，轻轻走到了许樱哥身后。

今日要入宫拜见那两位，还很可能会被各色人等参观，不能不慎重应对，许樱哥正持笔对镜描眉，就见昏黄的镜子里露出张仪正的脸来。许樱哥俏皮地挑了挑眉，用眼神询问他要如何？张仪正沉默地接过她手里的眉笔，一手抬起她的下巴，俯身静气细心描画起来。不会是恶作剧吧？许樱哥睁大眼睛看着他，一动不动地任由他描画。

张仪正被她看得颇不自在，却是耐着性子画完了，扶着她的肩膀让她看镜子："如何？"

这画得也太适合她了！便是她自己也不过就是这水平。许樱哥怔住，目光十分复杂地看向张仪正，调侃道："三爷这手艺也太好了，这平时没少练吧？"

张仪正瞥了她一眼，把眉笔往妆台上一扔，默不作声地转身进了净房。

许樱哥讨了个没趣，却也没觉得有多丢人和多气愤，对着镜子静静地看了许久，稳稳地将一朵鲜红精致的石榴宫花簪在了鬓边上。石榴多子，多子多福，想来已经年迈的帝后都会喜欢这份喜庆。

第61章 禽兽·至诚

上京的秋天和春天总是多雨，到处都透着一股湿寒之意。许樱哥把目光从太极殿顶的鸱尾上收回来，探询地看向站在自己身旁的张仪正。入宫觐见，第一便要见这位年号天福的皇帝，然后才是皇后等人，可他们来了这么久，在这太极殿外等候了足足大半个时辰，却还不见这位据说十分宠爱张仪正的枭雄皇帝接见。

张仪正早就等得不耐烦，接到她探询的目光便无声地表示他也不知道。好容易瞅着大太监黄四伏出来，忙拦住了低声道："怎么回事？"

黄四伏谦卑地赔着笑："圣上正议国事……"

帝国最高领导人在商量国家大事，张仪正又能怎么样？也只能安心等待。又是小半个时辰过去，雨停风歇，天边竟然浮起一道浅浅淡淡的彩虹，把庄严阴暗的宫殿也衬得美了几分。但没人有心思去欣赏这雨后初晴的景象，张仪正越见烦躁，许樱哥则站得腰酸背痛，两口子对视一眼，打算各想各法。

许樱哥才寻了个泥塑木雕一样的宫女，正想借尿遁歇一歇，就听身后有人轻声笑道："真不巧，竟然遇到你们。"却是一身银甲戎装的安六翘着薄薄的唇朝他二人走了过来。

许樱哥一看到安六就暗生警惕，下意识地往张仪正身边靠了靠。张仪正满意地看了她一眼，背着手朝安六炫耀而做作地一笑："哈哈……真不巧，竟然遇到你。"

安六完全无视张仪正，肆无忌惮地上下打量着许樱哥，微笑着道："许二娘子好养气功夫，就是气色不太好，可是过得不太如意？你们成亲那日可真热闹，我本想去，但临时有军务在身，竟不得去。现下想来，真是可惜了。"

她已成亲，若是论起年龄大小，他好歹也该称她一声弟妹。她便是过得不如意，气色不好，又与他安六有何关系？要说安六不是故意挑衅许樱哥绝不相信，张仪正从来不是能吃这种亏的主，何况还有新仇旧恨，她下意识地悄悄握住了张仪正的手,但几乎就是同时,张仪正便已经踏前一步反唇相讥道:"干你鸟事!"

他比安六整整高了半个头,还壮实了许多,安六夸张地一怔,又夸张地往后退了一步,满脸坏笑讨打样的大声道:"吓死我了,小三儿,何必呢,咱哥俩好久不见,六哥不过是和弟妹打了个招呼,你就摆出这副要死要活的模样来!便是再疼媳妇儿,再着紧媳妇儿,也不要这样么。我们可是兄弟,至亲骨肉。你不会似打韩老二那么打我罢?"

张仪正不傻,当然听得出来这话里话外所含的恶意,虽拼命忍着不动手,可是也气得微微发抖,眼睛发了红,只顾死气沉沉地瞪着安六。许樱哥顾不得其他,一扬下巴作迷惑状:"三爷,这位是?"

张仪正一直紧绷的肌肉方放松了些许,微笑着讽刺道:"这是咱们上京城最有名,最风流,男女通吃的禽兽安六爷。他正名儿叫张仪安,因府中行六,故而叫安六,你虽该称他一声六哥,但这可是个杀人不眨眼,害人不留情的主儿,记得离他远一点。"

许樱哥一本正经地对着安六爷福了福。

安六爷也不生气,笑了一笑,贴近他二人轻声道:"三弟妹好生无情,翻脸便不肯认我,你记不得灵犀阁么?当时你不肯嫁,宁肯从灵犀阁上跳下去,幸亏我发现及时才抱住了你……"

许樱哥恨不得一口唾沫吐在他脸上,磨着牙微笑着道:"您记错了,这般好姻缘,这般好夫君,我又如何会不肯?六哥便要开玩笑也不带这样开的,这坏人姻缘的恶事做不得。"

安六哈哈一笑,再往前一步,抱着胳膊看着她只是意味深长地笑,声音越发低沉:"不会记错,当日曾有个彪悍的娘儿们骑在我身上……咦!那滋味我至今不能忘,梦里也要咂摸几遭,寡妇我也是不嫌的,还奉若珍宝。"一边说,眼睛便落在了许樱哥的腰肢上,许樱哥只觉得被他用目光从头到脚都轻薄了一遍。正自羞恼愤间,就见张仪正猛的一下跳了起来,血红了眼抡起拳头就朝安六爷那张漂亮而可恶的脸砸了下去。

新婚第一日,婚房里先打韩彦钊,新婚第三日,太极殿前再打安六,每次都和她有关,每次她都在场——冷汗顺着许樱哥的背脊流了下去,迅速将她的里衣给浸湿浸透,许樱哥死死拽住张仪正的手,恨不得做个树袋熊挂在他身上去拖住他。张仪正却是什么都顾不得了，将她狠狠推开，咬着牙便要去揍安六，安六也不再多言，就笑得无比讨人嫌地等着他，好整以暇的闪避躲让。

张仪正一拳落空，许樱哥死死抱住他的腰将脸紧紧贴在他的背上一迭连声地低语："为家里人想想，为我想想，你这一拳落下去便正好上了他的恶当。我不想才嫁了你你就出事，我求你，求求你，千万千万不要上当……"

张仪正的身体剧烈地颤抖着，仿佛有一头猛兽在里面咆哮，许樱哥晓得，如此奇耻大辱，他要忍得住那便非同一般人，但这一拳真不能打下去，她是拦不住了，许樱哥看着安六那可鄙讨打到了极点的嘴脸，想了想，干脆放开张仪正，跳起来对着安六那挺直漂亮的鼻子就是一拳。

安六看似无意，其实一直都在全神贯注地关注着张仪正这头猛兽，哪里会想到这飞来一拳？待到他闻到香风扑鼻，眼前红影闪动，鼻子已经又酸又辣出了血。许樱哥用力太猛，险些扑了出去，张仪正眼疾手快，将她拉住紧紧搂入怀里，冷笑着看向正在苦笑的安六，无比轻蔑地"呸"了一声，低声道："犯贱！"

许樱哥心满意足地靠在张仪正怀里揉着拳头，心想终于揍上了，虽然事件的发展与她之前预期的不一样，但这样肆意的滋味也不错，她有些骄傲地望着张仪正明媚一笑："我打得好不好？"

饶是张仪正心中忿恨不已，对上她的如花笑靥也忍不住应了一声："打得好。"

许樱哥得寸进尺："那等会儿我要是挨罚，你会不会不理我？"

张仪正沉默片刻，认真道："无论怎样，我只陪你一起就是了。"

许樱哥心里涌上几分热意，反手握住他的手低声道："你别再犯浑，我也一直陪着你，无论怎么样。"

张仪正看了看她，没有说话。

多么好的机会，明明就该被她给感动了，接着说上两句情话的么，这人怎就把嘴闭上了？那冲动直率的性子只是在要打架的时候才能有吧？许樱哥撇撇嘴，把头转开。却见一个眉清目秀的小太监快步自太极殿内冲了出来，尖声尖气地道："宣南郡公、郡公夫人觐见！宣安国公觐见！"

许樱哥微微吃惊，心想适才这外间的举动大抵是被里头看去了，不然按理应该先见见他夫妻二人才对，怎地要和安六一起见？却见安六平静地接了小太监递来的帕子把脸上的血迹擦干净，用一种很温和平静的声音叙述道："我这个安国公可是全凭军功累积而成的。小三儿，你有什么？"言罢大摇大摆地从张仪正和许樱哥面前走了进去。

按例，亲王之子非承嗣者封郡公，张仪正之前因为特别得宠的缘故所以很小便封了国公，后来因犯错而降为县公，直到新婚前夕才又重升为郡公。安六这安国公的确是凭军功累积而成，打人不打脸，但安六今日便是跳在他的脸上来回踩了几十遭，便是算准了无论他要打要忍都是他憋屈。张仪正的脸色极其难看，许樱哥看在眼里，扯了扯他的袖子低声道："先进去。日后再说。"

入门便是一阵阴凉，外间已经微暖，太极殿内却是一片阴寒，许樱哥先就忍不住打了个寒战并且有些心虚。当时挥拳打向安六虽是她无奈中最好的选择，安六也是活该，还该被千刀万剐才对，但若是龙椅上的那位刻意要找麻烦又该怎么办？正自乱想，便觉身边的张仪正有意无意地碰了她一下。她偷眼觑去，只见张仪正摆出了一副死猪不怕开水烫的表情。许樱哥突然间微笑释然，有什么可怕的？龙椅上那位再怎么看她不顺眼，也不会在这个时候把她怎么样，她便且张扬着罢。

"不是一家人，不进一家门。"帘幕深处的老皇帝将一支蘸满了朱砂的御笔轻轻放在了珊瑚笔搁上，淡淡地看了他三人一眼，带了几分戏谑道："许卿家，你以为呢？"

许樱哥吃了一惊，飞速扫了一眼，这才看到许衡立在一旁。许衡似没看见她一般，一本正经地躬身回答道："这是圣上和皇后娘娘慧眼如炬，配成如此佳偶。"

老皇帝对许衡的回答倒也不挑剔，不置可否地点了点头，淡淡地道："你们适才在闹腾些什么？"

安六微微一笑，朗声道："回皇祖父的话，孙儿几个闹着玩儿呢。"

"是么？"老皇帝意味深长地拖长了调子应了一声，眯缝了眼睛看向许樱哥，"小三媳妇儿，你们适才在做什么？"

这位枭雄皇帝两鬓早已斑白，看着虽还高大勇猛，实则年龄着实不轻了，可是两眼仍然清明犀利。许樱哥一咬牙，道："六哥同孙媳开了个玩笑，孙媳小心眼生气了。"却没说她干了什么。一旁的安六好整以暇，根本不怕她会说出什么来。

"皇祖父，是我……"张仪正刚开了口，就听老皇帝一声断喝："外头跪着去！"

老龙发威，好比山大王一言不和就要杀人，由不得人不紧张，大殿内寒气森森，气氛低迷，导致张仪正等三人都有不同程度的惊吓，唯有许衡平静如常。

这大抵是针对自己，不管怎么说，揍了安六的人是她，还是自觉点的好，许樱哥懵过便拜了一拜，老老实实地起身准备退出殿外去跪着，却见张仪正也蹙着眉默默拜了一拜，起身跟着她一起往外走。

许樱哥对这个关键时刻能共同进退的战友很是满意，忍不住对着张仪正笑了笑，却听身后那人道："小三儿媳妇，你是要夫唱妇随？"

其实应该是妇唱夫随才对，许樱哥琢磨出这话里的味道便欢喜起来，但她没事，张仪正却倒了霉，真是没理由这么欢喜，便敛了容色转过身去恭谨地对着老皇帝低声道："夫唱妇随乃是做女子的本分。"

老皇帝点了点头，突地转眼看向安六："你怎地还站着？"

安六怔了怔，微微苦笑，恭恭敬敬地一拜，躬身倒退几步，跟着张仪正往外走。空旷的太极殿内除去伺奉的太监宫女外便只剩下喜怒不定的老皇帝和平静得如同在家喝茶的许衡，以及十分忐忑的许樱哥。她拿不定主意是该照旧夫唱妇随地跟着张仪正出去呢，还是厚着脸皮留在这里，却听老皇帝淡淡地道："既然做了我张家的媳妇儿，便本分老实些，有你的好处。"

她怎么不本分老实了？但明显这皇帝不是个喜欢人家辩解的人，观其过往，至少也可算是大半个独夫。想起死去的那些人，许樱哥平静柔顺地应了声："是。"

又听老皇帝道："小三儿待你可还好？"

这话却是故意问给许衡听的了，许樱哥想了想，微笑着道："回禀圣上，夫君他待孙媳至诚。"

"哦？"老皇帝微微惊讶，似是很感兴趣地道，"怎么说？"

许樱哥道："夫君他粗直率真，新婚三日，他虽孩子气地时时弄得鸡飞狗跳，让孙媳哭了两遭，让公婆骂了几回，但却不曾动过孙媳一根手指头，人前也记得尽力护着孙媳。不掩喜恶，所以说是至诚。"

"不掩喜恶，所谓至诚。"老皇帝不置可否地一笑，摇了摇头，道，"他既然孩子气，你却也跟着哭，那不是你也孩子气？"

许樱哥低声道："孙媳比他还小两岁呢。"

"不掩喜恶年轻时是至诚，上了年岁还喜怒于色那便是傻子了。"老皇帝不知想到了什么，神色有一刹那的恍惚和感慨。许衡觉着这是个好机会，正想意思意思地替外头跪着的张仪正同安六二人求情，就见老皇帝抬了抬右手，吩咐许樱哥："去皇后那里罢，孝顺些，多让她欢喜欢喜。"

"是。"许樱哥悄悄看了看许衡，低眉垂目地行礼退了出去。待行至大殿门口，听到身后老皇帝的声音低低沉沉的："许卿，朕最近总是想起当年的事情，第一次认识你便被你指着鼻子骂，你这女儿颇有些你的风范……"

天空一片湛蓝，日光照射在琉璃瓦上，照得太极殿一片金碧辉煌，许樱哥眯着眼立在廊下，任由斜射进来的日光驱散身上的寒意。有人重重地咳嗽了一声，她眯眼看过去，只见正前方不远处并排跪着两个人，一是张仪正，一是安六。这二人不管平日在外头是副什么模样，此时都是一副老实样，跪姿十分端正，只是安六一本正经地目视地面，张仪正则急眉赤眼、满脸不平地瞪着她，仿佛是在问她，她不是说有难同当的么？怎地这时候跪着的就是他一个？

许樱哥朝他一笑，用口型表示自己去皇后宫中等他。张仪正瞪了她一眼，板着脸把头转开。

自太极殿至含章殿，走来不过是小半个时辰，许樱哥才入含章殿便立即被引至凤座之前。凤座下早就或坐或立了无数的女人，各式各样的香味儿混杂在一起可以熏得死蚊子，许樱哥强忍住打喷嚏的欲望，稳稳地拜了下去。

"起来罢。"朱后的声音略见疲惫，听着却是一样的温和好听，"怎地只是你一个人？小三儿呢？"

许樱哥微微诧异，她以为含章殿多少应该知晓些太极殿那边的情形才是，可听朱后的意思竟是不知。诧异归诧异，她没忘了此时殿中竖着耳朵等消息的各色人等，乃微笑着道："回娘娘的话，夫君还留在太极殿中，只怕要稍后才能过来给您请安谢恩。"

朱后一默，随即便自若地指指身旁众人："这样的好日子，难得大家都聚在了一起，见一见你这些长辈和妯娌姐妹们罢，省得日后遇到了都不知如何称呼。"

"来，我带着你，顺便讨些好物件儿。"一直在替朱后捏肩膀的长乐公主笑着走来携了许樱哥的手,将她一一引见给众人,一旁早有女史得了康王妃的眼色悄无声息地去了外头。

"这是刘昭仪。"长乐公主话音未落,凤座左下方楠木交椅上那位头发花白的老妇人便慈爱地握住了许樱哥的手,把一串奇南香的佛珠戴在了她手上,微笑着道:"好孩子,真不错。"

刘昭仪,贺王之母,属于最早跟着今上的女人之一,也是那一部分女人中至今为止位分最为尊贵,儿孙最为争气的女人。许樱哥甜甜笑着说了几句老年人都爱听的好话,不动声色地将刘昭仪打量了一番。这位刘昭仪年纪未必比朱后大许多,看起来却是苍老得多,微瘦,看上去既和气又慈祥,早年的美貌只能自眉眼之间依稀看出几分来,现在看上去就是一个全然无害的老太太。

即便是皇后下面四妃空置,地位超然得不能再超然,但这个苍老且看起来全然无害的老太太还是那个风雨几十年,历经今上与朱后那世间闻名的爱情仍屹立不倒,稳稳当当做着后宫第二号人物的人。所以这殿中根本没有人敢小觑她,朱后甚至于还和她客气了两句:"姐姐太客气,这是你的爱物,怎能随便就给了小孩子?"

刘昭仪微笑着微微俯身,十分恭谨地道:"娘娘,这东西是圣上早年间所赐,当年妾得了这串珠子不久便得了老二,可见这是个好物儿。如今新妇进门,妾是盼着这小两口能早日开枝散叶呢。"

许樱哥微微吃惊,她知道刘昭仪影响力不小,但朱后是皇后,位居中宫且深得圣上敬爱,身份何其尊贵,却也要称这刘昭仪一声姐姐,刘昭仪虽态度恭谨,却也不曾推了这声称呼,而是安之若素,再看殿内众人都是一副习以为常的模样,便知这宫中除了朱后之外最有力量的当属刘昭仪了,也难怪贺王府和康王府竞争如此激烈。正自揣度间,就听一人娇滴滴地捂嘴笑道:"昭仪姐姐太偏心不过,这样的好物件儿舍不得给贺王妃,却舍得给了小三儿媳妇,这是隔辈亲么?"

许樱哥微笑着看向那坐在凤座右下方第二把椅子上的女子,那女子是仿若宣侧妃一样,精致的妆容,娇俏的笑脸,银红绮裳黄色罗裙,保养良好,看不出真实年纪,只用眼扫着,感觉只是三十多岁一样,可许樱哥看她座次和做派,猜她绝对不止这个年纪,少说也该有四十以上才是。果然刘昭仪微笑着道:"昭容妹妹又在调皮了!我倒是要瞧你给新妇什么礼,若是轻了我可要臊你。"

那昭容妹妹也不客气，大大方方地自椅子上站起身来拉着许樱哥的手，将只红玉镶金臂环递了过去，微笑道："这可是前朝留下的好物件儿，我瞧也只你能撑得起来。"又调皮笑着道："可我这宝贝却不是圣上所赐，乃是娘娘早年所赐。当年妾也是得了这臂环不久便得了老七，可见这臂环是沾了娘娘福泽的，今日给了小三儿媳妇，也盼她沾了娘娘的福泽，早日得子。"原来这位昭容妹妹就是那位年纪最幼有宠、正妃最美的福王生母罗昭容，后宫最得意的第三人。

刘昭仪笑道："看这猴儿，最蹦得的就是这张巧嘴，日日哄了娘娘欢喜，倒显得我等粗笨。娘娘休要受她蒙蔽！"

朱后只是微笑着看她二人斗嘴，并不怎么去管，在座的其余几位或是生育了公主，或是生育了亲王的宫妃，七嘴八舌地跟着凑点儿趣，说说笑笑，看起来也是一副和和美美，风调雨顺的模样。

后宫女子没有省油的灯，且在座的诸位宫妃看年龄没有少下三十岁的，多数都在四五十岁以上。一群中年甚至于老年大妈在微笑着斗心眼，正是见识各色人等心性的好机会，许樱哥打点起精神，如同雷达接收机一样地把四周的信息尽力吸纳入脑。

自郴王妃殉了郴王后，贺王妃便是她这一辈人里最年长的人，她果然也就极严肃，甚至于比端坐在上首的朱后等人还要严肃，美貌也说不上，沉默寡言，目光严厉。许樱哥从她脸上怎么也找不到安六的影子，少不得猜测安六指不定是个庶子，而且早年多半过得不太好，不然怎会如此变态？

倾国倾城的美人儿福王妃懒洋洋地藏在角落里，见长乐公主领着许樱哥过去，便微笑着自指间褪下一枚硕大的粉色金刚石戒指："不是什么好物件儿，但好歹也是御赐。当得起你喊这一声七婶。"

许樱哥虽觉得她阴阳怪气的，却也没放在心上，只默默打量了那颗金刚石的成色，觉着无论是颜色还是个头都真是难得。好容易走完一圈，就见张仪正慢吞吞地自外头行来，身上的衣服已经换过，想来是先到过后殿了。

第62章　质问·序幕

见张仪正来了，朱后又撑了片刻便不经意地抬起手揉了揉眉心，起身入内更衣。待到再次出来，刘昭仪便笑着起身道："到底是老了，这身子骨大不如从前，若非是日子喜庆，这把老骨头也不乐意出来瞎晃。娘娘，妾这便要告辞了。"

说来她是此间年纪最大之人，朱后也没留她，吩咐长乐公主："替我送一送。"长乐公主便笑吟吟地上前扶了刘昭仪，刘昭仪笑道："嗳，哪里敢。"言罢直接点了贺王世子妃的名："来来来，扶着我。"

她一起了这个头，其余人等便都坐不下去，纷纷起身告辞，转眼间含章殿里便只剩下了长乐公主及康王妃等人。

人才走光，朱后的脸便沉了下来，冷冷地看着张仪正道："小三儿，好好儿的你怎生又去招惹他？"

张仪正无限委屈："分明是他来挑衅我，莫非要我强忍着不成。"话音未落就听康王妃一声断喝："老实回答就是，你皇祖母面前也敢放肆？"张仪正便叹息了一声，耷拉了肩膀道："皇祖母，孙儿知错了。"

"二十岁的人了，还是一副小孩儿的性子。吃了这么多的亏却总不长记性，太极殿，那是什么地方？如今又是什么时候？圣上面前你也敢猖狂？这是近来圣上心软了许多，否则，你以为今日你能脱得掉一顿打？从韩彦钊到安六，别以为打了便打了，只是你一个人的事情，从小到大，你给你父王母妃惹的祸事还少？"朱后疾言厉色地训斥了张仪正一通，回眸看向许樱哥，许樱哥知她必然全晓得了，只怕接着要训斥的便是自己，由不得缩了缩脖子，摆出一副乖巧老实到了极点的模样来。

朱后微不可闻地叹息了一声，低声道："野性难改。从前听高、袁二位嬷嬷说起，我还以为你经过这许多事情真的懂事了，怎地尽陪着他胡闹？"

许樱哥不说话不辩白，只默默垂眼听着。张仪正这回却又有些幸灾乐祸了，谁叫她先说要和他共同进退转眼却丢了他在那里跪着自己跑来收礼？倒是长乐公主出来打圆场，低声笑道："多大点儿事呢，我就觉着樱哥打得好，我要得了机会也一定狠狠揍安六那讨嫌的臭小子一顿。"

朱后叹道："她打得倒是爽快了，可有没有想过若是许大学士不在殿内，圣上今日心情偏巧不好，又会如何处置她？外间人又会如何传言？小三儿要挨罚也就挨了，反正他的皮子早就厚实尽了的，她一个新媳妇儿，又是最小的，若是才进宫就挨了罚，日后怎么抬得起头来？"话锋一转，又骂张仪正："都是你不像话，惹了这么多祸事，还把你媳妇儿也给拖了进来，今日若无她，你也逃不掉一顿打！再不知足，看我怎么收拾你！"

许樱哥慢慢听了出来，朱后虽不赞同她的处置方法，但听这些话来还真叫人心里舒坦，说明朱后并未因此对她产生什么不良的看法，对她多少还是有点点满意的，于是态度越发恭敬柔顺："孙媳知错了，若是再有此类事情一定多加思量，再不敢胡来。"

朱后看着她道："日后要打交道的人太多，你年纪轻，不知深浅，当初你与高、袁二位嬷嬷相处得还愉快，如今我欲把她二人赏给你，多少做点助力，你看如何？"

许樱哥虽早猜到会有这么一日，但并不排斥，毕竟适才那群女人的厉害她是亲眼见识过的，若是不往多了想，高、袁二人长期待在皇后身边，深得其中三昧，有她二人在一旁指点，本来只有六十分的水平多少也能考个七八十分，当下欢欢喜喜地谢了："孙媳老早就觊觎着二位嬷嬷的，正想过些天讨得娘娘欢喜了便厚着脸皮讨了来，谁想娘娘如此慈爱体贴。"

朱后默默打量她一番，见她眼角眉梢都是欢喜，并无敷衍虚假之意，唇角不由露出几分笑意来："若你们不投缘，我也不把人给你，省得处得不喜都来找我闹腾。"

"谢娘娘恩典。"许樱哥心想，要是处得不喜自己一定另想法子妥当解决了，哪里又会来找她闹腾？杀鸡焉能用牛刀。

康王妃眼看今日进宫的事情完成了一大半，这才命曲嬷嬷将许樱哥那只木匣子奉上去："娘娘请看这个。难为这孩子到昨日还在修改，就怕您不喜欢。"

早有朱后亲信的宫女将木匣子接了上去，将画卷取出放在朱后面前，朱后微蹙眉头，持卷一一看来。饶是许樱哥再自信，手心里也微微沁出了几分冷汗。朱后默然看了约有盏茶工夫，方抬起头来道："着人送过去给圣上看看罢，他若觉得不错，便是这样了。"

许樱哥暗暗惊异，这老夫妻俩感情好到如此地步了么？便是皇后要添点行头也要老皇帝喜欢那款式颜色才行？猛然间想起来朱后的寿诞便在五月里，心中了然，这场寿诞只怕是要大办的，出钱出力出人的都是皇帝，当然要皇帝看着顺眼才行。却听长乐公主同康王妃异口同声地道："娘娘，这个您便不用操心了，由儿臣来替您操办即可。"

朱后摇头微笑："你们的孝心我领了，也相信你们能把这套首饰做得美轮美奂，但这是圣上的天下，我是圣上的皇后，他想给我庆生，便要他从心里欢喜出来。你们要孝敬，换了其他来，便是一盆花儿，一件衣裳，一双鞋，我也是极喜欢的。"

长乐公主和康王妃对视一眼，都是喟然一叹，再不相劝。人人都道帝后是一段传奇，都道朱后圣眷独宠几十年不衰，谁又知道朱后的小心翼翼和步步为营？便是与儿女亲近，那也只在心里头，永远不会让人觉得她看重儿女超过了圣上。也就是这样，才能护得他们平安成长。

大家都不容易，许樱哥微微失神，心想自己在新婚那日所做的事情能瞒得过康王妃去，只怕也逃不过朱后的眼睛，朱后之所以容她，话里话外多有庇护，大抵是因为知道她没有害张仪正的心思。今日砸向安六这一拳，是一次冒险，但谁说又不是一次融入的机会？

突听得有人来传旨，道是圣上给张仪正和许樱哥的赏赐到了，有玉如意一双，玉佩一对，珊瑚盆景一对，霞样纱四匹，另有胭脂御马一对，御鞭两柄，特别言明不必再去谢恩。

之前的东西倒也罢了，寻常所见，但听说有御马一对，众人的眼神便都有些不对，康王妃颇有些忧郁，张仪正若有所思，长乐公主笑道："怕是知晓之前小三儿那匹汗血宝马没了，所以特为挑的好马。"

康王妃苦笑不语，今上传达的怕是另一层意思，想要张仪正也上战场了。张家的子孙，无用的废物最是被人瞧不起，铁血王朝，儿郎便当在战场上用军功与铁血才能铸就名望与声威。

朱后沉声道："小三儿，你该奋发了。后日誓师，贺王为帅。"

若此战大胜，贺王一派必将声势大涨，殿中一片沉默。张仪正撩起袍子对着朱后重重一拜："皇祖母放心，孙儿自当发愤图强，不能让人一辈子都看不起。"

朱后欣慰道："拭目以待。去罢，只怕忠信侯夫人眼睛都望穿了。"

又有女官捧出朱后所给赏赐若干，众人自含章殿中依次退出，在宫门外与早就等候着的康王府管事等人接上头，康王妃便再三交代了张仪正一番，打发二人直接去了许府，自带了高、袁二人回府不提。

张仪正上了马车便歪倒在锦褥上，斜眼看着许樱哥讽刺道："好个有福同享有难同当，无论怎样都一直陪着我的好媳妇儿。"

"先是君命难违，其次是二比一陪他跪太亏，一比一虽还亏了，但还勉强过得去。"许樱哥早算着他会找她算旧账，先谄媚地递了一盏热茶过去，又搓热了手放在他的膝盖上来回搓揉起来："妾身给夫君捏一捏，松松筋骨。夫君跪得辛苦了。"

张仪正冷哼一声，受用地饮过了杯中热茶，享受着美人拳，道："看你那财迷样儿，今日得了不少好东西罢？"

许樱哥道："都是夫君的面子。"

张仪正哂笑："我哪有什么面子，都是皇后娘娘和父王、母妃的面子。"

许樱哥认真道："总之我是靠着你才得了这些好东西的，所以还是你的面子。"

张仪正蹙了蹙眉："狗腿！"

许樱哥笑笑不语，只卖力地给他揉捏着膝盖。

张仪正看着她木兰花瓣一般洁白细腻的肌肤和花蕊般的微微颤抖的睫毛，突地伸手捏住她的下巴低声道："灵犀楼中是怎么一回事？"

许樱哥手下一缓，望着他惊异地眨了眨眼，反问道："你不知道？"

张仪正的眉毛拧了起来："我如何会知道？知道我还问你？"

看来惠安等人一直瞒着张仪正，而安六不知出于何种原因也一直没有泄露出来，而是留到今日才发难。许樱哥按了按只是乱跳的心脏，看着张仪正的眼睛轻声道："你去问惠安。"

张仪正冷笑起来："自家媳妇儿的事情，我为什么要去问别人？我只问你就是了。"

许樱哥笑了起来："我说什么你都信？"

张仪正盯着她的眼睛缓缓道："那要看你怎么说。"

许樱哥自他膝盖上收回手，把他捏着她下巴的手拿开，坐直了，同样不眨眼地看着他的眼睛缓缓道："因为皇后娘娘想要让我见识一下上京城的雨景，长乐公主殿下想要让我弄清楚自己的处境,于是惠安便领我去了灵犀楼,然后遇到了想把我从六楼推落的安六。刚好我不想就那么白白冤死,手脚还算灵敏,便将他撞倒在地,顺势骑上去要打……"

"你……"张仪正的表情似是吃了个苍蝇。

许樱哥妩媚地抚了抚鬓角,继续道:"可惜没能打着,幸亏今日终于出了这口恶气。怎地,三爷觉着恶心了?那可怪不得我,你得问你的公主姑母去。"

她的表情虽妩媚,态度却极明确生硬,这事儿怪不得她,谁要想把这破帽子往她头上扣,或是多找话讲,她非得狠狠咬人不可。张仪正咬紧牙关,猛地一下把脸转开。

许樱哥出了这口恶气便不再言语,垂下眸子自斟了一杯茶,透过马车窗户上的窗纱看着繁乱的上京城,出奇的冷静。这件事说来她没有半点错,但在某些人眼里仿佛就是她的错,既然都是错,与其埋深了做个不定时炸弹弗如早点爆了的好。

马车慢悠悠地自繁华的街道上驶过,日光将道旁的新柳照得绿中透金,路上行人并不知另一场战争即将开幕,照旧活得匆忙而快活。迎面驶来一张马车,匆忙而慌乱,在康王府的车队前顿了一顿后继续往前冲。许樱哥看得清楚,那是赵府钟氏的专属马车。她想起钟氏从前那爱端架子,凡事只恐失了仪态的性子,由不得颇有些惊疑,什么事会使得钟氏如此慌乱?

正自忖度间,就听张仪正杀气腾腾地低声道:"总有一日我非杀了他不可。"

"嗯。不过不要把命送了,不然我还是祸水。"许樱哥只顾扒在车窗上追着钟氏的马车看,也没去看他到底有多气愤乃至于狰狞。

"说什么呐?嘴里能不能有句好话?"张仪正颇有些不满,顺着她的目光往外一看,不由得快意地微微笑了:"那不是赵夫人的马车么?瞧这急打急慌的模样,难道是赵家的天塌了?"

许樱哥微微吃惊:"你认得她的马车?"

张仪正瞥了她一眼,一副她大惊小怪的样子:"她不是最爱跑公主府的么?老虔婆,明明恨不得随时去舔人的屁股,还一副故作清高的模样。她也有今日!"

许樱哥听他说得实在是难听，便垂了眼不语。

张仪正见她不答话，自己反倒有些无趣："她那样待你，你不恨她么？"

许樱哥看了他一眼，反问道："我该恨你么？"

张仪正哑然，静默片刻又道："前几日咱们成亲，赵家也是来人了的，送的礼也极厚，这才几天她便这样了。你要不恨她，多少也该停车问一问，看她是否有什么需要你帮忙的。"

"你乐意我帮？"许樱哥见他虽说得好听，眼睛却在闪着不怀好意的亮光，牙关也咬得紧紧的，心想他大抵是知道赵家出了什么事的，并且非常乐意看到赵家出事，就等着她开口相询⋯⋯再仔细一想，手心里便沁出了冷汗，还有什么事，能让赵家倒霉？赵思程向来谨慎小心，唯一不谨慎的便是那看似狠辣聪敏，实则关键地方总是拎不清的赵璀，也只有赵璀做下的那桩事能彻底毁了赵家。

张仪正见许樱哥只是沉默地打量着自己，突地放松了一直紧紧咬着的牙关，微笑着往后一靠，将手探出去握住她的手，将她的十根手指一一掰开，低声道："你出汗了，今日天并不算热。"

"的确不热。"许樱哥垂下眼，安静地看着他的手，小麦色，掌心宽厚温热，十指修长有力，红润的椭圆形指甲修剪得十分漂亮，她的一双手放在他掌心里不过是小小一双，光看这两双手，会觉得阴阳协调，十分和谐。

"那便是急了。你对他家可还真是够尽心尽力。"张仪正收了脸上的笑容，轻轻将她的手放开，极低极低地冷笑了一声，把脸转开。她不问，他便不说，有她来求他的时候，可就算是她来求他，他也不肯。

许樱哥绞尽脑汁地想，把所有的可能性都想到了，再把所有的应对方法都想到了，然后发现她竟然没有一条可以绕开康王府就达到目的的路。开口求康王府？谁能开这个口？赵璀可是差点就把张仪正给弄死的人，这是深仇大恨，康王府若是知道了这事儿还不吭气，那这上京城中人人都可以骑在康王府头上撒尿拉屎了。事情的根源是她，是张仪正先挑的祸，若是到了一定的程度，她绝不可以坐视不理。但想出手与是否能出手，以及能做到什么地步是完全不同的概念，许樱哥轻轻叹息了一声，疲累地往后靠倒下去。

忽听得张仪正低声道："你最好不要开口。"

许樱哥抬眼看过去，但见他的嘴唇已然抿得紧薄，半藏在阴影里的脸上满是恨意，刻骨的恨。这条路走不通，许樱哥彻底死了这条心。

马车继续前行，二人各怀心事，许久，听得双子"吁"的一声，马车便停了下来。接着有人在车外道："三爷，奶奶，侯府到了。"

赵家的事情急不在这一时，当下最要紧的是完满完成回门一事。许樱哥打起精神，露出一个笑容，愉快地"嗯"了一声，马车帘子被人从外头打起来，有婆子放了脚凳，满脸喜气地边道喜边哈腰要扶二人下车。张仪正哪里要什么脚凳，利索地跳下车便一摇三摆地往前走，已是走了两步，又折身回来笑吟吟地伸手扶住许樱哥。

许樱哥对上他的眼睛，突然又觉得那灰色琉璃般的眼珠色彩更深沉复杂了几分，她看不懂并觉得莫名不安。但不管如何，只要他肯配合她，她乐意之至。

在许府下人充满期待和喜悦的目光洗礼下，新婚夫妻满脸和睦的微笑，配合良好地一路前行。张仪正肆无忌惮地四处打量着许府各处的风景，假意夸赞："岳父大人真是风雅，便是一石一木也能布置出与众不同的幽雅来。"

许樱哥微笑着低声道："夫君若是喜欢，稍后我请哥哥陪你四处走走看看。"

张仪正回眸看了看她，握着她手的手掌心微微汗湿："后院我乱走怕是不太好？"

许樱哥道："既是请哥哥陪着你走，那自是去可以去的地方。"

张仪正笑道："那娘子早年所居之处，是否可以去得？"

许樱哥低声道："我才出嫁，想必那院子还留着的，不要说是想去看看，你便是想睡上一觉也没人说你。"

"那就好。"张仪正垂眸看着道旁迎风招展的新生鸢尾叶片，突地低声道："你可知道赵璀都做了什么？"

许樱哥不能不否认，但怎么否认以及否认到什么程度都有学问。她先笑了一声："知道的。"话音不曾落下，就觉着张仪正握住她手的手紧了一紧，她无声地吸了口气，语调往下一压："他不服气，想必是做了不少让三爷不欢喜的事情，但赵侍郎家规森严，他虽不算知情识趣，但想来也不敢做得太过分……"

张仪正嗤笑了一声，可怜而嘲讽地看了她一眼："想来你是不知道的，你若是知晓他做的那些事情，想必你死了也会被气活。"

许樱哥闭紧了嘴，决意保持沉默。张仪正看了看她，张口欲言，却见许执领着许氏兄弟几个哈哈大笑着走了出来，先在二人还交握着的手上扫了一眼，随即热情地上前同张仪正打招呼："还以为你们得再过些时辰才来。"

与此同时，黄氏也笑眯眯地将许樱哥拉到了一旁说悄悄话："听爹回来说起真是吓死人，娘正愁着早饭要凉了呢，你们可就来了！阿弥陀佛，你怎么这么大的胆子！"

梨哥害羞地站在一旁，轻轻拉了拉许樱哥的袖子，低声道："二姐姐你还好？"眼瞅着一旁同许执等人大声说笑的张仪正，眼神颇有些不善。

许樱哥摸摸她耳边绒绒的碎发，微笑着道："我很好，过些天便是你生辰，又大了一岁，正好该给你看一门好亲了。"去年都是自己的缘故，让梨哥始终没能说上一门好亲，如今总算可以说一门好亲了罢。

"不和你说了。"梨哥大羞，捂着脸低喊了一声，转身往里跑开了。

许樱哥微笑着从她身上收回目光，低声问黄氏："大姐姐回来了么？"

黄氏叹了口气："回来了，正在里头同娘说话呢，武家姑爷要打仗，这些日子忙得不见影子，也来不了。正担心得不得了。"

说话间已然到了正厅，许氏族人早就济济一堂，七大姑八大爷，什么人都凑在了一起，都是来看新姑爷并吃回门宴的。不出所料的，许樱哥看到了安静地立在角落里几乎没什么存在感的许扶。许扶见她看来，满眼关切之色，许樱哥心潮澎湃，轻轻点了点头。

张仪正微笑着凑到她耳边低声道："原来我的救命恩人也来了！你们许氏家族可真是团结，今日虽不是休沐，却全都来了。"

许樱哥镇定自若地微笑道："那是，三爷说得没错。我爹叫你呢。"不露声色地将张仪正往前推了出去。

第63章 悄悄·鬼胎

应付过七大姑八大姨，姚氏趁隙抓了个机会把许樱哥弄到一旁详细询问："他待你可好？那两位待你又如何？"

许樱哥微笑道:"那两位待我么,实在不能说不好,虽不曾做得太明显,但一直都在压制他,就是皇后娘娘今日也是敲打他的多。他么,我不怕。"

　　姚氏听得皱起眉头:"怎么说的?你不怕他?这丈夫是要用来怕的?你不怕他又有什么好得意的?"

　　许樱哥的笑容凝不住,认真道:"娘教训得是,女儿知错了。"

　　姚氏沉默片刻,低声道:"早间你在御前说的话你父亲也和我说了,他……虽混账,好歹还晓得在人前护着你,多往宽处想,日子长了,性子磨了,总会好起来的。我是不怕你亏待自个儿,但过日子不能总这么下去。"顿了一顿,低声道,"早些生个儿子吧。"以康王和康王妃的身份处境来看,最恨就是乱了嫡庶,这府中嫡庶也绝不能乱。

　　若是日子过不好,这抱着儿子也不见得就能有所改善,把所有希望都寄托在儿子身上,那是没有办法的办法。许樱哥苦笑:"一切顺其自然。"她不刻意避免,却也不会刻意去求,有了便善待,没了也不失望。

　　"什么叫顺其自然?"门帘被人从外头大力掀起,"啪"地一下狠狠砸在门框上,许杏哥倒竖柳眉大踏步走进来,一把扯住许樱哥的手,骂道:"你个没出息的!"

　　许樱哥想起之前她曾板着脸叫了紫霄同绿翡过去说话,晓得她大抵都知道了,便好脾气地笑着:"姐姐觉着我这几日做的事可有什么地方不对?"

　　许杏哥将纤纤玉指用力戳上她的眉心:"我没说你这几日什么地方做得不对,回家报喜不报忧也是常理。但我和你说,什么叫顺其自然?这儿子你必须生!非生不可!"

　　许樱哥侧头让开那一指禅,故意和她作对:"那要是生了是女儿怎么办?姐姐怎地就这般瞧不上我?不靠着儿子难道我就收不服他?"

　　"女儿也好呀。"许杏哥见她躲开,狠狠白了她一眼,倒也没有继续追击,平和下声音道:"只要有了孩子,你便不觉着那些人有什么稀罕了。什么都没孩子好。"

　　观念绝然不同,许樱哥晓得对于这件事,她在这个时代永远也找不到共同者,所以并不打算说服谁,便只是微笑着应了好。许杏哥便拉着她传授经验:"那这些日子你可记得了,不要吃生冷寒凉之物,不要吃难克化的……"

　　姚氏微笑着坐在一旁看她二人说话,偶尔插上两句话,忽听得红玉在外喊了一声，道是又来了两位本家的辈分高的老人，大奶奶请她出去。姚氏赶紧起身理了理衣裳鬓发，快步走了出去。

　　一缕日光透过半垂的湘妃竹帘射了进来，把鹤膝桌上的茶水照得氤氲生烟，许樱哥看着许杏哥生动的眉眼，只觉得出嫁不过两三日的光景，却似是与她分离了几年那么久，感慨之余转换了话题："姐姐可知那张幼然是怎么回事？"

　　许杏哥微微一怔："张幼然？"听着这名字同康王府早前嫁出去的那两位县主名儿差不多，但听上去却是陌生得紧。

　　许樱哥忙提醒道："说是最小的妹子，一直就被小五牵着，宣侧妃领着，我看那模样儿有些不太对劲。那日宣侧妃一直挑着我同她说话，被世子妃给打断了。这两日我不是不想问，但总觉着怕行差踏错，不敢让丫头们乱张口。"

　　若是张仪正体贴，哪里还需要去问旁人！这混账东西，许杏哥心里隐然有气，却不敢再给许樱哥添堵，忙应道："待我回去帮你问，你别乱问了。"

　　许樱哥有心想问她武进的事情，却又不敢问，便再换了个话题："之前怎不见三婶娘？"

　　许杏哥捂着嘴笑了起来："她么，生病了。"

　　许樱哥吃惊道："前两日她不是还活蹦乱跳的？"

　　许杏哥轻轻抿了一口茶，轻声道："三叔父有意收了云霞。"

　　"云霞？不是鸣鹿和鸣鹤？"许樱哥越发吃惊，"父亲怎么说？不是不许随便收房里人和纳妾的么？"

　　许杏哥的脸上微微飞红，有些不好意思地道："那什么，三叔父子嗣单薄，身子又不好，三婶娘常常生病，性子乖张，不能尽人妻之职，又爱打骂五郎，不是慈母行径。只是房里人，照顾一下起居。"

　　这二人不和已久，分房而居也是一两年的事情了，这不是秘密。到底事关长辈隐私，许樱哥不好细究，便只好道："云霞是家生子，不是三婶娘那边的人，她愿意？"

　　许杏哥冷笑："肯定是不愿意的，但这由得她么？不懂得好歹的，以为离了她便不成？她若晓得好歹，便该收敛了，否则日后有她受的。"

　　许樱哥不知这事儿的具体真相如何，姚氏和许衡在中间操作了多少，许徕又知道了多少，为什么会挑在这个时候下这样的决心。但却知道，这兴许是冒氏最后的机会。

"开席啦。你们俩还在这里说什么悄悄话，好几个长辈已问起你们呢。"黄氏笑眯眯地自外间进来，将两个小姑拉了出去。

这回门宴办得丰盛热闹，与许家往日低调的作风截然不同。许樱哥颇有些意外，许杏哥轻声道："这是没有办法的事情……"贺王为帅，军权在握，康王才与许家联姻，正是留守在京牵制贺王的好布局。既然已经上了贼船，哪里还能低调下来？

所以康王府和皇后待她多有礼遇，所以张仪正竭力在人前和她扮演恩爱，许樱哥默然，终于还是忍不住问起武进："姐夫那里……"

许杏哥微笑："他呀，不怕，最多就是无功而返。"

"哟，说什么那，这么欢喜？"忽见冒氏打扮得素素淡淡地走了过来，亲亲热热地往许樱哥肩膀上一靠，同时微微不善地看了许杏哥一眼。

谁也没料到她会出来，许樱哥笑道："听说三婶娘身上不爽利，正想着稍后过去看一看呢。"

冒氏冷笑道："我要再不出来，这日后只怕没人记得我是谁了，五郎的母亲又是谁了。"

她的声音不小，周遭同时射过来好几道疑惑的目光，许樱哥同许杏哥都垂下眼不再说话。冒氏站了片刻，讽刺地弯着唇角自去了。

酒过几巡，气氛渐热，客人渐乱，便有女眷纷纷寻着许樱哥说话，同辈的嫂子还要闹着灌酒，许樱哥这几日着实有些疲累，之前在宫中更是不亚于打了一场仗，虽则耐心应答长辈亲戚，但总归是露出了倦容，更有些酒意上头。许杏哥见状，便笑着替她求饶，有要灌酒都替她喝了或是挡了，黄氏则趁机将许樱哥扶到了后园，道："安乐居中还是老样子，今早才使人收拾过，二妹妹可先去歇着，等到差不多了自会来叫你。"

许樱哥感激地谢过黄氏："二嫂还是先回去吧，今日客人不少，都是至亲，够你和嫂嫂忙了。要是有空还是抓紧歇一歇的好，我这里没有事。"

黄氏见她虽有醉态，眼神却极清明，便笑着交代了两句自回了前头。许樱哥不想回安乐居，便扶了紫霓的手一起在园子闲步，得知绿翡把康王府跟来的婆子招呼得极好，不由微笑道："和她说，虽要吃得高兴，但不要把人给灌醉了，回去难看。若是出丑挨了家法，也是我的罪过。"

紫霭笑道："那婢子这就去说。"

前头有个亭子，四周迎春花开得泼辣耀眼，又有蜂蝶环绕，藏在幽深僻静处，许樱哥指指那里："我在那里歇歇散散酒气，等你回来。"言罢自往前头去了。紫霭见她脚步稳健，也就放心自去。

许樱哥才坐了片刻，就见许扶分花拂柳地走了过来，兄妹二人四目相对，都有些激动。

"哥哥还好？嫂嫂和家里都还好？"许樱哥微笑着迎了上去，许扶深深看了她一眼，沉声道："极好。你，如何？"

许樱哥笑道："不错。"时间宝贵，她压低声音把赵璀之事细述了一遍，道："哥哥可知他家出了什么事？"

许扶叹了口气道："都在说赵侍郎贪墨，估计是逃不掉的，这事儿你不要管了，你管不上。"想了想，终究还是把赵璀在公主府中所做的事儿说了。

许樱哥半晌无言，只能苦笑而已。父债子还，子债父还，就是这么一个理儿。

"赵璀那边我……"许扶才开了个头，就听不远处有脚步声传来。许扶怔了怔，不及交代便转身快速离去。许樱哥抿了抿唇，继续坐在亭子里装醉静候，等了片刻不见有人过来，记起不远处有条小径鲜少有人走动，指不定人是往那里去了。于是起身出了亭子，拨开一旁倒垂下来的迎春花，顺着满是青苔的小径往园子深处走了进去。

走不多时，便看到绿柳荫下独立着一个人，正是素服装扮的冒氏。

初春的柳枝，已经长满了绿芽，最是鲜嫩活泼的时候，远远看去便如淡淡的绿云一般，被风一吹正是柔嫩似水。冒氏素服乌发，俏然立在树下侧对着许樱哥，将一方雪白的丝帕紧张地绞来绞去，不时抬眼四处张望，满脸都是不安和期待，又有十分的紧张和恐慌，便是突然响起来的一声鸟鸣，也能叫她勃然失色。

许樱哥往迎春花丛中缩了缩身子，满脑子的疑问。之前她还以为冒氏是悄悄跟踪自己或是许扶而来，现在看冒氏这模样，却又不像。此地离前院不远，偏又十分幽静偏僻，极少有人至，所以她才会选择在此处和许扶相会，看冒氏的模样，仿佛也是在等人。

阳光毫无顾忌地洒下来，暖风袭人，温度渐高，冒氏有些热了，将那方雪白的丝帕优雅地擦了擦了额角，脸上渐渐露出迷惑之色。许樱哥耐心地等待着，忽然，有一只手轻轻拍了她的肩头一下，接着就有温热的呼吸喷到了她的耳垂上。许樱哥吓了一大跳，迅速转身回头看去，只见张仪正脸色酡红，醉眼朦胧地立在她身后，一手搭在她的肩头上，一手紧紧抓着几枝迎春花，浑身的酒味扑鼻，似是随时都可能歪倒下来的模样。

怎会是他？他又如何会到这里？许樱哥瞬间想了几个来回，当机立断扶稳了张仪正低声道："你怎么……"

张仪正却已经大声问道："你怎么会在这里？倒叫我好找！"

许樱哥暗暗叫苦，眼角瞥到冒氏已经迅速回头，先是脸色煞白见鬼似的看着这个方向，随即唇边便露出了讽刺的冷笑。许樱哥暗叹了口气，硬着头皮回道："我听说三爷喝醉了，便出来接你，左接右接接不到，看到你往这个方向来了这才找了来。三爷走错路了，安乐居不在这边。"言罢装作不曾看到冒氏，扶着张仪正便要离开。

张仪正似笑非笑地看着她，眼睛里满是讽刺："我也是听说娘子醉了，心中挂怀，却不见你在安乐居中，只好问了丫头出来找你的。娘子在这里是想见什么人？"

许樱哥被他问得恼怒，心中又有种莫名的不安且堵得慌，便微笑着回敬道："想见三爷呀。没承想真的见着了。"

张仪正看了眼一直立在不远处沉默地看着他夫妻二人的冒氏，勃然怒道："你什么意思？我来找你还找错了？你不在房中好好待着，到处乱蹿做什么？"

许樱哥还是微笑："三爷没错。妾也没错，这是妾的娘家，日后便不容易回来了，喝了点酒有些想法想四处走走看看也是有的。"

冒氏轻移莲步，款款走了过来，微笑着瞟了二人一眼，将雪白的丝帕拭了拭唇角，微讽道："小两口，在长辈面前做什么恩爱！我不过是不耐烦在外头待着，来这里躲躲清净，却也要遇着你二人。我待不好意思想悄悄离去，却又恐你二人吵将起来不妥当。都压压火儿呗，外头亲戚多，听见了可要笑话。"又看定了许樱哥，冷着脸道："二侄女，不是我做婶娘的说你，做女子的便该多让着夫君，何况三爷身份尊贵，你委实高攀了！再这样不分场合地闹腾，一是给长辈添忧，二是丢了许家的脸！"

许樱哥气得一佛出世二佛升天，咬着牙微笑道："三婶娘教训得是，侄女儿给三婶娘丢脸了！"

冒氏的眼圈却突然红了，大声尖叫道："你给我丢什么脸了？我哪里有什么脸面可言？我不过也是高攀你许家的破落户而已，什么阿猫阿狗都敢往我脸上踩。"说着就朝许樱哥扑过去，流着泪冷笑道，"你们看不起我也就罢了，我躲还不成么？做什么追着来和我说什么脸面？"

许樱哥眼疾手快，迅速躲开。冒氏看似是差点就扑在张仪正身上，偏又能及时刹住了脚，有些害怕地悄悄瞟了眼张仪正已经渐黑的脸，拉起帕子捂着脸只是哭："你们尽都欺负我。"边说边夸张地打了个酒嗝。

许樱哥无语，当着张仪正的面又觉得十分难堪，沉沉叹了口气，道："三婶娘，你莫哭了。在小辈面前这样闹腾大家面上都无光。"眼看着冒氏的哭声小了，便试探着道："要不，我先送你回去？喝点醒酒汤睡一觉便好了。"

冒氏止住哭声，起身便走，冷笑道："谁敢麻烦你？我不过是如草芥般的贱命一条，怎比得你好命，青云直上？"先还哭着，转瞬间便脚步飞快地走得不见了影踪。

许樱哥垂了眼不再言语，任由她自去了。

张仪正一撩袍子，就在道旁的一块奇石上坐了下来，眯缝着眼睛懒洋洋地道："你家这三婶娘，怎地是这样的性情？我听说，那冒家当年在前朝也是数得上的人家，也是有名的簪缨世家，书香门第，他家的女儿怎地堕落如斯？我前几次见着了，也是有礼有节的多，啧啧，难道是喝醉了的缘故？"

许樱哥心头莫名窝了一股邪火，却又发作不出来。冒氏人前最爱装的，似这般不顾脸面风度地破落撒泼不要说是见着，便是她在许家这么多年也是闻所未闻。想这些年，冒氏便是再不满意，背着外人在姚氏面前闹腾时，也不过就是坐着一把眼泪一把鼻涕，絮絮叨叨地哭，何曾似这样的失态？她到底是真的心怀鬼胎生恐被揭穿，借机撒泼转移视线还是真的伤心落寞，借酒装疯撒气？

张仪正见许樱哥只是垂眼沉思不语，眨了眨眼睛，低声咳嗽了一下，探手去拉住她的手，探询道："可是被气狠了？算了吧，她是长辈，喝多了酒，外头亲戚多，又是咱们的好日子，这事儿暂且放下罢。"

他竟是这样体贴周到明事理的人？许樱哥抬起眼来静静地看着张仪正，说不出来的别扭，隐隐觉得是抓住了什么，却又觉得抓不住，更加不可能。

张仪正被她看得不自在，微微把眼睛侧开，一本正经地道："不是我说你，这虽是自己家中，但今日客人太多，此处又太偏僻，你喝醉了酒，实在不该不带人便往这里来。要是不小心跌倒或是什么的，喊叫都没人听得见，可怎么好？你可知道，适才我过来时，竟然似是看到有个男子从这里匆匆走了出去！"

真的还是瞎说的？许樱哥心头一颤，抬眼看着张仪正道："三爷说得是。此地委实清净，今日客人也太多，有人看此处风景好乱走也不定。但毕竟是内宅，不能随便他乱走，我这便使人去说一声，看看是谁走错了路。"

"也好。虽说都是族人，但要知道，族亲也是良莠不齐的。"张仪正抬头仰望着许樱哥。许樱哥今日穿的是石榴红的十二幅罗裙，腰肢被巴掌宽的宝石蓝裙带束得不堪一握，同是石榴红的对襟短襦里配着宝石蓝的抹胸，雪白如凝脂般的肌肤肆无忌惮地闯进他眼里，叫人心头某个地方蠢蠢欲动，不可遏制。张仪正用力闭了闭眼，再睁眼，看到日光从许樱哥的身后照下来，把她耳旁散碎的绒发和纤秀的脸部线条照得越发娇柔可人，微微翘起的下巴也在无声诱惑着他去捏一捏。

总是这样，总是这样，张仪正突然间觉得很悲哀，再不敢细看。他垂下眼，摇摇晃晃地站起来，哑声道："我累了。你前面带路，领我去歇歇。"

许樱哥沉默地探手将他扶住，张仪正似一摊烂泥般挂在她肩头，转眼间便似是酒意狂涌，走不动了。许樱哥咬着牙，将他一步一步扶了出去，行不多远便听张仪正"呕"的一声，吓得赶紧停住，轻轻拍着他的背低声道："要是不舒服，就吐吧，吐出来就舒服了。"

张仪正皱着眉低声道："没事儿，快走，快走，再不躺下我便要中暑了。"

许樱哥无奈，只好扶着他慢慢往前挪动，幸亏走不多远便遇到了前来接她的紫霭，主仆二人一起合力将张仪正扶入安乐居的院门。才刚进门，张仪正便重重躺倒在窗前的软榻上，转瞬间便醉得人事不省。

早有人送了醒酒汤并拧了帕子上来，许樱哥先灌了张仪正半碗醒酒汤，又替他解开衣带，这才发现他的里衣全都湿透了。紫霭脸红不敢正视，低声道："带得有衣衫，要换么？"

许樱哥摇摇头，替张仪正把上衣散开，将帕子胡乱给他擦了几下，再盖上床薄被，低声吩咐紫霭："你去看看三夫人是否回房了，是否一切安好。"

紫霭忙应下去了。许樱哥起身走到廊下的竹躺椅上躺下,一动也不想动。四处一片宁静,有风吹来,把院子里那棵已现败象的樱桃花吹得如同漫天雪飞,许樱哥睁大眼睛,眼看着满树的鲜花渐渐飘离了枝头。

　　室内,张仪正睁开了眼,沉默地看着半卷的湘妃帘下吊着的银香球被风吹得四处乱转,暗香扑鼻,幽然冷默。

第64章　爆发·葫芦

　　夕阳一寸一寸地从天边滑了下去,晚归的鸟雀叽叽喳喳在树梢闹个不休,风早就停了,整个庭院如同一幅静止的水墨画。绿翡从外头进来,看到许樱哥闭着眼安静地半卧在躺椅上,身上什么都没盖,其他人等统统不见身影,由不得有些生气,上前蹲到许樱哥身边握住她的手,还好,手心温热,并没有受冻的迹象。于是松了口气,轻声喊道:"奶奶,时辰不早,该走了。"

　　"我只是想着眯一会儿,谁想竟然睡着了。"许樱哥长而翘的睫毛轻轻扇动了两下,疲惫地沙哑着嗓音道:"可是嬷嬷们催促了?"

　　绿翡委婉道:"是,口口声声说的都是规矩,早知道还不如都灌醉了呢。"又不满道,"其他人哪里去了?"

　　许樱哥懒懒地靠在躺椅上低声道:"三爷嫌吵都赶走了,这会儿还不知道躲在哪里伤心气愤呢。你稍后拿了赏钱过去散一散,就说三爷醉了酒脾气难免有些躁。"

　　"快起来活动活动,省得受凉了。"绿翡拉她坐起,低声抱怨,"其他人倒也罢了,左右不是咱们用熟了的,紫霭那丫头怎么也这么不省事。无论如何,她都该守在一旁才是正理。她也是老人儿了,怎地还犯这种错误?至少该罚她月钱才是。"

　　"是我让她出去做事了。这是什么时辰了啊?"许樱哥看了看天色,觉着紫霭确实去得久了些,心中隐隐有些不安,只恐冒氏那里又横生波折。

　　"已是酉末了。"绿翡挽起袖子进屋准备寻水拧帕子,再寻了梳篦脂粉给许樱哥重新上妆。才进屋,就见张仪正盘膝坐在窗前的软榻上,背对着她沉默地看着窗外的许樱哥。

139

绿翡微微一忤，福了一福，低声道："三爷好些了么？是否要起身了？"张仪正回眸淡淡地看了她一眼，默不作声地自己系好衣带下了榻，自往外去了。

他脾气古怪，自许樱哥嫁过去后，从不肯正眼看她们这些陪嫁的人一眼，这当口这样对待自己，绿翡也不觉得奇怪，更不觉得生气，自顾自的在屏风后找到了铜盆清水帕子，双手端着往外走。才到帘前，就见张仪正随意盘膝坐在许樱哥脚边的青石地砖上，目视前方低声道："想来这会儿前头客人也散得差不多了，你还没和岳父、岳母说上话，要不，咱们晚些回去，你过去陪陪岳父母？外头那些婆子等我去说，没人敢说二话。"

绿翡想了想，索性悄无声息地退回去，轻手轻脚地将铜盆安置了，寻了个杌子坐下来，静静等待。

许樱哥瞥了张仪正一眼，不置可否地道："三爷的酒醒了？"

"嗯。"张仪正坐在半明半暗里，脸部线条英秀宁静。

许樱哥眨了眨眼，道："我刚才想了很多事情，后来睡着后做了个梦，梦见我们俩成了一对怨偶，老死不相见。我恨不得杀了你，你似乎也恨不得杀了我。"

张仪正一阵沉默，许久方道："为什么这么想？家里人可都盼着我们俩好好过日子，除非……是仇人，才盼着咱俩反目成仇。"

许樱哥摇摇头，低声道："我是个女人。"

张仪正有些讶异地看了她一眼，转头望着院子里那株樱桃树沉默不语。

"女人总是有种很奇妙的感觉，男人感受不到的，我们感受得到。特别是危险和耻辱。之前，遇到三婶娘的时候我感受到了，我想了又想，真是不能忍受这种感觉。"许樱哥站起身来，趴在围栏上垂眸看着廊下，廊下几只蚂蚁来回奔忙，全不知愁。

"你什么意思？"张仪正反应激烈地猛站起来一甩袖子，怒道，"说话要有根据，胡思乱想什么！我警告你啊，不要没事儿找事儿！"

许樱哥回眸静静地看着他，轻声道："我不是用眼睛去看的，我是用心去看的。你也不要乱发脾气，能不能试着和我好好说一说？你要我别胡思乱想，那你就要给我不胡思乱想的理由！扪心自问，自成亲以来，你都做了些什么？"

张仪正垂下眼睛，把脸别开。

许樱哥下了台阶，走到那株樱桃树下，发现枝头竟然已经有了几颗米粒般大小的青果，不由轻叹了一声："才出门不过几日工夫，竟然就已经结了果。"

张仪正默立片刻，缓步走到她身边淡淡地道："你要什么理由？你想问我什么？你只管问。"

许樱哥看着枝头的青果，想问却问不出来。兹事体大，一旦说错了，便是对冒氏以及许徕、许择最大的伤害，她虽有怀疑，却不能任性胡为。她有些无奈地苦笑起来："从没幻想过要和你一生一世一双人，有些事情我可以忍受，但有些事情我不能忍受。哪怕就是一点点心思，一点点，我都不能忍受。"

张仪正定定地看了她半晌，突地冷笑道："你以为什么？"

许樱哥睁大眼睛毫不退缩地对上他的视线，沉声道："三爷以为呢？"

张仪正的瞳孔缩了缩，将头低下去，贴近她的脸颊恨声道："别把小爷想得如此龌龊！小爷没有吃老女人的爱好！"

他果然是知道她在想什么的！许樱哥的心一阵狂跳，勉强保持平静，似笑非笑地往后退了一步，道："那我就放心了。您知道，再胆小懦弱的人一旦不要命了也是很可怕的。许家人大概是胆子小，但不是没有血性的。"

张仪正不知想到了什么，低头抿唇冷笑了两声，淡淡地道："这话我信。再忠厚天真的人，被欺负狠了也是很可怕的。顺便告诉你件事儿，赵璀大概死了，他不是做了心虚事儿跑到一个又穷又远的地方去当什么小县令避祸了么？那地方山贼多啊，饭都吃不饱，死人也要刮一层油下来，哪里见得了他这种细皮嫩肉的公子哥儿！"

他绝不是说假话吓唬她，绝对是真的。许樱哥的眼皮猛地跳了跳，茫然地看着地上的落花，心里控制不住地浮上一层浓重的悲哀。无关爱情，就是觉得悲哀和寒凉。

张仪正见她一改之前咄咄逼人的凶样儿，而是沉默地垂了眼立在那里一动不动，突然间十分愤怒，拔高声音道："你心疼了么？你要我这样那样，你对我又有几分真情实意在？你别不是做戏惯了，自己到底有几分真情实意都不知道了吧？别和我装！别以为我不知道你心里是怎么看我的。别以为我不知道你是个什么样的人，心肝又是何等样的颜色！"

许樱哥垂着眼默然立了片刻，转身便往外走。

张仪正狰狞了脸一把扯住她："你跑什么？我的话还没说完！你的妇道妇德在哪里？怎么，听到他死了，难过得不乐意看到我了？不敢幻想和我一生一世一双人？你和他便是约定了一生一世一双人的吧？"

许樱哥一张脸涨得通红，怒目而视，一字一句地道："因为你不配！不舒服就给我休书。受够你了！"

张仪正一怔，随即哈哈狂笑起来，笑够了，红着眼睛看着许樱哥一字一顿地道："我不配，谁配？是被你骗得团团转还对你死心塌地的崔成配，还是为了你宁愿被人唾弃且不择手段的赵璀配？想要休书？你做梦！除非我死了，否则你休想换男人！"

事情在突然间失控，并且实在是恐怖，简直不知道该怎么收场才好了。绿翡大惊失色，赶紧从里屋出来求爷爷告奶奶的相劝。却见许樱哥红着眼睛厉声道："进去！"张仪正则怒道："滚！"

绿翡看着这斗鸡似的，恨不得生生咬下对方一块肉似的二人，只是暗暗叫苦，有心去寻姚氏或是其他人来劝架，又怕她走了这里会大打出手，许樱哥会吃大亏，急得如同热锅上的蚂蚁，只盼紫霭快些回来才好。

见绿翡不走，张仪正干脆一把拽住许樱哥的胳膊，拖着许樱哥就往院墙边的角落里去，许樱哥拼命去掰张仪正的手，掰不开，便疯了似的乱挠，张仪正全没感觉似的，只是嫌烦了，索性拦腰将她一抱，抱起来就往墙边走，边走边恨声道："水性杨花的女人，我死了也不让你嫁其他人。偏不！"

许樱哥的胃被他的肩头顶得难受之极，只觉天旋地转，随时都可能吐出来，拼命忍住了，发狠冷笑道："有本事你把天下的男人都杀光了！杀不光你就不是男人！"

话音未落，张仪正便将她狠狠扔了下来，许樱哥脚下没站稳，一个踉跄跌倒下去，狠狠一屁股墩坐在了地上，背部撞上了墙角那棵枯了一半，似乎永远长不粗的老槐树，撞得头昏眼花，她干脆不动，放松了身子懒懒地靠在老槐树上，一动不动。

张仪正等了片刻不见她有动静，微白了脸试探着伸手去拉她，虚张声势地道："又想装了害我？"

许樱哥眯缝着眼看准了，猛地一巴掌打在他脸上，在他翻脸之前迅速将手捂住脸大声哭了起来。

"啪"的一声脆响，张仪正懵了片刻眼前乱跳的金星才消散过去，尝着嘴里的血腥味儿，他恍然间才明白他被打了，被这个可恶的女人打了耳光！最侮辱人的耳光！于是怒不可遏地指定了许樱哥怒声道："你找死！"

不过是指一指，一根头发丝儿都还没碰着，许樱哥便抱住头尖叫起来，泪眼里满是惶恐和害怕。张仪正的手伸了半天，不过是狠狠一拳砸在了树上。

老朽的瘦槐一阵晃动，一件东西自树上咕噜咕噜滚落下来。二人看清了那件东西，由不得都愣住了。

半是湿润的泥土里静静卧着一对指头大小的银葫芦，同样的款式花色，一个稍大些，一个稍小些，由结成了万事如意结的丝绳牢牢系在一起，丝绳本是红色，却早就褪去了华彩，黯淡而老旧，唯有那对葫芦仍然银光灿灿，仿佛并不曾受到岁月风雨的侵蚀。

许樱哥停住了哭泣，迅速弯腰捡起那对葫芦塞进袖中，看着张仪正道："我不会跟着你这莫名其妙的疯子回去的。没道理在娘家我还要忍气吞声受这样的罪。你敢打我，我便敢打你，不信你再试试！"

张仪正全没听到她在说些什么，怔怔地把目光自她的袖口收回来，哑着声音道："这是什么？"

许樱哥靠在树干上翻了个白眼："和你有关系？天黑了，恭送三爷回府。"

张仪正恨得牙痒痒，只觉得面前这个女人怎么看怎么都是可恶到了极点。勉强按捺住了，伸着手道："拿给我。"

许樱哥警觉地往树旁让了让，又是一个白眼："凭什么？我的嫁妆是我的，在康王府里，你要得问我许不许。这个更是我的，还在我娘家里，厚脸皮别开口！"

张仪正气得要死，她不给他就没办法了么，当下扯住许樱哥的袖子只管去搜，许樱哥扯着袖子和他拼命拔河，二人蹬着八字脚，都是满头大汗，大眼瞪大眼，牙关紧咬，牙齿森白，恨不得将对方活生生撕碎了才解气。

那袖子哪里经得住如此摧残？只听"嘶拉"一声响，许樱哥的袖子便被扯成两截，二人收势不住各往后仰去，许樱哥本就是以老槐树为根据地的，这一下也不过就是撞在树上而已，张仪正却是摔了个四仰八叉，狼狈不堪。许樱哥安静了一会儿，看着地上的张仪正放肆地哈哈大笑起来，笑得眼泪都出来了，还不忘将早就捏在另一只手里的银葫芦对着他得意地晃了晃。

张仪正恼羞成怒，将手里的半截袖子一甩，一个鲤鱼打挺便跳了起来，正要朝许樱哥扑过去继续抢葫芦，就听门口有人威严地咳嗽了一声，接着几声低沉断续压抑的哭声伴随一根大棒呼啸而来，逼得他手忙脚乱。

许衡领着许家一众男丁，姚氏领着两个儿媳并许杏哥直直地冲了进来，脸色各有各的精彩。女的或是在悲愤地哭，或是怒气冲冲地瞪着，男的脸色统统黑如锅底，那呼啸而至的大棒更是由许樱哥那个行四的兄弟许揭持着的，一击未中，二击又至。还有一个看着清瘦白皙，仿佛一阵风就会被吹倒的书生许抒在那里拄着根棍子痛心疾首地喊："没天理了！真正欺人太甚！竟敢在我们眼皮子下如此糟践我许家的女儿！四弟只管打，打了算我的，大不了我一头撞死在康王府的大门前！"眼看着张仪正不注意，顿起黑手一棍子敲在张仪正的头上。

张仪正又痛又怒又羞又愤又气还有些紧张，忍不住怒道："你们讲不讲理？我们不就是闹着玩儿抢件东西么？摔倒的是我不是她，打人的是她不是我，仗着人多欺负人是不是？"一边说，一边愤怒地看向许樱哥，却见许樱哥早就扑到姚氏怀里哭去了，哭得那个悲惨和山摇地动，由不得后槽牙痒了又痒。

这时又是一阵脚步声响，许家的嫡长孙、半大小子明郎快步奔来凑到许衡身边低声说了两句话，一直不发话的许衡立时威严地道："都给我住手！简直胡来！虽说被人欺到家里来了是个男人都受不了，但你们是谁？你们是读圣贤书的。南郡公不讲理，你们也要跟着他不讲理？书都读到狗肚子里去了。"

许揭和许抒立刻扔了手里的棍棒垂手老实听训，许衡这才看向张仪正："南郡公没有哪里不妥吧？"

张仪正心里如同一团乱麻，又有无数的邪火在里头乱窜，之前被许樱哥扇了耳光的地方还火烧火燎地疼，黑着脸道："岳父大人以为呢？"

许衡嘲讽地笑了一声："老朽可不敢当。"

话音未落，就见许府的大管家许山领着康王府跟来的两个管事疾步而来，那两个管事满头满脸的汗，才进来就兵分两路，一个跑去许衡面前连连作揖赔笑告罪，另一个则直奔他面前一把鼻涕一把泪地苦苦哀求："三爷可怜可怜小的们，给小的们留条命，留碗饭吃。小的上头还有八十岁的老母病弱要养，下头还有几岁的孩儿嗷嗷待哺……"

都是算好了的，张仪正晓得回去后这顿罚是怎么都逃不掉了，而且定是重罚。再看看被许家人团团围在中间的许樱哥，不由得憋屈得差点暴走。

许衡对待康王府的管事脾气真是好得没法子，先请那管事看看许樱哥的狼狈样，再老泪横流："家门不幸啊……"说到这里就不说了，家门不幸什么？家里出了个不听话的么？不是，是女儿不幸嫁了个混账，回门宴里，就在娘家，当着娘家人的面便可以被如此欺负，可以想象在康王府里又是什么光景。

那管事出门前得了康王妃的千叮万嘱，之前一颗心便一直悬着，但看到那夫妻二人笑吟吟地携手自车上而下才略略松了口气，好不容易等到天黑了，想着赶紧把人弄回去这差事也就算了啦，谁想临了临了还被这么折腾一回？自家三爷混名在外，许家却是门风严谨，回门宴，弄得人家一家子哭天抹泪，新娘子的衣袖都去了半只，摊谁头上挨打挨骂都是活该。倘若不是仰着康王府的金字招牌，只怕自己这些人同张仪正早就被扫地出门。于是一边哀叹自己运气差，一边下足了劲儿地给许衡赔礼道歉，又大着胆子去扯张仪正，低声劝道："三爷，快去赔个礼，小夫妻哪有不争嘴的？说开就好了。"

张仪正黑着一块脸站立不动。

许衡摇头叹息："嗳，嗳，那时候我就说这门亲事不妥当，我们高攀不起。回吧，回吧。"

姚氏道："去哪里？"

许衡沉痛地道："各回各房，二丫头跟着你，我换衣服去求圣上，做什么亲，怕是不出半月就要抬回一具尸体。"

姚氏大声道："那老爷便是把头磕破了也要求得圣上回心转意，可怜可怜我这命苦的女儿。"

那两个王府管事不知真假，只是晓得许家诚心要把这事儿给闹大了。人家没觉得女儿嫁了人就回娘家闹和离是什么丢脸的事情，人家觉得女儿的生死安全才是第一位的。圣上当初配了这门亲，人家虽不乐意但还是嫁了，现在说到哪里也不是错。但如果真的由着许衡去，他俩今日也别想回王府了，于是那二人对视一眼，齐齐抱住张仪正的腿哀哭起来。

张仪正木木地站了会儿，抬起眼来看着许樱哥："做人要公道，你自己说，我打了你哪里。"

那两个管事听他开了口，齐齐松了口气，这个台阶虽然找得不是地方，但最少说明他不是不可救药并且不是真的想把这门亲给彻底毁了。于是又转换了攻击对象，对着许樱哥拼命磕头："三奶奶，求求你了，三爷喝多了酒，小夫妻俩一言不和闹点别扭是常有的，但不能一下子就恩断义绝呀！"

姚氏却根本不给他们表演的机会，上前一步挡在许樱哥跟前冷冷地道："南郡公这话问得可真好笑。在场的人但凡是有眼的，都能看到樱哥的袖子去了半截，披头散发满脸泪痕。郡公说您挨了她的打……"一双利眼轻蔑地从张仪正身上扫过，讥讽道："您可是骑马打仗的猛将，我们樱哥是手无缚鸡之力的娇弱女儿，谁信？"

许樱哥手无缚鸡之力？张仪正越发觉得牙疼，有心想将被许樱哥挠得稀烂的手背亮出来又着实没那个脸，想说自己其实挨了许樱哥一耳光，更没那脸。便死死咬着牙瞪着许樱哥道："我问你话呢，你说不说！不要敢做不敢当。"

许樱哥垂着头不说话，姚氏冷笑道："好呀，当着我们的面便如此威逼恐吓，可见我们看不见的时候又是何等光景。康王府是天潢贵胄，但我许氏一门也是百年望族，女儿不容人如此糟践！请回吧！我家庙小，容不下您这尊大佛！"言罢袖子一挥，拥了许樱哥，带了一群女眷扬长而去。

张仪正眼看着许樱哥随着许家人头也不回地扬长而去，再看到紫霭鬼头鬼脑地在门口一晃，便知今日事情就全败在鬼丫头身上，由不得恨得一阵发晕。他晕也好，恨也好，走也好，留也好，许家人是转眼间便走了个干干净净。安乐居里便只剩下他同那两个管事大眼瞪小眼。

天却是黑尽了，那两个管事低声商量片刻，走过来道："三爷，要不先回府，听王爷王妃怎生安置？不能由着忠信侯进宫的。"

张仪正戾气上头，大声道："我不走！赶我我就走？想甩我就甩我？分明就是个阴谋！你们眼瞎了看不出来么？他们设圈套让我钻，就是想害我算计我！小爷偏不上这个当！除非把我横着抬出去！"

那二人对视一眼，无奈摇头，只能兵分两路，一个跑回去报信搬救兵，一个则跑到大门口去守着，打算只要许衡想出门便死皮赖脸也要把人给拦下，至于张仪正会不会在这里继续发疯，那是顾不得了。

第65章 有病·和好

凉风渐起，明月生辉，安乐居中杳无人踪，黑灯瞎火，仿佛被整个世界抛弃了一般的静寂。张仪正在黑暗里默默坐了许久，起身走到那株老槐树前利索地爬了上去，就势坐在树桠中间，将手伸入树腰上的树洞里掏了又掏。先是掏出一个白玉弹子，又摸出一朵珠花，再摸，便只剩了个空鸟窝。

他记得这里面藏的东西远远不止这么点，说过每人每年藏一件，等到娶她过门时再一并取出来，看谁的东西最好，可不过是过了短短的一年半，便只剩了这几件东西。张仪正茫然地把手拿出来，把身子藏进老槐树的枝枝叉叉、光秃秃的树枝中，沉默地看向夜色里灯火辉煌的许家主院。

他们是沐浴行走在阳光下的，他是藏在黑暗里的，披着别人的皮，穿着别人的衣服，睡着别人的床，享受着别人的荣华富贵，却是胆战心惊，如履薄冰，便是睡觉也不敢睡得安稳，只怕一句梦话便会走漏了风声，只怕一不小心就给人狗血淋头烧成了渣滓，更怕一不小心就被心眼比他多了很多的那些人咽下去骨头都不剩。

许家一直都是对的，当初及时降了今上是识时务明智冷静，也是忍辱负重保全门生家人，更是为了许衡之后拿出来的若干个休养生息富民利民的大策。只有他家，一直都见不得人。

故旧们那表面上亲热巴结，实则暗藏鄙夷警惕防备的目光令他打小就记忆深刻，没有人主动和他玩，更没有人乐意让他去自己家里玩，除了许家的大门一直朝他敞开，除了许衡会教他读书，除了许樱哥会陪他玩，除了赵璀乐意和他分享自己的秘密，除了许扶这个年长他许多、会带他和赵璀外出郊游并温和指点他武艺学问的大哥哥，除了呆傻的王书呆把他引为至交好友以外再没有其他人。可便是王书呆如此喜欢他，王中丞家里也是不欢迎他去的，偶尔去过一次，却只得到王中丞冷淡得不得了的一个白眼。

他很小就知道他只是旅居上京的一个陌生人，所以他特别喜欢这个宅子和这个宅子里的人，特别喜欢和崇拜竟然肯把漂亮女儿嫁给他的许衡和姚氏，更喜欢总是会悄悄偷看他，等到他回头便又皱起眉头满脸不耐烦，却始终也没把他赶走的许樱哥。他本以为他何其幸运，他本以为他得到的是宝，谁知道竟是引入家门的祸水，想到父兄临死前说的那些话，张仪正把潮湿的脸埋入掌中，久久不肯抬头。这是为什么呢？他想不明白。

　　不知过了多久，有人打着灯笼疾步奔来，冲入院中左右张望搜寻并低声喊道："三爷？三爷？"

　　张仪正不想回答，厌倦而疲惫地更往树桠里缩了缩。

　　那人在院子中默然立了片刻，轻轻叹了口气，转身离去。张仪正靠在老槐树的树干上，看着那盏随风飘摇的灯笼慢慢地飘远了，天地间便又只剩了他一个。想不明白的事情总要弄清楚，但却不能再这样被动下去。张仪正看着天空那轮皎洁的月亮，沉沉叹了口气。

　　"不见了？"姚氏的两道细眉一下子挑了老高，随即怒道，"一个大活人，难不成还会飞了不成？"康王和康王妃轻车简从地赶来解决这事儿，人犯却在她家里突然消失不见了，这是怎么个说法？

　　许杏哥轻声道："指不定是翻墙出去了？赶紧使人去找找？"虽然有些匪夷所思，但张仪正这人是从不按常理做事的。要是那混账一个想不通，又和从前一样突然间走个干干净净，那许家才是有理也说不清。

　　"他不会走的。"许樱哥趴在桌上低声道，"也许是在屋里躺着呢，只怕去寻的人害怕，也没敢好好找一找。请大哥多带几个人，多提几盏灯笼，屋里屋外地搜寻一番就是了。"

　　姚氏深以为然，立即叫了人如此这般地吩咐了一回，便耐心坐在房中等待消息。见苏嬷嬷从外头疾步进来，便转头询问苏嬷嬷："如何？"

　　苏嬷嬷低声道："康王妃要见夫人，大奶奶同她说夫人气得卧床了，她便说想看看二娘子，大奶奶说二娘子羞于见人，哭了一回睡下了，康王妃便说，二娘子总是她的儿媳妇，便是儿子做了对不起儿媳妇的事情，婆婆前去探望开导也是该的。小两口床头打架床尾和，有什么可害羞的？"

　　姚氏由不得抿紧了唇。今日这事儿虽着实是有借机闹大，狠狠给张仪正一个教训的意思，但到底许衡最后也没能进宫，今上暴虐，喜怒无常，若是在这关键时刻闹太大，闹得后方不稳，许樱哥被迁怒是一定的，吃亏的还是她。康王与康王妃这次轻车简从，遮遮掩掩地来，又何尝不是给双方留面子，留余地？若是此时自己坚持不见康王妃，也不让许樱哥见康王妃，日后这婆媳间又如何相处？

　　总要给康王妃一个台阶下才是，毕竟混账的是张仪正而不是康王与康王妃。还没到决裂的时候，许衡见得康王，自己当然也见得康王妃，姚氏起身抿了抿头发，坦然道："我去见她。"回头吩咐许杏哥："把你二妹妹送到你二婶娘那里，让梨哥和她做个伴，你也该回去了。"

武进要去打仗，许杏哥家里正是忙乱的时候，何况如郎早就在乳娘怀里睡着了。许樱哥赶许杏哥走："送什么送？我自己过去就是，又不是找不着路。姐姐还是赶紧回去罢，撞上了康王府的人你也尴尬。"

许杏哥见她虽没什么精神却十分冷静，相信她果然也没事，便抱歉道："那我先走了。不要气着自个儿。"

许樱哥应下，与许杏哥一同出了正院，告别后，自己领了紫霭同绿翡往梨哥的院子而去。整个许府此时静悄悄的，四处不闻人声，安静无比，她却知道前面的正厅里此刻定然是交锋得厉害。当下之时，她肯定是还要回康王府的，但怎么回去，回去后又该怎么过，都需要好好想一想，仔细筹划，毕竟这桩亲事比她当初所预料的难度大了许多。

孙氏喜欢清静，所居之地离姚氏所居的正房有些远，仆从平日间无事也不敢随意到这边走动喧哗，故而许樱哥主仆三人一路行去，竟然是不曾遇到半个人。许樱哥便问紫霭："你怎地去了那许久？"

紫霭道："婢子按您的吩咐去看三夫人，听说三夫人已是醉酒不舒服躺下了，什么人都不肯见的。正要回来，就被小五爷给缠住了，说是想来寻您，不得已，多留了一会儿哄好了他才敢走。"说到这里，压低了声音不安地道，"回来就发现有些不对劲，婢子就没进去，自作主张去请了老爷和夫人……"想到张仪正那凌厉一眼，心中便有些胆寒。

许樱哥拍拍她的肩膀："日后尽量躲着些吧。等过些日子，给你寻门好亲派出去就好了。"想想又交代二人，"王妃必然会找你二人问话，怎么问，你们就怎么答，不要添油加醋，也不要说谁是谁非。记得了么？"

主仆三人正说着话，忽见小路尽头走出一个人来，直直地看着许樱哥道："我要找你说话。"正是那遍寻不着的张仪正。

他不过是第二次来许家，如何就能如此顺利地把自己给堵在这里？许樱哥吃了一惊，平复下心绪道："是要说话还是要吵架？"

张仪正耷拉着肩膀低声道："说话。不吵架，也不动手。"

许樱哥见他半垂着眼，嘴角耷拉着，垂着两只手，怎么看都是一副疲倦落魄的模样。虽不敢全信他，却也不肯不信他，便示意满脸警惕的紫霭同绿翡俩走开，领着张仪正走到道旁的玉兰树下低声道："说吧。"

张仪正方低声道："日后我再不和你闹腾了。"

许樱哥微微一怔，随即低声问道："为什么？"

张仪正看了她一眼，抿着唇垂了眼不说话，许樱哥也不催促，安静地等待着，良久，张仪正方道："我有病，会莫名烦躁，烦躁起来就控制不住，上一次的时候被人打了脑壳……"

许樱哥大吃一惊，仔细想想越想越是那么一回事儿，由不得手脚心都冒了冷汗，莫非真嫁了个病人？却又听张仪正轻声道："你放心，她只是想求我给她哥哥一个好职位，提拔提拔她娘家。"

冒氏的兄长去康王府任了个闲职，这事儿许樱哥也是知道的，还知道冒氏提都不许提，而许徕非常不高兴。她沉默许久，勉强表示相信："那三爷也不该如此狂放不羁，有什么让我去说不成么？"

张仪正道："是。我当时喝多了酒，没想那么多，以后再不会了。"他没再提许扶的事情，许樱哥也就不再追问，二人一时相对无言。

前面飘来一盏灯笼，许樱哥猜这是孙氏知道她要过去所以使人来接，便示意紫霭先上去挡着，转头问张仪正："三爷是否还有话要同我说？"

"我回去后就治病，日后也少喝酒。"张仪正抬头看着她低声道，"你我都知道这亲事轻易算不掉，不如，我们一起回去吧？反正说到底，你也没吃亏。"

许樱哥轻声道："是，你推搡我，我便把你的手挠了稀烂，你把我推得跌了一跤，我便打了你一耳光，你抢我东西，撕我袖子，便又跌了一跤，还被我家里人敲了两棒子。算起来我是没吃什么亏。"

张仪正试探着伸手去拉她："既如此，你消了气，与我一同回去如何？只要我们俩不闹，大家的日子都好过。"见许樱哥不说话，便又道，"说到底，咱们两家已经是一条绳子上的蚂蚱……咱们就别为难长辈了。"

许樱哥任由他握着手，半垂着头低声道："看起来我是没吃亏，可是我心里憋屈……"话音未落，两滴大大的眼泪已经掉了下来，"我那时候和你说过，是想好好过日子的，你也曾当着人说过，心里有我，非我不娶，可是你看你都做了些什么？你便是不喜欢我，为的是旁的，也不当如此待我。你和我好好儿地说，难道我还会去纠缠你不成？相安无事总能做得到，这样闹着，两人都吃亏，两家人面子上更难看。我何曾又想为难长辈？但我不过是个女子，女子本弱，再不知道还手，再不知道依靠长辈，只怕要被你弄死……"

张仪正垂头望着脚尖沉默不语。只听许樱哥又道："新婚那日你打了韩彦钊，后来你说要杀了安六，我都是极欢喜的，上一次，在庄子里，你让我藏好自己跑出去送死，我也一直记你的情，早知道这样，当时你不如让我死在那里才好呢……我和你有多大的仇？要说我做错了什么，这辈子做错的不过就是和崔成定亲又退婚……"

"别说了。"张仪正哑着嗓子打断她，拉着她往前走，"既然说了不吵不闹，过去的事情就不提了！"

许樱哥甩了两下没甩开，也就跟着他往前走，一边走一边道："以后你再不会用丫头来恶心我？"

张仪正不耐烦地道："不会！"

许樱哥又得寸进尺："那其他人呢？"

张仪正站住脚，眼神分外复杂地看着她，许久方轻声道："不会。"

许樱哥的脸上便露出笑容来："你不骗人？咱们拉钩。"

又要拉钩？张仪正茫然而悲凉地看着月光下那根莹白的手指，深深吸了一口气，缓缓道："生在皇家，有许多身不由己……我只能说，我不会去主动招惹人。"

这话不假，想他什么山盟海誓，便是发了也是骗人的。许樱哥笑了笑，利索地将手收回，又朝紫霭使了个眼色。紫霭得令，立刻虚掩着往前头奔去报信，绿翡则同孙氏派来的人打过交道后拎了灯笼沉默地跟在后头。

月光如水，暖风袭人，玉兰花瓣被风吹落在地，簌簌作响。许樱哥跟在张仪正的身后，踩着自己的影子，握着手里那对银葫芦，一步一步走得格外认真。命运如此，她信命却不认命，不论当初如何，崔成已经死了，她却总是要好好活下去的。

许府正堂里灯火辉煌，许衡、姚氏并康王、康王妃各分宾主安坐，气氛并不如其他人所想的那般剑拔弩张，虽然沉重却还算和谐。两家本没有世仇，又是上了同一条船的，也没有谁是偏执狠固的，该说的已经说完，剩下的不过是细节上的处理。姚氏试探着提出自己的要求："虽说女儿总是要嫁人的,但樱哥是我的小女儿,她嫁了后我竟然睡不着,不如留她在家里住两天?"

新婚不过三日的新嫁娘来了娘家就不肯回婆家,可以想见张仪正的名声又臭到了什么程度,康王妃的脸色有些难看,康王却将手一挥,爽快地道:"行!虽然出嫁了,但尽孝道也是应该的!"

姚氏眼里才露出几分喜色来,就听康王话锋一转:"小三儿不懂事,气坏了岳父母,让他跟着一起尽尽孝道罢!"

姚氏顿时有些傻眼,这意思竟是要让张仪正留在许家住下来?还没拿定主意要怎么办,苏嬷嬷就走进来贴在她耳边轻声说了两句,姚氏想了想,微笑着道:"咱们都是瞎操心,俩孩子又好了。正往这边来呢。"

张仪正那是什么脾气?从来都是得理不饶人的,谁都不信是他主动去寻许樱哥赔的礼道的歉,都只当是许樱哥温婉大度给了双方台阶下。待那二人出现,只见张仪正的脸色十分难看,虽肯认错却十分别扭,许樱哥却神色平静,礼数周全,康王与康王妃便是不曾深究到底谁是谁非,也十分惊诧并满意于许樱哥的稳重识大体。

当着亲家的面,康王不好教训张仪正,只狠狠瞪了张仪正一眼,低声道:"仔细你的皮。"往日里他只要一瞪张仪正,张仪正便十分害怕,偏今日张仪正还眼都不抬,只耷拉着肩膀沉默地站在那里。康王妃最是心疼儿子,看他的模样便知道他不好受,可又着实痛恨他胡闹得过了头,便忍着不去看他,只拉着许樱哥的手嘘寒问暖。许樱哥也十分配合,看上去竟然其乐融融了。

事情既然和平解决,康王与康王妃便再没有留下去的必要,当下起身告辞。送走这两尊大佛,许衡淡淡地瞥了张仪正一眼,不容拒绝地道:"还请南郡公随老朽前往书房一叙。"

张仪正行了一礼,默默跟在许衡身后转身入内。许扶自街角转弯处的阴影里慢慢走出来,透过渐渐合拢的许府大门仇恨地看着张仪正的背影。夜风将他身上淡青色的袍子吹得猎猎作响,他猛地把袍角往下一甩,转身快步消失在夜色里。

安乐居里,许樱哥轻巧地替姚氏捏着肩膀:"我总是让爹娘操心。"

姚氏叹了口气,轻轻拍拍她的手:"母女间说这些作甚。你也累了,既是回了娘家，便不要操心其他事，先去泡个热水澡，明日想睡到什么时候就睡到什么时候，想吃什么就和你嫂子说。你做得很好，你的公婆不是一般的公婆，他们不会因为你退让隐忍而鄙夷你，只会记得你今日的大度体贴。"

"是他先寻我赔礼道歉求和的，我想着也没吃什么亏，和我闹别扭的是他，而非是其他人，既然他服了软，僵持下去对大家都不好，所以便跟了他来。"许樱哥挨着姚氏坐下来，将手抱住她的腰，把脸贴在她的背上，嗅着姚氏身上温暖的芬芳，不知不觉间泪流满面："他说赵璀死了。"

姚氏怔了片刻，反手抱住许樱哥，一下一下地抚着她的背，轻声道："莫哭莫哭……"又小声道，"想来赵家覆灭在即，赵窈娘必然会去求你，你可别犯傻去替他家出面，只让她来寻我们便是。"

春夜里，气温总是变化无常，先前还暖风袭人，入了三更便阴寒刺骨，张仪正疲惫地拖着步子自许衡的书房里出来，沉默地跟在小丫头的身后走入安乐居中。安乐居里全不似之前黑漆漆的模样，廊下灯笼亮亮堂堂，屋内灯火通明，暖香扑鼻，又有绿翡等人小心伺候，才进门醒酒汤、热茶、热帕子便挨个上阵，与早前的待遇不可同日而语。

许樱哥答应要与他和好便是真的和好，这从丫头的反应上看得出来，只是她本尊却始终不见影子，张仪正将热帕子盖住脸，仰头靠在椅子上低声道："三奶奶呢？"

绿翡的眼睛闪了闪，道："三奶奶身上疼痛，久等三爷不至，便先睡下了。"想了想，又作势道，"三爷可是有事要寻奶奶说话？要不，婢子去将她唤起来？"

张仪正闷在帕子里冷冷地道："装腔作势。"

绿翡恭顺地弯腰道："三爷教训得是。"

张仪正郁闷之极，刚取下帕子便看到紫霭自里间出来，扶着墙壁悄悄儿地往外溜，有心刁难她一回，但又觉着和两个丫头认真实在掉份，也着实不想再生事端，便只作不曾看见，意兴阑珊地自去了屏风后头冲洗。洗完见无人及时递上干净帕子并衣衫来，索性湿淋淋地趿拉着鞋子走出去，直接进了许樱哥的卧房。

房内不过留了一盏羊角小灯，透过淡青色的纱帐，可以看到许樱哥背对着他面里而卧，似是早就睡熟了。张仪正沉默地站了一会儿，慢慢走到床前坐下。

许樱哥悄悄睁开眼睛，这张雕花填漆床乃是她做姑娘时用的，实在不宽，她一个人便占了一半，张仪正再坐下去更是半点空隙都没了。帐子再垂下，便觉整个空间逼仄得很，便是呼吸也有些不畅。她当怎么办？是表示关心，还是继续装睡？许樱哥想了许久，终于在张仪正掀开被子准备躺下的时光坐起身来，也不多言，先就取了块帕子盖上张仪正还滴着水珠的头，先替他擦去水渍，再轻柔地拿捏起穴位，轻声道："既是病着，就不该湿着睡觉。身体重在保养……"

张仪正不语，微闭了眼睛靠在她怀里，安静顺从地任由她捏着。许樱哥也就不再多言，沉默地忙碌着。帐后的金漆香鸭吐出的百合香甜美迷人，窗外安静如斯，又有月华似水射入窗内，气氛安宁而美好。

张仪正突然低声道："先前那对葫芦是你的？"

许樱哥的手微微一顿，毫不迟疑地道："是。"

张仪正又道："怎会藏在树上？是否里面有什么故事？"

第66章　旨意·剩饭

从前的故事么？许樱哥垂眸低声道："不过是个小时候的小玩意。葫芦，福禄，听说是挂在树上便可有福有禄。想嫁个好人，想过安宁的平稳日子，于是就藏了。"

想嫁个好人？想过安宁的平稳日子？张仪正讥讽地翘起唇角："谁和你说的这种鬼话？你那般聪明，居然也会信这个？看吧，结果真不幸呢，遇到我这个混蛋。"

许樱哥垂下眼默默整理着被子，并不搭话。

张仪正坐直身子伸出手，放柔声音道："给我看看。"

许樱哥微微蹙起眉头："没带在身上，一时想不起放在哪里了，明日再寻好么？"

张仪正看她两眼，猛地起身下床，直奔梳妆台将她的梳妆盒用力拉开，翻找许久后拎出那葫芦来，得意扬扬地道："这不是？"

他这时候倒是挺聪明的。许樱哥撑起又缓缓坐下去，微笑道："原来是放在那里了。"

张仪正一边把玩，一边打量着她的神情，笑道："你哄谁呢，欺负我没见过银子？放在树上多年的东西，还能有这般光鲜？"

许樱哥笑笑，并不解释。

张仪正随口道："你嫁的人是我，福禄都在我身上，就给我吧。"

许樱哥垂下眸子，唇角露出浅浅一个微笑："三爷要是不嫌这东西粗糙，又有什么不可以的？上头的结子有些旧了，等我新打了结子再给你如何？"

张仪正默了片刻，突然有些意兴阑珊，随手将那对葫芦扔回梳妆盒里，回到床上躺下一口吹灭了灯，淡淡地道："睡吧。"

许樱哥侧身向里，听到身后的张仪正微微打起了鼾，眼角由不得的湿润起来。可也不过湿润而已，她用力擦干眼泪，闭上眼睛认真睡觉，明天又是新的一天。

一夜风疾，一夜花落。天色微明，许樱哥从梦中醒来，才翻过身就对上张仪正的眼睛，他就在那里看着她，也不知看了多少时候，见她看过来，非常自然地道："明日便要誓师，府中事情太多，我们今日便回去罢。"

许樱哥想了想，点头道："好。"

他实不愿在这里久留，张仪正隐然松了口气，撇开眼起身下床："宜早不宜迟，这便使人收拾东西。"许樱哥应了，将睡得松散了的发髻打散，用手指轻轻梳了两下，出声唤人。

灯光亮起，张仪正沉默地盥洗梳头装扮，其间不曾说过一个字。许樱哥惊讶于不过过了一夜，他便变得如此沉默，少不得多看了他几眼，却见他眼睛微肿，眼里有血丝，一脸的晦暗，便道："可是夜里睡得不好？"

张仪正一怔，随即飞快道："你这张床这么窄！哪里够睡！都是你惹的我，看看我这双手，这几日都不敢见人了！也不知道让父王母妃知晓，会怎么看待你这个贤良大度的儿媳妇！"

这样才正常，许樱哥笑了起来，也不理睬他如何的张牙舞爪，取过药膏拉了他的手替他上药，张仪正却也不挣扎，摊着两只爪子由她收拾。

不一时，绿翡进来道："老爷天不亮就进了宫，夫人这时候已经收拾妥当了。"

许樱哥便拉张仪正起身:"快些,该去请安了。"

姚氏房中灯火通明,傅氏与黄氏早就随侍一旁,紫檀木桌上满满一桌各式小菜点心,大半都是许樱哥爱吃的。见他夫妻二人进去,傅氏含笑迎上来:"听厨房说你们没传早饭,我便自作主张让人送到这里来。樱哥的爱好我们是知根知底的,只不知南郡公这里……"

张仪正老老实实地给傅氏行了个礼,谢道:"谢大嫂操劳,我什么都吃。"顿了顿,低声道,"还请大嫂日后该怎么称呼就怎么称呼,'南郡公'听着怪生分的……"

姚氏极其满意于他的转变,赞许地点了点头,受了他二人的礼,嘘寒问暖了一回,温言招呼他二人用饭,自己婆媳三人则在一旁说两句开心的话调节气氛。许樱哥自是不客气的,吃得心满意足,心花怒放,张仪正不过是略略动了两筷子便放了筷子。

姚氏见他泥雕木塑一般地坐在那里,心里暗暗叹了口气,笑道:"难得有这个机会,樱哥领着姑爷在园子里转一转,消消食,熟悉一下,省得日后来家东西南北都分不清。"

张仪正也不说话,就看向许樱哥,许樱哥斟字酌句:"明日誓师,府中多事,我们想先回去了。"

姚氏微怔,眼里露出几分失望来:"这便要回去了?"

张仪正这才起身行了个礼,恭恭敬敬地道:"回岳母大人的话,小婿不孝,扰得各位尊长不安,想必家中父母亲也是一直牵挂着的。不说家中多事,早点回去也好叫他们安心。岳父母这里,改日闲了小婿又送樱哥过来尽孝,若是岳父母想女儿了,只管派车来接就是。"

姚氏见他说话斯文有礼,那点不快渐渐散了,到底嫁出去的女儿泼出去的水,她也留不得许樱哥一辈子,索性高高兴兴地应了,又叫傅氏同黄氏把替许樱哥备下的各色礼品装车,打发许樱哥与张仪正去同二房、三房道别。

二房都是勤奋人儿,老早就起身了的,孙氏才听说二人来便领着梨哥亲自迎了出来,但到底性情寡淡,也怕落了话柄说她刻意讨好康王府,只说了几句宽怀勉励的话便打发他二人回去,梨哥红着眼睛一直将许樱哥送到三房附近方依依不舍地去了。

三房今早格外安静，里外绝不闻人声，更不见下人走动，许樱哥含笑看着张仪正道："只怕我们来得不是时候。"张仪正生气地瞪了她一眼，道："你这样看着我做什么。"

许樱哥便收了脸上的笑容，示意紫霭上前通传，门开处，梳了妇人发式的云霞满脸恭谨地快步迎了出来，含笑行礼道："婢子给二姑奶奶、二姑爷道喜。三爷在书房里候着的，这边请。"

许樱哥敏锐地捕捉到"书房"二字，心想自己出嫁便已是客，论理许徕怎么也该与冒氏一道将自己夫妻二人迎入正厅慎重相待，如今却是要去书房，而非是正厅。便含笑小心试探道："昨日听说三婶娘身上不太爽利，本早就想过来探望，只是事情太多耽搁了，不知是否好些了？"

云霞目光微闪，抱歉笑道："夫人昨日傍晚本已好些了，入夜之后突然又犯了旧疾，不得已服了安神汤，此时……还不曾醒来呢。三爷适才已经使人去唤，只是贵客临门，梳妆打扮总要花点时辰，怠慢了贵客实是不好意思。"

许樱哥心知肚明冒氏非是病了，而是心虚不敢见自己，故意托病躲开，却也不逼，微笑着轻轻放过了："不必叨扰三婶娘了，养病才是大事，下次归家我再来看她也是一样的。"

云霞松了口气，脸上笑容越发真诚恭敬，低声道："二姑奶奶体谅。"说话间到了许徕所居的书房前，只听得里面许择奶声奶气地诵读经书，许樱哥由不得笑了："三叔父也是的，这才什么时辰呢，你便拘着他读书，当心把小五弟给关闷了成了书呆子。"

许徕含笑迎了出来，威严地扫了张仪正一眼，淡笑一揖："南郡公……"

张仪正脸色微红，忙忙地道："三叔父折杀晚辈……"

许徕不卑不亢地道："郡公出身高贵，本不当以寻常人家理论，请里面上座敬茶。"但他本不是酸腐古板之人，几句话下来便显出十分亲热体贴。

许徕越是亲近，张仪正便越是不自在，时不时地看向许樱哥，许樱哥只顾含笑去逗早就上来歪缠她的许择，把一个小小的银弹弓塞给许择，姐弟二人说得兴高采烈，许择激动到差点结巴。许樱哥抚着他的背笑道："慢慢说，不急，莫非是想成个小结巴？"眼角瞟到张仪正的坐立不安状，由不得微微冷笑，早知今日何必当初？眼瞅着火候差不多了，方起身告辞，许择当场便流了眼泪，拽着许樱哥的袖子只是不放，被云霞一把抱起走入后室，再不许出来。

许樱哥与张仪正一前一后走出院子，漫不经心地道："我这三叔父，早年不幸，却从不抱怨，反而比别人更多了几分傲骨与志气，这些年修书撰文，勉强也算是名满全国，家里人虽不多说，其实都以他为傲，他却从不在人前装腔作势的。只要与他交往过的人，谁不说他好？我记得四叔也是极推崇他的。"话锋一转，微笑道："不知三爷觉着他学问为人如何？"

张仪正突地有些羞恼，道："你有完没完？"

还不算是不可救药。许樱哥见好就收，含笑把话题转过。

闲话少说，二人带着大包小裹赶在午饭前回了康王府，才刚进门，就见四处欢天喜地，气氛与之前颇有些不同。张仪正诧异，随手抓了个管事相询："怎么回事？"

那管事笑得见牙不见眼："回三爷的话，大喜，宫中给四爷赐婚了！"

相比下人的兴高采烈，宣乐堂内却没什么欢乐之气。曲嬷嬷一脸严肃地守在帘外，室内康王妃端坐榻上，神色平静，语气温和地同坐在下首的宣侧妃说话："小四能得宫中赐婚，实是喜事一桩，冯家大娘子咱们也是经常见到的，那是个很不错的孩子，亲上加亲，也是一门好亲。"

宣侧妃精致美丽的脸上有些微僵硬，却还是温婉恭顺地笑着："王妃说得是。"

"抛开这些不谈。"康王妃垂下眼喝了一口茶，道，"实际上这门亲事不是家门之幸。"

宣侧妃飞速瞥了她一眼，小心翼翼地道："这……？"

康王妃抬眼威严地看着她，淡淡道："冯府早就有意与我们结亲，何故王爷和我一直不曾松口，宫中也从来不闻不问？"

当初冯家人包括冯宝儿在内，一心想嫁的就是张仪正，如今这丫头却莫名成了自己的儿媳妇，冯家虽然势强，但这感觉竟似是捡了张仪正的剩饭吃一般的。宣侧妃本就十分羞恼，此刻被康王妃这样一说，倒像是还要指责自己违逆了康王之意在背后暗自操作一般的，羞愤中更多了几分冤屈，却不敢做在脸上，只得干笑一声道："妾见识浅薄，还请王妃指点。"

康王妃冷冷地道："圣上虽老，壮心不已。我们本就站在风口浪尖上，背后窥伺之人不知凡几，冯家多年来深得圣上信任，手中尽握京畿兵力三分之一。才刚与忠信侯府结亲，便又要与冯家结亲，这是要把王爷放在火上烤呢！也不知这亲事是谁在背后捣的鬼，你告诉小四，让他注意了，少出门，少惹事，休要让人钻了空子。"

要说最爱惹祸的便是那个陪新媳妇回门也能在岳家打得鸡飞狗跳，这会儿还没回来的混账东西吧！果真是同人不同命，正室肚子里出来的就要金贵些？她生的就是贱人？就活该被人踩？宣侧妃气得发抖，大着胆子抬起头来看着康王妃道："王妃说得是，只是妾本来就是个不入流的侧室，自己知道身份，寻常也不出门，更不要说是入宫求见贵人图谋什么，这小四的亲事还一直痴想着能得王爷和王妃替他精心挑选一个呢，谁也想不到小三的喜事刚办这宫中便赐了婚！"

康王妃淡淡地扫了她一眼，半点不为她的激愤所动，平静淡定地道："你想多了。咱们是一家人，祸福与共，说得难听点，便是一条绳子上的蚂蚱，谁也蹦跶不掉。我不过是担心小四，让你这个做亲娘的多多提点他，防患于未然。"

宣侧妃憋了片刻，突地又泄了气，将帕子按了按眼角，委屈地道："要不，我让小四入宫求见圣上，拼死也要把这门亲事给推了，断不能拖累王爷和世子。"

康王妃额头的青筋猛地跳了跳，将手里的茶盏往案几上重重一放，冷声道："你若想闹腾，只管去，但要想清楚。"

屋内的空气一时凝固起来。宣侧妃将帕子拧了又拧，眼泪犹如断线的珠子般稀里哗啦落个不停，哽咽着道："这也不行，那也不行，那倒是要我们娘俩怎么办？"

康王妃冷眼看了她片刻，冷笑道："你若真想做点什么，我便给你指条明路，那冯家大夫人不是你的亲姐姐么，姐妹之间还有什么不好说的？冯家向圣上表忠心的时候到了！"

宣侧妃立时收了哭声，怔怔地看着康王妃，嗫嚅道："妾的姐姐哪里做得主……冯家都是冯老将军与老夫人说了算的，我姐姐生性懦弱……"谁都能嫌弃冯宝儿，就是她这个做姨母的不能，哪怕是心里真觉得不好，也不能明着去拒绝这门亲啊。

康王妃便懒懒地垂了眼皮："事情已经到了这个地步，多说无益，你让小四按我说的办就是。这，也是王爷的意思。"

不但是剩饭，还是馊了的剩饭，到底是谁这么缺德要拿张仪端来折腾？外甥女终究是没有自己儿子亲的，何况这外甥女一直都瞧不起自己，心比天高，性子又不怎么好。宣侧妃又默然立了片刻，委委屈屈擦着泪辞了出去。一路走，一路哭，竟然是半点不怕众人侧目。

曲嬷嬷鄙夷地目送她走远，转身入了内室，低声道："王妃不是不知她的性子，怎地还要点醒她？依老奴看，就该让她高兴得找不着北，猖狂到自取灭亡才是。"

康王妃威严地看着她道："阿曲，你错了。我和她说的句句都是肺腑之言，这是什么时候？众狼环伺，一荣俱荣，一损俱损，谁也不能出岔子！话虽难听，该说的必须要说。这回宫中赐婚虽是令人惊异，但也不是无迹可寻，她要以为自此冯家与她便是一条心，跟着猖狂起来，生了不该生的心思，那才是自取灭亡，还要拖累我们。不如早点让她晓得这门亲事并不受王爷待见，心中有数收敛些的好。"

曲嬷嬷沉默了片刻，低声道："这事儿到底是谁在后头推动的呢？会不会与这边有关？"一边说，一边伸出两根手指头。

康王妃摇头："那边也有赐婚，圣上将王老将军家的二娘子许配给了安六。那边也是树大招风的时候，又才刚刚封帅，肯定也是缩起尾巴做人的，断不敢轻易出手。依着我看，多半还是与另外那几府有关系。"康王的弟兄太多，个个都不是省油的灯，坐山观虎斗，不时添把柴加壶油以期浑水摸鱼的人多了去。忧虑片刻，吩咐曲嬷嬷："不管这些，自有老爷儿们去操劳，还是趁早合计合计把哪个院子收拾出来罢。"

这贤良的主妇，不管再怎么不待见和防备小妾生的，明面上总是要一碗水端平的。没有道理张仪正要娶许樱哥时便闹得全府上下不得安宁，张仪端要娶冯宝儿却什么动静都没有。不然只怕不等宣侧妃去哭诉，康王先就要不满意了。曲嬷嬷心中酸楚，叹道："您这些年真是难为。幸亏的是几位爷和奶奶们都是懂事孝顺的。"

她不说这个还好，说起这个康王妃心里便堵得慌："也不知道小三儿他们什么时候回来。这孽畜，三天两头不让我哭一回，他便不好过。我这是前世造的什么孽……"一边说眼泪便汪在了眼里，想想张仪正这样不着调，自己这个做母亲尚且失望，更不要说是康王这么多的儿子，多来上几回，再多的情分不忍也给磨光了。

曲嬷嬷忙劝道："三奶奶还算明事理，日后总会好起来的。"

康王妃只是摇头："这混账东西，我只当他多少还是稀罕她的，这才几日工夫便喊打喊杀的，不懂得爱惜，有多少福气够他磨……"

"王妃！"大丫头秋实喜气洋洋地在外喊了一声，"三爷和三奶奶回来了！"

"咦？"康王妃喜出望外，唇角终是翘了起来，曲嬷嬷忙道："看么，就说会懂事的。三爷的性子呀，最是爽直，打过骂过就好了，第一还是要三奶奶懂事明事理啊。"

许樱哥在帘外听到这话，忍不住在心里冷笑了一声，敢情张仪正怎么打骂她都是性情中的，没什么大不了的，要的还是自己懂事明事理忍气吞声，不然闹将起来就是自己不懂事不明事理？也不知曲嬷嬷自己可有女儿？想了想，便先出了声："秋实姐姐，母妃身子可好？"

屋里顿时一片安静。进得门去，只见康王妃喜气洋洋的，曲嬷嬷半垂了眼睛立在康王妃身后，屋里并不如许樱哥所想那般，听闻赐婚喜事之后家中人团团而坐，互相说笑，互相商量的情景。张仪端到底只是庶出，且一直把张仪正衬得太过无能，宣侧妃与康王妃也是面和心不和，冯宝儿一旦进门，多少预示着宣侧妃这一边比从前更多了几分筹码，康王妃又如何能打心眼里喜欢出来。许樱哥把这中间的利害关系猜了个七七八八，笑眯眯地装作什么都不知道，只拉了张仪正上前给康王妃请安行大礼认错。

康王妃见他二人态度诚恳，加之又回来得早，昨夜留下的那点不快也就烟消云散，却还不想给他二人好脸色看，只淡淡地道："回来了就好。知错了就好。如今是多事之秋，你们父王、大哥忙得脚不沾地，你们也老大不小了，不想着给家里解忧解难，反倒闹腾得欢实，就怕少给他们添了麻烦！"

许樱哥与张仪正都是垂手听训，只说自己错了，日后再不犯浑。康王妃的眼睛在许樱哥和张仪正身上扫来扫去，总觉着这夫妻二人哪里不对劲，完全没有新婚夫妻的甜蜜之感。想来想去，当机立断："小三儿，此事错在你，罚你自即日起，不许轻易出院子一步。"

张仪正一怔，随即垂了眼道："是。"

许樱哥严肃认真地道："媳妇也有错，就让媳妇陪着三爷一起禁足吧。"

这媳妇儿似是很能懂得自己的苦心呀，康王妃对许樱哥倒是真的生出几分兴趣来，想了想，微笑道："你如此懂事，我就放心了。"孤男寡女共处一室，日夜相对，她就不信这两个就是干望着。

关什么禁闭，他想在这府里怎么晃还不是一个念头的事情。张仪正更关心另一件事，面色古怪地道："冯宝儿要嫁给四弟？"

康王妃瞟了许樱哥一眼，警告张仪正道："是。宫中赐婚，这是莫大的恩典。"

张仪正皱起眉头："什么时候成亲？"

康王妃道："大抵就在皇后娘娘寿诞之前。"

第67章 欺骗·失望

把自许府带回来的各色礼物分配完毕，交由张平家的领着青玉、绿翡一一送至各房各院后，许樱哥将账本合上，疲累地打了个呵欠，看向窗下软榻上坐立不安的张仪正道："三爷可要歇歇？"

张仪正站起身来伸了个懒腰，正要答话，就见雪耳立在窗外比了个手势，于是站起身来往外走："你自己歇着。我有事要出去一趟。"

想走就走还叫禁足？康王妃命令的忠实执行者高嬷嬷与袁嬷嬷对视一眼，决定由袁嬷嬷出面阻止。袁嬷嬷快步上前，借着行礼的空隙就将张仪正给堵在了门前，恭恭敬敬地道："三爷这是要往哪里去？"

张仪正的眉毛猛地挑起，语气不善地冷笑道："和你有关系？"

袁嬷嬷镇定地道："王妃说过……"

"嬷嬷……"许樱哥站起身来道，"明日要誓师，男人们心里总是记挂着这些大事的，三爷左右也不会出府，最多就是往前院去打听打听消息。"

袁嬷嬷哼哧了两声，张仪正早不耐烦地转身大步出去了。高嬷嬷叹了口气，摇摇头，继续同许樱哥说话："奶奶要是还有精神，咱们这就铺了纸笔把各府各色人等一一写来，只要把人名儿和关系记得熟悉了，再参加上那么几次宴会就能认全了。"

许樱哥扫了眼立在廊下低眉垂眼的雪耳，打起精神道："那就铺纸笔吧。宜早不宜迟，最近各府喜事多，难免要经常碰面的，见了面喊不出来实在不好。"

袁嬷嬷气不平，冷冷地扫了雪耳一眼，走到许樱哥身旁低声道："奶奶什么时候有空，也该定个规矩了。"

许樱哥微笑道："三爷就是规矩。"

高、袁二人对视一眼，再不言语。

张仪正畅通无阻地出了院子，雄起赳气昂昂地往前院走去，走到半道，遇着蔫头耷脑、无精打采走过来的张仪端，想起之前张仪端母子千方百计就想把冯宝儿塞给自己，由不得生出几分恶意来，笑眯眯地上前将张仪端给堵住了，抱拳恭喜道："四弟大喜啊！"

张仪端立时打起精神，若无其事地微笑着回了张仪正一礼："多谢，多谢。"眼睛一转，故作惊讶，"不是说三哥要同三嫂留在侯府给忠信侯夫人伺疾的么？怎地就回来了？"

张仪正笑道："这不是听说你大喜，特意赶回来恭贺你的？"用力拍了拍张仪端的肩膀，低声笑道，"冯家表妹才貌双全，智慧无双，你有福了！这般好亲，也只有你才配得上。"言罢哈哈笑着径自去了。

张仪端气得脸色煞白，立在原地默默地深吸了好几口气才仰起头来，微笑着往宣侧妃所居的萱瑞院而去。旁人都在看他的笑话，他还偏不给人看！虽然意难平，但配了冯宝儿总比配个小门小户的好。

张仪正走到前院便收了笑容，径直走到一排专供王府护卫歇息值夜的房子前，选定了其中一间，一脚踹将上去："朱贵，出来！"

房间里的说笑声戛然而止，不多时，满脸谄笑的朱贵点头哈腰地快步出来，先笑着唱了个肥诺，谄媚地觑着眼睛看了张仪正片刻，笑道："哎呀！三爷红光满面，气色真好啊！果然是人逢喜事精神爽！"

张仪正不耐烦地瞪了他一眼，道："废话少说，如何？你小子怎地才回来呢？"

"路上不好走，昨日回来听说三爷去了侯府，不好追过去。"朱贵的眼睛滴溜溜地往周围扫了一圈，凑过去附在他耳边低声道，"人还在林州没挪窝，待遇与其他人犯一般无二。"

张仪正大怒，狰狞了脸道："当真？"

朱贵唬了一跳，壮着胆子小心翼翼地道："都是小的亲眼所见，不然借小的十二个胆子小的也不敢乱说。"眼看着张仪正的脸色越来越难看，生怕他犯浑，吓得赶紧抱住他低声央求道，"这事儿虽是王书呆所托，但您已经尽力了不是？也不是马上就要死人的事情，虽无人特意照料他们，可也没人特意虐待，何况这番小的按您的吩咐上下打点了一回，日子想来不会太难过……"

"滚开！"张仪正黑着脸猛地将他一推，便朝着西南角大步奔去。朱贵挠了挠头，暗道一声不好，飞快往内院奔去寻康王妃报信。

康王府西南角有几个安静的小套院，其间住着康王身边最重要得力的几位谋士。崔湜所居的院子风景最好，面积最大，谋士们多是背井离乡而来，闲暇时少不得聚在一处说说话，下下棋，崔湜所居之地便成了日常聚会之所。近日朝中风云诡谲，府中又新近得了这么一桩赐婚，以崔湜为首的几个谋士少不得聚在一起谋划应对，以求在康王回府后就能拿出最有效的应对方案。正说在高兴处，就听外头伺候的小厮一迭声地喊道："三爷，三爷，先生正在议事……"众人还没反应过来，就见张仪正板着脸冲了进来，冷着声音道："我有事请教崔先生，还请诸位先生略避一避。"

众谋士对视一眼，纷纷摇了摇头，给崔湜一个自求多福的眼神，同张仪正拱了拱手，把地方腾了出来。

"见过三爷。"崔湜慢吞吞地站起身来对着张仪正行了一礼，张仪正才不似世子那般礼让他，大喇喇地一掀袍子在他面前坐下，冷着脸道："去年秋天，我曾认真请托过先生一件事，不知先生可否还记得？"

崔湜笑道："记得，三爷那时不是想给冒澹川一个饭碗么？他那典签做得不错，肚子里还是有几分墨水的。三爷是不是还想再给他提一提？但再往上，只怕就要王爷点头了，在下做不得主啦。"

张仪正深吸一口气，强迫自己心平气和下来："不是这事儿，是王中丞之子请托我帮忙照顾崔家流放到林州的妇孺那件事，我当时请托先生，看是不是能给他家换个地方，只要能远离西晋便可。先生记不记得？"

崔湜微蹙了眉头道："记得。"

张仪正又吸了一口气，继续道："冬日之时，我又求过先生一遭，先生记得否？"

崔湜挺起腰杆道："记得。"

"两次先生都应了我，先生记得否？"张仪正站起身来，俯下身子气势汹汹地瞪着崔湜，恶声道，"先生既不肯做，何苦要哄骗于我？在你眼里，我竟如此好欺？"

崔湜不慌不忙地对着他深深一揖，正色道："还请三爷见谅，您骂也好，打也好，此事在下实在无能为力。"

"先生是父王面前第一得力之人，我哪里敢动先生一根头发丝？"张仪正气得胸脯上下起伏，涩声道，"为何？你们可是族亲，当年你们两家人……"

崔湜垂着眼豁出去似的道："当年家母在世之时是来往得比较密切，但不怕三爷见笑，在下不过是为了尽孝讨家母欢心。实际上，在下一直十分鄙夷崔氏父子为人。已然断交，便不可能再多事端。"

张仪正怔住，满眼的不敢相信："可是你当初……"

崔湜苦笑道："三爷是要说只是流放崔家老幼，而非是罚没入官操贱役一事？彼时各大王府人人自危，在下便是顾着王爷也不敢插手。这事儿，恐怕去问许侯爷更能问得清楚些。"

"又关许家什么事了。"张仪正沉默片刻，猛地指定了崔湜吼道，"我只问你，当初你母子逃难至上京，上无片瓦，下无立锥之地，更无余粮度日，若非是崔家老太太伸出援手，崔家老爷子替你引荐，你哪里又能有今日？如今不过是举手之劳，立刻便要伐晋，林州首当其冲，他一家老小都可能死掉，你却也不肯帮一帮？"

早有伺候的下人闻声赶来，见状战战兢兢欲上前相劝，崔湜朝众人摆摆手，心平气和地看着张仪正渐渐变红的眼睛，淡淡地道："三爷您太激动了。在下不帮，自有在下的理由，问心无愧。"

张仪正的手松开又握紧，握紧又松开，嘶哑着嗓子道："你有什么理由？"

崔湜皱了眉头道："这是在下的私事。三爷不必得知。三爷若真是想帮那崔家，自可去求王爷，何苦来为难在下？但在下要奉劝三爷一句，同是做子女的，三爷便是不能替王爷分忧解难，也不要给王爷添麻烦。朋友义气要讲，却也要看能否作为。"

"先生说得是！你这孽畜，片刻不在眼皮子底下便要犯事！还不赶紧给先生赔礼道歉？"康王妃一阵风似的走进来，堪堪拦在张仪正面前，对着崔湜深施一礼，抱歉道："崔先生，对不住，这孽畜得失心疯了。"

崔湜还了康王妃一礼，恭敬道："王妃多礼了。说来也是在下欺瞒敷衍三爷在先，三爷生气愤怒也是该有的。"

"先生不必自谦，这些年先生做的事我们都看在眼里，记在心里。总归是为了府里好。"康王妃转过身对着张仪正呵斥道，"孽畜，还不给先生赔礼？"

张仪正却只是咬着牙愤怒地看着崔湜，康王妃岂容得他如此放肆？一个眼神扫过去，便有孔武有力的护卫上前强按了张仪正，逼他给崔湜行礼致歉。崔湜哪里肯受这种礼，淡淡一笑便托辞走开。

康王妃晓得其尴尬，也不勉强，只回身瞪着张仪正，从牙缝里挤出一句："不晓事的小畜生！"话音未落，突地扶着额头呻吟了一声，身子一晃便往旁倒去。

许樱哥将已经变干变热的湿帕子自康王妃额头上取下来，又换了新的凉帕子覆上去。世子妃亲自捧了一盏黑乎乎的汤药进来，道："三弟妹把母妃扶起来，该服药了。"

"嗳。"许樱哥应了一声，与曲嬷嬷、秋实等人齐心协力将康王妃扶起来，从外头匆匆赶进来的王氏见机飞快坐在了康王妃身后，就将自己的身子做了枕头，让康王妃半倚半靠在自己怀里。

世子妃凑到康王妃耳边轻声道："母妃，母妃，您醒醒……该服药了。"

康王妃却只是紧闭双眼毫无动静。妯娌三人对视一眼，各自焦虑忧心，曲嬷嬷擦了擦眼角，将一只筷子绑了纱布去拨康王妃紧闭的牙关："只能硬灌了。"

几人齐齐下手，可弄到全身是汗，药汁横流，康王妃也不过是堪堪咽下了小半碗汤药。想起适才太医说的话，众人心里都凉了一大截，若是康王妃就此迷瞪过去，可怎么好？世子妃咬了咬牙，语气坚决地道："再端一碗药来，继续喂！"

说是喂，不过就是灌，病人痛苦，灌药的人也痛苦，但中医对于此项病症并无直观有效的判断和应对，除了施针灌药别无他法。曲嬷嬷颤抖着手，道："老奴来罢。"又嫌秋实等人手脚不利索，很凶地瞪了众丫头一眼，吓得本就战战兢兢的丫头们越发哆嗦。

　　世子妃看了看曲嬷嬷那抖个不休的手和已经扭曲的表情，平静温和地道："算着时辰王爷就快要回来了，三爷只怕要不好，嬷嬷不如去看一看，再弹压一下其他人等，省得人心浮动，有小人趁机作祟。"

　　曲嬷嬷站着不动，王氏忙柔声宽慰道："嬷嬷，现下只能靠你了。咱们不能先就乱了阵脚。"

　　曲嬷嬷叹了口气，转身往外，待走到门前，突地回眸愤怒而阴沉地瞪了许樱哥一眼。许樱哥一怔，随即无语苦笑。这是怪她没有拦住本该禁足的张仪正，反而劝下袁嬷嬷放任张仪正出门，这才惹出这场祸事来罢。

　　世子妃看得真切，拍拍她的手，轻声道："三弟的性子我们都知道，不怪你。不过日后你还该多劝着些才是，你是他身边人，得多尽心。"

　　进门第四天的新嫁娘，她实不知道张仪正在府中也能惹大祸，实不知张仪正会为了崔家的事情闹到这个地步。若只是为了王书呆一句请托，张仪正的行为已经远远超出了那个单纯只为讲义气的范畴。但不管怎么说，正如当初惠安郡主和她说的那般，王府娶她进门就是要她好好看着张仪正，尽量少地或者说最好避免让其犯横犯错。这是她的工作和责任，张仪正犯了错就是她失职。一个与她离心离德，桀骜不驯的丈夫，却要求她从灵魂管到肉体，这不是请客吃饭那么简单，许樱哥没法吃糖一样毫不犹豫地应下世子妃的要求。

　　世子妃见她垂眸不语，只得轻轻叹了口气，不再提这件事。王氏左看看，右看看，压低了声音轻声道："大嫂也是为了你们好，虽则着实委屈为难了你，但你得想办法。你想想看，他犯横，不管有理没理，还不是你跟着吃亏受累？"

　　许樱哥轻轻点了点头。

　　王氏温和地替她理了理鬓发，道："好啦，咱们新娘子受委屈了。日后等三弟懂事了，让他加倍补偿你。"

　　许樱哥沉默地帮着把康王妃身上被药汁弄脏了的衣物轻柔地换下。

　　"如何了？"门外传来一阵急促的靴声，康王人还未进门便出了声。许樱哥等人赶紧起身行礼让到一旁，康王快步走到床前拉起康王妃的手，浓重如墨的双眉紧紧皱在了一起，说不出的烦恼焦虑。

世子妃忙轻声把太医的诊断说出来："痰浊塞塞，瘀血内阻……"

康王用力地挥动了一下手，闭了闭眼，示意她不要再说。世子妃犹豫片刻，示意两个妯娌及房中伺候的丫头一起退出去，只留康王在室内陪伴康王妃。

室外阳光灿烂，春光正好，人立在日光下已经有些热了，许樱哥默然立在廊下阴凉处，沉默而探究地看着跪在院子里青石板地上的张仪正，她想不通。张仪正察觉到她的视线，抬起头来看了她一眼，眼神茫然而冷漠。许樱哥垂下眼，转而看向阶下石缝里开出的那一朵蓝色的小野花。

"哎呀，这可怎么好？"宣侧妃卷着一阵香风跟跟跄跄，悲悲切切地从外面直奔进来，身后还跟着张仪端和张仪明兄弟二人，三人都是一副如丧考妣的模样。

王氏皱起眉头，迎上前去拦住宣侧妃，道："您这是？"

宣侧妃将块帕子蒙着眼，悲悲切切地道："早上王妃还在和我商量小四的亲事，一会儿工夫不见，怎地就犯了病？也没个人来同我说……"

世子妃咳嗽了一声，紧赶两步上前温言道："您也不要太着急，这要生病是没办法的事情，谁会知道什么时候就病倒了？王妃这病经不得吵闹，您还是不要哭了。"

宣侧妃却只是抽噎着道："这么大的事情，怎么也该我在王妃面前伺疾，如何无人告知于我？不知道的，还以为我怎么坏，怎么没良心，不闻不问呢……"

无非就是想在康王面前撇清楚自己为什么没有在康王妃面前伺疾而已，众人心知肚明，却不能挑破了说，便都只垂了眼不语。整个院子里只能听到张仪端苦苦相劝的声音："现在不是说这些的时候。"张仪明则问道："不知母妃现下如何了？"

世子妃眼皮也不抬地道："病情已经稳定了，只是现在还不能被吵着。"

帘子被人从里掀起，康王黑着脸走出来，目光威严地自众人脸上一一扫过，冷淡地看着宣侧妃道："你先回去，没事儿就别在这里晃了，管好自己的人，做好自己的事。"

宣侧妃委屈而悲苦地抬起眸子看着他，怯怯地道："王爷……让妾看看王妃吧，让妾伺候她……"

张仪端不露声色地轻轻扯了扯她的袖子，宣侧妃便不再说话，眼泪却止不住地扑簌簌往下落，顷刻间淡紫色罗衣便被洇染开了一大片。康王的眉头皱起又放松，无声地叹息了一声，用力摆了摆手。张仪端便同张仪明使了个眼色，将宣侧妃连拉带扯地弄走了。

康王的目光掠过廊下站着的世子妃、王氏、许樱哥，缓缓落在了张仪正的身上，瞳孔一点一点缩小。

世子妃胆战心惊地道："父王还请息怒，听儿媳一言。"

康王不耐烦地皱起眉头，只是因为说话的是世子妃，是一向深得信任倚重的长媳，所以才勉强忍住了，淡淡地道："我有分寸。"言罢转头看向张仪正，张口预言。

王氏猛地推了许樱哥一把，许樱哥垂着头走上前，沉默地拜倒下去，却一个字也不肯说。康王垂眸看了她片刻，道："我知道了。"言罢大步走到张仪正身边，道："走。"

张仪正起身，垂着两只手跟在康王身后脚步沉重地走了出去。世子妃摇摇头，缓步走入康王妃房中，王氏将许樱哥扶起来，低声道："我看你还是先回去吧，先备些清水，再备些棒疮药，只怕等到人回来的时候便脱了层皮。"言罢也随世子妃入了内室。

许樱哥看向一旁的青玉，青玉屈了屈膝，领命而去。许樱哥揉了揉眉心，吸了口气走到小厨房里，不顾众人惊诧的目光，沉默地煎药，熬粥。粥在砂锅里噼啪作响，整个厨房都弥漫着稻米的清香，许樱哥的脸被灶火烤得炙热，眼睛却越发幽深沉静，切菜的手稳定而富有节奏感。

很快便有人将此事报给世子妃同王氏知晓，世子妃沉吟片刻，微微欣慰："由得她去，前头一旦有消息了立刻来报。"

皮鞭呼啸而过，带起一阵呛鼻的血腥味儿，张仪正趴在春凳上，死死咬着牙关，豆大的冷汗不住地从额头沁出又滴落，他却始终也没有发出一声求饶或是叫喊。

康王打得累了，将鞭子扔进水桶里，桶中的清水顿时洇开了无数朵绚烂的红花。有小厮战战兢兢地奉上茶来，康王掀开碗盖一饮而尽，随手将茶盏扔到小厮怀里，大马金刀地在椅子上坐下，俯瞰着张仪正道："这一年多来，你着实令我失望得紧。我竟不知道，一个莫名其妙之人的请托便比你母亲的命更重要，便比这一大家子人的命更重要。你，姓张，还是姓崔？"

一滴汗水滑入张仪正的眼睛里，刺得他剧烈地抖动了一下，他死死咬紧牙关，握紧了春凳凳脚，一言不发。

康王疲累地道："我来告诉你，为何崔湜不肯帮你。去年秋天我便知道此事，是我让他不必理睬你的。崔湜为什么又不肯对崔家伸以援手？因为他的妹子便是死在郴王府里的，而他的老母至死也认为女儿由崔家帮忙嫁去了好人家。你要逼着一个同崔家有仇的人去帮崔家，你可真想得出来！"

张仪正猛地抬起头来看着康王，康王叹口气，摆摆手："你太令我失望了，日后要做事，也当先弄清楚前因后果才是。如此莽撞，这一家子人迟早要送在你手里，要死，就早点去死，不要拖累了旁人。"

第68章　执著·孩子

天还未黑，室内便已点上了灯烛。半裸的张仪正趴在榻上，气息奄奄。许樱哥将蒸煮过的帕子蘸了水，小心翼翼地在他背上纵横交错的鞭伤上拭过，擦净了血水，清理干净，才又将玉簪挖了清凉消炎的棒疮药轻柔涂上。青玉几人在一旁有条不紊地或是递药，或是递布巾，待得将张仪正的伤口包扎完毕，外面已经尽黑了。

许樱哥疲累地靠在椅子上，轻轻吐了一口气："王妃那边如何了？"

铃铛忙道："还是老样子，只是适才这顿药要好喂一些了。世子妃和二奶奶刚使人来说过，让您安心照料三爷，其他的有她们。"

紫霭见机命人摆桌子："奶奶多少吃一点。这照料病人最是熬人，得先把自个儿给照顾好才是。"

许樱哥点点头，接过碗筷慢悠悠地吃了两碗饭，又喝了一碗鱼汤才放下了碗，问道："三爷的粥和药熬着了？"

绿翡轻声道："药是雪耳领着清夏在熬，粥是早就得了。隔水温着的，随时都可以送上来。"眼角瞥了瞥一旁昏睡不醒的张仪正，沉重地叹了口气。

许樱哥站起身来伸了个懒腰，走到廊下半躺在藤椅上闭上眼睛休息。张平家的轻手轻脚地走进来，弯腰低声道："奶奶，世子妃使人过来问三爷的伤势如何？"

许樱哥只觉得全身的骨头都在疼痛，累得不想回答，青玉忙端了个杌子过去，小声道："三爷就醒过一次，喝了药便睡过去了，这会儿还没醒呢。"

"能睡就好。只要下半夜不发热，那便是算妥妥的了。养个十天半月，也就好了。"张平家的侧着身子在杌子上坐下来，也不多话，安静地陪在许樱哥身边。

半响，许樱哥觉着有些精神了，方轻声道："平嫂子，和我说说今日外间到底是怎么一回事？我早前听得不太真切。"

张平家的本就是候着等她问话的，立即把自己打听来的消息一一说来："朱贵已是招了，他前些日子竟依着三爷的安排悄悄跑了一趟林州……"

许樱哥将手抚住额头，总是和崔家有关。从第一次见面开始，他便直指她和赵璀是奸夫淫妇，之后多次在她面前提过崔成如何，反复追问她与崔成当年之事并多次嘲讽挖苦她。就算是对崔成之死心有隐恻，就算是感动于王书呆的侠义，以他康王府嫡子的身份来说也做得太过了。他到底在想什么？为什么对崔家的事这样执著？她真的想不通。

不远处避风之所，雪耳守在药炉子前拼命摇着扇子，胆战心惊地偷偷打量许樱哥，不知道那一棒子什么时候会落下来砸在自己的头上。专司茶水，也顺带着帮忙煎药的清夏见状，低声宽慰道："姐姐放心好了，我瞅着奶奶不是不讲道理的。若要发作，早就发作了。"

雪耳心中本就烦躁不安，这些天看众人对自己的态度又微妙，只觉得此刻所有人都在等着看自己倒霉，平平常常一句话里硬生生听出了若干意思，当下冷笑着将手里的扇子猛地一扔，冷笑道："是呀，左右奶奶要发作也是有发作的理由。总是我替人传信，把三爷哄出去的。你放心……便是我倒了霉，这里头也没你什么事儿。有四大金刚横在前头，你们倒是想呀，怎么都便宜不了你们。"

清夏怔了怔，红了眼圈将筷子去拨药罐子里的药渣，对着那快要溢出来的药汁轻轻吹了一口，不防雪耳猛地将她一推，厌弃低骂道："恶心，这是要让爷们吃你的臭口水？"

清夏不忿之极，将筷子一扔，高举两手掩住脸便哭了起来。这反抗来得突如其来并十分猛烈，全不似之前的忍气吞声和委曲求全，雪耳先是一怔，随即又羞又怒，压低声音威胁道："嚎什么嚎？还不赶紧闭嘴？叫人听见了是想找死么？"

清夏却是横了心，兀自哭个不休。

许樱哥听到了动静，冷厉而沉默地看向这边，雪耳心中害怕，想了想，索性走到许樱哥面前跪下去拼命磕头："奶奶，婢子知错了，婢子不该瞒着您给三爷传信，但婢子实不知会这般……日后再有类似的事情，婢子再不敢瞒着您的，求奶奶给婢子一条活路。"

这话似是在求饶，却更像是许樱哥只是因她瞒着许樱哥给张仪正做了里外相接的传信人，所以看她不顺眼才要借机收拾她。许樱哥听得明白，淡淡地道："这件事的起因的确怪不得你，但王妃病重，三爷在屋里养伤，都经不得闹腾，你本是这屋里最持重之人，却不思认真办差，在这里闹得不得安宁。王府规矩重，不用我多说，因你是三爷的房里人所以我才多说两句，你自己去找袁嬷嬷领罚。"

雪耳怔住，想起袁嬷嬷这人一张脸又冷又黑，走路都能带起一股阴风，让人先就退避了三舍，高嬷嬷此人看着倒是和气，但更像一只笑面虎。彼时她倒想着这高、袁二人陪在许樱哥身边，许樱哥怎么也不敢抖威风，更不敢轻易向这房里的老人动手，还暗自幸灾乐祸了一回。谁想这二人竟像是早就被许樱哥收买了的，如今更是有变成许樱哥手里鞭子的趋势。不由暗道一声许樱哥好手段，不但借机收拾打压了自己还落个公允坦荡的名声，却也不敢再强辩，痛哭流涕地膝行上前要抱许樱哥的腿，低低切切地央求："奶奶，求您大慈大悲饶了婢子这遭。婢子日后再不敢了的。"

张平家的见许樱哥的眉头蹙了起来，满脸的不耐烦，慌忙上前拦住了，劝道："快快住口！吵着了三爷有你受的！这是什么时候，你还敢哭？"

许樱哥并不多言，直接站起身来掸了掸裙子就往屋里走。张平家的眼瞅着雪耳这顿罚是绝对脱不掉的，只好叹了口气低声劝道："你往日是个聪明伶俐的，如今怎地这般糊涂？袁嬷嬷是皇后娘娘给的，最重规矩，处事有分寸，你吃不了大亏。你要晓得，这时候奶奶先罚了你，等王妃好起来追究下来你便松活了许多。"

转眼间便人人都道许樱哥好了，从前讨好自己的也敢陷害自己了，对自己和颜悦色的也尽说自己不是了，雪耳苦笑着起身往外走，低声道："不敢有劳平嫂子。总之都是我的错。"许樱哥刚进门，肯定要立威，自己不小心落了她的手，也怪不得人，恨只恨这些肮脏小人捧高踩低。也罢，罚了就罚了，张仪正总有好起来的时候。

已过三更，灯芯猛地爆了两下，许樱哥困倦地睁开眼睛，看到一直趴在床上没动静的张仪正动了动，忙起身下榻端了温水过去："三爷可要喝水？"

"嗯。"张仪正困难地往上仰了仰头，低不可闻地应了一声。许樱哥探了探他的额头，觉着有些低热，却也不多言，只将一根麦秸插入杯中，放到他嘴边轻声道："喝吧，不冷不热。"

张仪正一口气喝了整整一杯水，有心还要却忍住了。许樱哥也不勉强，又喂了汤药，道："三爷想解么？"

张仪正有些难堪地点了点头。许樱哥利索地取了夜壶，沉默地帮着他解决了问题，替他盖好被子，走到一旁边洗手边问："三爷可饿了？备得有好消化的吃食，立刻就可以送过来。"

张仪正沉默地看着她，不知她一个学士府千金，伺候病人的事何故做得如此利索，不抱怨不嫌弃，仿佛是做了很多遍似的。许樱哥等了片刻不见他回答，心想他大抵是面子上过不去，便不再多问，直接唤了值夜的绿翡把清粥送过来。

张仪正一看到稀粥，由不得就皱起了眉头，厌弃地道："就给我吃这个？"

许樱哥平静地道："不然三爷想吃什么？病人不是都要吃稀粥么？"

张仪正道："你不是会做许多好吃的？再不济，鸡汤总该有吧？"她弄稀粥给他吃，就是想让他不停想排泄，就是想让他好不起来，好日日趴在这床上。

许樱哥舀了一勺稀粥喂过去，淡定地道："你连坐都坐不起来，只能侧着身子吞咽，能吃什么？鸡汤，我先前一直在母妃那边伺候，实在没得空去做。"

张仪正的眼角抽搐了两下，似是想起什么特别痛苦的事情，闭紧了嘴再不肯吃，默默地把脸转开。许樱哥也不勉强，将碗和勺子递给绿翡，轻声道："三爷就不关心母妃的病情如何了？"

张仪正沉默许久方低声道："她如何了？"

许樱哥看着他的后脑勺道："一直不曾醒来。"眼看着张仪正再度陷入沉默，方又添了一句，"只早前听说晚上这顿药要好喝一些了。但愿能早些醒过来，才是你我的大幸。"

张仪正再不言语，似是睡着了。

许樱哥也不管他是真的睡着了还是假的睡着了，只道："三爷什么时候想去看母妃就和我说，我使人抬了春凳送你过去。"言罢示意绿翡去休息，自己回到榻上和衣而卧。

刚有了几分睡意，就听张仪正幽幽地道："听说崔家当初待你不错，何故你对他家流放在林州的其他人也是不闻不问？就算是怕受牵连，使人暗里关照一下也不算为过吧。这回林州首当其冲，他家只怕是要死光了。"

他自己无能为力了，这是想要她帮忙去处理崔家这事儿？大华伐晋，林州首当其冲，康王府二爷张仪先身为节度使，危险困难并少不到哪里去，他不关心张仪先的艰难，却还只记着崔家。这是何等样的执著精神？许樱哥的睡意一下子消失不见，沉默以对。

张仪正一颗心跳得咚咚响，既期待又害怕，见许樱哥不曾回答，仿似是睡熟了不曾听到这话，莫名的又松了一口气。

天边才露出一丝曙光，许樱哥便被张仪正的呻吟声惊醒，起身一探，额头烫得吓人。到底还是发热了，而且热得不轻。许樱哥赶紧喊了一声，众人惊起，里里外外忙个不休，请医延药，到了午间仍不见退烧的迹象，许樱哥筋疲力尽，吩咐绿翡："你回侯府去要那退烧专用的酒过来。"

那烧刀子，其实不过是她捣弄出来的烈酒，许家小儿发热多用此法，久而久之，竟成了许府的秘药。绿翡身在姚氏身边多年，自是知道这东西的，却又犹豫道："要不要把王妃病了的事情说给夫人听？"

许樱哥斟酌片刻，道："可以说，但要私下里同夫人说。"张仪正把康王妃给活生生地气病了本是家丑，不宜远扬，可这边必须得去要烈酒给张仪正退热，瞒又是瞒不住的，所以只能和姚氏一个人说，相信姚氏知道怎么处理最妥当。

绿翡忙去领了出府专用的牙牌，叫双子套了车，匆忙离去不提。许樱哥又把张仪正可以擦拭的地方都用凉水擦了一遍，正半靠在椅子上喝茶喘气，就见张平家的一阵风似的走进来，见了她先就双手合十道了声："阿弥陀佛。"随即道，"菩萨保佑，王妃睁眼了！"

"真好。"许樱哥突然来了精神，猛地坐直微笑道，"太医怎么说？"

张平家的又道了声"阿弥陀佛"方道："万幸呢，识得人，记得事，就是好像手脚有点麻痹不利索，但太医说了，每天按时施针服药，再将养将养总会好起来。"压低声音道，"奶奶可和三爷说了，不要再气王妃了。这世上，还有谁会似王妃那般心疼他，那般为你们着想？"

这是大实话，康王妃一旦不成，张仪正便成了人人嫌弃的癞蛤蟆。这张平家的在她面前从未拿过乔，目前看着倒是实心实意的，到底是康王妃亲自选来的人，许樱哥看向张平家的眼神便温和了许多，诚心诚意地道："多谢平嫂子提醒，我省得了。"

张平家的见她和气，大着胆子和她说起雪耳的事情："雪耳这丫头是个傻的，一根筋，直肠子……"非常委婉地把雪耳打小伺候张仪正，之前张仪正病重要死她要殉葬，深得王妃信任，所以才能在一众旧人尽数被赶走的情况下还能留着的情况说得清清楚楚，许樱哥含笑听了，道："一直忙乎着，我也没心思过问，袁嬷嬷把她怎么了？"

张平家的讪讪地道："没怎么，袁嬷嬷说，家里有病人，打得噼里啪啦，血淋淋的不吉利，难看，关一关，饿一饿就清净了，还有清夏那丫头也挨了罚。"

许樱哥很满意，道："饿不死。等三爷稍好些就放出来吧。我已同高、袁两位嬷嬷说过，谁敢在这些天里生事滋事的，不拘是谁，统统重罚。她两位老人家初来乍到，衣食住行上万万不能委屈，有不知道的，也要烦劳平嫂子帮衬着点，总之不要咱们院子里出乱子，出笑话就是了。"

"是。奶奶放心，乱不起来。"张平家的见求情无望，忙起身应了，看了眼床上昏迷不醒的张仪正，低声道，"王妃问起三爷了。这样烧下去不是事儿。"

许樱哥道："我娘家有退热的酒，已经使人去取。王妃那边还请两位嫂子帮瞒着。"

　　张平家的见她虽然神态疲累，但眼神清亮，行事稳重而有章法，便将那心放了一大半，匆匆离去给世子妃传信，顺带又将院子里众人狠狠敲打了一回。许樱哥走到张仪正床前坐下，将他散乱的头发轻轻理上去，看着他皱得紧紧的双眉和咬得紧紧的牙关，觉得十分无力。

　　他对她不算好，可也说不上十分不好，虽时不时和她作对给她添堵，但关键时刻却又能护着她。被她打了挠了，虽时时挂在口边威胁她，讽刺她，却始终很小心地不让康王、康王妃等人知晓。即便是有好面子的成分在里头，但他到底是没让她在康王、康王妃等人面前坏了印象。这是一个很坏，很凶，很讨厌的，却没法儿恨到底的孩子。就这么想帮崔家么？许樱哥心情复杂地摸了摸张仪正滚烫的脸，轻轻叹息了一声，烧笨点想必也比现在好相处些罢。

　　院子里静悄悄的，除了偶尔有风吹过，又有鸟儿鸣唱几声外，连人声也不闻半点。许樱哥窝在白藤躺椅上昏昏欲睡，忽听得外间脚步声响，一下子惊醒过来，起身迎上绿翡，二话不说就先给张仪正物理退热。

　　诸事完毕，绿翡轻声道："夫人让婢子同奶奶讲，稳住，先把三爷的烧退了，等三爷好些就去王妃那边伺疾，不要怕吃苦受累不出名，不要争，不要抢，不多话，只做自己该做的和能做的。要实在不行，她就让人帮着找找民间的大夫试一试，王妃不能倒，不然三爷不孝这个名声这辈子是洗不掉的。事发突然，她们就不过来看望王妃了，省得会给人落下口舌，说您什么都往娘家说。"

　　最懂她的还是姚氏。许樱哥点点头，晓得姚氏如果真的要找民间的大夫，肯定是要通过许扶去找，许扶的能力她知晓，于是心里踏实了许多。

　　铜漏里的水滴一滴一滴地滴下来，张仪正吃力地睁开眼睛，才睁眼，就看到清清淡淡一点果绿色映入眼帘，接着就看到许樱哥放大了的脸和发自内心的微笑："总算是醒了。"

　　张仪正飞快闭上眼。其实之前许樱哥对他做了些什么，他迷迷糊糊都知道，但不知怎地，这时候他最不想面对的人反而就是许樱哥。

　　"多喝点水。"许樱哥却不管他怎么别扭，只将插在水杯里的麦秸塞进他口里，自顾自地道："母妃醒了，神智清楚，饮食也在恢复中，但就是手脚有些麻痹，心里牵挂你，谁也不敢和她说你的情形，都是瞒着。但她大概也猜得到，听说适才发火砸了药碗，你快些好起来过去看看她，让她心中安定，指不定病很快就好了。"

还散发着清香的麦秸带着水的芬芳和滋润，张仪正实在无法抗拒，顾不得别的，一口气喝干一杯水，舔了舔被烧得起了皮的嘴唇，沙哑着嗓子道："你怎不在那边伺候母妃？反倒在这里守着我这个没用的罪人？"

咦，精神了么，比昨日夜里精神许多了。许樱哥又递了一杯温水过去，轻声道："你是我的夫君，我守着你是该的，照顾好你也是该的，这是夫妇之义，也是替母妃分忧尽孝。"

张仪正垂着眼又喝干一杯水，觉得胃里哐当哐当全是水在响了才停下，有气无力地道："真是辛苦你了，能讨母妃欢心，又在人前露脸扬名的机会都被我给拖累了。"

许樱哥抿唇笑笑，随手将杯子放在一旁，起身道："你若好好活着，讨母妃欢心，在人前露脸扬名的机会以后多的是，但你若没了，我便成了寡妇，拿这些又有什么意思？除非你家准我改嫁。"

"你这个毒妇！竟然咒我。"张仪正怒目而视，有心暴跳却无力暴起，只得恨恨地瞪着许樱哥道，"我就知道，你巴不得我早点死，好另外找个更好的。"

"原来你也知道你对我不太好。"许樱哥笑着舀了一勺香米粥过去，道，"我可没咒你，只是实话实说。怎么就听不得真话呢？"

廉者不食嗟来之食，张仪正有心不吃，但饿了一天一夜，实在饥肠辘辘，仔细想想，他又不是吃许樱哥的，凭什么不能吃？既然把她娶进门，她欠他的就该伺候他，于是理直气壮地吃了个精光。一碗吃完便摇了头，以为许樱哥会苦口婆心地劝他再吃点，却见许樱哥已经起身放碗，似是准备出门的样子，于是暗恨："你要去哪里？"

许樱哥回眸看了看他，淡淡地道："三爷适才不是说我应该往母妃面前去凑凑热闹，人前露露脸面扬扬名的？既然你醒了，能吃能喝，我便要过去了。"

张仪正怔了怔，眼里有些黯然，随即冷笑道："你还真就是这种人！我早就知道，我便是死在你面前，你也不会为我掉一滴泪的，还是就想着你自己。"

许樱哥沉沉看了他一眼,也不答话,低声吩咐了绿翡同青玉两句,自带着铃铛和紫霭离去。才走不多远,就听到身后传来一声瓷器破裂的声音,铃铛和紫霭担忧地看了看许樱哥,却见她脚步稳定如昔。

厨房中人早得了王氏的吩咐,见许樱哥来了也不多言,领她去了早就腾出来的一间小厨房,按着她的吩咐把早就备齐整的食材送上。许樱哥先将一锅三七当归肉鸽汤放在火上炖着,净手熬制松仁大米粥,又做了鸽蛋白松汤,另做了个炖奶鲫鱼。待得了,分出一份隔水温着,命紫霭守着肉鸽汤,自取了另外几样往宣乐堂而去。

到得宣乐堂,只见外面满满当当或坐或站了一大群人,却是不闻半点声息,个个儿都拘束得紧。许樱哥猜着大抵是康王在里头,无心跟着凑趣,便走到世子妃和王氏跟前将食盒递过去,低声问了两句康王妃的病情,又说了张仪正已经退了热,便要告辞离去。却见康王从里屋缓步而出,道:"小三媳妇儿,你来我问你。"

第69章　求情·不堪

"那孽障如何了?"康王随随便便往院子中间一站,便站出了十分威势。

许樱哥低眉垂眼地道:"早前高热,现下已经退了,想过来探望母妃,却又怕母妃见了担忧,所以让儿媳过来尽孝。"

康王点点头,道:"那孽障可有怨怼之意?"

许樱哥心想,您老这不是白问么?妻子肯定是要护着丈夫的,就算是有怨怼之意也不会告诉你,口里麻溜地道:"没有,醒来后便羞惭不已,从昨夜到现在只喝了一碗稀粥。"

康王沉默片刻,冷不丁道:"关于崔家这事儿,你怎么看?"

许樱哥猛地吃了一惊,抬起头来看向康王,却见康王目光如炬,眼神锋利无比地朝她看了过来!莫非以为张仪正是被她蛊惑的么?她能蛊惑得了那个人么?她若能蛊惑了那个人,哪里又需要把日子过得如此辛苦!许樱哥坦坦荡荡地对上康王的眼睛轻声道:"他虽是任性鲁莽了些,但他并不是故意要气母妃和父王的，他只是为了朋友之义，想要信守承诺。关于崔家之事，按理儿媳本当避嫌，但父王若真要问儿媳，儿媳也不敢瞒父王。当初崔家获罪，能做的家父便已经做了，如今儿媳也还认为，罪不及妇孺。"

罪不及妇孺，所以她一直痛恨着毁她家园，灭她全家的崔家老贼与他那两个无廉耻的帮凶长、次子，同时也痛恨着龙椅上残暴的张某人，更厌烦过注定要成为牺牲品的棋子崔成。但她始终不能眼睁睁看着外面和内心一样干净热诚的崔成就此死去，所以有过同情，有过不忍，有过动心，有过后悔，有过痛心，所以赞成许衡的做法，劝过许扶，所以在午夜梦回之时，永远都不敢面对崔成。

她也会经常想起，崔家人虽然在林州吃苦，但他们还好好儿地活着，而她的亲人却早就烟消云散，触摸不到，所以崔家人就在林州待着就好。但她阴差阳错嫁了张仪正，张仪正想要崔家人平安，而且是无比热切，无比执著，着了魔般地想要。他为了崔家的往事经常找她的碴，他走投无路所以才试着去求她，她不知根由并为此奇怪而异常不安。

昨夜她想了半宿，觉着也许顺了张仪正的意，今后再梦见崔成的时候，她便可以稍微将掩在脸上的袖子放低一点。许樱哥想到这些事，微微有些出神并有些痛苦地蹙紧了眉头。

康王眯了眯眼，把目光从许樱哥脸上挪开，淡淡地道："罪不及妇孺，但威慑是一定要的，谁又知道他们是否协从？家族风光时，谁没有跟着享受荣华富贵？没道理家族没落了，砍头的砍头了，享受的人却依旧在那里享福。就似是贪官，他贪污得来的钱财布帛难道不是他的妻儿在享用？早知今日，当初怎不跟着劝一劝？既然心安理得地享用了风光富贵，就别说自己冤！"

康王同志偏题了，多半是有意的。许樱哥压下万般思绪，大着胆子轻声道："父王见罪，儿媳斗胆多说两句。便是如此，也当有罪轻罪重，主犯从犯之分。譬如两三岁的孩子，襁褓中的婴儿，又能知道什么？不能以莫须有去定罪。何况三爷也不是就要赦免他们，只是想让他们活下来，算是给朋友一个交代。"

康王沉默而威严地朝她盯过来，眼神严厉而凶狠，威压着实不小，许樱哥的额头沁出几滴冷汗，却不想退缩，只半垂了眼轻声道："当初崔家是谋反大罪，但妇孺也只是流放，说明圣上圣明。同理，如今赵璀已死，赵家人却一定是不知道他都干了些什么的，所以……"

"你好大的胆子！"康王冷哼一声打断她的话，冷厉地道，"先是为崔家逆贼求情，又为赵家小人求情，你真当自己可以为所欲为么？"

这本不是最佳时机，但错过这个机会，以后她再也不会有这个机会。与为崔家说话不同，替赵家求情就顺溜了许多，果然有仇没仇差别真大。许樱哥硬着头皮道："是。"一个是字吐出，全身冷汗淋漓，她下意识地把腰背挺得直了些，却努力让面上的表情更谦恭柔和些。

康王冷笑道："你倒是不避嫌。你可知道赵璀都做了什么？"

许樱哥攥紧帕子低声道："知道。"

"是事前知道还是事后知道？！"康王一声暴喝，怒道，"小三儿是你的夫君！你这是心有不甘还是吃里扒外？"

这话说得诛心且实在难听，许樱哥深吸一口气，无视四周探射过来的各色充满了刺探和猜疑的目光，眼看着康王轻声而坚定地道："回父王的话，当时儿媳也差点因此死去，所以怎么也只能是事后。赵璀背恩忘义，阴险狠辣，不但背了公主殿下的照料之义和肖令的手足之情，更践踏了父母家族对他的一片心意，为了私利不顾他人，谋算陷害皇亲，怎么看都该死，所以他死了。可是他的父母亲人之前却毫不知情，不管是罢官也好，抄家没产也好，人却不当至死或是没入贱籍。儿媳一直都记得三爷是儿媳的夫君，应当生死荣辱与共才是夫妇之义，但所有人都可以不为赵家人求情，唯有儿媳不能。让父王生气了。"

康王不语，只冷冷地看着她。许樱哥适时往后退了一步，沉默一拜。康王也不叫她起身，也不多言，就只死死地盯着她，许樱哥背部的冷汗一点一点地把衣衫浸湿，却觉得无比的轻松，虽然赵窈娘还没来找上她，虽然许扶和姚氏都说这事儿她绝对不能碰，虽然不知康王到底会怎么想，虽然不知其他人会怎么看待她，但她做了她认为她该做的事情，日后便是提起来，想起来，她问心无愧。

众人不知许樱哥如何会触怒康王，却不敢在这当口撞到枪口上去。早有人将此事悄悄报给王氏知晓，王氏又说给世子妃听，世子妃看着正在进食、面上露出满意神情的康王妃，略一思索便将手里的筷子递给王氏持着，自己出了房门，假装不曾瞧见院子里的剑拔弩张，微笑着道："三弟妹……你做的什么好吃食儿，母妃爱得很！"随即又装作这才看清楚情形的模样，猛地捂住了嘴，惊诧莫名地看向那二人，小心翼翼地道："这是怎么了？"

康王瞥了世子妃一眼，见她满脸的惶恐不安和哀求，又见四周众人此时方纷纷回头装晕，心知肚明是怎么一回事，不想再让人继续看热闹，也不想再让康王妃添了心事，便轻轻一拂袖子举步离去，淡淡扔下一句："管好你的人，管好你的事，其他事情不要你瞎操心！"

许樱哥沉默地站起身来，轻轻拂去裙子上的灰尘，没事儿似的望着世子妃笑道："都是对母妃的病有好处的。母妃吃着还好？"

世子妃往前几步拉住她的手往屋里走："既然来了，便去亲口问一问母妃喜欢不喜欢。正好的，母妃也问过你们几遭了，小三儿的事情谁说她也不信，只怕要你亲口说的她才信。"并不问适才康王为何会发怒，只趁着众人不注意，压低了声音道："父王、母后都是很讲道理的人。"

因为很讲道理，所以这情不好求，因为对于康王和康王妃这样的人来说，他们认为的道理才是正道理。许樱哥明白世子妃的意思，这是提醒她不要再多嘴了，当下低低地应了一声。论起来，这康王府中，除了张仪正难伺候，宣侧妃看着太过玲珑小白花以外，主要打交道的世子妃与王氏都还大量且好说话，康王妃也不是刁钻古怪的，也算是个补偿和平衡罢，许樱哥理了理鬓发，露出一个恰到好处的微笑，慢步走进了康王妃房中。

康王妃虽然吃得很慢，但表情果然很喜欢，王氏凑在她耳边轻声道："母妃，三弟妹来瞧您啦，适才您喜欢的这几样都是她亲手做的。"

康王妃有些困难地抬起头来看着许樱哥，露出淡淡一个微笑，目光直往她身后溜。许樱哥晓得她在找张仪正，忙抢前两步蹲在她面前轻声道："他很好，只是不好意思来见母妃，让我过来孝敬孝敬您。只怕要过两三日，他自己转过弯了才好意思过来。"

康王妃探究地看了她两眼，轻轻点了点头，低声说了句含糊不清的话。王氏贴过去听了，低声道："母妃说，她晓得你们孝道，让你先回去。"

许樱哥心想康王妃与康王多年夫妻，断不可能不知张仪正会受到怎样的体罚，之所以装作不知道，不过是为了全众人的孝心，赶她走，也不过就是为了让她赶紧回去照顾张仪正。当下快快活活地应了，假作无意地道："那我就不在母妃跟前聒噪了，三爷想吃好吃的，我灶上还炖着乳鸽的，想来差不多了。

只是要辛苦两位嫂嫂啦。"

　　既然想吃能吃，那就说明没有大问题。康王妃听到这话，眼睛果然又亮了几分，世子妃与王氏见状心里都松了口气，王氏送许樱哥出去，低声道："这边不要牵挂，照顾好三弟就行。他早日好起来，比什么灵丹妙药都更能治好母妃。"

　　许樱哥应了，自离去不提。

　　夕阳西下，杨花如雪。自伐晋大军开拔之后，整个上京城便似从春天直接走入了秋天，西晋与大华胶着多年，虽各有胜负，但始终总是西晋稍微占了那么一点点优势。张家子孙名将猛将众多，偏偏有那么一点点不协调，而西晋万事皆以那位不世出的帅才猛将晋王世子黄克敌为首，偏就整齐划一，实在是块难啃的硬骨头。没有人敢说大华此番必败，但也没有人就敢相信大华必胜，于是春天里瑟瑟地吹着秋风。

　　许扶捂着因牙齿上火发炎肿了起来的腮帮子，吸着凉气快步从上京的街头走过，小厮腊月小跑着跟在他后头，一双灵动的眼睛不忘敏捷地在四周扫过，一时瞧见了街头转角处小贩挑着的红艳艳的山楂，便扯了扯许扶的袖子："五爷，那里有卖山楂的。"

　　许扶顿住脚步回眸看去，唇边露出一丝淡到几乎看不见的温柔笑意，腊月明白，立刻扬起嗓子朝那小贩喊道："把山楂担过来！"

　　山楂又大又红，许扶看着稍许有了些欢喜之意，价也不问就令腊月包了一大包，随即抬步继续往前走。腊月看出他的心情好了许多，便絮絮叨叨地在后头念叨："奶奶还说了，她想吃上次在侯府吃到的酸辣粉，听说那东西是二娘子留下的方子，也不知道五爷问府里讨要了方子没有？"

　　许扶不语，只猛地站住了脚。腊月随着他的目光看过去，只见离此地不远处的康王府门前停着一张油壁小车，一个身材纤弱的青衣少女由两个婆子陪着，正立在康王府门前失声痛哭，康王府的大门却是闭得紧紧的，偶尔有人从侧门里出入也是看都不肯多看这三人一眼。

　　腊月抱紧怀里的山楂，往前赶了几步探头去看那少女的面容，随即吸了口气，回头看着许扶低声道："是赵家小娘子。"

　　许扶蹙起眉头低声道："你去打听打听。"

腊月溜溜达达走到一旁寻了个卖茶的,递过几文钱要了碗茶,顺便就把想知道的都知道了,于是飞奔回去寻许扶:"听说赵小娘子已经接连来了两日,第一次进去了盏茶工夫,回去了,下午又来,没能进去。今天已是在这外头等了一天啦,哭哭啼啼的好不凄惨。"

赵窈娘必是来寻许樱哥的。赵家既使了未出阁的女儿来寻本是结了怨的许樱哥,那便是已经穷途末路。但看这情形,赵窈娘一定没见着许樱哥。许扶知道赵家这些天不好过,却没想到赵思程经营那么多年,居然连这几天的工夫都挺不过去。许扶微一沉吟,低声吩咐腊月:"你想办法去把赵家小娘子请到前头茶楼里去,我在那里等你们。谨慎些,莫要露了痕迹。"言罢转身就走。

茶已添了第二道水,雅间的门才被人敲响,腊月恭恭敬敬地把被婆子扶持着的赵窈娘领进来,又殷勤地添上茶水走到门外立着,却体贴地将门窗大开,并不合拢。

赵窈娘才眨了眨眼,两大滴泪珠便滚了出来,哽咽了半日方挤出一句:"许五哥……"不等许扶回答,已经是大哭着拜倒在地。

许扶不好去扶她,因见她本就瘦弱的身体越发显得孱弱,一双眼睛瘦得洼了下去,又在那里哭得上气不接下气的,生恐她会晕死过去,赶紧朝那两个立在一旁哭涕抹泪的婆子使眼色:"快扶起来,有话好好说。这样算什么?"

赵窈娘好不容易止住眼泪坐下来,攥着帕子期期艾艾地道:"家门将倾,我也顾不得脸面了,本没脸来求樱哥,但现下是无人可求……"又捂着脸哭了一回,哀声央告道,"许五哥,可否求你帮忙让我见一见樱哥?她再怎么生我们的气,当初也是真心相交,打小儿的情分,且我四哥他已经尸骨无存……"

许扶的脸一点一点地绷起来,淡淡地道:"不是我族妹不肯见你,也不是她不肯帮你。她一个刚出嫁的人,连门都不好出,你让她怎么见你,又如何开得了口帮你?只怕你寻她她都不知道,且,将心比心,你是想要她怎么开这个口?"

赵窈娘目瞪口呆,默了片刻,呐呐地道:"可是,我四哥终究是为了她才……"

许扶突地冷下脸来,冷笑着打断她的话:"这话也好意思说,也真敢说!若不是你四哥干的那些好事,她何至于走到今日!你日日跑到那大门前去守着,是不是也想逼死她呢?断了她的活路,你家人心里就舒服了?"说到这里，他又忍不住挖心挖肺地疼，如果不是自己当初逼迫赵瑾，事情会不会完全不一样？

他自己不觉得，语气间透露出的寒气和杀意却是掩都掩不住。赵窈娘被吓了一跳，惊慌得不敢再说话，只觉得一颗心控制不住地要冲出喉咙来，连气都喘不过来，两眼往上翻，竟似马上就要晕倒过去。

许扶咬了咬牙，冷冷地道："到底故人一场，你家的事情我不会袖手旁观，总不至于让你没入教坊，毁了一生。但你适才说的那些混账话若是叫我再听见……"目光冷厉地在那两个婆子身上扫过，从牙齿缝里狠狠挤出一句，"不管是谁嘴里传出来的，我必叫他生不如死！"言罢一拂袖子大踏步离去。

赵家两个婆子先前一直吓得呆呆的不敢说话，见他主仆二人走远了才敢低声抱怨道："这什么人哪！当初不是和四爷挺要好的么？这会儿也是翻脸不认人了，什么叫必让我等生不如死？四爷就是为了那妖女才落到这地步的，这上京城都知道的事情，能瞒得过谁去？他许家还能只手遮天么……"

"别说了！如今这京中谁站出来都比我们狠。不管他是真心想帮我们也好，假意哄我们回去也好，这康王府都不能再来了。不然只怕连活路都没有。"赵窈娘怔怔地坐了片刻，茫然失措地起身道，"回去……回去……"

许扶站在不远处商铺的房檐下，目送着赵窈娘的油壁小车落寞地碾压着夕阳的影子，渐渐消失在人流里，轻轻出了一口气，抬起眼来看着远处康王府朱漆大门上耀眼的门钉，只觉得那颗颗黄铜门钉，每一颗都似是深深钉在他的心里，令得他鲜血淋漓，心痛如绞。

"五爷，咱们回去吧。奶奶还等着呢。"腊月轻轻拉了拉他的袖子，试图用卢清娘有了身孕的喜事来哄他高兴些。想起温柔体贴能干的妻子，再想起一心一意依赖自己的养父母，许扶先是觉得一阵温暖，随即却又觉得十二分的悲哀。他再不是一个人，所以太多羁绊，所以再不能随便出手，可是，难道要他就这样心安理得地享受着幸福，却看着许樱哥独自在那里艰难挣扎？

许扶将手举起来掩住发酸的眼睛，低声道："一事无成百不堪。"

"啊？"腊月没听明白，追问道，"五爷说什么？"

许扶却已经放下了手，低声道："没什么，奶奶不是说想吃酸辣粉么，我们去侯府要方子。"

三七当归肉鸽汤冒着热气，淡淡的中药香伴随着鸽子汤特有的香味，引得人食欲大动。张仪正顺从地随着许樱哥的动作张嘴、闭嘴、吞咽，一碗汤毕，这里还眼巴巴地看着，许樱哥便已放了碗自走到桌旁坐下吃饭。青玉几个立即上前伺候他漱口洗脸，一套动作做得行云流水，无可挑剔，显见是已经完全熟悉了流程。张仪正看着许樱哥桌上的各式菜肴，忍不住咽了口唾沫，低声道："我没吃饱。"

许樱哥夹起一块烧鹅肉，认真道："这是发物，你不能吃。母妃还等着你去看她呢。我和她说的，过两三日你便能去瞧她，这都过了两日了，三爷明日能起身坚持一盏茶了么？"

张仪正垂下眼，道："你总给我吃这肉鸽汤，又不给吃饱，怎么能好得快？"

"晚上这顿吃太饱并不好。"许樱哥似不经意地道，"今早我去给母妃送饭菜，听到母妃替你向父王求情，说她只是操劳我俩的婚事累着了，并不是因为你的缘故才病倒。"话未说完，张仪正已经垂了眼摆了手侧了脸，红了眼示意她不要再说。

就晓得他一听到康王妃的事情就不敢多话，许樱哥心安理得地继续吃她的饭。康王妃的病情在好转，张仪正再没发过热，伤口已在结痂，府中风平浪静，后来她也曾遇到过康王两次，康王对她虽淡淡的，却也没有为难她，所以此番危机应该是暂时走过最要紧的那一步了。只是她这些天出不去，也不知道外头的情景究竟如何。

这里饭毕才漱了口，就见绿翡快步进来低声道："宣侧妃带着三娘子来了，拎着一堆礼品。说是来看三爷和您的。"

许樱哥微微诧异，张仪正被鞭笞与康王妃病倒就是前前后后的事情，这些日子众人关心的重点都在康王妃那边，且因张仪正挨打羞人，众人都精得猴儿似的，谁也不会不长眼地来看笑话，不过是悄悄送点伤药或者使人来问一问适当表达关心而已，似宣侧妃这种亲自上门来探的可真是第一遭，却也无暇去猜宣侧妃的目的，含了笑自往外走。

张仪正心乱如麻，实没心思应付这二人，忙低声道："说我睡着了啊。"语气中多有央求之意，许樱哥回头看了他一眼，走到床边将灯灭了方才走了出去。

第70章 挑唆·妥协

美人虽是迟暮，却依旧精致美艳。宣侧妃坐在灯下，精美艳丽，略带打量地看着坐在面前的许樱哥，笑道："真是鲜花一样的娇艳。"

"您才是美名在外呢，我做姑娘的时候便经常听人提起您的美名。"许樱哥不知她所为何来，只微笑着递过一碟又一碟的干果给自进门起便垂头不语的张幼然，张幼然毫无例外地统统只是摇头拒绝。

宣侧妃见状，笑道："莫要管她，她不爱吃这些。"

许樱哥不想与宣侧妃多纠缠，偏就把张幼然当成了挡箭牌，温柔耐心地笑问张幼然："那三妹妹究竟喜欢些什么呢？你第一次来，我也不知你的爱好，说给我听，招待好了你，我心里也欢喜。"

张幼然闻言，迅速抬头看了宣侧妃一眼，眼里多有期待。宣侧妃微笑着翘起涂了蔻丹的手指，优雅地轻轻啜了一口香茶，朱唇微启，声音娇柔地道："三娘子，既是你三嫂开了口，你便大着胆子说，她可是个说话算数的好人儿，不会骗你的。"

许樱哥心头咯噔一下，这是早有商量呀，看来自己是恰恰落入了宣侧妃的谋划里。却见张幼然犹豫着看了她一眼，默了片刻，终是轻轻摇头，只管可怜兮兮地看着宣侧妃，并轻轻拉了拉宣侧妃的袖子。

宣侧妃笑了笑，怜惜地摸了摸张幼然黄黄的头发，眼看着许樱哥道："这丫头是听说，你有幅古画极好，所以慕名而来，想借来瞧一瞧。只是她生性害羞，胆子小，不好意思说，又怕打扰她三哥养病，不敢来，特为求了我领着她来。"

这是想借什么画儿？许樱哥心中诧异，面上依旧笑得自若甜蜜："三妹妹也喜欢画儿？"

张幼然垂着眼点了点头。许樱哥仔细看过去，见她虽然头发稀黄，皮肤也带着不健康的苍白之色，五官却是精致玲珑得紧，只是那萎缩的神态和无精打采的模样令得她身上根本没有半点王府女儿的贵气，甚至还不如寻常官宦人家养得好的女儿。这小姑娘，康王府如此讳莫如深，就连许杏哥都不知道，而宣侧妃反复将她往自己这里推，想必是生母有点问题，故不得康王及康王妃待见。许樱哥略一沉吟，笑道："可跟着先生学过入门笔法了？"

张幼然求救似的看向宣侧妃，宣侧妃笑道："她身子不好，不敢见生人，就是我闲了教她涂抹两笔。我是半桶水，早就被她学光了。幸亏你这个大才女进了门，她有福了。"做作地将帕子掩着口娇笑了两声，把张幼然猛地往许樱哥面前一推："将来她有个好名声嫁个好人家，还不是给你这个嫂嫂兼老师的面上添光？快收了吧，拜师礼我都拿来了！"

房里突然传来一声脆响，许樱哥眨了眨眼，微笑着让了开去，婉拒道："我也不过是个好吃懒做的，哪里就敢当三妹妹的老师？别误人子弟的好。还当正经请个先生才是。"

张幼然不防宣侧妃会大力推她，又吃许樱哥一让，差点扑倒在地，幸亏青玉眼疾手快地飞速扶住了。张幼然怔了怔，举起手来捂住脸，呜咽一声快步冲了出去。青玉同绿翡见状，不等许樱哥吩咐便赶紧追了出去。

有她二人盯着，许樱哥自不怕会出什么事，只尴尬地摊了摊手："这真是……"

宣侧妃也不管张幼然，面上露出几分不悦淡淡地道："莫非你也是听人家说了瞎话，就这么害怕接触三娘子？不过是闲暇时分教一教，再借幅画儿来瞧瞧罢了，你何苦左推右推的？做得如此明显，也不怕伤了小姑娘的心！"

真蹬鼻子上脸了，许樱哥叹了口气，无奈地道："您误会了，我不过自认才疏学浅，不敢误人，也没想到您会突然把她推了过来。也不知道三妹妹到底是要借什么字画呢？"

宣侧妃定定地看着她道："八十七神仙卷。"

她可真敢说！许樱哥吸了一口凉气，笑道："您真会开玩笑，我哪里有这个好东西？"

宣侧妃不悦地起身欲走："三奶奶可是瞧不起我？这般不肯说真话。我又不是要贪你的，不过是看三娘子可怜，念叨多年，给她拓宽一下眼界而已。你要真不放心，就在这里一观也未必不可。舍不得就算了。"

她如何这般笃定自己就有这画？许樱哥默了片刻，并不向她打听这消息的来源，只道："我出嫁之时，家父母的确给我备了些字画做嫁妆，但我也记不得究竟有些什么了。才刚进门便遇到母妃和三爷生病，也没空收拾出来，等过些日子收拾好了再寻侧妃同三妹妹过来瞧，如何？"

宣侧妃立即转嗔为喜，亲热地拉了她的手道："你这个傻孩子，是我小气了，还真当你不肯呢。"

许樱哥垂眸一笑，宣侧妃往幽暗的里屋瞟了一眼，继续言辞恳切地道："不是我说你呀，你前两日胆子也忒大了！怎么能由着三爷的性子胡来呢？那赵家是什么人家？背恩负义，不亚于谋逆！你竟然敢向王爷替他家人求情……知道的晓得你是重情分不怕嫌，不知道的，少不得要乱嚼舌头。你这孩子，怎么就这样实诚呢？谁没个难处？和他家说清楚就是，想来也不会太怪你。"

当日之事，她就连青玉等人也没提，能把事情知道得这么详细的不过就那么几个人。宣侧妃打听到消息也就罢了，特意上门来这么一出，只提赵家不提崔家，明显就是来挑拨的。果然侧室与正室就是天生的敌人，还要延续到子女的身上？许樱哥抬起眼来看着宣侧妃，一字一顿地道："侧妃娘娘真是慈爱体贴，我记住了。"

宣侧妃被她看得心慌，猛然想起这也是个不亚于张仪正的胆大妄为的家伙，立时准备将自己的纤纤玉手从许樱哥的掌心里收回来，许樱哥却将她的手给紧紧攥住了不放，微笑着道："我还向父王替崔家求情了呢，那才是板子上钉钉子的谋逆，也不晓得人家又要怎么嚼舌头？"

宣侧妃使劲挣了几下，干笑道："我就是好意提醒你，这做了媳妇不比做姑娘的时候，谨言慎行是没错儿的。便是好心，也得分人分时候。这还是咱们府里王爷、王妃大度，三爷也是个讲义气的。"

许樱哥见她脸都挣红了，方轻轻将她的手放开，微笑着道："您说得是，母妃常和我说，三爷鲁莽冲动，而我又胆大不肯吃亏，一直都很替我们担忧呢。今日得了您的提醒，以后我会加倍小心的。"

这个蛮货，果然只配张仪正这种憨货！宣侧妃揉着手，眼泪都差点疼得掉下来，许樱哥却轻松自如地摸摸鬓发，探着头往外看："这俩丫头这时候还没回来，我得去看看，别让三妹妹委屈很了才是。我看三妹妹羞涩，您和她要熟些，怕是要烦劳您去劝一劝？"

这是变相的逐客令，宣侧妃焉能听不出来？却不露出半点，微笑道："王爷和王妃将她交付与我，我自是要上心关照的。你别送了，我自己去。"

许樱哥微笑着一福："您是长辈，不能不送。且我也顾念着三妹妹，得跟去瞧瞧。"也不管宣侧妃乐意不乐意，一手抓住宣侧妃的胳膊，半推半送把宣侧妃给弄了出去。

她一出门问过张幼然所去的方向便大步往前快走，也不管宣侧妃跟得上跟不上。弄得宣侧妃娇喘吁吁，实在耐不住了，只管去推她的手，喘着气道："不用你扶，我自己走。"

许樱哥赖皮地笑着，还要贴上去："您别客气，小辈孝敬长辈是应该的。说来您还是第一个来看我们的呢。"

宣侧妃连连摆手，往自己的丫头身后缩："那边不是你那两个丫头？"

许樱哥顺着看过去，果然看见青玉和绿翡提着个灯笼快步朝这边走过来，便喊了一声，二人听见，忙过来道："三娘子回房去了，已是同她房里的嬷嬷交代清楚了的，婢子们瞧着睡下了才回来的。"

许樱哥也就懒得再去张幼然那里扮慈爱贤惠，只道："那就好。"

宣侧妃脱离了她的魔掌，便又高贵优雅起来："我倒是不放心，我得去瞧瞧。你……"

许樱哥颔首一礼："有劳您了。她和我不熟，既已是睡下了，我便改日再去看她更好些。"

宣侧妃也不勉强，体贴笑道："那你先回去，小两口可不要再闹了啊。"

目送宣侧妃走远，许樱哥招手叫青玉过来："你立刻去把今日宣侧妃寻我借画，要我教三娘子书画的事情说给张平家的听，就和她说，这什么八十七神仙卷我们真是不曾见过，侧妃娘娘等着要，不知怎么办才好？"

青玉立即领命而去。许樱哥带着铃铛同绿翡两个一路且行且看，纯当散步散心。才入院门，就见紫霓站在门口拼命朝她使眼色，而正寝里已然灯火通明。许樱哥晓得张仪正等着她，略一思忖，偏还不进去，先在院子里慢悠悠演了一套五禽戏，直到身上出了细汗，遍体通泰了方才擦着汗进屋，却也不急着入内，又慢悠悠地去了净房里泡热水澡，算着张仪正再有多大的火也憋得差不多了，才微笑着走入房里。

张仪正咧着嘴龇着牙侧卧在榻上正等得心焦火大，见她笑眯眯没事儿似的更是生气："你总算是晓得回来了！"

许樱哥坐到镜台前取了杨木梳子慢悠悠地梳着长发，调笑道："不过一会儿的工夫，三爷就想我了？我适才是有正事要做。宣侧妃和三妹妹第一次过来，又是来看你的，我怎么也不能怠慢不是？"

"谁想你了！少往自己脸上贴金。"张仪正越是见她云淡风轻的就越恨，咬着牙道，"她说的都是真的？"

许樱哥瞥了他一眼，平静地道："难道宣侧妃平时很爱说谎么？"也不管张仪正是个什么表情，自顾自松松绾了个堕马髻，又从玉瓶里挖出一大块润肤香膏，慢悠悠地顺着脸、脖子、肩头、前胸推了开去，然后对最近的肌肤状态微微有些不满意，觉得怎么也该抽时间做个面膜保养保养才是，亏谁也不能亏了自己。

这是认了。她根本就不在意他是否知道此事，也不怕他知道此事后是否会暴跳如雷。所以她要做之前和做了之后都不曾向他提过半点，不因为顺了他意替崔家求了情而来向他邀功邀宠，也不怕他知道她为赵家求情而与她反目。她早就把一切都想好了，就等着他发作或是接受。若非是宣侧妃上门，自己还不知要多久才知道，张仪正趴在榻上看着忙得不亦乐乎的许樱哥，心里说不出的滋味，忍了又忍，明明是想发火的，开口却是低低一声："为什么？"

许樱哥见他没有发火，微微有些讶异，神情中便带了几分认真，转身看着他道："我说不为什么你信么？"

他自然是不信的，但不信又能如何？他自以为很了解她，最后却发现根本不了解她，甚至很陌生，因为都是假的。张仪正沉默许久方淡淡道："别以为你顺了我意我就会原谅你替赵家求情。我不会原谅的。"他认真地低声重复了一遍："不会。"声音低不可闻，与其说是说给许樱哥听的，不如说是说给自己听的。

许樱哥听得清清楚楚，直言笑道："其实我还真不是为了顺你的意，也不是为了顺谁的意，想做就做了。告诉三爷一个好消息，你可以欺负我了，我得罪了父王，你便是打我两拳想必他也不会惩罚你，只会觉着我不守妇道，就该打一打才好。"

她突然间不再甜言蜜语，不再谄媚，张仪正反而有些不适应，怔了怔才挤出一句："活该！简直就是痴心妄想。若是就这样轻易放了他家，岂不是所有人都可以随便谋逆？"

许樱哥将身上的罗袍紧了紧,十分严肃认真地赞同道:"三爷这话说得对极了。但凡谋逆的,就该杀得片甲不留,一个不剩,抄家灭门,再不然男的该去势罚没入宫,女的没入教坊才是,什么小孩子呀,奶娃娃呀,谁管他,谁叫他生在这种人家的。既然幸运如斯,能逃得一条囹圄命流放到边疆,那便该想着感激天恩,随时准备为国捐躯洗刷身上的罪孽才是,怎能还想着要避开伐晋大战呢?可真是天大的笑话。人心同理,崔家犯的罪可比赵家犯的重得多。"

满满的讽刺挖苦,让人无可辩驳,张仪正满心不服,挖空心思正想找点什么来说,便听青玉在外低低喊了声:"奶奶。"

"我去去就来。"许樱哥立即顺势起身径自走了出去,全不管张仪正是否青黑了脸面。

到得外间,但见几个丫头全都没走,人人都是一副紧张的表情,许樱哥知道她们是担心自己和张仪正会上了宣侧妃的当吵闹起来,便笑着摆摆手示意并无大碍,吵不起来。众人松了口气,青玉上前替她揉着肩膀低声禀道:"婢子见着了张平家的,她只说请您放宽心,待她去打探一下是怎么一回事明早过来回禀。婢子瞧着她的情形似是知道些的。"

许樱哥舒服地靠在她怀里道:"怎么说?"

青玉道:"她送我出来时,说了一句,奶奶只要对王妃尽孝,照顾好三爷就行,其他人,其他事,一概不需理会。"

青玉的怀里又暖又软,许樱哥差点没就此睡过去,听到丫头们偷笑了方拼命挣扎着站起身来打着呵欠往屋里走:"都散了吧,这些天大家伙儿都累了,早点休息。"进得屋里,只见张仪正还趴在榻上沉思,听到声响便抬起头来看着她,神色已经不复之前的狂躁,更多了几分沉静迷茫。便走过去替他理了理被褥,商量道:"三爷这会儿要不要解手?这些天我很累,大概会睡死了听不见你喊。"

她身上的暖香味直往张仪正的鼻子里钻,张仪正不自禁地往旁边让了让,又恨她适才讽刺得自己无话可说,便忿忿地道:"不要。"

"那今夜可以睡个囫囵觉了。"许樱哥轻松地伸了个懒腰,笑着走到床边放下帐子,重重躺倒在床上。

"全无举止的懒婆娘。"张仪正低骂了一声,悄悄回头看去,只见大红的罗帐已经把他和许樱哥隔绝在了两个世界里。须臾,罗帐里的羊角灯被吹灭,屋里屋外顿时一片黑暗。张仪正怔怔地看向黑暗里的那张婚床，想象着许樱哥是否也在里面这样探究地窥伺着他，他有很多问题堆积得满心头想要问她，嘴却似被铜丝铁线密密匝匝缝了一遍又一遍，只要张口便觉得痛到了心里去，便只能睁大眼睛看着房内影影绰绰的家具帐幔，将心中那些纷乱迷茫一点一点地压下去。

二更鼓响，张仪正累极了，昏昏沉沉将要睡过去，突听得许樱哥低声道："幼然究竟是怎么一回事？"

张仪正一个激灵，硬生生清醒过来，冲口而出："她的生母是圣上所赐的宫人。"

许樱哥不明白，按说，既是皇帝赐的宫人，便是不甚得宠也不至于如此不受人待见才是。她等了片刻，不见张仪正有继续往下说的迹象，便小心翼翼地试探道："听说父王今日早上使人往林州送了一封信，到底是心疼你的。"

明明一切照旧如常，两个人却都觉得房中安静到就连呼吸声都能听得清清楚楚，就连窗缝里钻进来的风也一样有迹可循。

许樱哥安静地等待着，张仪正亦然，谁也不愿意率先打破沉默，仿佛一不小心，就会被对方看透了自己的小心思。

然而话却是不能不答的，若是故意避开去，反倒不妥当，总有一个人要妥协。斟酌再三，张仪正清清嗓子，道："上次在侯府，我听岳父的意思，此战将会十分艰难。且二哥又是在那老匹夫手下，只怕更是艰难。"

见他不再提崔家之事，反而提起了张仪先，许樱哥有些诧异又有些放松，顺着他的话头道："要相信吉人天相，二哥领兵多年，也不是可以随意拿捏的软柿子。就和那日大姐同我说的一般，武家姐夫此番不求有功，但求无过，能平安归来便是大善。"

"唔。"张仪正又默了片刻，接着道，"幼然的生母是服毒死的，她当年本来一直都在圣上身边伺候笔墨，有次宫中家宴，父王醉酒，醒来她便莫名躺在一旁。为了此事，父王差点被圣上拿刀砍死。后来她到府中，生了幼然没多久便在圣上寿诞那日服毒身亡。她连玉牒都没上，若非你是嫁入王府，只怕也见不着她。"

"……"许樱哥一时无语。虽则这女人最终被赐到了康王府，但老皇帝为了这个宫女狂性大发砍杀唯一的嫡子，说明也是禁脔，康王同志赤果果地被人栽赃陷害了么，那么这样出生的张幼然哪里又会得到康王与康王妃的待见？宣侧妃一心想把她推销给自己，明显就是想让自己讨公婆的嫌。可恨这混账一直不肯提醒她，许樱哥忍不住讽刺道："原来我以为三爷也不晓得这是怎么一回事呢。"

张仪正冷幽幽地道："之前那女人一定要你收她做徒弟，我没提醒你？"

许樱哥想起那时候房里的确有过一声响，便罢了，笑问道："那八十七神仙卷你知不知道？"

张仪正答非所问："日后不要再同我提赵家之事。"

这算是妥协？不需要他和康王怎么去管赵家，只要他二人不闻不问，自有人去操作。许樱哥目的达到，便懒得应答他，自摊开了手脚梦周公去。张仪正背上的伤口隐隐作痒，煎熬了大半夜才迷迷糊糊睡将过去，一夜乱梦，梦到自己独自一人茫茫然立在荒野里找不到方向，醒来一身冷汗，心意惘然悲凉。

白藤春凳上抬着张仪正穿行在康王府姹紫嫣红的花园里，所过之处众人先是侧目，随即又低头屏声，装作不曾看见。张仪正最是好面子不过，一张脸涨得通红，满脸忿忿之色，许樱哥随行在一旁，温和低语："我记得去年春天在香积寺里第一次见着三爷，三爷也是乘着个白藤肩舆要去看我家做法事，又凶又好瞧。我们想笑，却又不敢笑。真是没想到呀，我居然嫁给了你。三爷你当去香积寺烧烧香拜谢一下神明才是。"

张仪正趴在凳子上被人围观本就十分羞恼，听她说起旧事，又厚着脸皮往自己脸上贴金，越发火大，正待反唇相讥，抬眼看到许樱哥狡黠的神情，便硬生生将一口气咽了下去，磨着牙不说话。

许樱哥见他如此，也就失了捉弄他的心情，正色道："三爷日后不管做什么事都切记不要再这样冲动了，累人累己。"

"唔，贤妻说得是。"张仪正居然从善如流，目光温柔。

太阳从西边升起来了？许樱哥顿时吃了一惊，四处张望开去。

第71章　爱护·改变

许樱哥抬眼看去，只见前方不远处，万花丛中，张仪端身着一身竹叶青的锦袍，腰间挂着青玉佩，风度翩翩地含笑走了过来，目的地，当然是她夫妻二人。许樱哥立即配合张仪正的行动，先温柔娴淑地替张仪正理了理身上的袍子，再温婉地对着张仪端施了一礼："四叔早。"

张仪端俊秀的脸上微微泛了些红，一本正经地理了理袍袖，规规矩矩地深深一揖："见过三哥，三嫂。三哥可好些了？"目光从张仪正身上扫过，满脸关切体贴怜惜理解却只对着许樱哥："这些日子可真是辛劳三嫂了。"

许樱哥辛劳关他屁事呀！张仪正警觉地大声道："你不读书写字准备结亲，大清早的到处乱晃什么？"语气中饱含恶意和挑衅。

到底是亲兄弟，张仪端虽然有些讨厌，但他笑脸贴上来，完全没必要和他这样对着来。许樱哥不是很赞同张仪正的反应，便轻轻拉了拉他的袖子，张仪正却如同打了兴奋剂，用力扯回自己的袖子，斗鸡似的瞪着张仪端，恨不能用目光把张仪端给射几个大窟窿。

偏张仪端也是脸皮极厚不自觉的，不但不避开，反而似笑非笑地道："弟弟自是有正经事要寻三嫂。"

张仪正冷笑道："你能有什么事找她？别找打！"

张仪端往许樱哥身边靠了靠，带了几分委屈苦笑道："三嫂，你看三哥这个火暴脾气，吃了这么多的亏也不知道改改。我真是有正事要找你，在这里等你许久了。"

张仪正见他不但不走，反倒往许樱哥身边靠过去，气得七窍生烟，瞪着许樱哥道："不许你理他，你过不过来？"

身边随侍的几个丫头婆子见状，都垂下眼不语不看，面上的神情却古怪得紧。这无理取闹的神经病，这时候倒是做得这样小心眼，许樱哥根本懒得理睬张仪正，含笑望着张仪端温和地道："四叔有话但请直言。"

张仪正脸都气歪了，张仪端唯恐天下不乱，得意地朝张仪正飞了个眼风，满脸为难地看了看周围的丫头婆子，低声道："嫂子是否可以行个方便，往这边走走？"

这也是个蹬鼻子上脸的，许樱哥站着不动，含笑道："你三哥不是外人。"

张仪端害羞地摸了摸头，压低声音道："我是为昨晚之事来向你赔礼的。你别在意，我娘就是那个性子。她闲得发慌了，被人一撺掇就什么都不知道了。"

这对母子真有意思，一个来传播病毒，一个来打防疫针。要玩大家一起玩，许樱哥满脸迷惑之色："什么啊？"

张仪端有些发愣，不确定地试探道："昨晚宣侧妃她领了三妹妹过来说要借画……"

许樱哥笑眯眯地打断他的话："我还当怎么了呢，四叔多想了。我和侧妃娘娘相处得极为愉快。"不等张仪端再说话，便看了看天色，笑道，"时辰不早，你三哥急着要去探望母妃，四叔你要不要一起过去？"

张仪端打蛇随杆上："我也正要过去探望母妃的，正好同路。"假意担忧地看向张仪正："三哥，可以不？"

张仪正翻了个白眼："狗皮膏药。"

张仪端恍若未闻，欢欢喜喜地同许樱哥搭话："听说三嫂为皇后娘娘画的花冠十分美丽……"

张仪正道："我脚冷，樱哥你看看是怎么回事。"

张仪端又道："许三先生真是了不起，我才看了他新刊印的那本诗集……"

某人暴喝："我伤口疼，好像裂开了！"

"侯爷真是国之栋梁……"

"你有完没完！不说话没人把你当哑巴！吵死了！"张仪正终于忍不住爆发翻脸。张仪端哀怨地看了看许樱哥，大度地朝他夫妻二人拱了拱手，转身落寞而去。

"何至于？做哥哥的对弟弟多少也要友爱些。"许樱哥别有意味地看了张仪正一眼，张仪正恼羞成怒，怒道："母妃还等着，你们倒有心思互相捧臭脚！"

"总算是来了！"还未到宣乐堂，曲嬷嬷便抹着眼泪迎了上来，全不理一旁的许樱哥，只顾着上前拉起张仪正的手左看右看："三爷呀，今日瞧着您可好多了。等会子您真能自己走到王妃面前？撑不住就别撑。"

"嬷嬷放心，走几步路还是没问题的。母妃今日如何？"曲嬷嬷不待见许樱哥，张仪正当然能察觉到，当下觑着许樱哥，表示你也有不能诸事通顺，也有被人不待见的时候。许樱哥见他看来，温和地朝他一笑，一脸的懵懂。

张仪正抛给她一个"你就装吧"的表情，拉着曲嬷嬷说个不休。须臾到了宣乐堂，王氏等人忙围上来嘘寒问暖，低声提醒道："老早便醒了，虽不说，却一直往外看，早饭也没吃多少。三弟可别再气她了，不管怎么说，都顺着。"

张仪正点了点头，对着许樱哥伸出两只爪子，许樱哥上前俯身将他扶下春凳，让他靠在自己身上慢慢往里走，张仪正疼得满头大汗，强忍住了，站在门前喊了声："母妃！"

许樱哥赶紧用袖子给他擦了擦脸上的冷汗，慢悠悠走到康王妃病榻前，含笑道："母妃，我们给您请安来了。"

却见康王妃面里躺着，并不回头，也不答话。世子妃在一旁悄悄比了个手势，一脸的不忍和赞叹。许樱哥略一思忖，心下恍然，最是慈悲慈母心，康王妃又想亲眼看看张仪正是否安好，却又不忍目睹他的惨状，当下捏捏张仪正的手，扶他往榻前的软椅上坐了，低声道："你好好陪母妃说说话。"

张仪正坐下来蔫头耷脑地看着康王妃的背影低低喊了声："母妃，我错了。您好歹回头看儿子一眼。"

康王妃许久才哽咽着低声道："孽畜，你便是死了我也不耐烦哭。"

张仪正垂着头不说话，满脸的羞愧之色。世子妃同许樱哥对视一眼，示意周围伺候的丫头婆子同她二人一起悄悄退了出去。走到门前，许樱哥回头，只见张仪正张着两只手，满脸犹豫地似是想去触康王妃，便放心地大步出了门。

有丫头送上茶水来，妯娌三人团团而坐，王氏与世子妃互相交换了个眼色，世子妃笑道："听说昨夜宣侧妃过去探病了？"

大家族没有秘密，何况自己一个新来的人，想要短时间内就把自己那个小窝打理得密不透风，那是根本不可能的事情。她们既然坦坦荡荡地问，许樱哥也就含着笑，明明白白地把昨夜宣侧妃说了些什么，做了些什么，一一说给她二人听。

待听到八十七神仙卷，王氏有些不自在地摸了摸鬓发，世子妃平静地道："东西在我那里。"

许樱哥挑了挑眉，很感兴趣地含笑看着世子妃，并没有假意说什么场面话的打算。

世子妃却又不说，转头对王氏道："四弟的定礼需要打理，你去忙你的，这里有我们。"

王氏便笑着告辞而去，世子妃这才道："你是个爽快人，我也不藏着掖着，实话同你讲，前两日赵家有人上门来找你。来的是赵家窈娘，带来的礼就是这幅八十七神仙卷。我想着，现下家里太乱，你又要给母妃做饭，又要照顾三弟，有点空闲只怕也想躺躺歇一歇，便没有使人同你讲，自作主张打发走了她，扣了东西。不承想这事儿竟给人做了挑拨的由头。"

这是爱护的意思了。在所有人眼里，许樱哥此刻都不宜与赵家人打交道，何况她才因崔、赵两家之事触怒了康王。世子妃的出发点自然是好的，不然许樱哥知道了这事儿，是去见赵窈娘好呢，还是不见赵窈娘好呢？赵窈娘只要见着了她，自也不会轻易撒手，扯着哭闹起来又该怎么办才好？

曲嬷嬷走进来，赞叹道："世子妃真是用心良苦。"

许樱哥默了片刻，站起身来对着世子妃端正一礼，道："嫂嫂的爱护之情，樱哥都记在心里了。我不过刚进门的新妇，能得到家中公婆兄嫂这般爱惜照料，实在是我的福气。"

世子妃点点头："你不必太放在心上，我们本是一家人，就当共同进退。我们都盼着小三儿早些长大懂事，你们把小日子过好，那才是真正的好。"话未说完，世子妃的眉毛便轻轻皱了起来，因为她看到许樱哥脸上并不只是单纯感激和喜悦，还有一种她很不喜欢的东西，那种感觉就同张仪正脸上经常露出来的一样，也是她第一次跟随康王妃去许府赔礼求亲时从许樱哥脸上看到的一样——骨子里的不驯服，骨子里的强硬。

许樱哥微垂着眼，声音照旧的温柔好听："嫂嫂待我诚恳，我也要对嫂嫂诚恳。我自小便不太听话，凡事总想要自己做主，被父母训斥了很多次，这臭脾气总是改不掉。你说我们是一家人，应当共同进退，我记在心里，也会认真去做，因此，我觉着日后不该再给人挑唆的机会。"

此言一出，屋内一片安静，世子妃抬起眼来认真仔细地将许樱哥打量了一遍，许樱哥还是半垂着眼，身子却站得溜直。

这人怎么能这样不顺从呢？见世子妃神色尴尬，曲嬷嬷不忿地道："老奴忍不住要说句公道话，三奶奶您要知道这可都是为了您好……"

蹬鼻子上脸，倚老卖老的老奴十分可恶，却不值得与她一般见识。许樱哥并不搭理曲嬷嬷，只看着世子妃镇定地道："我尊敬嫂嫂，也领嫂嫂的情，所以乐意和嫂嫂说我心里的真实想法，若是有什么得罪不当之处，还请嫂嫂见谅。"青玉焦急地扯了扯她的衣角，她只是恍若未闻。

半晌，世子妃方淡淡地道："行，稍后我便使人把那八十七神仙卷还你。"

许樱哥明知其心里不舒服，却也顾不得，盈盈一礼："多谢嫂嫂不同我计较。"

曲嬷嬷见她轻视忽略自己，心中越发忿恨，又道："老奴斗胆再说一事，雪耳等丫头便是犯了错，也不该被活活饿死，当下之时，行善积德……"

世子妃严厉地看了曲嬷嬷一眼，曲嬷嬷立时噤声。世子妃也不多言，神色淡淡地起身自往外头去了，曲嬷嬷厌恶地看了许樱哥一眼，也跟着转身出去，其余人等见状，便都悄悄退出。顷刻间，偏厅里只剩下许樱哥同青玉、绿翡主仆三人，绿翡焦急道："奶奶，世子妃本是好心，您何苦来？"便是真要对上，也等站稳了脚跟再说，当此时，何苦一个个地挨着得罪遍了？

青玉知晓许樱哥的性情，不做就不做，做了便做了，说什么都是白说，便朝绿翡使了个眼色，示意她不要再说。

许樱哥坐下来，沉着地端起已经凉了的茶一口一口啜着。隔壁依稀传来抽泣声，院子里有鸟儿在婉转低唱，有日光透过雕花窗棂，在屋中投下斑驳的光影，细尘在光柱里飞舞，宣乐堂的早晨热闹得很，她的心情却无比沉着冷静，她非常清楚自己要的是什么。

她不认同世子妃收了赵家的重礼，给了赵家希望，却又直接将消息隔断，把赵窈娘晾在门口的做法，更不认同这种所谓的爱护体贴。这只是开始，若是日后再有人上门寻她，是不是也要经过世子妃等人的筛选她才能知道呢？她一直都想尽力为自己做主，却不得不一直退了又退，如今她已经无路可退，不能再退。她看得到世子妃的好意，也看得到世子妃等人的强势，所以这些话不能不说，态度不能不表——作为新家庭的一员，即便是她没有参与大事的权利，但她目前最少应当拥有决定见或是不见谁，做或是不做某事的权利。

铜漏里的水一滴一滴地往下滴，时间一点一点地过去，主仆三人都似是被人忘在了一旁，便是连添水的人也不见了，正当青玉同绿翡都有些不安的时候，隔壁终于传来一阵响动，大丫头秋璇在偏厅外探了探头，低声道："三奶奶，三爷要回去了。"

许樱哥站起身来走入康王妃房中，但见张仪正趴在榻上，双手握着康王妃的手，眼睛还有些红肿，见她进去便微微垂了眼睛。康王妃的精神却是比之前好了太多，微笑着道："媳妇，这些天辛苦你了。"

许樱哥笑而不语，心想道，那是您老人家不知道我做的那几件事，等您老人家病好了，立刻就会有人向您告我状的，一条又一条，都是招人恨的，只怕那时候您就看我不顺眼了。

康王妃见她面上微有倦色，张仪正也是早就脸色苍白，心中不忍，体贴地道："我倦了，你们先回去罢。"

"是，母妃安心养病。想吃什么只管让人来说。"许樱哥上前用力扶起张仪正，扶起来才发现张仪正腋下的衣衫早就湿透了，身子也在微微颤抖，晓得他痛极，便小心翼翼地注意不碰着他的伤处。先时张仪正还能强颜欢笑，撑着自己走，才一转出屏风便软软地靠在许樱哥身上，压得许樱哥一个踉跄，幸亏青玉等人早有准备，立时将白藤春凳抬了上来，七手八脚地轻轻将他扶了上去。

白藤春凳安静地行走在宣乐堂的廊上，张仪正闭着眼，一动不动，许樱哥跟在一旁，掏出丝帕轻轻擦了擦额头上的汗，冷眼看到不远处的紫藤花架下，曲嬷嬷神色激动地同世子妃低声说着什么，不时往她这边瞟过一眼，满满都是不喜。世子妃立在花架下，手把着一簇花朵，面上无悲无喜，却是看也不看她一眼。

看来今日除了康王妃母子之外，大家心里都很不舒服。许樱哥回过头，接了青玉撑开的伞遮住了张仪正的头脸，安静地领着众人走出了宣乐堂。

大抵是见着了最无能，却最宝贝的儿子虽然吃了些苦头，终究却是安然无恙，还似乎更懂了些事的缘故，康王妃的病好了许多，中午时分便传来她食欲大增，可以下床略走几步的好消息。于是阖府欢喜，就连许樱哥同张仪正的小院子里也平添了几分安宁喜悦之意。

春日午后的日光透过窗纱，晒得人又暖又软，许樱哥仰面躺在张仪正的身边，将素纨扇盖住了脸，从眼角偷看张仪正。张仪正刚睡醒，正趴在榻上半侧着脸发呆，浓密的眉毛紧紧皱在一起，脸上满是黯然和茫然。让人看了情不自禁就觉得他很可怜，许樱哥心思一动，试探着伸手摸摸他的脸颊，低声道："都过去了。"

张仪正不防她会用这样温柔的姿态触摸自己，仿佛被烫了似的猛缩了一下，睁大眼睛警觉地看着她，许樱哥笑着收回手："在想什么呢，这么入迷？"

张仪正不语，只顾沉默地看着她，许樱哥也不说话，认真地和他对视着。外面传来婢女们低低的说话声，许樱哥翻了个身坐起去，叹道："有客人来了。"言罢下榻懒散地趿拉着绣鞋走了出去。

张仪正看着她袅袅娜娜的背影，只觉得那身胭脂红衫子火一样地灼人眼睛。他痛苦地闭上眼，努力想让自己再次陷入到混沌中去，他是张仪正，他也是崔成，崔成已经死了，张仪正却还活着。张仪正可以替崔成做很多事情，但前提是张仪正必须作为张仪正好好活着，不然张仪正也可能随时悄无声息地死去，烟消云散，什么都剩不下。

外间，许樱哥小心翼翼地将手里的八十七神仙卷收好放入红木匣子里，满脸都是赞叹："果然好东西。"

世子妃身旁的大丫头玉瓶见状恭恭敬敬地道："若是三奶奶看过了，婢子便回去同世子妃交差了。"

许樱哥道："去吧，请替我向世子妃道谢。"

"是。"玉瓶默然一礼，规矩退下，绿翡忙替她打起帘子，亲自把人送将出去。

许樱哥叫过青玉，吩咐道："你与双子立即将此物送回府去亲手交给夫人，告诉她这是赵窈娘送来的，她知道该怎么处理。"

青玉接过匣子，低声道："奶奶，是不是先把那两个放出来再说？"

许樱哥淡淡地道："每日清水馒头一样不少，哪里就真的饿死了？我既把这事交给了袁嬷嬷，便由袁嬷嬷定夺。若是半途而废，不如当初便不做。"

虽是如此，但在别人眼里就是她看不惯并设法折腾这房中的老人，是为狠毒不贤良。青玉有心再劝两句，话已到喉边，知道无用，便又生生吞了下去。

许樱哥走回房中，只见张仪正张着两只手，笨拙地想要去挠背上的伤，忙将他的手按住了，道："伤口发痒那是快要好了，且忍一忍。"

张仪正痒得发慌:"那你隔着衣衫给我按一按。"

许樱哥依言用力按了按,张仪正缓过来便警着她道:"适才谁来了?你又派谁出门了?谁就要饿死了?"

许樱哥挨着他坐下来:"是大嫂使人把那幅八十七神仙卷送过来,这东西是赵窈娘送来的,她们接了东西,却把消息锁了,我不知道有人寻我,赵窈娘也不知道我不知道她来寻我,听说是在外头晾了两日。八十七神仙卷,价值不菲,我便是帮不了赵家的忙,也不至于就要贪这东西,我让青玉送回去给我娘,由她交还给赵家。还有就是曲嬷嬷怪我把雪耳和清夏锁起来,让我放人。"

她没有多说,张仪正却在瞬间就明白了她的想法和已经做出的应对,当下道:"也就是说,你在昨晚和今天早上很嚣张地得罪了一大群人。"

许樱哥默认:"还是三爷最了解我。"

张仪正忍不住皱了皱眉,讽刺道:"你不是最会谄媚讨好人的?怎地就忍不住了呢?到底原形毕露了吧。"

许樱哥的一双眼睛笑成弯月亮:"因为有些人永远也讨好不了呀,还有些人不是光靠讨好就能好的。既然讨好不了,弗如拉开车马,免得误伤。"

张仪正冷哼一声,道:"你别以为这还是你许家,大嫂嫁进来多年,虽然对外身份有些尴尬,实则深得父母亲信任倚重,便是宣侧妃也不敢轻易忤其锋芒,二嫂这些年更是把她高高供着。曲嬷嬷跟了母妃几十年,闯过血雨腥风,护过我们兄弟姊妹四人,拿命才换了今日的风光,不要说是府中一般人等,便是母妃也要给她留几分薄面,我等着看你哭。你就可着劲儿地折腾吧,反正你阴险狠辣也不让于人。"

语气恶劣,却把这二人的相关之事点得再清楚不过,好似是幸灾乐祸,却又一直在警告提醒。许樱哥默了默,轻轻抱住张仪正的腰,将脸贴在他的背后低声道:"便是哭了,我也还要继续,反正不能当窝囊鬼。"

"我看你是想闹得被休了,好跑回去另外找小白脸才对。早说过你是痴心妄想。"张仪正不耐烦地皱起眉头,却没有把许樱哥的手扳开。风吹过午后的庭院,阳光依旧灿烂,有些事情似是一直都没变,有些事情却又似是微微有些改变。

第72章 扫盲·石破

"奶奶，常福街的五奶奶有身孕了！"青玉眉间眼角都是喜色，"婢子回去，听到大奶奶正和夫人在说笑，道是昨日五爷过去讨要您当初留下的那个酸辣粉方子，又为着五奶奶想吃酸的，便买了一大包山楂，当场就被夫人给扣了散给了府中几位小郎君和小娘子吃着耍。"

山楂活血化瘀，孕妇当忌口才是，许扶虽然年纪一大把，却是第一次当爹，家中人口又简单，哪里会知道这些？许樱哥又是欢喜又是好笑，边琢磨着要以什么样的方式送点什么东西过去，边问青玉："我让你办的正事儿呢？"

青玉左右看看，贴在她耳边轻声道："五爷已经处理得差不多了，那画儿夫人当时便使大爷送回去，赵家日后再不会纠缠。夫人说，只要这边不穷追，不过十日问题便能解决，但这上京城赵家是再不能留了。"

许樱哥轻轻出了一口气，只怕不单不能再留上京，官职家产什么的都是全没了的，不过人能全须全尾就极好。待回了里屋，张仪正侧卧在榻上翻看着一本书，头也不抬地淡淡道："你备一份厚礼，恭贺我那救命恩人。"

许樱哥一怔，随即笑着点了点头。

张仪正又道："既是当初就来往着的，又一直相处得很好，那便照常往来，不要让人说你嫁入王府便忘了亲戚。等我好了，你便设宴请他们上门做做客，认认亲戚。"

他对许扶倒真是另眼相看，但许扶却是恨他入骨，怎可能随便就携卢清娘上门与他心无芥蒂地交往？左右答应了也只是答应，许扶不来他又能如何？许樱哥照旧含笑应下。

张仪正自书上抬起眼来，谨慎而小心地瞥了她一眼，低声道："不学无术总被人看不起，便是小四那狗屁也敢嘲笑于我，你是最爱读书写字的，教一教我吧。"

他最近的变化挺大，许樱哥真来了几分兴趣，立即走到他身边坐下笑道："那是荣幸。"

张仪正心不在焉地听着她讲解，心思渐渐飘到了窗外，其实张仪正也不一定非得一直不学无术，一贯只会争强斗狠。他还可以受出身学士府的新婚妻子影响，慢慢变得好学博学，偶尔作出一首酸诗，写两笔好字，也将不是什么稀奇的事情。一半真实，一半虚掩，今后做另一个人想必会比从前轻松自如很多。

许樱哥说得口干舌燥，不见张仪正有任何互动反应，抬眸一瞧，某人正盯着窗外那只嗡嗡作响的蜜蜂发呆。心中微怒，将手挡在张仪正眼前，似笑非笑地道："说完了，还请三爷说说这篇文章。"

张仪正收回目光，见她面上微有讽刺之色，心下不服，不假思索地张口一一道来。许樱哥越听越沉默，谁说张氏子弟多数天生不善文字？明明心不在焉，却又没有半点错处，还能有不同于她的见解，从前的先生怎会给个孺子不可教的结论？还是他一直都如此，只是一直都在装？

张仪正说到高兴处，突然觉得不对，立即来了个急刹车，先故意说错了一处，再谨慎地道："后面的没听，不知道了。"

许樱哥平静地道："那我再讲一遍。"

张仪正开始烦躁："今日就到这里吧，头晕了。我哪能一下子记得这么多呢？"

"贪多的确嚼不烂，明日又再说。"许樱哥微笑着收了书卷。真是有趣啊，她从前也是下过乡支过教，给成年文盲上过扫盲课的人，深深知道改造一个成年文盲究竟有多难，比教孩子还要难上加难。虽然这只是个"半文盲"，但也不该突然间便表现得如此抢眼，他若不是天才，中间便一定有鬼。既然他认为这个游戏很有趣，她便陪他玩，看看到最后能玩出个什么结局。

张仪正小心翼翼地觑着她的神情举止，见她似是毫无所觉，便试探着添了一句："其实我小时候很聪明的，先生夸我过目不忘，只是后来不知怎地就荒废荒唐了。"

"现在重新捡起来尚为时不晚。"许樱哥给他理了理衣服，温柔一笑，"先换药吧。"

三月三，上巳节，传说中王母大宴宾客便在此日，大华伐晋首战告捷，今上大为欢喜，乃以朱后名义大宴百官群僚，开王母宴。且不论百官如何想方设法敬献礼品讨帝后欢心，更有无数官宦人家的女眷削尖了脑袋，千方百计就想能挤入含章殿，在皇后和诸贵人面前露露脸，谋一个机会。

康王府中，自康王妃病倒后便一直是世子妃在主事，这些日子也收到不少的请托，她嫁入王府十多年，儿女双全，长子懂事聪慧，女儿乖巧漂亮，深得公婆丈夫倚重信任，对各方面的关系自是把握得当。每日里只是不动声色地待客，把不符合要求的过滤，符合要求的记下留报康王妃做最后的定夺。

　　世子妃要忙大事，王氏自然而然地担起了府中各种家务琐事，宣侧妃也有张仪端的亲事要忙，唯有许樱哥一人闲得很，没人找她做任何事，帮任何忙，府内的琐碎消息传不到这里，唯有大事还可通过学士府以及高、袁两位嬷嬷的渠道知晓。她被孤立了，但凡是有点眼光的人都能看得出来，世子妃待她照旧的温和，但从未单独与她相处说过话，更不要说是再往她房里送金鱼之类的小玩意；王氏对她还是热情灿烂地笑，该有的吃穿用度一样不少，但就是客气到生疏；宣侧妃偶尔遇到她也是不痛不痒地讥笑两句，张幼然从此不见影踪；曲嬷嬷每次看到她总是没有好脸色，宣乐堂的大丫头们对她恭敬有余，亲近不足，总而言之一句话，人嫌狗嫌。

　　张平家的很忧郁，当初康王妃把她指派到这边来，不说个个都羡慕，但也算是肥差一份，其间更多预示着王妃的信任与倚重，她也指望着许樱哥能把张仪正这颗歪瓜给拧正了，将来凭自身本事博个功名，她也算是尽心尽力伺候一场小有功劳。谁会想还不到一个月，事情就成了这副尴尬模样。

　　再看许樱哥，每日就光顾着给康王妃做那几顿饭，要不就是陪着张仪正读读书，写写字，再不然就是寻些莫名其妙的东西往身上脸上涂，睡大觉，喝茶，画画儿，过得悠哉乐哉，百无忧虑，半点不知危机。她想劝许樱哥，二人关系远没达到那个地步，轻易开不得口，不劝，那又不行，主子的事不只是主子的事，还关系到一院子的人。思来想去，便往高、袁两位嬷嬷那里走了一趟，又分别送了绿翡和青玉几个心腹丫头每人一包茶和桂花糖。

　　许樱哥得知，跑去高、袁二人那里喝了一壶茶，回来照旧的好吃好睡，偶尔调戏一下张仪正，和他斗智斗勇，夫妻俩高兴了便吃喝玩乐，不高兴了便瞪眼睛嚷嚷，虽不说什么蜜里调油，却也是自得其乐，自有一种平衡。就连新放出来的雪耳也是黯然销魂，退居二线，秋蓉更是一直龟缩在房内，轻易不露面。张平家的见状，彻底死了这条心。

　　转眼间便到了三月初三日，康王府中一片忙乱，人人都差不多在为入宫赴宴做准备。便是从前轻易不入宫的宣侧妃也因宫中给张仪端赐了婚，特地盛装打扮，准备跟着众人入宫亮亮相。

　　康王妃大病初愈，又见张仪正不但伤好得差不多，人也似乎真正沉稳了许多，不但不再闹得鸡飞狗跳，每日还能静下心跟着许樱哥读上大半个时辰的书，写上小半个时辰的字，其心甚慰。又因这些天一直食用许樱哥亲手下厨做的饭菜，见其顿顿不重样，样样精致美味，偶尔还能吃些从未见过的美味小吃糕点，显见是十分用心的，所以对这个儿媳妇也是比较满意的。唯一令她忧愁的是世子妃对许樱哥隐藏的冷淡，想到日后小儿子小儿媳多半还要依靠兄嫂拉拔，少不得寻了曲嬷嬷来问情况。

曲嬷嬷见她痊愈得差不多了，便十分委婉地将许樱哥这些日子的所作所为一一道来："三奶奶其实也是好心，明知王爷定会愤怒，仍然敢为崔赵两家求情。甚至为此和世子妃心里添了不痛快。"一边说，一边沉痛地叹气，"只是老奴担心，三爷和三奶奶都是随性而为的，日后可怎么好？不管怎么说，三爷也是老奴带大的，总是盼着他们好的。"

康王妃许久未语。嫁入婆家的女人，最忌讳的就是胳膊肘往外拐，心里惦着别人，甚至高过了夫家的利益，只此一条，便所有的好都被抹灭了。许樱哥经历过的事情太过复杂了，人又聪明胆大狠辣，只怕张仪正不会是她的对手。

曲嬷嬷见她沉默不语，忙劝道："看老奴真不会说话，三奶奶还年轻，偶尔犯了糊涂也是有的，她人聪明，又是书香门第出身的，虽然性子倔犟，但只要王妃悉心教导些日子，还怕她学不会？"

康王妃沉吟许久，扶着秋实缓缓站起来："先入宫，回来再再说。"

上巳本就是游山玩水踏青的节日，朱后要办的又是王母宴，自要选个风景秀丽，最好还有水的地方。于是这宴会便被设在了东苑，东苑有御池，池边遍植名花，当此时，正是花团锦簇的时节，正好当成瑶池以宴宾客。

因是宫宴，故而凡是有品级的命妇都是按品大妆，剩下的年轻姑娘们也是穿戴得花枝招展，名花美人美酒一样不缺，照得人眼花缭乱。唯一美中不足之处在于，锦缎棚子有限，很多美人儿被曝晒在日光之下，气息奄奄，香汗淋漓，但此时，宴会不过进行到一半而已，朱后等人正是兴致最高之时，也无人敢诉苦告退。

许樱哥老老实实地坐在康王妃和王氏下首，趁人不注意便和斜下方的唐媛眉目传情，传递着只有彼此才能明白的意思——这一场宴会下来，不知有多少娇养的女儿会被晒得脱了一层皮。二人许久不见，都有一肚子的话要说，怎奈不得私会相叙，便只能眉目传情了。

世子妃照旧是一惯的安静端庄，王氏却是看了又看，许久，忍不住轻声道："三弟妹，那不是大理寺卿家的……"

许樱哥笑着接上去道："是，阿媛她在家中行四。"

王氏欲言又止，片刻方低声道了句："看着你们，就觉得自己真是老了。"她其实还年轻，三十都不到，皮肤极白，五官妩媚，保养又好，身上自有一种成熟女子的美丽气质。但她眼里丝毫没有平时表现出来的那种活泼热情，只能看到满满的疲累和老气。

这个女人的心已经老了，想必这些年也过得非常艰难……许樱哥记得王氏的出身，在上京满目的勋贵大族中，她的家世渺小得不堪一提，一个原本就不属于这个圈子里的人，想要融入这个圈子，付出的努力和遇到的阻力只怕超乎想象，便是到了今日，王氏也不敢说自己就真的被接纳了。再说在王府内，王氏至今只有一个女儿傍身，而张仪先的另两个妾室已经分别有了儿子。

许樱哥抬起酒壶给世子妃、王氏、自己各斟了一杯酒，笑道："做女人的总都会有那么一日。"言罢举杯先敬，也不管世子妃和王氏是否乐意奉陪，自己先就干了。

王氏犹豫地看了世子妃一眼，端起酒杯放在唇边轻轻抿着，因见世子妃微笑着一饮而尽，方才放心地跟着饮了。饮完酒，便又将唐媛和唐夫人看了又看，默默地低下了头。

许樱哥并不在意王氏对世子妃的忌惮之意，只不动声色地将王氏的神情收入眼底，笑眯眯地换了个方向，同不远处的姚氏、许杏哥等人用目光接上了头，兀自欢喜。

上首，康王妃正与长乐公主低声说话，不经意间回眸，正好看到许樱哥在那里笑得眉眼弯弯的模样，顺着她的目光一瞧，就看到了姚氏同许杏哥等人，不由得跟着翘起了唇角，到底是年轻，只见着了母亲、姐姐便可以笑得这般没遮挡。

长乐公主瞧见了，微微一哂，道："她倒是个重情义的。"

不管心中怎么看，康王妃也舍不得人说自己的儿媳妇，当下便道："她要是个狠心薄情的，倒让我不放心了。"顿了顿，又道，"王爷也说了，赵家那事儿迫得狠了，也是让人看笑话，弗如放一放，不用与人比狠毒。"

长乐公主掩着口笑起来："瞧，瞧，几顿饭就把你给收买了，这进了门的和出了门的就是不一样，我是夸她呢，你急什么？争强斗狠我们比不过旁人，比一比品行温厚也不错，这不是阿娘经常教的？我可没忘。"

康王妃温和地笑了笑，把话题岔到去年秋天嫁入公主府的王六娘身上去："阿令和六娘还处得好？听说最近王家七娘经常到你们府上去？"

长乐公主倒也爽直："早先有些别扭，但后来禁不住六娘贤淑贞静温厚，他也没什么可挑剔的。王氏姐妹感情很好，六娘有什么好的都记挂着她妹妹。"言罢低低冷笑一声，"但王七娘将来这门亲事是依靠不上的，做姐姐的还得小心被算计。看这鸳鸯谱点得，非得乱成一团才欢喜……"

王七娘同冯宝儿一起被赐的婚，冯宝儿入康王府，王七娘则是入贺王府嫁予安六，这便意味着王家这对姐妹永远也不能共同进退，感情越好，将来越是悲惨。想到皇帝近些年来越发难测的心意和出人意料的手段，康王妃也忍不住叹息了一声。

长乐公主在座首扫视一圈，压低了声音道："前几日，梧桐宫的一个宫人号出了喜脉，接着初战大捷，芙蓉宫便在次日请了太医。"

梧桐宫，刘昭仪所居，她自是再不能侍寝的，只能依靠年轻美貌的宫人施展手段，又有贺王争气，这风头一时无双。芙蓉宫，罗昭容所居，她徐娘半老尚且貌美犹能承宠，又怎会甘心？康王妃看看白发苍苍、慈祥和蔼的刘昭仪和仍然娇媚得如同鲜花一般的罗昭容，再看看越发见了老态疲态、沉稳得如同一潭静水的皇后，只觉得一大块石头压在心上，沉甸甸的，让人喘不过气来。

长乐公主的目光落在不远处妖艳得几乎不真实的福王妃身上，蹙着眉想再说另一件事，忽见有小太监捧着一叠纸疾步而来，道是前方诸大臣及各府子弟所作诗词，请朱后赏鉴。虽然大华尚武，但这附庸风雅的事情在皇帝的提倡下偶尔也还是要弄一弄，更何况大家都知道朱后其实很爱这些，于是座中尽数安静下来，无论是年老的还是年轻的，都做出了一副十分感兴趣的模样。

这可不是适合说悄悄话的时候了，长乐公主便将手撑了下颌，微笑着听皇后身旁的女官抑扬顿挫地将一叠诗词念来，突然间听到"南郡公"三字，惊得一下子坐起，边听边调侃康王妃："我没听错吧？这说的真是小三儿？"

"你没听错，他这些日子日日与他媳妇一道看书写字，学问大有长进。"

康王妃面上微微得意，心中却是没有底，只恐张仪正是寻人代笔，那可就丢人丢大发了。

一首诗念毕，长乐公主一声笑了起来："不敢说作得有多好，但也是中规中矩，果然是日头从西边升起来了。"

座首皇后已然惊讶地朗声道："拿过来我看！"

之前谁也没把这首诗同混世魔王张仪正联系起来，待听得皇后说了这么一句，举坐哗然，随即都把目光投向了许樱哥，纷纷暗忖定是她帮着张仪正作的弊，不然怎么可能？！

许樱哥也是惊得差点将杯中酒水都泼了出来，若非是知道张仪正事先不曾买通人替他作诗，她也不敢相信一个半文盲这么快就能作诗，这可是作诗啊，不是简单的加减法。因见包括世子妃同王氏看她的目光都不一样了，晓得自己这时候绝不能失态，哪怕是假的也要当成是真的，便挺直了腰背甜蜜蜜地笑着，安然自若。众人见她没什么反应，也不好盯着她瞧，便都收回了目光。脸皮厚果然好，许樱哥轻吁一口气，正要换个姿势，恍然间觉着有一道目光直愣愣地看过来，顺着瞧去，但见更远处冯宝儿讥讽而挑衅地看着她。许樱哥笑了笑，妩媚地抿了抿鬓发，举起杯来对着冯宝儿微微颔首，冯宝儿顿时双眼喷火。

世子妃瞧见，有趣地微微翘了翘唇角。

众人都以为前面在写诗词，这边皇后大概也会发动众人写上那么一两首诗词以展示各府闺秀的才华，毕竟之前朱后最爱来这一套，谁知今日朱后却是提也不提，直接就使人宣布，今日有马球比赛，圣上已经移驾，请各府女眷移步。

于是早就作了无数准备的淑女们都很失望，但想到能看到闻名遐迩的宫中马球队和众大臣的马球表演，顺便还可以瞄一瞄青年才俊，便又平衡了。

众人跟在皇后的凤銮之后顺次撤退，浩浩荡荡地向着东苑进发，这正是可以交头接耳拉帮结伙说悄悄话的好时光，武夫人领着许杏哥向康王妃靠拢，许樱哥则趁隙顺利摸到了姚氏等人身边，什么都不说，先就抱住了姚氏的胳膊蹭了两蹭。姚氏摸摸她的鬓发，道："赶紧去扶着你婆婆。她大病初愈，正是要人关照的时候。"

许樱哥笑道："有大嫂和二嫂一左一右地扶持着，我去就只能扶着她老人家的后腰了。"话虽如此说，到底不敢多留，同姚氏身边熟识的女眷略说了两句就赶紧往回赶，顺路悄悄摸了唐媛一把，同唐夫人行了一礼，正待要溜，就被唐媛一把扯住低声道："老实交代，可是你做的？"

许樱哥低笑道："哪有的事？我还不至于这么蠢。原本吃素的和尚突然间开了荤，谁都要盯着的不是？"

唐媛就放了心，赶她走："快走，快走，看你家婆婆嫂子都在盯着你呢。"

许樱哥忙快步往回走，却见前头一袭浅红罗衫一晃，冯宝儿夹带着一股香风拦在了她前头，皮笑肉不笑地道："许二姐姐，别来无恙呀。"

许樱哥见她脸色苍白，身形越发瘦削，一双眼睛却黑得发亮，唇角也神经质地微微颤抖着，晓得是来找碴的，便微笑着同她行了一礼，彬彬有礼地道："宝儿，许久不见，先给你道喜了。"

冯宝儿狰狞一笑，将身子探向她低声道："我有个秘密要告诉你。你敢不敢听？"

第73章 微惊·相会

所谓来者不善善者不来，何况此人和自己可不是一天两天的仇怨，冯宝儿的恶毒早在当初的堕马事件和章淑死亡事件中便一目了然。也不知这女人到底是蕴积了多久的仇恨，看着冯宝儿眼里毫不掩饰的敌意，许樱哥心头控制不住地"咯噔"一下，警觉地往后退着微笑道："我能说不听么？"

冯宝儿见她想避开自己，哪里又能容许！猛地探手紧紧拽住许樱哥的袖子道："自是不能！这可关系到日后我们的友爱团结，我怎么也得把话和你说清楚了！"一边说，一边紧紧抱住许樱哥的胳膊把她往人少处拉，狞笑道："你不想让无关紧要的人一起分享秘密吧？"

既然躲不过，便没有示弱的道理，许樱哥微笑着，死死攥住冯宝儿的手腕，毫不怜香惜玉地将她的手从自己胳膊上用力扳开，贴近她低声警告道："有话就说，有屁就放！当众人的面撒什么泼？我可是嫁了个泼皮的，不比你小姑娘的面皮薄。"

这面上斯文，实则泼辣的泼妇！果然和张仪正那不要脸的负心汉是天生一对！冯宝儿咬紧牙关，忿恨地瞪着许樱哥。许樱哥笑得越发灿烂，好整以暇地整理着衣服，以周围人都能听见的声音朗声道："宝儿妹妹，晓得你好久不曾见到我，难免有些激动，但还是要注意一下形态，别叫人笑话了。"

冯宝儿眼里满是怨毒和恨意，将尖尖的下巴往上一扬，刻薄笑道："实话告诉姐姐，也不是什么大不了的，就是想同你说，上次你在我家遇险那件事，其实是……"她压低了声音，笑得诡异万分，"你家里那位逼着我一定要让你把阮珠娘给击落马下，好让许阮两家结怨，败坏你的名声，让你此生都嫁不掉。还有，你还记得章淑么？那些害人命的难听话也都是他让人传给章淑听的，可惜章淑那个傻子，傻乎乎地到死也还替他保守秘密。"见许樱哥沉默不语，心中得意，假意叹息道，"章淑已经死了，不必多说。妹妹那时候真是不敢也不忍，奈何着实是惹不起，日后姐姐还要多多宽让，不要和我过不去才是。你也别太放在心上，三爷他兴许只是一时想不开。"

许樱哥粲然一笑："看把我吓得一惊一乍的，原来你要说的是这个，我早就知道了。我家三爷经常犯病，自己做了什么都不知道，这又不是第一次，我还知道章淑死就死在误交友人，立身不正上，冤有头债有主，逼死她害死她的可不是我家三爷，有朝一日她的冤魂若要索命，找的定是我家隔壁。"见冯宝儿的气焰降了下去，话锋一转，低笑道，"今日听了妹妹的话，我倒是更明白一件事了，妹妹你可想知道？"

她早就知道了？早就知道了还能和张仪正过得如此和谐？还能过得如此欢乐？唯一的答案就是，张仪正向她坦白并得到了谅解。而章淑……她真的知晓内情？冯宝儿忍不住疑惑地看着许樱哥，试图从许樱哥的面上看出破绽来，哪怕她脸上露出一分脆弱呢，自己便只需等着看戏就好了。

却见许樱哥嫣红饱满的嘴唇里轻轻吐出一句："我知道，你嫉妒了，求而不得，所以你犯红眼病了。但你够悲惨的，这一辈子永远都只能眼睁睁看着，便是我不要他，他也不会要你。因为他知道你不是个好人。"

难道你又是个好人？为什么这么不公平？冯宝儿的脸上顿时又红又白，握紧拳头死死盯着许樱哥，嘴唇神经质地抖动着从牙齿缝里嘶嘶挤出一句："你怎么敢？！"

疯子最是可怕，许樱哥心中隐隐有些害怕，但想到十疯九怕凶，你比他凶他便疯不起来，不然他就更加疯狂十倍。于是稳稳地站住了，微笑着看着冯宝儿，寸步不肯相让："是你自取其辱。下次你要还敢伸手，我就还敢弄断你的手，不信你试试。我便是把你弄残了，你看他是否会说你可怜？"

都是这个不要脸的狐狸精！表面上端庄文雅，实际上不知如何的风骚不要脸，勾引起男人来不择手段。想起上一次张仪正是如何对待自己的，冯宝儿恨怨愤怒到了极点，恍惚间觉得也许毁了许樱哥这张脸便可一切安好如从前，禁不住失态地张开两只手想朝许樱哥那张可恶到了极点的脸上挠去。手刚举起来就被人从后头一把握住再用力往下一拉，接着整个人就被人从后头紧紧抱住，再也动弹不得。惠安郡主笑盈盈地将下巴靠在她肩上，贴着她的耳朵轻声道："你可是疯了，想找死？"

冯宝儿一个激灵，猛地从混沌状态中清醒过来，左右张望一番，只见王家六娘、七娘手拉着手站在许樱哥身边，看向自己的目光都充满了警觉惊吓和不可思议，许樱哥则是满脸的遗憾，而不远处康王妃、宣侧妃等人都沉默地看着这边，自己的祖母和母亲则急急忙忙地往这边赶。这个世界不止是她和许樱哥、张仪正的世界，无数双眼睛早就一直盯着她，她怎么就忘了？

顷刻间，冯宝儿积蓄近半年多的怨气和力气都被临空抽干，只能软软地靠在惠安郡主身上，就连动一动指尖的力气都没有。她败了，运气不如许樱哥，气势不如许樱哥，隐忍不如许樱哥，狡猾不如许樱哥……很难想象自己刚才那一抓挠下去，许樱哥会用什么招数等待着自己，到时候咎由自取的自己这一生大概也比在寂寞绝望中死去的章淑好不到哪里去。

惠安郡主厌恶地将冯宝儿递交给匆匆赶过来的冯夫人，微笑着道："夫人，我看宝儿的气色不太好，是不是请皇后娘娘派个御医来给她瞧瞧？"

冯夫人走得满头细汗，就连头上精致薄巧的花钗也被颠得乱了章法，急急忙忙地将冯宝儿搂入怀中紧紧抱住了，微笑着道："多谢郡主挂怀，她是婚期在即，舍不得家中长辈姐妹，难免有些憔悴，过些日子自然就好了，哪里又敢惊动皇后娘娘？"

惠安郡主一语双关地道："不是病了就好，但若是真病了，那是必须得治，不然误了婚期可就不好啦。"

姜是老的辣，冯夫人自是听出里头的警告意味，笑颜如花，温和可亲地道："是，说得是，已然在调养着了。"目光落在许樱哥的身上，微微一颔首,真诚地道:"南郡公夫人,得罪了。"

许樱哥笑着还了一礼:"您客气了。"眼角扫过失魂落魄,半死不活的冯宝儿,虽胜,却无半分喜悦,有的只是说不出的哀凉。从前的猜测只是猜测,一旦真的从他人之口说出来,猜测变成了真的,便是从心底里生出来的寒凉。

冯夫人扶着冯宝儿渐渐远去,惠安郡主扯住许樱哥大步往前走:"一些日子不见,你又长进了!越发凶残了啊。"

许樱哥本来极好的心情此时已经沮丧阴暗到了极点,烦躁地甩开惠安郡主的手道:"你才凶残呢!我不过是个只想自保的可怜人罢了。"

惠安郡主还是第一次看到如此烦躁沮丧的许樱哥,便顿住脚看着她道:"她和你说了什么?"

许樱哥抬眼看着见事态平息便渐渐远去的康王妃等人,淡淡地道:"能说什么?左右不会是什么好话。"

惠安郡主对当初张仪正同冯宝儿之间那笔烂账也大概知晓一二,更是知道从冯家众人到冯宝儿本人都对这桩婚事隐隐不平,想来也知道冯宝儿不会干什么好事。但从长远看来,如若经营得当,这桩亲事对康王府自有一定的好处,当下也不好多说什么,笑着道:"皇后娘娘口谕,宣召你呢。"

许樱哥抱歉地同王六娘姐妹打了个招呼,懒洋洋地回答道:"别不是要作诗打球,我实在没心思。"

惠安郡主一声笑了出来,将手点点她的额头道:"好意思说,人家都说三哥那诗就是你代作的。打球,轮得到你上场?"

许樱哥懒得辩白:"不是就好。"

惠安郡主见她没精打采的,乃笑道:"实话同你讲,是你画的那个凤冠和那一组簪钗出来了!见过的人还没几个,皇后娘娘特旨让你先去瞧一瞧。"

许樱哥吃了一惊:"这么快?"那些可都是精细活儿,便是和合楼里最熟的工匠也不见得就能做得这么快。

惠安郡主挤挤眼睛:"你自己去瞧不就是了?"

王六娘温和地握住许樱哥的手,微笑道:"不要理她,她逗你玩儿的。我们瞧着了,不过还只是个雏形,是娘娘觉得有个地方好似有些不妥当,所以想让你过去参详参详。"

许樱哥打起精神与王六娘寒暄了两句,王六娘郑重地把王七娘介绍给她认识：“这是我妹妹，日后要请你多多关照了。”

"只要能，是一定的。"许樱哥这时候才认真打量王七娘——杏黄衫子柳色裙，脸上犹带婴儿肥的小美人儿一个，一双眼睛黑白分明，一派的娇憨。想起安六那副阴阳怪气的煞神样，许樱哥由不得暗叹一声好白菜都给猪拱了。

王七娘根本不知自己即将面临的命运，满眼满心都是上京城的繁华和皇宫里的奢华，叽叽呱呱地抓着众人说个不休，听说许樱哥将来会是她的堂妯娌，更是拉着许樱哥亲热地说个不停。王六娘满眼都是怜惜，微笑着静静立在一旁，不时不好意思地看看许樱哥，许樱哥明白做姐姐的心情，热心地对王七娘的所有问题一一认真解答。

不远处，冯宝儿睁着早就流干了眼泪的眼睛直愣愣地看着冯夫人喃喃道："我不甘心，我哪里不如她？！凭什么我就不如她？"

冯夫人心疼地搂紧宝贝大女儿的肩头，哽咽难言："这都是命……"

冯老夫人狠狠将拐杖往地上一顿，瞪着黄黄的眼睛，满是戾气地道："看看你这怂样！多大点事儿也值得你失魂落魄的。你忘了父母家族了？忘了你下头的一群妹妹了？竟敢犯这样的糊涂！你自己要找死回去找个角落悄悄儿地死，别在这里害人！"

冯夫人老大不忍，低声道："娘，宝儿她……"求情的话还未说出口就被冯老夫人一指戳在鼻子上，勃然喝道："住口！不贤良的妇人，就是你没教导好女儿，这般的自私短视，这般的沉不住气，早知如此，不如早点溺死了事！"

冯夫人被呛得一句话也不敢多说，只能热着脸低着头抱着冯宝儿默默地往后缩。冯老夫人喘了口气，道："这样的盛会，你不同我去和康王府的打个招呼？"

冯夫人看看没精打采的冯宝儿，犹豫道："可宝儿……"

冯老夫人冷笑："她一个要出嫁的女儿家害羞才是正理。你要记得了，康王府的女主人是康王妃，而非是你妹子。"

冯夫人脸上红一阵白一阵的，心想自家妹子虽只是侧室，却不是一般的侧室，多少也是个亲王侧妃，有品级有俸禄，也是有头有脸的，但在冯老夫人的淫威下并不敢多言，低声交代了冯宝儿两句，扶着冯老夫人公关去了。

冯宝儿慢慢抬起头来，看着远处的繁花似锦美人如玉，听着马球场上的各色喧嚣各色热闹，唇边轻轻绽出一个淡淡的笑。是人都是有弱点的，是人总是有爱恨嗔痴的，张仪正真的爱许樱哥么？许樱哥又真的一点不放在心上么？运气不好算什么，难不成一辈子都不好？总有一日，她要叫那些看不起她的，欺负她的，统统都匍匐在她面前苦苦求饶。于是她死了，又活了。

王母宴，本该是仙乐飘飘，出尘脱俗的，但因这王母宴是张家人办的，所以神仙们也就不可避免地沾染上了赌博的坏毛病，众人纷纷下注，便是许扶这样的末等小官也未能免俗。许扶漫不经心地将个金坠子扔到坐庄的同僚手里，将手搭了凉棚往远处眺望，希望能看到许樱哥。本来以他这样低等级的小官儿，是没有资格参加这般盛宴的，但不知何故，他的上司竟然给他派了个差事，让他可以一睹这盛会。

想要在熙熙攘攘的人群中找出一个人何其艰难，何况是要在一群又隔得远，穿着打扮都差不多的女人中把许樱哥刨出来又是何其艰难。许扶看到眼睛发酸，最终无可奈何地放弃了，正想找个阴凉处躲一躲懒，就被人从后面轻轻拍了拍肩头。

"五哥，许久不见，一向可好？"张仪正穿着件绛紫色的圆领窄袖衫，配着块款式简洁的羊脂玉佩，笑眯眯地站在一旁朝许扶拱手作礼，长身玉立，笑容如画，闪瞎了一群当值小官僚的眼。

许扶看到同僚或羡慕，或不屑的目光，心中十分不舒服，却不能晾着张仪正，便淡淡地回了个礼，道："不敢当，三爷安好？"

"好，都好。五哥大喜呀！改日必然登门贺喜。"张仪正笑得温和灿烂，不等许扶找出理由拒绝，便亲热地拉了许扶往前凑："你们赌什么呀？"

众人窘然，却见这位凶名在外的皇孙施施然从腰间取了羊脂白玉佩，毫不心疼地就往盘子里一扔，十分亲切地笑道："我赌黄队赢，你们是否要跟着？"

宫中赌球从来隐有定律，那就是，只要圣上赌什么，就一定是什么，这些皇子皇孙们自是最晓得内幕的。众人纷纷交换了一个眼色，微笑着受了这人情，殷勤地端上茶水凳子，找了个最好的地儿，请张仪正入座，再请许扶作陪。

许扶一直沉默着，他不想和张仪正说话，甚至不想多看张仪正一眼。如若不曾看到，他还隐隐期盼此人能洗心革面，从此善待许樱哥，但一旦看到了，他就控制不住地认为这只是奢望，这就是个不怀好意的坏坯，随时都会暗算他以及许樱哥，甚至于许氏族人。在梦里，他甚至曾经看到过满身是血的张仪正举着雪亮的刀朝他狠狠挥落下来……这大抵是一种对危险的本能预感，也可能是对张氏日积月累的仇恨所导致的。

　　张仪正眯了眼，看着远处疾奔电驰的人和马，状似不经意地道："樱哥一直想去看看五嫂，但最近府中多事，她出不得门。等过些日子安稳了，我便陪她去，到时少不得叨扰五哥一二。"

　　想起这些天从许府得知的康王府各色小道消息，再看看张仪正这副若无其事的模样，许扶又觉得牙疼了，他被这个无耻的强盗抢走了最宝贵的东西，无耻的强盗却在他的面前拼命蹂躏着那件宝贝，还来他面前拼命炫耀，甚至不给他躲让的空间。

　　张仪正见他不说话，也不生气，微笑着道："五哥还是一贯的沉默寡言。"顿了顿，突然道，"樱哥真是个好姑娘。"

　　许扶微微一怔，低声道："她从来都是个好姑娘。"只可惜被猪拱了。

　　"是啊，心软，善良，重情义。前些日子我为崔家求情，被我父王狠捶了一顿，樱哥这傻丫头，竟然背着我跑去找我父王，不但替崔家求了情，还替赵家也求了情。"张仪正摸了摸下巴，一脸的娶妻如此，夫复何求的满足样。

　　许樱哥为崔家求情？许扶只觉得耳朵"嗡"的一声响，无数的烦乱和愤怒从心底深处喷涌而出，他不敢给人看见自己的神情，便只能死死咬着牙，在袖中握紧拳头，死死盯着面前的方寸之地。

　　张仪正不动声色地从旁打量着他，继续道："我前些日子犯了混，不好意思去见岳父母。今日凑巧，想请五哥替我向岳父大人转句话，不知可否？"

　　许扶低低挤出一句："三爷请吩咐。"

　　张仪正正色道："我从前混账不懂事，总爱犯浑。如今懂事了，自当奋发上进，再不会欺负樱哥，气着长辈了。这些日子我都在同樱哥一起看书写字，过两日我便来兵部当差，再不会胡混。"

　　许扶心情复杂地抬眼看着他，心中百转千回，只道出一句："恭喜贺喜。"

二人又默然坐了片刻，总是无话可说，张仪正看了看天色，起身告辞。许扶沉默地送了他一截，又在人少阴影处立了片刻，走回去与上司同僚告病，请假先行归家。众人都知道他背后有许衡，再有康王府，平时为人又豪侠慷慨仗义，自是无人会为难于他，当下说了几句关心的话，不但放他回去还要使人送他。许扶彬彬有礼地谢绝了，微微佝偻着腰背慢慢走了出去。

才走到人稀处，他便疯狂地往前快速奔走着，原本就疼的牙齿越发疼得厉害，疼到他焦躁愤怒到无以复加。为什么张仪正光凭王书呆一个恳请便愿为崔家做到这个地步？为什么许樱哥要替崔家求情？难道当年的那些人，全都白死了吗？是谁造成他们兄妹落到如今这个地步？凭什么所有人都死了，崔家人却可以安然活着？一定是张仪正逼的许樱哥！一定是！不然许樱哥怎会冒这样的风险，替原来的未婚夫家中求情？难道她不知道这会让康王府诸人对她另眼相看么？所以一定是被张仪正逼的。

许扶愤怒地奔了出去，迫切地想要找到一个可以发泄的途径。他恨张仪正，前所未有地痛恨着，可是恨归恨，却无能为力。他避开等在前方的小厮腊月，漫无目的地在道上游晃着，眼睛被道上反射回来的日光刺激得又痛又酸，想流泪，却流不出来。

不远处，有人不紧不慢地吊在他身后，他快便也跟着快，他慢便也跟着慢，老江湖许扶的眼睛立刻便不酸了，烦躁郁闷的心情也迅速冷静下来，他当机立断，迅速折回身去准备去与腊月会合，然后与对方擦肩而过。

一袭陈旧到发黄的短褐，一双磨得看不出本来颜色的草鞋，一顶破了两个洞的斗笠，一张苍白得像鬼的脸，一双眼角微微上挑，散发着赌徒光芒的眼睛，乱须，薄唇。

许扶本来极其稳定的步伐在瞬间被打乱了节奏，瞳孔迅速缩小，鼻孔却迅速张大，满目红花绿柳中，他只看到了一张脸，一张熟悉到不能再熟悉的脸——赵璀。

赵璀的手指在斗笠边缘上轻轻搭了一下，头也不回地与许扶错身而过。许扶眨了眨眼，步伐又恢复到原有的节奏，两个人都不曾回头，背道而行，越走越远。

许久，许扶立在大红色的宫墙下，举头看着从墙里飘拂而出的绿柳枝，长长的出了一口气。他怎么也想不到，赵璀竟然还活着，这中间究竟又有什么样的波折？既已侥幸逃生，却又自投罗网，所为何来？

腊月牵着马过来，问道："五爷是要先回去么？"

许扶将手扶着马儿光滑如缎的皮毛，低声道："你立刻去东市寻请唐爷，告诉他，我要找一个人，白短褐，草鞋，竹笠，毛胡子，细眼，薄唇，只找，不惊动。"

第74章　成拙·昏厥

小小的宫室里，虽然狭窄，陈设却极精致，室内光线亮堂，透过低垂的细苇帘子，可以看到室外灿烂的春光和满目的新绿繁花。满脸倦色的朱后侧卧在美人榻上，指着面前的凤冠与花簪温和地对许樱哥道："我总觉着什么地方不太对，看你的画儿是轻飘飞扬，无论是凤凰、蝴蝶、花朵，都该能随风轻颤，几欲飞起才是。"

许樱哥跪坐在一旁，小心翼翼地将手从凤冠上收回，微笑道："娘娘慧眼，这金银丝拉得略粗了些。"

朱后恍然，面上露出回忆之色："是了，当年我曾同圣上赴宫宴，席中曾见前朝薛贵妃有轻金冠，薄透如纱影，玲珑如初莲，听闻乃是宫中秘技，一顶金冠要花费数人数月心血。我也曾有金冠一顶，上面的花和叶呀，便是最细微的轻风也能将它吹得颤起来，戴着又轻又好瞧，只是不太皮实。"说到这里，朱后脸上露出一丝甜甜的笑容，像是回忆到什么美好的事情。

许樱哥等人安静地听着，便是呼吸声也着意放得低缓了些，朱后笑了一回，道："说起来，那顶金冠子我是很多年不曾见着了，也不知是收到哪里去了？红素呀，回去以后你帮我找出来。"

一个头发微白的宫人垂手立在一旁，微笑着道了声："是。"又问，"娘娘要是累了，便先回宫歇息如何？"

朱后摆摆手："圣上年纪比我还长，刘姐姐亦然，他们都没道累，我怎能扫兴？"言罢看向垂手立在角落里的一个白发太监："于四有，这怎么说？难不成你们还赶不上前朝的技巧？"

那白发太监往前一步，颤巍巍地跪在地上拖长了声音道："回禀娘娘，这

217

工艺早前本就只在几个人手中，还要的是日积月累得来的经验，非是年长不能得其精髓。这些年，这些人死的死，残的残，流落外间的流落外间，剩下这些徒子徒孙便是费尽心力去做，把眼睛熬出血来，也是火候不到……"

朱后有些厌烦地摆了摆手，示意他住口。多年前的那场宫乱中，哀帝薨，薛贵妃站在太极殿高高的石阶上跳脚痛骂，把今上骂了个狗血淋头，被乱箭穿身射死，死后不得全尸，割头示众，挫骨扬灰。宫中更是死伤无数，宫人的血浸入到地砖的缝隙里，好几年地砖缝隙都是黑的，剩下的宫人不是同谋罪人罪当伏诛，便是趁乱逃走了的。不要说是这拉金银丝造金银器的技巧，便是许多精巧的工艺也是消失不见。圣上，太过好杀。

察觉到朱后的情绪不佳，众人越发沉默谨慎。许樱哥微微有些郁闷，要说和合楼中所出的花钗首饰，所用的金银丝并不比宫中所出的细。且她一直以为，和合楼里的都是民间工匠，怎么也不能与宫中相提并论，宫中理所应当能做出更为精致稀罕的首饰，朱后理所应当戴上这时代最美最精致珍贵的首饰，故而才会如此设计。又想万一不成，朱后是个随和的性子，想来也不至于就精益求精到这个地步，谁知今日看来，事情与她想象的偏差许多，似是弄巧成拙了。

长乐公主想了想，柔声道："高手多在民间，不如使人细细寻访，高价悬赏？"

朱后的心腹宫女红素笑道："是个好办法。"

那白发太监于四有闻言，满脸为难地道："这五月十七就是娘娘寿诞之日，现下已是三月初三日，这些东西花费的精力时辰不是朝夕之功，只怕是会来不及呢。"

长乐公主怒道："这也不行，那也不行，你究竟想要如何？这么点小事都做不好，要你们何用？"

于四有抖抖颤颤地匍匐在地上低声道："实际老奴有一计，弗如在上京城中各大银楼首饰铺子里请那镇店的老工匠来试一试。不成，放走，成了，重赏，如此可比到处乱找的好得多。"

这所谓的"请"，自然不会是真正的"请"，如若一旦请来，将来就别想走出这道高高的宫墙。许樱哥听得怔怔的，和合楼在京中已经小有名气，此番里头的匠人肯定逃不掉，她这算不算是搬起石头砸自己的脚？许扶一旦失去最顶尖的工匠，一家子的花销又该怎么办？本以为自己已经做得够小心，谁知还是太过欠缺考虑，许樱哥后悔之极，忍不住多看了那于四有一眼，谁想正好与于四有的目光对接上，于四有谦卑而讨好地望着她笑了笑，垂下眼皮，俯下身子，姿势低到了尘埃里。

"好！"长乐公主轻轻拍了拍几案，探询地看向朱后，"母后，您觉着如何？"

在姚氏的描述中，许樱哥一直认为朱后是个不愿轻易扰人，十分自律的人，所以才会有这般好名声。但此刻的朱后却是毫不犹豫地道："可以一试。"言罢微微闭了眼，一脸的疲态和意兴阑珊。

长乐公主与康王妃对视一眼，都默默垂下了眼睛。这些日子朱后过得心力交瘁，脉象已成衰势，再这样下去只怕心结越来越深，终将渐成沉疴。然而她们这些做晚辈的却无能为力，在一旁宽解相劝吧，朱后比谁都明白，唯一能做的不过是彩衣娱亲，尽量孝顺。正如这场寿宴，无论如何都是要办得体面尽兴的。这么多年了，难得朱后会对一件事物如此上心，所以怎么都要满足她的愿望，把这凤冠与簪钗做到极致。

长乐公主看向许樱哥，心想学士府送的那套步步莲华真是不错。康王妃也忍不住看向许樱哥，心想这些日子许樱哥戴的首饰虽不夸张耀眼，却件件都是精品，也不知学士府究竟是寻了何人打造的。二人都觉着许樱哥应该主动把这匠人敬献出来才是，而不是这样一直沉默不语，垂着眼装糊涂。长乐公主没那么多忌讳，当下便要开口相询，康王妃心思要细腻些，忙同她使了个眼色，表示等自己下去问过因由之后又再说。

忽听宫人禀道："王爷来了。"接着康王领了几个儿子龙行虎步地走了进来，看着榻上的朱后眼睛微微发红，倒头拜倒请安，康王世子及张仪正等人都赶紧跟着拜了下去。

虽是母子，却多忌讳，日常要见面也不是那么容易的事情，朱后同时见着儿子女儿孙子一群人团团聚在跟前，心情好了许多，连连叫人把早就准备好的各种赏赐取出来亲手分给众人。待到了张仪正时却停了停，意有所指地道："小三儿，你今天的诗作得极好。"

一下子所有人的目光都落在了张仪正身上，接着又都瞟了瞟许樱哥。许樱哥心中没鬼，自然是没什么反应，难得张仪正也是得意扬扬，一点心虚的样子都没有。

宣侧妃好容易有机会可以说话，忙微笑着温婉地道："娘娘不知，这些日子小三日日都同樱哥一起读书写字呢。"

朱后有心想让张仪正现场作诗一首，又恐当众丢了他的脸，便示意许樱哥上前，拉了她的手和声道："很好，但要记着戒骄戒躁，心中要有畏惧，多宽让。"

话不多，里面包含的内容却多，是告诫也是引导，许樱哥微垂了眼微笑着温柔应道："是。"

见她温顺，朱后满意地笑了起来，又告诫了张仪端同最小的张仪明几句，示意众人退下，只留康王与康王妃、长乐公主在身边说话。自有宫人将许樱哥等人引到一旁吃喝歇息，宣侧妃将许樱哥看了又看，突然凑过去低声问道："樱哥，适才宝儿寻你说些什么？"

许樱哥笑道："没什么，不过是叙旧。"

她虽不肯说，但当时的情形大家都看在眼里的，晓得只怕没那么简单，这碗馊了的剩饭，只怕不太好吃。宣侧妃蹙起眉头，望着一旁看似无所谓，实际上一直支棱着耳朵的张仪端，微微叹了口气，不再言语。

世子妃与王氏各怀心事，只顾低头喝茶，多的话一句也没有，世子、张仪正、张仪端、张仪明四兄弟各自把目光投向不同的方向，想着属于自己的心事，室内安静之极。惠安郡主坐不住，挪到许樱哥身边道："唐媛托我问你，再过些日子便是阮珠娘出阁，你可否愿去？"

许樱哥微笑起来："只要能去，哪里有不去的道理？"阮珠娘与杨七娘等人，算是她在冯氏别庄一逞匹夫之勇后的意外收获，双方并不是来往得很密切，但大大小小的事情却总是互通声息，重要的场合一个不缺。

惠安郡主笑道："我也要去的！那时候我们也打球吧！我要和你大战三百回合！"她越说越兴奋，引得世子妃等人全都向她行注目礼，康王世子宽和地笑了笑，道："妹妹总是这般活泼。"

惠安郡主调皮地吐了吐舌头，突地猛然收声站了起来，恭恭敬敬、屏声静气地往前走了两步，盈盈拜倒："圣上万岁。"

众人惊起，尽数拜倒。皇帝身着赭黄色的常服，手把着玉带，目光沉沉地从众人身上一一扫过，一言不发地抬了抬手，转身大步往朱后所在的宫室而去。

众人面面相觑，都不知道究竟发生了什么事，何故之前还十分高兴的皇帝此时却面沉如水？

生为皇室一员，谁的心眼也不会比谁少一点。室内越发安静沉默，所有人都在互相交换着眼神，无声地猜测着究竟发生了什么事情，接下来又会对大家造成什么样的影响。

许樱哥看向康王世子，只见康王世子虽然还稳稳坐着，眼神却是有些飘忽，世子妃则默默地将裙带理了一遍又一遍。一定有事！不然朱后、康王、康王妃、长乐公主等人绝不会是这个形态。很明显，康王世子和世子妃也是知情的，不知情的不过是他们这些人。天家无骨肉，一个年老的，随时可能死去的，却没有立储的君主，还有一个正当壮年，唯一嫡子，拥有父兄都没有的宽仁名声的儿子，以及一群手握重兵，各有所长，虎视眈眈的兄弟，矛盾似乎是一早就注定了的。

这就是个烂泥潭。许樱哥无声一叹，抬眼看向张仪正，不期然间正好与他的目光遇上，张仪正沉沉看了她一眼，看向康王世子低声道："大哥……"

世子迅速瞥了他一眼，淡淡地道："少安毋躁。"

这是谢绝询问的意思，此处不是说话地。宣侧妃不知想到了什么，俏丽的脸上顿时雪白一片，惊慌失措地攥紧了手中的绣帕，就连手上的青筋都暴了出来，张仪端沉稳而无声地轻轻拍了拍她的手，又摸了摸眼睛叽里咕噜乱转的张仪明的头。于是继续沉默，继续等待。

寂静中，突然传来一声惊天动地的哭声，撕心裂肺，含着无数的冤屈与怨恨。许樱哥惊得一跳，全身汗毛倒竖，就连脚趾缝也觉着湿津津，冷幽幽一片，正自睁大眼睛四处张望，张仪正便缓步走过来，也不多话，探手将她的手扣入掌心，再在她身边坐了下来。他的手很温暖，同样微微有汗，却并不颤抖，许樱哥试探着反握住他的手，不自觉地往他身边靠了靠。张仪正看了她一眼，又将她的手握得紧了些。

王氏在一旁瞧见，满脸的黯然。

那哭声猛地拔高那一下之后，断断续续地又哭了几声，接着突然消失不见。众人皆是胆战心惊却不敢轻举妄动。

惠安郡主这时候表现出了一贯的大胆作风，竖起眉毛提步就往外走，康王世子立刻起身拦住她道:"你要去哪里?"

惠安郡主急道:"我听着是我娘的声音。"

在座的谁也没听长乐公主哭过,却是听过康王妃痛哭责骂张仪正的,所以能排除康王妃的可能性。母女连心,既然惠安郡主这样说了,大家便都统统觉得完全有可能是长乐公主了。但越是这样,康王世子越不能放惠安郡主出去,又不好多说,只能板下脸沉声喝道:"胡闹!在这宫里谁会让姑姑哭?给我乖乖坐下!别惹事。"

在这宫里谁会让长乐公主哭?谁能让长乐公主哭?唯二不过皇帝与朱后,朱后不是个会随意弄哭人的,那便只剩下皇帝一人。长乐公主既然哭成了这个样子,肯定是遭受了不能忍受的痛苦和冤屈。惠安郡主急得脸都红了,眼泪直在眼睛里打转,低声央求道:"大哥,皇外祖父一直都疼我,如若无事,那我过去看看也不会怎样,如若有事,我娘怎么办?"

世子坚定地摇头:"不行,你急什么?那边有皇后娘娘和我父母亲在,万事都有他们。你一个小丫头就别过去添乱了。"言罢看向许樱哥,"三弟妹,劳烦你。"

许樱哥忙从张仪正手里轻轻抽出手来,走上前去扶住惠安郡主的胳膊,将她往椅子上拉,低声劝道:"咱们再等等看,兴许是听错了呢。"

惠安郡主眼看走不掉又没法儿确定长乐公主的平安,而众人都是一副死气沉沉,稳坐钓鱼台的模样,眼泪控制不住地从眼眶里滴落出来。许樱哥忙抽出帕子给她拭泪,轻声安慰,王氏犹豫了一下,也坐过来安慰惠安郡主。世子妃则起身走到门边,招手叫一个宫人过来低声询问。

康王世子沉默地坐在椅子上,目光透过半垂的细苇帘子,落到了满园的春光上。他没有忘记适才皇帝看他们时的那种眼神,充满了猜疑和愤怒,他依稀觉得,皇帝大概是不希望他们背着他和朱后这样凑在一起的。所以,越是这样,越不能轻举妄动,他们只有等。

宫人一问三不知,世子妃回头看向康王世子,以目相询,问他是否要动用一下宫中的人手。康王世子坚定地轻轻摇了摇头,当下情况不明,以不变应万变是为上策,不然只怕反而会着了人的谋算。

世子妃幽幽叹了口气,走回去在惠安郡主面前坐下来,温和地拉起惠安的手,柔声安慰道:"不要多想,你知道圣上一向都很宠你,是不是?"

惠安郡主泪眼模糊地点了点头。

世子妃又道："比之你母亲又如何？"

惠安郡主眨了眨眼睛，低声道："自是不如的。"

世子妃便微微一笑，语气笃定地道："那不就是了？"

惠安郡主默了片刻，挂着泪珠惨然一笑，努力做出高兴的样子，仿似要说服什么人一般的道："是啊，皇外祖父和外祖母是最疼我娘的。"

宣侧妃神经质地用力擦了擦额头上不断渗出的冷汗，苍白着嘴唇道："怎地这宫中这般安静？"又怔怔地看了看身旁的两个儿子，将张仪明拉到怀里紧紧搂着，试探地看向康王世子，低声道："世子，你……"

康王世子不语，只淡淡地瞥了张仪端一眼，张仪端忙止住宣侧妃的话头："您多想了，安心等着就是。"

话音才落，就听一阵急促的脚步声由远而近，仿佛有许多人疯狂奔走，众人全都惊得站了起来，惊惶恐惧地脸白成一片。宣侧妃控制不住地哽咽了一声，又惊恐地死死捂住了嘴，肩膀抖成一片。

这是亲骨肉，但不过一个阴沉的脸色和一声来历不明的哭叫，便可以把众人吓成这个样子，这只能说明一件事，皇帝的残暴狠辣多疑是何等地深入人心。许樱哥又开始习惯性地害怕，用力往张仪正身边挤，一边挤还一边有空去想，也不知自家老爹这些年到底是怎么活下来的。张仪正也不多言，沉默地将她往怀里搂了搂。

康王世子看看众人，脸上生出一种不正常的红晕，猛地将紧紧拽着他不放的世子妃往旁边一拨拉，大步往外奔出，厉声道："怎么回事？"

世子妃被他这猛地一推，险些跌倒在地，借着王氏和许樱哥的力才算站稳，却也顾不得其他，颤抖着嘴唇往前两步，欲去拉住世子与他共同进退。

"嫂嫂你莫管。"张仪正大步上前道，"大哥你留着，等我去看！"

"你能行么？"康王世子疑虑地看着他，张仪正无所谓地笑了笑，哂然道："谁不知道我是个混账东西，没脸没皮的那种？"言罢回眸看了看许樱哥，眸中神色复杂万千。

许樱哥张了张口，最终只是沉默地看着他。没有人比他更合适。

却已听人在外沉声道："是皇后娘娘晕厥了。圣上急召太医。"接着一个头发花白的太监佝偻着腰走过来，目中精光闪烁，沉沉在众人面上扫了一圈，

223

继续道："圣上心忧皇后娘娘病情，已然让外头都散了。世子爷若是想先回去，也可以先回去。"

众人齐齐松了一口气的同时，又将一颗心悬了起来。倘若皇后在这个时候倒下，那康王府无异于失去一棵遮风避雨的大树，不说前路渺茫，至少也是要曲折上许多。

康王世子满脸的忧色，试探着道："皇祖母病了，我们做子孙的怎么又能放得下心？最少也得等到她老人家醒来，病情稳定才是。"

老太监轻轻叹息了一声，道："那也好，待老奴去瞅瞅，若是时机得当，老奴便回禀圣上。"

许樱哥眼毒，看到康王世子在瞬间便同那老太监交换了好几个眼色，接着又见张仪正的眉头轻轻蹙了起来，便知今日之事，不只是皇后突然晕厥这么简单。往坏里想，只怕长乐公主那声哭是因，而皇后的突然晕厥是果。不过从现在皇帝的表现来看，这结发夫妻之间的感情还是有的，到底还是很在乎皇后的生死。

老太监才辞去不久，便又听见一阵急促的脚步声，长乐公主阴沉着脸大步走进来，看着众人淡淡地道："在这里留着也没用，都收拾了回去吧，该吃斋的吃斋，该拜佛的拜佛。"

众人看清她的样子，又不由得惊了一回，只见她头上花簪歪斜，脸上的脂粉早就花了，半边脸是肿的，目中犹有泪痕，前襟同裙摆上更是一片醒目的污渍，也不知是茶水泼的还是什么弄的。

果然有事。在座的人只见长乐公主风光受宠了许多年，谁见过她这样子？皇帝若是连她都打，把皇后生生气得晕厥，那得多大的事情？惠安郡主不安地扑上前去，将手紧紧拉住长乐公主的袖子，低声哭道："娘啊，您疼么？"

"我没事。"长乐公主沉着地将女儿的手拿开，看向许樱哥道，"我把阿眉交给你。"

许樱哥吃了一惊，怎会是她？怎么也轮不到她才是，应该是拜托稳重的世子妃和周到体贴的王氏才对。却见长乐公主深深地看了她两眼，转头看向康王世子同张仪正："你们俩随我来。"

第75章 求援·求乞

众人目送康王世子与张仪正兄弟二人同长乐公主静静离去，心中百般滋味。若这宫中是龙潭虎穴，那他们府中凡是能撑起一片天的人都被留在了龙潭虎穴里，剩下的便是一群妇孺以及还不堪大用，身份尴尬的张仪端。

虽不知长乐公主与康王是怎么打算的，但这也算是豁出去了。张仪端的目光从宣侧妃、几个嫂嫂及幼弟的身上缓缓扫过，心里突然生出一种前所未有的勇气来，这里只有他一个是成年男丁，他有义务把家人安全送回府中。但看到满脸寒霜的世子妃，他的心又有点颤，犹豫了片刻，他还是鼓足勇气道："大嫂，我们先回去吧？"

世子妃看了他一眼，不语，只把目光又落到远去的康王世子等人身上。张仪端有些尴尬，求援似的看向王氏和许樱哥，既然长乐公主要他们回去，自是有所考虑，不然一家子都留在这里算什么？家里还有一群小孩子呢。

王氏把眼睛转开，许樱哥缓缓抬起头来，朗声道："大嫂，既然父王、母妃和姑姑都有了安排，我们便先回去吧。"

世子妃有些恼怒地看向她，许樱哥攥紧惠安郡主的手，神态坚定温和平静地和她对视。对视片刻，世子妃有些颓然地垂下眼来，疲累地道："走吧。"

张仪端忙叮嘱道："紧紧跟着，不要走散了。"言罢抢先走在前头，表情沉稳，目光警觉地护着众人往外而行。

世子妃沉默地打量了他片刻，朝惠安郡主伸手："阿眉，你过来听我和你说。"

"大表嫂，我很好。"惠安郡主紧紧攥着许樱哥的手，毫不犹豫地轻轻摇了摇头。世子妃淡淡笑了笑，转开头去，目视前方，大步往前。

一路前行无险，大抵是因为东苑并不是主要宫室的缘故，路上便是连宫人也难得碰见。但越是清幽平静，众人心中越是紧张，待到看到自家的车驾与随同人员之时，所有人都有松了一口气的感觉。

许樱哥牵着惠安郡主的手走到世子妃跟前，低声道："嫂嫂，待出了宫门，我便先送惠安回公主府，就不同你们一起回去了。"公主府的车驾随同人员都要留下来等候长乐公主，惠安郡主自然是只能坐她的车回去。

世子妃急着回府去寻崔湜拿主意，自然是不想再节外生枝，眼里腾地蹿起一股火苗来,又拼命忍住了,压低声音道:"这是什么时候?你还如此胡闹?要不惠安与我们一起回府等公主府派人来接,要不就是三弟送惠安回去。"

许樱哥眼望着她低声道:"这是姑母的盼咐,她老人家第一次托我做事,我总不能半途而废。"言罢轻轻拉了拉世子妃的袖子,似是在撒娇,又似是在央求。

惠安郡主软绵绵地靠在许樱哥身上低声道:"表嫂,我想回家。"

世子妃怔怔地看着许樱哥握在自己袖子上的那只纤白细腻的手,眉头轻轻跳了跳,面上照旧半点好神色都没有,只淡淡地道:"随便你们。"

王氏张了张口,想说什么又没能说出来。宣侧妃只顾牵着张仪明赶紧上车逃回去,哪里管得了她们这些琐事,张仪端却是发现有些不对劲了,犹豫片刻,轻声道:"要不,我送你们去?"

世子妃看了他一眼,不置可否地拉着王氏上了马车。

宣侧妃则从车窗里探出头来尖叫一声:"你要去哪里?"

张仪端不耐烦地瞪了她一眼,道:"我送阿眉回府。"

宣侧妃心想,这时候不赶紧回去躲着,居然还敢到处乱蹿,这是吃了雄心豹子胆?正想端出做娘的架子威风一下,就见世子妃的车帘子被揭开,露出世子妃冷淡威严,满含警告的目光,于是下意识地将那句话咽了回去,缩入车中紧紧将张仪明抱在怀里不敢再多话。

世子妃的车驾从许樱哥等人身边缓缓驶过,许樱哥听到里头传出低低一句:"小心。"再仔细听,便又如同是风吹过一般,像是听错了。

马车缓缓驶离高耸绵延的宫墙,许樱哥长长松了一口气,觉着生气终于又渐渐回到了体内。惠安郡主自掌心里掏出那根早就被冷汗湿透了的布条,小心翼翼地递到许樱哥面前。不知是从哪里撕下来的布条上用不知名的颜料歪歪斜斜写着两个字:许,郭。字迹潦草,不过勉强看得清楚而已。

许樱哥与惠安郡主面面相觑,百思不得其解。许樱哥轻轻摇了摇头,从车厢暗格里取出火折子,将布条烧烬在了香炉里,低声道:"我先送郡主回家,然后借公主府的车回一趟娘家。"她弄不清楚朝政,更不知道宫中的秘辛,所以猜不透这哑谜,但既然长乐公主指名道姓要将惠安郡主交给她,布条上又写得有"许"字,那她理所当然地便要去寻许衡拿主意。

惠安郡主犹豫道:"是这样的么?"许衡虽是许樱哥的父亲,但不见得就是和她们在一条船上的。

　　许樱哥反问道："不然呢？公主殿下最后交代的人是我。"

　　惠安郡主沉默下来，将手指掀起车帘一角往外看。车外风和日丽，春光正好，柳絮如雪，安宁平静。张仪端骑马跟在车旁，一张清秀的脸绷得紧紧的，下颔因为咬得太紧而线条冷硬，完全不同于平时的温和儒雅。她又往前看去，看到赶车的车夫背影沉稳厚实如山，动作稳定沉着。察觉到她的目光，车夫回头，两蓬乱草似的眉毛下面藏着一双干净温和的眼睛。

　　惠安郡主那颗乱成一团的心突然间平静下来，她吸了一口气，往车厢壁上轻轻一靠，低声道："就听你的。"

　　许樱哥笑笑，从青玉手中接过茶杯递了过去："喝口热茶缓一缓。"待惠安郡主接了茶，她自己也捧起茶杯轻轻啜了一口，茶所特有的芬芳和微苦自口腔中顺着咽喉而下，温暖了咽喉脾胃的同时，也让她的神经隐隐兴奋起来。假定这场针对朱后一系发生的事件和变故是个阴谋，那实施阴谋者一旦胜利后会不会轻轻松松就放过许家呢？答案是否定的，即便是在短时间内放过了，日后也不会放过。所以她并不担心许衡会怎么选择，关键的是这两个莫名其妙的字，能给他们多大的提示。

　　张仪端也隐然有些兴奋，许樱哥与他虽然接触不多，在他的印象里却绝对不是一个会随意胡闹的人，更何况世子妃后来的举动和惠安的举动都让他有一种预感，他是在参与一件非常重要的事情，一旦做好了，等到父王回府便是大功一件。下一次，他便有机会参与到更多重要的事情中去。

　　日暮时分，许樱哥的马车在张仪端的护送下缓缓朝着康王府而去，过不多时，一个身形高挑的青衣婢女大大方方地自长乐公主府侧后门走出，径直上了一辆不起眼的青幄牛车，青幄牛车在年轻车夫的操控下，稳稳地朝着街上驶去。

　　掌灯时分，忠信侯府来了一个客人。当婢女将客人引入到许衡的书房里时，许衡先是微微一惊，随即又了然，温言道："有没有被吓着？"

　　"还好。"许樱哥不适应地将被拉高了的眉毛揉了揉，简单地将今日发生的事情说了一遍，言罢也不多语，只安静地等待许衡思考发话。

　　许衡的眉毛皱成了"川"字形，许久方慢慢松开，轻轻摇了摇放在书桌右手边的铜铃，侍笔的青衣小厮垂着头疾行入内，低声道："老爷有何吩咐？"

许衡道："去把几位先生和大爷请到听风阁，我这就过来。"

许樱哥见他召集府中幕僚和许执说话，知他已经拿定主意，便起身道："爹爹，我是先回去还是等一等？"

许衡见她满含期待地看着自己，由不得微微笑了，招手叫她过去道："你是否想问我这到底是打的什么哑谜？"

许樱哥忙点头："既然陷入了烂泥潭里，总要晓得烂泥潭里都有些什么东西会蜇人。"

许衡捋了捋胡子，低声道："听说明日朝会将会有人带头推举康王为太子，同时还有人搜集了贺王父子的十八条欺君罪状要在朝会上捅出来。至于宫中是否还发生了其他事涉及皇后和长乐公主，我却是不知了。"

烂泥潭啊烂泥潭！许樱哥惊得差点跳起，这不是逼着皇帝朝康王下狠手么？便是皇帝看透了这中间的问题，只怕顾忌着统兵在外的贺王父子和这一场只能赢不能输的战争也不能不收拾康王。更何况，她很怀疑那个爱杀人还似乎有点老糊涂的老皇帝是否真的看得透，不然这么大把年纪了，怎么还不赶紧把家事理清楚，还尽挑唆着儿女打架呢？

许衡见她不安，皱眉道："少安毋躁，你的养气功夫还差得远呢。此地不宜久留，还有人等你回话，早些归去。"

许樱哥轻吁一口气，低声道："爹爹，以您看来，他们在宫中可还会有变故？"

许衡微笑着道："你们府里凡是能站出来的人都主动留在了宫中，圣上便是再多疑也该稍微放一放心。只要皇后娘娘还能醒过来，康王府便还在。回去烧香拜佛吃斋替皇后娘娘祈祷去吧。"

康王府东路，世子夫妇所居的济园内此时一片静寂，唯有世子妃日常起居之所灯火辉煌。

"三嫂，这边请。"张仪端殷勤地将许樱哥引入室内。许樱哥还是第一次来这里，只见室内陈设简洁，半新不旧，世子妃背对着众人虔诚地跪在佛龛下，手握佛珠微闭双目低声祷告，一个面容清癯的中年文士端坐在左手边的椅子上目光炯炯地看着她，王氏则领着世子长子坐在不远处期待地看着她。

许樱哥轻轻吐出一口气，先朝那中年文士颔首致礼，随即朗声道："大嫂，我回来了。"

世子妃慢慢爬起身来，目视着观音像低声道："二弟妹，烦劳你替我把府中琐事照料一下，再看看孩子们该睡的是否都睡下了，若是有人乱嚼舌头的，尽数重罚。"

王氏脸上闪过一丝黯然，低声应了好，示意世子长子与她一同退下，顺便带走了在场伺候的所有婆子丫鬟。世子妃转过身来目光沉沉地看着张仪端，低声道："四弟，如今府中只有你一个成年男丁……"

莫非也不让他旁听？张仪端忙道："嫂嫂放心，我都知晓，早已安排下去加强人手巡逻。待这边事了，我再亲自带队，绝不会出岔子。"

他既如此说了，世子妃也没其他话好讲，便看向许樱哥道："三弟妹辛苦了。"

"为家中尽绵薄之力，怎能道辛苦。"许樱哥低声把自己所知的情况说了一遍："……临走时，家父让咱们吃斋念佛求乞皇后娘娘早日康复。"

崔湜若有所思，世子妃则有些急怒上火，她想要的是一个强有力的保证和许诺，而不是这样似是而非的一句话。因见许樱哥神态安静平和，由不得只恨自己没有这样强有力的后援。她的娘家，声势烜赫，却远在西边，在当地只手遮天，在上京城中却必须比寻常公侯大臣之家还要谨慎低调小心。便是再如何，也是远水解不了近渴，不然她何至于如此无措？更何况，这么多年，她的根早已扎在了康王府。

崔湜适时出声："既然侯爷这样说，那我们便依言而行。"

世子妃急速抬头看向崔湜，同时将所有的负面情绪统统收起，试图捕捉到自己错漏了的信息，以便尽快跟上崔湜的思路。崔湜似是知她所想，微笑着道："父兮生我，母兮鞠我，拊我蓄我，长我育我，顾我复我，出入腹我。欲报之德，昊天罔极。做儿女的，求乞父母亲长寿安康，那是最平常不过的事情了。至于其他的事，哪里又顾得上去多想呢？"

世子妃默了片刻，吩咐张仪端："四弟，让府中众人沐浴更衣，设香案，诚心诚意替皇后娘娘祈福。但凡是需要用到的事物，统统不要吝啬。"想了想，又道，"自今夜起，全府茹素。"

张仪端一心还想留下来再听听关键部分，闻言也只得先退出去安排。许樱哥见世子妃神色不是很好看，猜她大概对自己带回来的消息不太满意，又猜她大概与崔湜还有话要讲，不等世子妃开口赶人便主动道："我也回去沐浴更衣，设香案，替皇后娘娘祷祝。"

世子妃点了点头，待许樱哥走远，豁出去似的道："先生，要不你再跑一趟忠信侯府？"

崔湜有些讶然，随即温言道："许侯爷不是让三奶奶回来了么？我们只要等待就是了。"既然许衡能放心让许樱哥回来，那便是心中有数并且会有行动，不然那般护犊子和老谋深算之人，又怎会让许樱哥回到这龙潭虎穴中来？

世子妃心中不甘，继续道："可是他什么都没说，迄今为止也看不见任何动静，要是错失了先手可怎么办？王爷他们还都在宫里头。"还有就是，许樱哥办事，她不放心。

崔湜听到这里，由不得有些叹息。世子妃再精明能干，经过的事情还是太少了些，有些事情只能看结果而不能看过程，许衡那老狐狸即便是要做什么，又如何会轻易说出来？乃叹道："许侯爷为两朝元老，多年荣宠不减，他若不肯动，谁能让他动？他凭什么要帮我们？因为是儿女亲家。王爷和世子不在，府中并无有分量的人能说出有分量的话，三奶奶去了都不能，在下去更不能。既然公主殿下相信他，我们便只能相信。"

世子妃有些艰难地深深吸了口气，强撑出笑脸对着崔湜深深一礼："府中老幼，全要依托先生了。"

一弯新月从云层里探出头来，微风吹过树梢，发出极细微的"沙沙"声，许樱哥低垂着头，快步走在康王府曲折安静的小道上。要问她怕不怕，她自然是怕的，她不喜欢颠沛流离，朝不保夕，更不喜欢这种随时命悬一线，完全没有安全感的生活。但生于乱世，她想她还该感谢老天，和那些苦苦挣扎在污泥、饥饿中的女子比起来，她已经好了太多太多。

想到这里，许樱哥停下脚步，双手合十，虔诚地对着月亮拜了两拜，口中念念有词。青玉见状，忙也跟着拜了两拜。许樱哥不由好笑："你拜的什么？莫非是求月老给你一个好夫婿？"

青玉低声嗔道："这都什么时候了，您还开这种玩笑。婢子自是求老天爷保佑皇后娘娘长命百岁，咱们府里太平富贵，您和三爷能好好过日子。"

许樱哥轻轻叹了口气，之前她经常觉得张仪正很烦，生气极了的时候也经常想要是没有这太岁自己想必会轻松好过许多，偏这时候却还是很担心他。于是又郑重地对着天空祈祷："诸天神佛在上，求你们让张小三儿平安回来，回来以后不要再抽风发神经，顶好就是日日当妻奴。"祈祷完毕，自己都觉得好笑，日头从西边升起来张仪正也不会当妻奴，只要能正常就好。

忽听身后有人沉声道："三奶奶实乃女中丈夫。"

许樱哥回身，看到崔湜站在离她几米远的地方，一脸严肃地抱拳朝她行礼。再远些，世子妃身边两个最得信任的嬷嬷分别提着盏灯笼，神态恭敬地立在那里默默等待。晓得崔湜这是与世子妃商量完大事要回去了，便微笑着郑重还了崔湜一礼，朗声道："先生谬赞了。"什么女中丈夫，不过都是看在许衡的面子上而已，不然她做的那些事情在康王府众人眼里应当就只是个不知好歹的悍妇。

崔湜微笑道："在下神往许侯爷已久，日后若是机会得当，还要请三奶奶帮忙引荐。"

许樱哥自不会认为崔湜是想另投许衡，人家特意来同她打个招呼不过是表达交好和尊敬之意，连忙郑重应了："先生大名，家父早有耳闻，曾言道日后若有机会，便要请先生喝茶赏月，对酒当歌。"

一派胡言，不过互相吹捧而已。崔湜哈哈大笑着告辞转身，许樱哥也朝着自己的无名小院进发，想方设法让自己开心并放松一点。

是夜，康王府香烟袅绕，木鱼声惊动了附近几条街，有许多人在黑夜里无声地窥伺着这个府邸，却发现府中众人除了拜佛之外，几乎停止了一切活动。这场虔诚的拜佛活动如同传染病一样，在清晨时分随着晨风席卷了上京城中的各大亲王、公主府邸。于是半城香烟弥漫，半城木鱼声声，上京城摇身一变成了个潜心向佛的慈悲城市。

第一缕日光照上墙头，上京城便在袅袅的青烟和虔诚的诵佛声中拉开了一天的序幕。彻夜未眠的世子妃从蒲团上费力地爬起身来，接过婢女玉瓶递来的茶水低声道："这时候已经上朝了吧？也不知道皇后娘娘的病情是否好转了。"更不知道留在宫中的康王等人是否一切安好？

玉瓶不知该如何回答才好，只宽慰道："您且放宽心，没有消息便是好消息。"

　　世子妃手扶着窗棂往外看，一颗心揪得缩成一团。她很清楚，倘若皇后出了意外或是病情加重，那今日的朝会便不会再有，相反，若皇后病情稳定或是减轻，皇帝便不会取消此次朝会，现下什么消息都没有，多半这朝会还是举行了的，该来的还是会来。一日一夜未睡，令她心力交瘁，最可怕的是崔湜离去前说的话一直在她耳边萦绕："这件事不好办，圣上发作，定是已知今日将会发生何事，若在王爷等人尽数留在宫中的情况下还突然来了个急转弯，他便是不生疑也要生疑。但若放任不管，贺王一派又正好发难……"

　　许樱哥被迫嫁入王府，且自婚后便一直都过得不好，在这样的情况下，许家人是否真的会站在康王府这边？退一步讲，便是许家真的站在这边，许衡也有这个平衡能力，但他又肯花多大的心力处理这件事？世子妃越想心越乱，觉得自己不能再乱想，便用力摇了摇头，低声询问道："府中一切都好？"

　　玉瓶道："大家都好，除了最小的几位主子外，其余人都没睡一直在拜佛求祈，四爷一直领着府中侍卫四处巡逻，宣侧妃哭了几场，曲嬷嬷发了半宿的呆……"

　　世子妃有些不耐烦，干脆直奔主题："三奶奶呢？"

　　玉瓶忙道："听说是昨夜回去吃了一大碗面，然后沐浴更衣，问人请了佛像与香烛木鱼，一夜都在祷告。"

　　世子妃将手中茶杯放下，道："伺候我梳洗，待我去看一看她。"她需要许樱哥和许家站在康王府这边。

　　却听窗外脚步声匆匆，有婢女快步奔入："三爷回来了！"

第76章　不知·混蛋

　　"哒"的一声脆响，许樱哥睡眼朦胧地从蒲团上挣扎着坐起身来，左右看看四周无人，忙迅速将落到了地上的木鱼捡起，连连道了两声："罪过，罪过。我佛慈悲，菩萨恕罪，我是侍奉您侍奉得太累了。"

　　"你可真虔诚，梦里也在拜佛。"随着这声嘲讽，门外走进一个人来，居高临下地看着还盘踞在蒲团上的许樱哥，眼里的情绪复杂莫名。

"咦！"许樱哥再顾不得那可怜的木鱼，一纵而起紧紧揪住张仪正的衣襟，上下打量一番，微笑道："果然是祸害遗千年。"

张仪正皱起眉头，不悦地去拨拉她的手："怎么说话的？可是看我回来失望了？"

"虽然的确还是有些烦你，但看到你能平安回来还是很高兴。"许樱哥见左右无人，微笑着轻轻环住张仪正的腰，低声道，"都还好？没受罪吧？"

其实他也很高兴，曾经憎恨过这意外得来的生命，曾经恨不得自己从没有回到这世上，但经过惊心动魄的一日一夜，他还是觉得活着很好，最少能有机会让心中的不平与遗憾少一点。张仪正看着许樱哥的发顶无声地叹了口气，耷拉着两只手道："皇后娘娘在四更时醒过来了，当无大碍，只是还要静养。因恐家中担忧，让我先回来说一声。"

许樱哥忙道："那今日的早朝……"

忽听紫霭在廊下低声道："三爷、奶奶，世子妃来了。"

"咦？"许樱哥忙将手收回来，低头整了整身上的衣裙，与张仪正一起快步迎了出去。

世子妃服饰照旧格外整洁，虽有些憔悴，但看上去还算精神，她不动声色地在许樱哥和张仪正的脸上扫视一番，露出一个淡淡的微笑："三弟回来了？我过来看看三弟妹。"

这算不算是主动和好的意思？许樱哥先是有些惊奇，随即了然，这其中绝大部分的因素不在于她有多么勇敢，而是在于她姓许，并且是许衡的女儿。再有，张仪正定是才回来就直奔这里，还不曾将宫中的消息传给世子妃听，世子妃这是急了，也是打探消息连带示好一举两得的意思。

果不其然，张仪正立即解释道："因我形容狼狈，也不知嫂嫂一夜辛苦是否忙得过来，所以先回房收拾收拾，换身衣服。却不想让嫂嫂跑这一趟，倒是我的不是了。"

世子妃见他恭敬，也不曾看见有什么噩耗之类的征兆，心情放松了许多："皇后娘娘病着，你们又在宫中，家里上下都是枯坐一夜，全不曾睡。"

张仪正便请她进去："咱们屋里细说。"

许樱哥将世子妃引入室内，亲手上了茶点，命青玉守门，屏退下人，方坐下细听张仪正详叙。待得听完事情经过，不要说是世子妃，便是许樱哥脸上也再不能露出半分笑容。

刘昭仪宫中那位新近得宠的宫人才刚号出喜脉便又迅速流产,恰巧有人在这宫人所居宫室内搜出巫蛊之物,又能顺藤摸瓜查到这东西是长乐公主指使人所为,偏被揪出来的那人还真的就是长乐公主的人。圣上此生最厌巫蛊,心中本已经是大怒,再得知次日早朝诸大臣将进行的阴谋,更为暴怒,又见在这当口皇后一脉还不避嫌地凑在一处说悄悄话联络感情,由不得不发作。

虽然皇后晕厥导致事情被缓和一步处理,但并非是事情就真的完结了,何况康王府还即将面临更猛烈的一场攻击——以朱后康王多年累积下的仁厚声望,一旦有人开头便会有更多的人附和,但这恰恰是老了的皇帝所最不愿意看到的,老子还没死呢,你就想着当家做主夺权了?所以皇后虽醒,皇帝也没有采取进一步的行动,张仪正可以回家,结局却还是一个未知数。

一环扣一环,一步赶一步,中间算无遗漏,从这场宴会中皇后会借机见见儿子女儿孙子,再到皇帝的心理,以及长乐公主及康王等人会有的反应,该埋的线索和该挖出的人,无一不是算得精确狠准。也不知刘昭仪等人究竟谋算了多少年,又做了多少事,下了多少工夫,还有多少人在后面推波助澜,兴风作浪。

世子妃只觉得背心冷湿一片,嘴唇动了几下才挤出一句:"那圣上可是疑娘娘了?"

想到昨日皇帝一直守在朱后身边的情形,张仪正道:"看情形还不至于。圣上与娘娘多年结发夫妻,感情弥坚,娘娘的贤名也不是一朝一夕得来的,靠的是年深日久的累积,又岂是这些宵小所能轻易破坏的?"他虽说了这话,却自己都不太相信。虽然这些年来很多事情都证明了帝后情深,但实际上大家都知道,在当皇帝的人心目中,最至高无上的是那把椅子,不然就要亡国,不然就会死无葬身之地。

"是。"世子妃掩饰地将帕子轻轻擦了擦唇角。至亲至疏夫妻,圣上若是真的这么敬重疼爱皇后,又如何会让皇后唯一的嫡子这么多年一直处于这样不尴不尬的地位?又如何会为了一个莫名其妙的小宫人和一件莫须有的事情便当着皇后的面发作,审也不审便定了长乐公主的罪?又如何会在明知皇后身体不好,心情郁结的同时还把皇后气得当场晕倒?

许樱哥没他们叔嫂那么多的感慨和想法,她只关心最关键的一点:"你出来的时候就没有一点朝上的消息？"

张仪正轻轻摇了摇头："我出来的时候机会不对。"

世子妃见从他这里再问不出多余的事来，索性起身告辞："三弟一夜未睡，想必也不曾吃好。先歇一歇，洗个脸，吃点东西，换件衣服过去寻一下崔先生。"

张仪正听到崔湜的名字脸色有些不虞，淡淡地道："我适才已经见过他了，更把父王的话都尽数传到了。现下是要请大嫂收拾些父王母妃日常要用的药物衣物，我稍后再送进去。"

"早有准备，我再去查验一遍即可。"世子妃见他脸色不好看，心中有数，乃看向许樱哥："三弟妹。"

许樱哥知趣起身："我送大嫂。"

妯娌二人一前一后走出院门，世子妃低声道："就到这里罢。你，劝一劝三弟，这个时候断不可和人置气要强。"

许樱哥诚恳应道："大嫂放心，我一定会劝他的。"

世子妃默立片刻，把眼望着别处低声道："之前那件事，是我欠缺考虑……"

许樱哥忙微笑着止住她的话头："是我太过生硬。我这里给大嫂赔礼了。"言罢盈盈一礼。

世子妃有些意外，随即微笑着还了她一礼："我们各有不是，但一家人，可没有隔夜的仇。"

之前强势骄傲，现下虽主动求和赔礼却也不肯多认输，只说各有不是，但到底还是能上能下，果然是世子妃。许樱哥笑着目送世子妃走远，转身回房。

张仪正已泡在了澡盆里，听见动静便出声道："快进来帮忙，我收拾好还要出去。"

许樱哥忙道："你想吃什么？我先使人给你做着，洗浴出来便可以吃。"又加了一句："只有素食。"

张仪正在里头答了一句："你做的素包子不错。"

这东西是随便就能得的？难为他这时候还能想到这个。许樱哥笑了笑，低声吩咐青玉："去厨房里端了粥和素包子来，看看再有其他什么合适的都一并端了来。"言罢走入净房，挽起袖子走到张仪正身后，舀起一瓢热水顺着他的发顶缓缓淋下去柔声道："我昨日也在外奔忙了一日，回到府里便一直念佛祈福，不曾有空做得。稍后我便去做，等你回家便可以吃，如何？"

张仪正闭了眼睛靠在浴桶壁上，许久才发出低低一声："唔。"

许樱哥见他脸色憔悴，知他在宫中日子不好过，便不再出声，只默默将他的头发打散细细洗净，又轻轻擦干包上。手触到澡豆，再看到张仪正强壮赤裸的背影，犹豫了片刻，终是将手轻轻放在了他的肩上。

"别动，我们说说话。"张仪正抬手轻轻覆在她手上，低声道，"昨日我以为又要死了。"

许樱哥依言在一旁的小杌子上坐下来，趴在浴桶边沿应和道："是挺吓人的。但你别泡太久，伤还没好利索呢。"

张仪正闭着眼睛道："我，死过三次，以为这次又要逃不过去了。"

许樱哥静默片刻，低声道："怎会有三次呢？"她所知道的只有前年秋天张仪正险些病死那次和去年秋天在许家别庄里的那次，莫非在这之前还有她所不知道的？

张仪正不答她的问题，只道："很清楚地知道自己要死了，但其实非常不甘心，偏偏又知道自己无可逃避，只能怨愤和绝望地眼睁睁看着死亡来临，这种滋味很糟糕。"

许樱哥想起从前，情不自禁地回了一句："是呀，很糟糕，尝过一次便不想尝第二次。"

张仪正突地睁开眼睛看着她冷声道："你如何会知道！你根本不知道！"

前一秒还在谈心，下一秒便开始抽风，这是做什么？许樱哥被吓了一跳，随即笑着嘲讽道："三爷说得对极，我不是你当然不知你究竟是什么滋味，但你也不是我！我笑着的时候也许我在哭，我糊涂的时候也许我一直都很清醒，除了我自己知道，谁也不知道！"

张仪正睁大眼睛盯着她看了片刻，突地伸手捧住她的脸，探身俯了下去。许樱哥长长的睫毛颤了颤，温顺地闭上了眼睛。

带着薄荷清香的温热气息吹拂在许樱哥的脸上，许樱哥只觉得全身的汗毛都竖了起来，却仍然紧紧闭着眼睛。待到张仪正的嘴唇即将触碰到她的时候，她猛地睁开了眼睛，她看到张仪正的眼睛非常美丽——犹如灰色的琉璃里绽开了一朵灿烂的小花。

她相信在这一刻，张仪正眼里的情绪是真的，他在渴望，他想靠近她。不只是为了情欲，那双眼睛里明明白白地写满了东西。即便就是他没有说，她也觉得她能看懂，许樱哥身上倒竖的汗毛突然间如同被风吹过的麦浪一样平顺下去，心情也雀跃起来，她忍不住探手轻轻抱住了张仪正的头颈，对着他灿烂的微笑。

他看着她，她也看着他。

浴桶里的水汽盘旋着往上弥散开去，室外香炉里的檀香随着微风轻轻浸染入内，再与水汽纠缠着结合在一起，平添了几分宁静平和。张仪正的手轻轻触上了许樱哥的脸，白玉兰花一样洁白的脸颊，青春璀璨，便是一夜未睡，肌肤也照样饱满细腻光洁，眉眼平和妩媚，还有一种淡淡的喜悦和期待，再往细里看，似乎还能看到眼眸深处的倔犟和谨慎。

这么多年来，她的眼神似乎就没改变过。只是当时年少的他看不太清楚，现在看清楚了却觉得有些慌了，张仪正叹了口气，吻上许樱哥的眼睛，低声道："你心里是怎样看我的？"

这人不抽风了倒变得陌生了，居然关心起她的内心世界来了。许樱哥有一刹那的迷茫，随即微笑起来，并不松开张仪正的脖子，只仰头望着他道："你心里又是怎么看我的？你若看到一朵花，我心里便是一朵花。"你若把我看成是一坨狗屎，在我心里你当然就是一坨狗屎。

张仪正笑笑，半开玩笑半认真地道："你在我心里，就是一个忘恩负义的混蛋。"

"真好，你在我眼里也恰好是个混蛋。"许樱哥搂紧他的脖子轻声道，"三爷记得了，我不欠你的，所以你没法儿对我说什么忘恩负义，我们俩正好做到两不相欠。"不等张仪正开口，便轻轻吻在他的唇上，并调皮地轻轻舔了舔他的嘴唇，轻笑道："这是你昨天对我好的利息。"

张仪正呆了呆，动作先于大脑将许樱哥猛地搂入怀中，许樱哥微笑着，乖顺地将头靠在他的胸前。不管如何，过去的都已经过去，他只要能一直这样下去，不要再抽风，日子这样过着便也很好。

张仪正将头深深埋在许樱哥的颈窝里，用力嗅着她身上的芬芳与温暖，他想松开她，却很清楚地知道自己松不开，不松开，却又痛恨着自己。她越是乖巧可人，他就越是会忍不住去想，她到底在那件事中做了多少。许家与当年的崔家,是否有着和崔湜一样的故事?他对自己身边的亲人朋友,包括许樱哥在内,他又知道多少?他想,是不是所有的事情都和他自己一样,外面只是蒙着一层光鲜的皮,内里不堪入目?

外面传来一声轻响,似是丫头们在支桌子摆饭,许樱哥轻轻推了推张仪正,低声道:"差不多了。不要误了正事。"张仪正不言语,只将她又抱得紧了又紧,几息之后才又轻轻放开。

"你自己擦擦,我给你取衣服。"许樱哥走出净房,听到身后隐然传来一声沉重的叹息,她顿住脚,轻轻侧头去看。净房内氤氲的水汽已经散了不少,张仪正仰靠在浴桶壁上,侧面如同一个灰白色的剪影,孤寂而冷清,许樱哥的心突如其来地"咯噔"了一下,默然立了片刻后转身离开。

张仪正闭上眼睛,慢慢往下沉,直到水淹没了他的口鼻,他觉得肺都憋得刺疼了才又猛地坐起来,大口大口地喘气,然后流泪。

取来衣服的许樱哥在一旁沉默地看着他,及时把馨香雪白的帕子覆上他的脸,十根手指弯成一个再温柔不过的弧度,轻轻将他的眼泪和水渍擦干。

张仪正不习惯她这样的沉默与温柔,总觉得自己被血淋淋地剥开了一层皮,再毫无遮拦地暴露在她的面前。他努力翘起唇角,抱歉地道:"真是的,不小心就睡着了,把你辛苦给我擦干的头发都又给弄湿了。"用力咳了两声后,很粗野地说,"呛死小爷了!"

许樱哥挑了挑眉,笑道:"我居然从三爷的口里听到这词,可真是新鲜。"

张仪正满脸的疑惑和警觉:"什么?"

许樱哥转过身去换另一块干净的帕子,轻轻丢出一句:"就是辛苦呀,你居然会知道我辛苦了。"

张仪正默了片刻,突地抓起水瓢舀了瓢水劈头盖脸地朝许樱哥淋去,许樱哥笑着避让开去,但到底还是湿了半边衣裙。正待要骂,张仪正已然从浴桶中跨了出来,神色严肃地道:"这是什么时候,你居然还敢调笑,让人听见了你还要不要过日子了。可是想被人说你不孝不贤?"

真是倒打一耙,许樱哥举双手投降:"成,都是我的错。"

张仪正看了她一眼,沉默地擦干身体将自己笼入衣服之中,然后大步走出去,坐在桌边埋头苦吃。许樱哥在净房里呆坐了片刻,苦笑着起身叫人进来收拾，自己也回房换衣。等她收拾妥当出来，张仪正已经走了，桌上只剩下空空的几个碗碟。

青玉忙着把空了的碗碟收下去，又重新摆上新鲜吃食，低声道："三爷大抵是饿狠了，又急着出去办事。"所以才没有等许樱哥一起吃，所以才连招呼都没打一个就走了。

"可不是么，适才不过一会儿的工夫就睡死在了浴桶里。"许樱哥笑笑，拿起筷子认真吃饭。少顷饭毕，紫霭询问道："奶奶歇一歇吧？左右也没人知道。"

许樱哥摇了摇头："哪里有一家老小都没歇，我独自跑去躺着的道理。我去前头看看都有些什么要做的。"言罢先去看了高、袁两位嬷嬷，但见这二人坐得稳稳当当的，一个抄经书，一个做针线，便笑道："昨日乱糟糟的，也没能顾得上来看望两位嬷嬷，不知一应供给可都齐全周到？"

"都好，都好。三奶奶请这边坐。"高嬷嬷忙放了手里的笔墨给许樱哥让座，袁嬷嬷也放了手里的针线活，主动解释道："这是给娘娘的寿礼。"

许樱哥凑过去瞧，但见黄色的丝缎上绣满了梵文，想来是专替皇后祈福用的，便真心赞叹了一番。高嬷嬷给伺候的小丫头使了个眼色，小丫头便悄无声息地退了下去，青玉将门给看严实了，许樱哥这才道："我有事要请教二位嬷嬷。"

高、袁二人早就等着的，见状都坐直了身子正色道："三奶奶有话不妨直讲。"

许樱哥挑着能说的简要说了一遍，道："两位嬷嬷长期都是在娘娘身边的，想来对宫中的规矩人情都要熟悉些。我是才进门的新妇，什么都不懂，便是想孝敬长辈，想给嫂嫂们帮把手也不知该从哪里下手，还要请两位嬷嬷指点一下。"

高嬷嬷与袁嬷嬷对视了一眼，微笑道："其实三奶奶不必太过担忧，我们都相信皇后娘娘一定能平安的，说实话，这么多年了，娘娘什么样的风浪没遇到过？"

许樱哥不知她二人的底气来自哪里，但看她二人如此笃定，心中也安宁了不少，便起身告辞。才要出门，就听高嬷嬷在身后低声道："不知府里可否要使人送东西入宫？"

许樱哥忙道:"是有这个打算。"

高嬷嬷不赞成地轻轻摇了摇头:"宫中什么没有?至亲骨肉,难道圣上还会亏待了自己的骨肉?等到天晚人不回来,那便只送换洗衣物即可,越简单越好。"

若是什么都要从外面带,那不但预示着康王等人的防备之心,还会给人可趁之机。本是至亲骨肉,却到了这一步,若是康王将来壮志得酬,那这府中诸人是否也会落到这个地步?许樱哥默了默,苦笑道:"谢过嬷嬷指点。"

袁嬷嬷低声道:"这么多年,我们姐妹在皇后娘娘身边就只学到两个字,谨慎。"

世子妃正同王氏、曲嬷嬷精心检点要送入宫中的诸般东西,见许樱哥过来,便道:"三弟可是出去了?"

"是,吃过饭换了衣裳便出去了。"许樱哥听她三人说了一回闲话,把世子妃请到一旁转述了高、袁二人的话。世子妃默想片刻,叹道:"到底是宫中出来的老人,光想着孝敬了,就没想这么多。"于是把其他杂物尽数收了,只留几件款式简单的衣物,心里只盼着晚上人能回家不需再送进去就好了。

不一时,张仪正回来,世子妃忙道:"三弟,可有消息了?怎么说?"

张仪正道:"立嫡的照旧立嫡,告状的照旧告状,乱成一锅粥,宫门外头跪着一排人呢,还有人挨了廷杖。又有人状告二哥不听军令,贻误了军机。"

世子妃皱着眉头轻轻瞥了许樱哥一眼,暗道这许家果然不地道,独善其身了。王氏瞬间脸色雪白,死死攥住椅背才勉强站稳了。许樱哥也有些发呆,却见张仪正目光沉沉地看了她一眼,继续道:"但事态并不曾扩大,无论是要立嫡的还是告状的,基本都是那边的人,人数不多,搅和进去的人屈指可数。"

这中间虽有崔湜等人的及时应对,但绝不可忽视的是许衡那双巧妙拨弄琴弦的手。世子妃轻轻叹息了一声:"万幸,菩萨保佑。"

张仪正走到许樱哥身旁低声道:"散朝时,岳父被圣上单独留了下来。至今未出宫门。"

第77章 君臣·月色

　　暮色蔼蔼，烟柳如织，一轮血红的残阳固执地挂在天际，把整个皇宫涂成了一片血红，便是琉璃瓦折射出的光芒也似是带了几分血腥。

　　太极殿内死一般的静寂，四处弥漫着强烈的血腥味儿，夕阳的光线穿过重重帘幕，落在大柱旁一具血迹斑斑的尸体上，把那人的表情照得格外狰狞。大太监黄四伏胆战心惊地跪在一旁，将额头触着冰凉的地砖，从眼角偷看还在暴怒中的皇帝和静默而立的许衡。

　　年老的皇帝手中的天子剑上还滴着血，虽然还是一副怒目金刚造型，人却已经乏了，只不肯认输，还直直地立在那里瞪着许衡，仿佛想从许衡的身上硬生生地挖出点什么来。许衡半垂着眼，身子冷硬得如同一块石头，面上的表情却平静自若得犹如在逛自家后花园。

　　皇帝看着头发虽然花白，却仍然显得精神抖擞的许衡，不可遏制地生出一股强烈的嫉妒之意。他已经老了，如同窗外那轮残阳，无论怎么挣扎，始终也逃不过下坠的命运，而许衡，年少成名，位极人臣。他还在污泥里打滚时，许衡便立在这高高的殿堂上服饰鲜洁地看着他，再看着他一步步地走上这把椅子。便是过去了这么多年，许大先生依然名满天下，却还如此年轻，还有很多年可活。他却日薄西山。

　　还有很多很多的人，他们都在盼着他死，等也等不得。他们勾结起来，不顾西征的大军在外，不顾他殚精竭虑，不顾他那个大大的梦想，只为自己的私利在背里做着无数龌龊肮脏的事情。有谁会管他？有谁会替他着想？便是亲生骨肉又如何？一群喂不熟的白眼狼！还有这群奸臣，他还没死，他们就想着找下家。皇帝突然不可遏制地暴怒起来，紧紧握着天子剑的右手也控制不住地颤抖起来，他怒吼一声，手中的天子剑带着一股腥臭难闻的血腥味向着许衡飞了过去。

　　但他毕竟是老了，明显后力不足，天子剑没能飞出他所想要的那个漂亮弧度，更不能起到当年他光是横刀立马往敌阵前一站便可吓得敌军望风而逃的威慑作用。

　　要糟糕！黄四伏耷拉着的眼皮子不可控制地抽搐起来，若是这剑飞不到该到的地方便坠落而下，皇帝的威严受到挑战，还不知有多少人会跟着受这无妄之灾，只怕从来最是精明的许大学士也在劫难逃。

　　可是许衡却抢在天子剑坠地之前便已经跪倒在地，几乎是同时，天子剑擦着他的膝盖落下，发出"锵啷"一声脆响后，又在地上蹦了几下，上面残留的污血飞起一片小面积的血雾，染脏了他的袍子。许衡睁大眼睛，死死盯着袍子上的那几点血迹，努力让自己的声音显得更加惶恐："圣上息怒。"

　　皇帝喘了一口粗气，厉声喝道："你还不知罪么？"

　　许衡用极轻却极其坚定的声音道："圣上恕罪，老臣不知罪。"

　　"好个不知罪！"皇帝怒极而笑，死死盯着许衡的脸冷笑道，"朕还没死，你就把朕当死人了！"

　　许衡的胡须轻轻抖了两下，平静地道："圣上乃万乘之躯，正当鼎盛春秋，又有大业未竟，怎敢轻言生死？"

　　明明自己已经年老体虚，儿子们都在等着自己死，他却说自己正当鼎盛春秋，怎么都似是讽刺，皇帝怒极，只觉得浑身的热血都咆哮着要冲将出来，头昏脑涨之际不假思索地劈手抓了案上的玉如意便要往许衡头上砸去，却听许衡猛地提高声音大声道："衡之心，可昭日月！圣上是要逼死忠臣么？圣上若不能定许衡之罪，许衡不服死！"

　　其声洪亮，绕梁未绝，跪在地上的黄四伏猛地抽搐了一下，汗湿衣衫，却又隐隐生出些敬佩之意来，这整个大华，也只有许衡才敢如此与皇帝说话了！

　　皇帝到底是皇帝，玉如意终究没有扔出去。

　　"君要臣死，臣不得不死！由不得你不服！"皇帝脸部松弛的皮肉神经质地抽搐着，牙齿磨得"咯吱"作响，将手指定了许衡冷笑道："忠臣？笑话！你上下串联，只手遮天，在这朝中呼风唤雨，尽只瞒着朕一人，居然还敢说自己是忠臣？你当朕是瞎子聋子？"

　　"臣只是做了该做之事！臣想让朝中安稳，臣想让同僚的血少流一点，臣想要圣上不受奸佞蒙蔽，骨肉生分，臣想要伐晋之战顺利进行，臣想要助我主成就一代霸业，令天下百姓安居乐业，难道错了么？"许衡仰着头不管不顾地大声道："臣若非忠臣，谁敢自称忠臣？"

　　他挺胸抬头，目光清明，满脸正气，灰白的胡须随着他的慷慨陈词而飞舞着，甚至于唾沫横飞，但跪在地上的整个身躯却似大山一般稳重厚实，令人不可轻视。

"臣若非忠臣，谁敢自称忠臣？"这话虽说得太过狂傲了些，但也不是没有根据的乱说，许衡狂而不放，有真才实学，狡猾而不阴险，不结党不营私，臭脾气够多功劳也足够大，真正堪用。但皇帝就是不想让许衡得意，他就是想把许衡打压下去，他像个孩子似的赌着气大声喊道："你听着，朕的忠臣多的是！难道武戭不是？难道冯立章不是？难道……"他一口气说出很多个人名，之后心情渐渐放松下来，就是那么一回事，他什么都还攥在手心里，乱臣贼子不过就是那么几个，烦的不过是儿子们的小九九太多，怨恨的不过是大业未竟，壮志未酬，自己却已经老了……他用力挥了挥手，瞪着眼睛讥讽道："你别以为你不得了！你忠不忠，不是你说了算。你以为朕不敢杀你？"

黄四伏与许衡都轻轻松了口气，黄四伏蹑手蹑脚地起身给皇帝奉茶润嗓，许衡则又是一拜："全由圣上说了算。臣自天福一年从龙，迄今已有十二年余，这些年里，臣……"

皇帝瞪着眼睛坐上龙椅："你好意思说，这些年你的臭毛病真是不少，若非是朕，你早就被杀了几十遍！你全家都被屠了三遍！"

终于比较正常了，黄四伏轻轻松了口气，小心地示意一直守在门外的小侍进来将那具血淋淋的尸体抬出去，又迅速将地上擦洗干净，然后借着去安排晚膳的机会，暗暗把消息传递出去。

许衡垂着眼睛，淡淡地道："衡若有私心，圣上大可把臣杀了，再把臣全家屠上三遍！"

皇帝生气地瞪着他，冷笑道："你以为我不知道你护犊子？以为我不知你女儿昨日跑回娘家去哭喊求救？你不把今日的事情说清楚，就不要回去了。"

许衡轻声道："臣女是圣上赐的婚，嫁的是圣上最疼爱的嫡孙，圣上圣明，赐婚之时便晓得两府联姻会带来什么；圣上圣明，这宫里宫外的事情并不能瞒过圣上半分；臣心疼女儿不假，圣上难道又不心疼儿女？所以臣不过是在依旨行事。"

皇帝怒极反笑："你还敢巧言令色！"

许衡站起身来，将身上的服饰整理了又整理，又正过冠帽，对着皇帝郑重一拜："圣上圣明。大风过境，固然是痛快，但也会什么都剩不下。臣惭愧，臣无能，虽绞尽脑汁，舍了这条老命尽力奔波，却也不能让被郭仁所蒙蔽的同僚再少一点,不能替圣上分忧。"

皇帝沉默下来,许久,方恨恨道:"便宜了郭仁这个狗贼!他挑拨我家父子骨肉,妖言惑众,狼狈行径,不屠尽他满门怎能令朕意平复!"

许衡很艰难地道:"圣上……"

"就是这样!"皇帝却已经猛地一挥手,眼睛里迸发出野兽见了柔嫩可口的猎物时的兴奋光芒,他甚至有些激动地道:"康王被害得最惨,就让他去吧!屠尽郭氏满门,郭氏的妇女财物便统统都归他了!"又狰狞喊道:"把郭仁拖到菜市口,鞭尸三日,再枭首示众!乱臣贼子,乱臣贼子,余下的统统杀了,看谁以后还敢乱来……"

皇帝后面的话渐渐含糊不清,神色却越来越激动。皇帝老了,然后渐渐半疯……许衡沉默地看着皇帝,说不清是担忧还是悲伤,大华真能千秋万代么?黄四伏在一旁看到他的神情,以为他还想替人求情,忙拼命给他打眼色,许衡无奈苦笑,他冒了最大的风险,只能做到这么多。

天色渐黑,宫中四处掌灯,许衡疲惫地拖着沉重不堪的步子极其缓慢地往外而行,猛然间发现自己老了,一场君臣间的对战差不多耗尽了他好几年的精力,腿脚酸软不说,此时便是呼吸也觉得吃力。他看了看远处巡逻的禁军,想找个地方坐下来歇歇,擦一擦汗,斜刺里探出一双手来将他稳稳扶住,他有些诧异,定睛一看,却是张仪正,由不得乐了:"怎会是你?"

张仪正垂着眼轻声道:"樱哥担心您,大舅哥他们已在外头等了许久。小婿送衣物来给家父母,特意过来看看。"

光线有些阴暗,许衡看不清张仪正脸上的神色,只是觉着心中有些宽慰,毕竟这是敏感时期,张仪正能冒着风险来此地等他也是尽了心,便低声笑道:"圣上圣明,无须担忧。都还好?"

"好。"张仪正扶着许衡缓步往外而行,心中颇多感慨,有无数的问题要问,却也不过只说出一句:"岳父大人辛苦了。"

许衡失笑,觉得张仪正有些地方隐隐不太一样了,他亲昵地拍了拍张仪正的肩头,低声道:"请替我转告王爷,为这一日,我耗费了十余年的光阴。日后怕是能帮他不多了。"十余年的辛苦,十余年的经营,今日尽数交换了君王最后的信任和宽让。不管理由再光鲜,再充足,始终露了实力遭了猜忌。

借着灯光，张仪正看清了许衡那张尽显苍老疲惫的脸，他的心头突然间热血沸腾，忍不住低声道："您为什么要这么做呢？"

他问得很含糊，但许衡明白他的意思，你为什么要花这样大的代价来帮康王府，或者说是帮那些卷入漩涡中的人呢？要知道，但凡政治，便如赌博，有赢就有输，投注的时候就该想到会输得血本无归，家破人亡。康王府向许衡求助，固然许衡有不得不出手的理由，但究竟做到什么地步却是要凭他自己，谁也勉强不得。许衡沉默了片刻，低声道："虽是不得不为之，但我总以为，不管什么时候做人都不该泯灭人性，心中有善意，子孙得福祉。"

所以当初在设计了崔家之后，还给崔家妇孺留一线生机？这一句话在张仪正的嘴里打了几个来回，终究是没有说出来。张仪正哑着嗓子低声道："那以杀止杀怎么说？"

许衡捋了捋胡子，深究地看了他一眼，沉声道："以杀止杀是大利器，非不得已不能用。殿下已决定接旨了么？"

张仪正垂下眸子低不可闻地道："皇祖母病重刚醒，这时候杀人太多怕是不太妥当。"

许衡不置可否。没人能阻止皇帝的这个欲念，只怕这话递到皇帝耳里，只会得到皇帝十分无情的嘲讽与鄙夷。皇帝这些年说得最多的便是他杀过的人多了，怎不见冤魂索命？康王这些年也是在血雨腥风里闯过来的，虽说仁义宽厚之名闻名天下，但他手里的人命何曾又少过？不过是作态而已，若不出意外，康王将会纠结忏悔一夜，然后在天亮时分来一场精彩的屠杀，让那些反对他的人看得清清楚楚。

远处夜色苍茫，唯有几盏灯与两辆马车孤零零地停在道旁等候着，许执看到许衡的身影，激动地快步迎上前来："父亲！"待看清了一旁立着的张仪正，由不得就有几分吃惊，随即却又释然，微笑着亲热地道："妹夫。"

这还是许执第一次对他使用这样的口气和称呼，张仪正笑笑，将许衡交给许家众人，对着许执等人深深一揖。许衡由着儿子们扶手抬脚，舒服地坐上了马车，微闭了眼睛道："回去吧，过几日事态平稳了，你和樱哥回来吃饭。"

张仪正恭恭敬敬地垂手应了好，从眼角里去打量立在一旁的许扶。许扶是个非常特殊的存在，他和许家子弟一起出现，却并不抢先去扶许衡，而是一直沉默地扶住车辕马匹，仿佛是想尽力让马车更安稳一些。而许家人也没有谁对他的出现和做法表示任何疑虑，大家都做着该做的事情，彼此间的相处如行云流水一般亲近自然。

马车驶动，许扶上马，淡淡地看了看张仪正，不过是一瞬间，张仪正便看到一双与许樱哥十分相似的眼睛，只是许樱哥的眼睛更多妩媚，这双眼睛却阴沉而冷厉。张仪正眯了眯眼，微笑着举手对着许扶挥了挥。

许扶猛地回头，一磕马腹，头也不回地跟着许衡等人离去。是深深的厌恶和防备，张仪正确认自己没有看错许扶眼里那一刹那间露出的强烈情绪。想必从前许扶在他没有注意的时候也经常用这样的眼神看着他，只是自己年少无知，看不懂，便是看到了也只会认为是错觉而不会深究。如今可算是好，懂得看人眼色了，张仪正自嘲地笑了笑，转身离开。

"济困，你来我有话要同你讲。"马车转入上京城幽暗深长的街道后，许衡命马车停下，温和地对一旁的许扶招手。

许扶半点犹豫都没有，迅速翻身下马上车，恭恭敬敬地对着许衡行了礼，端坐在许衡面前轻声道："不知伯父有何吩咐？"

许衡微笑着打量了他一回，轻声道："还在恨他？"

许扶不语，只半垂了眼睛。

这倔犟孩子，平时看着为人做事蛮不错的，就是遇到张家人与前仇便十分固执。许衡叹道："恨他又有什么用？生米已经煮成熟饭，我瞧着他这次就比上次好太多。倘若他能这样一直下去，也蛮不错。你讨厌一个人，即便是你遮掩得再好，总是会在无意间流露出来，别人感受到了自也会厌憎于你。你无非是心疼樱哥，何不借着他想与你交好的机会拉近一下关系，也不是要经常来往，但至少彼此想见面的时候没那么难。"

许扶沉默半晌方道："侄儿记住了。"有心想将赵璀还活着的消息告诉许衡，却又觉着这时候事情都挤在一处，多说无益，不妨等到他弄清楚赵璀的落脚点和目的再告知许衡也不迟。

许衡不知他心里在想什么，只继续道："你不必再跟我们回去了，昨日樱哥回来曾说起，宫中有意要召上京城各大金银铺的匠人入宫为皇后娘娘制作凤冠首饰，想来和合楼也在其列。趁着这时候宫中尚还顾不得外头，你自己考虑一下怎么处理最好。"

许扶呆了片刻，又拜了一拜，告辞而去，待得赶到和合楼中，夜色已经深沉，诸人早已熄灯歇下，唯有后面工坊里灯光仍旧亮着。许扶推门而入，正在灯前眯着老眼仔细往一对银瓶上镶嵌花丝的老工匠迟伯闻声抬头，微笑道："东家来了？这么晚还不歇息？"

　　许扶在他面前坐下来，沉默地看着迟伯那双看似粗笨，犹如老树皮一样的手灵巧地将金银丝盘旋镶嵌成各式花样，心里知道自己一旦失去这位老匠人，日后便再找不到这样出色的工匠和这种朋友家人间相处的熟稔舒服感了。

　　迟伯瞥了他一眼，微笑道："东家有话讲？"

　　许扶犹豫片刻，低声道："听说宫中要召一批匠人入宫为皇后娘娘制作凤冠首饰，和合楼大抵也入了贵人的眼，不知迟伯你的身体可撑得住？"

　　这句话的暗示意味很浓，迟伯却像听不懂似的笑了起来："那好呀！我从前便想着能让自己亲手制作的首饰戴在皇后娘娘的头上哩。"

　　如此欢快的神色与答复！许扶始料不及，沉默片刻方又道："这一进去，大抵要最后才能出得来了。"

　　"是要死了才能出来吧？"迟伯笑着，"你大概不知道，我是半路出家的，我的师傅便是宫中流落出来的老工匠，他总替我遗憾……"

　　迟伯说了很多，许扶却是一句都没听进去，要离去的总是都要离去，留也留不住，他有些落寞地站起身来，勉强微笑着道："既是如此，我便替你好生打点一番，不敢说让你得偿所愿，但最少也能让你在宫中过得足够舒服，将来老了也不怕，我一直都在。我先回去了，你早点歇着，做不完的就不用做了。"

　　迟伯看着许扶匆忙离去的背影轻轻叹了口气，对着摇晃的烛火发了片刻的呆，浑浊的眼里闪出一丝坚定的光。他将手放在纤细的金银丝上，低不可闻地轻轻说了几句话，然后继续眯眼，继续认真干活。

　　夜凉如水，月华似练，平静下来的康王府沉浸在月色和淡淡的檀香味中，木鱼声与诵经声已经听不见了，廊下各处的灯笼也被熄了大半，惊恐不安了两天一夜的下人们基本都已经睡下，唯有佛龛前的香烛还是照旧燃个不休。

　　门轻轻响了一声，睡得迷迷糊糊的许樱哥听到声响立即惊醒，闭着眼睛在床上绵了片刻才坐起将帐子拨开一条缝看出去，只见一缕月华透过窗纱投入屋内，张仪正背对着她独自坐在窗前一动不动。

"辛苦了一日，怎么还不睡？"许樱哥探手在枕边摸了件素袍，披衣下床，走到张仪正身后轻轻环住他的肩头，将头靠在他的肩膀上低声道："谢谢你。"

张仪正将手覆上她的手，低声道："谢什么？"

许樱哥微笑道："我收到你使人送回来的信了，知道父亲一切都好，又看到父王、母妃都回了家，所以才能安然睡下。"说到这里，又讨好地添了一句，"当然也没能睡得踏实，心里挂着你的，你又去了哪里？怎么才回来？叫我好等。"

张仪正并不说话，只反手将她搂入怀中，低头吻了上去。

许樱哥的心急速跳了起来，她闭上眼睛，将手紧紧揪住张仪正的前襟，生涩地回应他。许久后，张仪正松开许樱哥，垂眸细细打量着她，是他熟悉的眉眼，是他在梦里描摹了很多遍的眉眼，他轻轻叹息了一声，将手顺着许樱哥玉兰花瓣般洁白细腻的脸庞细细描摹下去。

许樱哥不动不说话，只安静地看着张仪正，她觉得这个夜里的月色很美好，今夜的张仪正很温柔，很不错。

张仪正将手盖上她的眼睛，抱她起身，入帐。

第78章 喜欢·习惯

月光落在红色的纱帐上，将纱帐照得犹如夜色里弥漫的那层轻烟薄雾。许樱哥安静地躺在大红色的被褥之上，犹如一颗刚被剥开的鲜嫩荔枝，红绡半掩，玉露微凝，叫人看见了便再也挪不开眼。

张仪正将许樱哥头上的玉兰花簪轻轻拔去，再将手指插入到她松散的发髻里，耐心地将她的长发解开，一缕一缕地拉开铺满了整个床头枕间。朦胧的月光下，红、黑、白三色交映在一处，衬着许樱哥亮晶晶的眼睛和明明害羞不安却偏故作镇定的笑容，张仪正突然心头一软，将头俯下去紧紧贴着许樱哥的脸颊，贴着她平平躺下，顺手将被子拉开替她盖上。

他的头脸之下枕着许樱哥的长发，许樱哥的发质极好，触之微凉，轻轻一掯便是沉甸甸的饱足感，他张开手指将她的头发握在掌心里，脸贴着她的脸，与她呼吸纠缠。

　　许樱哥不知他为什么会突然停下，却也知道他并不是在突然间反感了她，因为他的动作和眼神都很温柔。在月光下，安静的夜里，两个人什么都不做，就这样安安静静地靠在一起躺着，听得到彼此的心跳，感觉得到对方的呼吸吹在自己的脸上，肌肤相亲，长发交结……许樱哥说不出地喜欢这种感觉，她侧过身将手搭在张仪正的腰上，把脸贴着他的脸低声道："这样真好，我真喜欢。"

　　张仪正不语，只将她又抱得紧了些，年轻的肌肤紧紧贴在一起，偶尔一个不经意的动作和摩擦都会引起一阵心悸，渐渐地，肌肤升温直至滚烫，不知是谁最先跨出了那一步，然后便如洪水决堤一般不可收拾，却又如同行云流水一般的自然顺畅。

　　张仪正将额头紧紧顶着许樱哥的额头，身上的汗水滴在许樱哥雪白细腻的肌肤上，将许樱哥的心中烫起一个又一个的涟漪，许樱哥震颤着，手指深深陷入到张仪正年轻强韧的肌肉里，用力地想把自己的感受尽数传达给张仪正。张仪正睁大眼睛看着身下的许樱哥，月色分明朦胧得紧，他却能看到许樱哥微闭的眼睛里透出的温润水光和温柔，他低低地嘶喊了一声，把许樱哥用力拥入怀中，嘶哑着嗓音反复地轻喊："樱哥，许樱哥……"他磨着牙，仿佛是想把许樱哥撕成碎片吃下去，可是牙齿咬上许樱哥柔嫩的肩头，他却又舍不得下口，便只能含在口里，低声呜咽。

　　许樱哥昏头昏脑地趴在张仪正的怀里，身上的肌肤被他的汗水尽数沾湿，她本是个不爱出汗喜欢清爽的人，这时候却没有生出对他的丝毫厌烦来，她看不见身后张仪正的表情和眼神，她只能跟随本能，温柔地搂紧他，轻声道："我在，我一直都在。"

　　她在，她一直都在，可是那个只懂得爱慕她讨好她的少年却再也不在了。张仪正瞬间心痛如绞，随即又笑了出来，"上天关了一扇门，便会为你打开另一扇窗。"他突然间想起小的时候，许樱哥嘟着胖胖的粉白脸蛋用十分认真的语气和他说的这句话。是的，其实他也还在，他也一直都在，他会一直看着所有人，一直等到真相大白，一直等到心中的怨气平息，不然怎对得起再给他这次机会的老天?

张仪正深深吸了一口气,握住许樱哥的肩头低头俯瞰着她,轻声道:"你可喜欢我?"

"你想要我喜欢你么?"许樱哥睁大眼睛看着他,眼里虽有疑惑,却已经微笑着先开了口。张仪正及时止住她余下的话,十分认真地道:"我很认真地问你,要的是真话,不要敷衍,不要假话,想清楚了再回答。"

在这种时候搞突然袭击,张三爷也够狡猾的。许樱哥的脑子在瞬间恢复清明,然后甜甜地笑了起来:"你知不知道,这种时候用这样的语气和态度追究这种事,实在是很煞风景。好吧,我说真话,但你也要说真话,行么?"她巧笑嫣然,眼波娇媚,仿佛是撒娇一样地微微侧着头脸,小而翘的肉下巴可爱得让人想捏了又捏。

但实际上,张仪正很明白这娇媚不过是诱饵,她想要的是公平,在这方面她是绝不肯吃亏的。于是他放松下来,将手捏住许樱哥的小肉下巴反复地恶意地捏了又捏,也给了她一个坏坏的笑容:"那要看你说得好不好,是否能让我欢喜。"

许樱哥眨巴眨巴眼睛,笑道:"你要听真话就只能是真话,想要听好的就不能问我要真话。"

真话就不能是好听话?张仪正的脸色有些难看,许樱哥却已经斜睨着他轻笑起来:"不会这么小气吧?难道你连听真话的勇气都没有?"

她既好像是在游戏,他便也只能陪着她游戏,张仪正故作大度地笑了笑:"别瞎说,谁小气了?我当然要听真话。"

许樱哥便举起手笑道:"那就都要说真话,说假话的人没有好下场。"

张仪正很有些生气:"这话太重了吧?"自醒来之后,他便相信冥冥之中因果报应是有的,也许没那么及时,但迟早会有,誓言是不可以轻易发的。

许樱哥微笑:"不重,说真话就好。"真的一点都不重,这关系到她今后的路怎么走,当然不重。

张仪正半垂了眼睛看着许樱哥,许樱哥看定了他轻声道:"你问我是否喜欢你,我实话和你说,之前肯定是不喜欢的,你那样对我,除非我是疯了,不然我怎可能喜欢你?但我这个人有桩最大的好处,我最善于发现人家的好了，所以现在我至少是不讨厌你啦。若是这般长久下去，我想我会越来越喜欢你。很奇怪的一件事是，我总是觉得如果我遇到什么危险，你断不会丢下我不管。"

张仪正看了她半晌，突地笑了起来："你待人是否一贯如此？便是仇人，便是坏人，因为需要，你也能从人家身上找出自己需要的东西？"其实我想问你，崔成、赵璀、我，你最喜欢谁？你当初究竟有没有喜欢过我，对我的那些过往是否全都是假的？

许樱哥认真地想了片刻，坚定地摇头："不，我只能从真正具有这种品格的人身上找出我所需要的东西，对于某些人，我是只能敬而远之的。即便是不给脸色看，也绝对不会亲近。"

张仪正沉思许久，突地道："你不是说要把那对银葫芦给我么？你的结子打好了？"

许樱哥默了默，笑道："打好了。你不会现在就要？"

张仪正异常认真地，一字一顿地道："是，现在就要。"

"真是半夜突发奇想，丝毫不懂得怜香惜玉呀。"许樱哥微笑着，披上素袍下床，自妆盒里取出一对银葫芦递给张仪正，戏谑地打量着他的身体道："敢问三爷，系在哪里呢？"

这女人脸皮真厚，黑心烂肝的。张仪正突然间觉得许樱哥很讨厌，于是一把夺过那银葫芦，黑了脸不说话。

许樱哥笑笑，起身自入净房。

这绝不是他当初藏在树上的那一对银葫芦，骗子果然就是骗子，一贯的骗人成性。张仪正的手在那对银葫芦上摩挲许久，等到许樱哥才从净房里盥洗出来，便将那对银葫芦朝着她扔了过去，不屑道："这么粗糙的破烂玩意儿，怎么配挂在三爷的身上，和你开个玩笑就当真了，才不耐烦要你的。"

许樱哥灵巧地接过握在掌心里，非常仔细地打量了他一回，见他没什么不正常和要抽风的迹象才放心地在他身旁坐下来道："现在到你说实话了，你是否喜欢我？是否真心想和我好好过日子？"

张仪正抬起下巴，倨傲地道："就不告诉你。"反正是说的说假话才没好下场，可没说过不说也会被惩罚。

许樱哥大恨大悔，却笑道："那便是喜欢得不得了啦，不然怎会这样胡搅蛮缠，死缠烂打地哭着喊着求着把我娶回来？您图什么呀？"

张仪正见不得她得意，低声道："我若告诉你，是贪图你姓许，你会怎么样？"

许樱哥怔了怔，随即起身躺下："不想说就算了，不早了，睡吧。"

更声已过三巡，张仪正明明很累却睡不着，他侧过脸看着面里躺着，自睡下后便一动不动的许樱哥，忍不住伸手轻轻碰了碰她的肩头。入手冰凉。见她不动，便轻轻替她拉了拉被子。许樱哥突地冷笑道："做什么？"

张仪正理所当然地回道："拉被子呀，你不知道？"

许樱哥"呼"地坐起身来恨恨地瞪着他，满脸都是委屈愤怒，张仪正看不得，将被子朝她兜头盖下去，然后在被子里将她抱紧压倒在床上，闷声闷气地道："我警告你别闹腾啊，是想又害我挨打是不是？果然最毒不过妇人心。"然后用极低极低的声音道，"你不喜欢我，我凭什么要喜欢你？"

等了片刻不见许樱哥有动静，便又轻轻将被子掀开去看许樱哥，却只看到一双亮晶晶的眼睛，然后听到许樱哥轻声道："那你喜欢我，我也喜欢你，好么？"

张仪正只觉得舌头被吞了一般，突然之间忘记了该怎么说话，愣了半晌方道："圣上命父王屠尽郭氏满门，我不想去。"他想到那样的场景便会忍不住瑟缩。

他不想去。张仪正的这个反应似是在意料之中的，又似是在意料之外的。许樱哥轻声安慰道："不要多想，说不定不会让你去呢。毕竟圣上是下旨给父王，而不是旁人。"

张仪正苦笑："身为儿子，当然要替父分忧。身为幼弟，便要为兄长分忧。"康王好不容易才建立起这样的名声，世子也有乃父之风，大家都爱惜羽毛得紧，怎么能做这种事呢？而张仪先远在前线，张仪端则自来以文雅端秀闻名，就他一人是个不讲理、残暴混蛋的混世魔王，这种事好像天生就该他去做。他若聪明，便该主动请缨。

许樱哥的眉头紧紧皱了起来，握住张仪正的手安静倾听。

"若是他们有危难，让我舍命去救他们我断不推辞，若杀的是和我差不多的人那也好呢，可要是去做这种事，我真是不想……"张仪正在突然间找到了小时候那种感觉——在午后初晴，不冷不热之际，他和许樱哥避开啰嗦聒噪的古孍孍，并排坐在许家花园里的水池边轻轻荡着双腿，快活地吃着零嘴说着悄悄话斗着嘴。他已经习惯把他和家中兄弟姐妹之间闹的矛盾说给她听，也可以把自己调皮捣蛋挨了父母的骂，或者是去谁家又被人家甩脸色，家里做了什么好吃的，他的烦恼及理想都说给她听。许樱哥通常是不多话的，只是安静地坐在他身边，脸上带着淡淡的笑容认真倾听，偶尔说出一句话，便会让他觉得说到了他的心坎里去，又舒服又熨帖。这时候也一样，在确信二人没有冲突的情况下，倾诉便成了本能和习惯。

许樱哥轻声道："只是猜测，目前并没有人提起这个，是不是？"

张仪正叹道："我之前回来时，大哥身边的幕僚亭湖先生特意等在外头和我说话。"

说的什么不言而喻。因为父兄要好名声，所以就要做儿子和做弟弟的去粪坑里打滚，臭了自己成全他们？虽说一府兴衰需要全家倾力而为，却也没有这样的道理——世子爱惜羽毛很正常，但自己不乐意去做的事情却要让弟弟去做，只是因为这个弟弟之前没有好名声，而他以后是要做继承人的，身上不能沾上半点污渍，所以需要弟弟主动地无私奉献去做垫脚石。这种做法在其他人看来也许是为家族出力理所应当，但公平地讲，落在具体实施人身上实是不厚道，当然，除非张仪正想走一条与现在完全不同的路，那又另当别论。许樱哥分析了一回，认真问道："那你是怎么回答的？"

张仪正低声道："我想父王与大哥若是想要我去，便该自己来同我讲，这样做，令得我心里实在太不舒服，就装没听懂。我是不是只知道享受不知出力？"亭湖先生作为世子最倚重的幕僚，说话自然是极有水平，十分委婉，但他自来装傻充愣装横也是做惯了的，最终亭湖先生也只能叹口气，给他个朽木不可雕的无奈表情。

许樱哥斟酌了又斟酌，微笑道："也不是这样说的吧？为家族尽心出力也不止就在这一桩事情上，你还可以做旁的，譬如苦练武功，将来立下军功，譬如认真读书习字，博个文武双全什么的，譬如在圣上与娘娘面前尽孝，不让父王母妃操心，这些都是尽力。但若你想要走一条与现在完全不同的路，那只有这个肯定是不够的，面厚心黑手辣，一样都少不得。"

如果真的有那么一天的话……张仪正沉默许久，轻声道："你更喜欢什么？你要知道，倘若最后胜出，你和我便可能是一对不招人待见的草包夫妻。"

　　许樱哥微笑道:"你还不知道我么,我只是个懒惰好吃贪玩的小女人,也没想过要傲视天下群雌,所以当然更喜欢心不太大的男人,要不然多累。至于将来的事到时候又再说,但不论如何,被人嫌弃也好,鄙夷也好,我都能承受后果。我一直都知道的,这世上没有占尽便宜的道理。"

　　张仪正的心绪在突然间安定下来,他轻轻反握住许樱哥的手,低声道:"我知道该怎么做了。睡吧,明日都要早起。"

　　许樱哥往他身边挪了挪,厚着脸皮把他的手臂拉了垫在自己的颈下,又把手搭上他的腰,微笑着靠在他怀里闭上眼睛道:"你也别想那么多,也不要因为这样一件事就觉得大哥不好,父王不好。各有各的考量和需要,其他时候他们对你可都好得紧,何况不见得就是他们的意思,你也知道,底下人很多时候极爱自作主张。父王,并不是没担当的人。"至于世子,她不甚了解。

　　张仪正将将就就地由着她摆好造型,然后靠着他沉沉睡了过去,这一夜,无人有梦。

　　天还不曾破晓,就有人用力敲响窗户,值夜的紫霭在外头疾声道:"三爷,奶奶,宣乐堂那边传来消息,道是王妃不大好。"

　　怎地又病了?莫非是在宫中担惊受怕又被折腾着了?许樱哥猛地从梦中惊醒过来,先是与张仪正在黑暗中大眼瞪小眼地瞪了片刻,随即迅速唤人进来掌灯穿衣,匆匆盥洗一回便朝宣乐堂赶去。

　　宣乐堂里已是灯火通明,被从温暖被窝里揪出来的老太医捻着花白胡子,半合着眼,摇头晃脑地说了一大堆云山雾罩,似是而非的话。康王阴沉着脸坐在一旁,沉默地看着躺在床上昏睡的康王妃一言不发,世子一脸的为难,满眼的焦躁。张仪正听得不耐烦,怒道:"说人话!"

　　老太医正晃得昏昏然,突地被这一声吼吓得一跳,睁大了昏花的老眼非常利索地道:"其实就是外感风寒,没什么大碍。只是王妃之前刚大病一场,还没好利索,体虚,得好生静养一段日子才行。"

　　众人又好气又好笑,但都是齐齐松了口气,康王阴沉着脸冷冷地道:"开方子。"

　　老太医不敢再卖弄自己的学问和医术,安静地开了方子,又说了些需要禁忌的事物便迅速离去。女人们立即张罗着去煎药备早饭，康王则满脸严肃地把世子、张仪正、张仪端叫到了隔壁厢房里。

许樱哥守在药炉边轻轻扇着蒲扇，看着一旁装模作样拿着盒药丸摆弄过来摆弄过去，眼睛一直死死盯着厢房门的宣侧妃，低声问王氏道："她这是？"

宣侧妃今日打扮得格外素淡低调，表情也似是与平日一般无二，偏眼神太过活泛，让人看着就觉得没什么好事儿。王氏瞥了宣侧妃一眼，淡淡地道："总是和四弟有关罢了。"

许樱哥突地想起张仪正的烦恼来，于是隐然有了某种猜测，便垂下头认真扇着扇子轻声道："二嫂是在为二伯担忧罢？只要府里安稳就不会有大碍的。"

王氏笑着小声道："借弟妹吉言。昨夜父王回来后特意使人和我说了，当不会有大碍。倒是许侯爷，昨日消息回来得晚，我也没来得及问你，可还都好？"

许樱哥道："多谢二嫂挂心，家父和家里都很好。"

王氏便道："大嫂昨日和我说，此番真是多亏了许侯爷。"一边说，一边打量许樱哥的表情。

许樱哥也没露出什么骄傲炫耀的神色来，平平淡淡地道："亲戚亲戚，总是这个道理。"接着便把话题扯到其他方面上去。府中安稳，远在前线的丈夫也没什么大碍，婆婆得的不过是风寒，王氏便再没什么可担心的，便与她你一句我一句地说起来。

宣侧妃见她二人说得热闹，便将手里的药丸盒子递给一旁的丫头，先剜了眼另一侧立着的几个年轻侍妾，再问王氏与许樱哥："看你们妯娌俩这般的好，我这心里也高兴。"

无话找话，王氏与许樱哥对视一眼，齐齐笑而不语，接着就见世子妃从屋子里出来，匆匆走到厢房门口轻轻叩响房门，低声道："父王，时辰差不多了，该进早膳了。"

宣侧妃立时丢了王氏与许樱哥以及康王那两个年轻侍妾，打直了身子期盼地看着厢房门。

门开处，康王领着世子等人昂首挺胸地走了出来，康王步履坚定，眼里闪着冷光，世子面无表情，张仪正的神色有些茫然，张仪端则跃跃欲试。许樱哥的目光先是与张仪正对上，没看出个所以然来，接着就看到宣侧妃与张仪端急速碰撞了一下眼色，然后母子俩眼里满满都是喜悦。明知自己没有任何资格去评判指摘，许樱哥还是忍不住心情低落地垂下了头，再不想说话。

男人们要吃饭要出门，世子妃当然忙不过来，王氏便将煎药的事情尽数交给许樱哥去做，自己起身入内帮忙。

远处传来五更鼓响，寒气随着晨风飘了过来，许樱哥紧了紧身上的袄子，盯着药炉子里忽明忽暗的炭火自嘲地笑着轻轻摇了摇头，她不过是个运气好些的小人物而已，悲天悯人轮不到她。

张仪正站在不远处，看到许樱哥独自一人蹲在廊下守着药炉子，一张素白的脸被火光照得红扑扑的，突地心里生出一股难以言述的滋味来。由不得走过去蹲在许樱哥身边接了她手里的扇子，一边扇一边轻轻道："我和四弟随同父王一起去，大哥留在府中处理其他琐事。天亮，大嫂入宫为皇后娘娘伺疾，家里其他琐事便交给你和二嫂了。"

许樱哥转头看着他，张仪正垂着眼睛继续低声道："你不熟悉府里的其他事情，便不要去管外头，尽都交给二嫂便好。你只管把母妃照顾好就行，曲嬷嬷这里记得多忍让。"

"你放心。"许樱哥才道得这一句，张仪正便已将扇子交还给她迅速起身离去。

第79章 连心·盘算

午后，日光已经照射不到窗上，许樱哥轻手轻脚地将湘妃帘子卷起一半，清新的空气立即涌流而入，把室内的药味和熏香味儿冲淡了不少。许樱哥舒服地深呼吸，然后动了动酸软的腰肢，连着折腾这几日，她着实是累了。

曲嬷嬷皱着眉头走过来，也不说话，先就上前去将半卷的湘妃帘子放了下来，随即沉着脸低声呵斥一旁的秋实等人："不知道王妃这病怕吹么？怎地还把帘子卷起来？便只顾你们自己快活！"

秋实等人低垂着眉眼，并不敢多言。谁都知道这是曲嬷嬷在与许樱哥互相打擂台，旁的不说，这不是里间，风吹不到王妃身上，但曲嬷嬷资格老，平日也是经常指着她们鼻子骂的多，这时候多嘴那便是自己往枪口上撞。

许樱哥慢条斯理地道："是我卷的，嬷嬷不要错怪了她们。一来这风吹不到里间，二来这气味清新些想来母妃的病也要好得快些。"

曲嬷嬷只等着她开口，这边就有无数条理由去教训她，于是猛地抬头看着许樱哥，眼里亮光闪烁，板着脸严厉地道："三奶奶……"

"嘘……"许樱哥朝她比了个手势，微笑道，"我似是听见母妃在里头喊人了。"言罢并不搭理曲嬷嬷，转身自进了里屋。

曲嬷嬷被晾在那里，一句话堵在喉咙口出不来，咽不下，生生堵得难受，于是狠狠瞪了几个丫头一眼，怒道："都是死人？三奶奶年轻不懂得伺候病人，你们是干什么吃的？也不晓得提醒一下。"

秋实等人是习惯了的，只管低头不语就是了，唯独青玉憋得委实难受，但还真轮不到她与曲嬷嬷辩白，便只得生生忍了。却见曲嬷嬷眼珠子一转，指着她道："丫头，王妃之前换出来的那只马桶可收拾干净了？"

按理这样的事情自有粗使丫头与婆子去做，这明显便是欺负人，曲嬷嬷拿许樱哥没办法，便拿她们这些人撒气。青玉怔了怔，晓得自己不能让曲嬷嬷抓到任何错处，便微笑着道："多谢嬷嬷提醒，还不曾呢，我这就去做。"又仰脸望着秋实等人笑着请求道："小妹对这边地形不太熟，烦请哪位姐姐帮忙指点一下。"

秋月等人俱都十分吃惊，觉着曲嬷嬷实在是过了，这陪嫁贴身大丫头代表的可是主母的脸面，这不是故意找碴么？可见青玉这笑吟吟、乖顺懂事的样子，便都晓得这也不是善茬，于是就有秋璇主动站出来道："你的确是不熟，随我来吧。"

青玉谢过，与她一同出去。

曲嬷嬷冷眼相看，招手叫个自己嫡系的小丫头过来吩咐道："你去看着，倘使她敢说什么怪话使什么嘴脸，或是事情做得不周到，便立即来告诉我。"打发了那小丫头去了后，看着房内另外几人冷笑道："别以为我委屈了谁，王妃金尊玉贵，便是几位奶奶亲手为她端屎端尿那也是荣幸，更是孝道，都是应该的！"

那几人哪里会与她争辩，都是垂着眼安静地做自己的事情，静观事态发展。却听里头许樱哥轻轻喊了一声："青玉？"等了片刻不见有人回答，便走了出来疑问道："青玉这丫头呢？"

秋月与秋实对视一眼，都不作声。偏曲嬷嬷微笑着走过去恭恭敬敬地道："回三奶奶的话，青玉那丫头给王妃涮马桶去了，怕是半把个时辰内回不来。请问奶奶要吩咐什么？老奴几个去做就是了。"

这可恶的老刁奴，三天不打就要上房揭瓦，你挖坑给我跳，还要看我爱不爱跳……许樱哥将手里的素纨扇轻轻扇了扇，轻描淡写地笑道："青玉这丫头自小便跟着我，勤快懂事都是闻名的，不然我母亲也不会让她跟了我来。"顿了顿，话锋一转，轻笑道，"母妃想吃我做的素包子，再配上回青玉熬的粥，这回怕是得换个人熬粥了。"言罢也不多言，转身便往里走，笑吟吟地道："母妃呀，换个人熬粥行么……"

秋实与秋月悄悄瞥了眼曲嬷嬷，只见曲嬷嬷一张老脸板得就像是干死了的树皮一样的，眼里则似是像要射出两把刀来，便都无声叹息，不知这究竟别的什么劲儿。

又听里头王妃轻轻咳嗽了两声，低声道："怎么回事？"

曲嬷嬷便大步走了进去，微笑道："回王妃的话，是这样，青玉那丫头实在是太过懂事勤快，眼看着大家都在做事儿，就她闲着，便去硬抢了小红的差事来做，说是要替三奶奶尽孝……老奴几个劝不过，想着这也是孝心一片，就没拦着……"一边说，一边得意地悄悄瞟了眼许樱哥，就只盼许樱哥发作起来才好。

康王妃皱眉道："小红？小红是谁？"

曲嬷嬷有些为难地道："就是平日里替您洗涮马桶的小红。哎呀呀，到底是学士府出来的人，就是懂规矩，勤快！"

康王妃先是一怔，随即静默下来，抬眼看向许樱哥。

"那丫头自来都是实心眼。"许樱哥微笑着，取了干净的帕子轻轻替康王妃擦了擦额头上的虚汗，语气温柔，哄小孩子似地道："母妃不要去管她们这些闲事，现下您要紧的就是把身子养好。那素包子，昨日儿媳便让人和面发着了的，馅料也是提前打过招呼备下了，我这里一会儿工夫就能弄了来。只是那葱白神仙粥却是要换人来熬，儿媳房中另一个紫鹮往日也是时常随同儿媳下厨的，手艺不差，让她做如何？"

康王妃此生经过的事情不少，虽不知事情的具体情由，却也隐隐猜得到几分，她也无心去追究这些琐事，只觉着很满意许樱哥这态度，便笑道："好，我哪里就那么挑嘴了？"

曲嬷嬷便又笑道："王妃同三奶奶到底是婆媳连心呢，昨日三奶奶便知今日王妃要吃这素包子，先就备齐了发面。"

许樱哥甜甜一笑："嬷嬷虽是夸我，我却不敢当。与母妃母子连心的可是三爷，昨日三爷从宫中回来，突地就想起这素包子来，说是天燥，父王母妃吃了想必会舒服些。"声音一沉，叹道，"要不然，皇后娘娘病着，父王、母妃都在宫中，我父亲那边也是悬着的，我哪里又能想起去做这个？"

这话一出，康王妃便想起了这件事中许家人所起的作用，正要说两句话以表示慰问，却已见许樱哥笑得眉眼弯弯地道："天不是太热，面发得慢，今早又没得空，三爷没得吃，却正好母妃想吃，可见这才真正是母子连心呢。想必三爷回来知道了，比他自个儿吃了还高兴！"

康王妃被她说得心情好转，想起前日张仪正突然能作诗了，昨日以来的表现也实在是比之前稳妥了许多，便觉着病都轻松了许多，于是拉着许樱哥的手温言道："辛苦你了。"

许樱哥微羞，低声道："我不辛苦，操心的是父王母妃，辛苦的是大嫂、二嫂，我和三爷都不过是不懂事的孩子。要是母妃立即便痊愈了，我才敢当得起这声夸的。"

康王妃笑着嗔道："你这丫头，从不知你也是个这样讨巧卖乖的。"想了想，又言有所指地道，"小三儿能作诗了我真是高兴，就怕他不长性。"

许樱哥想起之前众人都怀疑是她代笔之事来，可她虽能保证自己没帮某人作弊，却不知道某人是否真的就有了这本事，因此也不敢打包票夸耀，只道："母妃放心，儿媳尽力劝着就是了。"

康王妃笑道："那就好。"

看来这许二的暴脾气今日是怎么也点不着了，曲嬷嬷便识相地闭紧了嘴，见许樱哥说得累了，还见机端了杯茶上去给许樱哥润嗓子。许樱哥笑看了她一眼，坦坦然然道了声谢，接了，饮过之后便自去厨房给康王妃备饭食。

康王妃指着头道："捏捏，鼻子不通畅。"

曲嬷嬷忙净了手上前给康王妃拿捏，眼看着康王妃脸上露出舒服的神色来，方在康王妃耳边轻声道："三奶奶是生手，怕是不太会伺候人，要不，让二奶奶来?"

　　康王妃微闭着眼睛淡淡地道:"不了,我觉着很好。旁的不说,这膳食她是再拿手不过,照顾人也不错。不觉着吵,却又周到,底下的丫头也是懂规矩的。"

　　曲嬷嬷沉默片刻,顺着夸了又夸:"虽脾气直了些,到底是书香门第出来的,要不人家怎么都说王妃有福气呢。"

　　想起一早便出门去做大事的康王几人,康王妃叹了口气,问道:"那位一大清早就上蹿下跳的,闹腾什么?"

　　曲嬷嬷立即来了精神,低声道:"不就是想讨好卖乖么?您不知道,此番四爷可是里里外外一把手,能干得很!看这模样,此番怕是又要立一回大功的!"

　　康王妃沉默不语,曲嬷嬷便也不再说话,手上暗暗又下了几分功夫。又过了些时候,康王妃似是睡着了,曲嬷嬷便小心翼翼地站起身来,先替康王妃整了整被褥,才又理了理自己的鬓发走出去等着许樱哥回来。

　　一个小丫头在外探了探头,看见端坐在旁的曲嬷嬷,吓得立即转身往外跑。曲嬷嬷不由大怒,起身大步赶出去道:"什么小蹄子这般没规矩,竟敢在此如此胡来。给我拿下!"

　　院子里立着的众丫头婆子便一拥而上,将那小丫头捂住嘴,扭住手脚,按倒在院子里。曲嬷嬷缓步走过去,将鞋尖挑着那小丫头的下巴,逼迫她抬起头来,冷笑道:"这是哪个房里的人?"

　　自有人在一旁轻声道:"这是侧妃娘娘院子里的鲜儿。"

　　曲嬷嬷便冷笑:"鬼鬼祟祟的,全无半点规矩。王妃这里可是她这等阿猫阿狗随便来得的?先给我掌嘴二十下。拖远些,别扰了王妃清净。还有你们,这么多人,竟将这么个东西放了进来,都是干什么吃的?"

　　众人都怕责任扯到自己身上,不由分说便立即要当打手,秋实疾步赶过来低声劝道:"嬷嬷,多事之秋,指不定是有事,先问过再罚也不迟。"

　　曲嬷嬷理也不理,先由着人"噼里啪啦"将鲜儿抽了十余下方咳了一声,行刑的婆子住了手,威胁道:"先问你话,要是敢嚷,立即打死了扔出去。知道么?"见鲜儿含着泪点了头,才将塞在她口里的帕子抽出来,静候曲嬷嬷问话。

自有人讨好卖乖地给曲嬷嬷端了凳子过来，曲嬷嬷就在院子里坐下开审鲜儿："说，你鬼鬼祟祟地窥探什么？可是藏着不干净的心思？"

鲜儿含着泪求饶道："嬷嬷饶命，婢子冤枉！是侧妃娘娘使婢子过来寻三奶奶的。"

"寻三奶奶做什么？"曲嬷嬷的眉头一跳，冷笑道，"什么事儿不能光明正大地说？什么时候主子们的事情轮到你这样连名儿都不知的小丫头在中间传递了？分明是假话，再给我打！打到她说实话为止！"

鲜儿吓得抖成一片："是三娘子的事。"

说到张幼然，曲嬷嬷心里更不以为然，板着脸道："三娘子能有什么事？休要借口！再打。"

鲜儿吓得往秋实身前扑："姐姐，姐姐救救我。"

秋实看向曲嬷嬷小声道："到底是侧妃那边的人……"

打的就是宣侧妃的脸。曲嬷嬷不屑地撇了撇嘴，示意众人放鲜儿走。鲜儿捂着脸一溜烟地去了。曲嬷嬷板着脸将一旁的众丫头婆子劈头盖脸地训斥了一番，这里还未训斥完毕，那边便来了青玉与秋璇，二人提着个金漆马桶，边走边说笑，倒似是比从前亲近了许多。

曲嬷嬷微一皱眉，继续骂人。待得将众人都修理了一通，才回到自己日常歇息的小屋子里，早有她派去观察青玉的小丫头上前来给她捶腿端水，低声道："做得挺仔细的，一直都在笑，没说什么。"

曲嬷嬷道："就没点别的？怕不是当着你们的面装的罢。"

那小丫头忙道："是有一件事，福林苑夏姨娘身边的橄榄去抢着帮忙呢，看着她瞅空背着秋璇和青玉说悄悄话来着，似是有事要求三奶奶。"

曲嬷嬷冷笑道："好呀，个个儿都拣高枝栖了。"这才多久便有这么多人要寻许樱哥帮忙，想从前，便是世子妃也不会轻易把手伸到宣乐堂里来，为的什么？因为这边的琐事从来都只是她打理，有人要寻王妃求情也好，要办事也好，都是寻的她。如今可好，许樱哥狂傲不羁，不把她放在眼里也就算了，还敢把手伸得这般长？真当自己是学士府出来的千金不得了？这可是王府！

小丫头见她脸色不好看，嗫嚅片刻，终是轻声道："听得人讲，嬷嬷脾气不好，不如三奶奶这般好说话。"话音未落，就听"啪"的一声响，却是曲嬷嬷一掌推翻了个椅子。

　　见小丫头脸色都吓得变了，曲嬷嬷不动声色地喝了口茶，淡淡地道："把上次雪耳送来的那双鞋取出来。"

　　厨房里，许樱哥把精心整治出来的几个小菜与清粥、四种馅料包制的素包子分别装入到食盒里，再叫厨房里专司送饭的婆子提上了，带着紫霭一同前往宣乐堂。

　　入门瞧见青玉乖顺安静地站在廊下，许樱哥心里便松了许多，也不多话，就朝青玉笑笑，转头问一旁的秋实："王妃这时候可是醒着的？"

　　秋实笑着帮她打起帘子："您走了后又小睡了一觉，才刚醒来，正问您呢。"

　　许樱哥入内，听见曲嬷嬷正在里头同康王妃说话："是呀，前年的事儿了，那丫头当时割了自己的一块臂肉……"听见声响，说话声立时停了，许樱哥等了一歇才往里走，笑道："母妃，素包子和粥都得了，是这时候就要用么？"

　　曲嬷嬷笑吟吟地迎上前来，接了秋实手里的食盒，亲手在小桌子上摆好了，笑道："三奶奶手巧，这香味隔着食盒都闻到了，引得人怪馋的。"

　　康王妃便道："这么多，我也吃不完，爱吃就拣两个过去吃。"

　　曲嬷嬷诚惶诚恐："怎么敢？这可是三奶奶亲手做了孝敬您的。"

　　康王妃不以为意："不就是两个包子一碗粥么？小三儿也是你带大的，吃她一顿饭，吃得。"言罢命许樱哥："给嬷嬷盛粥，拣两个包子，人多吃着香。"

　　许樱哥进门时日短，之前也不常在这边伺候，不知康王妃主仆二人是否经常玩这主仆情深，但看到曲嬷嬷那得意样儿，心里也隐约有数，这是炫耀也是警告。便只是微微一笑，按着康王妃交代的弄好双手递给曲嬷嬷，曲嬷嬷却不接，只管推辞道："怎么敢？怎么敢？老奴是奴，三奶奶可是主，金尊玉贵的，老奴只吃王妃吃剩的……"

　　许樱哥也不劝，更不生气，就微笑着一直将手举着，她倒要看看曲嬷嬷究竟有多深厚的福气，担当得起。康王妃看得皱眉，有些不耐地道："你这是怎么了？"

"让三奶奶受累了。"曲嬷嬷这才接了，立在地上陪着康王妃一道吃。

少顷饭毕，许樱哥领着人收拾干净，又伺候康王妃洗漱完毕，见康王妃昏昏欲睡，便笑道："母妃才吃饱饭，先不忙睡，靠着坐一坐，消消食儿如何？"

康王妃应了，靠在床头却是一副百无聊赖的模样，许樱哥便抽出一本书来："我给母妃念念这游记罢。"

康王妃并不感兴趣，只是因为不想拂她的面子才勉强道："什么游记呀？"

许樱哥微笑着将书面往她面前一放，笑道："是这个，江州游记。"

康王妃的眼里便来了几分兴趣："那是我的家乡呀。"看向许樱哥的眼神便有些不太一样了，许樱哥坦然承认："就是特意寻出来念给母妃听的，还是三爷提醒我的。"

康王妃可不信张仪正是这么体贴细心周到的人，却也受了这好意，微笑着道："你念给我听，我和你说说我家乡的事情，江州可比这里好……"

时间过得飞快，转眼间半个时辰便过去了，许樱哥收了书，亲手奉了汤药，笑道："母妃该歇了。"

康王妃从善如流，微笑着睡去。

许樱哥安置妥当才看向一旁发呆的曲嬷嬷："嬷嬷可要去歇歇？到底年纪也大了。母妃这里有我。"

曲嬷嬷睐睁着眼道："三奶奶若是累了便去歇罢，老奴伺候王妃几十年，一直都觉着是荣幸，不敢称累。"

许樱哥不过微微一笑便走到一旁窗前坐下，自看自书。因见秋月在外探头，便走出去问道："什么事儿？"

秋月笑道："镇军大将军府使人过来问，姨夫人想过来探病，不知什么时候合适？"

许樱哥屈指算来，自她嫁过来后便一直各种琐事烦事不断，熊氏与许杏哥便不曾上过门，这时候要来，想是过来表示安慰以及表态的，却不敢自作主张，便问道："二奶奶怎么说？"

秋月道："二奶奶让问王妃的意思。"

许樱哥想了想，道："等王妃醒来我会问她，先把人打发回去，把话说清楚,最迟天黑前送信过去。"

秋月应下去了,许樱哥又继续回去看书不提。

天将傍晚,宣侧妃从美人榻上慵懒地翻了个身,问一旁伺候的丫头柳丝:"王爷还没回来?"

柳丝忙道:"不曾呢。宣乐堂那边也不见有什么动静。"

既然康王妃稳着,那便不会有什么大碍。宣侧妃心里定了几分,挑着纤细的柳眉笑道:"怎么样了?"

柳丝笑着递过一盏养颜的花茶,轻声道:"都做了,一切都和您猜的差不多。"

"我等这日许多年了,最是晓得那老狗奴爱什么,恨什么,怕什么。"宣侧妃笑了一回,道:"老狗奴这些年被王妃宠得不知天高地厚,被二奶奶哄得忘了本分。说到底还不是怕当初力劝王妃不要应下这门亲的事儿给那位知晓了,心里发虚,又看三爷对那位不好,估摸着该吹捧她的,怎地就没吹捧她呢?也不撒泡尿照照自己,她算得什么!就只欺负我这样的老实人啊。"

柳丝赔着笑,适时问道:"三娘子的病,什么时候报上去?"

宣侧妃娇俏地轻轻吹了口茶,笑道:"急什么?等王爷回来再报上去不迟。"张幼然虽只是个阿猫阿狗,却也是条命,指不定还是个金枝玉叶……活不好,却是死不得。张仪端说得对,现下怎么也改变不了冯宝儿入府的事实,与其只是嫌弃,不如好生盘算,博一个未来!

第80章 发作·追究

绚丽的火烧云染红了半面天空,天地间一片寂静。

张仪正痛苦地自灌木丛旁抬起身来,接过朱贵递过来的水囊大力漱口,朱贵担忧地看着他,叹了一回气又叹一回气。难怪人家都说,是骡子是马拉出来遛遛就知道了,这三爷平日里看着烈,谁知却是这模样儿……

"一、二、三……"张仪端飞扬着眉眼,兴致勃勃地数着高挂在郭氏门楣上一排大大小小,或苍老,或稚嫩的人头,忽有人轻轻扯了他的衣袖一下,他赶紧收了脸上的兴奋，转头忧郁地看着远处的张仪正。才刚把造型摆好，康王便铁青着脸打马过来，默默看了两个儿子一回，冷淡地道："走！"言罢率先一磕马腹，当前走去。

"走了！"张仪端不忘友爱地跑过去招呼张仪正，"三哥还吐呢？能不能骑马？莫不是风寒了？"

张仪正沉默地瞥了他一眼，抓住马缰翻身上马，赶上康王。张仪端正要跟上去，就见康王的一个亲兵赶过来道："四爷，王爷吩咐您等着后头的人和物一起走。"

若是张仪正这厮不尥包，这种收拾残局的事哪儿轮得上自己？张仪端心里乐得狠，面上却是装得十二分的淡然："是。"眼看着康王与张仪正等人渐渐走远了，他方板了脸踩着一地的血腥往里走，一路走，一路喝："都给我看清楚了！谁他妈敢乱拿乱摸别怪小爷不客气！"

行人远远避开，宽阔的街道上只能听见马蹄与街面的清脆碰撞声，以及武器与铠甲的刚硬撞击声。张仪正跟在康王身后沉默地往前走，想到之前的场景仍然想作呕，忽听得前方的康王冷冷地道："听说你放走了人？"

张仪正打了个激灵，下意识地否认："没有。"

康王默了许久，长长叹了口气，低声说了句什么。

张仪正没听清楚，忙拍马往前凑过去小心翼翼地道："什么？父王适才说什么？"

康王回头看了看他，突然伸手轻拍他的肩膀，低声道："昨夜之事不要放在心上，你大哥没那个意思，不过是底下人自作主张。这么多年来，你当知道他的。但凡是他想要的，他就敢自己去争！不然，他也做不成这个世子。"

张仪正垂下眼低下头，许久方轻声道："孩儿让父王失望了。"

康王道："是有些失望。做父亲的总是希望儿子能独当一面，越出色越好。"更何况他在这般的境地之下，见张仪正的头越垂越低，便又轻声道："你虽混账不堪，却从小便有些心软，所以总是吃亏……有段日子我觉着你变了，近来才又发现其实还是没变。也罢，各有各的福分，但你记着，自己选的路将来切莫要后悔。"

"不后悔。自挨了父王那一顿鞭子后，儿子便清楚什么该做，什么不该做。"有一种说不清道不明的情感在张仪正的心里悄然生长，他看着康王用极轻极轻的声音认真道，"若是父王要我上阵杀敌，若是有人要害父王，我不怕死的。真的。"

"这个我相信。"康王严肃地道："记得你说的话，可以心软，却不能做孬包。"

张仪正用力点头，又听康王道，"你还是和你四弟把关系搞好点，你们是至亲骨肉。"

"是。"张仪正心想，他其实对张仪端没什么大意见，无仇无怨的，只是张仪端太烦人，什么都想和他比，什么都要和他算，而从前这原身与张仪端不和是出了名的，倒叫他怎么办呢？当然得和张仪端一直不和才是正理。

康王看见张仪正眼里闪着的亮光，长长地在心里叹息了一声，道："你我父子一同入宫面圣交差。"

入夜，康王府内灯火辉煌，别样肃静。各房各院上空弥漫着的檀香味照旧很浓，宣乐堂中又添了几分浓浓的药味。康王妃皱着眉头，不肯接许樱哥奉上的汤药，只目视着世子道："天都黑尽了，怎还不见人回来？"

世子张仪承赔笑道："四弟那边传话说是马上就能回来，三弟是陪父王入宫面圣去了。算着这点数，想来很快便能回来。"见康王妃的担忧不曾减少半点，便又柔声劝道："馥郁不是也还没回来么？指不定父王是去探望皇后娘娘了，要一起回来呢。母妃还是先用药的好，别和自个儿的身子骨赌气，不然父王回来岂不是又要责怪？"

馥郁是世子妃李氏的闺名，康王妃听到这里似是有些信了，也就接了汤药，乖乖喝了，许樱哥适时喂上蜜饯一颗，问道："时辰不早，母妃要不先用晚膳？"

康王妃摇头躺下："不了，我等你们父王回来。"

她不吃，其他人也不敢先吃，于是众人便都屏了声息，默默散坐在一旁静候。忽见有人在外探了探头，世子忙起身走了出去，王氏朝许樱哥身边靠了靠，低声道："你听说了么？今日三弟悄悄放人走了，说是两个女人。"

许樱哥吃了一惊，小声道："谁说的？"这人都还没回家，这事儿就传出来了，这可真够快的。

王氏见她面上没有不高兴，才又斟字酌句地道："不是一直都有人往来传信的么，现在私底下都在传。我想总不能叫你最后一个知道，先与你说说。"

许樱哥笑笑，捏了捏她的手："谢二嫂。"

突地听到外头脚步声响，接着秋实兴冲冲地走进来道："王爷他们全都回来了！只是都说要先换了衣裳才过来。"

"真的？"康王妃立即从床上坐起身来，叹息了一回，吩咐王氏："老二媳妇，明日你替我去香积寺走一趟。"

"是，母妃您放心，今日晌午间媳妇已经使人去香积寺说过了。"王氏忙与许樱哥上前帮康王妃抿发理衣，又叫人准备摆饭。少一时，康王、世子妃、张仪正、张仪端等人依次而入，每个人的脸色看似都很平静漠然，但细里看，却是能看出不同来，康王的心情很糟糕，世子妃眼睛发亮，张仪正有些颓然，张仪端则是顾盼神飞。

照例都是先问皇后及康王妃的病情，康王妃并不提外头的事，只拣些轻松的话题来说，从许樱哥做的吃食到给她读的江州游记，末了又提起武夫人小熊氏等人明日要过来做客。康王则十分配合，于是气氛渐渐平和下来，众人面上也有了笑容。

许樱哥瞅个空给张仪正端了碗清淡的三鲜汤过去，张仪正看了她一眼，默默将汤一饮而尽。张仪端的目光转了一圈，发现不见他亲娘宣侧妃，便压低声音问了张仪明两句，张仪明立即道："侧妃是病了。"声音又清又脆，叫人想不听见都不行。

康王果然听到了，当下便道："怎么回事？"这话当然不是问康王妃的，而是问王氏与许樱哥的。王氏忙俯了俯身，回道："侧妃在午间曾使柳丝过来说是身上有些不太妥当，媳妇问过了，道只是前两日没休息好，头疼身上软，歇歇就好。"

张仪端的眼睛闪了闪，埋头苦吃。

康王便不再说话，饭吃到一半，却又听外头突然间吵闹起来，这回不等康王发火，康王妃也火了："谁这般没规矩？"

曲嬷嬷板着脸大步往外走："待老奴去瞧瞧。"

因她自来持重，处理惯这些琐事的，众人听到外头的声音低下来了便都不放在心上，继续该吃的吃，该说的说。许樱哥因见张仪正一副食不下咽的模样，想了想，把他碗里的干饭换成了南瓜粥，又不动声色地将素包子往他面前推了推，张仪正这才吃得顺口了许多。

王氏看得分明，微笑着轻轻推搡了许樱哥一把，恰此时，听外头咋呼呼地一声尖叫："王爷、王妃，救命！要死人了！"

众人齐齐被唬了一跳，康王大怒，抬手就把饭碗砸了。康王妃又气又怒，忙道："都是妾身治家不严。"其他人则迅速站起身来，纷纷低头垂手不敢多语。

康王冷冷地扫视了众人一回，指着世子妃道："你去看看是怎么回事。"

"是。"世子妃悄悄看了看康王妃，没从婆婆脸上得到任何暗示，便又去望王氏与许樱哥，却见这二人都是莫名其妙的，显见也是不知情的，只得快步走了出去。

康王府规矩重，便是闹成这个地步也没多少人敢看热闹，宣乐堂门口不过是气势汹汹的曲嬷嬷领着三四个膀大腰圆的婆子，以及跪在地上苦苦哀求的张幼然的乳母、贴身丫头等几人而已。

世子妃一看这阵势，心里由不得就"咯噔"了一下，大丫头银瓶上前厉声喝道："不知主子们都在里头么？怎地这般没规矩？"

话音还未落，张幼然的乳母便猛地往前一扑，将头往石阶上用力撞着，咋呼呼大声尖叫道："世子妃，世子妃，求您救救三娘子的命，救救我们这些底下人的命！"又哭道，"人都烧得没意识了，却是不管报哪里，求哪里，都没有人管！她再不好，也是王爷的亲骨肉！怎能容人如此糟践？"

曲嬷嬷又急又怒，喝道："没规矩！胡说什么？还不快快闭嘴？"

那乳母的眼泪混着额头上的鲜血直往下流："左右三娘子若是有个三长两短的，我们这些人也活不成，还怕什么？"

世子妃冷冷地看着匍匐在脚下的人道："起来说话。再有敢乱嚷的，不问情由先打二十板子。"

于是所有杂音在突然间便都平息下去。

"事情的经过便是这般。"世子妃垂着眼，神态冷静，语调平直，"我已着人先去请太医，算来最快也得小半个时辰左右人才能到。听闻三弟妹那里有退热专用的烧刀子酒，是不是先拿出来应应急？"

"好。"许樱哥转头吩咐青玉："速速取了送过去，她们若是不会用，你便在那里守着教一教。"青玉应了一声，快速离去。

"若是前两日，家里家外乱成一片，照应不过来也有个说头。可今日差不多所有人都在家！"康王妃闭上眼深吸了一口气，沉声喝道，"若是底下人不报，那也罢了，但既是报上来了，又如何会出这种纰漏？！"

座中一片安静，康王妃病着，世子妃是一大清早就入宫伺疾的，管事的便是王氏与许樱哥，这责任算来便要落到她二人身上，尤其是管家理事的王氏首当其冲。

康王啜了一口茶，淡淡地瞥了眼王氏，王氏垂着眼往前两步轻声道："儿媳真不知道这事儿，没人报上来。"

话音才落，就听张幼然的乳母冷声道："老奴让绒花那丫头跑了一趟，没能见着二奶奶，老奴这便又跑了第二趟，只见着了二奶奶跟前的富家的，都说是禀告过二奶奶了，让等着。哪承想，这一等就不见后续。老奴没法，只好另寻他途。"

王氏叹了口气把眼垂下，不打算再作任何辩解。

张幼然的乳母明显是积怨日久，也晓得自己日后不会有什么好日子过，索性地把话都抖了出来："晓得王妃病着，并不敢轻易来扰，但三娘子实是烧得厉害，老奴没法儿，只好去求侧妃娘娘，谁知侧妃娘娘也是病着睡下了，柳丝姑娘便做主使了鲜儿过来。哪晓得连宣乐堂的门都不能进，鲜儿想尽办法好不容易才混了进来，原本是想求三奶奶帮忙与王妃说一说，好歹请个大夫瞧瞧。却不承想被曲嬷嬷拦住，不由分说便扯在地上抽了十多个嘴巴，话喊出来了也没人理睬，还道是再多嘴便要打死。"侧眼看着曲嬷嬷，怨毒地冷笑道，"当然，想必三奶奶也是不知道这事儿的。"

众人都看向许樱哥，许樱哥指指自己的鼻子，无奈地轻轻摇了摇头，她便是再不敢碰张幼然，也不至于就昧了良心去做这种事。于是众人便又转头看向立在康王妃身后的曲嬷嬷，曲嬷嬷耷拉着眼皮子默了片刻才抬起头来看着许樱哥，眼里微光闪烁。

这可是报复陷害自己的最佳时机，反正这宣乐堂就是曲嬷嬷的地盘，自己今日也不乏与她单独相处的时机，她要一口咬定和自己说过了的，自己也找不出任何佐证。许樱哥淡淡地看着曲嬷嬷，就等着她信口雌黄。

"打什么嘴账？！不用多说，定是底下奴婢欺上瞒下搞的鬼，难道这家里谁还会起心去害三妹妹不成？三妹妹妨害了谁？弄得一个个都似是黑心肠会吃人一般的。"张仪正不耐烦地竖起眉毛道，"与其在这里攀扯不清，把人叫齐了左右一对证不就是了？要是都忘记了，一顿板子便都能记起来了。在外头闹腾了一整日，回家还要听这些扯皮话！"

康王轻轻将手里的茶盏放下，道："说得是。"

曲嬷嬷便垂下眼走到康王妃跟前跪下流着泪道："老天明鉴，那叫什么鲜儿的丫头鬼鬼祟祟地在这里头乱蹿，看见老奴转身就跑，老奴见她没规矩，这才让人拿住了问话，尽是满嘴胡诌，哪里又说过什么正经话？老奴可没听见她提过三娘子半句话，口口声声都是说侧妃娘娘找三奶奶有事儿。老奴就想，她一个名儿都叫不出来的小丫头，主子们哪里会有什么事儿要她跑腿？便是真的有，也是光明正大的，怎会鬼鬼祟祟的？这事儿秋实她们都是知道的，胡编不来。但不管怎么说，总都是老奴的错，王妃您惩罚老奴罢，老奴绝不敢多言。"言罢匍匐在地不起。

真是各说各有理，但张幼然病重却没人管始终是事实。这丫头再不招人待见，却是只能活着，不能轻易死去，说来失于照料也是自己这个嫡母的责任。康王妃头疼一回，怨怒一回，挣扎着站起身来走到康王面前盈盈一拜："都是妾身管家无方，没有照顾好幼然，给王爷添了烦心事。"

"你不是病着的么，瞎操什么心？这事儿你别管了，交给老大媳妇去办。"康王爷扶住了老妻，回头看着世子妃道："明日让老二媳妇入宫伺疾，你留在府中，把家事都理清楚了，该打的打，该罚的罚，该卖的卖。这府里不养闲人和恶人。"言罢一拂袖子扬长而去，世子忙给世子妃使了个眼色，紧跟康王而去。

康王去了，室内的气氛却不轻松多少。康王妃阴沉着脸吩咐世子妃道："既然你父王吩咐了，你便好生整顿一下，谁的情面都不要留！"言罢看也不看任何人，由着秋实扶进了里屋。

世子妃走到曲嬷嬷跟前，亲手扶她起来，温和地道："嬷嬷莫哭了，看这事儿阴差阳错的，险些酿下大祸！但幸是不曾惹出大祸。你放心，总要查个水落石出。"

曲嬷嬷听她说得"阴差阳错"四个字，先就放了一多半心，面上仍是又委屈又难堪："老奴这几十年挣下的老脸就这样丢干净了。"

就光听出"阴差阳错"四个字儿了，就没听出后头的"幸是不曾惹出大祸"与"水落石出"，王氏微微不屑，走上前去道："大嫂第一个就从我这里查起罢。不拘你怎么查处，我都是服的。"

世子妃温和地捧起她的手低声道："你累了一日，先歇着，有什么明日又再说。"言罢看向还跪在地上满脸不忿的张幼然的乳母，威严地吩咐道："现下最要紧的是三娘子的病，平日她不是只吃你喂的药和饭么？先回去伺候好三娘子，有事儿自会有人去唤你。"又吩咐银瓶："你随彭嬷嬷一道去，不管要用什么，都只管从账上支，不方便的从我那里拿，务必要叫三娘子转危为安。"

那乳母该说的都已经说完，晓得这事儿捅出来不是时候，最多今夜也就是能做到这个地步，便忐忑不安地跟着银瓶离去。

张仪正看了眼许樱哥，许樱哥叹了口气，也走上前道："大嫂，我这边也是和二嫂一样的，随你怎么查都行。"

世子妃望着她倒真是温柔一笑："不干你事，你把母妃照料好就行。"

许樱哥便不再言语。张仪端两兄弟这才上前来告辞："我们先回去了。稍后就把鲜儿那丫头给大嫂送过来。"

世子妃微笑着回了一礼，目送这兄弟俩走远，回头看着张仪正道："三弟早前那话说得好。"

张仪正抚了抚袖子，道："我不过是说实话。"言罢自行走入内室去寻康王妃。

王氏长长叹了口气，道："总是病着的，是不是过去看看？"于是妯娌三人联袂而出，行至半途无人处，世子妃低声道："这事儿有蹊跷，我们三个先把时间凑一凑，也省得给下头的刁奴哄骗了去。"

这是世子妃有意放过的意思，不管真相如何，总是要拿底下人开刀。王氏与许樱哥心知肚明，却都是心中无愧，便坦坦然然地将自己白日什么时辰做什么事都说了一遍，世子妃冷笑了一声，道："男人们在外头流血，母妃急得旧病未去又添新病，她们却有心思趁机兴风作浪。"

许樱哥与王氏不好接这话，便都沉默不语。不一时，到了张幼然的居处，许樱哥发现张幼然的处境果然并不是太好，院子偏远窄小，室内陈设虽然都看得过去，但伺候的人却是老的老，小的小。张幼然小小的身子蜷缩在床上，一张脸烧得似是煮熟了的虾，两只拳头紧紧蜷在一起，拉也拉不开。

世子妃喟然长叹："真是作孽！"也不怕脏，接了青玉手里的帕子，亲手沾了烧刀子酒给张幼然反复擦拭退热。见许樱哥与王氏站在一旁插不上手，便道："你们先回去，我等太医来了下了方子就回去。"

王氏见许樱哥似是要开口推让，便轻轻拉了她一把，示意她跟自己走。许樱哥也就从善如流，跟着王氏一起往外走。此时已是夜深人静，夜凉如水，王氏一直沉默地低着头往前走，许樱哥觉得气氛压抑得紧，便笑着扯了她一把："二嫂明明晓得我认不得路，还可劲儿地往前跑。"

"你这丫头，明明是躲懒。哪有进门这么久还连家里的路都认不清的？"王氏停住了，朝她微微一笑，谁知笑容才刚展开，一滴眼泪便顺着脸颊流了下来，随即又惊慌地把头转开去，背了人悄悄拿袖子擦拭。

许樱哥心口一颤，装作不曾看到，把脸转到一旁看着天上道："好大的月亮。"随同的几个丫头闻言，便都跟着抬头看天，紫霭嗔道："三奶奶真会睁眼说白话，这初几头的天儿，哪里来的大月亮？"

许樱哥摊着两只手赖道："我说过有大月亮了么？我是说这月亮真亮。"

王氏缓过来笑着轻轻拧了拧她，低声道："今日多谢三弟替我解围了。"

许樱哥朝她一笑："听说从前二嫂也经常替他解围求情来着？"

王氏失笑，轻轻摇了摇头。

第81章　信他·偏心

虽则夜深，做人媳妇的还是要先去看看病中的婆婆，许樱哥与王氏自张幼然那里出来，便又去了宣乐堂。宣乐堂中已恢复了安静肃然，四处的灯火已熄灭了大半，唯有正房内还余下几盏灯火，秋实独自坐在廊前发怔，见她二人走近才惊觉着站起来笑道："两位奶奶怎地又回来了？莫非没遇到秋璇么？王妃心疼奶奶们辛苦，特为使她过去和二位奶奶说今夜不必再过来伺候。"

"母妃还是照旧的体贴人。"王氏压低了声音道，"可是已经睡着了？"

秋实打起帘子侧耳听了听："似是还在与曲嬷嬷说话。"

王氏便牵了许樱哥的手入内："既是来了，便看一看再走。秋实，烦劳你替我们通传一下。"

"奶奶客气。"秋实忙俯了俯身，行至内室门前低声道："王妃，二奶奶和三奶奶来看您。"

便听里头的说话声停了，康王妃道："进来吧。"接着曲嬷嬷红肿着眼睛走出来，强颜欢笑道："二位奶奶真是孝顺，适才王妃还在与老奴说起二位奶奶受委屈了呢。"

王氏淡然一笑，许樱哥则是暗里冷笑了一声，她可没受什么委屈，而是险些就受委屈了，要不是张仪正及时插话，这老刁奴还不知要说出什么话来呢。入了内室，只见康王妃斜倚在床头朝她二人招手，和和气气地道："过来坐，累了一整日这时候还不得歇下。幼然那里如何？"

王氏忙恭恭敬敬地答了，康王妃默了片刻，道："有你们大嫂在那里看护着，倒是不会有什么大碍。这孩子自小体子就弱，一发病便是气势汹汹。"

王氏的眼圈便红了："都是儿媳不是，给母妃惹了闲气。"

康王妃叹了口气，道："虽说宽厚是好事，但并不是一味宽容就好的，当家要眼观六路耳听八方，往往一点疏忽就会酿成大错。你什么都好，就是待下头的人太宽厚了些，这次吃了这个亏也好，日后便不会再犯这种错误了。"

王氏听了这话，眼泪越发止不住，跪在康王妃榻前将手握住康王妃的手哽咽道："母妃，好母妃，儿媳本是乡村里来的小门小户的女子，因缘巧合才能做了母妃的儿媳，进门这么多年，也没能给二爷添个儿子，若不是母妃护着，哪里有儿媳的今日……"

这话说得许樱哥都有些恻然，康王妃将手抚上王氏的头发低声道："你是个好女子，总不能委屈了你。你三妹这是胎里带来的老毛病，你自来宽厚老实，王爷都是晓得的。"

就听曲嬷嬷在一旁恨恨地道："几位奶奶都是好心肠的，所以才给贱人机会兴风作浪，背里使出这种下作手段，是要搅得家宅不宁呢……"

康王妃微微蹙了蹙眉，许樱哥忙上前去拉王氏起来替她擦泪，笑道："母妃还病着呢，二嫂撒撒娇就好了，不要引着母妃和你一起伤心呀。"

王氏勉强一笑，道："都是我的不是，一大把年纪的人了还不如三弟妹这般周到贴心。母妃日后可不能只疼她不疼我。"

康王妃就笑了起来："你两个贫嘴儿正好凑一双了。"这一笑，就把曲嬷嬷的话给打断了，曲嬷嬷只好闭紧嘴立在一旁，把脸皱成了一朵老菊花。

三更鼓响，康王妃便赶许樱哥与王氏走："都走，这里不用你们。"

许樱哥与王氏见康王妃态度坚决，也就辞了离去。待她二人出去，康王妃转头看向曲嬷嬷："你就认为你半点没错？"

曲嬷嬷一怔，迅速跪下哽咽道："王妃，老奴知错的，只是不忿那贱人……"

康王妃轻轻摇头："你还不知道，这局是专为你设的？"

曲嬷嬷张了张口，满脸的惶恐："王妃……"

康王妃摆摆手，疲累地道："你是为我招人恨的，我当然不会不管你，但你自己也想想，什么事该做，什么事不该做，被人拿住了尾巴总是你有错。我这破身子，也不知护得住你几日？"

"王妃定然长命百岁的……"曲嬷嬷激动地喊了一声，见康王妃闭目不语，只得脸色灰败地垂下了头："老奴知错了。"

"你年纪也大了，就别陪我熬着了，先去歇着罢，让秋实和秋璇来守夜。"康王妃转过身面里躺着，继续道，"明日老大媳妇若是审你，你有一说一，有二说二，她有分寸。"

曲嬷嬷听得这个"审"字，便又有些激动，只听得康王妃幽幽地又来了一句："这是王爷的意思，你不明白？怎么就没年轻时的机灵劲了？"

莫非是要抬那边的头？曲嬷嬷"啊"了一声，扑到康王妃床前低声道："这可怎么好？"

康王妃低声道："随他，由他，信他。"

宣乐堂里顿时死一般的沉寂。

红烛高照，许樱哥坐在妆台前将润肤的香膏在胸前轻轻推开，又细细揉到吸收。青玉在一旁边替她的脚抹香膏，边低声禀告："福林苑那边的夏姨娘，奶奶可有印象？"

许樱哥想了许久，才想起一张素淡温婉沉默的脸来，便道："在王妃那里见过两次，一共也就听见她说过三句话，她怎么了？"

青玉道："今日婢子与秋璇替王妃清洗马桶，夏姨娘的丫头橄榄跑过来死命抢着要帮忙，后趁着秋璇不注意，就同婢子说了件事儿，道是她们姨娘得了些明前的好茶，问我什么时候有空，要请我喝茶。又说她们姨娘做得一手好点心。"

许樱哥便摸了青玉的脸一把，同一旁正整理床铺的紫霭和绿翡笑道："看这丫头，洗个马桶就成红人了，人家不请我喝茶吃点心，就留着给她吃。"

紫霭和绿翡都掩着口笑:"青玉可是沾了王妃的福气。"

青玉也不在意,笑道:"婢子小时候也曾经替奶奶洗过马桶的,所以先沾的就是奶奶的福气。"又问许樱哥:"礼下于人必有所求,奶奶倒是说,婢子是应还是不应呀?"

许樱哥道:"等过两日又再说罢。"

正说着,就见铃铛调皮地在门口露了个头,接着张仪正带着一身水汽散着袍子走进来,不屑地道:"青玉又在洗马桶呢,还是白玉马桶。"

青玉一双手正放在许樱哥莹润白净的脚上搓揉着,闻言不由有些发恼,垂着头不软不硬地道:"回三爷的话,婢子觉着能替三爷和奶奶为王妃尽孝很是光彩。"

张仪正"哼"了一声,往床上四仰八叉一躺,望着许樱哥道:"你这些丫头好大的胆子,竟敢顶嘴。若是我,早就尽数赶了出去,刁奴就是这样养出来的。"

许樱哥自青玉手中收回脚,挥手示意几个丫头退下去,起身走到床前探身去瞧张仪正,笑道:"我和我的丫头又没惹你。你便是不忿刁奴欺负我,有气也该冲着那人去,回来冲着我们几个冷嘲热讽地算什么?"

"有良心没有?我不管你?"张仪正把眼睛睁得大大的,抬起身子凶神恶煞地瞪着许樱哥,"自己没出息,还嫌鸡蛋不养人?"

许樱哥笑道:"管了管了,三爷简直就是及时雨。要不是你,我岂不是要和二嫂一样委屈得直掉眼泪?"一缕碎发自她耳旁垂下,衬着海棠红的纱袍与雪白的肌肤,生生平添了几分娇媚,张仪正看不得,探手拉住她那缕碎发粗鲁地往她耳后别,粗声粗气地道:"又来勾引我。小爷我累了,哪里有心情?"

许樱哥"呸"了一声,坐起身去蹬了鞋子往床里爬,低声道:"当然累了,起心动意的要放人走,挨骂了吧……"

张仪正翻身重重地压了上去,"你听谁说的?"

"我也累了呢,哪里有心情?"许樱哥一边推他一边道,"家里都传遍了,说是三爷怜香惜玉呢,还说那对姐妹花都是绝世大美人,过不得两日便要送过来,到时候你说我怎么办呢?是做泼妇拿大棒赶出去,还是阴险地把她们收下来天天让她们洗马桶?"

张仪正想笑却又实在笑不出来,索性将头埋在许樱哥的颈窝里闷声道:

"胡说八道什么，不过八九岁的小姑娘，便是要败坏我的名声也不是这样的败坏法儿。"

许樱哥温柔地搂紧他的腰，轻声道："睡吧。不要多想。"

"唔。"张仪正应着，一双手便自许樱哥的衣襟里探了进去，他的手入怀冰凉，冻得许樱哥打了个冷噤，吸了口凉气："干什么？你泡冰水里去来？"

张仪正不语，顺着她的耳垂细细密密地吻了下去，许樱哥嘤咛一声，往他怀里缩了缩，搂住他的脖子贴着他的耳朵轻声道："要不，我们生个孩子？"

张仪正微微一怔，捉住许樱哥的手轻声道："那要是将来我不小心死了，你们怎么办？"

哪有这样咒自己的？这人可真是超时代超意识。许樱哥看不出张仪正到底是个什么意思，索性仰头往床上一倒，大笑道："要死早死，趁我还年轻好改嫁，要不然你就别碰我呀。"

张仪正有些恼怒地瞪了她片刻，看着她平坦的小腹道："指不定已经有了。"言罢一口吹灭了灯，不顾许樱哥踢打，搂住她的腰一把拖了过去。

"哎呀，可真是热闹。"宣侧妃心情十分愉悦地在榻上翻了个身，以手撑颔作睡美人状，媚眼如丝地看着立在下首的柳丝道："王爷今夜是歇在哪里？"

柳丝回道："这时候还在与崔先生他们议事呢。"

"可真是辛苦。"宣侧妃爬起来理了理头发，又道，"四爷还没回来？"正说着，就听门外的丫头道："四爷来了。"接着就见张仪端托着个木匣子走了进来。

"来了？"宣侧妃眉眼弯弯地挥手让柳丝下去，示意张仪端在她对面坐下，"来，让我看看咱们家的大将军。"

张仪端往她面前坐了，绷着脸压低了声音道："不是说病了，怎地还弄这些机巧？那么大个孩子，你也忍心。"

宣侧妃垂眼看着指尖上的蔻丹微笑道："傻孩子，你懂什么？我要不病，怎么脱得掉干系？你三妹妹日常可都是跟着我的。我生生顶着王爷的厌恶教导了她这么多年，她也该孝敬孝敬我才是。"

张仪端微怒，声音却越发压得低了："我是不懂，但我却晓得父王生气了！这是什么时候？外头乱糟糟一片，你却有心思折腾，这样子我在外头再使力气也不够你折腾的。"

"你懂什么？你且嫩着呢！"宣侧妃收了脸上的笑容低声呵斥道，"什么都要等着万事顺遂了再动手，什么菜都早凉了！若不乱中取胜，浑水摸鱼，火中取栗，吃剩下的残羹剩饭都没得你的！"想到冯宝儿正是正房不要的残羹剩饭，心里还是堵得慌，喘了口气方道："这次那老狗奴不死也得脱层皮！这么多年来，我一直没少受她的腌臜气，你等着，她便是有王妃护着，世子妃遮掩着，侥幸能逃脱，日后也再没有脸面在人前人后指手画脚！"

张仪端揉了揉眉头，道："什么呀，我看你也是棋差一着，那老奴认错可快。"

宣侧妃叹道："我是没想着那混世魔王居然会管这闲事儿，倘使是那老狗奴多说一句话，她和许樱哥这梁子便结得够深了。许樱哥可不是什么善茬儿，不过底下丫头给王妃洗了个马桶，这整个王府里便都传遍了，都道是她宽怀大度孝顺仁善，由着老狗奴骑到了脖子上。可笑老狗奴自取灭亡还不自知。"

张仪端听到这些婆婆妈妈的琐碎事情实在是很烦躁，赶紧将手里拿着的木匣子往她跟前一推，猛地把盖子打开给她看："你看！"

宣侧妃的眼睛瞬间亮了起来，将手插入到匣子里抓起一把大大小小各不相同，却颗颗圆润晶莹的珍珠对着灯光看了又看，很肯定地道："是南珠。你从哪里得到的？"突然想起今日张仪端都去做了些什么，吓得赶紧将手缩回去："莫不是你私藏的？趁着没人知道快还回去！你父王最恨偷鸡摸狗之辈！"见张仪端坐着不动，急得去拉张仪端："快，快，怎地还坐着？"

张仪端得意扬扬地笑道："我是什么人？我是康王府正儿八经的四爷，用得着做那偷鸡摸狗之事？珍珠虽好，怎比得名声重要？这是父王赏我的，让我送去将军府给宝儿镶嵌头面首饰。"

宣侧妃由不得笑出声来："真的？"按例，宗室子弟婚丧嫁娶皆由宗正寺按例操办，一切开支礼仪皆有定制，张仪端庶出，还不曾封爵，断不能与张仪正等人并肩，王府中虽有补贴，却也不能与正妻所出的嫡子相提并论。排场肯定是不能比的，想要冯家满意这里子却是不能太薄，那就只有宣侧妃母子自己私下里掏腰包。宣侧妃正是头疼之时，早就有心去缠康王，怎奈机会一直都不凑巧，谁想瞌睡来了就有枕头，康王到底是记着她们母子的。想到此，宣侧妃眼睛一转，又道："你三哥得了什么？"

张仪端哈哈一笑："得了两个毛都没长齐的黄毛丫头！"眉飞色舞地将张仪正今日的所作所为说了一遍："尹副将看那两个穿金戴银的丫头趴在狗洞里，便想拖出来杀了，三哥过来瞧见非得说只是伺候人的丫头，硬拦着不给杀。这会儿人是关起来了，过不得几日只怕是要赏给他！"

宣侧妃不屑地扯了扯唇角："莫不是装的。当年老大就爱玩这一套，你还不知道，他小时候跟着王爷去打猎，抓着小兔子便求王爷放了，说是小兔子也有爹娘，于是人人都说他有王爷的仁善之心，将来必定孝敬父母友爱手足！我呸！一只死兔子怎就看出这么多来了？老三自娶了许樱哥便也学着阴险起来了，果然是近朱者赤近墨者黑。"

张仪端不以为然："三哥哪里有大哥聪明能干？从前我只当他凶猛无敌，谁知也不过是个绣花枕头，看人多杀几个人便吐个不停。"说到此处，便又有些含酸，"父王还是偏心他，都没舍得说他一句。"

宣侧妃抱怨道："还说，他打小儿就封了国公，后来惹了那么多祸也没怎么被罚，照样风风光光地娶了许家女，许家还因此封了侯。你马上就要成亲，却也不见你父王请旨为你封爵，这婚事怎么体面得起来？再多的金玉之物也只能藏在地下见不得人罢了！"

想到康王此番的宽让，张仪端的心里一沉，自我安慰道："你放心，父王和大哥都明确说了日后要让我多做事的，只要有功，什么爵位还不是手到擒来？"母子俩笑一回，酸一回，又憧憬一回，将与冯府联姻之事仔细谋算了一遍又一遍，确认无碍了方才分头歇下。

天才微亮，许樱哥准点醒来，虽是腰酸背痛却也只能咬着牙起身，却见身旁的张仪正早已经不见了影踪，便问绿翡："三爷呢？"

绿翡道："练枪去了，听说王爷、世子这些年都是这个点儿去练武场的，风雨无阻。"

这人的变化真是看得到，许樱哥由不得微笑起来，摩拳擦掌地道："我也去练拳，几日没动总觉着哪里不对劲。"一趟五禽戏打完身上也出了汗，只觉得神清气爽，因还不见张仪正回来，便收拾妥当先去了宣乐堂。

她到得及时，恰逢康王妃刚起身，康王刚进屋。因王氏已经先行入宫，世子妃则已开始处理家事，许樱哥便忙着洗手伺候公婆用早饭。

往日惯常都在康王妃身边伺候的曲嬷嬷今日并没有出现，秋实等人也似是有意识地尽量避开，许樱哥添饭布菜间，敏锐地察觉到今日康王与康王妃夫妻间的气氛与往日不大一样。虽则康王的语气照旧体贴关怀，康王妃也照旧的温柔体贴，但夫妻二人并没有眼神交流，甚至于在不经意间碰触到的时候也是飞速避开。

许樱哥立在一旁难免有些尴尬，夫妻再和睦的家庭，只要涉及妻妾之争，总有一方不喜不悦，总有一方不平不忿。这次被算计的是曲嬷嬷，曲嬷嬷此人在她看来着实该被敲打收拾一回灭灭威风才是，康王等其他人大抵也是如此认为，但只因里面掺和了个宣侧妃，对于康王妃来说，这滋味儿就完全不一样了。

康王似也不太喜欢这种氛围，用完饭漱毕口，叮嘱了康王妃几句便站起身来准备离开。"我送王爷。"康王妃忙示意许樱哥扶她起来，康王皱起眉来："好生生的你送什么？好好养着病不好？去了外头又吹了风，岂不是折腾自个儿？你便是不为自己着想，也当为孩子们想想。"

康王妃微怔，默默地将头转开去看着墙根，眼里渐渐涌了一层泪花。康王的两道浓眉皱得越发厉害，却也不说什么，只一言不发地看着康王妃。许樱哥走也不是，不走也不是，只好吸了口气，呆呆地看着自己的鞋尖。

康王长长叹了口气，摆了摆手，康王妃抬起眼来希冀地看着他，康王却只是收回目光看向许樱哥，沉声道："你，不错。我今早考校了小三，他果然能做得诗了。"

张仪正又作诗了？许樱哥眨了眨眼，正想找两句话谦虚一下，康王却已经摆了摆手，带了几分疲累道："好好照料你母妃，有空多陪小三儿读读书。"言罢转身大步离去。

许樱哥转头看向康王妃小心翼翼地道："母妃可累了？"

康王妃将目光从康王身上收回来，坚毅平静地看着许樱哥道："我不指望小三儿有什么大出息，有他哥哥和二哥就够了。但我希望他能像模像样地像个人，不要让人看不起他，也不要让人看不起你，更不要让人看不起我。我生的孩子，没有孬种。"

此时的康王妃，眼里哪里还有适才的那种软弱可怜？后院里的女人生存力强着呢，弱者大概早就骨头渣子都不剩了。许樱哥定了定神，道："母妃放心。我和三爷都没什么大志向，无非就是希望家里平安喜乐，父王母妃长命百岁就够了。"

康王妃微带讽刺地笑着摇了摇头："没有大志向却也不能做窝囊废，能干没有野心那是识趣，人要欺负之前总要掂量再三，窝囊没能力那便是蠢笨，被欺负也活该！便是至亲骨肉也有个比较高低。你记好了，小三儿不能被旁人比下去，你也不能！"顿了片刻，赌气似地道，"曲嬷嬷再不好也只能我动手，而不是别人借了王爷的手来刺我！"

第82章　莲花·相投

午后，廊下的鹦鹉也被晒得没了精神，蔫巴巴地立在架子上睡觉。随婆婆来探病的许杏哥瞧着许樱哥眉梢眼角暗藏的那几分春色，忍不住笑道："一直都自替你担心，但看你这样子挺滋润的。听说他今日去了兵部当差，不再贪玩啦？"话音才落，就听里间依稀传出曲嬷嬷的哽咽声，左右一扫视，见四周并无闲杂人等，便朝里间努了努嘴。

许樱哥道："犯了点儿错，暂时这院子里的琐事是不方便管了，日后就专司陪王妃说话散心。"

原来是被夺权了。许杏哥恍然大悟，一本正经地道："老了老了才这般，那是挺丢人的。"也不追问曲嬷嬷到底犯的什么错，只道，"她可欺负你了？"

看来曲嬷嬷这爱欺生的性子是大家都知道的，许樱哥笑着瞟了许杏哥一眼，道："你觉得呢？"

"找打！"许杏哥瞪了她一眼，作势欲打，"这才几日工夫便学得如此轻佻，我又不是张三爷，和我玩什么猜猜猜？"笑了一回，轻声道："看你笑得这惬意样儿，定是被我猜中了！"

许樱哥摊摊手："我惹不起，还不兴我幸灾乐祸一下？"

"行，当然行！"许杏哥将她拉过来，附在她耳边轻声道，"娘不方便过来，让我和你带句话。和合楼里的迟伯要进宫，让你主动和王妃说一说。"

许樱哥闻言微惊，又有些难过："都是我做事不周到，惹出这些麻烦。日后和合楼可怎么办？"

许杏哥轻声道："为何什么都往你自己身上套？这不关你的事，五哥问过迟伯，他自己要进宫，要为皇后娘娘做凤冠。至于和合楼，迟伯荐了他侄儿过来，应该也能维持下去。"

许樱哥这才踏实了些："人到了？"

许杏哥摇头："哪有那么快？说是在许州老家，这送信过去到人过来，怎么也得半个多月。"言罢笑着站了起来，"大表嫂来了？"

世子妃笑吟吟地走过来拉着她的手道："好久不见你，听说你来了就赶紧过来瞧瞧。都好？"

"好。"许杏哥与世子妃执手坐下，笑着指向许樱哥："我这个泼皮妹子在这里，让我天天挂着她是不是会惹祸，早就想着要过来拜托两位表嫂照顾一下，有什么错不要和她一般见识，可是一直琐事缠身不得来！"

世子妃看了眼一旁低眉垂眼端茶递瓜子，作乖巧状的许樱哥，意味深长地道："我要是有这么个好妹子，我可是放心得很的。"

许杏哥厚脸皮地笑着："放心什么？她在家里就是个不省心的。我们隔得远看不着，总要你们当嫂子的就近看着，我是不管，赖也要赖着你帮我看顾她。"

许樱哥心里有些尴尬，面上仍是笑得甜甜蜜蜜地走到世子妃跟前福了一福："既然姐姐赖上了大嫂，那我也就当仁不让地赖上了。"

世子妃眼里此时方真正露出几分悦色来，分出一只手去扶住许樱哥，笑道："阮家下了请帖过来，定的是大后天，母妃这里有我，你自可放放心心地去。"几人说笑一回，就听里头康王妃发话："我要留你们三姨母和子谦媳妇儿吃晚饭，你们妯娌俩赶紧地去弄好菜饭。"

许樱哥见世子妃要站起来，忙把世子妃按住了，自己去了厨房安排饭食不提。

忽忽几日过去，随着皇后身体好转，世子妃雷厉风行，毫不留情地打卖了一批人，曲嬷嬷退居二线，张幼然病愈，康王府内又恢复到了从前的平静安宁，从前要请青玉吃喝的夏姨娘也没了动静。就连一直病得不轻的宣侧妃，也在长时间得不到康王的关注后渐渐地好了起来。只是康王妃的病好得太慢，每日精心调养也不过是略微精神了些，所幸几个儿子儿媳都孝顺，康王也每日早晚都必然往宣乐堂去探望，所以倒也平顺。

到了阮珠娘的好日子这天，许樱哥收拾妥当去与康王妃辞行，才进宣乐堂就觉着里头的气氛不对劲，便先笑着看向秋实。这几日里她也算是同这几个丫头混了个脸熟，秋实也不瞒她，微笑着轻声道："都在呢。"言罢轻轻打起帘子，许樱哥探头一瞧，只见康王妃半倚在榻上，难得早就该出门的康王还端坐在一旁。而刚病愈的宣侧妃正在抢王氏手里的药碗："老二媳妇，让我来！这些天一直没能到王妃跟前伺候，这心里一直都不安得紧。好容易我好了，该让我来孝敬王妃啦。"

王氏总不能当着康王的面与她争夺，却也不敢就此松手，只得看向康王，康王耷拉着眼皮子，淡淡地道："让她来，妾室伺候生病的主母，本就是应该的。"

宣侧妃闻言，本就被粉涂得没什么血色的小脸更加白了几分，仍强颜欢笑着道："是，王爷说得是。"

王氏便微笑着松了手，宣侧妃端着药碗颤巍巍地走到康王妃跟前，微笑着道："请王妃进药。"语气虽和软，眼里却是蒙上了一层朦胧的水雾，手也微微发抖，立在浓眉长髯身材魁梧的康王身旁就仿似是一朵风中摇曳的老荷花。

康王妃面不改色地喝了，将帕子轻轻擦了擦唇角，坦然把药碗递回去道："你辛苦了，让孩子们来，都一把年纪了何必弄这些，意思意思就好。"

宣侧妃听到"一把年纪"四个字，更是摇摇欲坠，泫然欲泣："说来都是妾身病得不是时候，让三娘子……"话音未落，就听康王淡淡地道："要生病了怪得谁？过去的事情就别提了。老四的婚事备得如何了？"

宣侧妃破涕为笑："都准备着呢。"

许樱哥见再看不到好戏，这才笑眯眯地走进去给众人请安，康王妃笑眯眯地招手把许樱哥喊到跟前："这些天你也辛苦了，去了就高高兴兴地玩，不要挂着我这里。"

许樱哥告辞退出，王氏快步跟了出去，带了几分为难轻声道："三弟妹，唐家四娘子可会去？"

许樱哥笑道："应当要去。二嫂可是有事要找她？"见王氏还是那副欲言又止的模样，便轻声道："我和她是打小的情分，大的事情不敢说随便请托她，但一般的小事还是好开口的。"

王氏垂着眸子犹豫许久方低声道，"听说唐家有副方子，妇人用了最好不过，不知他家肯不肯出让？我这里一定重谢……"说到这里，王氏面上飞上一层薄红，看也不敢看向许樱哥。

难怪得……许樱哥看着王氏手里那块被绞得不成模样的帕子，想起她跪在康王妃跟前哭诉的那些话，心里恍然，由不得生出几分同情，便道："二嫂放心，不管软磨硬泡，我定然帮你求来！什么谢不谢的就不要说了。"

王氏抬着的肩膀陡然放松下去，眼里闪出两道亮光："三弟妹，我……"

许樱哥笑着打断她的话："回来再说。"走了老远回头去看，还看到王氏立在那里目送她，表情似笑又似要哭。

许樱哥出来得晚，到了阮府时许多人已经到了，唐媛几个正陪着阮珠娘说话，阮珠娘羞答答地坐在绣床上，垂着眼帘含着笑不说话，听到女伴开玩笑开得过分了才捏起粉拳乱捶一气，转眼瞧见一旁端坐含笑的许樱哥，便有些不好意思："真高兴你能来。"

许樱哥大方笑道："我出门的时候你不也来了？"

阮珠娘想起从前那些事情，由不得感慨万千："一转眼间咱们都大了，如今是我，过两个月就到唐媛，然后是安谧和杨七娘，再回不到从前啦。"一席话说得众人都有些伤感，就有从前和阮珠娘、冯宝儿交好的建昌侯家的小女儿陈绣道："还有宝儿呢，她也是最迟五月就要嫁的！"

提起冯宝儿，众人便都默了一默，陈绣犹自不觉，追问道："她怎地不来？"

唐媛笑道："兴许是要备嫁，不好出来。"话音未落，就听有人在外头笑道："谁说我不来了？最好的姐妹要出门，天上下刀子我也要来！"言罢一身粉蓝春衫的冯宝儿捏着把象牙丝编的扇子走了进来，卷进一股香风。

许樱哥笑了一笑，转过头去喝茶，却被唐媛轻轻拽了拽袖子，低声道："那不是你三婶娘么？"

冒氏？许樱哥差点被茶给烫着，赶紧抬眼看去，果然看到打扮得花枝招展的冒氏与几个妇人与冯宝儿一前一后地进来，已是发现了她，正端然站在那里笑道："这不是我们家二娘子么？"

许樱哥顾不得去猜冒氏如何会在此处出现，笑着起身给冒氏见礼："三婶娘，真没想到会在这里见着你。"

冒氏将许樱哥上上下下打量了一番，见她穿着蔷薇红的罗衫，配着金晃晃的璎珞项圈，耳边两粒指尖大小的明珠晃得人眼花，眉间的春色喜意掩都掩不掉，比之从前更多了几分小女人的妩媚明艳，不由心中发酸。想了想，严肃地道："我也不承想会在这里见着你，不是说你婆婆病着的？你不在家里伺候婆婆，怎地出来玩乐？"

冒氏此言一出，室内正在说笑的众人便陡然默了一默，唐媛等人倒也罢了，冯宝儿与刚进门的那几个妇人都用怪异的眼神看向许樱哥，又有人诧异地小声问道："这就是许侯家的二娘子？"

这女人真是太闲了，损人不利己。许樱哥心中暗恼，便闭了嘴不说话，早有随她一起出门的高嬷嬷上前不软不硬地道："承蒙三夫人挂念，我们王妃近来已好了许多，因觉着三奶奶这些日子衣不解带地跟前伺候，早就心疼得不得了。恰好阮家娘子大喜，王妃与世子妃都不方便出门，所以特为派遣我们三奶奶前来恭贺，是恭贺的意思，也是体恤三奶奶的意思。"

冒氏见是高嬷嬷出面，许樱哥在那里不言不语的，更是生气，觉着许樱哥以势压人，便语气生硬地道："便是长辈允许，不得不出来应酬，她也不该玩得如此放心，更不该久留。"

高嬷嬷的脸色便难看起来，却碍于冒氏的身份闭紧了嘴。唐媛忙笑着过来打圆场："三夫人实是冤枉樱哥了，她也才刚进门，不过才和珠娘说了两句话。"

冯宝儿将扇子半掩住脸，左看右看一回，接上唐媛的话道："就是，谁不知道咱们许二姐姐最是懂礼知礼的？三夫人在这里说着，指不定她已经要走了。"

冒氏闻言就笑了起来："看我这急性子，只想着怕侄女儿年轻失了分寸，忘了孝道，怕是又错怪了你。"后头快步赶上一个妇人来，满脸羞窘地扯了扯冒氏的袖子，冒氏这才闭了嘴，这妇人正是冒氏的亲嫂子蒋氏。

看戏的人太多，许樱哥不想与冒氏过多纠缠，遂半开玩笑半认真地道："三婶娘错怪侄女儿不要紧，至亲骨肉便是再委屈也要耐着，就怕错怪了旁人就不好啦。"言罢福了一福，镇定地同蒋氏打了个招呼，走到阮珠娘跟前抱歉道："家里事多，我不便久留，这就要走啦。祝你百年好合，万事顺意。"

很明显她是被冒氏与冯宝儿联手赶走的，阮家人心中很是着恼，哪有上门做客替主人赶客的？便有人凉凉地笑道："今日可长见识了，做客的替主人家赶客……"

冯宝儿微笑不语，只把眼看着冒氏，冒氏面上微热，却是更把胸脯挺得高了些，同她大嫂蒋氏振振有词地道："做小辈的不懂事，做长辈不知道也就罢了，若是知道了还不管，倒叫底下的弟弟妹妹怎么学？"蒋氏拦不住她，只觉得一屋子的人都在嘲笑自己，恨不得把脸藏进袖子里去才好。

冯宝儿将来始终是要同许樱哥做妯娌的，冒氏再不会处事那也是许樱哥的亲婶娘，阮珠娘的小嫂子周氏心中虽然不喜，却又生恐两面得罪人，忙指使人引冒氏与冯宝儿等人入座奉茶，自己笑着上来拉了许樱哥的手留客："珠娘念叨了你很多天，难得你上门，怎地饭都不吃就要走？既来了，好歹也要吃了饭再走的，不然就是不给我们面子！"又软了声气道，"宴席已经备好，马上就可开席，耽搁不了多久。"

许樱哥见其眼里微有急色，瞬间了悟。现下情势不明，微妙得很，除去许、武等早就摆明了与康王府拴在一起的人家之外，按理许多人家都该与康王府撇清才是，但阮家趁着阮珠娘的婚事递了请帖，康王府则安排从前就与阮珠娘有来往的她来，为的自不只是凑个热闹那么简单。不管怎么尴尬，她也得完成自己的任务，便笑道："既是如此，我就厚颜沾点喜气再走。"

周氏松了口气，热情地招呼众人入席。许樱哥扯了唐媛的手，拉她走到一旁悄声问道："听说你家有什么好方子，妇人用了极好的，可否能抄我一份？"

唐媛先是面上一红，随即微笑着上下打量了她一番，羞道："咦，这才多久便急了？"

许樱哥也不辩解，只笑道："做女人的总有那么一日。"

唐媛深以为然，忍着羞低声道："是有这么个方子，寻常是不拿出来的，但是你要，我自不会藏私，等回去后就禀了母亲使人与你送来。"

许樱哥心中欢喜："你想要什么，只要我那里有的都只管开口。"

唐媛笑道："我也要你给我画一套簪钗。人家都说你献给长乐公主和皇后娘娘的簪钗极美,我是不能与贵人相比,但出门的时候也想风光一回。早前就想和你说,我娘不让。"

许樱哥笑道:"出在自己手上的,又有何难?"目光一转,瞧见不远处的人群里,冯宝儿亲亲热热地拉了冒氏的手,二人边走边说笑,倒似是认识了许久一般。而蒋氏则跟了几个穿着打扮都一般的妇人走在一起,不时担忧地回头看看冒氏,却又无可奈何。

唐媛顺着她的目光看过去,由不得怨道:"你家三婶娘怎会与冯宝儿混在一处?看她二人适才一唱一和地挤对你,不知道的以为她才是冯宝儿的亲婶娘。便是你错了,要教训也该背人教训,当着这么多人算什么?"

"她自来便是这样鲁直的性子,想不到多的。"许樱哥道,"从前也不知她二人有来往的,想是适才一同进来碰上了,兴趣相投?"言罢招手叫青玉过来低声吩咐了两句。

唐媛心道"臭味相投"还差不多,但到底是许樱哥的长辈,不能说得太过,便道:"走,走,那边吃席去,安谧她们已经帮咱们占好座了,快去坐一桌,吃着自在。"

少一时饭毕,许樱哥起身告辞,阮珠娘的母亲亲自过来与她打了招呼,问过康王妃的病情,顺带又隐晦地问了皇后的病情,低声道:"我家老太太与皇后娘娘是家乡人,早年老人家还在世时,皇后娘娘常召进宫去说话的。"

许樱哥了然,笑道:"我会把夫人的问候带给皇后娘娘。"

阮夫人便不再多语,微笑着让小儿媳将许樱哥送上马车。许樱哥坐定了方问青玉:"怎么说?"

青玉道:"婢子趁空找着了跟车的常婆子,道是这阮家与冒家大夫人有亲。今日是冒家大夫人上门去接的三夫人,然后一起来的阮府,又在大门处与冯家大娘子碰上面的。"

许樱哥这才想起当初赵璀的母亲有意为赵璀求娶阮珠娘,阮家正是托了蒋氏上门来打听赵璀的品行如何,那时候冒氏明着关心,暗里奚落,生生把她损了一顿。也就是从那次开始,她与冒氏的关系便越来越不好。青玉与铃铛显然也想起前事来了,便都劝道:"奶奶不要放在心上,不值得生气。"

许樱哥笑道:"有什么好生气的?又不是我对不起她。"所谓自作孽不可活,冒氏好不容易借着娘家嫂嫂相帮才能出门做客,却不珍惜机会偏要惹事,那是断她自己的后路。今日之事迟早会传回许家去，且不说家里人会如何想，便是蒋氏日后只怕也再不敢轻易去揽这种活儿。看了看天色，算着这个点儿许扶应该已经从部里回来，便打起帘子吩咐双子："往和合楼去。"

马车才转上主干道不久，就听得远处马蹄震得山响，鞭炮破空之声大作，双子赶紧将马车赶到路旁停下，道："三奶奶，是八百里加急，没吓着您吧？"

"没有。"许樱哥将窗帘拉起往外看去，但见三四乘马匹绝尘而去，心里不由微微一沉，在这当口什么事能用到八百里加急？除了与西晋的战事之外不作他想。如若果然如此，许扶大抵也不能在和合楼中久留，遂当机立断："回府！"

"是。"双子依言调转马头，突然瞧见不远处街边人家屋檐下立着个穿长衫戴幞头的年轻男子，那身形说不出的熟悉。正想再看仔细了，那人却已经俯身抱起路旁的一个小孩儿退了回去，再看不见。

双子摇了摇头，挥动马鞭将车驶离，越想越觉着好笑，怎么可能是那个人？那人要不是尸骨无存便是坟头上的草都长了半尺长。便是运气好到不得了，有诸天神佛保佑，侥幸活下来，又如何敢入这上京？那不是自投罗网是什么？更何况，这人明显就是个居家户。

马车稳稳地朝着前方驶去，赵璀把在自己怀里拼命蹬腿拼命号哭的小孩子放下来，抱歉地对着匆匆忙忙赶过来、脸都涨红了的孩子母亲深深作了个揖，将几枚大钱塞在那孩子手里，转身快步走开。

走不得多远，忍不住又站住了回头看去，只看到打着康王府标识的那辆黑漆马车低调平缓地向着远处驶去，窗前垂下的帘子纹丝不动。赵璀在突然间感到一种彻骨的悲哀，许樱哥彻底忘了他了，她怕是觉着替赵家求过情，平安把他的家人送出上京，又送还了那副八十七神仙卷，自此后便是两不相欠。便如当年，她使双子去哄崔成避祸，便觉着自己不再欠崔成一样心安理得。可是，他看了她十年，爱了她十年，便是那副八十七神仙卷也是为她苦苦觅得准备做聘礼所用，他为她身败名裂，丧失所有，她怎能如此心安理得？

"便是烧纸燃香，你也该为我做上一两次吧？果然是个没有心的。"赵璀苦笑着转身往前走去，很快便消失在上京城密密麻麻、蜘蛛网一样的小巷里。

第83章 虚幻·因由

　　三更鼓响，许樱哥心烦意乱地自书案前起身，沿着墙根走了两圈，又喝了一盏热热的红糖姜茶方觉着小腹处的酸胀冷疼减轻了许多。铃铛小跑着进来，道："奶奶，平嫂子打听消息回来了。"

　　接着张平家的快步进来，低声道："奶奶，打听明白了，除去王爷、世子、三爷外，今日滞留宫中的大臣武将着实不少，像是有什么大事发生。世子妃说了，这样的事情往日里也经常发生，只是从前三爷不涉政事，所以您不知道。让您安心睡觉就是，若是有什么，她会使人过来说。"顿了顿，又道，"要是王妃那边使人问起，就说全都回来了，夜深，明日再过去请安。"

　　"我知道了。"许樱哥吩咐青玉："把前几日武家送过来的茶包些给平嫂子尝尝鲜。"

　　张平家的笑道："奶奶客气，有什么好吃的经常想着我们这些底下人，倒叫奴婢怪不好意思的。"

　　许樱哥微笑道："不过一口吃的，值得什么？这深更半夜的让平嫂子来来回回地跑，还不该喝口茶？"

　　张平家的也就不再推辞，接了青玉递过来的茶叶，恭恭敬敬地告辞。才要跨出院门，就听有人在身后怯怯地喊了一声："平嫂子。"

　　张平家的站住脚，只见雪耳穿着件月白色的单衣娉娉婷婷地走上前来，发上几乎没有花朵装饰，姣好的脸上满是不安，一双眼睛紧张地东张西望，一副生恐给人瞧见的可怜模样。张平家的暗暗叹了口气，道："姑娘有事？"

　　雪耳走得近了，怯怯地道："没什么，只是听说我娘病了，想请平嫂子替我把这包钱带出去给我兄弟。"

　　这却不是什么大事，张平家的接了钱，忍不住多了句嘴："奶奶挺和气的，你该认错的还是要认错，日子久了，总是能见人心的。"

　　雪耳的眼角沁出些泪光来，轻声道："我知道嫂子是好人，心疼我，是我自己不争气，事到如今我也不想什么了。就想平平安安地守在这院子里过这一辈子也就是了，其他的，哪里敢想！"

　　雪耳与秋蓉不同，秋蓉好歹还有条退路，她却是早几年便做了张仪正的房里人，阖府上下都是知晓的，便是想配人也配不了，这一辈子果然就是这样了。若是她自觉，过几年许樱哥有了嫡子兴许还能赏她个机会，若是侥幸有了身孕，最好的出路也就是抬个姨娘，但若是不自觉，那就不好说了。张平家的不好多劝，只道："你能这样想，那是最好。"

"嫂子待我好，我都记在心里的，日后若是有机会总会报答嫂子。"雪耳目送张平家的走远，又探长脖子往外看了许久，见终是等不到张仪正，远处又有几双眼睛一直盯着的，只得恋恋不舍地回去。

铃铛立在廊下阴影处，一直看着雪耳回了后罩房，方冷笑着进了屋，同绿翡低声道："不要脸的小妖精又出去瞎晃晃了。"

绿翡低着头往一件鸦青色的男式薄绸衫子上缝着针线，头也不抬地道："不是说她娘病了么，请人带钱回家也是常理，奶奶早前还特意吩咐过了，若是真的过不去，让我管着些，别让人看笑话，说是苛刻了院子里的人。你总不能让她不出门。"

铃铛撇了撇嘴，道："就晓得姐姐要说我刻薄，还是紫霭姐姐好说话。"

门帘被人从外头揭起，紫霭似笑非笑地走进来道："你这丫头是夸我呢，还是损我呢？这不是和绿翡姐姐说，我和你一样的刻薄爱说人是非么？"

铃铛笑着站起来拉她坐下："好姐姐，我是说那狐狸精不要脸，早前看到奶奶换下来的衣物，晓得奶奶小日子来了，回去就要了热水，在屋里洗了又洗，恨不得将自己的糙皮刷去一层。我就想，她适才等在外头是真的想请平嫂子带钱呢，还是想等着三爷？"

紫霭伸出纤指用力戳了她的额头一下，骂道："你多大年纪？知道些什么？跟着乱嚼什么舌头？羞也不羞。"

"我不和你们说。"铃铛红了脸快步出去，绿翡抬起头来问紫霭："奶奶不是让你把三爷的书房收拾出来么？都收拾好了？"

紫霭应道："收拾好了。"又压低了声音，"前几月都说是新鲜捧着，日子一长哪里拦得住。便是奶奶不提，自然会有人不顾廉耻地去爬床。"

绿翡轻轻叹了口气："那又能如何？这便是世情，何况是这样的人家，如今忍得，不过是时日尚短，还没嫡子。上次我见着了大娘子，大娘子也不过是让我在奶奶的饮食上多注意，你也看着些，眼看着天越来越热，奶奶难免贪凉，什么寒凉之物就拦着她不要吃了。看看二奶奶，成日过得没个意思，要是有嫡子傍身，那也不至于如此处处小心讨巧。"

"二奶奶是还差了家世，我们奶奶还是不太一样的，我不是光说家世，性子就不一样。"紫霭见捻好的线要没了，便伸手拿过线束来，一边帮着捻线，一边有一搭没一搭地说起这院子里原有的几个丫头来。话说到一半，就听外头热闹起来，有人道："三爷回来了！"

二人赶紧放了手里的针线活走出去，只见张仪正黑着脸快步朝着许樱哥的房里走去，一路上撞着了好几个丫头婆子，竟是火气极大的样子。二人瞠目结舌，不知哪里又不对劲了，便忙着往正房赶去，却听里头"啪嗒"一声脆响，接着青玉灰头土脸地从正房里出来，见她二人就比了个手势，三人便都齐齐垂眼立在廊下，将想往前靠的各色闲杂人等统统挡在了外头。

房内，张仪正坐在椅子上沉默地看着多宝格里呈着的羊脂玉如意，脚下的碎瓷片和水痕犹未收拾，看上去不免有几分狼藉。

这是又受什么冤枉气了？许樱哥暗自嘀咕了两句，端起茶壶重新斟了一杯茶递过去，温和地道："累了一整天，先喝点水。饭食都温着的，有你爱喝的鸡汤，须臾便可送了来。是要先吃饭再洗浴，还是先洗浴再吃饭？"

张仪正不答也不接她递过去的茶，胡子刮得干干净净的下颌线条紧绷，在灯光下呈现出一层难看的铁青色，一双眼睛照旧盯着多宝格，眸色暗沉沉一片。

许樱哥放了茶盏，皱着眉头看了他片刻，轻声道："这是怎么了？可是有人给你气受了？"

张仪正还是不答，厚实的肩膀反倒往上端得更高了些。一个人犯倔时，冷处理可能更好一些，许樱哥叹了口气，自走出去吩咐几个丫头："备热水，让厨房送饭菜过来。"

紫霭与绿翡应命而去，青玉朝里指了指，担忧地轻声道："好了？"适才张仪正进屋，抬手就把她送上去的茶盏给挥落在地，那火气可不是一般的。

许樱哥摇头："你往世子妃那里去寻银瓶打听打听，瞧到底是怎么一回事。"

青玉小声道："不好吧？"若是问了有事还好，若是无事，张仪正这脾气只是冲着许樱哥来的，让外人都晓得他们夫妻闹别扭，岂不是把面子给丢光了？

许樱哥自嘲一笑："有什么不好的？这院子里难道只有我的人？他进门就

撞人砸东西发脾气，瞒得过谁去？面子是挣出来的，不是捂出来的。知道究竟为什么，我也好应对。"

青玉无奈，只好劝道："那您千万别和他对着来。"

许樱哥把她往外推："知道了，快去，快去，去得晚了不好寻人。"

安置妥当，许樱哥回了里屋，亲自将张仪正的家常衣裳寻了出来，道："三爷换衣服么？"

张仪正的眉毛往上挑了挑，仍是没有说话。事不过三，许樱哥心头火起，随手将衣裳挂在了衣架上，径自走到桌旁挑亮了灯烛，拿起炭笔继续给唐媛画簪钗。但心里始终有事，下笔不成形，索性另外换了张纸画起了暴走漫画，把张某人画成一个眼球突出、表情狰狞抓狂的丑八怪，回头一对比，越看越像，心情便好了许多。

不一时，绿翡与紫霭带着人将净房里的热水备好，外间的饭桌布置好，立在一旁不知是该请张仪正先洗呢，还是先请他吃饭。许樱哥起身带了笑走到张仪正跟前道："饭菜、热水都得了，三爷要先吃还是先洗？"

张仪正将脸和眼睛侧开，仍是没有出声。

"三爷既是心情不好，想自个儿待着，那我就先避一避。有什么吩咐，喊一声就得。"许樱哥挥手示意绿翡等人下去，自己也跟着收拾了桌上的纸笔，慢步走了出去。

屋子里顷刻间便只剩下了张仪正一人，净房里浸出来的温暖水汽，外间饭菜散发出的鲜香，身旁屋角里香兽口里吐出的百合香，几样味道掺杂在一起，生出一种别样复杂的滋味，虚幻得让人想落泪。

饭菜凉了，水凉了，熏香味淡了，外间似是起了夜风，一阵紧似一阵，许樱哥和婢女们都似是在这世界上消失了，张仪正垮下肩膀垂下头，绝望地将脸深深埋入到掌中。

夜色深沉，一股冷风陡地卷了起来，吹得草木倒伏，萧瑟一片。青玉将手稳住被风吹得乱转的灯笼，吩咐与她一同结伴去济园的芷夏："风大，小心灯笼，别烧着了。"

芷夏慌里慌张地按住自己提着的灯笼，道："姐姐，怕是要下雨哩。我嗅着有一股子潮气。"

青玉忍不住笑道："你狗鼻子呀，光闻就能闻出要下雨，要钦天监何用？"

芷夏微笑着道："姐姐要不信，我们就打个赌。"

在张仪正身边的这些旧人中，这芷夏是个实诚性子，青玉早就有心与她交好，便趁机指指耳边："这对金耳坠子罢，你不是说喜欢么？"

芷夏笑了笑："无功不受禄，这雨是一定要下的，我要是受了，倒像是骗姐姐的东西一般。"

青玉笑道："多大的坠子呢，我喜欢你的性子，乐意给你，说什么骗不骗的？"

芷夏想了想，亮出腕上一只银鎏金镯子："那我拿这个和姐姐赌。"二人越说越投机，待回到无名小院已然比之从前亲热了许多。

因见铃铛立在书房门前朝她招手，青玉便同芷夏道别："你先回去，明日早上见分晓。"待进了书房，只见许樱哥歪在榻上无精打采地看书，忙走上前去道："婢子还以为是三爷在里头，若非铃铛就走到正房里去了。奶奶今夜莫非是要在这里歇？"

许樱哥坐起身来："这里也没什么不好。问得如何？"

青玉低声道："银瓶也不知道，是世子妃听见声音，便让婢子进去，也没说得太细，就略说了几句。是与西晋的战事有了变故，二爷吃了败仗，圣上大怒，今日在宫中无数的人遭了贬斥。不独是王爷，便是三爷也被指着鼻子骂了一回，话特别不好听。"

按理，皇帝的皇子皇孙可多，领兵领差的更不少，张仪正只不过刚入兵部，晓得什么？竟也跟着被召入宫挨了骂，可见都是因了张仪先而被迁怒。许樱哥思忖片刻，问道："你可瞧见世子了？世子的情态如何？"

青玉道："进门时碰着了，脸色也不大好看。世子妃说，男人么，都好面子，总会想通的。"

按这意思，张仪正应当是因为张仪先吃了败仗，父子几人挨骂，所以心中郁闷，没处撒气所以跑回家来坐着生闷气。但许樱哥却觉着有些蹊跷，当初上巳节突遇变故时，张仪正的表现不但正常而且十分正常，想的都是怎么解决问题，而非是这样莫名生些没用的闷气。所以这里头应当还有众人所不知道的其他缘故，可究竟是为什么呢？许樱哥思索不得，只觉得小腹更加酸痛寒冷，心中越发烦闷不堪，由不得呻吟了一声："给我弄个汤婆子来，这次着实疼得厉害。"

青玉手忙脚乱地去准备："怕是这些天忙里忙外地累着了。不然明日请个大夫开个方子调养一下。"才出了房门，就见天边划过一道闪电，接着雷声轰隆隆地由远及近，几点黄豆大小的雨滴跟着洒落下来，果然是下雨了。

青玉叹道："下雨了，芷夏这鼻子可真尖。"话音未落，就见正房的门被人用力打开，张仪正大步从里头走了出来，立在院子里大声喊道："拿枪来！"

"嗳！"仲夏趿拉着鞋子，披着件小袄，惊惊慌慌地拖着枪从屋里跑出来，结结巴巴地道："三爷，下雨了。"

张仪正也不答话，一把夺过枪便大踏步走了出去。

"奶奶！"青玉不敢相拦，忙着转身入内禀告许樱哥，却见许樱哥不知何时已走到了门前，只沉默地扶着门框看着远去的张仪正，并无半点要往前去劝或者拦的意思。

雨瞬间大了起来，砸得瓦片"噼啪"作响，青玉急道："奶奶，下雨了呢。"

"劝不住的，再劝也不过是做给别人看，何必。"许樱哥掉头转身入内，"着人去跟着，看他要去哪里，若是要出府门就拦住了不许去，立刻报给世子知晓。"

"是。"青玉接过小丫头递来的蓑衣斗笠，拉了铃铛一道快步冲入雨中。许樱哥回到正房里，但见屋内灯光依旧，满桌的饭菜动也不曾动过，净房里的水早就凉了，唯有张仪正坐过的椅子似乎还有点点热气。

绿翡轻手轻脚地走过来低声道："奶奶，三爷是去了练武场，把朱贵几个都喊起来了，轮番和他对枪呢。"

许樱哥揉了揉眉头，上床躺下闭了眼轻声道："熬了浓浓的姜汤备着，灶上要随时都有热水。他再疯，总要回来。"

雨声响个不休，屋顶的明瓦不时被闪电照得雪亮，许樱哥在床上烦躁地翻了个身，只觉着挨着汤婆子太热，离了又太冷，空气中的潮气水汽太重，弄得脸上手上身上都是潮乎乎的一片，让人从里到外都十分不舒服。左右都是睡不着，她索性喊了紫霭进来将灯挑亮，寻了本志怪小说打发时间等张仪正撒完气回来。

书才翻了几页，门就被人从外头猛地推开，接着张仪正满脸雨水地卷着一股寒风快步走了进来，立在床前直愣愣地看着她，不过片刻工夫，他身上滴下的雨水就把锦绣地衣给浸湿了一大片。

一热一冷，许樱哥被激得捂住鼻子重重打了个喷嚏，见紫霭披着件袄子立在门口担忧张望，便朝紫霭挥了挥手："去拿姜汤，备热水。"

紫霭不放心地看了张仪正一眼，静悄悄地退下。许樱哥慢条斯理地自床头取了件袄子披好方转头看定张仪正轻声道："三爷究竟想要如何？不论是外头受了气，还是我什么地方做得不对，你不说，我便不知，哪里晓得该如何？你便是瞪我两天两夜，眼珠子都瞪酸了，难道就能把我瞪死，解了你的恨？"

张仪正眨了眨眼，在一旁的锦杌上坐下来，将手用力擦了一把脸上的雨水，垂眼望着地衣上氤氲开来的水渍道："我要去林州。"

许樱哥吃了一惊，起身下床递了块干帕子过去，试探道："是为了二伯的事？事态很严重么？"

"死了三万多人，有两座城池失守。"张仪正接了她递过去的帕子，并不立即就往头上擦，继续道，"二哥中了流矢，生死不明。现下所有人都把罪名往他身上推，此战失利全变成了他一个人的错。圣上不辨是非，只把我们辱骂了又辱骂，父王那么大把年纪，硬生生给骂得无地自容。"

看来世子妃的话已是过滤了的，真实情况更要严峻许多，康王府的日子真的不好过。许樱哥一时忘了张仪正之前的可恶之处，便蹲下去手扶着他的膝盖轻声道："今日我在回府路上遇到了八百里加急，就是这事儿？二伯那边什么消息都没传回来？"

张仪正抬眼看着许樱哥，话渐渐越说越顺，越说越大声："父王与大哥现下都不好出京，只有我最合适，我打算明日一早便去同父王说，再进宫请旨。旁的不说，总要见到二哥平安才是。"

他行么？别人在这个年纪已经上过很多次战场，刀下有了无数的亡灵，例如安六，浑身的杀气戾气掩都掩不住。而他，自小骄奢，面上嚣张，实则心软，便是看到人杀人也会狂吐一气，他确定他去了不是送死？许樱哥握住张仪正冰凉的手，看着他的眼睛认真道："三爷要替父分忧，远行探兄，都是应该的，我不拦你。但此行凶险，你真的准备好了么？"

张仪正不假思索地道："再是凶险，我也要去。"微眯了眼睛，直视着许樱哥道，"人家说我是个只会眠花宿柳，吃喝玩乐的窝囊废，我却知道我不是的，难道你也看不起我？"

看这情形，再多一句话便要吵架，许樱哥叹息一声，松手起身接了紫霭递过的热姜汤，道："你是我丈夫，我不过希望你过得平安顺遂一点罢了，哪里谈得上什么看得起看不起？三爷既然决心已定，我便预祝三爷马到成功，旗开得胜，再能平安归来。在此之前，请先喝了这碗姜汤，别还没出门就病倒了。"

见她如此，张仪正突然泄了气，垂眼接了姜汤一饮而尽，喝完放了碗，也不入内洗浴更衣，也不去做其他事，就坐在锦杌上发呆。

许樱哥看他许久，总觉着他心里还有很重的心事没有说出来，但她虽然想知道，他却摆明了是不会和她说的。便不咸不淡地道："三爷回来什么也不说，撞人砸东西还不理人，生生把我们一屋子的女人给吓了个半死。我适才就一直在想，我到底是做了什么错事，让你如此生气。夫妻之间贵在以诚相待，三爷是否还有心事未曾说出来？"

张仪正低声道："你多想了，和你无关，原是我自己没用。"言罢起身快步入了净房，竟是不想再多说一句的模样。

许樱哥在灯下立了片刻，安静地上床躺下。不一时，张仪正走出来，远远地在妆台前坐下，隔着帐子问道："你不舒服？"

许樱哥闭着眼道："小日子来了，又受了些凉，小腹疼得厉害。烦劳三爷去书房里歇罢。"

张仪正却也不走，道："明日请太医来调理一下。"

"我不管三爷了，实在是又累又疼又困。"许樱哥昏头昏脑地翻了个身，不知不觉就睡了过去。张仪正坐了许久，轻轻上前将床帐揭开，看着许樱哥微蹙的眉头轻轻叹了口气。

第84章 真巧·远思

一觉醒来，天已大亮，许樱哥惊起，叫道："不得了，起晚了，你们也不喊我的！"

青玉忙上前服侍她穿衣换洗，解释道："三爷已经替您在王妃那边说过了，让您歇着，等太医过来。王妃适才也使了人过来，让您今日就别过去了，歇一歇。"

"唔。太好了。"许樱哥揉了揉酸痛的脖子，仰面躺倒下去。做人媳妇真是不能与做姑娘的时候比，幸得是康王妃宽让，张仪正也还算体贴，不然今日也是不得闲的多。

青玉轻声道："奶奶，三爷昨夜一直没睡。就在这屋里坐了一夜，五更时分便换了衣裳出去了。婢子没敢让人跟着，只让去大门处看了，道是随同王爷、世子爷一起出的府。"

如若张仪正真的下定决心要去林州，只怕康王也不会拦着。许樱哥沉思片刻，翻身坐起："使人去瞧瞧二奶奶在做什么，若她方便，我过去看看她。"说话间，芷夏进来禀道："奶奶，张平家的领太医进来了。"少不得又放了帐子给请太医诊脉开药，送走太医，许樱哥要过方子看了，不过是些调经散瘀的药，便吩咐下头按方抓药煎药，她自己梳头洗脸，等王氏那边回消息。

不一时，青玉回来道："二奶奶还在王妃那边伺候着的，婢子问过她身边的黄嬷嬷了，大抵是要王妃午睡时才会回去。"

看来张仪先之事阖府上下都瞒着康王妃的，可怜王氏心中牵挂丈夫，却不得不强颜欢笑在婆婆面前尽孝。自己家中这个虽二，好歹现下还在眼前，许樱哥叹息了一声，收拾妥当便去了宣乐堂。

到得宣乐堂，正好瞧见王氏独自一人立在廊下喂鹦鹉，说是喂鹦鹉，实际上却是在发呆。"二嫂？"许樱哥一直走到她眼前，王氏方惊醒过来，强颜欢笑道："三弟妹，不是说你身上不舒坦么？怎地又来了？"

"我好多了。"许樱哥一语双关地道，"也是听说二嫂身上不太舒坦，特意来替你的。挺不住就去歇着，不要硬撑。"

王氏的眼圈瞬间红了，只来得及匆匆福了一福便低着头快步往外走，她的贴身大丫头彩绣忙拜托许樱哥："还请三奶奶替我们二奶奶在王妃跟前禀告一声。"

"去吧，照顾好二奶奶。"许樱哥收拾了心情，端起笑脸往里走，却见宣侧妃并康王的几个年轻姬妾都在里头陪着康王妃说话，康王妃的心情还算好，见她进去便笑道："怎么又来了？"

许樱哥涎着脸笑道："厚着脸皮睡了个懒觉便觉着好多了，屋里没事，闲不住，就来母妃这里逛逛，顺便混点好吃的。"

康王妃笑了一回，忽然道："听说昨夜小三儿回来后又冒着雨去习武场练枪法？"

许樱哥微微一怔，抬眼看向曲嬷嬷，只见曲嬷嬷朝她使了个眼色，又厌恶地扫了眼正低头含笑喝茶的宣侧妃。于是心下了然，灿烂笑道："可不是么？三爷如今就想着成个文武全才的，好为父王母妃争光呢。"

康王妃本来也只恐是她小夫妻二人又闹别扭，见许樱哥这笑吟吟的模样，又想起早前张仪正来替许樱哥告病，怎么也不像是闹了别扭的模样，也就放了心："我这里都好，倒是看你气色还是不好，该养着便要养着，别贪玩，回去罢。"

许樱哥就笑道："我还好，倒是适才遇着二嫂，她似是昨夜受了些凉，有些不舒服。"

康王妃自来在这方面都是极和善的，闻言也不作他想，直接道："我就说呢，她今日病恹恹的，没什么精神，问她她还不认。传我的话，让她歇着，该看病就看病，该吃药就吃药，别逞强，不然敏娘可怎么办？"后头这话却是对着曲嬷嬷说的。

曲嬷嬷忙吩咐底下立着的小丫头："去同二奶奶说，王妃让她歇着不要过来伺候了，再请世子妃那边使人去请太医。"

宣侧妃放了手里的茶碗，眼神妩媚地在许樱哥与曲嬷嬷之间扫过，笑道："二奶奶、三奶奶都是纯孝之人，只是年纪轻轻的还该多多保养身子骨才是。特别是三奶奶，王妃还等着你们开枝散叶呢。"

康王妃便皱起眉头打发许樱哥："你也去歇着。"转头看向宣侧妃："冯家这要求也是合理合情的，老四若是有个爵位，这亲事办起来的确是好看许多。但最近就没哪个府里的子弟得封的，你也晓得，最近宫里事多，皇后娘娘大病初愈，我也不敢拿这事儿去扰她，要不，再缓缓？这不是还没进四月么？离正日子还有些日子。"

宣侧妃很有些恼怒，面上的神情却越发哀怜，怯怯地道："妾身是不敢乱开口的，只是适才冯家来人说的那个话，王妃您也听见了，到底是赐婚……"

康王妃淡淡地打断她的话："我会把这事儿说给王爷听，你自己也去和王爷说说，看是否想得到其他法子。小四自来乖巧，我也不想委屈他。"但若是自己时运不济，康王不肯，那也怪不得人。

这种时候宣侧妃要是开口给张仪端讨封，那不是上赶着讨骂么？看来要在这内院里混得好，光有府里的第一手资讯是不够的，必须再掌控外头的形势才行。许樱哥心中挂着王氏那边，便趁机退了出去。不一时，到得王氏所居的汾园，早有汾园的管事嬷嬷黄嬷嬷牵了王氏的长女敏娘迎上来。黄嬷嬷红着眼圈让敏娘给许樱哥行礼问安，哽咽道："昨夜就没睡，生生熬了一夜。适才回来就躺下了，就这么一会儿的工夫便吐了两遭。"

敏娘睁着又黑又亮的眼睛看着许樱哥道："三婶娘，可是有人欺负我娘么？"

许樱哥笑着捏了敏娘粉嫩的脸颊一把，道："是谁胡说八道？你娘可是府里正经的奶奶，有诰命在身的，谁敢欺负她？除非是你不听话气着她。"

敏娘便亲亲热热地牵了许樱哥的手往里走："那就好，三婶娘，还要烦劳您劝劝我娘，就依着祖母的话歇一歇也不会怎地。这府里也不至于没了她就不动了。"说话间在王氏房前遇到了张仪先的两个妾室并她们的儿子，敏娘也是端然大方，对大的尊敬，小的怜爱。

这孩子不过才十余岁，却已是早熟得不得了，这大抵是王氏母族弱，又没有子嗣的缘故，她很知道应该怎么协调并处理好这种复杂的关系。许樱哥瞅着，心中感慨，忍不住将手摸了摸敏娘的发顶，赞了一声："真是个好孩子，大伯娘替你娘请了太医，想是快到了，烦劳你去看看，要是人到了就来和我们说一声，我有话同你娘说。"

敏娘应了一声，跑过去抱住王氏的脸低声道："娘，你要乖乖的，听三婶娘的话。"言罢有些不好意思地朝许樱哥笑了笑，福了一福退了出去。

"多好的孩子，看得我心疼。"许樱哥在王氏床前坐下来，看着王氏憔悴的脸叹道："事情还没个结果，二嫂便这样折腾自己，实在是不为敏娘着想。"

王氏睁着一双干涩的眼睛怔怔地道："你不知道，我自十六岁嫁给他，他便是风雨里来往，刀光剑影里打混，时常不在家的。从前母妃的身子骨好，我年轻任性，想怎么哭就怎么哭，现下却是……不敢哭，也不敢说，要装作若无其事的样子，要是惊吓了母妃，我怎么对得起他？一闭眼睛，我就看到他血淋淋地站在我面前……我没有儿子，他对我照样很好，我娘家无权无势，他也不曾嫌弃过我。我经常都在想，若是我争气些，他也不至于这样辛苦。"

许樱哥将王氏的手握在掌心里安静地听着，听王氏说得累了方轻声道："其实吧，我觉着不管二嫂的娘家是高门将相也好，你生了十个儿子也好，二伯始终也是要在外头拼杀的。这府门关不住男人们的心，反倒会让男人们想得更多。想来二嫂也知道了，昨夜三爷回来后冒着雨去习武场上练枪法，说是要请旨去探二伯，今早一大早便跟着父王去了，指不定这时候已经得了旨意，很快就能把二伯平安接回来呢。"

王氏苦笑着摇头："你别劝我了，这次真是凶多吉少。不独是中了流矢这么简单，他吃了败仗，光是蒲县就死了那么多人，便是侥幸留了一条命在，回来也得不了好。"

蒲县？许樱哥的心里"咯噔"一下，由不得就将王氏的手给攥紧了，强笑着道："二嫂，这里头的具体经过我是不太知道，也不好追着大嫂和三爷细问，到底是怎么一回事？"

王氏见她追问，只得打起精神讲来："晋军围攻东洲，贺王命你二哥出林州援东洲，谁知晋军乃是诈攻东洲，待得你二哥离开林州后便长途奔袭林州，又一直往里攻打沿途府县，一路烧杀劫掠，待得大军回援，沿途府县早就被洗劫一空，最惨的是最富庶的蒲县，幸存者不过十之一二，你二哥拼死也不过将林州夺回。现下都说的是你二哥不听号令，自作主张出援东洲……"

王氏后头的话许樱哥都没怎么听太真切，她只反复咀嚼着"蒲县"两个字。怔忪间，管事婆子领了太医进来给王氏看病，许樱哥避让到一旁，目视着窗外浓郁的绿色忍不住地想，怎么就这么巧呢？当初她求了康王之后，张仪先不就是把崔家人给安排到了蒲县么？

被雨水洗刷了一夜后，上京城各处的污垢似乎被洗得干净了许多。在街边石缝里，有绿油油的野草探出头，在微风里活泼泼地摇晃。一只穿着靴子的脚沉重地踏了上去，把小草碾得弯了下去，靴子的主人却丝毫不曾注意，只顾看着街对面照旧光鲜热闹的狮子楼。

狮子楼下的迎宾猛然一错眼便看到了靴子的主人，于是那张微黑的圆脸上顿时绽放出一个比太阳还要灿烂热乎的笑容："三爷！"几乎是喊出这一声的同时，他便弓着腰小跑着到了街对面，点头哈腰地对着一身黑衣的张仪正笑道："三爷，您老可是许久不曾来了呢，也不知今儿吹的是什么风，竟然把贵人给吹来了……"

"东西南北风。"朱贵扔过一吊钱，问道，"三楼甲字号雅间的客人可都到齐了？"

"三爷还是一如既往的阔气体贴。"迎宾眉花眼笑地道，"三楼甲字号雅间的客人只到了一半呢。"

"三爷？"朱贵的脸色便有些不好看，这些人往日里只要听说是张仪正请客，哪次不是一窝蜂地涌了来？如今倒好，个个儿都躲避不及。

"能来一半已经极不错了。"张仪正十分淡然抬步往前走，吩咐道，"不等了，上菜。里头是否有位姓王的书生？"

"三爷这边请。"迎宾这才知晓原来今日做东的是他，点头哈腰地前面领路，"里头是有个书生，看着眼生得紧，进了门便独自坐在一旁，也不和人说话，却不知是否姓王。"

进得三楼甲字号雅间，只听里头闹哄哄一片，八九个锦衣华服的贵公子面对着面说得火热，唯有一人背对众人坐在角落里，低头对着茶杯数茶叶，这样的人，除了王书呆那个傻子还有谁？张仪正恶劣的心情顿时好了几分，由不得微微翘起了唇角。

众人听见门响统统回头，待瞧见了立在门前的张仪正，便都纷纷起身笑着迎了上去，有叫三哥的，也有叫三爷的，更有叫着张仪正新得的御赐的字"远思"的，唯有王书呆一人笼着手站在一旁不动，面上虽然有笑却并不上来凑热闹。张仪正笑着团团作揖，热情洋溢地与众人打招呼寒暄，邀人入座，又含笑上前将王书呆拉过来安置在自己左手边的座位上。因见有贵胄子弟面有不满之色，便抢先斟满了酒恭敬众人："连日家中有事，许久不曾相聚，甚是想念。今日能来的都是至交好友，不容易，我先满饮此杯。"

众人赶紧举杯跟上，你一言我一语地问了起来："三哥，你可是真的要去林州？""三爷，什么时候走？"

张仪正一一答来："自然是真要去林州，调派人手需要些时日，大抵是在后日早上走。这一去不知生死，与大伙儿喝这顿酒，也不枉是早前熟识一场。"

有人赞道："三哥真男儿也，不怪圣上会亲自赐字。"

张仪正失笑："别人早就上过几次战场了，我这才要去，哪里敢称什么真男儿？不过是挂怀兄长，不想白吃饭而已。"说起大华此番吃的大亏与对西晋的不满和仇恨，众人渐渐也就忘了王书呆这个格格不入的人本不该坐在这里。

少一时，酒菜上齐，张仪正再次举杯挨个儿恭敬众人，说的都是感谢的话，又请托众人在他走后帮着看顾一下家里。虽只是客气，但众人哪里又曾见过他如此小意？想到他此去凶多吉少，便都有些唏嘘，纷纷为他壮行。酒酣耳热之际，王书呆红着眼睛高举着酒杯，用力拍着张仪正的肩膀大声道："三爷好样儿的，你这个朋友我交定了！上次的事情我还记在心里，只是不好上门去谢，今日不醉不归！"

这座中十余人，似王书呆这样不计富贵贫穷，对友人真心实意的人不知能有几个。张仪正感慨万千地看着喝得半迷糊了的王书呆，认认真真地给他满了一杯酒，道："不，这一杯，让我敬你。"

王书呆虽然喝得半醉，却还尚有几分清明，他只记着是自己欠了张仪正的情，哪里又敢喝这酒？当下固辞："该我敬你！"

张仪正笑笑，也不勉强，与他一饮而尽。

月已上中天，康王府中大多数灯火已经熄灭，四处一片安静。许樱哥疲累地从书案上抬起头来，摇头晃脑做着颈椎运动，听到外间门响便问道："问清楚了么？三爷是去哪里吃的饭？都有谁跟着？"这人自从宫中请旨归来，便只匆匆回来换了一身衣服说是要出去邀人吃饭，这都近三更了还不见归来，倒是让她好等。

铃铛进来禀道："问了牵马的小厮集贤，道是三爷从部里出来便只让朱贵一人跟着，没说去哪里。他委实是不知道。"

许樱哥捋起袖子将手放入银盆中，一边搅动水花一边道："什么不知道，不过是怕我知晓了和三爷闹，转头三爷不肯饶他罢了。"

铃铛竖起两道柳眉来："这个刁奴！居然敢骗奶奶的钱！不说就别接钱呀，接了就得说，我还非得问出来不可。"言罢转身就往外走。

青玉喝道："你要干什么？"

铃铛头也不回地道："我去找双子哥，让他去问！"

许樱哥接过雪白的帕子慢条斯理地擦着手上的水渍，淡淡地道："不用双子，你只和他说，他是王妃挑出来伺候三爷的，若是三爷今夜不回来，他又说不出个子丑寅卯，天亮时我少不得要亲自问他。"

铃铛应了一声快步离去，不过小半个时辰便赶了回来，道："他说他替三爷跑腿送过几封信请客，都是往日里跟三爷亲近的各府公子，是去的狮子楼。"

从前和张仪正在一起的都是些膏粱子弟，但在婚后，张仪正已经很久没有和这些人来往了，如今又凑在了一起，还是张仪正做的东，难道是临上战场前的最终狂欢么？许樱哥起身坐到妆台前打散了头发，一下一下地梳着长发，也梳理着自己的思绪与心情，待想好了，她抬起头来看着铃铛："你再跑一趟，问清楚都是哪些府邸哪些人。"

铃铛丝毫不打折扣，立即执行。

青玉上前接了许樱哥手里的梳子，轻声劝道："奶奶，问得太细不太好……"

男人在外头总归就是那么一回事罢了，便是问出张仪正和谁在一起，哪怕明知道他此刻就是和粉头在一起呢，那又能如何？难道还能提着刀子追了去不成？不如睁只眼闭只眼，装一装糊涂，大家面上都能留点光。许樱哥明白青玉的意思，却不想解释，只笑道："他后日便要去林州，却还只瞒着王妃。纸是包不住火的，是怕走漏了风声，王妃突然问起他来，我这个做妻子却连他去了哪里，回不回来都一问三不知，那便是失职。闹不闹的，又是另外一回事。"

青玉一想也是这个道理，遂不再劝，因晓得许樱哥心情不太好，便将些才打听来的八卦说给许樱哥听："听说王妃廊下挂着的那只白鹦鹉是冯家大娘子早前送的，那时候冯家大娘子常来府里，每次都要在王妃那里坐许久的，出手也极其大方。时至今日，这府中许多人都还盛赞她好。"

许樱哥笑道："你怎么又知道了？"

青玉抿唇一笑："还不是芷夏和我说的。"见她感兴趣，便又压低了声音道，"还有一事，雪耳当初在三爷病危的时候曾割过臂肉给三爷做药引。后来三爷假死，她就投缳自尽要跟着殉葬，幸亏是被人及时救下，故而阖府都知道她忠烈，王妃对她更是另眼相看。后来她便认了曲嬷嬷做干娘，但不知何故，认干娘这事儿知道的没几个，她当着外人面也是不喊曲嬷嬷做干娘的。"

又见人肉药引，又见殉葬，又见干娘，天时地利人和都占齐了，这样厉害的一个人居然也没得张某人另眼相看，更没有得到一丝怜惜之意，可见张某人在某些方面实在是大大迥异于常人，不然换了任何一个男人，雪耳也不至于似目前这般一个透明的存在。许樱哥笑道："这各府里的人差不多都如此，盘根错节，没个一年半载的不能把中间的关节弄清楚。你们不能惹事，却也不能什么都不知道。"

青玉笑着应了："您放心吧，现下是时日尚短，好多地方不好插手，待得日子长久了，总会越来越熟的。"

"奶奶，婢子回来了。"铃铛的声音清脆如铃，如数家珍地将今日张仪正的客人名单一一报来："有忠烈侯家的九公子，有柏王府的十二爷和十三爷，安乐伯家的八爷……对了，还有王中丞家的六公子！"

"王书呆竟和咱们三爷做朋友。"许樱哥觉着既有些意外，却又觉着是在意料之中的，依稀也是猜到张仪正此去将会做些什么，想了一回，只觉得心烦意乱，迷雾一团，索性扔了不再去想，拾掇拾掇躺下休息。半夜时分，听到外头热闹，晓得是张仪正回来了，本懒得理睬，想想又披衣起来，"蹬蹬蹬"朝着外头赶去。

第85章　孽缘·真话

书房里灯光黯淡，许樱哥才进得门便嗅到一大股酒臭味，再看张仪正，和衣而卧，人事不省，靴子也没脱，心中不由得便有几分火起。左右一瞧，只见清水牙粉一样没动，逢夏与染夏二人束手立在一旁，不知如何是好，见她瞧来便匆忙道："奶奶，三爷不肯盥洗。"

"不干你们的事，都下去歇着罢，我来照顾三爷。"许樱哥气得乐了，醉死鬼真是讨厌啊，浅酌即止是情趣，烂醉如泥就惹人生厌了。待众人退下方上前探头去瞧张仪正，只见张仪正将头脸埋在被子里，一点动静都没有，遂关上房门灭了灯在榻边坐下来安静等待。

过了盏茶工夫，忽有人在外轻轻敲门。许樱哥懒得动弹也懒得回答，张仪正更是悄无声息，那人等了片刻不见动静，便壮着胆子开了口："三爷，婢子给您送醒酒汤来。"

是雪耳的声音。许樱哥端坐不动，心想这丫头怎地糊涂了，就连她在这书房里都不知道，还拼命往这里凑，分明是有人刻意给了假情报么，既然这般想看好戏她便奉陪一回。许樱哥才将火折子拿在手里，只听雪耳在外头怯怯地小声道："三爷，不论如何您也不能伤着自个儿的身子骨呀，就喝了这碗醒酒汤罢。三爷？婢子进来了啊。"

门被人从外头推开，廊下垂着的大红灯笼映照着雪耳那张宜喜宜嗔的俏脸，把她眉梢眼角的期待与兴奋照得清清楚楚。见她轻手轻脚地走得近了，许樱哥便恶作剧地"呼"一下将手里举着的火折子吹亮，雪耳吓了一大跳，脸色瞬间煞白，手里托着的碗盏也随之发出一声清脆的碰击声。

"小心别摔了碗。"许樱哥镇定地点燃了灯烛，转身默默看着雪耳。雪耳很快便镇定下来，先稳住了碗盏再福了下去，微笑着道："奶奶，婢子给三爷送醒酒汤过来。清夏这丫头取了醒酒汤来，半途道是肚子疼，非得让婢子替她送过来。"

不但瞬间撇干净自己，还顺带将对手黑了一把，这般迅捷的反应，果然是比自己才进门的时候长进多了。许樱哥险些鼓掌叫好，微微讥讽道："真是辛苦你了，这时候还没得歇下。"

雪耳目不斜视地将手中的碗盏双手递到许樱哥跟前，恭恭敬敬地道："奶奶，婢子做的都是分内之事，不敢称辛苦。"

好个分内之事！这是提醒自己通房丫头在女主人身体不方便的时候便该贴身伺候男主人？许樱哥看定了雪耳冷冷地道："做婢子的，按照主子的心意行事那才是本分，自作主张与四处窥探，多生事端和心思不正那都是自寻死路。我们府上算是规矩宽松的人家，这样不守规矩的也打死了好几个，王府里规矩严，想来更容不下这样的人。是不是？"

她还是第一次说出如此明白冷厉的话，雪耳身后顿时沁出一层冷汗，暗里将适才有意无意引着自己跳坑的那几人咒骂了个遍，咬牙切齿了一回，强忍着恨意低垂了眼睛谦卑地弓着身子往外退："是，婢子记住奶奶的教诲了。"

许樱哥哂笑道："我让你退下了么？你又自作主张了。"

雪耳微微怔住，便又站住了，眼泪汪在眼睛里直打转，哽咽着讨饶道："婢子错了，还请奶奶恕罪。"

许樱哥上上下下地打量了她一回，嘲笑道："哭什么？我把你怎么了？半夜三更的，好不晦气。"

"奶奶，婢子知错了，还请奶奶饶过婢子这一遭。"雪耳抽噎着死死咬着下唇忍住泪，忍得浑身发颤发抖。

许樱哥看看背对着二人躺在床上一动不动的张仪正，突然间觉得好生无聊，便摆了摆手："下去。你若守好你的本分，自有你的去路，但若让我发现你心思不正，别怪我心狠手辣。"

雪耳颤声道："奶奶，婢子不敢。"可怜兮兮留恋万分地看了张仪正一眼，忍泪低头迅速退了出去。

许樱哥端了碗坐到榻边恶狠狠地瞪着张仪正，将汤匙用力搅动着醒酒汤，很有想将一整碗汤汁都泼到张仪正脸上的冲动。张仪正的睫毛闪了闪，接着便睁开了眼睛，见她坐在跟前却也没露出多少惊奇的样子来，只举起手来揉了揉眉头，沙哑着嗓子道："什么时辰了？"

他的眼睛虽然发红，眼神却多有清明，哪里有喝得烂醉如泥、人事不省的样子？既是不曾烂醉，那又何必装成那样子？谁家丈夫即将出行，却把新婚不过月余的妻子冷落在家不闻不问的？许樱哥气哼哼地道："已过了一日两夜，三爷马上就要出发去林州了，这就该起身去同王爷王妃辞别啦。"

从前几次看到她在人前的委屈愤怒都是以十分强硬的姿势表现出来，这般毫无威胁性的委屈愤怒之态却是只有在新婚那夜才看到过，张仪正从手指缝里看着许樱哥，有万般滋味说不清道不明。他其实还是一错到底，从一开始便错了。

许樱哥静候片刻不见他有任何动静，遂起身将醒酒汤往矮几上重重一放，讽刺笑道："三爷还不赶紧趁热喝了这汤？这可是人家精心为你熬制了半夜的汤呢，你要不喝，可是辜负了她一片好心，让她白白挨着我一顿敲打了。"

"我都听到了。"张仪正答了一句便不再言语，仍将手盖在脸上一动不动。

身边最亲近的人对自己是什么态度，哪怕是极微妙的变化，只要用心去体会就不可能丝毫体会不到，张仪正自林州之事发生后，明显对她与之前不同，即便他装得再若无其事也掩盖不掉他的逃避行为。便是此刻，也要将手遮盖住脸么？烛火突突地跳跃着，窗外一片寂静，有些微寒意顺着窗缝透进来，钻入到许樱哥的袍袖之内，冷得许樱哥轻轻打了个寒战。突然间，许樱哥觉得她和张仪正之间似是横亘着一座看不见的，冰冷而不可翻越的高山。

这座高山，不是雪耳，也不是其他什么人，她不知道原委，却依稀觉着，自己似乎是再努力也翻不过去了。这个男人喜怒无常，变化万千，她经常觉得自己似是刚碰到了那颗柔软的心，却又在最后关头发现那颗心其实藏在更深处，云遮雾罩碰不到。许樱哥垂下眼，垮下肩膀，自嘲地轻轻笑了一声："既然三爷心里都清楚，其他的话我便不多说了。你既是不曾醉，那便歇着吧，我走了。"

张仪正却是条件反射一般迅速握住她的手，许樱哥侧着身子不肯看他，只睁大眼睛看着跳动的烛火，眼眶又酸又胀，一滴沉甸甸的眼泪毫无征兆地掉了出来，她生气地用力将手背擦了一下，另一滴眼泪却又跟着掉了出来。

张仪正看得分明，叹息一声，挣起身来将她搂入怀中，许樱哥一僵，也就安静顺从地由着他抱住了。张仪正将脸深深埋入到她的颈窝里，用力用力地紧紧抱着她，许樱哥被他勒得喘不过气来，却是一声不吭地任由他抱着，直到撑不住了方轻声道："我就想问你一句话，你心里是否真的有我？"

张仪正不答，只拥着她往榻上一倒，躺平了才微闭着眼睛道："许二娘子，老实说，你是不是爱上张三爷了？"

许樱哥蹙起眉头看了他片刻，扬起一个无赖的笑脸道："张三爷您觉着呢？"

张仪正道："先前我知道你嫉妒雪耳了。"

许樱哥推了他一把，躺到他身边道："卧榻之旁岂容他人鼾睡，凡是做人妻子的都会看这样心思不正的丫头不顺眼。我能提前警告她便已经是心地善良了，不然设个圈套给她钻，怕不轻轻就拿了她的小命。左右这院子里看她不顺眼的人可多。"侧眼瞅了张仪正一回，低声道，"便是你舍不得，现下你也不敢为了这么个丫头就把我怎么办。是也不是？"

"是。"张仪正也不否认，轻轻道："你放心，我这一去，无论如何总能有个结果。"他若是死了，不管是他欠她的，还是她欠他的，便都一笔勾销，他若是能活着，大约也就能将前尘往事弄个清楚，究竟谁欠谁的都能彻底做个了断。

这一去，无论如何总能有个结果么？这是什么意思？许樱哥从张仪正怀里挣起身来趴在他胸前，将手去扒拉开他的眼睛，强迫他看着自己的眼睛，认真道："你问我是否嫉妒了，是的，看到雪耳凑过来我很生气。你问我许二娘子是否爱上张三爷了，我想大概也是的，至少我担心你的安危，舍不得你远去，暂时也还不想改嫁。但我要问你一句，请问张三爷究竟爱不爱许二娘子呢？你就要远行，难道这么一句真话也不肯给我？"

张仪正对着她的眼睛看了片刻，极低极低地道："我同你，是孽缘。"

"孽缘？"许樱哥睁大眼睛，喃喃道，"我不明白你的意思。"

"就是说，"张仪正将手抚上她的脸颊，从她如画般的眉眼一直细细描摹下去，在她的唇瓣上来回摩娑片刻，最后捏住她肉肉的小下巴轻声道，"我其实应该找的是个温柔大度的善良女子，而不是把你这个没心没肺的悍妇弄回家来折腾我自己，可是我偏偏做了，你说我是不是蠢呢？"

许樱哥沉思片刻，仰脸看着张仪正非常认真道："是蠢，而且不是一般的蠢，是特别蠢。引狼入室，你做的就是这么一件事。"

张仪正笑了起来："的确是很蠢。"他本可以远远地看着她，有仇报仇，有恩报恩，从此不再与她两相纠缠，偏他选了一条不归路，硬生生将自己撕裂了又撕裂。

许樱哥小心翼翼地探寻着他眼睛深处暗藏的情绪，试探道："你后悔了？"

张仪正抬眼看向昏黄的屋顶，房梁下不知什么时候结了一大张蛛网，烛光反射着蛛网，一闪一闪地亮。有蚊虫落入蛛网拼命挣扎，一只蜘蛛沿着网线迅速奔跑过来恶狠狠地朝蚊虫扑了过去。自投罗网，作茧自缚，说的就是他，但若是不扑入这张网，他便只能眼睁睁看着她去吃了旁人，或是旁人吃了她，既然注定纠缠，那便只有他吃了她或者她吃了他。便是到了如今这个地步，也是她一靠过来他便忍不住伸了手，他苦笑起来："不后悔。"话说出来，满嘴都是苦味涩味。

许樱哥看着张仪正，笑容一点一点地绽放开来，越笑越甜，她捧着他的脸，热情地亲了他硬朗的下巴一口，低声道："我不知道你心里的秘密是什么，也不知道你究竟顾忌着什么，或者说是在为什么而难过。但我想让你知道，其实你的优点和讨喜之处远比你表现出来的更多。如果可以，我希望你在这次回来之后，能和我做一对正常的夫妻。可以争吵吃醋，可以偶尔互相看不顺眼，但尽量不要做到藏着掖着。我，不想做另外一个许樱哥，也不想做另外一种女人。"

张仪正怔怔地看着那只蜘蛛和那只可怜的虫子，眼睛酸到想落泪，他不想许樱哥看到，便有些粗鲁地将许樱哥的头按在自己的胸前，很凶地道："那你说清楚，崔成、赵璀、我，你最喜欢谁？你心里究竟有没有过他们？"

许樱哥许久没有说话，就在张仪正以为她又要满口谎话敷衍他的时候，他听到她说："你很在乎这件事吗？"

"当然，谁乐意自己的妻子睡在身边，心里却想着其他人？你又不是不知道，我从来都是个睚眦必报的小心眼。何况我这一去说不定回不来，你不想让我死得不安心吧？"他试图用一种开玩笑的口吻轻松地说出这件事，却不知道自己的心跳陡然加速，快到连肚腹都跟着颤了起来。

"如果要让你安心，我应该说很多好话，一直表忠心才是，但我想你大概并不是想听我表忠心。"许樱哥静静地趴在张仪正的胸前，感受着来自他胸腔深处的震动，酸味与苦味将她的胸腹间搅得一塌糊涂。她深深吸了一口气，闭上眼睛低声道："崔成死的时候我很难过，那一瞬间就像是心被人狠狠戳了一刀，痛到不能呼吸。他是个很好很干净的人。"她当时本是坐着的，她想站起来，却发现自己抖得根本站不起来，她想说话，却发现自己的上牙和下牙只会打战，她连最简单的一个字都说不出来。前年的秋冬，阴冷灰暗程度仅次于她和许扶在失去家人后仓惶奔逃、担惊受饿的那一年，便是阳光照在身上也觉着是没有热度的。

张仪正垂眸看着怀里的许樱哥。许樱哥的脸有些苍白，长长的睫毛微微颤动着，仿若是最脆弱的花蕊，但她却没有哭，她的语气非常平静，平静得仿佛不是描述她自己的未婚夫之死，而是描述一件在很多年前发生在别人身上的事。纵然如此，他却本能地觉得她没有说假话，他便又问她："既如此，为什么你从不曾去他的坟头看过一眼？他若地下有知，难道不会觉得你太薄情？"

崔成当初既然选择了死亡，他大概便是不想再看到她的，她其实也不太乐意去面对他。崔家人造成了萧家人的死亡之后，萧家人便又造成了崔家人的死亡，这是一啄一饮之间自有的定数，但对于崔成来说，他的死亡便是她这一啄。她去看他，焉知他是否又乐意看到她呢？正如她恨一个人，死了也不乐意那人为她流泪一样。许樱哥沉默了很久才轻声道："人死如灯灭，他已经死了，再回不来。而我还活着，很多人都在活着。"

不，他还活着！只不过是以另外一种方式活着！张仪正突然很想对着许樱哥大声喊出来，但在这种要命的秘密上，理智总是大于情感的。他以为他算是勇敢的，但实际上他还是怕死，他以为他更想渐渐做回崔成，但实际上他还是很害怕周围这些刚熟悉了、亲近了的人用一种不可思议的陌生目光看着他，冷淡排斥防备他。没有谁比谁更勇敢，没有谁比谁更无私，他明白这个道理，却还是忍不住不平地道："是呀，他已经死了，而你还正当青春年华，当然要好好活着，最好是让别人都忘了他，忘了你曾经定过亲这件事。然后你又可以另外寻一门好亲。"

许樱哥仿佛不曾听明白他的讽刺，只静静地回答道："那你忘记这件事了么？大家忘记这件事了么？事实证明，你们没有忘记，我也不曾忘记，事实就是事实，不是假装它不存在就可以当它不存在的。我只是觉得他大概会更喜欢清净，而我只想让眼前身边还活着的人活得更好一点。"

做了就做了，哪怕是后悔也绝不回头是吧？这果然才是许樱哥。张仪正深深吸了一口气，努力让自己翻腾的心情平静下来，直到他确认自己可以继续下一场谈话了，他才开了口："好吧，也就是说，你曾经喜欢过他，舍不得他死。"

许樱哥的唇边浮现出一个淡淡的微笑："好歹他也护了我好些年，好歹他也顾了我好些年，从小到大，他可是什么好东西都紧着我来的。我若是没有半点动心，没有半点不舍，那我大概都不认识我。"

可是她还是眼睁睁看着他死了，眼睁睁看着她的家族用力推倒了那道墙，却不发一言。近十年，他和她嬉笑玩闹，追逐倚靠，春天他带着她掏过鸟窝，摘过杏花，冬天他带着她套过麻雀，牵着手踏着积雪赏过花灯。他对着她说过地老天荒，许过无数诺言，可是，她终究是眼睁睁地看着他死了，她终究是做了许家迷惑崔家的一枚重要棋子。

张仪正突然间很难过很难过，为崔成短促的一生和短促的爱情，也为如今纠结不堪，难负其重的张仪正。他用力压着许樱哥的头，不许她抬头看他，同时用力睁大眼睛，不让眼泪从眼眶里溢出来。许久，他才能说出下一句话："你和赵璀究竟是怎么一回事？你和他也算是青梅竹马了，听说他也是打小儿就待你极好的，甚至于背地里和人说过非你不娶。他如此深情，你就没有动过心？别说没有，你明明都肯嫁他了。"

有完没完？许樱哥被他压得脖子酸疼，于是不耐烦起来，用力将他的手从自己头上掰开，认真道："可是我也嫁给你了！"所以同意嫁给一个人并不见得就喜欢那个人。因见张仪正撑起身子来瞪着她似是颇有些恼怒，便又接着道："小时候赵璀对我再好也没有崔成对我好，我大了后赵璀再想娶我也没弄过你。何况他们都已经死了，赵璀再怎么不是，他也死了，三爷难不成要和死人过不去？"

张仪正便又躺了回去："谁耐烦和死人过不去？我是觉得你才说舍不得崔成死，转眼就和赵璀谈婚论嫁，接着嫁给我了这么快便又觉得我好了，让我不敢相信你说的什么是真话，什么是假话。你想知道我心中想什么，你总得让我也知道你究竟在想什么吧？"

怎么又绕回来了？许樱哥痛苦地抓了头发两把，俯身对上张仪正的眼睛道："说实在的，三爷某些方面和崔成颇为类似，除了你很不讲道理和小心眼，反复在一件事上纠缠不休以外。"

像？什么地方像？张仪正猛地一惊，张口欲辩，却被口水呛着，他趁机翻身用力咳嗽起来，许樱哥忙帮他拍背，嘲笑道："又不是小孩子，居然被口水呛着。"

张仪正稳住心神，小心翼翼地打量着许樱哥的表情冷笑道："他也能和我比？那不过是个傻子而已。"

许樱哥盯着他低声道："他是不能与三爷比，你们一个是亲王之子，圣上嫡孙，他却只是个身首异处的逆臣之子。但为什么，三爷瞧不起他，却会这样为他不平，会这样重视他的家人和朋友呢？"

张仪正怔了怔，跳起来大声吼道："和你说过了，那是因为受人之托忠人之事！我既答应了王书呆，当然要做到！你不满意？刚才你不是还说不曾忘了他么？怎地我顺手帮他家人一把你就有这么多话说？莫非他家和你家有深仇大恨？"

第86章 随园·建言

开始攻击了么？果然碰不得沾不得。许樱哥转过头看着房梁上头垂下的那个蜘蛛网，答非所问地道："怎地这里会有个蜘蛛网？明日得使人来把它弄出去才是。"一边说，一边起身下了榻。

张仪正见她不接招，梗着脖子僵了片刻，晓得也就是到此为止了，便闷闷地道："我懒得和你说。我要睡了，明日还不知道该怎么和母妃说呢。"

许樱哥转身往外走："我也懒得和你说。这是最后一次回答这种无聊的问题，日后不管三爷怎么问，我都是不会再理的。你要再问，就说明你认为自己比不过其他人，自卑了。"

张仪正气得乐了："能说出这种话的人，得有多高看自己呀？我一直晓得你脸皮厚，却不晓得厚到这个地步。"

许樱哥笑道："那现在晓得了呀。我别的长处没有，就是脸皮厚。那谁说的，脸皮厚，吃得够。"

"这种不要脸的话都说出来了，真该让人知道你其实是个什么人。说你温婉大度，斯文秀气的都是瞎了眼的。"张仪正随手抓起枕边放着的香囊朝许樱哥扔过去。

"你又不是才知道我是个什么人。请神容易送神难，这时候后悔也晚了。"许樱哥灵巧地抓住香囊，笑道，"差点忘了，有事要问三爷，咱们这个院子叫什么？总不能一直没名儿。"

张仪正道："你喜欢什么就叫什么，我没意见。"见许樱哥不语，便又加了一句："左右，我认得回家的路。"

他不会不知道自己此去凶多吉少，却是丝毫不肯退缩，看来是抱定必死的决心了。许樱哥笑了笑，道："那就叫随园吧。"

随园，随缘，张仪正感慨一笑："行，明日就让人去弄。"

许樱哥装模作样地朝他行了个礼："那三爷歇着，妾身告辞了。"言罢不等张仪正回答便转身走出了房门，天边已见微白，有几颗寒星闪烁于云间，晨风吹过，寒凉入骨。许樱哥仰头长出了一口气，拢了拢衣服，碎步奔回房中，一头扎入到被窝里，再不想动弹。

张仪正在书房里默然坐到天边发亮，听见外间传来婆子扫地的沙沙声，便起身将昨夜未用的凉水认真洗漱了一回，将衣架上搭着的衣服里里外外换了一遍，开了门，立在门口仰头看着天边灿烂的朝霞。

熄灯的婆子看见他，恭恭敬敬地俯下身去："三爷。"

"嗯。"张仪正将这个属于他的新家认认真真地仔细打量了一遍，确认一草一木，一屋一柱他都记在心上了，方才抬步朝着正房而去。

正房的雕花隔扇门还紧紧闭着，青玉几个丫头或是提着热水，或是拿着巾帕，或是捧着才熬好的药汁，安静地顺次立在门边静候许樱哥出声唤人。看见男主人过来，全都恭敬地俯身下去问安，张仪正破天荒地望着她们温和一笑，因见紫霭畏畏缩缩地藏在人群最里面，想起这丫头当初是为什么怕了自己远着自己的，不由得有些好笑，便特意对着紫霭道："敲门叫起你们奶奶吧。"

紫霭没反应过来，青玉含笑碰了碰她："三爷在和你说话。"

紫霭忙轻轻敲了敲门："奶奶，时辰到了，该起身了。三爷等着您一起去给王妃请安呢。"

"进来。"许樱哥应了一声，青玉上前将门打开，俯身让到一旁。张仪正昂首挺胸、脚步轻快地往里走，眼角看到一群丫头以极微小的面部表情互相交换着惊讶，却也懒得理睬，直接就进了许樱哥的卧房。

许樱哥早就醒了，正披散着头发靠在床头发呆，见他进来，掩着口轻轻打了呵欠轻声道："怎不多睡会？我还打算着我这里先去同母妃说一声，让你多睡会儿。"

张仪正在床边坐下来，看着她道："这事儿还没和母妃说过，她疼我一场，总不能让她从旁人口里听说这事。"

虽然眼睛熬得通红，虽然胡楂冒出了一截，虽然看上去很憔悴，可是眼睛里透出的坚定光芒却是掩都掩不住。一个完全不一样的张仪正，许樱哥轻轻叹息了一声，起身下床走到妆台前寻了梳子，拉开锦杌："新婚至今，我不曾给三爷梳过头，今日便让我给三爷梳次头吧。"

张仪正默了默，顺从地走到她面前坐下。许樱哥打散他的头发，就着青玉呈上来的刨花水，手持了黄杨木梳，不紧不慢，不轻不重地将他的发髻梳得光亮整洁紧实，又将银冠戴上了，左右端详一回，正了又正，笑道："挺好的，就这样子出得门去，不用开口就会有美人来扑。"

"……"张仪正颇有些无语，这个女人，在这种明明应该很伤感的时候，她偏能来上这么一句让人想不到的话。却见许樱哥放了梳子，从他身后紧紧地抱着他，将脸贴在他的背上，轻声道："不管此去结果如何，都请平安归来。"

张仪正的心莫名一颤，就仿佛是心中藏得最深的那个秘密被人无意间点破了一样。他垂下眼，将手放在许樱哥的手上，很想开口说句什么让她安心之类的话，但张开了口，却发现自己已经失音，什么都说不出来。

不过是一瞬间的工夫，许樱哥便已经从他的手里抽出了自己的手，转身朝着净房走去："三爷装扮好了，我却还是蓬头垢面，实在是不太妥当。"声音里似乎带笑，却透着一股子落寞冷清。

张仪正忍不住，终于回头，却只看见素衣乌发的许樱哥在净房前一闪而过的身影。他微微蹙起了眉头，有些紧张地想，她是不是知道什么了？她是不是猜到什么了？他的目光落在一旁铃铛捧着的药碗上，猛地站起身来接了药碗，大步往净房里走。

"咦！"许樱哥有些惊慌地将半露的衣衫拉上，示意青玉出去，含笑道："三爷这是做什么？不打招呼就闯进来，虽是夫妻，我也会害羞的。"

张仪正无奈地将碗递过去："药凉了，先喝了药再说。"目光从许樱哥的脸上瞟过，却不曾看出任何端倪，只能看出她是不欢喜的，不过强颜欢笑而已。

许樱哥含着笑将药一口饮尽，随即喊了声："苦死人了。"张仪正以为她会照例地拉着他撒娇撒痴，许樱哥却是将他往外推："我已让人过去说了，我们过去陪母妃吃早饭，不要让人抢了先。便是要告别，也还有今夜一整夜。"

门外传来青玉几个的低笑声，张仪正有些脸热，只得退了出去。许樱哥在杌子上坐下来，看着那只空了的药碗无端觉得想落泪。

"吉祥！吉祥！"朝阳下，大白鹦鹉在银鸟架上耀武扬威地来回踱步，头上的翎羽被晨风吹得有点乱，却丝毫不影响它看到张仪正与许樱哥之后的热情。

　　许樱哥笑道："这天还早，怎地就把它给提出来了？"

　　专司照顾鹦鹉的小丫头胭脂笑道："它聒噪得厉害，王妃便让提它出来晾一晾。"

　　曲嬷嬷从里间走出来，哭丧着脸不舍地看着张仪正道："三爷来了？王妃听说您要过来吃早饭，把您爱吃的都备上了。"一边说，一边叹气，欲言又止。

　　许樱哥指指房里，压低声音道："都好？"

　　曲嬷嬷点点头，又摇摇头，一副想哭又不敢哭的样子。还是康王妃在里头道："小三儿和樱哥来了么？快让他们进来！"

　　虽在无意间，这一声樱哥却喊得极亲热。不过在康王妃跟前伺疾这么些天，这关系便十分协调亲热了，张仪正眼神有些复杂地看了许樱哥一眼，扬声道："娘，我来了！"这一声喊出来，他自己都有些发怔，却听康王妃开心地笑了起来："瞧，多少年没听他这样喊过了，都是喊的母妃。小时候吧，成天就拉着我的裙子在后头追，出门也要跟着，不带他去就坐在地上撒泼，挨了他父王多少细竹条子。"

　　许樱哥开心地笑了起来："原来三爷也有这么个时候？"

　　张仪正作了害羞状，走到康王妃跟前轻声道："娘不要再说这些事了。"

　　康王妃笑道："不说，不说。吃饭，吃饭。"却见康王从外缓步走了进来，沉沉地看了张仪正一眼，在康王妃跟前坐下来，柔声道："都还好？"

　　康王妃有些吃惊他这样温柔的语气和表情，忙笑着道："好，觉着病去了一大半。"康王便沉默下来，许樱哥忙起身与秋实等人布桌布菜，伺候公婆用饭。

　　少顷饭毕，康王妃便赶许樱哥："快去吃，别饿着。"

　　秋实等人早在隔间布好了碗筷饭菜，许樱哥看了看张仪正，福了一福，走到隔间落座起筷。一口粥下去，便听得隔壁康王声音低沉地说了两句话，张仪正也跟着开了口，接着，第二口粥才下肚，便听到康王和张仪正同时拔高声音道："你怎么了？"

　　许樱哥把碗筷一丢，飞速冲到门边，只见康王妃脸色煞白地半躺在康王怀里，眼睛睁得大大地看着张仪正，眼泪直在眼眶里打转，哆嗦着嘴唇道："我就说，前些日子做的梦不好，果然是老二出事了。你们却都瞒着我。"

康王垂眸不语，张仪正握住康王妃的手轻声道："娘，我们担心您……"

康王妃闭了闭眼睛："你也要去……你媳妇才刚进门，身子都还没有……"不等众人开口，便用力地一摆手，道，"去吧，反正是留不住。"

"娘……"张仪正担忧而紧张地看着康王妃，康王妃的嘴唇哆嗦了又哆嗦，强撑着从康王怀里挣起身来，用力挤出一个看上去惨兮兮的笑："不要多说了，我都明白。去吧，安安心心地去。既是明日便要走，今日必定事多，趁早了去，也好准备得充分一点。"

她如此通情达理，张仪正自是不必说，便是康王也是忍不住眼眶微红。张仪正起身撩起袍子，对着康王妃端端正正地磕了三个响头，轻声道："娘，多谢您一直这样疼我。从前儿子多有不是，给您添了许多麻烦，甚至，这病也是儿子间接害的，儿子对不起您。您放心，儿子此去，总会把二哥带回来。"

康王妃有一瞬间不能呼吸，好半天才强笑着道："母亲疼爱儿子本是天经地义，看到如今你懂了事，再生一场病我也乐意。不独是要把你二哥带回来，你也一定要平安回来。"

"娘……"张仪正抬起头来看着康王妃，眼里有泪。自他从这里醒过来，装傻装痴装疯都干过，偷跑任性胡为没有一样没做过，但康王妃却从来舍不得怪责他，也不曾追究过，便是这份疼爱是偷了原身的，他也该感激，何况直接受益的一直都是他。他得了这第二次性命，本该替原身尽孝才是，但那里也还有人等着他救命，也许他便是她们最后的希望。想到这里，张仪正便又朝康王妃用力磕了一个头，低声道："孩儿不孝，请母亲恕罪。"

康王妃不忍再看，将头侧开轻轻推了推康王，低声道："王爷，拜托您替我们孩儿多选几个得力可靠之人……"

康王迅速起身："小三儿你随我来，我有话要交代你。"眼角看到站在门前沉默不语的许樱哥，压低了声音道："好生照料你母妃。"

"父王放心。"许樱哥让到一旁，目送康王与张仪正从她身边经过，听到外间大白鹦鹉尖利而欢快地叫着："吉祥！吉祥！平安！平安！"突然之间，她的眼睛酸胀到不能再坚持下去，她迅速转身面墙，忍了又忍，再仰头看着房梁上的雕花彩绘，数那莲花究竟有多少瓣。

"三奶奶？"秋实小心翼翼地扯了扯许樱哥的袖子，轻声道，"您还吃么?饭菜凉了。"

"不吃了,撤了吧。"连着两夜不曾休息好,又有这许多破事,许樱哥哪里还有胃口,整了整妆容便打算去看康王妃,却听康王妃大声道:"没出息的!这么点事就饭都吃不下去了,哪能指望你做其他事情?"

许樱哥唬了一跳,有些难堪地看向康王妃,只见康王妃坐在榻上疾言厉色瞪着她:"赶快去吃饭。"话音才落,就见秋璇进来道:"世子妃请安来了。"

康王妃垂了眼道:"让她们回去罢,我想静一静。"

曲嬷嬷才要开口相劝,康王妃便又道:"你也下去。樱哥吃了饭过佛堂来见我。"言罢自进了佛堂。

许樱哥便强迫着自己将剩下的粥吃了,漱口净手后入得佛堂,只见康王妃跪在佛龛之下,手里拿了佛珠闭着眼睛低声祷祝。许樱哥便也取了个蒲团在她身后跪下来,双手合十闭目低声祷祝。

约过了一炷香工夫,忽听得康王妃低声道:"上京的女眷们多说自己信佛,从前我每年都要见到很多个笃信佛教的名门闺秀,你呢?信不信?"

从前受的教育是无神的,但她的经历和许多事情却没法子解释清楚。所以呢,看不见的,解释不清的东西并不代表就完全不存在,便是不能全力依赖也当心存畏惧。许樱哥恭恭敬敬地对着慈悲的观音像拜了一拜,轻声道:"心存畏惧,长求怜悯,盼美好。"

"很好。佛祖哪里又知道世人的可怜之处呢,但我却宁愿他们是有的,这样便能听见我的祷告,替我看顾着我的孩儿们,让他们遇难呈祥,平安顺遂。求的不过是一份心安。"康王妃长长叹息一声,将手伸给许樱哥:"扶我起来。"

许樱哥忙起身扶定康王妃,因看到康王妃的脸上满是泪光,便默默递了块帕子过去。康王妃擦了泪痕,笑道:"不要替小三儿担心,他小时候就是三灾八难的,我曾请高人给他批过命,说的是只要能撑过去年秋天,之后便能平安终老。"

许樱哥忙道:"可不是么,三爷后来也遇到过好几次险,不是一直都顺顺利利地过来了?"

康王妃的脸上便也露出几分真心的笑容:"那是真的。我信他有这福分。"转头想到音信杳无的张仪先,由不得心头又是一阵抽痛,握紧了许樱哥的手道,"我们去看看你二嫂罢。可怜她受了这般大罪却连个哭处都没有。"

再不说便没有机会了!许樱哥犹豫片刻,轻声道:"母妃,三爷虽说最近明白稳重了许多,但到底去的不是一般的地儿,年纪又轻,难免好大喜功,失了分寸,儿媳很怕跟了去的人劝不住他。"

康王妃晓得她说的虽是实话,却也不太当事,便宽慰道:"你父王会派得力之人跟着的,你不用担心。走,我们看你二嫂去。"言罢扬声喊秋璇:"寻些血燕和老参出来。"

许樱哥忙扯住康王妃的袖子道:"可是上次三爷去邢州便不听人劝,偷偷离了郭侍郎,这才会落入旁人的圈套,几番陷入危地,若非是运气好,只怕要出大事的……"

言下之意,便是指康王选出来的人也未必见得可靠?康王妃的眼皮控制不住地跳了跳,顿住脚、皱起眉头看向许樱哥:"那你说要如何?"

许樱哥小心翼翼地道:"类似朱贵这样的人是靠不住的,虽是忠诚,却难免爱由着三爷的性子来,得寻个关键时刻拦得住三爷,平日却又晓得分寸不会多言的妥当人跟着三爷才行。毕竟此去林州,并不只是咱们王府的人,其他府里也有人跟着的。"

康王妃眼里露出一道精光,语气却极轻柔:"那你说,谁最合适呢?"

许樱哥看她的情态,晓得她是误会自己想插手不该插手的事情,越发谨慎小心,低眉垂眼:"儿媳初来乍到,对府里的人和事都不熟,哪里晓得谁最合适?只是因为担心夫君,却苦于无计,所以才觍颜来求母妃。"

康王妃打量了她片刻方道:"好,我会再就此事和王爷好生商量。你也别闲着,想一想,你身边是否有合适的人可以派出去的?"

许樱哥谨慎地道:"儿媳身边没有合适的人选。便是娘家那边也都是些读书人,让他们背书写文章大概是没有问题,骑马杀敌定是不行的,没得去拖累人。不知,有没有辈分大些又能干勇猛,三爷还服气的人?"

康王妃皱着眉头想了许久方出了佛堂,扬声招呼曲嬷嬷:"阿曲,你立即往将军府跑一趟,请姨夫人把老任师傅送过来,我有要事相托。"

曲嬷嬷不知适才许樱哥与康王妃的谈话,虽有些奇怪,但还是立即收拾出门去传话接人。许樱哥暗里松了口气，忙使人将白藤肩舆抬出来，陪着康王妃一起去看王氏。

大抵是因着晓得张仪正要带人去接张仪先的缘故，王氏的病情轻松了几分，敏娘乖巧地坐在床边陪着她说话，又有两个妾室在旁殷勤侍奉，便是那两个小的庶子也是乖巧懂事。康王妃见了这般情形，心中很是安慰，先把几个孩子夸赞一回，敲打了两个妾室与其他伺候人一番，陪着王氏说了一回知心话，亲眼看着王氏服了药方起身回去。

待回宣乐堂不久，曲嬷嬷也就领着人来了，同行的还有武夫人与许杏哥婆媳二人。康王妃对着武夫人到底是流了泪："都说我是好命，可这分明就是一辈子都担惊受怕的命。当着他们爷几个还不敢伤心，怕他去了牵肠挂肚的反而不美。"

"这节下，咱们做女人的谁不是这么一回事？"武夫人苦劝一回，见康王妃收了泪，便转入正题："姐姐要寻老任师傅是要做什么？"

康王妃便道："小三儿被我宠得自小骄横霸道，虽是如今懂了事，但江山易改本性难移，只怕他犯起横来这府中出去的人拦不住，而其他拦得住的人却未必肯拦。思来想去，便只有老任师傅最合适，武艺好人品好稳重谨慎能干自是不必说，最要紧的是小三儿跟着子谦打小儿都是跟着老任学的武艺，这么多先生师傅，只有任师傅能让他心服口服。"

武夫人道："那是极好的。让老任进来姐姐亲自同他说？"

康王妃点点头："我也是许久不曾见着他了。"

说话间，曲嬷嬷恭恭敬敬地引着一个四十余岁，中等身材，皮肤黝黑，满眼精光，着鸦青色圆领青布衫的男子走了进来。那男子纳头便拜："草民任书拜见王妃。王妃金安。"

"任师傅不必多礼，许久不见，都还好？"康王妃虚扶一把，示意许樱哥亲自给这任书看座上茶。许樱哥忙恭恭敬敬地端凳子上茶，任书推辞一回，也就坦然入座接茶。

见他几人忆古思今说得热闹，许樱哥牵了许杏哥的手走到一旁轻声道："姐姐，我有要事相托。"

第87章　酴醿·别过

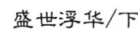

许杏哥瞥了眼端坐喝茶，与康王妃、武夫人谈笑自如，丝毫不见任何局促的任书，沉声道："他真这样说？"

许樱哥轻声道："当然是真的，话里话外听着都不祥。想来必是另有打算……也不是就要把他都看管起来，但不管他去了哪里，做了什么，和什么人来往，总得有个可靠的人跟着看着护着才放心。你晓得，他那性子一旦冲动起来便是不管不顾。"

许杏哥便叹了口气："男人嘛，总是都想建功立业做英雄的。你放心，你的话我都记在心上了，我会请托任师傅。"默了一回，低声笑道："那会打得乌烟瘴气，这会儿怎地婆妈起来了？到底是女生外向，嫁了人就是不一样。"

许樱哥只是笑笑而已，心中就似打翻了五味瓶，什么滋味都有。她拦不住张仪正，不知道他心中所求，不知道他隐藏在内心深处的那个秘密，但如果他不能活着回来，又或者他总有一日将要离开她，总得让她知道为什么。

少一时，康王妃那边和任师傅说完了话，许樱哥奉命送将军府一行人出去，待行到无人处，便当着武夫人与其他下人的面大大方方对着任师傅福了下去："此去艰难，诸事都拜托师傅了。"

任师傅从前是见过她的，晓得她是许杏哥的亲妹，张仪正之妻，当下郑重回道："还请三奶奶放心，有我老任在，便有三爷在。"

武夫人少不得安慰许樱哥两句："你放心，小三儿在任师傅手里皮不起来。"

才送走武家婆媳，下午便又陆陆续续来了许多或是打探消息的，或是替张仪正送行的，诸亲王公主府，诸公侯伯府，但凡是能来的都来了。康王妃见了几个要紧的便推头疼，尽数推给世子妃与许樱哥去接待。有事儿忙着，日子便过得极快，转眼天便擦黑，诸人归府。

近三更，许樱哥才从那件鸦青色的薄绸男衫上抬起头来，头晕眼花地抖开衫子在张仪正身上比画，抱歉地道："时日太短，浆洗不及了。虽有部分是绿翡缝的，好歹大部分也是我做的，你带着，愿意穿就穿穿，不合适就放着。"

在这离别之际，谁也不想做出破坏气氛的事情，张仪正含笑穿了，赞道："挺不错的。明日我便穿上。"言罢转身抱住许樱哥，极轻极轻地在她额头上亲了一口，低声道："夜深了，睡吧。"

仿若是蝴蝶的翅膀在额头轻轻拂过，仿若是一滴温热的露水从花瓣尖上滴落指尖，温柔缱绻却无离别前的热情不舍。许樱哥垂眸片刻，突地抓住张仪正的肩膀，踮起脚尖仰起头，狠狠一口咬在他的嘴唇上，然后迅速松开他，转身走了出去。

张仪正快行两步，将她拉住，轻声道："一起躺躺吧。"便是此去再不能归来，便是此去回来再不能做夫妻，也让我最后抱一抱你，也让我和你安静地度过这一夜。

羊角宫灯在角落里闪烁着微弱的光，金漆小香鸭在帐后默默地吐着芬芳，帐帷上的绣金鸳鸯交头绕颈，并蒂莲开，床上的两个人安静地并排躺着，手握着手，头靠着头，不说话，不动作，似是睡着，又似是醒着，一梦便似十年。

晨光微熙，草木渐深，许樱哥立在盛放的酴醾花下目送张仪正高大挺拔的身影踩着晨露越行越远，几度看到他有停顿，却并不曾看到他回头。她也就吝啬得不似旁的妻子送丈夫那样，挥动着小手帕，泪眼模糊，肝肠寸断，她不过是默默地看着他走远，然后安静地走回房去，钻进被窝里放纵着自己混了一个懒觉。

在这个康王妃绝对执掌着康王府，妯娌精明能干，讨厌的曲嬷嬷被娇艳的宣侧妃拉下马的时代，并没有人来骚扰许樱哥，所有人都平静地等着这个过门不过月余的新嫁娘接受并慢慢熟悉这种别离。许樱哥一直睡到午后才懒洋洋地起身去了宣乐堂。

为母则强，在张仪先出事，张仪正离家之后，康王妃一直不见起色的病在突然间有了起色，相比躺在豪华精致阴凉的房内，她更愿意走到廊下逗鹦鹉晒太阳。世子妃领了几个孩子陪在一旁，大人们说话，小孩子们便在院子里互相追赶着玩游戏，宣乐堂里反而比之前更热闹了许多。

"母妃，大嫂。"许樱哥笑吟吟地接了胭脂手里的长柄银勺子，大方地赏了白鹦鹉一勺葵花籽，白鹦鹉喜得讨好卖乖地喊了两声"长命百岁"。康王妃隐去愁绪，笑道："拿我的东西来做人情，真是怪好意思的。"

许樱哥含着笑腻到她身边，讨好道："母妃要是舍不得，儿媳赔您一斗。说起这葵花籽，当属我娘家大嫂亲手炒的最香脆，什么时候我求她炒了给家里人尝尝。"

康王妃但笑不语，世子妃含着笑把话岔开："我还不服气了，咱们王府里难道还找不出个能炒好葵花籽的人？待我亲自下厨去试试，倒要看看究竟是你娘家大嫂炒得好，还是婆家大嫂炒得好，看你这张巧嘴怎么说。"

"三奶奶这是想回娘家了吧？瞧这嘴巧得，啧啧……"宣侧妃牵着张幼然过来，把畏畏缩缩的张幼然用力往康王妃跟前推，笑道："王妃，这孩子病好了，听说您也好些了，便想过来给您请安，原本是要起早送她三哥的，奈何是住得远了些，人小腿短没赶上。"

康王妃看到张幼然畏畏缩缩，目光闪烁的样子由来心中便不欢喜，淡淡地道："既是痊愈便好了。我这些天一直病着也不好去看你，你也大了，不要总是躲在房里，没事儿多和你几个嫂嫂说说话，园子里散散步，休要总跟着没见识的下人丫头们厮混。王府里出来的姑娘便该有王府的气派。"

张幼然的眼圈瞬间便红了起来，却还是鼓足勇气应了声："是。"见秋实递了杌子过来，果然也就大大方方地坐下来，还能与世子妃和许樱哥轻声说上两句话。

宣侧妃的脸色很有些不好看，憋了一口恶气只是发作不出来，眼睛一转，便看着许樱哥笑道："三奶奶听我一句劝，这男人生来就是要建功立业的，关不住，你可别伤心。你看咱们二奶奶，二爷这些年满打满算也没在家待过多少天，可她日日都是笑着的，谁不说她好？便是王妃与大奶奶也要多怜惜她一些，说起来，最有福气的当属我们大奶奶，出身高贵自是不必说，难得世子爷也是身负重任不用出远门的……"

"够了！"康王妃沉声截断宣侧妃的话，转头看向许樱哥道："昨日小三儿去学士府辞别，你母亲说是许久不曾见你，怪想念你的，趁今日无事，让人收拾些礼品回娘家去探一探父母双亲，也好叫他们放心。"

本来康王妃不见得会放自己出门，但宣侧妃这一闹，反倒成全自己了，许樱哥笑嘻嘻地瞅了宣侧妃一眼，欢天喜地地谢了康王妃，又挨着问过周围人等都想要些什么东西，自己好顺便带回家来。

宣侧妃酸溜溜地道："三奶奶也是个有福的……"

"那是当然。"许樱哥朝宣侧妃笑笑，拎着裙子一溜烟地去了。康王妃板着脸看定了宣侧妃道："说吧，什么事？"

宣侧妃忙道："妾身前些日子瞧着了几块石头不错，正好放在小四的新房里，不然太俗了些……"

　　申时才过两刻，许樱哥的马车便准点停在了和合楼外，许扶早得了消息站在楼外候着，才见许樱哥探了头便激动地迎了上去："来了？"

　　许樱哥也是分外激动，算来，这还是她自出嫁之后单独与许扶相见，她有很多话想要与许扶说，更有无数的心事想与许扶分享。然则不论是她还是许扶，都只能尽量在表情举止上不超出一对普通族兄族妹的范畴，哪怕便是此番她不曾带了王府中人出来，身边尽是许家的旧人，她也不敢不能。

　　入得和合楼，许扶先领着她在大堂里看了一回首饰，才又将她引入楼上静室。许樱哥先递过一叠子簪钗图样，笑道："给嫂嫂和侄儿的礼我已是请托大嫂帮忙送过去了。本待亲自登门探望，又担心太过，反而引起叔父婶娘嫂子不安。"

　　许扶看也不看那叠图样，只道："嫁了人不比做姑娘的时候，没事儿的时候就歇歇，不用总是挂怀我这里，新来的师傅手艺不错，便是将从前的图纸也能打出新花样来。"言罢翻出一对赤金凤凰戏牡丹衔珠钗递了过去。

　　"果然别致精巧，真是难得。从前迟伯的手艺是不错，比之却是少了几分灵动。"许樱哥一下子对这位新来的匠人生了兴趣，乃笑道，"我想见见此人。"

　　许扶不赞同地摇头："你见他作甚？身份有别，让人知道未免说三道四。"话音未落，就见许樱哥揪住他的袖子晃了两晃，心中由不得一软，叹道："也罢，我让人叫出来给你瞧一瞧。"言罢走到门边轻声交代了腊月几句，腊月应命而下。

　　许樱哥随了许扶走到后窗前往下看，果见腊月从后院作坊里请出一个年轻男子来。许樱哥定睛看了一回，不由得笑了："好人才！这哪里像是个手艺人？换身衣裳便可做得这上京城中的贵公子了。"

　　院子里的年轻男人，身材瘦削挺拔，头发乌黑光洁，皮肤白皙，面上带着漂亮羞涩的微笑。本是工匠，身上所着的白色衣裳却干净无瑕，脚下的青色布鞋似是纤尘不染。的确是个与众不同的匠人，许扶道："休要说你惊讶，便是我初次见到他也是不信他便是迟伯的侄子，若非是看到他那双手，若非是亲眼考校了他的本领，我是怎么也不信。"

许樱哥舒舒服服地俯身趴在窗沿上，微笑道："这样的人，小心给其他家挖了去。哥哥不如问一问，若他不曾成亲，便先给他寻门好亲，把他拴住。"

　　许扶侧头想了片刻，认真道："说得是。"转眼瞧见许樱哥的惫懒样，忍不住道："成什么样子！"

　　许樱哥笑道："哥哥就不要骂我了，我难得有这样放松的时候，也要和我说什么规矩！"

　　许扶眼里闪过一丝黯然，默了片刻才道："你在里面可是过得不好？"

　　许樱哥自是否认的："还不错。"

　　许扶却是不信，沉了脸严厉地看着许樱哥道："什么还不错？你便是我也要说假话不成？"

　　他的语气表情都极严厉，与其说是询问，不如说是已经认定了她就是不好过，来逼她承认的。许樱哥收了脸上的笑容，认真道："哥哥怎会就认为我一定不好过呢？过日子可不是就专盯着一处的，这里不顺心，自有其他顺心如意处。"见许扶要插话，忙连珠炮似地道："不要说我，咱们就说各自家里的父母双亲，不能不说是感情甚笃吧？难道就全都是顺心如意的？我很好，公婆不曾苛刻，多有包容，妯娌没给我下过绊子，底下人更不敢在我面前跳。他便是再霸道，难道又能把我怎么样？何况关键时刻他总是护着我的。"

　　许扶见她替张仪正说好话，想起之前张仪正同他说的那些话，忍不住皱起眉头道："我有话要问你，之前崔家被送至蒲县一事，是不是他逼你的？"

　　终于还是要追究这件事。许樱哥沉默片刻，抬眼看着许扶轻声道："是我自己做的。"

　　许扶没想到竟然会得到这么个答复，气得猛地一挥袖子，转头盯了楼下的梧桐树许久才冷笑道："那你倒是说说，你为何会开这个口？"不等许樱哥回答，又斥道："什么阿猫阿狗的求求情，你便由着他胡来？为了让他欢喜，你便连公婆的心意和自己的名声处境都不管了么？你好生糊涂！你倒是让他满意了，倒叫死去的人怎么想？"

　　许樱哥的脸色瞬间刷白，却也无从辩白，只能垂眸不语。

　　许扶却也不是要她回答，深深吸了一口气后，继续道："幸亏得人算不如天算，到底是作恶多端逃不过的。都说是蒲县好哇，又富庶气候又好，发配到那里的人都是祖坟上冒青烟了，再有康王府护着，这日子真是太好过了。呵呵……谁会想得到？这叫天网恢恢疏而不漏，不是不报，时候未到！"

这样充满戾气的许扶，她是很多年不曾见到了，许樱哥忍不住道："哥哥，你总这样对你不好……"

许扶强横地一摆手："不要多说！我知道你总是心软，但你想一想，当初你使双子去让崔成逃命，他是怎么做的？你以为他在地下有知便会为了这个原谅你？笑话！活人尚且未必可知，死人又能知道什么！"

劝而无用，更被他一眼看穿。许樱哥叹了口气，走回桌旁倒了杯茶水双手递到许扶身前，轻声道："哥哥，事到如今也没什么可多说的，我们不要再说这个了好么？我难得出来见你一回，你就想让我难过着回去？"

看着她小心讨好的样子，想到她这些年的不易之处，许扶到底是将剩下的话咽了回去，接了茶走回桌旁坐下，阴着脸喝了小半杯茶方又郑重地道："近日外面事多人杂乱，你没事儿的时候就不要出来走动了。便是有事非得出门，也断不可像今日这般轻车简从，必要多带几个人，多带些护卫才能出来，记住了么？"

许樱哥本就不想与他再就之前的事情争吵不愉快，见他转了话题，自是求之不得，便逸着脸笑道："都有些什么事？我这些日子都在府里给王妃伺疾，基本就没出什么门，也不晓得外头都有些什么事，哥哥说给我听听？"

他能告诉她赵瑾不但没死还跑回上京城来，他使人到处寻找却始终找不到其踪迹么？他能告诉她，他这些日子总是噩梦连天，心神不宁？许扶起身从桌下暗格里取出一只锦盒推到许樱哥跟前，道："你就在王府里住着，难道上京城中暗潮汹涌你竟然不知道？回去吧，这些小玩意儿拿着，打赏也好，送人玩乐也好，有个准备总是好的。"

许樱哥打开锦盒，见里面尽是些银花生、小金钱、银香囊、银戒指、金丁香之类的东西，晓得许扶不知准备了多久，心中由不得又酸又软："哥哥，我不要。上次成亲时准备的还没用完，后来去宫中谢恩，又得了许多财物，嫁妆也是尽够用的。我们没有开府另过，花钱的地方不多，王府里自有份例，都是按月足例发放，这部分开销就尽够了。迟伯才走，前些日子并无生意，你还是留着罢。旁的不说，你的朋友多，嫂嫂又要生孩子，多了一门亲戚，要花钱的地方可多了。"

许扶猛地将锦盒盖上，不由分说便往她手里塞："我这边的亲戚朋友哪里是随时用得着这些东西的？我要随时拿这些东西给人家，倒叫人家拿什么还我？比不得你那边，拿不出东西就要遭人白眼。你以为我不知道，随便去哪家喝杯茶，赏赏花便要撒出多少去，都给我拿着！若他回不来……"说到这里，突然顿了顿，不露声色地扫了许樱哥一眼，继续道，"不论如何，你要好好的，把日子过好。便是那边靠不住，也还有我们。"

他恨透了张仪正，恨不得张仪正这次去了便再回不来，便是他没明白说出来，许樱哥也听得懂，也不知这些日子来，这二人共在兵部处事是否又有其他她所不知的矛盾摩擦？许樱哥暗叹口气，顺从地接了锦盒，见许扶的脸色好看些了方劝道："哥哥闲来无事，不妨多去学士府走走，今日我回去，恰逢父亲病休在家，说是想和你下下棋，总也不见你去。"

许扶道："这些日子你嫂嫂孕吐厉害，部里事务杂多，铺子里也是事多，所以没得空去。我改日抽空去就是了。"

许樱哥看看天色不早，乃道："我该回去了。哥哥拾掇拾掇也该回家了。"

许扶送她下楼："不要担心我这边，把你自己的日子过好就是。"待到了院子里，只见双子正与腊月，还有那新来的工匠小迟说话，便扬声道："双子，你过来，我有话要交代你。"

"五爷有何吩咐？"双子忙笑眯眯地朝着许扶奔了过去，那小迟工匠则含着笑，恭恭敬敬地对着许樱哥行了一礼。许樱哥点点头，转身端庄稳重地走了出去。

不一时，双子带着几个膀大腰圆的伙计从和合楼里赶出来，含笑对着马车里的许樱哥轻声道："奶奶，五爷说咱们人手少，吩咐他们几个跟车呢。"

"辛苦了。"许樱哥吩咐紫霄，"把匣子里的散钱抓些给他们买酒喝。"众人皆都欢喜道谢，青玉便指挥着双子沿街而行，这家买点金丝枣，那家买些糖栗子，杂七杂八买了一堆零食杂物，方朝着康王府所在的方向而去。

此时倦鸟归巢，晚风轻拂，彩霞满天，街上行人正是最多的时候，各种买卖声，孩子的嬉笑声交杂在一起，此起彼伏，便是隔着车厢也能感受到外间的热闹和繁华。许樱哥困倦地伏在靠枕上，累得不想睁眼。

青玉和紫霄见状，担忧地交换了一下眼色，并不敢多出声音，只默默地在那里将买来的东西整理了又整理。忽听得马蹄声响，声音杂而不乱，似是有多人骑马迎面而来，接着马车停了下来，许樱哥懒得理睬，只照旧闭目养神："怎么回事？"

却听有人在外朗声笑道："三弟妹，别来无恙啊！"

许樱哥听着声音不对，忙睁眼起身，小心翼翼地将车帘子掀开一条缝从里往外看出去。这一看，不由得吸了一口凉气，但见一身银甲的安六笑眯眯地骑在一匹黑色的大马上，歪着头满脸兴味地打量着她。

许樱哥立即将帘子放下去，正襟危坐，淡淡地道："原来是六爷回来了。"

安六笑道："是呀，奉旨回京成亲。本来想寻小三儿好生喝上一杯聊聊天的，谁知这般不凑巧，他前脚刚走，我后脚才来。"

许樱哥道："来日方长，总有这么个时候。"

安六也不多啰嗦，猛地一夹马腹，扬鞭笑道："改日再聊。别过。"

第88章　正事·整风

"安六这便回来了？"康王妃皱起眉头，"他的婚期抢在小四前头十余日，算来也还该有十多天的光景。按说，前线战事吃紧，他不该回来得这般早。"

许樱哥道："看他丝毫不避行迹，多半是无所顾忌。"

"很有可能是奉旨行事，但里头藏着什么见不得人的事就不知道了。"康王妃想了一回，吩咐秋实："你立即去前头和崔先生说，问问王爷是否知晓此事。"言罢有些怏怏地靠在迎枕上，打发许樱哥道："回去歇着罢，午间时我本担心你不习惯，想留你在身边劝解劝解，但见你不喜欢闷着，能自己寻地方开解散闷，我也就放心了。"

许樱哥见她精神不大好，便拿了美人拳上前替她轻轻捶着，调皮笑道："我只当我遮掩得好，谁想竟是一个照面就给母妃看出来了，晓得儿媳是去散心，非是贪玩。"

康王妃见她落落大方，谈笑自如，还温柔体贴，心中十分受用，乃回头看着曲嬷嬷笑道："我竟觉着这孩子有些似我那怡然乖女儿。"

曲嬷嬷有些微不屑，面上却是半点不曾露出来，凑趣笑道："可不是，当初郡主还在府里时，就爱腻着王妃尽孝，又体贴又能干，府里上上下下谁不说她好！算来老奴已是十余年不曾见着郡主了。"

许樱哥嫁入康王府之前做过功课，晓得这张怡然乃是康王妃的长女，也是张仪正的大姐，封的明慧郡主，素来以聪慧能干娴雅而闻名。只是嫁得极远，做了吴国国主幼子之妻，自出嫁之日起便再不曾回来过。康王妃能说她似张怡然，这便代表着康王妃从前对她的某些看法已经随着近距离的接触悄然改变。也许是因为张仪正离去而产生的怜悯，也许是因为许家，也许是因为这些天她尽心尽力伺疾而产生的亲切感。但不论原因如何，始终是一种认可。于是笑道："母妃要是想大姐姐了，弗如趁着皇后娘娘寿诞之日使人接了回来如何？想来吴国总要使人来贺寿的。"

康王妃有些微动心，却终是摇了头："不妥。本只是母亲思念女儿，落到旁人眼里难免会认为另有所图。"说到此，无限伤感，"女儿便是替人养的，我不如你母亲这般有福，儿女俱在眼前。"

曲嬷嬷不知想到了什么，眼圈瞬间红了，哽声道："王妃！"

康王妃摆摆手，止住曲嬷嬷下头的话，转头对着许樱哥吩咐道："回去罢。我和你父王商量过了，你有空时不妨教教你三妹读书写字，她年纪不小，过几年也是要出阁的，总不能学成个不知好歹的。否则将来丢的总是康王府的脸面。"

许樱哥自上次张幼然生病的事后便猜着，迟早宣侧妃再不能插手张幼然的事，却没想到这个重担最后竟落到自己身上。想到张幼然的身份与那小气敏感的性情，晓得这是个烫手山芋，稍不注意便要落埋怨，乃笑道："正好的，前两日二嫂也托我照料敏娘，她二人正好做个伴，母妃以为如何？"

康王妃想了一回，点头允了："敏娘自来聪慧大度周到，有她在一旁陪着的确是不错。"又道，"你也不要太担心，我既把她交给你，便是信任你。"

被她把心思看破，许樱哥也不觉得尴尬，爽朗一笑，坦然道："再周到的人也有看顾不到的时候，何况我和三妹妹不熟，年龄相差也大。敏娘则不然，她性子活泼又懂事，便是木头疙瘩也能带得开了花。"眼看着康王妃面露倦色，又看曲嬷嬷一脸的怨气，便识相地趁机告退。

康王妃疲累地躺下，长长出了口气。

曲嬷嬷上前一步低声道："王妃……"

康王妃淡淡地打断她的话："不必多说。我都这把年纪了，还和她们争这些？年轻时尚且没争，这时候又争什么？不过是多张吃饭的嘴，我有的，谁也争不去。"

许樱哥出了宣乐堂，却也并不先回随园，而是拿着从外买来的零食杂物去了王氏所居的汾园。王氏母女二人正坐着用晚膳，见她来了，忙热情请她入座："吃了没？"

许樱哥这日不曾吃得早午饭，不过是在学士府时杂七杂八的零食吃了一大堆，这会儿胃里正是难受的时候，见有熬得稠稠的小米粥与几碟腌制得香脆鲜美的小野菜，由不得食欲大动，便不客气地在桌旁坐下来道："没吃，就打算来你这里混饭吃的。"

王氏笑起来："只要你不嫌寡淡。"说话间，敏娘早将碗筷递了过来，许樱哥笑着将适才康王妃的安排和自己打算说了一遍。王氏微微蹙了蹙眉，道："也好。"见敏娘心不在焉，只顾朝着许樱哥拿来的东西张望，索性打发敏娘："拿去分给你两个弟弟玩。"

敏娘欢喜地应了，叫了丫头捧着东西出去。王氏屏退周围人等，低声道："不瞒弟妹，我是不太喜欢三娘子那性子的，但也不能叫敏娘只和她姐姐玩，多识得一些人，什么性情的人都见识过，日后才好过日子。"

许樱哥道："是这个理。"

王氏轻轻叹息一声："她也没个同胞兄弟，凡事只能多靠自己的，我能多为她做一分便多一分吧。"

许樱哥笑着递过一张方子去："这便是唐家那方子了。二嫂可收好了。"

生子的方子倒是得了，却不知自己有没有这个好命等得丈夫平安归来。王氏将那方子紧紧攥在手里，又是希冀，又是担忧，许久才平复了心情轻声道："你过来时，母妃如何？"

许樱哥道："似是有些倦。倒是曲嬷嬷，看着似是有什么心事。"

王氏左右看看，压低了声音道："福林苑的春姨娘有身孕了，已是三月有余了。"

许樱哥吃了一惊，随即又哂然，这事儿在这样的家里乃是再正常不过的一件事，宫中皇帝至今还能让宫人有孕，更何况是康王？便敛了笑容认真给王氏道谢:"多谢二嫂提醒。"

王氏见她上道,也跟着露出一个淡淡的笑容来:"怕你才来不熟悉,消息不灵通。"略顿了顿,又道,"听说侧妃娘娘又病了,你要不要去看看她?若是要去,记得喊我一声。"

"先看看罢,也许侧妃娘娘只是偶感风寒,明日便痊愈了呢。"许樱哥起身告辞,"我还要送些东西去大嫂那里,二嫂你且安心养着,总要先把病养好才能做其他事情。"

王氏送她到门前,劝道:"你也不要太操心了,听说你这几日也是吃着药调养着的,别不当回事儿,将来有你后悔的时候。"

许樱哥谢了,又领着青玉几个把自学士府带回的礼物与从街上买回来的杂物送至世子妃那里,与世子妃说了一回关于张幼然的事情才回到随园。

此时已近二更时分,绿翡等人早就将热水备好,见许樱哥一进门便簇拥而上,递热帕子,递鞋子,又伺候她换衣裳取头面首饰。许樱哥瘫在椅子上任由她们收拾干净了,舒舒服服地抱了杯热姜茶边喝边道:"去把张平家的请来,再把院子里伺候的人全都叫到廊下来候着。"

绿翡与青玉等人对视一眼,都不明白怎么回事,绿翡小声劝道:"奶奶,这夜都已经深了,您也累了一整日,要是事情不急,不如明日再说如何?"

许樱哥道:"不,这事儿很急,我忍很久了。"

绿翡听得她"忍很久"这三个字,以为指的是雪耳,由不得大为头痛,苦口婆心地劝道:"三爷才走,您多的都等了,再等两日也不会如何。"

许樱哥见几个丫头都是一副不赞同的样子,由不得乐了出来:"你们想什么呢?便是狼要吃肉,也没有这样猴急的道理,何况我是要讲究吃相的。我有正事儿。"

这是有什么正事?绿翡便看向青玉,青玉无可奈何地表示自己不知道。绿翡便瞪她,心说你整日都跟着人跑,什么都不知道,可不是白白跟着了?青玉便又看向紫霭,紫霭则看向铃铛,铃铛忍不住,道:"奶奶,到底什么正事儿?半夜三更的突然这样,倒叫婢子们心中担忧。"

许樱哥见吊足胃口了方轻声道:"听说福林苑的春姨娘有了身孕,我便想起来,之前不是有也住在福林苑的夏姨娘想着要请咱们青玉喝茶吃糕点么?那热闹之地,咱们还是不要去凑了。明白么?你们我自是放心的,但其他人我不放心,得好生敲打敲打,把丑话说在前头才是。"现在想起来,当时夏姨娘莫名其妙插了那么一杠子,过后便又杳无音信,谁知道这是个什么牛鬼蛇神?没得白白给人背黑锅的道理。

绿翡一听说是涉及这等大事,立即来了精神,迅速分了工:"铃铛去前头请平嫂子,紫霭去后头把雪耳、秋蓉几个喊过来……"

许樱哥闭上眼睛,将手摩裟着温暖的杯子,默默地告诉自己,张仪正不在家,再没有人会无条件不讲理地在关键时刻跳出来以各种蛮横的方式替她抗争了。她进门时日太短,还不曾站稳脚跟,她只有小心再小心。

虽是夜深,张平家的却还不曾回到王府后街自己的家,犹自陪着几个在外院和里院之间行走的婆子吃茶说话。她虽只是一院管事,但身上所负的责任却是重大,尤其是最近王府中各种事故都堆叠在了一起,不能不越发小心谨慎行事。康王妃信任她,许樱哥也信任她,张仪正出了远门,她便得把这里里外外的关系都给许樱哥捋清才是。

得到铃铛传话,她也是惊异不已,三言两语打发了那几个婆子,跟了铃铛往里走,少不得打探一回:"怎么回事?"

铃铛笑道:"没什么要紧的,不过是三爷出了门,奶奶想着要紧紧门户,少不得请了嫂子在一旁助助威。"

铃铛这话说得顺耳,张平家的由不得笑道:"看这话说得,助什么威,我们底下人都不过是仰着主子的威风而已。"

铃铛亲亲热热地扶住她的胳膊,笑道:"平嫂子最是体贴能干不过,奶奶日常经常都在和我们夸你的,要我们和你学本事,学做人呢。"

张平家的笑得越发开心:"你这丫头的嘴抹了蜜啦。"

说话间到了随园,但见二十多个干粗活儿的,干细活儿的婆子丫头按着等级整整齐齐在院子里站了四排,正房里灯火通明,门前摆着把椅子。张平家的突地心头一跳,觉着自己是疏忽了什么要紧的事,却也来不及细猜,忙忙地问过人是否都到齐了,随即快步往正房里去,恭恭敬敬地立在帘下恭请许樱哥:"奶奶,人都到齐了。"

"唔。"里间应了一声,许樱哥笑吟吟地走出来坐了,目光在院中众人身上扫过,看到有不以为然的,也有惊疑不定的,还有些微不耐烦的,各型各色样样都有，于是微笑道："想必大家伙儿觉着这深更半夜的我还把你们喊到这院子里来吹冷风，也不知是抽的什么疯吧？"

谁敢答她这话？众人自然是七嘴八舌表忠心，许樱哥听她们乱七八糟地嚷嚷了一回，摆摆手示意安静，道："当然了，你们中间许多人都是老实办差的，我进门近两月，你们可没惹过什么事，差事也是办得极好的，除了极少部分人。"说到这里，有意停住了。

众人便都面面相觑，许樱哥坏坏含笑看着立在前排正中低头不语的雪耳与木头疙瘩一样的秋蓉，点名道："雪耳，最近你夜里睡得可好？秋蓉，你的病好了？"

雪耳有些惊慌地抬起头来，颤着声音道："回奶奶的话，婢子夜里一直都睡得很好。"话音未落，就听人群里不知是谁嗤笑了一声。雪耳愤怒之极，却不敢撒野，索性红了眼圈要哭，许樱哥便淡淡地看了张平家的一眼。

张平家的心头一颤，忙板了脸道："哭什么呢！忘记规矩了！"

雪耳吓得一跳，立即咬住了唇灭了声。许樱哥这才又道："听说你母亲病了，可好了？"

雪耳微微哽咽着道："回奶奶的话，好了。"

许樱哥便看向秋蓉，秋蓉不慌不忙地福了福，道："回奶奶的话，婢子的病经过这些天的调养是好得差不多了，多谢奶奶一直看顾着，给婢子好医好药。婢子都铭记在心的，但有差事，婢子可以担当了。"

许樱哥见她被冷了这许久，面色却养得红润白嫩，并无丝毫颓败沮丧模样，举止照旧大方得体，心中也算叹服，便笑道："三爷不在家，咱们院子里的事情比之从前便少了许多。差事少了，人心难免浮动懒散，那就容易生事儿，所以我琢磨着，咱们院子里的规矩得比平日紧些才是。平嫂子日常要在里外院行走，绿翡几个各司其职，我身边恰还缺了一个管人管事的，秋蓉，你能否替我把这门给看紧了？"

不要说是秋蓉，便是其余人等也都吃了一惊。不论许樱哥此举所为何意，总比被一直冷着的好。秋蓉默了片刻，抬头看着许樱哥认真道："奶奶，不知这门要怎样才算是看紧了？"

许樱哥便看向绿翡，绿翡从袖子里掏出一张纸来，朗声念道："一，所有人等分两班执事，要确保无论白日黑夜都要有人在，有叫必应；二，各人只管自己分内之事，不需去替他人执事，若有紧急特殊状况不能执事的，亲自报到管事那里，由管事另行安排人代为执事，不得私底下调换替代差事；三，不许私底下凑在一起吃酒赌博误事，闲来不许到处乱串门子，乱传小话，挑拨离间，徒生是非，更不许私底下随意接受其他院子所赠财物，掺和不该掺和的事情。"

众人脸色变了又变，少不得窃窃私语，许樱哥晓得她们不服，便只默默等着。果不其然，便有个专管饭食的胡婆子率先开口笑道："奶奶这规矩好倒是好，但这府里各房各院伺候的下人间彼此不是亲就是戚，逢年过节一起吃酒耍子，平日里闲来无事走走动动，说说笑笑都是常有的，更有那礼尚往来更是常见，这，这……"眼睛只管往周围人等身上乱睃，自是引起一片含混不清的附和声。

许樱哥这回不看绿翡了，只含笑看着张平家的，张平家的晓得用到自己的时候到了，便板了脸上前一步大声呵斥道："胡婆子！人蠢就不要乱张嘴！我来问你，第一条分两班执事，确保随时都有人在，你有意见？"

胡婆子忙道："不敢有意见。"

张平家的便又道："那第二条，各司其事，不许私底下乱调乱替差事，你有意见？"

胡婆子的声音便又小了些："没有。"

张平家的冷笑道："很好，那你便是对第三条有意见了。这说的是不许私底下凑在一起赌博吃酒误事，闲来要安分守己不得四处乱蹿乱传惹是生非，不许私底下乱受财物，掺和不该掺和的事情，中间重点都是说一个'乱'字，什么叫'乱'？便是不守规矩，明知不该却还要去做，这便叫乱！你有意见？莫非你是想乱不成？"

这个帽子扣得大，胡婆子吓得连连摆手："平嫂子可不能乱说，我可没这个意思，是人笨嘴笨不懂事，没听懂所以才胡扯，望奶奶恕罪。"

威武。许樱哥赞许地看了张平家的一眼，笑道："没听懂不要紧，现下都听懂了罢？"

众人不管愿意不愿意，都不想被扣上那个"想乱"的帽子，便都应了是。

许樱哥笑道："其实很简单，我就是希望你们懂规矩，守规矩，老实办差的，不会亏待，心思不正的，绝不轻饶。现下我来说说第四条。

还有第四条？众人不由侧目，这是要拿无数的细绳子把人的手脚都捆起来呢，但绳子是拿出来了，却不见得就能捆着人。却听许樱哥继续道："第四条是这样，适才胡婆子也说了，谁家没个亲亲戚戚，大屋小事的？总是有点这样那样的难处需要人帮忙，所以呢，只要你们有难处，不管是家里人病了，或是受了什么委屈，都可以和我开口。我只要能做到，绝不会随意推托。这便是第四条。"

众人心思各异，有相信欢喜的，也有冷笑不信的，许樱哥却是打算收场了："从前那些该谁送醒酒汤却偏偏突然肚子疼了，谁半夜时候却还记着往外跑了的事自即日起统统勾销。但以后若是再有类似的，最好不要叫我知道，不然别怪我心狠。"

秋蓉忙道："奶奶，那您要婢子管什么？"

许樱哥似笑非笑地看着她："就是要你替我看好了，谁不守规矩就罚谁。规矩你自己定，一个月不生事，你有奖，三个月不生事，大家都有奖，若是出了岔子便是你的错。不要说你不行，我相信你行。想好了要怎么做再来寻我。"康王妃身旁长大，精挑细选出来的人都不能掌控这院子里的大鱼小虾，其他谁还能行？

秋蓉微微蹙了细眉，想了片刻，豁出去似地福了福："多谢奶奶信任。"

许樱哥便起身往里走："都散了吧。"

待众人散去，张平家的赔着笑道："奶奶可要歇了？"

许樱哥热情笑道："平嫂子快进来喝杯热茶。"

张平家的忙先夸了许樱哥两句才讪讪地道："近日事多，想着怕奶奶心烦，所以有些事就想等明日再禀告奶奶。"

许樱哥含着笑递过一盒子蜜饯过去："今日在芙蓉斋买的，听说平嫂子的儿媳妇有了身孕，拿去给她吃着玩儿。"

张平家的越发不安："奶奶，奴婢非是有意的。"

许樱哥这才收了笑容，认真道："母妃把平嫂子指给我和三爷，那便是将我和三爷托付给平嫂子了。所以还要请平嫂子记得，若是有什么是那边不方便直接与我说，而你是知道的，都请你记在心上，第一个告诉我，好让我有所准备。"

果然是为了福林苑的事情！张平家的微微红了脸道："是奴婢疏忽了，日后再不会。"

许樱哥笑道:"当然是平嫂子疏忽了,听铃铛说,适才平嫂子也还在为了我们的事儿在和外院的婆子们打交道呢,真是辛苦了。"

张平家的感激地看了铃铛一眼,铃铛调皮地冲她做了个鬼脸。青玉含笑递过一匣子散钱,轻声道:"嫂子拿去请人打酒喝。"张平家的待要推辞,许樱哥轻言细语地道:"收了吧,没有你替我做事还要你破费的道理。"

第89章 出头·受辱

三更鼓响,康王妃有些烦躁地在床上翻了个身。曲嬷嬷在帘外竖着耳朵听了半晌,小声道:"王妃,您睡着了么?"

康王妃道:"你还没睡呀?进来我们说说话。"

曲嬷嬷求之不得,忙掀起帘子走将进去担忧地道:"可是哪里不舒坦?要不老奴给您捏捏?"康王妃便伸出手,曲嬷嬷拿住康王妃的合谷穴,一边掐一边小声道:"三奶奶也是还没睡。"

康王妃心不在焉地道:"小三儿才走,她心中不安也是有的。当年我才嫁给王爷,第一次遇到王爷出门打仗,我不也是担忧得一夜没睡?"

"当然记得,那时候王妃睡不着,便叫婢子陪您打双陆,一直打到天边发白了才眯了一会儿子。"曲嬷嬷笑笑,道:"说来三奶奶和王妃年轻时的光景颇有些相似,也难怪您喜欢她。三奶奶虽未打双陆,却是整日都在忙,没得一点闲。"

康王妃便来了几分兴趣:"她又做什么了?"

曲嬷嬷垂着眼微笑道:"她适才一直在整顿院子里的事务呢,二更了还把张平家的、雪耳、秋蓉几个,还有干粗活儿都全数喊到了一处,说了个约法三章,不许底下人与其他院子里的人来往,闲时要叫闭门不出,还叫秋蓉负责看着门呢,道是出了事便要叫秋蓉负责。"

见康王妃沉默不语,面上也看不出其他情绪来,曲嬷嬷便又接着道:"三奶奶虽是好意,但这府里的下人们本来就盘根错节,要叫亲戚不来往,那是不太可能。便是在府里不敢,回了自个儿的家谁能盯得住?"

康王妃道："她是知道了福林苑的事吧？"

曲嬷嬷默了一默，笑道："怕是不知？昨儿傍晚时分才爆出来的事情，春妮那死妮子瞒得死紧，事前一点风声都没出来，三奶奶天要黑才归家，怕是没这么快就知道呢。"

康王妃突然睁眼，犀利地看了她一眼。曲嬷嬷心头"突"地一跳，赶紧垂了眼睛道："老奴是想着，三奶奶面嫩，这府里没脸没皮的多，欺生，要不要帮一帮？"

"那倒不必了，这么点事都要我出手，日后她怎么办？我能护她一辈子的？"康王妃不想再谈论这个话题，翻了个身，将另外一只手递给曲嬷嬷："掐这只吧，适才左手怎地掐得有点疼？"

根据多年的了解，康王妃这是指责她做事不专心的意思，曲嬷嬷忙收敛了心神，低头认真干起活来。却听外间脚步声轻响，接着秋实轻轻道："王妃，王爷来了。"

"快请。"康王妃呆了呆，立即坐起身来抿了抿头发，要披衣下床去迎康王，康王却已是卷着一身夜寒之气快步走了进来："别起来了，才见有点起色又要起来忙。老夫老妻，还讲究这些个虚礼？"

这时候是不讲究，但总有一日看着不顺眼了，那便开始讲究并追究了。康王妃温柔地笑着上前扶住康王，亲手替他取去披风，嗔怪道："哪里是和您讲究虚礼？不过是心疼您这么晚了还没睡。我这里好好儿的，怎地半夜又跑过来了？"

康王在床边坐下来，沉默地看着康王妃。康王妃已经上了年纪，眼角的细纹在夜里越发明显，脸上的肉也有些松弛，身材再不似当年那般苗条，但她眼里实实在在的惊喜和愉悦却是昏暗的灯光也掩盖不住的。康王沉沉叹了口气，转头看向曲嬷嬷："有些饿了，记得王妃这边夜里上的银丝面不错……"

不等他说完，曲嬷嬷就惊喜地屈了屈膝："老奴这就去给王爷弄来。"言罢喜滋滋，一溜烟地去了。

秋实捧了热水进来也跟着退了出去，房里只剩下老夫妻二人。康王将手拿了康王妃的手细细看了一回，瞧着合谷穴上的掐痕，便问道："又睡不着了？"

康王妃轻轻将头靠在他肩膀上，低声道："担心老二和小三儿。"见康王目光黯淡下来，便换了个话题，"今日三儿媳妇回娘家，路上见着了安六，我使人去同崔先生说过，王爷可知此事？"

康王道："知道，的确是圣上将他召回来的。"压低了声音道，"贺王世子那边大概出了点状况，前十日便不曾出现在人前了。虽然瞒得死紧，但还是有消息透出来，似是用了不该用的方子，神智都有些不清了。"

贺王领了安六等好几个骁勇善战的儿子出征，世子却是留守京中的，而这时候贺王世子出了状况，虽然安六结亲在即，但只召他一人回来，那岂不是……康王妃抬眼看向康王："难道？"

康王点点头："大概是有这种意思在里头。安六生母出身不高，又已亡故，并没有外家可以依仗，远不比他大哥。若我没有猜错，他要出头了！"

"圣上的心思是越发难以琢磨啦。"康王妃叹了口气，亲手拧了热帕子给康王擦脸，"夜已经深了，王爷便在这边歇了罢，省得来来回回地又要耽搁多少时候！便是事情再多，原也用不着这样煎熬自己，我们都还指望着您呢。"

康王笑了笑："我还好，眼看着孩子们都成才了，家里和睦，我心里踏实。"说到这里，突然想起了福林苑里的春姨娘，便柔了声音道，"又要你受累了。"

康王妃只一眨眼便明白了他什么意思，心中酸楚得很，面上却是笑得灿烂："受什么累？咱们府里多少年没添丁了。这是大喜事。"若这是儿子们添丁进口那才好呢。

多子多福，听康王妃张口就说是添丁，康王心里也欢喜，却道："若是平日倒也罢了，只是这当口，我怕你心里不痛快。"

"难不成王爷是其他府里那般贪花爱色的，我还要吃醋不成？这般夜深，王爷也还记得来瞧我，我还有什么不知足的？"康王妃微微红了眼圈，扭着身子低声道，"我身子不好，年纪也大了，难道还要霸着您？那不是不懂事么？哪有那样的当家主母？"

康王看到她这样子，由不得又是好笑又是欢喜，忍不住圈了她的肩膀亲昵地低声道："还说不吃醋，我在这闻到酸味儿了。你放心，少年夫妻老来伴，这一辈子陪我吃苦受累的一直都是你，我不会忘记的。"

康王妃白了他一眼："谁要你记着这个？你记得我心里挂怀着你，好好儿的就是了。"

康王便道："你也要好好儿的，我这心里才踏实。年轻时节，每每想着有你和母后等着我，盼着我，我心里就踏实。"夫妻二人会心一笑，和好如初。少一时，曲嬷嬷捧了银丝面进来，康王力劝康王妃吃一点，康王妃便也凑兴用了小半碗。

这里还没放筷子，便听外头有人低声说话，接着秋实走进来无奈地轻声道："王妃，福林苑来了人，道是春姨娘有些不舒服。"

康王的脸色"刷"地阴沉下来，康王妃面色不变，道："那赶紧使人拿了对牌出府去请太医。是谁过来传的信，怎么个不舒服法？"

秋实道："说是肚子疼。"

肚子疼，这个概念可宽泛了，便是追究起来也没个实际的症状可以抓卡。早前一直没事儿，这时候康王回府闲了便有事了。康王妃心知肚明，却不能不管，便吩咐曲嬷嬷："你先去瞧瞧，我这里收拾收拾也过去看看。"

曲嬷嬷领命而去，康王妃起身更衣，因见康王阴沉着脸坐在桌旁不动，便劝道："王爷也去看看罢，您许久不入福林苑了，她有了喜，怎么都该去看看她的，也好让她安心。"

康王冷笑道："不知天高地厚的东西，不知道惜福，可劲儿地作！你也别去，没得为了这事儿再坏了你的身子。不知道你现在病着，都是大奶奶在管家么？"

"这事情总不好叫儿媳妇来管。"康王妃心里有些微爽快，却不敢露出丝毫情态，敛了眉眼认真道，"也许她是真的不舒服，这生孩子的事情可大意不得。我还是去看看的好。"

康王道："让下人去瞧就够了。你给我乖乖躺着。"

康王妃也就顺从地收拾干净睡了，康王在一旁躺下来，与她有一搭没一搭的说些家常话，困意渐来之际，听到外间有些微动静，晓得是曲嬷嬷等人回来了，少不得隔着窗子问道："怎么回事？"

曲嬷嬷默了片刻才道："还好。当无大碍。"

康王心知有异，却也懒得去管，翻了个身自顾自地睡过去。康王妃等他睡得踏实了方起身往外去，果然见到曲嬷嬷还等着的，便道："怎么回事？"

曲嬷嬷鄙夷地道："是真的吃坏了肚子，但也不甚严重，只是一口咬定说不曾使人过来报过信。为着谨慎起见，老奴还是请了太医。"

康王妃抬眼看着西南边宣侧妃所居之地，轻声道："这个孩子必须全须全尾地生下来！你给我盯牢了！"

曲嬷嬷瞬间明白过来，白日里闹着病了要请太医的是宣侧妃，康王回来以后要找康王哼哼的却不是宣侧妃，反倒是这位谨慎小心得过头的春姨娘，这本身就说明了许多问题。于是压低了声音道："手段见长了。"

康王妃不置可否，只道："我得赶紧好起来才是。"

四月芳菲尽，康王府中看似风平浪静，天气则是一日一日地热了起来。许樱哥着了海棠红的夏衣，懒洋洋地坐在宣乐堂的廊下拿了根长柄银勺子逗那白鹦鹉说话，那鹦鹉说一声"平安"，她便赏一粒葵花籽，道说一声"康健"便又赏一粒，若是背得一句诗，那便可以得一小块切碎的蜜饯。

世子妃和新近痊愈的王氏陪了康王妃坐在一旁翻册子清点内库的珍玩字画摆设等物，康王妃偶尔走神，听见那鹦鹉叫得好听，忍不住笑道："她倒会偷懒。"

"最小的总是要清闲些的，何况她脸皮厚最会耍赖，仗着我们几个都疼她，正好玩呢。"王氏打趣了一回，喊道："三奶奶，你过来我问问你。"

许樱哥便放了那银勺子走过来笑道："二嫂有什么吩咐只管说来。"

世子妃见她瞟都不瞟那珍玩册子，半点好奇打探的意思都没有，便也笑道："她个馋嘴的想问你要好吃的，不是说你会做什么牛舌饼，锅贴饺子之类的，弄得我们也想吃。"

许樱哥笑道："我可不是厨娘，怎地问我要什么好吃的？"

康王妃笑道："我们都在忙，你却独自坐在那里玩耍得不亦乐乎，这不是招了人眼么？罚你去弄些好吃的来犒劳我们。"

这天热，几个女人坐着查账，想必是头昏脑涨，得来点清爽的，但又得顾着康王妃的脾胃……许樱哥想了一回，笑道："我去做点冰糖银耳羹，再配些爽口的糕点。"

王氏笑道："随你怎么弄。咱们不动手的人，端哪碗吃哪碗。"

许樱哥笑着辞去，世子妃目视着她的背影道："三弟妹倒是个心宽的，每日里总有那么多事来做，又有那么多的玩法。这些天她日日拘着三妹妹和敏娘踢毽子扔沙包跳绳，又雕蛋画草的，才几天工夫呢，我便瞅着自来老成的敏娘脸上是添孩子气了，三妹妹的眉眼也舒展开了许多。惹得我们华娘与舒娘眼热，这两日时刻都在缠我，想去跟了她学呢。"

康王妃听得心里高兴，却只道："我看不如说是懒，就和小三儿一个德行，都不爱揽事，不爱想事，得过且过，只爱舒服，就是富贵闲人的命。"

张仪正刚出门就能将园中人等物尽其用，把随园弄得严严实实，什么事都扯不上她，果然是个不爱想事的，但不爱揽事倒是真的。世子妃笑笑，将册子递到康王妃跟前："母妃，这一尊象牙雕送子观音像，侧妃前日寻了人问我要，道是想给四叔，我觉着倒是不如留给三弟妹。四叔还未成亲，不用急，日后又寻了别的给他也一样。"

康王妃果然喜欢，便叫道："让人去找出来。顺便把那对珊瑚盆景找出来，瞅瞅要是无碍，便可给了安六做贺礼。"

世子妃便道："只送一对珊瑚盆景够了么，不如再添些旁的，王家那边嫁女，只怕也是得备上一份……"婆媳二人亲热地头挨着头商量礼单，不说是亲如母女，那也是配合默契。

王氏微笑着，一句话也不插，只默默在一旁拿笔将二人商量的东西勾录下来，心里却在叹服许樱哥看得清，不贪心，不插手这府中的事务，倒得了四面落好。

宣乐堂中自有小厨房，许樱哥进去便有灶上的围上来笑道："三奶奶要做什么，叫小的们去做。"

"我怕你们学去呢。"许樱哥含着笑与众人开了一回玩笑，指挥众人将锅安上，银耳炖上，自己去弄水蒸蛋糕。才刚做到一半，便见秋实进来道："三奶奶，王妃请您过去。"

许樱哥手上还沾着面粉，便笑道："什么事？急不急，等得么？"

秋实压低了声音道："是侯府里有人来了。"

许樱哥不由吃了一惊，许衡与姚氏都是严格奉行着，女儿出嫁了便该以婆家为主，没事儿不会轻易打发人来接的那种父母，事前不曾打过招呼，突然使人来接她，多半是家里出了什么事，便赶紧吩咐紫霄："你在这里看着，我去去就来。"

忙忙地洗了手出去，但见廊下已经收了椅子桌子账册等物，康王妃等人俱都不见了影踪,只王氏一人还站在廊下朝她招手。许樱哥三步并作两步走过去,低声道:"二嫂,可知道是什么事么?"

王氏携了她的手道:"不知是家里有什么事,使了你四弟来要接你回去。你别担心,我看他脸色还算好。"

许樱哥按捺住心神入内,只见许揭规规矩矩地坐在客位上,毕恭毕敬地在答康王妃的问话:"回王妃的话,家父还好,是家母偶感风寒,想吃二姐姐熬的粥,道是谁也熬不出那个味道来。实在是惭愧,本不该为了这点事就来叨扰,但她老人家已是两天水米未进……"

康王妃忙道:"说的什么傻话,教养儿女一场就是这个时候才派上用场的,孝敬父母那是天经地义,亲家早就该使人来说了。"眼看许樱哥进来,忙叫她过去:"快些收拾了跟你四弟回娘家去,你母亲病着呢。我本待跟了你去瞧她,但此时匆匆,难免失礼,就改个时候再去。"

许樱哥不及与众人细说,叮嘱许揭两句便先回房收拾,待得她收拾妥当出来,那边世子妃已经安排人将探病的礼物药材都送到了车上。许樱哥这才得空细问许揭:"娘病得可重?怎地病了也不使人来和我说?非得拖到这时候才说?"

许揭看看跟车的众人,低声道:"非是不与二姐姐说,而是之前也没想着会越来越重,都只道喝上两顿药,歇一歇便好了的。"

许樱哥察言观色,觉着他面上虽有急色,却似不是那么一回事,还得空冲她挤眼睛,心知有异,便忍住疑虑不再追问。不一时到得许府,自有傅氏、许拙出来招呼王府跟车众人,分男女分别引入室内上茶供果子。

此时尚且不到申时,还不是下衙的时候,许樱哥见着许拙在家,又见府中下人面上并无异色,不由一颗心跳得"突突突"地,入了垂花门便瞅了空子抓住许揭:"你老实同我讲,究竟怎么一回事?"

"这个……"许揭为难地摸了摸头,却是一副不知道该怎么开这个口的样子。许樱哥急得没法,扔了青玉等人跺脚就往姚氏所居的正院里跑,才到半途就见许执迎面走来喝道:"跑什么?急什么?"

许樱哥只好跟在许执身后慢慢往前走:"我担心娘么,四弟又说不清楚是怎么回事。"

待道上不见来往的下人,许执方轻声道:"你别急,听我与你细说,非是母亲病重，而是济困今日出了点子意外。"

这必不是一般的意外，否则按着许扶的性情与许家人那种淡定的性子，怎么都不会轻易就去把她给诈回家来。许樱哥只觉得腿都软了五分，却又抱了几分侥幸去想，应当只是有点严重不至于要命，不然许揭只怕早哭了。便忍着焦虑轻声道："究竟出了什么意外？可是伤着了？严重么？"

许执叹了口气："挨了打，说严重也严重，说不严重也不严重。此处不是说话地，进屋又再细说。"

待入了正院，苏嬷嬷忙上前把门守住，姚氏迎上来拉了许樱哥的手道："你先不要急，听我与你细说……今日你五哥在部里当差时遇着了贺王世子，不知怎地莫名其妙便得罪了人，贺王世子当时便要拔刀砍杀，因有同僚苦苦相劝，贺王世子是收了刀，却要他跪在地上学狗叫求饶，他自是不肯，便硬生生挨了一顿鞭子。还是他的同僚见势头不好赶紧去寻你父亲，你父亲这才将他带回家来。伤是不重，但就是这里……"姚氏指指自己的心窝处，长长叹了口气道，"从回来到这时候也有近两个时辰了，却是闭着眼睛一句话都不讲，只好让你来劝劝他。"

许樱哥只觉着一盆凉水从头淋到脚，她当然是晓得的，对于许扶来说，疼的不是身上，而是心上。便如当初她在公主府中被人欺辱一般，最难过的不是别的，而是那种彻头彻尾的羞辱感和那种无依无靠、空落落的无力感。她当时算是运气好，大家身份地位彼此间差不到哪里去，又有惠安郡主及时赶来替她出头，哪里比得外间男人们那般血淋淋的真刀真枪？

更何况，许扶一个不入流的小官之子，本身也不过是个从八品的小官，唯一值得依仗的便是有个许衡大学士做族伯，再不然就还有一个张仪正救命恩人的头衔，此外他在这些人的眼中是什么都没有，什么都不值一提。便是活生生打残了，打死了那又能如何？难道皇帝还会为了一个从八品小官弄死贺王世子不成？她觉着自己算是想得开的，但她若遇到这样的事情肯定也是不服的，更不要说是许扶那般的性情和傲气，他如何能想得开？想当年，许扶也曾是个鲜衣怒马，前拥后簇的翩翩贵公子，如今却落到这番境地。

许樱哥难过得几欲落泪，勉强忍住了，问道："此时人是在府里的？"

姚氏安慰地抚了抚她的肩头："你族叔和婶娘经不得事，你五嫂又有身孕，哪里敢去吓他们？人就在采萍阁，我托病不出的，不方便出去，让你大哥悄悄陪你过去。"

第90章 若是·想通

  采萍阁三面环水，四面透风，唯一可以通行的便是一条青竹小道。年久日深，风吹雨淋，青竹小道已褪去了青翠之色，唯有廊檐下的铜铃照旧地透黄剔金。

  许扶眯着眼，透过竹窗，盯着那枚被风吹得"叮当"作响的铜铃，茫然地想，自己来这世上走这一遭究竟是为了什么？难道就是来看着父母亲人被屠戮干净，死不瞑目；难道就是看着唯一的幼妹婚姻不顺，苦中作乐；难道就是百般努力之后还被人当成狗一样地想怎么践踏就怎么践踏，想杀便杀，想剐便剐，没有任何尊严地苟延残喘？他想不明白，便只觉着心中有一团冰冷的火在燃烧，既烧得他所有的伤口都火烧火燎地疼，又冷得他血液都是凉的。

  门口传来极轻却极熟悉的脚步声，他不用看也知道是许樱哥来了，他轻声道："这个世道不公平。"

  哥哥对妹妹总是不一样的，许执见他开口说了话，便些微放了心，低声吩咐许樱哥道："我在外面，有事叫我，多宽宽他的心。"

  "哥哥。"许樱哥怔怔地看着许扶，一颗心犹如被人攥在手里狠狠捏了几下，疼得她几乎不能呼吸，她拼命睁大眼睛，无声地大口吸气，试图不让哭出声来。天热，许扶并未盖被子，半裸的上身缠满了纱布，便是脸上也横亘了一条血淋淋的伤口，卷去了半道挺秀的眉毛。几乎可以预见得到，便是用了最好的大夫与最好的伤药，他这张脸也是毁定了的。

  她还记得当许扶还是萧绪时，曾经十分爱惜自己的容貌，经常为了穿着打扮而被家里人取笑。但这张脸，为了生计家仇过早地添了白发，为了不让人认出他们兄妹形似便又早早蓄起了胡须，如今更被一道鞭痕卷飞了半条眉毛，怎不叫她心疼难过？

  "哭什么？"许扶并不回眼看她，只盯着窗外轻声道，"我跟你说，我曾经以为自己很厉害。小时候，曾有人说我是靠父母家族，我却觉着我和其他人是不一样的，我刻苦努力，明白懂事，什么坏习恶习我都没有，将来我也是能凭着自己的本事考上进士，甚至于状元榜眼，做栋梁之才，兼济天下。但我没有，一夜之间便连名字都没了，和狗争食，与死人同眠，可是我活下来了，你也活下来了，我有很多朋友，还亲手把仇人送到了刀下，虽是靠着姨父才得入仕，但我做得并不差，自认不是尸位素餐之辈。于是我以为此路不通，还有另一条路可走，我终究是无愧于父母亲的，总有一日，我能叫萧家重立于天下。"

"呵呵……"许扶神经质地笑起来，声音嘶哑如同刀锋刮过生锈的铁锅："我其实并不厉害，报仇得靠唯一的亲妹牺牲名声前程，到头还要眼睁睁看着她走入火坑。年将而立却一事无成，到了不过是别人眼里的一条狗，想怎么着就怎么着……若无姨父，我便如街边的死狗也不如！济困，济困，不知是人济我的困还是我济人的困？"

这是所有的骄傲和自信都被打倒了？许樱哥听得心头发寒，却不知该怎么才可以宽慰他，便狠狠擦了一把眼泪，抓住许扶的手轻声道："哥哥，我不许你这样说自己。"

许扶回头，用一种很陌生的眼光看着她，一字一顿地道："我说的是事实。我其实就是个窝囊废。"

许樱哥突然很生气，大声道："说来说去，哥哥不过是在缅怀过去的好日子罢了。你是不是在想，若是没有当初那一场祸事，若是父母双亲都还在，若是这朝代不姓张而姓燕，若是家族荣光还在，你又怎么可能任人鱼肉？被人欺辱，你又怎么可能敢怒而不敢言，为着担忧家里其他人的平安而苟延残喘，忍气吞声？若你还是从前的萧绪，那疯子便是想伸手也要再掂量掂量！是不是这样？"

许扶的脸瞬间气得潮红，恶狠狠地道："当然不是！"

许樱哥恶意地嘲笑着："那是什么？你不是说你是窝囊废么？我是不想从前的，我只记得有怨报怨，有恩报恩。事情一旦了结便不再回头，更不乐意去想若是从前如何如何，如今我怎么怎么样。我只知道，只要活着一日，便要好好地活着。"

许扶愤怒地挣起身子来，大声道："我只是想和你说这世道不公平！凭什么他们能夺走我们的一切？凭什么他们能骑在我们头上作威作福？"凭什么他这样努力却被证明不过是个笑话？！凭什么？！

许樱哥睁大眼睛盯着他的眼睛一字一顿地道："不凭什么，就凭他们比我们强。哥哥可还记得从前？肚子饿极了你也曾抢过别人的食物，你凭什么去抢人家的东西呢？因为你比人家强壮。人家难道就不伤心愤怒？是不是该丢了一个馒头就要哭着喊着说若是我爹娘在，若是我七大姑八大姨在，你个狗崽子算什么？是不是就该气得睡着挺尸装死不动弹？我再问你，是不是那些境地尚且不如你我的人统统都该羞愧而死呀？你可以怨愤，可以不平，但就是不可以装死和自怨自艾！"

"这不一样！"一个馒头怎么可以和这个相提并论？许扶愤怒地大口喘着气，明明觉着有许多话可以反驳许樱哥，却就是说不出来，便只有对着许樱哥怒目而视。

"怎么不一样呢？都是你欺负我，我欺负你。"许樱哥坐下来，取了洁净帕子轻轻按在他因愤怒而崩裂出血的伤口上，柔声道："我从没有怪过哥哥。即便我在梦里也不敢直面崔成，但我没后悔当初听了你的话，因为我也是萧家的女儿；嫁入康王府，虽不是我所期盼的姻缘，但我做了自己该做的和能做的一切，夜里睡着很踏实。哥哥同样也做了能做的一切，并且做得足够好。咱们不必总去想从前，就把自己当成是真正的许扶和许樱哥，从来没有荣光的过去，也没有辉煌的家族，我们只是我们，虽比上不足却比下有余。"

"我不能！"许扶从胸腔里爆喊出来，"你不怪我，我却怪我自己！做人不是只要能吃饱穿暖活下去便够了的！我要我能堂堂正正地走在街上，我要你们不受任何委屈，我要……"他有很多的不平不甘，有很多的愤怒伤心，又有很多的委屈和不情不愿，却从来没有机会说出来。

这个世道不公平，却不只是针对某一个人的，谁都有觉得这世界对自己不公平的时候。许樱哥有很多话想同许扶讲，但看到许扶那愤怒到了极点却无从爆发的模样，于是选择沉默安静地听许扶倾诉。终于许扶累了，翻了个身背对着许樱哥轻声道："你回去吧，我累了，想睡觉。"

许樱哥默默坐了片刻，见他再不肯回头看她，便安静地起身，安静地走了出去。

风吹过湖面，卷来一股清淡的水香味，许执坐在水廊上，心不在焉地将手里的书卷摆弄过来又摆弄过去。见许樱哥从里走出来，便朝她招手："过来喝杯茶，润润嗓子。"

许樱哥疲累地在许执身旁的竹椅上坐下来，垮下肩膀皱起眉头道："我不知道该怎么劝他才好。"

"不管怎么说，总算是开口说话了。"许执放了手里的书，倒了一杯清茶递过去，轻声道，"济困的性情自来便有些偏执，他在外头似是八面玲珑，呼朋唤友，实则孤僻冷清，真正能入他眼的人实在没几个。从前他还爱来家里，但自从你出嫁后便不怎么来了，除非有事才来。便是来了也是行色匆匆，想多留片刻都留不住。"

许樱哥默了默，轻声解释道："他并不是怪谁，而是怪自己没本事。"

许执笑笑："知道。认识这么多年，我们都晓得他最是重情义，早前还在说，倘若不是为了家中的族叔婶娘和你五嫂，他只怕当时就要拔刀杀人的。"

许樱哥点点头："他自小都是不肯吃亏的。"

"这些年的确是难为了他。但樱哥说得不错，比上不足比下有余，没必要总去想着从前，不然这日子真是没法儿过了，有好多人要羞愤而死。我也该投缳自尽才是。"许衡从采萍阁另一边转过来，朝起身恭迎他的许执和许樱哥摆摆手，"也不要太急，发生这样的事情，谁都难免想不通，让他把心里累积的怨气都发泄出来这病就算好一半了。剩下的他总会慢慢想通的。"

许樱哥苦笑一回，想说道谢的话却觉着轻飘飘几句话没有任何作用，便上前扶了许衡坐下，轻声道："爹爹想必很累吧？"

许衡指指自己花白的头发和长髯，自嘲道："是不是觉着有些仙风道骨的意思了？我年轻时就特别羡慕这样的人，熬了这么多年，总算是有点样子了。"

许樱哥忍俊不禁，嗔道："您真是的。"

许衡拍拍她的手安慰道："别哭丧着脸。放心，我会开导他的。去你母亲房里亮亮相就回去，若是需要我又使人去接你。"顿了顿，轻声道，"你替我带句话给康王。"

"我欲弹劾贺王世子，此人疯癫不清，如何能担起亲王嗣子之责？"许衡慢悠悠地道，"你把这话说给你公爹听。"

许樱哥道："那爹爹是否要回话？"

许衡摆摆手："不要。就这样一句话。去罢。"

许樱哥走入里间，看着被里面墙躺着不动的许扶低声道："哥哥，我走了，明日我又过来看你。不管怎么说，请你多想想家中的族叔婶娘和嫂子，还有嫂子腹中的骨血。"等了片刻不见他答话，便默默退了出去。

听到她的脚步声渐远，许扶咬紧牙关握紧了拳头。

许衡走进来，随手掩上了房门并在榻前坐下，道："济困，我知道你没睡着。贺王世子在此前已称病不出多日，你也不是个冒失的性子。你来同我仔细说说，当时是个什么情景，你如何会遇上他？又如何会得罪他？当时都有些什么人在场？"

许扶默了片刻才道："我送文书去给白同正侍郎，行至半途便撞上了他，他突然间冲出来，我没注意，文书被撞落至地。他的神态够清醒，看着并不如传言中那般疯癫不知事，我觉着他是故意挑衅，便没有多语，自己去拾文书。他却一脚踩在文书上，出口伤人，问我是哪家的狗崽子……"

剩下的事情许衡已经大致可知，这是有意挑衅，虽不知贺王世子何故会针对许扶，但想来背后少不了那几双手推动。偏他明明知道自己给人当了枪，却偏偏不得不去做这杆枪。许衡叹了口气，道："那我再问你，若你伤愈，你是还想回部里当差，还是不想去了？"

许扶沉默片刻，轻声道："我的脸已经毁了。"

许衡喝道："你是女人吗？一张脸有什么要紧的？圣上的将军们都是貌美如花吗？只要圣上容得下你，你便可以继续站在那里，还可以走得更高。就看你是否还有这个胆量和气魄！"

不去做官，难道要去当贼？他并不是孑然一身，可以随便拉队人马就反了。许扶闭了闭眼，嘶哑着嗓子道："一切但凭姨父做主。"

许衡满意地点了点头："想开点，总不能一个大男人还不如你妹子那般心胸开阔。"

许府三房院内，许择正吃力地握笔描红。"又写歪了！"冒氏毛焦火燎地一巴掌拍在他的肩头上，怒道："写个字都写不好，能指望你什么？"

许择红了眼睛，低着头努力地正了正身子，将小手握紧笔杆，试图让下一个字写得更端正一点。云霞进来，见状轻声劝道："夫人，五爷还小……"话音未落，就被冒氏劈头盖脸地骂了起来："你算什么东西？不过贱婢生的贱婢，下贱到了极点的东西，也敢对主母和爷们指手画脚！"

云霞白了脸垂了眸子不语，冒氏嫉恨地把目光落在她尚且平坦的小腹处，恨不得拿把刀子插上去剖开才好。鸣鹤见势头不对，忙上前不动声色地将云霞挡在身后，一边朝云霞摆手，一边低声道："夫人，听说是二娘子回来探望大夫人，您要不要去看一看？"

许择闻言，便有些魂不守舍起来，几度想回头求情，却又不敢开口。冒氏看在眼里，越发恼怒："她回来了是不是要我去大门前列队迎接她呀？她是小辈，难道不该她来瞧我这个婶娘的？反倒要我上门去看她？这是哪门子的规矩？"

鸣鹤被她呛得没话说，便也只有静默不语，鸣鹿忙劝道："夫人，大夫人不是病着的么？您还没去探病呢，难免不太好。"

冒氏怒道："我怎知道她又病了。昨儿不是还好好儿的，突然间就病得不得了啦！她有儿有女，有儿媳妇有孙子，又是侯爷夫人，用不着我往她跟前凑，左右她也看我不顺眼。为着我上次在阮家说了她那不守规矩的女儿两句，她就不许我出门，冷嘲热讽，克扣我的用度。有她这样的嫂子么？她不仁，就别怪我不义！"

鸣鹿吓得去捂她的嘴，低声央告道："我的好夫人，您少说两句罢！"一边说，一边回头去瞧，却见云霞早就退了出去，不知所踪。鸣鹤则赶紧跑出去站在门前左右张望，见外头并无闲杂人等才回过头来点点头。

冒氏也忍不住闭了嘴，见没有状况便又凶悍起来，冷笑着把鸣鹿放在她嘴上的手挥开，施施然在榻上坐下来，捧起一杯茶慢悠悠地啜着，道："你们别怕，我拖累不了你们。咱们家侯爷夫人要名声又要面子，怎会与你们两个无辜的小丫头过不去？她看不惯的无非是我罢了，现在就想着要把我弄出门去呢，她倒想得美！原来说得天花乱坠把我哄进门来，如今看我生不出儿子来了，看她小叔子看我不顺眼了，便欺负我娘家无势，想就这样把我给打发了？做梦！我便是死了也要在这里占了大妇的牌位！五郎是我生的，明媒正娶的嫡子，谁也夺不去！"

转头看到一旁的许择将头越垂越低，几乎要趴到桌面上去，忍不住怒道："给我抬起头来！不许哭！你记好了，这便是你口口声声念着的好伯母与好姐姐们，说不得碰不得，只会糟践人！"

好生生的人，从前也还好面子讲究个温柔礼仪，如今怎会变成这个样子？鸣鹤与鸣鹿无奈地对视一眼，鸣鹤牵了许择的手出去将门把了，鸣鹿则上前跪在冒氏跟前，耐着性子苦口婆心地劝冒氏："夫人，婢子斗胆说句不怕您气的话，您如今日子不好过，那是因为老爷也觉着您错了。"

"我……"冒氏倒竖柳眉，鸣鹿赶紧磕了个头，含着泪道："好夫人，婢子和鸣鹤都是随您从冒家来的，打小儿就跟了您，真是一荣俱荣一损俱损，您要觉着婢子这些年还算尽心尽力,便听婢子两句劝。"

冒氏见她哭得可怜,勉强找回了点理智:"你说吧。我听着。"

鸣鹿轻声道:"现下夫人在府里的状况不佳,大家心里都有数,但从未有人仗义替夫人说过一句话。大舅夫人是不上门了,便是老爷,如今也不进夫人的房,不见夫人的面,一心一意只做学问,见也只见云霞与五爷……"见冒氏又要跳将起来,便死死拽住冒氏的手,哭劝道,"那是为什么?因为大家都觉着您错了呀!您有错处给人抓住了,什么都做在明处,给人拿住了!谁敢替您辩争?便说上次阮家的事情,还真是您不对……"

冒氏渐渐平静下来,喃喃地道:"你说得是,我是做错了……我太蠢了,只顾着一时痛快,却不想犯了大忌,弄得如今连府门都出不去……"

鸣鹿听到这里,由不得欢喜起来:"夫人想通了那就好了!不然等到那边再生个小爷出来,那可怎么好?"

却听冒氏轻声道:"倒叫云霞这个小贱人在我面前跳进跳出,我还不能把她怎么样,稍有点风吹草动便说是我不贤,心肠恶毒。想当初,老虔婆在家里呼风唤雨,恶事做尽,却把我家老爷子哄得晕头转向,只当她最是贤良不过……"

鸣鹿目瞪口呆,怎地又扯到冒家老夫人了?

冒氏眼里透出一股光亮来,哈哈一笑,起身道:"成天拿这么个东西在我面前恶心我,就想让我忍不住收拾了她好把我休弃了,好叫许老三另娶高门之女?算盘打得好如意!我偏不如他们的意,就让这贱种生下来,看谁敢乱了嫡庶?"

能看着云霞生子,总比她成日用要吃人的目光打量云霞的好,鸣鹿勉强安慰自己两句,强笑道:"夫人想通就好了,婢生子便是婢生子,怎能与五爷相提并论?"

"你说得是,太久不出门,都忘了日光照在身上是什么感觉了。"冒氏阴阴地笑着,走到妆台前对镜理妆:"走呀,我们去瞅瞅这位风光嫁入王府的郡公夫人去。再给我那辛苦持家,劳累生病的大嫂捧捧药碗,端端水,递递帕子什么的。顺便告诉她们一个好消息。也免得有人又在后头给我上眼药。"

鸣鹿忙上前替她梳头傅粉,笑道:"夫人要不把五爷一起带上吧,二娘子最是喜欢我们五爷。"

冒氏笑道:"那是自然,鸣鹤,去,给五爷换身衣裳,再告诉云霞,让她在屋里养胎,不要来我跟前伺候了。"见鸣鹿要将一支赤金双凤钗插到她发髻上，便伸手拦住了，换了支云头素银钗子，又不许鸣鹿上胭脂，硬生生将自己给弄成个病恹恹，愁兮兮的模样方满意了。

许府正院里。孙氏慈爱地看着手牵着手正说悄悄话的樱哥与梨哥，羡慕地同姚氏道："大嫂真是好福气，杏哥与樱哥都嫁得近，想见就可以见。"

姚氏笑道："难道你就没福气的？那彭家的闺女我瞧着极不错，赶紧地下定娶回家来，便可以给梨哥相看着了。到时候咱们也选个近的好人家，你想什么时候见女儿就什么时候见。"

黄氏听到，由不得捅了捅梨哥，努嘴笑道："瞧，又在替三妹妹操心了。"

梨哥脸上飞了红色，作势要去挠黄氏的痒痒："有你这样调笑小姑的嫂子么？为大不尊。"

却听外头红玉报道："三夫人来了。"

众人全都吃了一惊，屏住声息转头看了过去。

第91章　撞见·知错

冒氏穿了件月白色的罗衣，配的雪青色裙子，衬得一张脸惨白惨白，手里牵着的许择也是眼里还含有泪花。姚氏不由得皱眉不语，孙氏忙道："三弟妹怎地来了？"

冒氏强笑道："看二嫂说的，大嫂病了，我怎么也该过来看看不是？之前是没人告诉我，是晓得二娘子回来了，我才知道大嫂病了。"言罢将许择往许樱哥跟前一推，道："你不是日日都念叨着你二姐姐的？上次回来就没能见着，哭了一大场。"

上次许樱哥还是在张仪正离开那一日回来过，那天她在家里留了近两个时辰，其间冒氏与许择都不曾露面，因知道冒氏是为了阮家之事不舒服，所以也就没有去她那里讨嫌。既然今日她乐意来此，那也没有把气撒到一个小孩子身上去的道理。许樱哥便微笑着将许择牵到了一旁，轻声问道："上次给五弟带回来的木剑和蛐蛐笼都得着了吧？"

许择怯怯地看了冒氏一眼，垂着眼轻声道："回二姐姐的话，收着了。"

生分拘谨了许多。许樱哥笑笑，又问道："可还喜欢？"

许择垂着头不说话，冒氏便推了他一把，道："你二姐姐问你话呢，怎么不知道回答？这孩子，学的规矩不知哪里去了，越来越像他父亲，似个闷嘴葫芦。"

许樱哥反感至极，不露痕迹地将许择往自己怀里一带，微笑着道："三婶娘过谦了，我瞧着五弟极好，又乖又懂事。"

许择突然抬起头来看着她问道："二姐姐，你觉得我好，那我能去你们家做客么？"

许樱哥愣了愣，笑道："当然能。只是这些日子我们家里事多，等改个日子，我再请你们过去做客，你看可好？"

许择眼里闪过一丝亮光，却不敢答应，只管悄悄去瞅冒氏，冒氏眼里露出一丝喜悦，嗔道："这孩子，还不谢谢你二姐姐？你可是咱们家被邀请去王府做客的第一个人呢。"

姚氏不耐烦地道："你有什么事？"

冒氏脸上红一阵白一阵，咬了一回嘴唇，轻声道："是有件喜事想要报给大嫂知道。"

众人便都狐疑地看向冒氏，冒氏却还要卖卖关子，眼瞅着梨哥同几个小孩子道："他们就不必听了吧？"

姚氏蹙起眉头不耐烦地示意梨哥领几个孩子出去，冒氏这才轻轻吹了一口茶，挑着眉头笑道："我们三老爷要添丁了呢。"

这话出来，果然屋内众人都有些吃惊，姚氏慢吞吞地道："那恭喜三弟妹了。"

冒氏差点没暴跳起来，云霞有了恭喜她什么？于是猛地抬眼看向姚氏，额头上的青筋都鼓了起来，鸣鹿看得惊慌，忙扯了她的袖子一下。冒氏深吸一口气，紧紧攥着手里的帕子扭曲着脸道："是云霞有了。"

姚氏往迎枕上挪了挪，淡淡地道："确诊了么？"

冒氏道："不曾，但她说她的小日子已是过了好几天了，没来。"勉强挤出一个笑来，"想来是不会错的。"

姚氏便看向孙氏，微笑着道："那真好。一直都说三叔只有五郎一个子嗣未免太单薄了点，但愿此番一举得男才好。"

孙氏见冒氏脸都绿了，忙垂了眼道："这还不曾确定呢，还是先请个大夫去诊诊脉的好。"

姚氏点点头："等下郭太医来了，就请他顺便帮着看一看罢。"言罢看向许樱哥："时辰差不多了，你该回去了。"

许樱哥站起身来正要辞别，就见苏嬷嬷快步进来道："夫人，常福街的二老爷和夫人来了。二老爷已是去了老爷那里，二夫人则是往这里来了，此时人已在外间候着了。"

许扶的养父母怎地来了？不是说之前瞒了他们，只使人过去说这边府里寻许扶有事，让他们不要担心的？但人已经来了也不能不见。姚氏只得从榻上爬起来："快请。"

冒氏的眼里突然间冒出两道亮光来，快步上前亲亲热热地拉住许樱哥的手赔笑道："樱哥，你想必还在为上次的事情恼我吧？前些日子归家，居然也不过去看我一眼，不让人和我说一声，我本想着二姑爷新婚燕尔就去了那么远的地方，怎么也要安慰安慰你。可你这孩子，气性真大，说不见就不见。三婶娘自来嘴臭，但却没有恶意的，你难道不知道？"

冒氏的手又冷又湿，许樱哥努力试图将手自冒氏掌间退出来，微笑着道："三婶娘当然是没有恶意的，但我也不是小气的，三婶娘难道不知道？"

"还说不气，这连手都不许我拉了。"冒氏却是不肯放她，又将她的手拉住了，笑着上下打量她一回，找话道："还没消息么？他们府里待你可好？"

说话间，外间已然传来脚步声和许扶养母邹氏的带着哭音的说话声。许樱哥情知自己这时候便是想避开邹氏也是来不及了，做得太刻意反倒容易引人猜测，索性笑道："口说无凭，三婶娘觉着我过得可好？我倒是看着三婶娘满脸病容，没有血色，不似之前那么美啦，这女人过了三十就该注意调养的，不然老得很快。"

冒氏暗恼，却又有些惴惴，忍不住将手抚了抚脸颊，觉着许樱哥这张嘴真是令人讨厌。因见邹氏已由苏嬷嬷陪着走了进来，便拉住许樱哥亲亲热热地同邹氏打招呼："二嫂子，好久不见你。怎不把清娘带了一起来？"

"三弟妹。"邹氏心中有事，根本无心去关注其他人等，只是往日目中无人的冒氏今日居然主动开口同她打招呼，不得不应付，便红着眼眶朝冒氏行了一礼，目光从许樱哥身上匆匆扫过便转头朝着姚氏去了："大嫂，他们说的可都是真的？"

姚氏匆忙扶住了，示意黄氏给邹氏端凳子："有话好好说，别急，别急。"

冒氏见邹氏看到许樱哥并无任何特别反应，微微有些泄气，正想拽着许樱哥再往前凑，便见邹氏将帕子捂住脸压抑地哭了起来："大嫂还骗我呢……五郎他们部里的同僚已是去家中探望他了，我们什么都知道啦……我可怜的五郎啊，怎么就这样背呢？他平时从不和人争执惹事的，怎地这般欺辱老实人？"

许扶出事了！冒氏顿时精神大振，死死攥住许樱哥的手一迭声地问道："这是怎么了？济困怎么了啊？樱哥，你可知道是怎么一回事？怎么我不知道？"

许樱哥用力挣脱冒氏，低声道："我也不知呢，听母亲她们怎么说。"言罢自走到孙氏身后站定了，垂着眼静静立着。

不知道？哄鬼呢！姚氏之前不曾听说生病，这突然间便病得要女儿回家探望才行，又只许樱哥一个人来了，许杏哥也不见来，这本身就有猫腻在里头。冒氏撇撇嘴，兴趣盎然地竖着耳朵听着热闹，眼睛则瞅着许樱哥，她倒要瞧瞧，这对亲兄妹究竟有多情深。

一壁厢，姚氏苦劝邹氏："只是受了点鞭伤，未曾伤筋动骨，已经请医延药，将养着便无大碍。他那时鲜血淋漓的，看着吓人，我们是想着你们房里老的老，小的小，清娘又有身孕，怕突然抬回去吓着你们，便想着先抬回家来收拾收拾，看着像个样子了才同你们说。"

不管心中有多痛苦担忧，在旁人家里痛哭都是十分没有礼貌的事情，邹氏死命忍住了，哽咽着道："是大哥大嫂想得周到，也多亏大哥救了他的命。若无大哥大嫂，这孩子哪里还有命在？我这里先替他谢过大嫂了。"言罢便起身"砰"的一下跪在了姚氏面前。

姚氏惊得一下跳起来，再顾不得装病，忙去死死拉住邹氏："弟妹这是做什么？快起来，快起来。咱们是一家人，怎能这样！"

冒氏快步赶上前去帮着拉住邹氏的胳膊将她拉起，热心劝道："二嫂子，您何必如此？咱们本是一家子人。这孩子在外头吃了亏，家里哪能坐视不理？不要说他大伯是个侯爷，当着这个大学士，便是咱们樱哥，也是个堂堂正正的皇孙之妻，郡公夫人，怎么也不可能看着自家人吃亏，怎么也得把这口恶气出了，把那凶手绳之以法才是，是不是这个理？"见姚氏板着脸不说话，便又看向许樱哥大声道："樱哥，你说呢？你五哥平日待你可不错，还救过三爷的命哪。"

邹氏并不知道伤了许扶的人是谁，只大概知道是个厉害的，好像许衡也不见得就能把人怎么样，但想着许樱哥果然也就是嫁入康王府的，这许扶当初还救过张仪正的命，于是生出几分期盼来，转头望着许樱哥道："二娘子……"

冒氏不错眼地盯着，只等好戏开场。许樱哥一颗心七上八下，躲了这么多年，终于是躲不过了么？却又只能努力站直了，任由邹氏去打量，和和气气地道："婶娘不要急，能做的我们都会尽力去做。"

邹氏面上闪过一丝疑惑，若有所思。姚氏见势头不对，忙道："放心吧，能做的谁也不会推辞。弟妹想必此时最挂怀的便是济困，我先让人带你去看他如何？"

邹氏虽觉得有异，到底还是立即收了目光顺从地道："全凭大嫂安排。"

姚氏松了口气，忙吩咐黄氏："你陪着你二婶娘过去。"

黄氏极有眼色地递过一块热帕子给邹氏擦了脸，方含笑扶着她往外走："真没有大碍，婶娘不必焦急……"

"麻烦侄儿媳妇了。"邹氏走到门前，又站住了，回头轻轻瞟了许樱哥一眼，垂下眼帘跟着黄氏离去。

她就说，这两兄妹长得这样的像，但凡是明眼人都能看得出来。这邹氏虽什么都没说，那样子明显也是生疑了。冒氏又是兴奋，又是快意，凭什么老子是谁都不知道的私生子野孩子可以过得如此风光？正想找两句话来说，就听姚氏淡淡地道："樱哥，时辰不早，你回去吧。"

许樱哥默默行了一礼，辞过孙氏、冒氏等人，转身欲出房门。"这就走了？"冒氏看得眼急，忙道："不吃饭了么？好不容易回来一趟呢。大嫂对孩子也太严苛了些，吃顿饭耽搁不了多久，何况家里还有客人在。"

姚氏冷冷地扫了她一眼，道："我要再不对她严苛点，那是要让人在外头点着她的鼻子，戳我的脊梁骨说许家教女无方么？"

冒氏一下子噎住，眼睁睁看着许樱哥走了出去。还未回过味来，就见姚氏躺下，背对着她冷冰冰地道："回去吧，日后没事儿就别来我这里了，免得相看两相厌。你若是真为五郎着想，想要在人前挣张脸面，就少闹腾，少生歪心思，否则我许家离了你还是许家，五郎离了你也还是许家的五郎，你呢，离了许家自有你的自由，皆大欢喜。"

姚氏之前虽然厌憎自己，却从不曾说过这样难听的话，多少记得给彼此留点脸面，双方也未曾彻底把脸面撕破，如今竟然当着孙氏和下人的面这样对待自己！可姚氏说出来的话虽然难听戳心肺，但却是实实在在，这侯府本是许衡与姚氏说了算，她原本可以依仗丈夫儿子，但许徕早就与她离心离德，儿子又还小，谁也指靠不上。冒氏愤怒而难堪，却又觉着彻骨的悲凉，一时竟不知该如何应对才好，便怔怔地站在那里，瞬间想了无数种因果。

一旁的孙氏当然心知肚明这是为的什么。没人忘记之前冒氏上蹿下跳，左打听右探究许樱哥的身世问题，今日她无故对着邹氏献殷勤，拽着许樱哥往邹氏跟前凑，总是令人生疑。可一个是大嫂，一个是兄弟媳妇，自己则是个寡妇，孙氏觉着立场尴尬，不好插话，便起身道："梨哥带着几个孩子出去就不见回来，也不晓得和她们姐姐告辞，待我去瞧这是跑哪里去了。"

人走到门前正要跨出门槛，就听身后"啪嗒"一声闷响，接着就听冒氏大声哭了起来。孙氏这一步就没能跨出去，硬生生被钉在了原地，她本以为冒氏这是要撒泼了，谁想回头却看到冒氏跪倒在地，膝行着飞快往姚氏跟前去，到得姚氏跟前，也不管周围人等侧目，只一下子扯住姚氏的衣襟，一把鼻涕一把泪地道："大嫂这是要逼死我吗？大嫂是不相信我已经知错了？这些日子我想了很多，真的知道错了！不然也不会特意带着五郎过来，厚着脸皮去求樱哥谅解，厚着脸皮跑来跑去，学那猴子一般地想四处讨好，实指望你们能看在五郎的面子上不要和我计较……"

"结果还是人笨没眼色做错了事招了嫌……大嫂啊……当初您去相看我，您说我是个好姑娘，曾答应过要善待我一辈子。这些年，我便是没有功劳也有苦劳，好歹生了乖巧懂事的五郎，现在三老爷嫌我不懂事，视我为眼中钉肉中刺，您也说要赶我走，倒叫我往哪里去？我爹娘早丧，兄长也是年老负担重，家中继母与弟妹与我自来不和……呜呜……这是要我去死吗？大嫂，我真的错了，真的错了，求您饶了我这遭。"

孙氏看她哭得凄惨可怜无比，做得也是够低姿态，甚至不惜自曝家丑，全无从前的傲气，就有些拿不住她刚才究竟是真的不含好意，还是真的想拍马屁却拍在了马蹄子上。犹豫了一回，见姚氏背对着冒氏躺着一动不动，半点反应都没有，而冒氏的哭声越来越凄惨，甚至于将头用力去撞床榻，便觉得一家子人这样闹着实在太难看，遂又折身回去拖冒氏："先起来再说，怎把自己弄成这副模样？大嫂也不是就要赶你出门不是？"

冒氏不肯起来，哭道："我已知错，大嫂却不肯原谅我。左右我今日做的事情传到我们三老爷耳朵里都要变成我的不是，说我撒泼欺负不敬大嫂，不配为人妻为人母，一纸休书等着我的，娘家也无我的容身之所，我便死在这里好了。"

姚氏闭了闭眼，那句"你想死就死，别光嚷嚷给人看"的话实在是说不出来。可要叫她就此放过冒氏，相信冒氏真的改邪归正，再不乱来，她却是不信的。这么久了，何曾见过冒氏有过半点悔改的意思？反而是日复一日地变本加厉。

却听外间"蹬蹬蹬"一阵小孩子的脚步声响，接着许择奔进来哭着喊了声"娘！"不管不顾地便朝冒氏冲过来，紧紧搂住冒氏的脖子哭得死去活来："我不要你走，不要你走。"冒氏喊了一声："我的儿啊！都是娘不好，娘错了啊！"母子俩抱头痛哭，哭声震天。

一团糨糊。姚氏只觉得太阳穴跳得"突突突"地，一股恶气憋在胸窝处，想发作却又发作不出来，硬生生顶得人胸闷气短。孙氏瞪了眼躲在外头探头探脑，好奇却又不敢进来的孩子们，轻声道："大嫂，先让三弟妹起来再说？家里有客人，孩子们看见也不太好……"

姚氏沉沉地叹了口气，翻身坐起看向冒氏母子。冒氏面色青白，钗横发乱，摇摇欲坠，额头上的青痕刺眼得紧，许择哭得小脸通红，似是憋得随时都有晕厥过去的迹象，心中由不得已经软了几分。

冒氏忙推了怀里的许择一把，哭道："你日后就跟着你大伯母吧，你大伯母打小儿最是疼你的，断不会苛待于你。"

许择闻言，竟然丢了冒氏朝着姚氏爬过去，抱住了姚氏的双腿苦苦哀求到："大伯母，大伯母，您自来最疼五郎的，五郎什么都不要，可以不读书，不吃好的，不穿绫罗绸缎，把什么都留给小弟弟，求您不要赶我娘走好不好？我日后都孝顺您。"

"……"姚氏无奈地看着许择，小小的人儿短胳膊短腿，大大的头上尚未留发，眼睛黑亮晶莹如墨玉一般，满脸都是诚挚的哀恳。这世上最难断绝的便是母子情义，姚氏叹息一声，将许择抱起来轻声道："大伯母自是最疼五郎的，你爹爹也是最疼五郎的，只要五郎好好做人，该是你的还是你的。"

许择没听懂，冒氏却是听懂了，许择只要不长歪，地位便有保证，但却没提到她半个字。她便又哀哀地痛哭起来："大嫂是不肯相信我了，事到如今，我也没甚好说的，只当是从前做下的恶事结的恶果。还求大嫂善待五郎，说到做到，我不管死活都放心了。"

许择听她说到要死，便又大哭起来，拼命哀求姚氏救命。姚氏头痛不已，只好道："谁说就要赶你走了？只要你真的知错，难道我们做哥嫂的还会狠心将你们夫妻、母子硬生生分开不成？"

冒氏如奉圣音，赶紧爬起来道："多谢大嫂。我真的知错了，不只是说说，您日后看我怎么做。"又去求孙氏："二嫂给我做见证，我哪里错了您只管骂我啊。"

姚氏淡淡地道："我是要等着看的。"转身将许择递给苏嬷嬷，哄道："你先出去吃糕点，我和你娘有话要说。"

许择不肯松手，死死拽住她的衣襟乖巧地道："我不去，我陪着大伯母。大伯母生病了，我给大伯母捶肩膀。"

姚氏感慨地望着冒氏道："你运气好，生了个好儿子。你若是再不好好待他，便是毁了自己的福气。"

冒氏全身脱力，冷汗如浆，有气无力地道："不会的，我会好好待他的。云霞，我也会好好待她和她的孩儿。我再也不和三老爷置气了。我回去就写信给我娘家嫂嫂赔礼致歉，她若肯见我，我便亲自上门去赔礼。"

姚氏不置可否："但愿你说到做到。"

冒氏忍了忍，又往姚氏跟前跪下去重重地磕了个头："从前都是我不是，还请嫂嫂大人大量，不要与我一般见识。"

姚氏叹了口气，将她扶了起来。孙氏本以为没自己什么事，正要说两句轻松话转转气氛，却见冒氏也朝她跪了下去，言辞诚恳地道："从前我对二嫂多有怠慢之处，二嫂心胸宽广不与我计较，我都记得了。"

孙氏默了默，也叹口气将她扶起来："好好过日子吧。三叔不是不懂事的，云霞也是个规矩人。"

小妾通房都是规矩人，怎不见你们房里有？冒氏咬着嘴唇道："那我先回去了。"言罢牵了许择的手离去，出得正院门，几大滴泪珠便控制不住地滚落下来。

这边姚氏问孙氏："你信么？"孙氏轻声道："我宁愿相信的。"不然一家子这样四分五裂算什么？

姚氏道："且看着罢。"